U0623998

KUWEI
酷威文化

图书 影视

良陈美锦

终章
（上）

沉香灰烬
著

江苏凤凰文艺出版社
JIANGSU PHOENIX LITERATURE AND
ART PUBLISHING

目录

第一章

荒唐

叶限回到长兴侯府的时候，高氏正坐在书房里等他。

"你祖父身体不好，先去睡下了。孽子！"高氏低声说了句，却默默地开始垂泪，"咱们府如今这样的境遇，你父亲伤及了根本，平时连重物都端不得。长兴侯府就指望着你了，你呢？你做的什么混账事？"

叶限带着人出去后，老侯爷随即派了人跟在他身后。

里头的情景虽然瞧不见，但是叶限作为长兴侯世子爷进去，本该受到礼遇才是，里头却半点动静都没有，这肯定是不正常的。高氏问他："你究竟想怎么样？母亲说过了，顾锦朝那样的女子是不配咱们长兴侯家的身份的，何况她如今已经和陈三爷说亲了……"

高氏坐在烛火旁边喃喃地说着，侧影投在窗格上，叶限看到她鬓角有几缕白发。父亲病的这些日子里，母亲比父亲瘦得还厉害，手腕上那个镯子，套着本来还没这么宽松的。如今过大的袖口和垂落的玉镯空落落的，显得她的手骨细瘦无比。

高氏背脊挺得笔直，看也不看他。

母亲本是书香门第的大家闺秀，一手小篆写得比寻常读书人还要好。从小顺风顺水的，别人也都是夸她沉稳大气。好像她所遭遇的所有不好，都是从他这个儿子身上得的。

叶限不由得有些愧疚，就算高氏再怎么轻蔑顾锦朝，那也是他的母亲，他不该这么冷淡。

他小时候病得要死了，高氏整天整天陪着他，和他玩翻绳，哄他高兴。只有在他看不到的时候，高氏才偷偷抹眼泪，却从来不把这种感觉传递给孩子。

顾锦朝咬在他手上的那口还在隐隐作痛。

叶限叹了口气，声音轻了些："都亥时了，您该回去歇息了。"

高氏抬头看着他，眼眶还是红肿的。

叶限只能说："您让我一个人想想，可以吗？"

高氏才站起来，好像想对叶限说什么，却不知道该怎么说。她嚅动着嘴唇："这事……我和你祖父都说要瞒着你父亲，你也别说。"

高氏走到门口，突然又回过头跟他说："母亲是看着你长大的，你想什么别人不知道，但是母亲是知道的。"叶限的心思在她看来很好猜，他总是直朝着自己想要的东西去，无论过程或手段对于别人来说有多不可思议。这孩子其实十分单纯，他只是比别人迟钝一些而已。

"你再怎么喜欢……也是不行的。"高氏低声说。

叶限有些不解地看着高氏。

高氏心里满是怜惜，她能感觉到叶限情绪低落，他的手一直藏在袖子里。

他小时候喜欢他外祖母养的京巴狗，每次去都要抱着京巴狗玩儿。孩子小不知轻重，几次之后，那京巴狗看到叶限就怕，吓得躲在罗汉床下不肯钻出来。小叶限蹲在床边不说话的时候，就是这样的眼神。

他不知道自己做错了什么，但是又喜欢极了，所以不知所措。

"还是你自己想吧。"高氏苦笑了下，随即离开了书房。

叶限躺到圈椅上去，闭着眼想了许久。

其实他已经明白了，也没什么大不了的，只是他喜欢顾锦朝而已。他想护着她，想经常去看她，怎么不是喜欢呢？只是好像已经迟了。

正如顾锦朝说的，他再怎么肆意妄为，也不能不考虑到她的处境，家族，长辈……

叶限有些烦躁地睁开眼，他不喜欢这种无能为力的感觉。

他有许多种手段可以让顾锦朝不能嫁给陈彦允，但无论怎么说，这对顾锦朝都是一种伤害。她不可能像自己一样无所顾忌。

再不甘心也只能算了。

叶限重新躺回圈椅上，心里却想通了。她成亲了又如何？难道自己喜欢她，还得要她的同意不成？他就这么喜欢她好了，谁又知道，谁又能伤了她呢？

顾锦朝站在廊庑里，看着屋檐下的红纱灯笼。

冯氏只和她说了一句话："凡事三思而后行，你一直比其他几个姐儿懂事，祖母是十分放心你的。"

说完之后就去了正堂，正堂外宾客都等着了。

徐家的轿子已经抬进大门了。

锦朝看到了穿暗红色团花盘补服的父亲站在人群中，高大挺拔，沉默不语。

徐静宜捧着宝瓶下了轿子，跨过马鞍、钱粮盆，由婆子扶着拜了堂。西跨院里随即开了火腿鱼翅席，流水般的席面一桌桌上来。父亲喝了许多酒，一会儿就由众人簇拥着去了新房。

锦朝一直和外祖母说话到傍晚，才回了妍绣堂。

这时候都夜深人静了，她却睡不着，披了件衣裳出来看灯笼。

这满园的灯笼可是要亮一夜的。

锦朝脑子里乱得很，想到就要嫁给陈三爷了，还有叶限今日来说的那一番话，又究竟是想做什么？

她心里不由忐忑。

锦朝第二天起来的时候，难免就有些精神不济。

顾漪和顾汐过来找她，要去给徐静宜请安。

锦朝梳了个简单的发髻，戴了对耳铛，和两人一起先去了东跨院。

路上顾汐还和她说话："长姐，我从没有见过徐小姐。"

锦朝说："现在该叫母亲了。"

顾汐"嗯"了一声，又小声问道："您见过她，她长得好看吗？凶不凶人？"

锦朝笑了笑，摸着她的发心说："一会儿就见着了，我几句话怎么说得明白，你别怕就行了。"

虽然顾锦朝这样说了，顾漪和顾汐还是有些忐忑。听说徐三小姐的父亲是正三品的官，比顾二爷的官还要大，在她们看来，顾二爷的官位就已经很大了。听说继母进门都是要拿捏人的，免得自己立不住威信，要是孩子已经大了更是如此了。

新妇起身，先要过来给冯氏敬茶，和妯娌相见，然后才是认亲。

她们去东跨院给冯氏请安，顺便就能给徐静宜请安了。

锦朝带着两个妹妹刚走到东跨院外，就听到里头说话的声音。等进门一看，父亲和徐静宜都在，父亲穿着件藏蓝色的杭绸直裰，徐静宜身量长，只比父亲矮半个头。穿了件大红通袖绣云纹的褙子，梳了妇人的圆髻，簪一支简洁大方的赤金簪子，戴了一对点翠的手镯。

冯氏却是从头到尾打量了徐静宜。

果然长得不算漂亮，胜在气质温和。作为新妇总是害羞的，她却落落大方，眼神清明。

一看就不是个好对付的。

徐静宜给冯氏奉了茶，冯氏给了她一个红漆盒子装着的见面礼。徐静宜道了声："谢过母亲。"

二夫人这时候合上茶盖，笑着称赞她："四弟妹规矩齐全！我记得我头天来给母亲请安，还手发抖端不稳茶杯呢。"

徐静宜笑道："常在家里伺候母亲而已，只算得上听话罢了。"

顾德昭看了徐静宜一眼。

这时候锦朝才带着两个妹妹进来，一一给众人行礼。

徐静宜含着笑对锦朝点头。

冯氏跟徐静宜说："你是徐家的女儿，礼数上的事自然不用我操心。四房的事一直是朝姐儿和我代管着，终究是不好的。你先跟着你二嫂学几日，就把四房的事接过去管着吧。有你照看着，我也能放心了。养育儿女，伺候丈夫，你能做到本分就好了。"

等见完了礼就是认亲的时候，顾家的几房人，和顾家相交好的人家和亲戚。等这边认亲完了，四房的几个孩子才随着回了徐静宜所在的宛华堂，顾德昭则先去了前院的书房。院子前三间，后五间，连通抄手游廊到前院和二夫人的院子，窗棂上还贴着双喜字。

徐静宜进西次间后坐在大炕上，拉过锦朝的手坐在她身侧。

"一别再见，竟然是这种境况了。"徐静宜叹了一声，"想不到咱们的缘分这么深。"

锦朝笑着点头，让顾汐和顾漪过来，给徐静宜介绍了。远远跟着的顾澜却站在高几旁边，冷冷地看着她们。顾锦朝没喊她过来，徐静宜看都没有看她。

顾锦朝原先是认识徐静宜的，而且两人的情谊还很不一般的样子。

顾锦朝介绍完顾漪和顾汐，就和徐静宜说："您莫怪，荣哥儿是在国子监里，要放学恐怕还得等几日。到时候再让他过来给您见礼。"

徐静宜笑着应了，让身边的嬷嬷捧了见面礼过来给姐妹三个。

"自然是以荣哥儿的举业为重，我倒是不打紧。"徐静宜说完，朝顾澜道，"这可是澜姐儿，怎么傻站着也不过来，像你怕了母亲似的。"

顾澜行礼，轻轻地笑道："怎么会怕您呢。"

等大家都行了礼，徐静宜留下顾锦朝说话，别人都先退下了。徐静宜拉着锦朝的手，言辞恳切："朝姐儿，你心里会不会怨我？"

锦朝笑着摇头："您这话怎么说？"

徐静宜松了口气："你是个明白人。我嫁过来算是了了我母亲的一桩心事，不用嫁去罗家，我打心底里庆幸。其实你父亲为什么向我提亲，我也是有几分明白的。"纪吴氏曾经私下和她说过，还和她说了顾家的情况。徐静宜觉得很正常，各取所需而已。

徐静宜继续笑道："今后就是一家人了，咱们的荣辱是一体的。不过顾家的情况，你可要先和我说说……"

徐静宜进门之后，锦朝原先做的许多事就交到了徐静宜手上。几个姐儿日常的穿着吃食，还有父亲的起居，她也是略熟了几天就上手了。

锦朝刚开始面对徐静宜也有几分别扭，徐静宜却待她如闺友，事事都要询问她的意见。两人渐渐的就能多说话了。

锦朝心里想过，要说为人处世，能比得上徐静宜的她没见过几个。就是她经历世事，恐怕不如徐静宜的地方也很多。

没过几天，郑太公府的常老夫人和陈老夫人又亲自来顾家。前几天就交换了庚帖，如今是纳吉的时候，陈家准备了三牲酒水过来正式送了聘书，定下亲迎的日子，在六月十八日。冯氏请家里的女眷都过去给陈老夫人行礼。

锦朝走到花厅外，就看到陈老夫人端坐在圈椅上。陈老夫人穿一件福寿纹褙子，戴眉勒，梳的圆髻的发上簪了羊脂玉簪子。陈老夫人是过了六旬的人了，年轻的时候也是个美人，老了面相也十分和善。

锦朝进去后给陈老夫人行礼问安，陈老夫人好生打量了她一番。

锦朝略低下头，脸上依旧带着淡笑。

不卑不亢，也不矫揉造作。陈老夫人觉得很满意，要说哪里不好，就是长得太好看了些。

陈老夫人拉了锦朝的手过来，笑着说："样子乖巧，又懂事守礼，我看着喜欢。"让伺候的郑嬷嬷给了锦朝一个红漆雕镂牡丹花的盒子，锦朝捧着盒子又屈身谢过，并没有多说奉承的话。

冯氏在旁不好开口，只喝了口茶。

陈老夫人却很满意，她最不喜欢油嘴滑舌之人。女孩儿能说几句讨巧的话固然好，但太多话就聒噪了。

这媳妇虽然长得明艳了些，性格还是没得挑剔的，儿子的眼光没话说。

陈老夫人笑着和冯氏说："还是亲家教养得好。"

冯氏慎重地放下茶盏，含笑道："老夫人谬赞。"

常老夫人在旁看着，也说："顾家的女儿个个都好，看刚才过来请安的，哪个不是清秀可人。朝姐儿就更好了，还是你以后有福气。"拉了陈老夫人的手，陈老夫人笑笑。

陈老夫人有正一品的封诰，还有两个任二品大员的儿子，在哪儿说话都是腰板笔直的。

锦朝退下了。却想起她曾经见陈老夫人的情形。那时她给陈老夫人奉茶，茶水不小心泼出，烫到她的手，她呵斥了递茶的小丫头两句，陈老夫人虽然还笑着，脸色却没这么好看。

丫头沏茶太烫固然有错，但这样当着陈老夫人的面呵斥她房里的丫头，也实在不应该。

锦朝后来就没见过那个丫头了。

这不也是个好开始吗？

见过了陈老夫人，锦朝又带着青蒲去了宛华堂。

徐静宜最近在教顾汐女红，她和冯氏说过："反正闲着无事，汐姐儿房里的嬷嬷女红太粗糙了。"

冯氏才懒得管这些小事。在她看来庶女实在不能入眼，徐静宜愿意教就让她去呗，她愿意过问这些小事正好。冯氏不仅让人准备了布帛丝线，连大大小小的绷都送过来了，还让人送了金银线。

锦朝去的时候顾汐正坐在绣墩上，徐静宜盘坐在大炕上，教顾汐如何走针。

顾漪也在旁边看着。

她给徐静宜请了安，两个妹妹又给她请了安。拉她也坐到绣墩上。

徐静宜的声音轻柔中带着耐心："姐儿这样不对，会扎到手的。针从斜侧过去，从这边的线绕出来……"

顾汐小脸微红，看得出来手上的功夫并不娴熟，还略显笨拙。锦朝心里不由暗自责怪自己，她平日也只注意两个妹妹的衣食了，知道她身边伺候的嬷嬷在教她针线，却不知道她究竟学得如何。本来就是庶女，要是这些活计再不好点，以后到了婆家也会受气的。

这些事果然还要人看着比较好。

等顾汐熟练些，徐静宜就和锦朝说起话来："人家都恭维你这门亲事，我却觉得你苦。男方家里嫡子都大了，那个陈七公子，会试的时候钦点的探花，三甲游街的时候无限的风光。"

一句老话，如人饮水，冷暖自知。

徐静宜觉得顾家的人答应这门亲事，是看中了陈家的权势，却没想过朝姐儿的未来。朝姐儿再懂事也不过十六岁，许多事她应付不过来。

这些事锦朝也不好和徐静宜解释，就说到别的事上面了："幸好有您看着，我觉得汐姐儿的女红进步了不少。"

徐静宜笑着摸摸汐姐儿的头："我大姐家的女孩儿，和汐姐儿差不多大。整日调皮捣蛋的，汐姐儿这么乖巧，看着都惹人疼。"四房的这几个孩子，都是教养得很好的，是原来纪氏的功劳，想必那应该是个极好的人吧。徐静宜想到这里有些感叹。

徐静宜陪嫁的安嬷嬷进来，行了福礼："夫人，牛乳松糕做好了。"

几人又吃了点心，天色也渐渐黑下来了。

顾澜过来给徐静宜请安。顾澜和锦朝的关系很复杂，徐静宜早就知道，待顾澜也淡淡的。顾澜也很知趣，最多是每日晨昏定省，话都不和徐静宜多说。

罗素随后也过来给徐静宜请安，徐静宜待她也很亲和。在徐静宜没有过门之前，罗素还诚惶诚恐，等和她相处了一段时间才渐渐放下心来。但是该有的礼数一点都不敢差，说话也小心翼翼的。

过了一会儿锦朝等人就先回去了。

顾德昭下了衙门就过来了。

徐静宜服侍他换衣裳吃晚饭。

碗箸的声音中仅余沉默，顾德昭也不怎么看徐静宜，只把她夹到碗里的菜默默吃了。

顾德昭还是很拘谨，除了新婚那日，平时都睡在前院书房。每日过来和徐静宜吃饭，也是为了维护她的面子，要是冯氏误会自己轻视徐静宜，恐怕会对徐静宜有微词。

食不言寝不语，等吃完了饭，下人过来收碗箸，徐静宜才笑着说："今儿教汐姐儿女红了，她学得很快，爷可要看看？"

顾德昭道："我一会儿还有事，你先睡吧。"

等顾德昭走了，安嬷嬷就小声和徐静宜说话："夫人，一直这样也不是办法啊。老爷心里放不开。"

徐静宜靠着大迎枕躺在罗汉床上，任安嬷嬷给自己揉着眉心，轻声说："滴水穿石非一日之功，他这样长情是好事。也没什么不好的，我倒也自在。"

锦朝的亲事越来越近了。

白芸的婆家徐妈妈找好了，是香河永新许庄头的儿子。锦朝给了五十两银子的添箱，另外加了两支金簪子。冯氏、二夫人、五夫人都派丫头送来了给她的添箱，白芸走的时候搂着大家哭，最后在她面前恭敬地磕头："奴婢舍不得小姐。"

锦朝含笑道："好了，早日去九里胡同的宅子里准备着，风风光光地嫁。许庄头就这么个独子，从小跟着庄头在田庄里吃苦耐劳的，人又老实本分，不会亏待了你。"

白芸心里很复杂，却把眼泪都忍了回去。

她从十一岁就开始服侍锦朝，如今已七年了，伺候她都成了习惯，离开自然舍不得。

她跟着徐妈妈去了影壁，坐马车去九里胡同等着香河娶亲的人过来。

采芙站在廊庑下看着两人走远，突然想起紫菱出嫁的场景。到处都冷冰冰的，连个有头脸的丫头都没有，来迎亲的人十分闹腾，简直是侮辱人。

她深吸了口气，跟锦朝说："小姐，风大了，咱们先进去吧。"

锦朝看着白芸出了垂花门才回去，边走边和采芙说："以后去了陈家，也给你找个好人家，可不要心急啊。"

采芙脸一红："小姐又打趣我！"

锦朝笑笑不说话。陪嫁的丫头她心里已经有人选了，采芙、青蒲自然要去的，再把绣渠和雨竹带上。至于陪房就要父亲和祖母决定了，但也不会让自己吃亏了。

陈家比顾家要复杂得多，带去的陪房要伶俐聪明才行。

没过几日，陈家的彩礼就送过来了。

四千两银子的礼金、两担两百斤重的礼饼、三牲海味、龙眼花生粘……各类东西足足有五十担。除此之外就是大件的礼品，那张彩礼单子递到冯氏手上，冯氏手都在发抖。

四千两银子的礼金……姚家给顾怜下聘，才给了五百两银子的礼金，彩礼也远不如这些。给彩礼重视的就是礼金，一般再加一二十担东西就够了，陈家竟然给到了五十担！

冯氏连忙找了顾德昭和徐静宜过来商量，人家彩礼给得这么重，朝姐儿的嫁妆恐怕还要再加！

彩礼送过来的时候，顾怜正和顾澜在东跨院里。

顾怜看了彩礼单子一眼，脸色就发青了。

相比四千两，五百两实在太小家子气了！

怎么什么东西顾锦朝都要踩她一头！

冯氏跟顾德昭说，陪嫁的田庄、铺面自然就不再加了，只再加些值钱的物件，把嫁妆凑到九十担。钱虽然用得不多，但是抬出去好看气派。

给朝姐儿长脸面，那就是给整个四房长脸面。徐静宜笑着满口答应，又和冯氏商量了要加些什么。

二夫人是府里的宗妇，这些事她也要过问。冯氏却正和徐静宜说得专心，她坐在一旁心里难免腹诽，她这个宗妇当得……原先是五夫人压她一头，现在四房出了个飞上枝头的顾锦朝，难不成徐静宜也要压她一头了？她才进顾家多久！

冯氏给顾怜的嫁妆是早预备下的六十担。顾德昭那里给顾锦朝贴了许多东西，冯氏把顾怜叫过去，悄悄地给她加了一个宅子的陪嫁，毕竟还是自己跟前长大的，总要心疼一些。本来想着虽然表面不如，但实则算下来还是没差多少的……现在一听才知道究竟差得有多远。

长辈们商量事情，顾怜就和顾澜一起坐在廊庑下喝茶。

"不就是给人家当个继室，好像要顶破天了一样！"顾怜低声说，"嫁过去还不知道什么样呢。"顾怜思来想去还是觉得这门亲事不合常理，那陈阁老既然尚且年轻，何必找顾锦朝呢。

顾澜悠悠地道:"回门的时候就知道了呗!"她是完全不担心这门亲事,顾锦朝嫁过去才有热闹看呢。

顾怜想到那张镀金的礼单,还是觉得心里堵得慌,拉着顾澜的手说:"你要嫁给赵举人的儿子,你父亲出多少陪嫁?顾锦朝都给了这么多,总不能亏待你吧。"

顾澜手握紧了茶杯,轻轻放开平稳地道:"我也不知道。"

父亲待她早不如原来亲和了。

顾怜左思右想,又安慰她:"虽然只是个举人的儿子,但是好在家里清净,又没有什么要操心的地方。你放心,你以后若是过不下去,我也不会不管你的。"

顾澜听得心里一阵不舒服。没有什么操心的地方……这是嘲笑她嫁的人家简单?还不会不管她,她就认定了自己会过得不好,而她顾怜就会过得很好?

顾澜点头道:"你我之间的交情不用多说。"

想了一会儿,顾怜还是觉得自己的亲事最好,比上不足比下有余。她招了小丫头过来,吩咐她去端几盘茶点过来。

彩礼的事徐静宜说给了锦朝听。

锦朝也很惊讶,陈三爷这是要做什么,给她这么多东西!锦朝坐在大炕上思索着,娶继室而已……这符合礼制吗?不过给都给了,她还能说什么呢。

陈三爷一点消息都没有,只有不断推进的亲事,才让她觉得心里直慌。

锦朝都想嘲笑自己了,越活越回去!

正好佟妈妈进门来,给她说陪房的事。徐妈妈前日就回了大兴养老,如今所有的事都是佟妈妈管着了。她穿了件丁香色褙子,神采奕奕。陈家的彩礼抬进顾家的时候,大家伙可都看着呢,没多久就传遍了顾家,佟妈妈走路都昂首挺胸的。

"老爷的意思,给您的那些田庄里头有卖身契的,都算是陪房。原先夫人那边的,罗永平一家子,宝坻的宋川一家。他给您的两个田庄,宣武胡永昌一家,石景山段祥一家。给您料理府里示意的,除了我,还有李管事的儿子李成和李成媳妇。"

说到一半,青蒲进来通禀,说大少爷回来了,正往她这儿过来。

国子监这时候都要休学。

锦朝笑着道:"正想着他呢,快请进来。"

青蒲还没去传,一个瘦高的少年就挑帘而入了。

"长姐!"他嘴角带着笑容,几步走上前来。锦朝站起来握着他的手臂仔细端详,原先还弱不禁风的,这小半年不见,竟然长结实了,穿着件石蓝色的杭绸直裰，清秀的五官明朗了许多。

丫头端了杌子过来。

顾锦荣坐下来接着说："休学的时候正好赶上您的亲事。听说您要嫁给陈阁老，祖母来人传话我都惊讶了。"怎么想都觉得这门亲事不门当户对，的确稀奇。

读书人多半听过陈彦允的盛名，也看过他的文章。顾锦荣对于自己长姐要嫁给这个传说中的陈阁老十分惊讶，但也并未觉得不妥当，陈阁老的心性和修养都是十分好的。

锦朝笑了笑："亏你赶得上，一会儿我带你去给母亲请安。"

顾锦荣愣了一下，才反应过来是父亲的续弦，又问锦朝徐静宜如何，待她可还好。样子很有些戒备。

锦朝忍俊不禁："你放心，她人十分不错。"又问起顾锦荣在国子监的学业如何了。

顾锦荣道："国子监的先生的确很好，管教也很严格。"他原先养尊处优，刚去的时候还真是吃了不少苦头，渐渐就习惯了。他说："我现在可以提两桶水上山呢！等你出嫁的时候，我背你上花轿吧。"

背上花轿的一般是兄长或舅舅，她虽然没有嫡亲的兄长，但是家里还有两个堂兄，可轮不到顾锦荣。锦朝摇摇头道："你有这个心意就好了，怕你力不够。"

顾锦荣挺盼望背长姐上花轿的，闻言有些失落，想了想又高兴地道："长姐，那我以后岂不是陈阁老的小舅子了。"

国子监里的老师个个都很尊敬陈阁老，觉得他是有真学问的人。他要是陈阁老的小舅子了，以后国子监的老师估计都不敢罚他了。顾锦荣很兴奋，继续说："陈大人的儿子，上次会试中探花的那个，可得国子监里老师的喜欢了。我们平日看到他，都要尊一声陈举监。他现在不是要叫我舅舅？"

顾锦荣想到这些，才真的被长姐这门亲事给吓到了。他怎么就和这些平时话都说不上一句的人物扯上关系了。

锦朝听到陈玄青的消息，笑容微微一顿。他果然中了探花。

"胡乱想这些做什么，你在国子监还要尽力读书才是！"锦朝跟他说，不过看到顾锦荣如今的样子，她心里也松了口气。

顾锦荣点点头，神采飞扬地道："长姐，我都知道。"他又像想起了什么，"对了，这次我是和姚阁老家的三公子一起回来的。就是顾怜定亲的那个，他说要讨来拜访祖母。"

锦朝问他："你和这个人很熟吗？"

顾锦荣摇摇头："说得上几句话，不算很熟。听和他住同屋的人说，他经常和一个女的通信递物，偷偷摸摸的，但这女子好像不是顾怜。"

锦朝瞪他，他的声音才小下来："我偶然听到的。"

姚文秀什么秉性，锦朝再清楚不过，她告诫顾锦荣："不要和他来往过深，这些事也别去过问。我知道荫监生是管得很轻松的，但你自己要注意着。"

顾锦荣点点头。这些事在国子监流传确实不太好。

锦朝先带着顾锦荣去给冯氏请安，再去给徐静宜请安。

在徐静宜那里，她自然要多和顾锦荣说几句话。

顾锦荣觉得徐静宜尚可，言语之间也看得出是读过书的，和他交谈十分和煦。徐静宜也将顾锦荣打量了一番，心里略知顾锦荣的大概了，他年纪还小，行事还不沉稳是应该的。

不过一会儿，二夫人那里派了人过来传话，说请四夫人去西跨院用晚膳。

徐静宜笑着跟锦朝说道："咱们正好一起过去。我这儿有一只羊脂玉镯子，配姐儿这件淡蓝色的褙子正合适。"说着让安嬷嬷去把那只镯子找出来。

锦朝想了想也没有推脱，任徐静宜给她戴上镯子。顾锦荣看到这儿，心里对徐静宜又生出几分好感。她待长姐这么好，应该不会是什么坏心肠的人。

这晚膳应该是特地给姚文秀准备的，锦朝心里暗想。过了一会儿她和徐静宜一起去了二夫人那里。女眷在宴息处用膳，顾锦荣却被顾德昭叫去了花厅。锦朝四下都没看到顾怜，等一会儿顾怜过来了，却是满面红光。她穿了烟霞红锦缎褙子，戴了红宝石镶嵌的金莲花簪子，还特地描了花黄。

锦朝不由回头看了顾澜一眼，她穿了件淡粉色樱花纹褙子，白色挑线裙子，水红系带，梳了个分心髻，妆也化得十分水灵。她最适合这样清淡的装扮，男人看了都会怜惜。

顾澜频频往隔扇外看，神情有些忐忑。顾怜走过去抓住顾澜的手，笑着说："澜姐儿，你看什么呢？"

顾澜笑着道："白玉兰开了，味道很香。"

顾怜就和她小声嘀咕起来："我去见他了。那些事都不是他的主意，我们说了好一会儿话，他还送了我一盒玫瑰香膏呢，我一会儿再给你看。"

顾澜笑了笑道："好，一会儿看。"

锦朝收回视线，觉得顾澜那个笑容实在意味深长。她原先对自己笑，总是这样的神情。

吃过晚膳后锦朝和徐静宜说了会儿话，就回了妍绣堂就寝。

半夜里她屋子里晃过烛光，锦朝睡得浅，立刻就被惊醒了。青蒲挑开了帐帘，低声叫她起来："小姐，出大事了。夫人的丫头在外头等着呢。"

锦朝还睡眼惺忪，闻言瞌睡都跑了大半。出什么事了，要半夜把她叫醒。她看了一眼更漏，这才过三更天吧！

徐静宜站在宛华堂廊庑下等她，身后还跟着两个大丫头。

佟妈妈在前头打着红纱灯笼，锦朝一行人走近宛华堂，徐静宜立刻迎上来。"你可过来了。"徐静宜拉住她的手，"外头露重，先进屋子里说话。"

锦朝察觉到她的手有些冰凉，心里更是疑惑了，究竟出什么事了？她想起她过来的路上，看到西跨院亮着灯，还有二夫人房里陪嫁婆子嘱咐丫头烧水的声音。但是前院却一点动静都没有。

徐静宜坐定后屏退左右，才低声道："你猜也猜不到发生什么事了。二更过一刻的时候，巡夜的婆子巡到垂花门，听到旁边那个空置的竹屋里有女子的声音。那婆子开门一看竟然是男女私会，还是咱们澜姐儿和姚三公子！两人都十分惊慌，似乎还有些衣冠不整。巡夜的婆子忙去喊了太夫人起来，两人现在都被叫去东跨院了。"

顾锦朝心里一紧。顾澜怎么会做这种事？就算她再怎么喜欢姚文秀，也不可能这样大胆。

徐静宜递了碗梨子水给她，继续道："发生这种事情，又恰逢你要成亲的时候，太夫人谁都不敢惊动，就派人告诉了我和二夫人，让我们过去拿个主意。我就先把你叫过来了。"

她见顾锦朝凝眉不语，就道："你现在告诉我，顾澜和你的仇怨深不深？她是个什么性子的人，我看她柔柔弱弱，万万不像能做出这种事的人。"

顾锦朝闭了闭眼睛。

她想起曾经，顾澜的婚事也是骗来的。顾澜与宋姨娘费尽心机，算计了本来要去相看永阳伯五小姐的辅国将军朱怀山。不知为何，让朱怀山在路上救了她，弄坏了名声。她在家中为保清白自尽，被嬷嬷发现救了回来，朱怀山听说了，便请人上门求娶……

锦朝想了想，和徐静宜说："就算是她情难自禁，那也知道垂花门一向是巡夜的必经之路，怎么可能在那儿私会，岂不是很容易就被人发现。只有一个可能，她是故意要别人发现的。"

徐静宜点点头："我也这么觉得。一会儿太夫人就要叫我过去了，你在这儿等着我，怎么处置的我回来就告诉你。"随后让丫头给锦朝抱了一床锦被，让她先在自己这儿睡着。

锦朝拥着被子，徐静宜又帮她垫了枕头。她笑了笑："我肯定是睡不着的，您先去吧。"

徐静宜这才带着丫头婆子出门。

锦朝从罗汉床上起来，走到廊庑下望着东跨院的灯火。

在她要成亲的时候，顾澜竟然闹出了这件事，这很值得分析。冯氏肯定是不会让这事闹大的，这会影响到姚顾两家的声誉，还可能牵扯到锦朝的亲事。要是两人没有肌肤之亲，那也就能强压过去，但要是两人已经不能挽回了，就不是能圆过去的了。

不对，锦朝皱了皱眉。她抬起头吐了口气，嘴角浮出一丝笑容。

顾澜没这么笨，赔了夫人又折兵，该发生的肯定都已经发生了。

她想到了这里，反倒觉得没什么好看的了。回房之后躺在罗汉床上，盖了被子小眯了一会儿。

东跨院中堂里，冯氏半夜被叫醒，头发仅梳了一个纂儿，穿着件杭绸的褙子。

夜里传来隐隐的蝈蝈和蛙声，点的松油灯光芒昏黄，映着堂上挂的那幅佛像模糊不清。

姚文秀俊脸苍白地站着，手却紧紧地握着顾澜的手。

冯氏觉得心中刺刺地痛，一股怒火，翻腾着无处发泄。

她让茯苓先带姚三公子去东次间歇着，姚文秀却低头看了顾澜一眼，她还穿着那件粉红色樱花纹的褙子，肩边有些凌乱，能看到红底潞绸的肚兜细带。她脖颈雪白纤细，更是美得惊人，偏偏眼眶红肿，默默垂泪伤心。顾怜就算再怎么伤心，都是扯着他哭闹不休，非要他应允不可。但是顾澜这样的，却让他打心底里疼惜，她这样在顾家备受欺凌的庶女，出了这样的事还怎么活下去。

他不由得责怪自己冲动，怎么她稍微主动了一点，他就控制不住了呢。

姚文秀抬头对冯氏说："老夫人，您别为难她，有什么事都由我担着。"

冯氏简直想弄死这个兔崽子。这要是她的孙子，她早就一巴掌扇过去了。简直就是恬不知耻，还是读书人呢，和怜姐儿定了亲，竟然背地里和顾澜纠缠。

丑事啊！她顾家怎么会出顾澜这么不要脸的东西！

她指了指门外："你先给我下去！"

姚文秀一愣，冯氏对他说话从来都是和颜悦色的。他犹豫了一下，这才跟着茯苓退下去。

冯氏指着顾澜厉声道："跪下，把事情都给我说清楚！"

这声音把服侍她多年的许嬷嬷都吓了一跳。

顾澜抬起头，眼泪顺着脸颊流下来："都是我的错，是我暗中和姚公子有牵扯。姚公子今晚约我出来，我本以为只是说几句话。祖母，都是我的错，您说一句，我立刻回房去自缢，不给顾家抹黑。"

冯氏暴怒："下贱东西，你还嫌不够乱。你还要回去自缢，要让全天下都知道你的丑事吗？"

她已经和赵家说亲了，这时候突然自缢。别人怎么想？顾澜做了什么事到了要自缢的地步？

顾锦朝就要嫁入陈家了，要是这事影响到和陈家的亲事怎么办？

冯氏真是恨不得把顾澜掐死。眼看着顾家风调雨顺的，这下贱东西竟然出来兴风作浪！

她喘了口气，许嬷嬷立刻端了碗参汤上来。

徐静宜和二夫人很快过来了。

冯氏迁怒徐静宜："你们四房怎么出来这么个东西。你平时是怎么教她的？"

徐静宜来了还没坐下喝口茶，就被冯氏迎头说了一句。她抬头看了一眼，就知道冯氏这是要被顾澜给气疯了。不过这迁怒是怎么回事儿，她可不是什么委曲求全的人。

徐静宜忙道："母亲说得极是，是媳妇没把澜姐儿看好，任她由着性子作乱了。"

冯氏又哽了口气，心想要拿捏这徐静宜也太费劲儿了。现在不是说徐静宜的时候，她随即指了指顾澜，问她："你是她母亲，这事要怎么处置，你要先有个说法。"

二夫人却自从进门开始，就冷冷地看着顾澜。这时候她慢慢走到顾澜面前，问道："你和姚文秀有没有肌肤之亲？"

顾澜垂泪："都是我的错，我对不起怜姐儿，二伯母，您让我回去自缢吧。"

二夫人冷笑："怜姐儿怎么待你的，你竟然一点儿都不想着她。你第一次看到姚文秀，就知道他是你妹夫了，你心里竟然这么腌臜，惦记自己的妹夫。"二夫人抬起手，狠狠地扇了她一巴掌。

顾澜被打得偏过头，嫩白的脸上很快浮现出清晰的指痕。

她早料到这些人会怎么对她，心里一点都不慌。

顾怜怎么对她的？招之即来挥之即去，被人发现偷了东西，立刻推她出来顶罪。

她就是想报复顾怜，这些人又能如何！

她又有什么办法，再不做点什么，冯氏就要把她嫁给什么穷举人的儿子了！

顾锦朝就要成亲了，这事肯定不能捅出来，不然顾家要受影响，顾锦朝的亲事也要完蛋。如果只是小事，冯氏肯定会压下来，那就必须要大到压不住的地步。比如她和姚文秀发生不能挽回的事。冯氏这下就没有办法了，只能让她嫁给姚文秀。

顾澜突然想到刚才在破烂的竹屋里，她被姚文秀压在一片竹篾上，身下突然的刺痛。她抬起头，只看到从琉璃瓦漏下来的天光，破烂不堪的陈设。那时的她心里觉得无比的屈辱。人家都有洞房花烛，她呢？

但这一切都要忍，小不忍则乱大谋，她心里知道。

徐静宜冷冷地看了顾澜一眼。

她自己想作死就自己作去，竟然还要拖上四房给她垫背。要是处理不好，还会连累锦朝的亲事，顾澜还真是不顾一切了。这样不自惜自爱的人，没有任何庇护的必要。

冯氏看到顾澜哭哭啼啼的样子就觉得额头直跳，让许嬷嬷先带顾澜下去："像个什么样子！梳洗了再换件衣裳。看着我就来气！"许嬷嬷应"诺"，伸手想去扶顾澜起来。

冯氏语气冰冷："她自己站不起来吗？"

许嬷嬷忙退到一边，顾澜才慢慢从地上爬起来，跟着许嬷嬷往门外走去。

丫头端了杌子上来，但是谁都没有坐下。

冯氏对徐静宜说："顾澜是四房的人，出了这样的事，你有没有个章程？"

如果她拿不出个主意，冯氏肯定要说她没有持家之能。但这个主意岂是好拿的，左右都是错。总不能真的让顾澜死吧，况且死也是个麻烦。

徐静宜略想片刻，上前几步对冯氏说："母亲，这事无论如何都是顾澜犯了错。她全交由您处置，我没有任何异议。但要说章程，咱们还要先和姚三公子说道说道。顾澜纵使有错，姚三公子恐怕也脱不了干系。"

二夫人看了徐静宜一眼，和冯氏说："母亲，姚三公子这样的人，怜姐儿要嫁给他我是不放心的。咱们和姚家的亲事不然就算了吧。"

冯氏冷冷地说："你想退亲？那也没关系，反正他姚文秀错已经犯下了，把顾澜嫁过去也行。"

二夫人顿时说不出话来。今天的事明眼人都看得出，顾澜就是想和姚文秀私会，也不会选在垂花门旁边。她是想算计姚文秀，或者她是想算计这一整家的人。顾怜和姚家退亲了，那正中这贱东西的下怀。她正好可以趁这个机会嫁去姚家。

怎么可能让她得逞。

但是姚文秀这样的人，顾怜嫁过去岂不是要受苦了。

冯氏咬牙说："和姚家的亲事折腾来折腾去，再去退亲外头的人要怎么说道，

怜姐儿还要不要嫁了？"两次退亲，还要去哪里找姚家这么好的亲事？

就是顾澜要嫁过去，她是庶女，又行事不检点，姚家最多给她个姨娘的名分，两个人都废了。

二夫人脸色苍白地坐到了杌子上，过了会儿竟然捂着帕子小声地哭起来。

可怜她最小的女儿，从小捧在手心里长大，怎么受得了这样的屈辱？

冯氏也气闷了好久，徐静宜不说话，垂下眼眸静静地想事情。

顾澜年纪不大，行事还真是狠辣。可惜还是年轻了，不知道别人能使的手段多得是。反正现在有冯氏和二夫人头疼，她就等着看好了。

冯氏过了会儿才把姚文秀找进来说话。

姚文秀这次恭敬地拱手，十分歉疚地道："老夫人，都是我德行不佳，做出这样苟且的事。您要罚就罚我吧。"

冯氏冷笑，罚他？他是姚阁老的嫡子，她哪里敢罚他。

冯氏道："你们姚家的门风，我是管不了的。但这事你要说清楚了，怜姐儿可就要和你成亲了，你和顾澜做出这样的事，你究竟如何打算的？"

姚文秀俊秀的脸一阵红一阵白。还能怎么打算，一个都定亲了，一个都成了他的人了。大不了，全都娶回去呗。反正两本是姐妹，总比一般人关系好才是。其实他内心里还是更喜欢顾澜的，可惜只是个庶女，怜姐儿虽然不如顾澜善解人意，总归是个娇俏的好姑娘。他一个都不忍伤害。何况要是这事让大哥知道了，恐怕会打断他的腿。

"敢做敢当，我有负顾四小姐，以后肯定对她好。至于澜姐儿，我也愿意一并负责。"姚文秀说。

二夫人握紧了手中的汗巾。他还想享齐人之美了！

她正想和冯氏说话，冯氏就先道："你想负责就好，但这事你要回去和姚夫人商量好了。究竟是想怎么个办法。"冯氏闭了闭眼睛，忍耐了一下。

为今之计，只有把顾澜嫁给姚文秀为妾了。他们和赵家还没有交换庚帖，都来得及。等顾怜嫁去姚家了，再把顾澜抬进姚家的门。这些都得在顾锦朝的亲事之后办，希望到时候一切都没有问题，平平静静的。

她继续说："是什么时候来抬顾澜，你都想好了。"

姚文秀忙道："这是自然。"自己又觉得不好意思，先跟着许嬷嬷回了厢房休息。

二夫人不顾徐静宜在场，哭着说起来："母亲，您看他那个样子，怎么能把怜姐儿再嫁给他！怜姐儿是在您跟前长大的啊，从小就和您亲，您可不能害她。"

冯氏叹了口气："我自然是心疼怜姐儿的，你跟我来内室。"又对徐静宜说，

"去把那下贱东西看好，虽然她不敢自缢，但也别给我到处声张做出蠢事来。这事你明天也和老四商量，她自己要轻贱自己去做妾，谁都管不了，可不是我对她狠毒了。"

徐静宜应"诺"先回了宛华堂，结果看到锦朝都睡着了，不由得失笑："还说要等着我。"让丫头好好守着她，她则又去了东跨院后罩房看着顾澜。

顾澜抱着膝坐在架子床上，看到徐静宜来了之后直盯着她。

后罩房里潮湿，布置又简陋，只点了一盏昏黄的松油灯，外头两个膀大腰圆的婆子守着。

徐静宜让婆子给她端了把杌子，一边守着顾澜一边绣起给顾汐的花样来。她都懒得和顾澜说什么话。

冯氏和二夫人谈了许久。

"以后怜姐儿就是正室，她顾澜一个妾而已，还不是任怜姐儿揉捏。况且顾澜和顾锦朝关系一向不好，徐静宜又一心向着顾锦朝，以后顾澜出什么事都不会帮她。怜姐儿不是还有你，还有我，还有她大哥大姐吗。她顾澜还有谁能帮？你要放宽心。"

二夫人已经冷静下来了，又有些犹豫："我是怕她所托非人。"

冯氏叹了口气："你多大的人了，这事还要我说吗？哪个男子是一心一意的，顾德昭原先喜欢纪氏，那不是死去活来的，结果小妾一个接一个地抬。他现在抬了顾澜，说不定以后还会收敛些，他对怜姐儿有愧，怜姐儿只要抓得好，还怕拿捏不住姚文秀吗？

"这时候再折腾退亲，怜姐儿还能找更好的人家？可别落得和顾锦朝一样。那顾锦朝还好，不知道走了什么运，攀上了陈三爷。你敢保证以后顾怜能再找个这样的？"

二夫人就不再说这个了，现在再折腾确实对顾怜很不好。

她还是气不过，低声道："那顾澜母亲可别放过了。"

冯氏这时候笑了："我一肚子的怨气，会让她好过了？收拾人的手段多得是，她是没见过罢了！"

初生牛犊不怕虎，敢算计到她头上来？她不把顾澜弄得死去活来她也就别当这个主母了！

想对付顾澜，那法子多得是。她自己要这么无耻，也别怪她老婆子心狠手辣了。灌她一壶红花，让她一辈子生不出孩子，年老色衰了谁还记得她。

冯氏最后叮嘱二夫人："这事先瞒下来，今晚的丫头婆子你都警告一遍，也别和怜姐儿说，要不她肯定会去找顾澜算账。顾锦朝的亲事马上就要到了，可别让这事传出去了。"

二夫人点点头，这事她都省得。

冯氏终于长长地吐了口气。

外头的天却已经亮了。

顾锦朝醒来的时候已经辰末了，她忙坐起身来，发现自己身在宛华堂里。罗汉床边还趴着个打瞌睡的丫头又青，是徐静宜身边的二等丫头。

想到还要去给冯氏请安，锦朝叫了青蒲进来。

又青忙坐起身来："二小姐，您别急，夫人特地派人回来传话了，今儿不用去太夫人那里请安。让您多睡一会儿，小厨房熬了牛乳粥，蒸了蛋羹，您要是饿了，我去给您端过来。"

不用请安？看来冯氏昨晚还真是劳碌了，恐怕是整宿没睡吧。

锦朝问又青："母亲可说了为什么？"

又青摇摇头说："夫人只说，她在东跨院和三小姐说话，不能回来和您进早膳了。"

锦朝还是找了青蒲进来替她梳洗，吃了早膳之后回了妍绣堂。

徐静宜的意思是这事她不用管了，那就是处理得差不多了。既然没有更大的动静，这些丫头又都懵懵懂懂的，恐怕是冯氏把事情压下来了，半点消息没走漏。

想不到，顾澜还真是算计了去给姚文秀做妾。恐怕在她看来，给姚文秀做妾也强过给举人儿子做正室。可惜她这招走得太冒险，以后的路肯定不好走。

别的不说，她嫁去了姚家，二夫人和冯氏能放过她？恐怕会千方百计整她。如今可没有一个宋姨娘来帮她了，自己肯定是坐视不理的，她以后只能和顾怜斗了。到时候可就有好戏看了。

锦朝望着隔扇外刚开的栀子花，微微地叹了口气。

还有五天就是亲迎的日子了，她这心里怎么就有些不安了。

第二章

连理

日子一天天地推进，亲迎前两天，采芙和绣渠先去了宛平陈家，为锦朝安床。

顾家又热闹起来，接到请帖的人络绎不绝地来了。纪吴氏则在亲迎前一天赶到，还带着锦朝的大舅母宋氏。陈氏怀孕月份大了，不好出门，刘氏则留在家里照看着。

陈家昨天送过来了催妆盒子，除了各式礼品，还有一整套的凤冠霞帔、销金盖头，纪吴氏都看过了，觉得陈家还是很重视这门亲事的。

锦朝这几日总是被冯氏喊过去说话，言语之间叮嘱她许多。锦朝才觉得个个都比她紧张，反倒心里轻松了许多。等外祖母过来了，干脆就和她坐在床上说起话来。灯火渐渐亮起来了，青蒲挑帘进来笑着道："小姐还不歇下，明儿可要早起呢。"

纪吴氏笑着摆手："你还是先歇下吧，从大兴到宛平也有几个时辰呢。"

锦朝握了握外祖母的手，烛光里外祖母的脸格外柔和。

曾经她嫁到陈家的时候，外祖母跟她说了许多话："万事不争不抢，伺候好丈夫。陈家就是个好过的地方，陈老夫人不喜欢别人张扬，你的性子要收敛一些。夫家比不得娘家，没有人包容你。"

她记得自己还扑到外祖母怀里痛哭，觉得自己求而不得，又不能说出来，心里憋得难受。

锦朝不知怎么的流起眼泪来。

纪吴氏吓了一跳，拿锦帕给她擦眼泪："朝姐儿有什么委屈？"

锦朝摇摇头，抱着纪吴氏不说话。

纪吴氏以为她是因为出嫁，心里有愁绪，就抚了抚她的背："没事的，可别哭了。傻孩子，今天哭了，我看你明天还哭得出来不！"明天还要哭嫁。

锦朝又破涕为笑，那些都不曾发生，自己又何必再在意？再说了几句话，就送外祖母去了厢房休息。

第二天刚过卯时，青蒲就把她叫醒了。

天还没有亮透。

冯氏携着全福人樊夫人过来了。冯氏笑呵呵的，穿了件福寿纹长身褙子，头发梳得整整齐齐，还戴了珠子箍，上面的南海珠子个个都有莲子米大。樊夫人便是定国公樊家的主母，双亲俱在，子女两全。她今天穿了件绛红色遍地金通袖褙子，簪赤金绿松石宝结，端重又华贵。一会儿徐静宜、二夫人、外祖母、大舅母也陆续过来。

一时间大家相互寒暄，很是热闹。

青蒲服侍锦朝梳洗，换上了嫁衣，樊夫人过来给她梳头。

顾德昭的生母就是樊家出的庶女，因此樊夫人看到锦朝格外亲切，握着她的手说了好几句吉祥话，才接过青蒲手里的牛角梳子给她梳头。梳好了发结，先戴了一柄赤金的簪子，二夫人房里化妆最好的丫头过来替她描眉。

冯氏在一边看着，还要多说几句："朝姐儿五官明艳，眉别画太重了。"

丫头福身："奴婢省得。"

太阳终于出来了，亲迎的队伍很快就要过来了。

冯氏就先去了前院正堂。

二夫人因为顾澜和姚文秀的事，这些天心情都不好。看到顾锦朝出嫁，心里更不是滋味，借由招待客人先退出去。徐静宜、外祖母就和锦朝说起话来。

一会儿顾汐和顾漪、顾锦荣也过来给她送别。

顾澜和姚文秀出事之后，顾澜就被冯氏拘在东跨院，哪儿都去不了。顾汐和顾漪抱着锦朝一通哭，很是舍不得她出嫁。

外头鞭炮声响起来，迎亲的队伍过来了。

顾德昭站在前院正堂外的台阶上，跟在身后的还有顾二爷、顾五爷，纪家两个舅舅，他同僚的户部官员都不敢过来，更多的是顾二爷在都察院的同僚。最高的就是官三品的副都御史冯先伦，一过来就被顾二爷请了上座。众人正热闹地说着话，黑漆挂红绸的大门就徐徐开了，顾德昭忙整理了衣襟。

身穿皂缘赤罗裳，配犀花革带正二品吉服的陈彦允缓步走进来，他身材高大，更显得挺拔俊朗。身后还跟着三个气度不凡的男子，顾德昭一看就有点发晕：穿着一身御赐蟒服的五军都督府佥事加封陕西总兵赵怀赵大人，华盖殿大学生兼任吏部尚书梁临梁大人，还有个样子笑眯眯十分和善的便是常老夫人之子，如今的郑国公常海。

顾德昭有点腿软，他这女婿怎么找了这么几个人来迎亲。他这是要受陈彦允的礼呢，还是先请安比较好？

还没等他想明白，就见陈彦允几步上前微笑着向他行了磕头礼。顾德昭站得笔直，手里捏了把汗才说："先起来吧。"他身后三个人才走上来。

顾二爷忙走出来向来人一一行礼，赵怀先笑着阻止："你们一个个来行礼，这亲事还成不成了！我们就是来看陈三成亲的，别讲究虚礼。"

陈彦允低声道："岳父大人不用在意，面子给到了就行。您带我去给老夫人请安吧。"

顾德昭脸色一红，他曾私下找过陈三爷，跟人家说礼数要周全，面子不能差了。人家陈三爷满口答应："您放心，肯定让她风风光光出嫁。"

但也不能找三个面子这么大的人过来吧。

顾德昭咳嗽了一声，看着女婿腰间革带上正二品用的犀花纹，还是觉得有点眼晕。

他带着陈彦允去了正堂里面。

陈彦允给冯氏奉了茶，冯氏给了封红。一会儿到了宴息处，第一桌席面是鱼唇海参席，后面还有三丝席和全羊席。赵怀和陈彦允说了句："席面不错，你老丈人舍得出钱。"他们坐定不久，就有官员陆陆续续过来敬酒。陈彦允不喜饮酒，但想到今日要娶锦朝，拒酒不太好，才端过来一一饮下。

爆竹声再响过，锦朝的嫁妆就出了冯家，一路浩浩荡荡往陈家走去，十分气派。

锦朝早上就喝了碗莲子百合粥。中午丫头就开始限制她饮食了，只吃了几颗桂圆，饿着不说，还口干舌燥的。她一会儿就由青蒲扶着去向冯氏、徐静宜辞别。冯氏给了她一对金烛台的添箱，徐静宜给了一对通体莹白的玉簪，竹节梅花纹。

太阳光渐渐昏黄，顾家依旧人来人往，灯火辉煌。

冯氏算着快到时辰了，让青蒲给她盖了销金红盖头，由顾锦贤背着上了花轿。她房里要跟着走的丫头则早早梳洗装扮好，坐着另一辆马车出了顾家的门。

轿子走得很平稳，炮声远去了，锣鼓声却一路吹吹打打。

来顾家参加婚宴的叶限饮下最后一杯酒，如玉般的脸颊浮出一丝红晕，但他站起来的时候却很清醒。他望着花轿出门了，一直沉默不言。

叶限过来参加婚宴，五夫人一直小心翼翼地看着他。见他只是坐在席面上喝酒，谁和他说话他都不理会，心里才松了口气。她这个弟弟向来肆无忌惮，可别做出什么当场抢亲的事来。等到顾锦朝的花轿出了顾家的门，她才过去找叶限："喝这么多酒，随姐姐去歇息吧。"

叶限淡淡地推开五夫人的手，站起来低声对李先槐说："回去吧。"

以后，她就是别人的了。与他毫无瓜葛，也不能再见面了。

叶限率先走出了席位，把所有的喧哗和热闹远远抛在身后。

顾怜没有去筵席，她觉得眼不见心不烦，而是坐在屋子里绣花，听丫头的转述。丫头说是来了总兵，还有国公爷。她直皱眉，娶个继室能有这么大排场？她放下小绷打断兰芝的话："澜姐儿呢，我怎么一直没见着她，她去筵席没有？"

兰芝摇摇头："三小姐说要为太夫人抄经，小半个月不能来看您呢。"

顾怜有话都找不到人说，心里很是憋闷。看着天渐渐黑了，顾锦朝也不知道出大兴没有。

顾锦朝心里也在想这事。

轿子走得很平稳，她只看得到红盖头，又不能撩开帘子看。低头只看到手腕上戴的一只手指宽祥云纹的金镯。也不知道青蒲她们到没到宛平？陈三爷应该在前面吧，她刚才盖了盖头就由顾锦贤背上花轿，连他的面都没见着。

锣鼓的声音一直响着，锦朝小小地眯了一会儿，她昨晚没睡太好。等到外头的声音又响起来，她才睁开眼，佟妈妈也正好在外头说："小姐，到榕香胡同了。"

锦朝才抱着景泰蓝红梅纹的宝瓶正襟危坐，过了会儿轿子停了下来，外头有人开始唱礼。她被樊夫人和另一个全福人扶出来，脚踩在软垫上。她只听得到宾客的喧哗，锣鼓的热闹，一时间不知道自己身在何处，迷迷糊糊地跨了马鞍、钱粮盆，又被扶着去拜堂。

从盖头的缝隙下，锦朝看到一双簇新的皂色靴子。他的脚好像挺大的，锦朝暗想着。

她以前可从来没注意过这些东西。

拜堂之后，她仍旧由全福人搀扶着进了新房。锦朝坐到了床上，只听到周围有轻细的说话声。压襟、撒帐，然后是樊夫人的声音："新郎官，快挑盖头吧！"

她略仰起头，有点不明白自己在局促什么。

但等到盖头挑开的时候，她一眼就看到了站在自己面前的陈三爷。他穿着皂缘赤罗裳，正二品的礼服服制，腰配犀花革带，人高大笔挺。他低着头看她，目光含着笑意，十分从容。

锦朝觉得自己可能脸红了，幸好那丫头的粉敷得厚，应该看不出来吧！

门外热闹的声音不断传来，锦朝觉得眼前鲜红一片，灯火昏黄，朦朦胧胧的，她还有点头晕。

面前围的人都是和陈家交好的世家夫人，她还略能认出几个脸熟的。旁边还有个端着黑漆红绸托盘的妇人，年约四十，穿着件缂丝十样锦褙子，梳凤尾髻，戴两朵蜜蜡石簪花。满面笑容，是同在榕香胡同的都指挥同知吴双全的夫人，吴家和陈家也是世交之好。

托盘上放着桂圆、栗子、枣、莲子等东西，刚才已经撒了几把。吴夫人惯会说话，嫂嫂辈就找了她出来。她笑眯眯地道："新郎官可要和新娘子站一起去。"

陈彦允微怔，全福人郑太太却已经拉了他过来。

吴夫人又抓了一把干果撒下，嘴里还唱着："撒帐中，一双月里玉芙蓉，恍若今宵遇神女，戏云簇拥下巫峰。撒帐下，见说黄金光照社，今宵吉梦便相随，来岁生男定声价。撒帐前，沉沉非雾亦非烟，香里金虬相隐快，文箫金遇彩鸾仙。撒帐后，夫妇和谐长保守，从来夫唱妇相随……"

果子从头顶落下来，滚到床上去，并不让人觉得疼，反倒是有种说不出的隆重感。锦朝侧头看了一眼，陈彦允站着也被撒了把果子，他却略低下头，干果纷纷落下来，两个人的目光撞在一起。

锦朝忙回了头，余光里看到他也转头了，嘴角隐隐出现一丝笑意。

笑什么，这有什么好笑的！

两人喝过合卺酒后，一个穿紫色折枝纹短襦的丫头捧了碗饺子上来。樊夫人接过来递给锦朝。饺子是半生的，她才咬了一口吃下，还要咬第二口的时候，陈三爷从容地拿过她手里的碗，给了一边服侍的丫头，让她拿下去。他低声和她说了句："吃多了会肚子疼的。"

来的夫人都是极有涵养的，象征性地闹了洞房，一会儿就退下去了。

陈彦允又回头看了她一眼。

锦朝坐在黑漆描金的拔步床上，凤冠霞帔，烛火深深，她好像还有些不知所措地看着自己，正红的嫁衣却格外明艳，但又很稳重。

他闭了闭眼。人家说人生两大极乐，洞房花烛夜，金榜题名时。他突然有点感觉到了。

"我先去正堂会宾客，一会儿就过来。"陈三爷跟她说完，先出了新房。

锦朝松了口气，开始打量新房的陈设。这和她以前住的屋子不一样，好像更宽阔些，房内布置着大红罗圈金幔帐，正对十二扇嵌玉石翡翠枝叶图的檀木隔扇，旁边放着宝相花嵌象牙拣妆，左边一张梨花木的长几，铺了红绸，摆一对红色龙凤烛，左右各放了一把太师椅。头顶还挂着盏明亮的串珠方形彩灯，彩灯四面分别绘上"鸾凤和鸣""观音送子""状元及第""合家欢"等图案。窗上贴着大红双喜纹的剪纸十分细致，也不知道花了多少心思。

锦朝正想着的时候，有婆子推门进来，后面的丫头陆续上了一桌席面，清炖乳鸽、烩羊肉、鳝丝浇面、火腿炖莲藕、凉拌嫩黄瓜……摆了一整张桌子。

为首的婆子先向她行了礼："奴婢王氏，以后是您房里的婆子。三老爷让我们先把席面送上来，夫人饿了就吃点。您要是觉得奴婢们服侍不便，您陪嫁的几位姑娘就在旁边的后罩房里坐着。"

她现在这副妆容，吃东西也不方便。但是陈三爷还没有过来，好像还不能卸妆吧。

而且锦朝饿过头了，反而不觉得饿了，就和婆子说："倒是无碍，不过我有点小事吩咐，你叫青蒲过来，其他人先下去吧。"

王妈妈恭敬地应了"诺"，先退了下去。

没一会儿青蒲就过来了，她今天穿了件茜红色缠枝纹上襦，头发梳得整整齐齐，还戴了一朵酒杯大小的红绉纱绢花。锦朝笑着称赞她："你这样好看。"

青蒲摸了摸发髻，不好意思地笑笑，走到她身边小声跟她说："您贴身的东西都收好了，一会儿采芙就拿过来布置。明天您要用的八分、六分的银锞子都准备了，还有一小袋金豆子。"

锦朝点了点头，觉得也没什么可吩咐的，让青蒲给她倒了一杯热茶。

结果茶水刚抿了一口，就听到外头王妈妈请安的声音："三老爷过来了！"

这么快……她刚让青蒲把茶杯放回去，就看到他推门而入。

陈彦允还穿着那件样式烦琐的正二品礼服，赤罗蔽膝，赤白二色绢大带，革带，佩绶。这样无比庄重的衣服穿在他身上竟然有种优雅的感觉。他应该喝过酒了，目光落在她身上，好一会儿没动，又看了眼未动的席面，他才柔声问道："累不累？"

锦朝点点头，当然累了，头上这顶凤冠三斤重不止。

陈三爷察觉到她的拘谨，笑了笑说："你先去换身衣裳吧。"

锦朝松了口气，觉得房中的气氛十分诡异。左侧的耳房做了净房，锦朝由青蒲服侍着换了身藕荷色长身褙子，洗了脂粉再抹上香膏，散了发髻松松一绾，只用了一支南海珠子簪固定。看着镜子里的自己，她想到自己在家里要睡前就是这个样子的，随意穿着。还真有了嫁为人妇的感觉。

锦朝走出来的时候陈三爷正靠在罗汉床上看书，听到声音后合上书册，看了她一眼。

锦朝想到伺候三爷的是两个小厮，不好进她这里来。他要换衣服恐怕是自己亲自服侍，总不能让自己的丫头帮他，便很自觉地说："要我伺候您洗漱吗？"

陈三爷笑着摇头："你要叫我什么？"

还能叫什么，难不成要叫夫君，那也太肉麻了。要是叫三爷，会不会有些疏远？他的表字，名字？

锦朝没拿定主意，想让陈三爷先给点提示。

他却放下书册站起来："没关系的，我有手有脚，知道怎么洗脸。"到门外吩咐婆子去取他的换洗衣物过来，然后进了净房。

婆子很快取了衣物过来，是一件石蓝色的杭绸直裰。锦朝把它送进了净房里。

他洗漱的时候，锦朝让青蒲先退下去了。捡了三爷搁在罗汉床上的书看，是一本《寒山录》，好像是游记。她听到净房内传来隐约的水声，想到刚才进去的时候，无意看到他的背。虽然光线隐约不清，但还是能看到宽厚的肩膀，紧窄的腰身。

锦朝瞄了一眼那张铺着红绸被子的拔步床，心里跳得厉害。她干脆坐在罗汉床上看书了。水声什么时候停了她都不知道，直到闻到一股干净的胰子香，才反应过来陈三爷已经洗漱完了。陈三爷站在她身后，俯身看她正读得专心，轻声问："好看吗？"他的声音低沉又柔和。

锦朝浑身僵硬，半晌才淡定地翻了一页书，说："好看。"

"比我好看？"

啊？什么？但锦朝面上依旧淡定："都好看。"

陈三爷直起身，把书拿过来，跟她说："《寒山录》是张子詹写于被贬黜黄州之际，此时他已经年近四十，原先官拜从四品侍读学士，后贬黜为团练副使，其作多半感怀悲秋，感情沉重，不太适合年纪轻轻的小姑娘看。他早年所著的诗词倒是不错，我书房里有本《子詹诗集》，你可以找来看看。"说完把书随手放进了旁边的多宝阁里。

"宾客都散了，快睡吧。"他吹了两盏烛火，内室顿时变得昏暗起来。

他先上了床睡在里侧，拉过薄衾盖在身上。

锦朝犹豫了一下，新婚之夜，同睡一张床，这是夫妻的本分。不知道她现在在怕什么。她脱了缎子鞋上了床，与陈三爷隔了一尺远。青蒲这时候才进来放了幔帐，有人要进来收拾净房，青蒲拦了她出去。

锦朝闻到那桌冷掉的席面发出的香味，还有锦被上垂落的银镏金球熏香的味道，甚至陈三爷身上淡而柔和的檀木香。她渐渐地起了睡意，闭上了眼。

一双结实的胳膊搂住了她的腰，把她带进了怀里。

锦朝顿时睁开眼，睡意全无，浑身都紧绷起来。

"别怕。"他低声说了句，搂着她再无动作。只是把下巴搁在她头上，连她的锦被都一并搂在怀里。

她这样的经历实在很少。

陈三爷又开口道："你还小呢，却装得一副泰山崩于眼前面不改色的样子，我稍微吓一吓你，你就像受惊的兔子一样。"他说着慢慢扯开了锦朝的被子，把她搂进了自己的被窝里。

锦朝的手肘触到他的胸膛，和一具陌生而温热的身体紧贴着。

昏暗的光线中，锦朝仰头看他，就像今天撒帐的时候一样，四目相对。

锦朝感觉到三爷的呼吸缓慢绵长，他的脸从来没有离自己这么近过。看着他轮廓分明、俊朗而儒雅的面孔，锦朝的心跳都要停止了。

他的呼吸乱了？还是自己的呼吸乱了？锦朝也分不出来了。

一双大手解开了她腰间的系带，慢慢伸了进去。三爷低声说："闭眼。"

锦朝只能闭上眼。

她感觉有轻柔的吻落在脸颊边，动作柔和，热度滚烫。

后面帷幕便放了下来，什么也看不到，什么也听不到了。

烛影渐深，将屋里的一切都掩盖了，只有暖黄的灯光透过窗纸，透过红色的"囍"字。

此时人间万籁俱静，唯余滴漏声声。

……

陈彦允其实能察觉到她好像还是很紧张，她的手指还掐在一起，掐出了深深的月牙形状。

他只能安慰她："一会儿就好了。"

可能是滴漏的声音太过漫长，她到最后掐着他的手臂断续低语了一句："……怎么还没好？"说话的语气竟有些许哽咽，像小孩子一样。

陈彦允却被她逗笑了，埋在她颈侧几息才抬起头来，想生气都气不起来，只能说："嗯，稍稍忍耐便是……"

最终还是云雨过，晓天暗。

陈彦允挑开幔帐，点了蜡烛，光线顿时明亮起来。

锦朝躺在床上觉得精疲力竭，头顶串珠的方形花灯更是晃得她眼晕，迷迷糊糊就先睡过去了。陈三爷吹灭了火折子，回头看着她闭着眼睛一动不动，觉得有些奇怪。锦朝的脸陷在簇红的锦被里，额头浸出细汗，显得有些可怜，但是呼吸很均匀。居然是睡过去了。

太累了吧。

他无奈地叹了口气，大步往门外走去。锦朝值夜的丫头就守在外面，陈三爷吩咐上了热水。一会儿婆子端着黄花梨木的浴桶进来。为首的王妈妈过来请示陈三爷："奴婢都准备好了，要不要叫夫人起来？"

陈彦允看着锦朝的睡颜凝神片刻，才轻轻道："不必。"走到床前打横抱起顾锦朝，率先进了净房，把她放进浴桶中。王妈妈才领着两个丫头进去。

陈三爷看了一眼这两个丫头，十五六的年纪，样子很陌生，一个穿着件簇新的银红色比甲，另一个穿着件水青色的短襦，均低着头。就问王妈妈："这两个丫头是夫人陪嫁的？"

王妈妈答道："是原先太夫人选过来伺候您的，您一直没用，就在四小姐的屋子里伺候。太夫人找奴婢说拨过来伺候夫人的。"

陈三爷"嗯"了一声说："新丫头应该服侍不惯吧，你去叫夫人陪嫁的丫头进来。"

王妈妈屈身应"诺"，去找了青蒲和采芙进来。

两个丫头站在净房不免局促，这房间里烛火暖昧的，刚才还是三老爷亲自抱着夫人进来沐浴的。三老爷只穿了件直裰，人高大笔挺，性子倒是十分柔和。等到王妈妈带了青蒲和采芙进来，两个丫头均抬头看。丫头身上穿着缎子做的衣裳，还能戴赤金的手镯或是绢花，那就应该是新夫人贴身的大丫头。

穿银红色比甲的先行了礼："两位姐姐好。"

王妈妈道："两位姑娘先替夫人沐浴吧。"让跟她进来的丫头先下去。

陈彦允就先在西次间看书等着。

锦朝被青蒲轻声喊醒，才看到净房里还点着的红烛，她却身在温暖的浴桶里，泡得十分舒服。

"刚过三更天，您先穿衣吧。"青蒲小声说道，服侍锦朝穿了衣服。

锦朝也差不多清醒了，却觉得肚子饿起来，她已经一天没吃东西了。

"你们明天还要陪我去敬茶认亲，也早些去休息吧。"锦朝道，"外头有丫头守夜。"她知道两人是放心不下陌生丫头给她守夜，不过明日精神不济更是不好。

两人笑吟吟地应了"诺"，退出了净房。

锦朝披了件湖蓝色的素缎褙子出来。陈三爷在挑灯看书，听到她出来的声音才合上书说："你睡里面吧。"他还是先离她远些比较好。

锦朝看了一眼罗汉床。刚才上面的炕桌还放着席面，难道撤走了？她肚子饿得实在难受，但是这时候叫吃食进来，那像什么样子。

陈彦允没听到她答话，才抬起头看。她穿着湖蓝色的褙子，更显得肤若凝脂。她怎么这样看着他？他避开她的目光，站起身向她走过来，揽过她的肩再关上隔扇。

两人又躺在了床上。不过陈三爷睡在外面，侧着身子离她很远。

锦朝饿得有点胃疼了，她等到陈三爷不动了，才小心地翻身子，想找个睡得舒服的位置。

因为闭着眼睛看不见东西，别的感官就变得无比清晰。锦朝身上淡淡的山茶花香，她小心翻动的声音，窸窸窣窣地挠心挠肺。

陈三爷终于受不了了，低声叹道："别动了。"

锦朝立刻僵住，他不是睡着了吗？她小声问："吵到您了？我还以为您睡着了。"

好像还是一点没用，离得再远又如何，她就在身边，呼吸间都能闻到彼此的气味。陈三爷再次伸臂带她过来，无奈地往她身上一压，声音低沉："不是吵到我了，你懂吗？"

锦朝顿时脸就红了。

别的还好说，她最差的就是这方面的经验了。洞房花烛怎么过？她不太清楚，反正闭着眼睛忍着，从头到尾连陈三爷的表情都没有看见过。

她被他压着动都动不了，呼吸渐渐地热起来。

陈三爷想到她刚才的样子，闭了闭眼睛忍耐片刻，从她身上退开又盖了薄衾。才问她："怎么睡不着了？可是想着明天的事。"他的声音还是低哑的，欲念未退。

这转移话题的招式也太明显了。锦朝却觉得正好，她正了正身子说："无事，只是来的时候多睡了会儿，现在没有睡意罢了。没多久就要天亮了，您还是先睡吧。"肚子饿了，这样的话她是肯定说不出口的，胃疼忍一忍就过去了，也没什么大不了的。

两人复又睡下，锦朝躺下许久都睡不着，看着拔步床四角挂的香囊，彩灯的光透过大红罗帐，突然有种陌生又安心的感觉。

手突然在床沿边摸到了什么东西，锦朝摩挲了片刻，判断出那是一颗花生。应该是刚才撒帐的时候抛下的，婆子没有收拾妥帖。是王氏喊婆子过来收拾的。锦朝记得这个王妈妈，江氏陪嫁的乳娘，绣活儿很好。待她一直不算忠心，不过也能将就用着。

她一边想着，一边把花生塞到了嘴里。饿极了还能讲究什么，她小心地嚼了花生咽下去。

身侧突然传来一声低笑："闹耗子啦？"

顾锦朝被他一惊，他竟然还没睡着！他不累吗？这一天又迎亲，又招待宾客，还折腾到这么晚。

反正什么场面都过了，她也就很淡定了，便解释了一句："是妾身肚子饿了。"

陈彦允终于忍不住笑出来，身体都在抖，然后清了清嗓音，说道："是我不好，看到你没动那桌席面。本来还记得的，结果后来……"他起身让她起来，"吃点东西再睡吧。"

又要惊动外面的婆子？那明天肯定要传到陈老夫人耳朵里。嫁过来第一晚竟然要吃的，这要怎么说。锦朝推脱："还是算了吧，都这么晚了。"

陈彦允笑道："不点烛，西次间还放了福橘和糕点，我去给你取过来。"

他是要打消自己的顾虑吗？顾锦朝心想。她支起身子，看到他已经出了隔扇，一会儿就给她端了福橘、栗子糕过来，然后坐到了床边。这举动好像她还是个小孩，喜欢在床上吃东西一样。

陈家是大户人家，还是书香门第，怎么能在床边吃东西呢，他也不讲究一下。

锦朝接过栗子糕，坐到了旁边的太师椅上吃。

等第二天起身，王妈妈端了糖水荷包蛋过来让她吃的时候，锦朝自然什么都吃不下了。

她咬了一口就放到一边不再用，让青蒲服侍她梳妆。

女子整理这些总要麻烦一点，陈三爷已经拾掇好了，坐在西次间边看书边等她了。

今天不仅要奉茶见礼，一会儿三房的人也要过来拜见她，打扮不可太简也不能太繁重。锦朝选了件大红如意纹妆花褙子，头发梳了妇人的圆髻，戴了嵌紫瑛石的宝结和珠子坠儿。她的五官明艳，浓妆反而不好，便只描了细眉。觉得差不多了，才去西次间叫他。

陈三爷饮了口茶，看她梳着妇人的发髻，明艳的脸却犹显稚嫩，更显得脖颈细长，肌肤胜雪。他点头道："这样便好了。"

两人随后由丫头婆子围拥着去了陈老夫人的住处。

陈家的大宅后院并非按照寻常的后院分东西跨院，而是用了江南园林的布置，用甬道和曲曲折折的回廊将各处的宅子连接起来。锦朝跟着陈三爷走出新房，才发现自己在一座三进的宅子里。

新房布置在第二进右侧，第二进有五间正房两间耳房，抄手游廊贯通了东西厢房。院子里种了几株浓荫的桂花树，右边放了石缸，养着一缸正开着的淡黄色睡莲。靠回廊的地方堆了太湖石，现在正是初夏的时节，太湖石上爬满了青青绿萝，远处的树林里清晨的鸟鸣啁啾，意境幽远。

这座宅院离前院很近，叫木樨堂。

陈三爷步子很大，却走得很慢，不疾不徐地跟她说着陈家的宅院布局，哪房住在哪里。"等下午认了亲，我带你多走走吧。父亲原先在苏州任御史达十年之久，所以宅院是按照江南的布局建的，没人领路不要随意走，怕你走不出来。"

锦朝点点头。

从种了香槐树的甬道过去，海棠树间露出粉墙黑瓦的就是陈二夫人的住处。有几个粗使的婆子正在洒扫台阶，看到他们走过来忙行礼问安。再往里走过一座水榭，是六房的住处，隐约还听到丫头说话的声音。往另一侧走旁边有一大片的墨竹林，他们才到了陈老夫人的宅院。

陈老夫人住的是五进的宅子，黑漆瑞兽衔铜环的门敞开，台阶雕刻五蝠献寿的图案，旁边种了松柏，掩映一块刻了"檀山"的门楣。正有小丫头在台阶旁边洒扫，看到他们过来忙屈身行礼，笑盈盈地道："三老爷、三夫人安好。"旁边又有一个小丫头进去通传。

这时候一个穿着檀香色比甲，戴翡翠玉镯的婆子从屋子里出来，笑着福身："奴婢给三老爷、三夫人请安了。太夫人请两位进去说话。"

陈老夫人喜静，又不喜欢奢华，所以才住到了第五进的后罩房里，从角门过去就是陈家的佛堂，后面是荷花池，夏季的时候十分凉爽。现在里头却是十分的热闹，时有欢声笑语传来。

丫头挑起绣玉兰花的细布帘子，锦朝进门后转过一架紫檀木围屏就看到一间宽阔的次间里面坐了几个面熟的夫人，还有两个坐在陈老夫人身边的，她却是熟得很，陈老夫人则坐在罗汉床上正笑着看她。

房里的家具用的都是黑漆，十分厚重，透露着岁月沉淀的痕迹。锦杌的软垫也是藏蓝色或淡青色，靠小窗的地方摆了一个长几，供奉了两尺高的释迦牟尼佛佛像，佛像前面摆放着三足麒麟香炉，在前面的高足景泰蓝瓷盘上放着新鲜的福橘、梨子、槽子糕。往里是十二扇雕了婴戏莲纹、博古纹的檀木的隔扇。

陈老夫人笑道："老三媳妇穿红色好看，快来让母亲好好看看。"

顾锦朝一愣。陈三爷看了她一眼，低声道："怎么发愣，快过去。"她突然想起自己就是老三媳妇，还真是在顾家待惯了。她走到陈老夫人身前，先给她屈身行礼问安，陈老夫人笑着拉过她的手，给她介绍了那几个脸熟的夫人，常老夫人、郑国公夫人、同住榕香胡同的吴老夫人、吴大太太，替她撒帐的吴二太太。

陈老夫人柔声和她说："虽然还没到认亲的时候，不过可以和你的嫂嫂、弟妹先见一面。"指了旁边坐的两个人给她认识。

锦朝抬头看去，坐陈老夫人左手边的是二夫人秦氏，闺名显兰，也就是如今陕西布政使陈二爷的夫人，年近四十，本家是真定秦氏，出过一任阁老，举人、进士不下十人，秦氏是秦家长房嫡次女。她脸上含笑，一双细长凤眸，修长眉毛，梳了牡丹髻，戴赤金嵌红宝石簪子。她也是个手段十分厉害的人。锦朝以前什么都不懂，吃过她不少暗亏。

虽说陈三爷才是嫡长子，但府中庶务一直是秦氏打点。一则江氏性子太柔，二则她体弱多病。秦氏出身高，又是从小跟着学习管家的，府中她的地位很高。

锦朝向秦氏行了礼，喊一声："嫂嫂。"

秦氏笑着让自己的丫头拿了个镏金盒子过来："弟妹果然国色天香。一会儿认亲弟妹可要收不少东西，我的见面礼就先给了，免得弟妹忙不过来。"

锦朝道了谢，接过后递给一旁的青蒲。

另一侧的妇人站起来屈身行礼，笑道："那我可要向三嫂先讨了见面礼啊！"

锦朝看着她笑："四弟妹客气。"说着从采芙手里拿过预先备好的锦盒递给她。

四夫人王氏穿着件绛紫色浅黄牡丹纹妆花褙子，石蓝色综裙，梳了凤尾髻，戴珍珠头面。她生得白净，嘴唇单薄，还不到三十岁，尚且有几分颜色。

王氏出生浙江温州，祖上是商贾，到她父亲那代才出了进士，后来伯父做了浙江盐运司同知，家里才真的富庶起来。嫁给了陈四爷，育有一子一女。

锦朝对王氏的印象不深，只记得是个聪明的人。不过她和陈四爷的关系并不是很好，她的丫头曾经听到王氏夜里哭诉陈四爷。

妇人之间寒暄，陈三爷不好说话，只在一旁静静看着顾锦朝，想着她要是应付不过来，他再过去帮着圆几句。但是她虽然为新妇，却一点没有局促，眉眼之间都是从容的笑，他也就背着手稳当地站着。

这个时候，有小丫头过来传话，说六夫人有事耽搁了，让不用等她。

陈老夫人无奈地叹了声："那就不等她了。"让丫头扶她起来。

一行人去了前一进的正堂，陈老夫人在太师椅上坐定，旁边空的太师椅就表示已逝七年的陈老太爷。

锦朝给陈老夫人、"陈老太爷"磕了头，又敬了茶喊："母亲。"陈老夫人慈祥地笑了笑，从丫头手里接过早备好的东西递给她。

行完了礼，陈三爷才走到她身边，和她低声说："我先陪你到这里，赵怀、郑国公几人还没走，我要过去招待着。你要是有什么想的就和母亲说，母亲性子和善，不会为难人的。"

陈二爷如今不在府里，陈四爷和陈六爷则官衔太低，能作陪的也只有他了。

锦朝抬头看了他一眼，陈三爷表情很自然，好像这些都是再正常不过的事。这是陈家后宅，难不成她还会被欺负了，要他跟着照顾不成。难道陈三爷一直是这样的？

锦朝轻声说："您且去就是，我在这儿和母亲说会儿话。"

陈彦允觉得她的表情好像有点依依不舍，顿时心生爱怜，觉得她是依赖着他的。"我一会儿就过来，"他顿了顿道，"别担心。"

锦朝看着陈彦允穿绯红色直裰的高大身影消失，心里才嘀咕了一句，她有什么好担心的。

陈老夫人这时候叫了锦朝过去坐在她身侧，笑着说："你昨个可见了王妈妈了？"

锦朝点头，陈老夫人接着说："她是原先江氏的乳娘，惯帮她打点嫁妆和三房事宜的。江氏育有一子一女，女孩儿是曦姐儿，一会儿你就见着。江氏生前就叮嘱过，她的嫁妆都留给曦姐儿。不过曦姐儿人还年幼，江氏的嫁妆还要你帮着管，等曦姐儿出嫁了再给她。所以我就把王妈妈指给你了，她对这些事熟，也能帮衬着你。"

锦朝点头道："我帮着姐姐是应该的，不过姐姐的嫁妆还是写了册子给您存着吧，每月的收益我也给您过目，您觉得如何？"免得以后有人拿江氏的嫁妆做文章，她不是没遇到过。

陈老夫人觉得她考虑得很周全，就答应了下来。

她叫了秦氏过来，跟锦朝说："如今是你二嫂管家，你若是有不懂的，或者是想要的尽管去找她。"

秦氏笑道："三弟妹刚嫁进来，要是有丫头婆子不服管教了，你来告诉我，我替你收拾她们。"

锦朝笑而不语，心想她房里的丫头不听话，却要秦氏来收拾，那她以后也别想在陈家立足了。没有这样的事。

几人正说着，就有小丫头过来禀报，说是六夫人过来了。

不久就有个年轻的妇人进了正堂，穿了件淡粉蓝色斓边的妆花褙子，石蓝的综裙，梳了分心髻，戴赤金嵌碧玺石的珠子箍。人长得十分清秀，气质和顾澜很像，柔柔弱弱的，好像话都不敢大声说一句。这是六夫人葛氏。

葛氏和顾锦朝完全是相反的性子，在陈家这么多房的夫人中，她总是那个最说不上话的人。别说秦氏，王氏也不怎么理会她。幸好她生了个男孩，不然地位就更低了。

葛氏先给陈老夫人行了礼，喃喃解释道："母亲，是我不好，起迟了。"

陈老夫人看了她一眼，直叹气："你脂粉擦得再多，也盖不住眼下的青黑。算了算了，今天懒得说你的事，快见过你三嫂。"

葛氏眼眶微红，侧身小声给锦朝请了安。

锦朝给了她一个装着白玉赤金镯的锦盒。

陈老夫人吩咐在花厅摆了席面，一会儿人就陆陆续续地从前院过来了。

陈彦允刚送走了赵总兵，和郑国公常海边往回走边说话。

"赵怀就是个无赖，当了这么多年总兵，性子都改不了。"常海抱怨道，"他手下那个齐参将，还是我派去陕西的。赵怀任征虏前将军的时候，齐参将还给他挡过一箭。现在说降职就降职，还让他当劳什子营膳正。前些日子他写信诉苦，我想帮着求情，那赵怀说什么也不听。"

赵怀任都督佥事，不过是二品官，他郑国公家世袭一等爵位，赵怀本该对他客客气气的才是。常海想到赵怀那张傲慢的脸就不舒服。

陈彦允道："他就是这个性子，过问他做什么。你知道他最见不得别人贪污了。何况齐术贪的还是军饷，他没把人杀了就不错了。"

听到陈彦允提起军饷的事，常海冷笑："不过是几千两银子，我随便往银楼一投都是上万两。赵怀就是市井出身胸襟太小，难道他那条命还不值几千两吗？"

陈彦允看他一眼，觉得有些莫名其妙："我又没贬齐术的职，你和我说这个做什么。你该当面去问赵怀才是。"

常海觉得自己语气是急了点，咳嗽一声："算了，我懒得跟他说。"常海这才看到陈彦允走的路是往陈老夫人那儿去的，不由问他道，"你新夫人认亲，自有陈老夫人看着，你过去干什么？"

陈彦允顿了顿，不紧不慢道："我看看不行吗，这府里现在是你说了算？"

常海笑呵呵地摇了摇手："你陈三的家事，我敢说了算吗？"他的脾气来得快去得也快，快步跟上陈彦允道，"我夫人做傧相，听说你娶的新夫人十分漂亮，不如你领我去看看。"

陈彦允停下脚步，慢慢打量了常海一眼。常海穿了件杭绸紫团花的直裰，金边嵌翠玉的腰带，靴子上还用金线绣了团云纹，这一身奢华的装扮衬得他清秀的脸金光闪闪的。

陈彦允摇头："改日吧，你先去鹤延楼等我。"

常海很不满他的拒绝："陈三，我都和你去迎亲了，你怎么这么小气！我见了你的新夫人又不会抢了去。"他似乎想到了什么，又挑眉笑道，"你是不是怕我抢了你的风头？"

陈彦允很平静："没有的事，不过是内院你不便进罢了。"催他赶紧去鹤延楼。

常海心想不便进他也没少进，陈三真小气。不看就罢了，他指了陈三身边的小厮带路，背着手慢悠悠地朝鹤延楼走去了。

陈彦允这才去了陈老夫人那儿。

锦朝吃过午膳正是认亲的时候，秦氏携着她走在宴息处里。宴息处摆了数十桌酒席，歇息的都是女眷，看锦朝穿着正红色，就知道她是新妇。长辈给了她许多见面礼，青蒲和采芙都抱不下了。

这些大部分是陈家外家，还有与陈家结世家之好的人。陈老太爷还有三房兄弟是分出去的，家里又有许多房，锦朝只管跟着秦氏拜见，人脸也没记下几个。

这时候有个五六岁、粉雕玉琢、样子十分可爱的女孩子跑过来，笑着向她伸出手，脆生生地叫："三婶婶好！"

秦氏笑道："这是我的小女儿，叫昭姐儿，怪不懂规矩的。"

锦朝笑笑："我倒是觉得十分可爱呢！来，这是三婶婶给你的。"她从采芙手里接过一对赤金带铃铛的手镯送给了陈昭。陈昭眼睛睁得大大的："三婶婶，我看您送给别的小孩还有圆圆的金豆子呢！"

秦氏拍了拍她的发心："傻孩子，金豆子又不好看。"

锦朝道："婶婶也有金豆子给你呀。"从锦囊里掏了一把金豆子给她。陈昭捧着去和自己的丫头玩了。

秦氏说她这个女儿："年过三十，还以为生不了了。结果生下来是个淘气的，我也舍不得说她。惯是鬼精灵了，不过该守规矩的时候我也管束着。"

锦朝笑了笑不说话。秦氏嫁到陈家之后生育了三子，大少爷陈玄然、二少爷陈玄风，三少爷陈玄让。三人中陈玄然有举人的功名，三人都已经成亲了。陈玄然赶赴任上，陈玄风、陈玄让还住在国子监。二房还有三个庶子和一个庶女，不过有两个庶子没活下来，还有一个痴痴傻傻的，女儿早就出嫁了。

秦氏带她过去见四房和六房的孩子。四房一子陈玄安是嫡出，一子陈玄平庶出，年龄都还不大，就跟着西席先生在陈家别院里读书。三小姐陈容年十三，也是庶出，已经到了要说亲的年纪了。六房仅有一个嫡子陈玄玉，是葛氏所出。跟着陈玄风、陈玄让在国子监读书。

认过了亲，三房的两个孩子就要给她敬茶了。

锦朝没有看到陈玄青，心里反而舒了口气。

陈曦才七岁大，梳着丫髻，伺候她的嬷嬷给她戴了一对漂漂亮亮的珍珠发箍，穿着件淡粉色柿蒂纹的短褙子，鹅黄色的挑线裙子。她的表情怯生生的，睁着黑葡萄般的眼睛看着她，小声地喊了声："母亲。"

陈曦的性子很柔弱，生母江氏死了之后就更是怯弱了。

锦朝召她过来，陈曦犹豫了一下，小心地牵着她的手。锦朝看到陈曦的手上还有几个婴儿窝，心里一软。她摸了摸陈曦的头，笑着称她乖巧，给了一对墨玉镯子。陈曦便也露出一个小小的笑容，却很快站到了她的乳娘安嬷嬷身后去。

第二个给她奉茶的是陈玄新，是薛姨娘所出的儿子。只有八岁大，长得和陈玄青有几分相似。江氏病后他一直由陈老夫人教养着，很守规矩。锦朝送了他一盒端砚。

秦氏跟她说陈玄青："他中了探花之后被授了翰林院编修的差事，说是翰林院有编撰的差事，好几个月都脱不开身。算算日子应该快回来了，到时候再给你奉茶。"

锦朝笑着应了。

陈老夫人就叫了王氏过去，说让打叶子牌。

很快宴息处里就摆开了牌桌，锦朝不会打叶子牌，被王氏拉了坐到她身边，笑眯眯地和她说："看多了就会了，我刚嫁进来的时候也不会，是看母亲打才会的。二嫂牌技很好，你少和她打，不然输得可惨了。"

秦氏摇头："我哪里好，母亲的牌技才好，上次和常老夫人打，赢了一百多两银子。"

锦朝觉得这些事很有趣。她只知道陈老夫人礼佛，却不知道她叶子牌还打得好。

她回头看陈老夫人，陈老夫人笑着跟她说："许久不打了，你要是想学，我倒可以教你。"

王氏就道："母亲可偏心了，我当时想学，您说怕我赢了您的钱去。如今就肯教三嫂了。"

大家都笑起来，宴息处里十分热闹。

外头有丫头通传了一声，说三老爷过来了。

宴息处的女眷难免要小心地打量他，陈彦允身为东阁大学士，二品大员，可不是什么时候都能见着的。

陈彦允也察觉到众女眷在打量他，颇有些不自在。

陈老夫人笑道："你不是陪着国公爷吗，怎么过来了？"

陈彦允道："过来看看。"

他往顾锦朝的方向看去，发现锦朝正聚精会神地看着王氏打叶子牌，王氏还跟她说什么牌怎么认，她看上去饶有兴致，全然没注意到他过来了。

本来还打算带她去游园的。她玩儿得这么高兴，还是算了吧。

陈老夫人笑道："你还是去陪国公爷吧，等一会儿她看完了，我还要带她去游园呢。就算是新婚，也别天天看着人家啊。"

陈彦允被母亲打趣，不好说什么，只能笑笑："只是过来看看而已，怕她有什么应付不过来的。"

陈彦允一向沉稳，陈老夫人难得看到他这个样子，还想多说几句，他却先告退了。

看完王氏打叶子牌，陈老夫人果然带着锦朝去游园了。

锦朝昨晚就没怎么睡好，等到游完园回到木樨堂，觉得脚都要走断了。

采芙替她捶腿，青蒲和佟妈妈则整理了锦朝今天收到的见面礼，列了册子给她过目。锦朝坐在罗汉床上，身体靠着床沿，只觉得无比疲倦。看完后把册子递给佟妈妈："除了母亲送的那些，别的都先入库吧。"

佟妈妈应"诺"，又说道："老夫人在木樨堂安排了两个一等丫头，六个三等丫头，粗使的小丫头和婆子有八人。奴婢都打赏了封红，看您今儿都累了，不然明天再见见？"

锦朝想想道："把那两个一等丫头先叫进来。"

这两个丫头很快就进来了，自称原先在四小姐的屋子里伺候，一个叫香榧，一个叫香叶。锦朝叮嘱了她们一番，又各赏了八分的银锞子。这两个丫头底细未明，自然不能贴身伺候她，就先帮着管教小丫头。

随后锦朝又将木樨堂看了一遍，调整了一些东西的放置。白芸走之后，她的差事就由沉稳的绣渠顶了，绣渠和采芙把锦朝常用的东西都收拾好。

锦朝打开红漆衣柜，才发现其中已经放了一些直裰道袍，还有陈三爷的朝服、公服、祭服。

他说回来找她却没有过来，是把自己的衣物搬过来了？

他常住的院子在前院，这是要和自己同住了？

夜色渐深，陈老夫人派了绿萝过来传话，说她今儿也累了一天，明日的晨昏定省先免了。锦朝谢过了绿萝，打赏了她一个上等封红。绿萝就笑笑："三夫人客气，奴婢只是帮着传话而已。"

她屈身行礼离开了，一会儿王妈妈进来，问锦朝晚膳在哪里进。

锦朝问她："三爷回来过吗？"

王妈妈回道："还没有，不过三老爷日常用的东西都搬过来了。"

不是说过会儿过来看她，怎么一下午都没见着人。锦朝暗想着，就说："先不急着布置晚膳，等三爷回来再说。"

锦朝又起身让青蒲服侍她梳洗，换了件素净的豆青色长身褙子，白色挑线裙子，头发梳了个小纂儿，簪两朵酒杯大小石蓝绉纱绢花，一对白玉耳环。青蒲刚打开香膏的盒要替她抹，就听到外头小丫头通传。

王妈妈又进来说："三位姨娘过来了，要给您请安。您且应付一下就是。"

锦朝想起这三位姨娘，嘴角却露出一丝笑容，道："让她们进来吧！"

陈彦允的三位姨娘都是江氏做主抬的，江氏是个良善的女子，觉得夫君既然在这方面淡泊，不如多抬几个新人进门热闹。何况她身子不好，怕不能为他绵延子嗣——这都是后来陈老夫人告诉她的。

这三个姨娘出身不高，也知道安分守己。从不动到主母头上来，暗地里却掐得很热闹。

三人进门后依次给她福身请安。年纪最大的是陈玄新的生母薛容薛姨娘，她原先是陈老夫人的二等丫头，比陈三爷还要大上一岁。她穿着件海棠红的褙子，样子笑眯眯的。次之是陆姨娘陆含烟，是宝坻一家米行的女儿，无所出。最年轻的是余姨娘余娴音，是江氏病前一年抬的，原是宛平县衙一个长史的女儿，今年才二十岁。

三人看着她俱是一惊，还是薛姨娘最先反应过来，笑着道："夫人长得真好看，我都看失神了，让您见笑。"

陆姨娘看她一眼："薛姨娘还是这么嘴巧！"又向锦朝福身道，"妾身陆氏，给夫人请安。妾身嘴拙，不如薛姨娘能说会道的，不过薛姨娘却是说了大实话的。"

余姨娘站在两人身后低头冷笑。等走到锦朝身前，不咸不淡地行了礼："妾身余氏给夫人请安。"

锦朝让丫头拿了上等封红打赏三人，还各送了莲花纹赤金发簪。

薛姨娘先道了谢，说："我一见夫人就觉得亲切，以后每日晨昏都来向您请安，您可别嫌弃了我。"

她要是过来请安，另外两个也肯定要每日过来，她这里还不知道要"热闹"成什么样子。

锦朝笑而不语，喝了口茶招过王妈妈问话："三位姨娘如今住在何处，伺候的丫头可够？"

王妈妈恭敬答道："三位姨娘同住羡鱼阁，薛姨娘住一层，余姨娘和陆姨娘共住二层。薛姨娘有五个丫头伺候，余、陆姨娘也有四个，粗使婆子不算在里头。"

陈家富庶，伺候姨娘的丫头也很多。

锦朝放下茶盏没有说话。

三位姨娘也不敢开口，薛姨娘心里有些怪自己多嘴出头了。新夫人也是厉害的，她们三人就站在这里她却不问，非要招过旁边的王妈妈问，摆明是根本没把她们看在眼里。听说陈三爷娶了个黄毛丫头入门，她还很是高兴了几天，觉得至少比江氏好对付，想不到她年龄不大，拿捏人的功夫却十足的好。

薛姨娘生过庶子，比另两个姨娘待遇高，拿稳她另两个就好说了。锦朝从前都游刃有余，现在更是如此了。她对薛姨娘道："下午母亲带我去游园，也远远看了羡鱼阁一眼。既然住得远，以后就不必每日来请安，逢节日、初一、十五过来就是了。你们若是有什么不够的，差人来给王妈妈说一声。"

三人又屈身谢过。

外头有小丫头隔着帘子通传，说三老爷过来了。

陈彦允挑帘进来，看到屋子里站这么多人，不禁皱了皱眉。

先是陈老太爷死，陈彦允就开始守制，好不容易三年期过，江氏又病了。其中薛姨娘好说还生了庶子，陆姨娘伺候过几次，余姨娘却根本没伺候过陈彦允。三人见到他都诚惶诚恐，屈身行礼喊一声"三老爷"。

陈彦允淡淡地应了声，又问："你们过来做什么？"

锦朝笑着道："是来给我请安的。"

余姨娘的目光在陈彦允身上一转，却立刻低下头。陈彦允也察觉到了，心里更是不喜，当年纳妾还是江氏找了陈老夫人一起说项他，陈彦允本就不是喜欢这些的人。何况这三个姨娘的性子他都不喜欢，她们之间那些小动作自己都知道，但他那时候确实也要为宗族考虑。

陈彦允见锦朝已经换了身素净的衣裳，炕桌上却干干净净的。就问她："你还没有吃饭？"

锦朝摇摇头："您吃过了吗？"

当然没有。

陈彦允解释道："我送郑国公出大门，回来就这个时辰了。你要是饿了就先吃，等我做什么。"

三个姨娘面面相觑，很是尴尬。锦朝又不要留她们伺候吃饭，就道："几位姨娘要是无事就退下吧。"

三人犹豫了一下才屈身告退。

陈彦允招手让王妈妈过来："让小厨房赶紧上菜吧。"

一会儿就送上来，素鲜什锦汤、清蒸鳜鱼、糟鹅掌、清炒时蔬几样菜摆上炕桌。陈三爷默不作声从丫头的红漆托盘上拿下碗箸，先盛了一碗汤递给她。

锦朝心里一惊，她已为人妇，怎么能让他伺候。她接过汤碗先放下，走到他身边福身："还是妾身为您布菜吧。"

陈三爷抬头看她。

锦朝也看他，心想这不是很正常的吗，谁嫁了人都要伺候丈夫吧。

陈三爷看上去好像有点不高兴，淡淡地指了指他对面："坐下吃饭。"

锦朝犹豫了一下，又问："不然我让丫头来给您布菜？"

他虽然没说什么，但锦朝能感觉到他面色一沉。他的目光落在她身上，无声又平和，却好像在指责一个犯错的孩子一样，让人忍不住心里一紧。

他轻轻放下筷子，吩咐周围伺候的丫头："你们先退出去。"丫头们面面相觑，皆放下东西退了出去。陈彦允向锦朝伸出手："过来。"

他要干什么？锦朝突然有种小时候要被先生打手板的恐慌。

陈彦允板着脸一本正经的样子还真像个严厉的先生，锦朝想起自己在外祖母家，就有个对她很凶的先生，她偷懒不好好学，总是被打手板，外祖母在这件事上也从来没迁就过她。后来她才能比一般闺阁女子学问好，多亏了这先生对她的严厉。

锦朝刚挪动一步，陈三爷就拉起她的手，一把拉过她坐到自己怀里。锦朝猝不及防，怕自己掉下去了，一把搂住他的脖子，然后愣愣地看着他。

陈三爷大手再一用力，锦朝就只能紧贴着他的胸膛，感受着透过单薄布料传来的热度。

她瞪大眼，脸色通红地支吾："您……您这是做什么，快放我下去！"难怪要让丫头退出去。

陈三爷慢慢问她："你要叫我什么？"

顾锦朝感觉到他环在自己腰上的手臂无比有力，咬咬牙说："您希望我叫您什么？"

陈三爷道说："你先猜吧，猜对了可以下去吃饭。"

顾锦朝静默片刻，能叫什么，要是可以的话，她挺想和别人一样叫他陈三爷的。不过她觉得这个答案应该不太正确，就小声道："您表字九衡，号竹山居士，不如我以后称呼您的表字如何？"

陈彦允想了想，表示接受："也行吧。"一只手抱着她，另一只手拿起筷子，开始吃饭了。

锦朝深深吸了口气，尽量让自己忽略还身在他怀中这个事，笑着问他："您不是说，我说对了可以下去吃饭吗？"

陈彦允"嗯"了一声，淡淡地道："但你也没说对啊。"

锦朝哭丧着脸："三爷，我有点饿了，咱们改日再猜吧，您觉得如何？"

陈彦允终于笑了笑，还是不逗她了，放开手让她下去。锦朝立刻坐到他对面端起碗，再也不提帮他布菜的事了。她能感觉到陈三爷是因为她这种举动不高兴，虽然她不明白为什么。

吃完后丫头进来收拾碗筷，锦朝则由青蒲服侍着梳洗上床歇着了。等到丫头们都退下去，她盯着承尘和红色的幔帐突然想起昨晚的场景。陈三爷刚进了净房。她不由得有些忐忑，刚才他搂着自己，两人还这么近。

结果她也没担心太久，下午游园太累了，没等到陈三爷出来她就先睡着了。

累了一天，又早早地睡下，她反而睡得十分舒服。

陈彦允换了身直裰从净房出来，才发现她已经睡着了。他走到床边看着她半晌，才轻轻吹灭了灯走到门外。陈义正在外面候着，双手奉给他一叠信件，

低声道:"三爷,是从云南过来的密信。"

陈彦允接过来,轻轻道:"江严监工的祠堂应该修好了,让他从保定回来吧。"

陈义脸上一喜,因为一句话得罪了三爷,蹲在穷山恶水的地方修祠堂的江先生终于能回来了!

他忙应是退下,迫不及待去马房套马了。

第三章

回门

锦朝醒来的时候刚过卯时。

初夏的节气，隔扇外的天已经亮了，光线透过幔帐朦胧地照进来，一片暖红。

锦朝还想着该起身去给冯氏请安，看了片刻才反应过来，她都已经嫁人了。她下意识地侧过头，发现身边被衾凌乱，却没有人在。

她叫了青蒲的名字，过来挑帘子的却是绣渠，她如今是二等丫头了，穿了件素缎的褙子，笑着向她福身："夫人醒了，青蒲姐姐替您看早膳去了。"挂好了幔帐，过来服侍她穿衣。

锦朝问她："三爷一早就走了？"

绣渠回答道："三老爷特地说过了，他先去晨练了，让您先吃早膳。"

王妈妈领着采芙等人端着放衣物的红漆四方托盘进来。锦朝看了采芙一眼，采芙笑着道："王妈妈为您选了件大红通袖褙子。"王妈妈笑着道："采芙姑娘为您选了件丁香色的褙子，奴婢觉得有些素净。您是新夫人，还是穿大红的好。"

锦朝笑了笑，她身边的一等丫头是王妈妈领着进来，还替她选了褙子，俨然一副她贴身随侍的样子了。她虽然是新妇，但毕竟是继室，凡事都要慎重着，大红色穿一天就足够了。

锦朝识得这个王妈妈。王妈妈是江氏留下的人，心里还向着江氏。凡是曾经伺候江氏的，她都一并善待着，渐渐地在下人中威信树立起来了。

这人厉害得很，生怕旁人把陈曦的嫁妆夺了过去，悄悄记着她屋子里的日常嚼用开支，又怕陈曦年纪小，记不得江氏反而亲近了旁人，时常在陈曦面前提及江氏如何温恭贤德，要她谨记生母，别轻信了别人，却从不提顾锦朝为陈曦所做之事半句。顾锦朝觉得陈曦待她越来越不友善，反倒懒得费心理会陈曦了。陈曦被王妈妈这样教导，自然越来越小家子气，身子骨也不太好。

既然她要好好经营，怎么会让王妈妈坐大，千万别让她把陈曦带偏了，可怜这么个人。

锦朝笑着道："王妈妈，你是先夫人留下的，老成熟练是自然的，这三房里有许多我不知道的事，还要多请教你。母亲让你来伺候我，想必也有她的深意。既然以后就是伺候我的了，绣渠。"她唤了一声，绣渠屈身应"诺"，"我的日

常喜好，你一会儿和王妈妈详说下。"

王妈妈屈身道："还是夫人想得周到，奴婢定将绣渠姑娘说的记下来。"

锦朝颔首道："这就好了。我一向喜欢穿素净的，采芙，还是换了那件丁香色的过来吧。"采芙立刻应"诺"去了。

王妈妈这才明白锦朝话说了一圈，是想说她衣裳没选对，心里不由一紧，忙说道："倒是奴婢自作主张了。"

锦朝慢慢道："你是不懂我的喜好，这怎么能怪你。"

王妈妈笑了笑，退下去布置早膳了。

等梳洗好吃了早膳，锦朝才把木樨堂走了一遍看了大概，昨个陈三爷领着只看了样子，并不清楚各个房的用处。这看全了她才明白过来，前有倒座房，现在做了她的库房用。一进是厅房，前院种了许多参天的松柏和槐树，夏季浓荫匝地，十分凉爽。二进就是她住的五间正房，第三进后有个花园，引了一片小池子进来，还砌了白石台阶，花围却只种了油桐树。后罩房则是丫头们的住处。

这花园打点不多，锦朝看了看那片池子，想着种些睡莲也不错。

这时候丫头过来禀报，说三老爷回来了。

锦朝才回正房去，陈三爷正在东次间里吃面。一碗码着肉片的面条，他吃得慢条斯理，却不一会儿就吃完了。锦朝递了汗巾给他，三爷接过抹嘴，让她坐在自己对面。

"昨个和母亲去游园，府里都逛过了吗？"

锦朝点点头。

"好玩吗？"他又问她。

走走逛逛，算不得好玩吧。锦朝想了想说："我才知道您是在檀山院后面的荷花池里学了汹水。"

三爷笑了笑，目光露出些怀念："小时候淘气吧，和老四老五玩捉迷藏，我躲在那儿谁也找不到。"

老五……是说陈五爷？锦朝从来没听人说起过这个陈五爷。她只记得年老的嬷嬷说过，好像是个庶子，少年的时候就死了。

这事还是陈老夫人告诉她的，说别看陈彦允现在是二品大员，小时候也有淘气的时候。几个兄弟拉他捉迷藏，还一本正经不想玩，结果找的时候谁都找不到他，后来才知道他躲在后面那片荷花池水里，用细细的竹枝换气。

"找了半个时辰没找到，伺候他的嬷嬷急得不得了。结果看到他穿的衣料飘在湖面，老嬷嬷吓得都快晕过去了。忙找人过来捞，才发现他不是落水了，是躲在水里面玩捉迷藏。"陈老夫人笑着说。

锦朝还饶有兴致地问："后来怎么了？"

陈老夫人说："还能怎么样，回来就发高烧了，烧得都迷糊了。大家都忙得团团转，好不容易等他醒过来，就要求找到他四弟，跟他说下次还该他四弟来找。那模样怪认真的，大家都哭笑不得。"

锦朝想到这事就抿唇一笑。

三爷瞧她一眼，锦朝立刻低下头，笑容却收不住。

陈彦允道："憋着不好，你要是想笑就直接笑出来吧。"

锦朝说："怎么会呢，难怪您水性那么好。"她最后那句说得有点小声，想起自己在纪家落水的时候还是陈三爷救的。

她想了想，又问："您早上要晨练吗？"陈三爷也该把自己的作息和她说说，她好做了准备。

陈三爷手指敲了敲桌沿，斟酌了一下才答道："早年跟着父亲学过剑法，每日晨要练剑。鹤延楼那边就有练武场，里头的人都是我养的护卫和死士。"他犹豫了一下，才缓缓说，"锦朝，以我如今的地位，生活不会很太平的。就算是有日没有侍卫护身，我也要自卫。你以后出门，也要有我亲自派的护卫跟着才行。"

顾锦朝第一次听到陈彦允这么轻柔地叫她的名字，但说的话却十分的凝重，说完之后还抬头看着她。

顾锦朝笑着点点头："嗯，我知道。"她记得从前陈三爷遇刺过，当时好像是追查什么巡抚贪污案，而且他还受了伤，整个府都惊动了。陈义等人更是跪在他门外等着请罪。她只是听了个囫囵，却根本不记得什么巡抚。

锦朝手搭在陈彦允肩上十分认真地说："那您平日要多注意着。"

陈彦允笑了笑，从肩上拿下她的手握在自己手里，亲了亲她秀气的淡粉色指尖，说："好。"

锦朝觉得手指头一烫，忙收回手说："我还想问一问您早朝的事。"

她的手指根根纤细，嫩如莹玉，陈彦允费了好大力气才把目光从她手上移开。"哦"了一声说："问什么？"

锦朝问了许多，陈彦允有问必答。锦朝才渐渐摸清楚他的规律，他原先是早上起来要晨练，吃过早膳然后上衙门。早朝是六天一次，每初一、十五沐休。早朝那日他就要早起，穿戴整齐朝服去上早朝。若是内阁事情不多，会下午申正的时候回来，要是太多的话还有可能赶不回来，内阁设了专门歇息的地方。平日偶尔会和郑国公去走马，或者和各路官员走动，再有闲暇就是读书。

等她问完了，陈三爷才跟她说："我看你的丫头在布置陈设，把木樨堂前一进的厅房侧间先留出来。我的书房设在前院，来去不便，我把一些常看的挪过来。你想看的时候也可以取来看。"

锦朝也搬了些书过来，但是她的书房却还没设好。一般嫁了人哪里还有书房，但她却十分渴望有这么个安静可供自己思索的地方。闻言心里一动，小声问他："三爷，我能有个书房吗？"

陈三爷想了想，跟她说："那不如和我并用一间，我多做几个多宝阁便是。加一座围屏，你的书案就设在围屏里面，还可以靠着窗扇透气，你觉得如何？"

锦朝心想，她可不想把自己那些闲书和内阁大学士的藏书放一起。她平日除了看金石品鉴一类的书，还看杂记或者野史，这要是让陈三爷看到了怎么办。他的学问多高，万一他笑自己呢。

陈彦允看她沉默，以为她不愿意，叹了口气仍然柔和地说："那还是算了吧，你看设在东梢间如何，东梢间有地龙，你冬日里还可以取暖。"

锦朝心想这样也不错，看书本就是安静的事，她平日还会练琴，说不定会打扰了陈三爷。

事情说定了，下午锦朝就叫婆子把厅房侧间腾出来了。虽然陈老夫人说今日不必去请安，锦朝和陈三爷吃过晌午饭还是去了檀山院，秦氏和两个儿媳正陪着陈老夫人说话。大儿媳沈氏长得温柔，二儿媳庄氏容貌平平，但是家世极好。这两个媳妇最得秦氏欢心，常带在身边走动。

锦朝屈身行礼，两个媳妇又站起来向陈三爷、锦朝行礼："三叔、三婶娘安好。"陈老夫人借口让她们歇息，秦氏就带着两人避到了梢间里吃茶。

丫头端了杌子过来，两人坐下了。陈老夫人才笑着问锦朝："木樨堂你住得可还习惯，老三有没有欺负你的地方？"

锦朝心想陈老夫人这问的是什么话，这样打趣她。

锦朝摇摇头道："三爷待妾身很好。"陈彦允在旁边听着，察觉她话说得很是顿挫，低头露出笑容。

陈老夫人道："你可别为他开脱，他看上去木讷老实，其实最是狡猾不过了！"

锦朝只能笑笑，心想陈三爷看上去也不怎么老实啊。

陈老夫人接着说："小时候和老五一起学《论语》，教他们的伯父很严厉，每到他伯父要查功课之前，他都约老五去听书。老五背得不好，他伯父只顾着老五，就不会批评他了。"

说到这里陈老夫人神情一暗。陈三爷笑道："是老五好骗罢了。"

陈老夫人叹了口气，又说起了锦朝三日回门的事。

刚说了一会儿陈玄新就进来了，手里还捧了盘香瓜子，声音很雀跃："祖母，我从六叔那里端了盘茴香瓜子。"

他跨进门，就看到自己父亲也在，声音顿时弱了不少，小声地向两人请安。

陈彦允听到他说陈六爷，不由得皱了皱眉："你又去你六叔那里了？"

陈玄新有些不安，清秀的脸微红："是六叔说他给我带了味香居的瓜子。"看到父亲面无表情，忙又说，"儿子以后少去就是了。"

陈老夫人招手让他过来，掏出汗巾给他擦了擦额头的汗，说陈彦允："一盘瓜子而已，你说他做什么。"却又转头叮嘱陈玄新，"你六叔那里你要少去，乱糟糟的。"

陈彦允就不再说话，手背却微绷着，锦朝低头就看到了。

等到出了陈老夫人那里，她就和陈三爷说："祖辈总是要溺爱孩子一些，您要是想他稳重些，不如还是让他几个堂兄带去国子监读书。人从书里乖。"

陈三爷摸了摸她的发，微叹道："人从书里乖，话是说得好。他六叔当年也好歹是个举人，谁知道成了现在这个样子，我在家里还能压得住他，不然行事更加荒唐。玄新一直跟着他祖母的，他祖母不同意送他去国子监，请了西席在家里教。这孩子读书的资质不好，却对旁门左道的感兴趣，像极了他六叔。"

他说到这里就不说了。锦朝想到陈六爷的旁门左道，心里也是一寒，随即就浮现出葛氏那张苍白绝望的脸。她转而和陈三爷说起后花园的事。

陈三爷想了想道："我看宫里湖上开了种白睡莲，初开为粉，渐渐会变白，你要是喜欢，我替你讨一些来。"

锦朝还没见过这样的睡莲，一听十分感兴趣，又问了许多。两人渐渐走到木樨堂，她才知道如今的太后娘娘也喜好睡莲，宫里还有养在碗里、小如酒杯的睡莲赏玩。陈彦允了许多，看她双眼明亮如星辰，不由得说道："你以后有了孩子，我来教他读书吧。"

锦朝愣了愣，怎么说到孩子上面去了。

陈彦允却笑起来："你放心，别的我不敢说，学问还是过得去的。"

他来教孩子读书，他可是内阁大学士……锦朝想到这里，不知道为什么心里一跳。陈彦允教孩子读书是什么样子的？她不由问："要是女孩儿呢？您还要教她读书？"

陈彦允脸上笑意更深了："这还是等你生了再说吧。"

他整了整衣摆，抬脚进门。

第二天是回门的时候，锦朝早早歇下了。一大早，顾锦荣就和顾锦贤一起坐着马车过来了，要接锦朝回门。陈老夫人早为她们准备下两大攒盒的各类糖食，四京果、一担刚出的夏橘、三牲酒水，装了一整个马车的回门礼，四人分了两辆马车坐下，马车嘚嘚地往大兴驶去。

顾锦荣和顾锦贤坐在车上还很局促，顾锦荣成亲那日只看了大概，现在和阁老共乘一车，心里却紧张起来了。倒是陈彦允温和地问起他制艺上的事。顾锦荣答得十分恭敬，又趁机问了些问题。陈彦允就多指点了几句，顾锦荣一副豁然开朗的语气："还是阁老的学问好，这些问题老师也没和我们讲明白过。陈举监也是跟着您读书的？"

陈彦允摇头道："他是跟着他祖父读的书，读得不够灵活。"陈玄青会试的文章他也看了，觉得他能钦点探花，恐怕还是看在陈玄青年纪轻，又是他嫡长子的分上。皇上略给几分薄面罢了。

顾锦荣却很是羡慕，读得再不灵活，那也比他们强了许多。

到了大兴顾家，锦朝才从后一辆马车上下来，同陈三爷一起去给冯氏、顾德昭磕头。

顾德昭一时很是感慨，长女穿着大红遍地织金通袖长身褙子，头发梳了凤尾髻，戴了两支衔红宝石的金累丝凤簪，嵌白玉的赤金鬓花，已经是妇人的打扮了。

一转眼，长女也出嫁了。如今她荣光满面，并没有过得不好的样子。纪氏九泉之下看到，也能含笑了。

顾二爷请了陈三爷去厅堂小坐喝茶。

徐静宜则携着锦朝一起去了东跨院，冯氏正等着她。

冯氏这次见她就不是在西次间了，而是挪到了花厅里，顾家的女眷都到齐了。锦朝特地看了一眼，顾澜就站在冯氏身后，从顾澜出了和姚文秀的事到现在，不过小半个月的工夫，她的双颊就瘦了下去，神情萎靡不振。她今天穿了件半旧不新的豆青色折枝纹褙子，低眉顺眼的也不说话，只屈身向她请安。

锦朝也向二夫人等人请安，二夫人笑盈盈地扶着她："朝姐儿倒是越发明艳了。"

丫头端了绣墩过来，锦朝坐下了才发现没看到顾怜。二夫人就跟她说："和姚家的亲事就定在八月，你祖母说要练练她的性子，一直拘着做针黹女红呢！等你八月回来过了中秋，就能看到她出嫁了。"

锦朝觉得二夫人对自己异常热情，反观五夫人一直淡淡喝茶，都不曾和她说话。

一会儿吃过晌午饭，冯氏就叫了她去屋里说话。

锦朝看到顾澜的手都捏起来了，抬头冷冷地看了她一眼。

锦朝差不多猜到冯氏要和她说什么了。

冯氏让茯苓端了盘夏橘上来，剥了一个递给锦朝，笑着说："即便是早市，橘子也太难得了。可见陈三爷是很看重你的。"三日回门一般要带了橘子过来，取义"拘子"。这时候橘子还没有上早市，是陈三爷早吩咐了人从江西运回来的。

锦朝笑着谢了冯氏："您是长辈，这些都该我来才是。"

冯氏却看到了她头上那颗鸽子蛋大的红宝石，心里还是忍不住感叹，谁能想到，最后成凤凰的不是顾怜，而是这个她一直不看重的顾锦朝呢。

还是说正事要紧。冯氏想到顾澜那张脸，心里就不舒服。她甚至想过要不然弄死了顾澜，就对外说成是暴毙得了。但顾澜毕竟是顾德昭的女儿。

冯氏又想起顾德昭知道顾澜的事之后，气得浑身发抖，狠狠打了顾澜两巴掌厉声说她："你要作践自己去当妾，以后就别当有我这个父亲，嫁妆你也一分别想要！你还敢和自己妹夫有私，你怎么这么不要脸。"冯氏从来没见过顾德昭说这么严厉的话。

顾澜却捂着脸哭："您还当您是我父亲吗？您为我做过什么，您为我姨娘做过什么。您不为我争取，我自己去争取，有什么不行。姨娘当年还是嫡女给您做妾呢，您就是这么对我们母女的！"

顾德昭气得说不出话来，拂袖离开了。

冯氏揭开茶盖拂去茶沫啜了口茶，才叹了口气，语气十分凝重："祖母有件事一直没告诉你，当时想着你要成亲了，也别让你烦心，如今却不得不说。"便把顾澜和姚文秀有私的事和她说了。

"你们虽是姐妹，但澜姐儿一向和你不和。她脾气太狭隘容不下人，如今又做出这样腌臜的事来，我也是痛心极了。"冯氏叹了口气，"没有办法的事，只能让姚家纳她为妾。朝姐儿觉得如何？"

顾锦朝心里很明白，冯氏是怕自己插手顾澜的事。

毕竟顾澜是四房的人，要是她依仗锦朝陈三夫人的名义，在姚家也能有几分地位。冯氏这是多虑了，她现在没对付顾澜就算她仁至义尽了，还要帮她？那是绝对不可能的事。锦朝淡淡地和冯氏说："这事随祖母的意，顾澜做出这样的事，这是给顾家蒙羞的。我绝不会插手。"

冯氏得了顾锦朝这句话，心里才真的松了口气。顾锦朝不管，顾澜就等着受罪吧。

按照礼节两人在顾家歇了几日，等回宛平的时候，已经到六日一朝了。

锦朝清点从顾家带来的东西，还有她一马车的各类茶花，都记了册子交给佟妈妈保管着。陈三爷在厅房和管事商量书房的布置，她趁机叫过青蒲，让她明天卯正就叫她起来。平日里不服侍三爷起床就算了，早朝的时候可要慎重着。可别让她犯懒的话传到陈老夫人耳朵里。

第二天青蒲卯正来叫她的时候，陈三爷刚起床，青蒲小声跟她说："三老爷在净房里洗漱呢。"

他起身好像从来都吵不醒她，锦朝为之头疼。她本来是睡得很浅的人，也不知是嫁到陈家睡得太好了，还是陈三爷起床动作太轻了。青蒲服侍她穿了件藕荷色的褙子，乌发只梳了一个小纂儿，戴了一对莲子米大的珍珠。这时候采芙和绣渠才捧着陈三爷的朝服进来，放在长几上。

等陈彦允出净房的时候，看到原本该熟睡的妻子已经站着等他了。

锦朝笑盈盈地向他福身："妾身伺候您穿衣。"

三爷愣了愣，只觉得她的笑容十分明亮。他回过了神，用一贯温和的语调问她："你怎么不多睡一会儿？"

"妾身是您的妻子。"锦朝笑着说。其实她心里都明白，陈三爷娶了她之后对她很好，事无巨细都帮她想到了，简直就是在宠溺她。除了外祖母，再也没有人待她这么好了。

投我以木桃，报之以琼瑶。

不知道锦朝哪里取悦了他，陈三爷看了她许久，笑着点头："好。"

青领缘白纱中单、赤罗衣、青缘赤罗裳、犀花纹革带，穿好了这些，锦朝又屈膝帮他系佩绶。陈三爷俯下头，看到她纤细的手指绕在佩绶的系带上，藕荷色的衣领微开，能看见她一截莹白如玉的脖颈，锁骨隐入衣领中，再往下是一片诱人的阴影。

锦朝不知道佩绶要怎么系，她从来没系过。试了好几次都不成功，又是这样的姿势，她都能感觉到陈三爷无声地俯视着她。不由得脸发热，心想陈三爷也是，她不会系佩绶他就不能指点一下，看着她不说话做什么。

佩绶的系带缠在革带上，锦朝想把它取下来，越急却缠得越紧。

锦朝凑近了些想看看究竟怎么缠紧了，陈三爷却一把拉着她的手把她拉进怀里，她还没说什么，就感觉到三爷的气息突然接近，嘴唇被堵住，十分激烈的一个吻。就算她想后退躲开，他也会随即追上来，并按着她的腰不让她躲闪。

等他放开的时候，锦朝浑身酥麻，脸红气喘。

陈三爷凝视着她，声音十分低哑："你不会系佩绶，还不会问我吗？"

她其实也挺固执的，要是有什么事不会或者遇到了难题，多半是自己钻半天的牛角尖，直到真的想不出来或是没办法了，才会来问他。陈三爷希望她遇到困难，第一个想到的应该是他。毕竟他们两个人是一体的，一荣俱荣一损俱损。

"来，这样系。"陈三爷拿过她的手，教她如何系佩绶。修长的手指绕过系带，十分灵活地打一个回环，结印垂于身后。

被他放开了之后，锦朝还是半天没回过神，心跳得很快。她拿起了梁冠想为他戴上，才发现他比自己高了一个头，好像够不到。陈三爷接过梁冠自己戴上，柔声跟她说："我晚上会回来。"

陈三爷走出去很久，锦朝才想起她昨晚就让人备下了早点，但这个时候他应该都出影壁了。锦朝坐了一会儿，采芙推门进来，笑着说："夫人怎么脸红了。如今还早，您要不然多睡一会儿？"锦朝听到采芙问话才抬起头，她也不知道自己在想什么，只是这样的感觉她不太适应。好像当年情窦初开，一见到陈玄青心就怦怦直跳一样。

"还是算了，服侍我梳洗吧。"锦朝决定不赖床了。她要把搬来的茶花都植到后面的小花园里去，还要去给陈老夫人请安。一会儿秦氏要跟她说三房的事，江氏死后三房一直由秦氏代管着，如今该由她来管了。

到陈老夫人那里时，秦氏、王氏、葛氏等妯娌已经过来了。王氏笑着拉她过去坐："新嫂嫂过来了。来，上我这儿坐。"相比王氏的坦诚大方，葛氏就往旁边让了让，露出淡淡的笑容。

陈老夫人朝她笑笑："老三以后要去早朝，你难免早起服侍他，等他走了你就多睡一会儿，不用来给我请安。"端了身边装核桃仁的描金小碟给她，"这是老二从陕西带回来的，你也尝尝，比别的地方的更香。"

锦朝抓了一把，又递给几个妯娌吃。秦氏摆摆手："干果我是吃不得的。"随即又和陈老夫人说起她三儿媳孙氏的事："也是个不省心的，明明都有了身子，还去了吴二太太那里听戏，差点从台阶上滑下来！"锦朝端着小碟的手停顿了一下，才把碟子放到了旁边的高几上。

孙氏就坐在旁边，脸色通红："母亲，我那时候还不知道自己有身子了。"

秦氏又斥责她："你月信几时没来都不记得？"孙氏一向喜欢顶嘴，她十分不喜欢。

孙氏气呼呼地撇了嘴，却不敢再说什么了。

陈老夫人却很是惊喜："有了身子也不早些告诉我。你大嫂怀孩子的时候，我还多拨了两个灶上的婆子伺候，你大侄子生下来白白胖胖，长到两岁都没生过病。"

说完赶紧吩咐郑婆子进来，要把伺候自己灶上的杜仲媳妇拨到孙氏那里去。

秦氏露出了笑容："这样的事怎么麻烦母亲，灶上的人我早就安排好了。伺候的丫头我也多拨了两个，这是玄让的头胎孩子，我打算明天去宝相寺多上香，替孩子求个符。"

陈老夫人道："那也带你六弟妹一起去。"

刚说到这里，有小丫头过来通传："七少爷回来了，要过来拜见老夫人。"

陈老夫人精神一振，笑着道："赶紧让他进来，也好见过他母亲。这在翰林院忙了快两月了，也不知道人有没有清瘦。"

陈玄青回来了！顾锦朝手握紧了绣帕，片刻之后又松开。早知道嫁过来会再遇到他，她又何必躲避呢。反正自己以后就当他是继子，照常对付着就是了。想明白了，她脸上也露出淡笑。

外头却传来孩子软嫩的声音："七哥，你回来啦！"

接着是个男声柔和地"嗯"了一声，随着丫头挑开帘子，就见到一个穿绛丝青色盘领右衽袍的清瘦少年走进来，怀里还抱着一个粉雕玉琢的孩子，正是前来请安的陈曦。

陈曦乖乖搂着哥哥的脖子，一双黑葡萄般的眼睛水亮柔和。

到了陈老夫人面前，她才从哥哥怀里下来，给陈老夫人行礼问安。陈玄青则跪下行了大礼，陈老夫人忙起身去扶自己的孙子起来，陈玄青才道："两月余没伺候在祖母身前，心里十分惦记您，您还好吗？"

陈老夫人揽着他的胳膊看个不停，笑中带泪："好着呢，我看你都瘦了，人也长高了。"陈玄青是家里相貌最出众的一个，五官清秀隽雅，眉眼好像是用水墨画描出的，好似深山云雾缭绕中长出的青竹，宁静致远，超凡脱俗。他也是陈老夫人带大的，最是心疼不过了。

陈曦扯了扯陈玄青的袖子，小声问："七哥，你说会给我带糖面人儿的。"

陈玄青含笑说："七哥怎么会忘了呢，回去就给你。"

陈玄青中了探花，又有父亲陈三爷为他铺路，以后肯定是陈家最出众的孙辈。秦氏刚提及孙氏怀孕的事好像也没那么重要了，孙氏就小声和自己的丫头说起话来。秦氏冷冷地看了她一眼，孙氏才噤声坐端正了。秦氏觉得自己做得最错的事，就是选了这么个不知进退的儿媳，要不是看着她有孕，回去还要好好罚她抄佛经不可。

陈老夫人借口让众女眷去东梢间喝茶，招手让锦朝过来，和陈玄青说："你父亲半月前成亲，娶了顾家二小姐。如今可是你母亲了，快过来见过她。"

陈玄青先行礼，等他抬起头看清顾锦朝的脸，不由得震惊了。

顾锦朝很镇定地还了礼，陈老夫人让两人先坐下，拉着陈玄青说起话来："你回来就在家里多住些时候。你十一弟的西席正在给他讲《大学》，我是试不出他学的好坏的，你正好可以考考他的学问。"

陈玄青面上很快恢复了平静："祖母要试的话，不如现在把玄新叫过来。"

陈玄新就在前一进的书房里练字，陈老夫人叫人去喊，他小跑着过来了。看到陈玄青也十分高兴，喊了七哥后规规矩矩地站好，陈玄青问他学到哪里了，陈玄新说刚学了第三章的"瞻彼淇澳，绿竹猗猗。有斐君子。如切如磋，如琢如磨"。

陈玄青问他这句话该作何解，他想了想才答道："是说做学问的态度要恭正。"

陈玄青点点头："下句是'有斐君子，终不可喧兮'，连起来则是说君子的品质。回去要多通读，才领悟得更通透。"

陈玄新受了探花的指点，忙作了揖端正地道："谢翰林指教。"

陈老夫人笑起来："你看，如今你是探花了，他是不是更听你话了？"

陈玄青却一点都笑不出来，微抿了抿嘴唇，目不斜视。

锦朝察觉到他的拘谨，她还看到陈玄青的背脊挺得笔直，姿态甚至有些僵硬。不过也难怪……

乾清宫书房内，朱骏安安静地伏着身子描红练字。陈彦允坐在一旁的太师椅上喝茶，一会儿太监捧了个匣子进来，笑着跟他说："陈大人，这种睡莲找不到种子，这是刚吩咐人从荷池挖出来的根茎，您收好了。"

陈彦允笑着接过来，递给旁边的江严。

朱骏安抬起头，很好奇地问："陈爱卿，你种睡莲做什么？母后说它不好养活，都是匠人专门照料的。不如我派两个匠人到你府上，为你种睡莲吧！"

那岂不是恃宠而骄了。陈彦允起身回话："臣谢过皇上，是臣妻要种着玩，就不劳烦皇上赏赐了。"

朱骏安这才笑了笑："哦，好吧。"他把描红的字给陈彦允看，说，"你还是詹事府詹事的时候，为我写了册《滕王阁序》让我描红，你觉得我写得怎么样？"

少年皇帝递了澄心堂纸给他看，目光很是期盼。这时候伺候他的太监捧着一盘栗子糕、一盘桂花糖藕进来，笑着道："皇上午膳吃得不多，奴婢让尚膳监备下了点心。"

朱骏安皱了皱秀气的眉毛，有些不耐烦地指了指长几："早晚都是吃，放那儿吧！"

他还小，不能真的参与国事。每日也只能吃吃喝喝，最多就是练字了。陈彦允又想到张居廉吩咐他的话："多哄着他些，皇上年幼，总需要别人顺着他。"

陈彦允点点头，说："您的字已经很好了，不需要再描微臣给您写的帖了。"

朱骏安高兴起来，拉了他到自己书案前看："不光是你的，我还有张爱卿、王爱卿写的帖。我听说叶限的篆书写得很好，上次他过来看太妃的时候，我特地向他要了篆书的帖子。但是我最喜欢的还是《滕王阁序》，王勃写'落霞与孤鹜齐飞，秋水共长天一色'的时候才十四岁，你说我十四学问能这么好吗？"

陈彦允看了一眼那些凌乱摊开的字帖，心里突然冒出一股寒气。

他答道："您胸怀韬略，学问也不重要了。"

朱骏安认真地点了点头："爱卿说得对，母后也这么教导我，让我别沉迷练字。但是冯程山每日都要拿内阁商定好的折子给我批红，我想把字练得好看一点。"不等陈彦允说话，他继续说道，"我年纪还小，怕做得不好，母后说父皇虽然只在位几年，但一直励精图治。我要像父皇一样。"

陈彦允垂下眼，冯程山确实每日都要呈递折子给皇上，但根本不是内阁拟定出来的，而是废弃的无用奏折。朱骏安就算是再仔细辛苦批红都没用，根本没人看得到。

朱骏安微微叹了口气："我和爱卿说这些做什么，我看外面太阳都落了，不如我给你安排了值房休息吧。"以前陈彦允辅导他课业太晚，都是不回宛平的。

陈彦允以家中有事推辞，朱骏安就没有多留他，换了衣裳去给太后娘娘请安了。

等到陈彦允出来，守在外面的陈义立刻为他披上披风。

已经走下了乾清宫的台阶，江严看陈彦允脸色沉重，不由得问道："三爷，您可是觉得有什么不妥？"

陈彦允淡淡地道："没什么不妥的，只是觉得皇上字写得好罢了。"

内阁所有大臣的笔迹，他都能描摹出来。但他收集字帖的行为却从来没人注意过，连张居廉都是像打发孩子一样打发他。朱骏安虽然年幼，但却绝不像表面看起来那么怯弱。

他和太后孤儿寡母，朝中却势力割据，夹缝中求生存也不容易，可惜空有个天子的头衔。

陈彦允思索着朱骏安这番动作的含义，不由闭上眼仰躺在轿椅上。

早朝、处理内阁事宜，还要陪皇帝练字，他也很疲倦，也不知道锦朝在家里如何了。原先他辅导朱骏安课业，天色晚了就不回去了。如今锦朝在家里等着他，他觉得一定要回去不可。何况他走的时候还和她说过，晚上会回去的。

锦朝见陈玄青不自在，本来想先告辞的。谁知陈老夫人要留她进晚膳，还说："你和老三的几个孩子接触不多，多亲近亲近才好。"锦朝只能留下来继续陪陈老夫人说话。

陈曦好像十分依赖陈玄青，乖乖贴在他身边不说话。陈玄青则从头到尾都不和顾锦朝说话，陈老夫人见他拘谨，以为是心里对和自己差不多年纪的继母别扭，就笑着跟锦朝说："我听说锦朝的女红好，曦姐儿一直没学女红，不如让她跟着你学吧。"

陈玄青淡淡道："既然要学，何不请了专门的绣娘教，为什么要她来教。"

顾锦朝曾经赠过他香囊，绣了一对歪歪扭扭的鸳鸯，他看了一眼就觉得厌弃，扔进火盆里烧了。

陈曦仰头看了自己哥哥一眼。

锦朝笑笑："就怕我手艺不好，七少爷担心我教坏了曦姐儿。"

陈老夫人皱了皱眉，陈玄青一向说话都知进退，怎么现在说出这样的话来。他进来之后人家顾锦朝也没做过什么，说话都是客客气气的，他是在别扭什么。

"你现在也是七品官了，"陈老夫人压着怒气跟他说，"说话怎么这么不讲究！你父亲在你这个年纪也是进退有度的，待人接物没人说一个不字。"

陈玄青袖中的手紧握着，低声道："是，孙儿知道了。"他能说什么，说这女子一直恬不知耻地追着他，因为他而争风吃醋，还曾做过当众掌掴丫头耳光的事？

整整两个月，他在翰林院为先皇编撰传记，同做此事的还有翰林院掌院学士，几个老翰林。只有他资历最低，因此他事事不敢放松，忙得不可开交。听说父亲续弦，他连是谁都没过问，谁知道是顾锦朝。怎么会是顾锦朝！

锦朝喝了口茶，笑道："要是曦姐儿不嫌弃，尽管来找我就是。"

陈曦拉着陈玄青的衣袖，又看了自己哥哥一眼，见哥哥不再出言反对，脸上露出一个小小的笑容。

等进了晚膳，天已经全黑了。陈老夫人让绿萝拿了两盏羊角琉璃灯过来，陈玄青先走几步，锦朝才错开时间出去。等走到半路，却看着他站在不远处的亭榭边等着，挑着一盏暖黄的灯，长身玉立，表情宁静。

锦朝记得自己从前最喜欢他身上温暖柔和的感觉，她从没在别人身上见过。可惜这种温暖柔和从来都不是对她的。不过现在想想，也没什么可惜的。

她想当作没看见走过去，陈玄青却出声问道："你究竟要做什么？"

锦朝叹了口气，停下脚步道："七少爷多虑了，你我早就不相干了。过往之事都是云烟，我不记得，希望你也别记得。"

陈玄青冷冷地道："求之不得。我不管你有什么打算，只要你别做对陈家、对曦儿不好的事就行。"

锦朝还能感觉到他话里几分薄鄙，笑了笑不再说话。

她和陈玄青错身而过。

走过竹林就是青砖甬道，两侧都点了松油灯，远远地就看到一辆青帷油车停在木樨堂门口。

陈三爷已经回来了。

锦朝走进西次间，看到他正躺在临窗的罗汉床上闭目休息，朝服也没有换，只摘下了梁冠。

是不是等她等得睡着了？

锦朝屏退了左右，小心地走到罗汉床前，本来想叫醒他洗漱的，却改变了主意——她还没有仔细看过他。锦朝坐到罗汉床另一侧，手肘支在炕桌上悄悄看他。他的眉毛很浓，却弯弯的很温和的样子，眼眶很深，鼻梁挺直，嘴唇长得很好看，特别是笑的时候，十分儒雅。

烛火的光打在他脸上，投下半边阴影。

锦朝见他睡得这么好，想起他今晨卯正就起床了，应该很困吧。她有点不想叫起他。

锦朝看到陈三爷的睫毛动了动，这是要醒了吗？她缩回身子等了好久都不见他有动静，又探过头看，却发现他已经睁开了眼睛。还没等她说话，陈三爷就一把拉住她的手腕十分利落地将她带进怀里。

锦朝猝不及防撞进他怀里，整个人都压在他身上，近得能感觉得到他胸膛的起伏和朝服上淡淡的熏香味。她有些气恼，又不好发作："三爷，您醒了也不说一声。"

陈彦允"嗯"了一声，却依旧抓着她的手腕不放。

锦朝脸色通红，挣扎了两次试图爬起来，却都被他轻轻一扯跌回去。她咬牙说："您不觉得重吗？"

陈彦允不太想说话，仅仅是摇了摇头。

锦朝想了想，说："您还是放我起来吧，先把朝服换了，穿着不舒服。"

陈彦允想了想，问她："好看吗？"

"什么？"

陈彦允顿了顿说："我早上走的时候，你都看傻了。不好看吗？"

锦朝才明白他说的是这身朝服。想到早上那个吻，锦朝更觉得这样的姿势不自在，她说："当然好看，那您也要让我起来吧。"

陈三爷慢慢道："你知不知道，不能这样随便趴在一个男人身上，我可不能让你起来。"他一翻身就覆在她身上，俯在她耳边低声说，"锦朝，我早上走的时候，你帮我穿衣。现在你帮我脱衣吧。"

锦朝感觉到他温热的气息就扑在她的耳垂边，脸顿时燥热。

除了新婚那晚，他们还没有过，陈三爷一直很照顾她。

那好吧。锦朝伸出手先帮他解开革带、佩绶，赤罗衣的衣带塞塞窣窣半天都解不开，陈三爷却觉得自己忍不下去了，先吻了一下她的侧脸："怎么了？"

锦朝小声说："好像打成死结了。"

陈三爷闭了闭眼睛，苦笑道："姑奶奶，算了。"他直起身子，姿态优雅地解了衣服。锦朝也想起来，只是没来得及坐起来，已经被他打横抱起走进内室中。

她惊慌地想要爬起来："三爷，您今天起得那么早，又忙了一天……"

"夫君不累，别担心。"陈三爷低声说，"锦朝，你每晚躺在我身边，我都没有睡好，你体谅一下我吧。"而且她睡觉实在不乖巧，夜里老是翻身，他把她搂在怀里她却能安睡。但是就成了他睡不好了。

拔步床上锦被凌乱。

"三爷，够了。"

"嗯，该叫什么？"他低声问她。

还要猜，锦朝几乎是叹了一声："夫君……"

"乖。"他摸了摸她汗湿的头发称赞了一句，"最后一次，夫君可是信守承诺的。"

等到房中再亮起烛火的时候，已经是亥时了。王妈妈送了热水进来，陈彦允抱起她去净房洗漱。锦朝昏昏沉沉感觉到自己又落在了锦被间，被人揽进怀里，理开她的头发仔细看她。

她累极了，就这样沉睡过去了。

转眼间，锦朝成亲已经有小半月了，北直隶进入了盛夏的时节。

门外刮起大风，吹得木樨堂的参天大树摇晃着，天色很快阴沉下来，不一会儿就下起了大雨。

西次间顿时暗下来，雨竹立刻去捧了烛火过来点上。

锦朝坐在罗汉床上，拿起给三爷做的斗篷。她昨天才起手，早上刚把斓边做好，结果王妈妈就过来回话了，都没来得及收边。听到外头的风雨声大，心想恐怕不能去陈老夫人那里请安了。锦朝叫过采芙："跟小厨房说一声，午膳布置在东次间，做得清淡一些。"

今天是七月初一，陈三爷休沐在家，她也要跟着吃得清淡点。锦朝口味偏重，和纪吴氏一样。陈三爷则和陈老夫人一样口味清淡，更喜欢蒸煮。这些年他开始礼佛，更是忌口了。

采芙应"诺"去了。

雨竹长高了不少，婴儿肥的脸蛋也削尖了，倒是长出一个明媚的小美人来。此时她正捧着烛火仔细地照着锦朝。

顾锦朝不由得笑她："放在炕桌上就行了。"

雨竹笑道："我凑近些，您看得更清楚。"

锦朝望了望外头的大雨，心里有些担忧。陈三爷在前一进的书房里见陈六爷，也不知道书房里有没有伞。他就算从抄手游廊过来，也难免要淋一段雨。

锦朝把斗篷放进笸箩里，吩咐一旁站着的香榧去找了油纸伞过来。她亲自拿着伞往抄手游廊去，绣渠忙跟在她身后："夫人，让我来吧！"

锦朝摆摆手让她回去，她没带伞跟上来，可别淋湿了。

走过抄手游廊，再经过一片青石小路，就看到厅房了。厅堂外的大树遮住大半的雨，反倒让厅堂显得十分幽静，隐隐能听见侧间传来的说话声。厅堂门口守着陈三爷的一个小厮，叫书砚。书砚见着她过来，忙请了安道："这么大的雨，夫人怎么过来了？小的去通传一声。"

锦朝打量了厅堂一眼，正堂布置着六把太师椅，供着香炉，正上方挂着一块"春和景明"的牌匾，也不知道他什么时候搬过来的，她上次来不还没有吗？

书砚出来请她进去。

陈三爷站在书案后面，身前还站了两个人。陈三爷招手让她过来，柔声问她："雨下得这么大，你过来做什么？"

锦朝见他一脸平和的表情，突然觉得自己白担心了，解释道："我怕您这儿没伞。"

陈三爷却笑起来："淋一点雨也没什么。"

她走过来之后才看到陈三爷对面的两个人。一个穿着件竹叶纹杭绸直裰，长得有几分像陈老夫人，细眉薄唇，面容干净，但是男生此相却有些阴柔，打量了她一眼没说话。一个穿着件织金丝团花纹锦袍，长相俊朗，笑容满面。正是陈四爷和陈六爷。

陈六爷笑眯眯地喊了声："三嫂嫂。"又多看了她一眼，称赞了一句，"三嫂嫂的发梳得好看。"

陈三爷脸上的笑容就收起来，淡淡地让她先去里头坐着等。陈六爷才看到他目光严厉，不由得解释道："三嫂嫂的丫头好，发梳得好看。"见陈彦允还没说话，他心里发虚，忙涎着脸笑道，"三哥，你知道我嘴上没个把门的。"

陈三爷才"嗯"了一声，知道他是无心惯了，什么话张口就来，才说："那崔氏的事，你怎么打算？"

"还能怎么打算，"陈六爷喃喃道，"就这么过了呗！反正人都死了。"

陈彦允笑了笑："怎么过？怀着你的孩子，一尸两命了？你还想就这么过了？"

陈六爷又道："你……你虽然是个尚书，也不能扭自己的弟弟去见官吧！"

"见官？"陈彦允冷声喝他，"你以为我不会吗！陈家多少年积攒的名声，就让你败坏光了。你现在还敢拿见官来威胁我了，我说一声判你砍头，你以为知府敢判你个流放？"

锦朝在里头听得都吓了一跳，她还没见陈彦允这么生气过！

陈六爷生性风流，任谁都管不住。锦朝记得陈老夫人跟她说过，他去那些下三烂的地方，回来被陈老太爷打得爬都爬不起来，鼻青脸肿地哭着说："二哥、三哥喜欢读书，我什么都不喜欢，就这么一个喜好。您看在我是您儿子分上，留儿子一条命吧。"陈老太爷气得把他打个半死，养了三个月才好过来。

但是等伤好了，陈六爷依旧眠花宿柳，这样的人天生多情。

不过陈三爷说的那个崔氏锦朝倒是记得，因为这件事最后闹得很大。陈六爷在外面养了外室，好像是个寡妇女儿。陈家上下都反对他纳崔氏为妾，陈六爷也失去了新鲜劲儿，渐渐就不去找崔氏了。崔氏托人给他带信，说怀了他的骨肉要他过去看看，要是他再不过去，她就一头撞死，也免得不干不净地活着。

陈六爷好像还冷笑着说了句："让她死去，我看谁拦着她！"

女主一哭二闹三上吊的戏码他实在看太多了，一点都不新鲜。

没想到，崔氏真的死了。死得极为凄惨不说，那肚子里四个月的孩子，也跟着母亲去了。

这事传得很大，陈家声誉难免受损。后来陈六爷只能去寺庙住了半年，算是给那对母子赎罪。

她继续听着书房里的动静，陈彦允发怒之后，陈六爷就不敢说话了。

陈四爷才开口道："三哥，是老六的错，但现在人都没了……"

陈彦允过了许久才说："等雨停了，你带他去给崔氏的家人赔罪，备重礼。崔氏是凶死，再从宝相寺请人去做法事超度，别的事等做完了再说。"陈四爷应是，和陈六爷一起出了书房。

锦朝才从里面出来，陈彦允看着窗扇外的大雨不说话。听到她走过来，叹了口气问她："刚才你听到了？"

锦朝点头应了一声。陈三爷才拿起她带过来的油纸伞："先进午膳吧。"

陈三爷撑着伞，手臂揽着她的肩怕她淋到雨，青石砖路上满是残枝落叶，锦朝低头就看到他一双皂色靴子，脚步稳重又优雅。等到了游廊上收了伞，锦朝才看到他半侧肩都湿了。

陈三爷很自然地拉着她往正房走去，她侧望着他高大的身影，突然有种有人为她遮风挡雨的感觉。

她问道："您打算怎么处置这件事？"

陈三爷不想她理会这些事，摇摇头道："等他回来再看看，你别管这些。"他生气并不全是因为陈六爷逼死了崔氏，而是他做错事也就罢了，偏偏一副无赖样子。知道自己的亲人不会置之不理，一点悔过的样子都没有，只等着别人帮他善后，也不知道谁惯出来的脾气！

等到了正房，东次间的饭菜已经摆好了，果然都是些清淡的菜色。

外头雨下得更大了，竟然开始打起雷来。

第四章

意外

陈三爷其实也是个信奉言不如行的人，平时话也不多。在她面前还略多说几句。他心情不好，就只沉默着吃饭，时不时给她夹菜。东次间只听得到碗箸的声音，显得很沉寂。

锦朝听到外头打雷的声音，就跟三爷说："我小时候很怕打雷，每次雷雨天的时候，就要躲到外祖母的被窝里去，装小耗子咬她的手，把她吓一跳。"

陈彦允抬起头看她，从没听她提起过小时候的事，他脸上露出一丝笑容，想了想跟她说："刚成亲那天你偷偷躲在被子里啃花生，原来小时候就有这个习惯。"

外头一道闪电突然亮起，又一阵闷雷轰隆隆滚过。

陈彦允见她低头吃青菜，好像很不喜欢的样子，咬了好几下才把菜吞下去，不由问她："你现在还怕打雷吗？"

锦朝摇摇头："长大了自然不怕了，怎么了？"

他"嗯"了一声说："随便问问。"

锦朝却听出他的语气，似乎是觉得有点可惜的样子。

这有什么可惜的，锦朝不太想得明白。

大雨来得快去得也快，吃过午膳就停了。陈三爷不再去书房了，就靠在罗汉床上看书。锦朝坐在另一侧，从笸箩里拿出斗篷，她觉得陈三爷靠着罗汉床看书并不舒服，他换了好几次姿势。

锦朝招手让青蒲凑过来，吩咐了几句。过了一会儿，她从青蒲手里接过个迎枕，想让陈三爷垫着。

陈三爷摆摆手："我不习惯，不必了。"

不习惯这样看书，那还在这儿陪着她。

锦朝让青蒲退到一边去，不再说话。

太阳出来了，光芒照进隔扇里，锦朝抬起头时看到阳光照在陈三爷侧脸上，更显得他鼻梁挺直。他垂眸看书的样子十分认真，她看得入神了。陈彦允这样的长相，初看并不惊艳，不像叶限那种色若天人的美，但越看越觉得深邃温和，令人心神平和。陈三爷抬起头时突然对上她的视线。

他淡淡地笑："在看什么？"

锦朝摇摇头讷讷道:"没什么。"斗篷上竹叶才绣了一片。

陈三爷却无奈地叹了口气:"你看着我,我就不能专心了。"

他注意到锦朝手里天青色的斗篷,用的是皂色的斓边,绣的是石竹纹。这样的东西应该不是她用的吧。他放下书册走到她身边,笑着道:"寻常闺阁女子的女红,多半精致秀气。你绣的石竹却有几分凌厉,倒有几分意蕴在里面。"

锦朝也是仿了他的墨竹图,夸来夸去还是夸他自己。

陈彦允手指划过竹枝的纹路:"只是竹骨形散,浓淡相称,必要留白。"顿了顿道,"你跟我来。"

他率先向东梢间去,锦朝的书房布置在那里。

锦朝让青蒲把东西收起来,跟在陈三爷身后进了东梢间,却见他已经铺了纸,指了指砚台示意替他磨墨。锦朝挽了一截袖子,替他磨起墨来。

陈三爷选了一支毛笔,先润了水再蘸了墨。他的手骨节分明,握着毛笔十分好看。寥寥几笔,竹干挺拔之姿跃然纸上。锦朝临摹了好久都画不出这样的感觉,不由侧过身去仔细看。

陈彦允搁下笔跟她说:"从檀山院过去有个竹野堂,是我少时居住的地方,竹野堂的名字还是从杜荀鹤《题弟侄书堂》里来的。我以前喜欢观竹,看多了就能画出其意蕴了。"

"窗竹影摇书案上,野泉声入砚池中。"锦朝很喜欢这两句诗。

她拿起毛笔,问陈彦允:"三爷能让我试试吗?"

陈三爷笑道:"就是要教你的。"他走到一旁替她磨起墨来。

锦朝依葫芦画瓢,总觉得差了几分味道,还要劳烦堂堂东阁大学士给自己磨墨。她有点心虚,搁下笔道:"我这方面很愚钝,总是画不好。"

陈彦允走到她身后,握着她的手道:"算了,我来教你走笔吧。"他另一只手撑在她身侧,好似把她拢在怀里,她的手由他握着,走笔十分有力。锦朝闻到他身上淡淡的香,侧目就看到他手腕上的奇楠佛珠串。他的下巴抵在锦朝头上,声音柔和:"笔尖用力,毛笔要微侧,把墨晕染开。"

他的手很大,将她完全包覆着。锦朝只能集中精神听他说话。

陈彦允放开她的时候又问:"知道吗?"

锦朝只是听了个大概,点了点头说:"恐怕还要多练才是。"

陈彦允安慰她:"这不是一蹴而就的事,做不好也是应该的。我小时候字写得不好,每天都要练二十篇小篆,练了三年才端正了些。你有不懂的来问我就是,以你夫君我的学问应该还是答得上来的。"

两人正说着话,香榧在外面通传了一声,说是陈老夫人身边的竹桃过来了。

锦朝就回了西次间见竹桃,她长得杏眼桃腮,很是明媚,笑着屈身道:"三夫人安好。吴家大奶奶、二奶奶过来了，老夫人让您过去说会儿话，人多热闹。"

锦朝就和陈三爷说了声，换了身褙子，去了陈老夫人那里。

还没进门，就听见西次间里一阵喧闹。进去才发现里头已经摆了一张四方卷草纹的桌子，吴家大奶奶、二奶奶正和陈老夫人、王氏一起打马吊。陈老夫人笑着让锦朝坐到她旁边来，说："你二嫂今儿去宝相寺烧香，正好遇到吴家大奶奶和二奶奶。在宝相寺避了雨回来，正好过来打马吊。"说着问她要不要试试，她好起身让她。

锦朝暗想陈六爷的事，三爷应该是瞒着陈老夫人的，不然也不会在这里打马吊了。

锦朝笑着摇头："叶子牌我还能认得几个，马吊就是真不懂了。"

坐在一旁喝茶的秦氏就笑道："那弟妹来这边坐，陪我说会儿话。"她身边还坐了刚怀孕月余的孙氏，还有正和小丫头玩翻绳的陈昭。

陈老夫人又道："锦朝你再坐一会儿，曦姐儿就该过来了。"说着吩咐绿萝去找绣绷和针线过来，"等她过来了，你先教教她。"

锦朝知道陈老夫人的好意，陈曦这孩子怕生，又不往她那儿走动。这样下去就一直都亲近不起来。

孙氏笑着喊了她三婶娘，问起她的事："我听说婶娘是适安人，适安的桃酥很好吃呢。"

秦氏放下茶盏，轻轻咳了声。孙氏却没有意识到，笑眯眯地继续说："我就喜欢吃糕点，怀了孩子就更想了。婶娘要是喜欢，我那儿还有两个糕点的攒盒，是我母亲从苏州带来的。苏州的点心精致。"

锦朝不知道孙氏为人这么热情，她笑着应下了。

打完一圈的吴家大奶奶却和陈老夫人说道："瞧着您家这些媳妇子，孩子一个个添，我们老大、老三的媳妇，肚子动静都没一个！"

陈老夫人笑眯眯的，儿孙满堂她自然高兴，又指了指锦朝："等着她再添一个！"

吴家二奶奶打量锦朝，笑着说："三爷的媳妇漂亮，面相上福气又好，生出来的孩子也好。"

吴家二奶奶不仅嘴巧，还和自己修行的姑母学过相面的本事。

陈老夫人也是越看锦朝越满意，又跟吴二奶奶说："前几天我心中郁积，吃不下饭。都是她做了饭菜送来，说是这样的小病不能吃药，要食补。多吃了几日还真是爽快了。"

锦朝笑了笑："我也是碰巧了。"

秦氏脸上的笑容却淡了些，她还不知道锦朝给陈老夫人送饭菜的事。

吴大奶奶又和陈老夫人说起吴家大少爷的事："大儿媳进门两年了没动静，老大身边通房丫头都是服汤药的，想再等两个月就给老大抬个姨娘。就和老大媳妇说了一声，结果她这两天都哭哭啼啼的，闹得人心烦。"众人就不再提顾锦朝的事了。

一会儿陈曦由嬷嬷陪着过来请安了。

陈老夫人和她说了几句，让她过来找锦朝。

陈曦又乖巧地和锦朝请安，锦朝笑着让她坐在自己身边，问她："曦姐儿原来学过吗？"

陈曦小声地答道："安嬷嬷教过我一点。"人仍旧很拘谨，手指绞在一起。

陈昭却和小丫头玩翻绳玩够了，笑着拉陈曦的手："四姐姐，我们去外面玩吧！祖母院子后面的荷花开了，我们带丫头去摘来摆在屋子里。还可以让嬷嬷蒸荷叶饭！"陈曦一时很动心，摘荷花和荷叶可比学女红好玩多了，但是她又说不出来，只能小心地看着锦朝。

锦朝抬头一看，秦氏正在和丫头说话，似乎根本没看到这边。

陈老夫人让她教陈曦女红，这时候放了陈曦和陈昭去玩，恐怕不太好，但要是不放，难免会让陈曦觉得她严厉刻板。锦朝就柔声跟陈曦说："学女红也不在于一时，不过你和昭姐儿年纪小，去荷塘玩不安全。我小时候去荷塘边摘莲蓬，还落了水，把服侍我的丫头都吓到了。"

陈曦不由得问道："你也喜欢到荷塘边玩？"好像把她当成玩伴一样。

锦朝笑着点头："我还会做荷叶饭呢，可以用香菇、豌豆、虾仁来做，吃起来很香。"

陈昭本来还有些不高兴，闻言睁大了眼。陈曦听着都觉得好吃，就点了点头。

蒸好的荷叶饭放在高盏里端过来，分给女眷们尝。

吴大奶奶对锦朝的手艺赞不绝口，多吃了好几块，陈老夫人都笑她："这里头有糯米，小心不消食！"

锦朝笑着说："可不只是我的手艺，曦姐儿还帮着剥了豌豆，拌了腊肉丁呢。"

陈昭就拉着她的袖子，非要她也夸自己："三婶婶，我也剥了豌豆的！"大家都笑起来。

陈曦坐在顾锦朝身侧，脸颊红红的有些不好意思。不过跟着锦朝一起做荷叶饭很好玩，她以前都没这么放松过。母亲总是教导她要谦逊懂礼，而且母亲觉得厨房的事腌臜，也不经常要她碰。就是她进个厨房，婆子们都要守着她，生怕她拿菜刀伤着了，或者身上溅到了油，她们会被母亲责罚。

她竟然还会唱采莲的小调。

陈曦觉得锦朝是个十分好玩的人，紧紧贴着她坐。听到别人再夸荷叶饭好吃，她脸上也会露出微笑。

哄孩子其实挺简单的，你对他们好，他们自然感觉得到。锦朝看着陈曦双丫髻上小小的珍珠发箍，突然有种十分怜惜的感觉。陈昭虽然比陈曦小了两岁，却显得活泼得多。陈昭在厨房里，会嚷着要做这个看那个，陈曦则乖乖巧巧地站着，让她做什么她都不会拒绝。

好像知道自己没有母亲了，人就迅速敏感起来，变得小心翼翼的。

锦朝小声和她说："我那里有一座荷池的围屏，是我原先绣的，你喜欢荷花吗？不如我把那座围屏送给你。"

陈曦点点头，声音很稚气："母亲说荷花出淤泥而不染，濯清涟而不妖。我房里有座梅兰竹菊的屏风，都用了好几年了。我只见过绣荷花的围屏，没有见过绣荷池的，上面也有后花园荷池里那样的小亭子吗？"

锦朝笑着点头："嗯，有小亭子，还有池塘边的垂柳。"

陈曦轻轻地点了点头，很期待荷池的围屏，想了想又说："那我也送您一块手绢吧，我跟着安嬷嬷学过绣蜻蜓。"

锦朝心想江氏的教导还是很不错的，至少陈曦小小年纪就十分懂礼。

一会儿葛氏过来给陈老夫人请安。她穿着件蓝底白茶的织花褙子，头发只梳了圆髻，戴一对银丁香，样子很憔悴，把陈老夫人都吓了一跳："老六媳妇，你这是怎么了？"

怎么会戴一对银丁香出来，不知道的还以为他们陈家苛待庶子媳妇呢！

葛氏笑了笑："昨晚睡落枕了，不碍事的。"

陈老夫人点了点头："你身体不好，不要和别人一样睡竹枕、玉枕的。我那里还有去年中秋晒的菊花，你收去做个枕头。"

葛氏谢过陈老夫人："您晒来泡茶的东西，媳妇怎么能用来做枕，我那里还有些决明子可以用。"

锦朝看葛氏眼下一片青黑，心想她应该是知道陈六爷的事了。丈夫养外室也就罢了，还要闹到人尽皆知的地步，恐怕她心里也很难受。而且她这样唯唯诺诺的性子，遇到事谁也不说，几个妯娌也和她不亲热，心里更是要抑郁。也就是陈老夫人平日还多爱惜着她。

陈六爷在外面眠花宿柳，她自然是话都不敢多说一句。

锦朝招了葛氏过来坐，递给她一碟窝丝糖："是刚才母亲拿来给两个姐儿吃的，我尝了一块，入口化渣，甜而不腻。你也试试？"她记得葛氏喜欢吃甜食。

葛氏看了顾锦朝一眼，才喃喃了一句"谢谢"，捡了一块窝丝糖放进嘴巴里。

秦氏则低声和葛氏说："六弟妹再不讲究，母亲这里还有吴家大奶奶和二奶奶在。也不该戴素银的丁香过来……幸好母亲没有说什么，这些你可得注意着。"

葛氏点点头："二嫂说得对，是我不好。"嘴巴里还含着窝丝糖，声音却哽咽了起来，眼眶迅速红了。秦氏都被她吓了一跳，她不过是说了一句，葛氏再怎么介意也不会哭起来吧！

葛氏却控制不住，拿袖子擦着眼泪断断续续地说："以后再也不会了。"

她的举动把打牌的几个人都惊到了，陈老夫人忙叫了葛氏过去："怎么哭起来了，是不是受委屈了？要是真受了委屈，就跟娘说一声。"说着向站着的王氏使了个眼神。王氏忙请吴家两位夫人去梢间里喝茶。

葛氏却哭得话都说不上来，几人忙扶着她坐在罗汉床上，陈老夫人的声音严厉了许多："是不是老六又做什么浑蛋事了，崔氏的事我还没有责骂他！你老实跟我说，你要是不说，我找他过来问话。"

葛氏拉着陈老夫人的袖子摇头："母亲……不是……您别找他过来！"

陈老夫人见她不肯说，就吩咐身边的绿萝："现在就去找六爷过来！把话给我说清楚了！"

葛氏这才慌了起来，拉住了绿萝，小声哽咽着："实在是家丑，六爷叮嘱过不能让您知道的。也是那崔氏的事，四爷已经和六爷处理完回来了。"

锦朝叹了口气。

陈老夫人声音更冷："要老四陪着他过去？那东西又出什么事了，闹着要抬姨娘不成？"

葛氏顿时醒悟自己说错了话。陈老夫人却不再管她，径直问葛氏身边的丫头紫荷："你来说清楚。你要是也不肯说，我立刻卖你到山沟里去。"

紫荷吓得扑通一声跪下，断断续续把事情说清楚了。

一时间众人都惊住了，陈老夫人更是气得手抖。"他把人逼死了，一尸两命？你们都瞒着我这老婆子，非要等到流言传到我耳朵里，我才能知道吗？"陈老夫人指了绿萝说，"现在就去把他给我找过来。"

陈六爷很快就被找过来了，他刚从崔家人那里回来，还没来得及歇口气。陈老夫人让他随着自己去里屋说话，他满脸笑容："母亲，您也让儿子歇口气不是。"看着陈老夫人紧绷的脸色没有丝毫放松，他不由得回头看了葛氏一眼，葛氏还在哭。

女眷们留在西次间里，锦朝安慰了葛氏几句："六弟妹，这事也不是怪你的，你可别再哭了。惹得怜惜你的人心痛，却也没有什么作用不是。"

葛氏点了点头，接过锦朝递过来的汗巾："让三嫂看我笑话了，我就是经不住事的。"

正是这时候，陈玄青和陈玄新过来给陈老夫人请安了，陈玄青回来这几日，一直在指点陈玄新功课。本想着陪陈老夫人进晚膳的，却见次间里众人神色凝重，独独看不到陈老夫人的身影。而顾锦朝柔和地和葛氏说话，葛氏眼眶红肿，一看就是哭过的样子。

他一一向长辈请安，等到顾锦朝的时候，却顿了一下才道："母亲安好。"

锦朝淡淡地点了点头，并不想多理会他。

秦氏让他过去，低声跟他说："你祖母在里面和你六叔说话。"

陈玄青皱了皱眉，六婶母在哭，六叔却在里面被祖母责问。究竟是出了什么事？他问了句："那是否派人去叫了我父亲过来？"

秦氏点头："你母亲刚才已经派人去了。"

陈玄青下意识向顾锦朝的方向瞥了一眼。却看到陈曦就坐在她身边，正小声和她说话。

顾锦朝侧耳听得很认真，对陈曦的样子很温柔。陈曦很少孩子气地对着别人耳语，那她应该没恶待陈曦吧。他念头刚闪过，突然听到里屋传来瓷器碎裂的声音，隐隐还有陈老夫人的怒斥。

陈玄新好奇地伸长了脖子，却什么都看不到。

服侍的小丫头给两人端了热茶上来。陈玄青并不想喝，随手放在了高几上。

里屋的门终于打开，陈六爷从里面出来时垂头丧气。陈老夫人把他骂了个狗血淋头，还非要他去宝相寺住半年，为死的崔氏母子诵经祈福。这样的日子怎么过得，他抬头看到葛氏：那张哭哭啼啼的脸。他这几日所受的憋屈、烦闷都化作一股怒火，两步上前问她："是不是你和母亲说了？"

葛氏被他吓了一跳，忙道："六爷，我没……"

陈六爷冷笑着打断她的话："上次我和崔氏，不也是你到母亲面前哭诉吗？要不是你跟母亲说了，我能这样对崔氏？她也不会去死了。你还有什么好哭的，装可怜给谁看！"

葛氏站起来，小声地说："六爷，这，这事怎么能怪我，我要是知道崔氏有孕……"

陈六爷听到她反驳，心里怒气更盛："那你就要跟母亲说？我不是早跟你说过不能乱说吗，你就想传得大家都知道，看我的笑话！你跟我回去，好好给我说清楚。"扬手就想抓葛氏过来，却"哐"的一声把高几上的茶撞翻了。

陈曦就坐在高几旁边，锦朝来不及多想，忙一把搂她过去，高几一斜，还冒热气的茶水就全泼在她手臂和肩背上了。

陈曦什么都没意识到，被放开的时候才"哇"的一声哭出来。

秦氏忙把陈曦抱过去安慰她"别哭"，又检查她是不是哪里被烫着了。王氏拉住锦朝的手问："三嫂，烫着没？"锦朝摇头称无碍。陈六爷则又惊又悔，谁把热茶放在高几上的，还烫着新进门的三嫂了。他忙给锦朝道歉，一时间次间里十分混乱。

那杯茶是陈玄青顺手放的，但他不是故意的。陈玄青想到刚才顾锦朝护住陈曦的动作，握紧着手欲言又止。

外头动静太大，陈老夫人也被绿萝扶着走出来。"这是怎么回事？"

陈六爷陈彦江嗫嚅着说："母亲，是我不好，不小心烫着三嫂了。我，我也不知道谁把茶放在高几上了！这事也不能全怪我啊。"

陈老夫人瞪了他一眼，忙走到锦朝身边："老三媳妇，可烫得要紧？"

锦朝摇摇头，其实烫伤处火辣辣的。"也不是滚开的水，您别担心。"

秦氏拍着陈曦的背，跟陈老夫人说："刚是六爷和六弟妹争执，无意间撞了高几。正好三弟妹和曦姐儿正坐在旁边，三弟妹被烫了不说，曦姐儿也被吓哭了。"

葛氏满脸愧疚，这事怎么说也有她的原因在里面。"娘，这事也要怪我，我不该和六爷起口角。"

陈彦江站在旁边不知道如何是好。

陈老夫人却拿起拐杖狠狠打在陈彦江身上："什么东西！你三嫂要是烫个好歹，我看你怎么办！"

她又让锦朝跟着她进了里屋，脱了衣物看伤势，果然是烫红了一大片，却并没有很严重。丫头寻了一盒药膏过来替锦朝敷上，再拿了一件陈老夫人的褙子暂时换上。

王氏跟陈老夫人说："本来坐在高几旁边的是曦姐儿，多亏三嫂挡下来了。三嫂本来可以避开的。"

秦氏刚才并没有说这事。陈老夫人柔声问锦朝："是你挡下来的？"

锦朝其实也没有仔细想，下意识就把陈曦揽过去了。可能只是她本能的反应吧，毕竟陈曦那么小，要真是被烫了，伤势肯定比她严重。锦朝就说："这也没什么，我是她母亲，自然要护着她的。"

陈老夫人爱惜地抚了抚她的手，却什么都没有说。

他们出去片刻，陈三爷就过来了。

陈老夫人把事情经过给陈三爷说了一遍，他脸色骤地阴沉下来，陈彦江不由得心里一沉。三哥这样的人，别看平时好说话，要是真的生气起来，那可是不得了的。

本来他就犯错了，这下该如何是好。

陈彦允没理会陈彦江，先走到锦朝身边低声问她："烫得严重吗？"

锦朝摇头说无事："也不是滚烫的水。"

她是想息事宁人，陈彦允点了点头说："你先回去歇息着，等我回来再看看。"吩咐青蒲送她先回木樨堂。又让陈老夫人等几个女眷先避去次间里。

他冷冷地看了陈彦江一眼，声音清晰缓慢："怎么烫着她的，你把事情给我说清楚。"

陈彦江把事情说了一遍，又道："那杯茶怎么会在高几上面，我是真不知道。我、这些天也是把我气糊涂了，三哥，是我该死！"他小心地抬头，发现陈彦允仍旧沉默不语，目光却是从未有过的严厉，不由得背脊发寒，忙伸手打了自己两巴掌，"我该打！三哥，你怎么罚我都行。"

陈二爷远在陕西，长兄如父。府中但凡涉及大事都是陈三爷拿主意，是他在当家。

陈彦允问他："母亲怎么说？"

陈彦江飞快答道："让我到宝相寺住半年，为崔氏和那孩子念经。"

陈彦允道："今天下午我让江严去了一趟崔家，说你许了崔家五十亩田，把崔氏的事平下来。那田产是从哪儿来的？"

三哥果然派人跟了他！陈彦江也不敢隐瞒："是我私房的银子置办的，您上次让我和郑国公的侄儿做生意，赚了几千两银子下来。"

陈彦允神色微松："你要是不这么混账，我也不想重罚你，谁知道你这么不知轻重。父亲要还在世，肯定要打断你的腿。"他作为兄长，再怎么生气也不可能真的动手打他，"从今晚开始，你罚跪五日祠堂，好好把心静下来。再搬去宝相寺住一年，宝相寺有我常住的一个院子，里面有武僧护卫。日常都参照修士来，不能饮酒食肉，更不能沾染女色，我会派人跟着你的。"

别的都好说，不近女色，那还不如杀了他！而且他自己去宝相寺，和三哥的人送他过去简直是两码事，他自己还能钻空子，要是三哥那群侍卫守着他，恐怕真是要过和尚的日子了！

陈彦江有些不甘心："三哥，你也不能……"

陈彦允道："你要是再多说一个字，我就让你一辈子在那儿当和尚，信不信？"

陈彦江顿时噤声了。

陈彦允顿了顿，又说："那杯茶是谁放在那里的，实在好说。屋子里没有人添水，茶就是新沏的。谁最后进来的？"

站在旁的陈玄青嘴唇微动，他向来厌恶顾锦朝，但就是再怎么讨厌和疑心顾锦朝，他也不会这样去害她。不过是个过失，何况她还为陈曦挡了一下，要是曦姐儿被烫着了，他恐怕更要千百倍的自责。

就算顾锦朝以前有千般不对，现在是他无意伤了她。

"父亲，这是我的错。丫头沏了茶上来，我不想喝就搁在高几上。"他低声说。

陈彦允走到他面前。

父亲比他高了半个头，沉默的时候更显得严厉。陈玄青熟知父亲，知道他是真的生气了。越是生气，他就越不会说话。

父亲在陈玄青心里的地位很特殊，他是祖父、祖母带大的，和陈彦允父子之情并不深。但是周围的环境一向是让他耳濡目染的，小时候母亲也常教导他，做人做事都要像父亲一样，待人有礼，学识渊博。他心里很敬重父亲，觉得自己恐怕一辈子都难以达到他的成就。

父亲就这么看重顾锦朝吗？他想续弦谁不能娶，非娶了顾锦朝。

"刚才为何不说？"陈三爷问他。

陈玄青是不知道该怎么说，他苦笑一声："是儿子考量不周到。"

陈彦允看了陈玄青很久，才说："既然是无心就罢了，你明日自己去赔礼道歉，她好歹也是你母亲。"

陈玄青应"诺"。

这一番问下来，天色已经暗下来了。

下午荷叶饭吃多了，现在倒是没什么胃口了，所以锦朝仅喝了一碗绿豆粥。梳洗后她换了身衣裳，青蒲看了她的伤势，很是疼惜："夫人这伤恐怕要好几日才能消肿了，幸好没有烫起水泡。"

"无碍就好。"她穿好衣裳，说，"还是让小厨房备下晚膳吧，三爷恐怕还没有吃。"

正说着，屋外已经有小丫头通禀，说陈三爷回来了。

青蒲退下去传话，陈彦允走进来之后就吩咐丫头放了幔帐，锦朝一时愣住，他叹了口气："我是想看看你的伤。"

锦朝摇摇头："真的伤得不重。"

他走到她面前，挥手让服侍的丫头退下去，不容拒绝地解开她褙子的系带。

"三爷，您还没有吃晚膳。"锦朝抓住他的手。

他沉默了一下，不理会她的拒绝，脱去她的褙子、中衣，只剩鹅黄绣并蒂莲的潞绸肚兜，露出一片白皙的肩背。他把她的手轻轻扣在背后，仔细凝视着她的伤处。

顾锦朝低垂着头，觉得有些不好意思。屋子里刚点了烛火，照着他沉默的侧脸，没有丝毫笑容。她心里突然一跳。

"怎么会不痛呢，都红成这样了。"他低声说道。不等她说什么，陈彦允就问："药膏在哪里？"

陈彦允替她抹了药膏，问她吃过晚膳没有。她点了头，陈彦允就打横抱起她走向内室，把她放在床上盖了锦被，像照顾孩子一样披了被角，柔声说了句："你先睡，我等一会儿过来。"

锦朝心想她伤的是肩背，又不是脚，还是能自己走的。不过她也确实累了，沾着枕头没多久就睡着了。

夜里顾锦朝是被疼醒的，不过不是背疼。

小腹一抽一抽地疼，身下濡湿。不是吧，这个时候！锦朝闭着眼算了一下，她的小日子好像真是这个时候。她疼得一点力气都没有，但肯定要起来处理的。

顾锦朝侧头看了一眼，陈三爷睡得正沉，一只手还搭在她腰上。这样的事情，还是别惊动他吧。

顾锦朝小心挪开他的手，喊了在西次间值房的采芙。

陈彦允睡得不沉，她一出声他就醒了，但见她不想吵醒自己，便也没动。等她的丫头扶着她去了净房，他睁开眼睛看着承尘，听着净房里的动静大概猜到是怎么回事。

换了干净的亵裤整理好，绣渠又给她端了一碗红糖桂圆姜汤给她喝下。锦朝复躺下后，见陈彦允依旧闭着眼睛，小小地松了口气。

身上两处都疼，锦朝有些睡不着，身子蜷缩着盯着床边放的落地灯罩，一会儿又觉得不舒服，转过身子对着陈彦允的方向，再一会儿又侧过来。

身后突然伸过一只大手揽她过去，顾锦朝浑身一僵："三爷？"

背后的人没有说话，揽过她的大手却温柔地替她揉着小腹，疼痛果然有所缓解。

恐怕是刚才就把他吵醒了，锦朝低声说了句"谢谢"，身体渐渐柔软下来。她没有听到他的回答，觉得陈三爷可能有点不高兴，他今天也应该心情不好吧。陈六爷做了这样的事，还浑然不觉得自己错了。但他以前对自己也从来没有不理会过。

"顾锦朝。"他突然叫了她一声。

顾锦朝睁开眼，从来没有听到三爷这样叫她。

"下次疼，记得跟我说。"三爷的声音淡淡的。

"嗯。"她应了一声后闭上眼睛，只觉得心里一阵柔和。

过了好久，她的手却轻轻覆上他的。

陈彦允身子一僵，半晌再看她，却发现她呼吸均匀，已经睡着了。

第五章

相处

小日子到了，顾锦朝就不太爱动弹了。她躺在罗汉床上喝红糖水。王妈妈过来看她："昨夜夫人似乎是小日子来了？"

顾锦朝不说话，抬头看王妈妈。她想说什么？

王妈妈继续道："三老爷原先为太老爷守孝三年，又为前夫人守了两年，一直没有通房。现在夫人在小日子里伺候，难免会不周到，您不然也安排个通房。"她犹豫了一下，才说，"奴婢看余姨娘还不曾伺候过……"

她这话一出，屋子里站的几个丫头未免不自在起来。

顾锦朝一怔，突然想到陈三爷昨夜在自己耳边说的话。他对自己这样的好。一般男子除了姨娘，自然还有通房，不然伺候着不方便。陈三爷不是重女色的人，他从前一个人住，清心寡欲的连女色都不近，也从没有在她面前提起过姨娘、通房之类的话。他会怎么想呢？

王妈妈提起通房的事，恐怕也是怕她再这样下去，会早早地有孕，对江氏留下的孩子不善。顾锦朝淡淡地道："这事自然不用你操心，上次说让管理田庄、铺面的陪房过来回话，人你可找过来了？"

王妈妈道："是奴婢多嘴了！奴婢已经派人去传过话了，想必再有两日就过来了。"

想到陈三爷会对另一个女子这样好，她心里也不舒服。她深吸一口气，心想果然习惯是件很可怕的事。女子善妒是犯了七出之罪的，这事不能她拒绝，应该问三爷的意思。

不过一会儿，陈曦就由她的丫头秋棠陪着过来了。

秋棠十四岁，人长得很秀气，穿了件蓝紫色的比甲，小心地护在陈曦身后，屈身给顾锦朝请了安。

王妈妈看到陈曦却很高兴，喊了声："四小姐！"

陈曦却几步上前，睁大眼睛小声道："母亲，你昨天要不要紧？"

锦朝让她坐到自己身边来，想着这大热的天她过来，难免会热着了，又让青蒲去端冰镇的甘蔗汁过来，笑着摇摇头："我不要紧。"

陈曦松了口气，跟她说："祖母说，要我谢谢你。"她人还小，并不太懂这些事，想了想，从袖子里掏了条帕子出来，"这条手绢是我前几天绣的，送给你。"

手绢上面绣了一只红色的蜻蜓，眼睛绣得很大，和陈曦有点像。

锦朝笑着摸她的头："嗯，我们曦姐儿绣得真好看。"她当然不会用挑剔的眼光来看孩子的东西。

陈曦高兴起来，浅浅地笑着说道："那我多绣几条给你。"

青蒲端了甘蔗汁过来，陈曦小口小口地喝着，眼睛却不住地四处看。

锦朝想起她说的那架荷池的围屏，就吩咐了婆子去库房里抬出来。陈曦从罗汉床上下来，围着围屏转了好几圈，看得十分认真，还指着荷花跟她说："安嬷嬷就绣不出这么好看的荷花，跟真长在荷池里的花一样。这真是您绣的吗？"

锦朝点点头，笑着跟她说："下午我就叫人给你抬过去，好不好？"

陈曦"嗯"了一声，走过来却有些不好意思："我能跟您学吗？"

锦朝让人搬了大绷放到院子的树荫下，丫头又搬了长几、笸箩、绣墩出来。锦朝学的是苏绣和蜀绣，丝线按色编在绣架上，十分漂亮。

"荷花用套针绣花瓣，枝干用斜缠针。"锦朝让陈曦搬了杌子坐在她身边，她先绣给她看。

这时丫头过来禀报，说七少爷过来了。

顾锦朝皱了皱眉，他过来做什么？

陈曦却很高兴，直起身子张望："七哥过来了吗？"

锦朝让香叶请陈玄青到花厅说话，上了杯香片。

陈玄青穿着件云纹直裰，身姿挺拔，面容如画清秀。

等回到花厅，顾锦朝请他坐下的时候，陈玄青却沉默了一下。

"我来跟你道歉。"他淡淡地说，"那杯茶是我放在高几上的。"

顾锦朝笑了笑："高几旁边坐着曦姐儿，你就是想伤我，估计也不会连累曦姐儿。"不过是无心之举而已，她也不想和陈玄青计较。

"我没有想伤你。"陈玄青看也不看她，目光落在亭子外种的女贞上。

顾锦朝想起他曾经站在自己面前，低头看着她，目光冰冷漠然。她当时不知道，一贯温和的人狠心起来，竟然可以狠成那个样子。什么怜香惜玉，他是把自己当成了毒蝎，从来没有心慈手软过。

"我知道了，要是七少爷无事，我就先离开了。"别人对她没有好脸，她又何必热情，顾锦朝点点头，起身朝次间里去。

陈玄青无数次这么无视她，不过他是第一次看到顾锦朝这么对自己。

陈玄青抿了抿唇，走到次间外听到陈曦小声和顾锦朝说话的声音。他好像以小人之心度君子之腹了，顾锦朝对陈曦真的很好。

那就好，陈玄青松了口气，左手纳入袖中。她咬的那处留下疤痕，每次看到自己的左手，陈玄青都十分不自在。怎么会有女子这么不知礼数呢，但是一个人怎么可能改变这么大？顾锦朝是真的不喜欢他了，陈玄青也多少能够感觉到，一向巴着自己追着自己讨好自己的人变了，这种感觉很奇怪。

晚膳时，锦朝携了陈曦一起去给陈老夫人请安。

陈老夫人要她喝冰镇的梅子汤，顾锦朝笑着拒绝，小声解释她是小日子到了。陈老夫人有些失望，让她坐下吃了晚饭，却也没有提过什么通房姨娘的事。

等顾锦朝回来之后，陈彦允刚换了官服，穿了件藏青色的直裰。

"在母亲那里吃过了？"陈彦允问她。

锦朝让丫头把晚膳布置在西次间炕桌上，接了碗为他盛汤："吃过了。"

陈彦允笑了笑："嗯，别饿着自己就好。我让小厨房给你炖了红枣乌鸡汤，一会儿你当夜宵喝吧。"

又要喝补汤……锦朝只好点点头："我还有一件事要问您。"

陈彦允心情不错，"嗯"了一声："要问什么？"

青蒲捧了杯君山银针上来，锦朝亲自接过放在他手边，斟酌了片刻道："三爷如今在妾身这里常住，身边要不要添个伺候的人？如今妾身伺候不方便，也不知道几位姨娘您怎么打算？"

陈彦允用茶盖轻轻撇去浮沫，低头喝了口茶。

他什么都没说，表情都没变，锦朝却觉得心里紧绷起来。

她还是摸不清这个人在想什么。她本来觉得，知道陈彦允不会害她就够了，但是两人是要相处一生的，自然也该心意相通。陈三爷这样强势的人是习惯了掌控，习惯拿行动来说话的。若不是必要，也不会做过多的解释，觉得自己做了别人就会看。

顾锦朝心里苦笑，她自己又何尝不是有自己的心思，未完全向他袒露呢。

她应该还是有些防备吧，不敢交心而已。

"这话是你想的？"陈三爷看也没看她，淡淡地问了句。

锦朝回答道："上午三位姨娘来请安，王妈妈提了一句，余姨娘似乎还没有伺候过您。"

陈三爷点点头："江氏的陪嫁婆子，如今在管你房里的事吗？你的陪嫁婆子呢？"

他为什么问起这个？顾锦朝有点拿不准，要是可以，她也不想用王妈妈，但王妈妈是江氏的陪房，也是陈老夫人亲自吩咐过给她用的。她要是立刻夺了王妈妈管事的权力，难免会让人诟病。何况王妈妈对江氏的陪嫁十分了解，换个人来反而会摸不着头脑了。

"妾身还有个陪嫁的婆子，只是帮着妾身管嫁妆，府里的事务还没有完全熟悉。"

顾锦朝说的是佟妈妈，佟妈妈如今在帮她管田庄的事，正是要收玉蜀黍和花生的时候，她忙得不可开交。

陈三爷点头说："既然你陪嫁的婆子还不熟家中的事，我再让母亲给你安排一个吧。"

那通房的事怎么办？顾锦朝看着他平和从容的眉眼，心里不自觉酸涩。

陈彦允开始吃饭，碗箸之间听不到多余的声音。顾锦朝站在他身边越来越觉得僵硬，这样僵持着不是办法，等丫头再端菜进来的时候，她拿了一副筷子，亲自给他布菜。

陈彦允也没有说什么，等吃完了饭，吩咐丫头把菜都撤下去，关上了门。

他站起身看着顾锦朝，表情平静无波，过了会儿才叹了口气："顾锦朝，你总是让我生气。"

她怎么让他生气了，这事本就不该她来拿主意。

每次她不知道自己做错了什么，就是这样无辜又沉默的表情。

陈彦允伸出手捏住她的脸，逼迫她抬头看着自己："要是我说我要个通房，你是不是明日就把人给我找好了。或者等我回来，已经把余姨娘送到我床上了？"

他的语气很是平静，目光却十分犀利。顾锦朝不敢直视这双眼，低声道："您要是说了，我就做。"

"那你心里愿意吗？"

她愿不愿意要紧吗？

顾锦朝不说话。过了片刻，陈三爷放开她，语气很淡漠："今天在内阁拟了一上午的折子，我也累了。先歇息吧。"他起身径直去了净房。

顾锦朝感觉到陈三爷对此事很不高兴。她默默地反思自己哪句话没说对，想了一会儿觉得都没有问题，要真是哪里错了，就是她表现得太大度了。

她这样的态度，会让陈三爷不高兴吗？

但凡男子，不该都喜欢自己的妻子大度些，不理会自己眠花宿柳的事吗？

顾锦朝过了会儿叫了采芙进来伺候她梳洗，拆了头饰梳了小纂儿，换了件碧色素缎的褙子。用茉莉花汁泡水洗了脸，再抹了香膏，她躺到床上去。

陈三爷自然不是一般的男子，他要是重女色，身边围绕的莺莺燕燕还会少吗。凭他如今的身份地位，想要什么侍妾没有。也许她真是错了，顾锦朝闭上眼觉得睡意渐浓……

陈三爷从净房里出来，揭了薄衾躺在她身边。顾锦朝立刻清醒了，她闭着眼睛听了好久，直到听到陈三爷平稳的呼吸传来，才侧过头看他。朝堂里的事太累，他应该真是睡着了。

他睡着了，顾锦朝反而胆子大了。她支起手肘看了他一会儿，浓而弯的眉毛，直挺的鼻梁，俊朗而儒雅的轮廓。她复躺回去，心事重重。

第二日去给陈老夫人请安的时候，陈老夫人叫了一个婆子过来给她看。

"老三今晨走的时候特地说过，让我多拨一个婆子给你使唤。这是孙妈妈，原是在针线局做事的婆子，她的儿子就在保定的田庄里做庄头，在陈家伺候了十多年。"陈老夫人跟她说。

孙妈妈穿了件深蓝色的棉布褙子，头上戴了一支素银簪子，样子很是朴素，笑着向她屈身行礼："奴婢孙氏，向三夫人请安。"

锦朝谢过陈老夫人，"难得您这么快找了人出来。"不知道陈三爷有没有把情况说清楚，顾锦朝又说，"我陪嫁的婆子正忙着田庄上的事，府里面仅是王妈妈顾不太过来，母亲费心了。"

陈老夫人笑道："是我考虑不周，你二嫂那里也是有三个管事婆子的。有时候到了春秋对账，忙不过来，还要到我这里来借人使唤。"

一会儿二房过来请安，沈氏抱了四岁大的长孙献哥儿、庄氏牵着三岁的筝哥儿过来，两个孩子都嫩声嫩气地喊陈曦和陈昭四姑姑、五姑姑。沈氏和庄氏把两个孩子放在罗汉床上，剥炕桌盘中的糖炒栗子喂孩子吃。

孙氏看着两位嫂嫂的孩子，不由得摸着自己的肚子笑道："也不知能不能再给祖母添个曾孙。"

陈老夫人看着孩子玩乐，笑得很慈祥："我倒是希望你再添个曾孙女，给献哥儿、筝哥儿添堂妹。"

献哥儿要懂事一些，闻言睁大眼睛道："献哥儿要妹妹！"

秦氏笑道："那母亲说不定能偿愿呢，宜香肚子圆圆的。"她倒是无所谓孙氏生男生女，反正她已经有两个孙子了，在陈家的地位无比稳固。想想反倒是觉得孙氏生女好，免得她张狂了。

孙氏自然高兴不起来，手里端的牛乳炖鸽汤滋味也不好了，却转而笑着和顾锦朝说话："说不定三婶今年就要给祖母添个孙女呢。"说完觉得这话不太好，心里一紧，又忙补充道，"添个孙子也好。"

陈三爷怎么看重顾锦朝，大家都看在眼里。她在陈家的地位超然，她们这些媳妇子不仅要看秦氏的脸色，讨好顾锦朝也很重要，她怎么说出这样的话。孙氏觉得手心汗津津的。

陈老夫人微笑着和顾锦朝说："生孙子孙女都好，我都喜欢。"

顾锦朝自然不介意这样的话，但想到昨夜和陈三爷的疏远，就只是笑了笑。

一会儿四房、六房过来了。

葛氏显得很疲倦，但神情轻松了许多。陈老夫人问她陈六爷跪祠堂的事，叹了口气："不求他有什么出息，至少像他四哥一样安分守己就好。"

葛氏道："妾身昨夜去看过，六爷跪着跪着就睡着了。地上凉得很，不一会儿就醒了，靠着柱子打瞌睡，倒是不敢起来。"

顾锦朝看着葛氏，心想她对陈六爷还真是情深义重，也不知道在祠堂守了多久。她笑着跟葛氏说："六爷以后去宝相寺住了，六弟妹一个人无聊，就到我那里走动吧。"

葛氏露出一个笑容："就是怕扰了三嫂安静。"她心里却舒了口气，以后陈六爷有陈三爷的人看着，该不会再出什么事了吧。她真是羡慕其他几个嫂嫂，至少在陈家都是说得上话的。

陈老夫人很满意："你性子太静了，就该多走动。"又侧身和秦氏说话，"六房的事你要多照应一些，你六弟妹压不住人，要是以后有丫头张狂，你尽管处置了。"

秦氏笑着应"诺"。

顾锦朝有些诧异，她竟然不知道，六房的事都是秦氏在管。难怪葛氏如此懦弱了。

屋子里正热闹着，顾锦朝低头喝茶，抬头却瞥见一个男孩，正在门口探头探脑的。身后似乎有人推搡了一下，他才跟跄着跌进来。

顾锦朝发现在座的陈老夫人、秦氏、王氏都皱起眉来。那孩子身上穿着件半旧不新的短褂，吸着一条清鼻涕，从地上爬起来后有些无措。他身后出现一个嬷嬷，忙拿出手绢给他擦了鼻涕，拉着他到陈老夫人面前请安，笑着说："九少爷跑得太快，奴婢都跟不上，给老夫人请安了。"

陈老夫人皱了皱眉："大热天的，他怎么感风寒了？"

那嬷嬷人长得胖，一对吊梢眉，笑呵呵地解释道："九少爷晚上睡觉踢了被子，是奴婢照顾不周。"

秦氏站起来道："那媳妇回去就请大夫来看。"

陈老夫人才点点头，那孩子呆呆地看了周围一眼，在罗汉床上坐着的都是衣着光鲜的陈家孙辈、曾孙辈，吃的是糖炒栗子，他扯了扯嬷嬷的袖子，小声地道："栗子……"

秦氏立刻道："含真，快给九少爷兜一把栗子。"她的贴身丫头含真福身，抓了栗子给那嬷嬷，嬷嬷又笑了笑，立刻领着这孩子退下了。

顾锦朝有些发愣，过了会儿才低声问王氏："那孩子是九少爷陈玄越？"

梦里那位会平定蒙古打乱，战功赫赫的左都督、甘肃总兵陈玄越？

王氏笑了笑："是咱们九少爷，他不常出来走动，难怪三嫂不认得。"

锦朝略微失神，曾经她偶尔在筵席上见过这个孩子，不过却从来没有留意过。

她还记得那场纷繁大梦的场景。

他是鼎鼎大名的都督府左都督。那时候他回保定祭祖，由大批亲兵围拥着，人沉稳而凌厉，当日还是陈玄青接了他，兄弟二人进了祠堂说话。外面戒备森严，她连进祠堂的资格都没有，只能远远地望着站在祠堂外等兄长出来的陈玄麟。

锦朝听伺候的下人们闲话，说这位九少爷原来是个痴呆儿，随着赵总兵去了陕西，竟然把痴呆之症给治好了。赵总兵顾念陈二爷的情谊，对陈玄越多有照顾，后来陈玄越一步步做到都督同知，又在蒙古大乱的时候挂帅平定叛乱，进官为左都督，无限风光。

那些场景褪去了颜色，变成了眼前这个稚嫩的孩童。

王氏小声道："他是二爷通房所出，小时候发过高烧，后来脑子就不好使了，一直寄养在二嫂名下。母亲觉得这孩子可怜，曾经想要过来自己养，结果这孩子十分不好管教。这也就罢了，原来母亲房里供的不是金佛，而是一尊和田玉佛，这孩子调皮把玉佛摔碎了，母亲才没了继续养他的心思。这不，现在就二嫂偶尔管管他，养了一身小家子气，糖炒栗子也要要来吃。"

说完笑着摆摆手："母亲都说了，他不用晨昏定省，就是偶尔有事，才过来给母亲请安。别说二嫂了，谁都不想见到他。"

锦朝觉得王氏的笑容意味深长。她不过就是问了句九少爷的事，王氏却和她说了这么多。

刚才陈玄越站在门口很踟蹰，有人在后面推了他一把。人也不拾掇干净，伺候的下人估计也不尽心。锦朝心里有些感叹，世事无常，谁又知道如今的落魄者，会不会是他日的一品大员呢？

等陈玄越退出去了，陈老夫人让婆子们带了孩子们出去玩，只留了几个媳妇和孙媳，说四房庶女陈容的亲事，问王氏有没有合适的人选。

陈容虚岁十四，是陈四爷姨娘所生之女，正是议亲的好时候。王氏笑眯眯地同陈老夫人说："媳妇还在看，葫芦巷子的赵大奶奶给我递过话，想为她侄儿说亲。"

秦氏问道："赵大奶奶的外甥，我怎么没听说过？是赵大奶奶嫁去良乡的那

个妹妹所出？"

王氏点点头："正是，说是已经考中了秀才。家在良乡田产都是几千亩，也是很富庶的。"

秦氏嘴边露出一丝笑容："倒也配得上容姐儿了。"

秀才的功名对于陈家来说自然什么都不算，反正陈容不过是个庶女，左右都没差。

陈老夫人觉得还不错："家中富庶还能下功夫读书，却也不容易，等有空了你就去找赵大奶奶过来，仔细把人家的情况说清楚。"

王氏应"诺"，陈老夫人又问顾锦朝觉得如何。

她能觉得如何，听都没有听说过。

锦朝不好说好或是不好，只能说："母亲说得对，问清楚总是好的。"

陈老夫人握了握她的手："你可别打马虎，等把容姐儿的亲事定下来，玄青的婚事可要你操持。"

陈玄青的婚事迟迟没有动静。

锦朝推辞道："我刚嫁进来，恐怕没有经验，办不好这事。"陈玄青的事她都不想插手。

陈老夫人就笑着说她："这孩子，怎么谦逊起来了，谁还能一生下来就什么都会不成。你尽管去做，还有我和你二嫂看着呢。玄青是早就和俞家小姐定亲了的，没这么麻烦……"

秦氏也笑道："七少爷都已经是探花郎，有翰林院的官职在身了，身边就该有个人伺候。三弟妹别怕操持不好，我刚嫁进来也是什么都不懂，还是娘手把手教的。"

又说了一会儿俞家小姐的事，吃了午膳，顾锦朝才从陈老夫人那里回来。

顾锦朝一路都在想俞晚雪的事。

想的竟然是曾经有一日她病了，自己想去看她，却在俞晚雪院门口被婆子拦着。陈玄青过来看俞晚雪，匆匆瞥了她一眼，却深深皱起眉："你过来做什么？"

她应该像个活死人一样躺在了无人气的屋子里，等着死罢了。

顾锦朝手里提着一盒栗子糕。她冷冷地看着陈玄青，什么都不想说。

陈玄青不再理她，等他进去之后吩咐了婆子几句，婆子紧紧合上了院门。她拎着一盒栗子糕，听到里头陈玄青柔声安慰俞晚雪喝药的话，还有碗落在地上的声音，婆子、丫头的惊呼声。俞晚雪哭着说什么，她却怎么也听不清楚，垫高了脚也看不到。

不知道陈玄青跟她说了什么，她气成这样。但是锦朝却丝毫没办法，想善待对自己好的人，却在人家生病的时候，连一盒糕点都递不进去。她那天在外头听了好久，才拖着僵硬的脚往回走。

后来她才听说，七老爷的姨娘有身孕了。

她对俞晚雪也充满了歉意。无论是不是有意的，她都做了错事。

她总是觉得，自己是极对不起俞晚雪的。

总之不管如何，如今她都要帮衬着俞晚雪才好。

给陈三爷做的斗篷已经绣好花样了，锦朝展开看了觉得很满意，让青蒲去搬了炉子过来烧木熏香，等晚上他回来了就送给他。

青蒲退下去之后，顾锦朝和孙妈妈说起话来："孙妈妈在陈家服侍了十多年，也是老人了，不知道在针线房做什么，每月月例如何？"

从针线房婆子到一房的掌事婆子，也算是一步登天了。但孙妈妈的样子却既不惶恐，也不谄媚。

孙妈妈答道："奴婢手底下四个小丫头，平时就管些府上的针线活计。每月有六钱银子，足够使唤。"

顾锦朝又问了她一些陈家的事，孙妈妈都恭敬地一一作答，对陈家很是了解。

陈家除了有陈二爷、陈三爷的俸禄收入，自己也有生意。但陈家的产业分了两份，田庄、作坊一类的产业是秦氏操持，而笔墨铺子、绸布庄子一类的东西就是陈四爷管着，他也是进士出身，却没有做官，就在翰林院挂了个闲职。依仗陈家的势力，陈四爷做生意很顺利，陈家家底也十分雄厚。

孙妈妈对陈家生意上的事也知道一些。

这时候外面有小丫头禀报，说王妈妈带了江氏的陪房过来见她。

锦朝吩咐了在前一进的厅堂见客，让采芙先带孙妈妈去木樨堂各处看看。

王妈妈带了两个人过来，一个穿着件灰色短衣，长得很老实，管保定山地的田庄，跪着给她请了大安，回话结结巴巴的："小的温老五，是保定人。"

王妈妈就站在他身后，忙道："温老五说话不利索，夫人不要见怪，但他侍农的功夫好。"

温老五匍匐着头不敢说话，实在是个老实人。

还有个穿着件绸子衫，脸微胖黝黑，笑呵呵地跪下："小的胡成，祖家在江苏。"

锦朝多问了几句，温老五多半不敢答话，胡成则是油嘴滑舌，半天说不到要紧的地方上。

顾锦朝把茶杯放在桌上，慢慢问王妈妈："不是说陪嫁的有三房吗，还有一房呢？"

王妈妈回答道："是还有个徐兴，帮着前夫人管铺子的，最近生意太忙了，他脱不开身。特地让人带话过来，说是等香料铺子料理好就过来。"

顾锦朝淡淡地笑着，并不说话。

胡成有些不安地抬头看了一眼王妈妈，她心里也有些发怵："您也知道，几个大的香料铺子每日流水也多，他也不好脱身过来。奴婢已经让人催他了。"

锦朝垂下眼："王妈妈莫不是唬我的，一个大的铺子，掌柜每天什么都做，还养下头的人来做什么？要是每日都需要盯着，那他这个掌柜当得也没意思。"锦朝抬起头，盯着王妈妈笑道，"要是他有天真的出事了，铺子岂不是都要垮了？"

看她年纪小，王妈妈还是不会放弃拿捏她的机会啊。

当她好骗吗？不过是三间香料铺子，每个月进项才百两银子。罗永平和曹子衡现在管她万多两银子的产业，每月也要给她回话，递账面上来。但凡她有事找到罗永平，他也不敢说半个忙字。现在一个陪房就管了三个香料铺子，跟她说没时间来见她，这不是在逗她玩吗？

王妈妈勉强笑道："夫人言重了，这香料铺子的事您是不清楚，复杂着呢。"

顾锦朝还从来没在这些下人面前摆过脸，闻言笑容也收了："我不清楚，那王妈妈就该给我说清楚才是。他究竟在忙什么？香料铺子每年进货都是散进，零卖也有小伙计看着，账面自然有账房先生管着。他要是再忙，那我就不明白了。王妈妈你去传话，让他明天就过来见我，他人要是不过来，我亲自去见他。"

王妈妈不由得手心发汗，这新夫人年纪不大，说话一套一套的。她怎么知道铺子上的事？

她连忙跪到了地上："夫人言重了。本就是徐兴不守规矩，您怎么能屈尊降贵去看个下人呢。既然夫人都这么说了，奴婢明儿就找了他过来，他有什么重要的事忙，夫人当面问他！"

顾锦朝看也不看跪在地上的王妈妈，反而开始问温老五："既然你是管山地的，山地里种了什么果树，每年的收成如何，你和我说清楚。"温老五涨红了脸，支支吾吾地道："夫人，小……小的结巴。"

顾锦朝淡淡地笑："没关系，说得慢一些就好。挑个重点说清楚，我也不想知道一年做了多少笔买卖，又和哪些富贵人家攀上了关系，说些和田庄相关的事。"胡成在旁边听得一时讪讪，脸色涨红。刚才顾锦朝问他话，他就吹嘘了一堆他做庄头时和别人的交际。

温老五人老实，虽然结巴，却几句话就把田庄的情况说清楚了。一千亩的山地，能种地的只有八百亩，种的就是苹果、梨、葡萄，还有两百亩用来养家禽了。收成好的年头，能赚五六百两。

对于山地来说已经是很不错的收成了。

顾锦朝听完了点点头，才看着胡成说："看胡庄头是个机灵人，怎么回话是门学问，你要学着温老五才是。我陪嫁的五个田庄，最小的一个是五百亩在宣武，想来和胡庄头的田庄差不到哪儿去。这个庄子一年匀下来有七八百两银子的进项，种的是玉蜀黍和小麦、花生。不知道胡庄头那里怎么样？"

胡成听了顾锦朝的话满头大汗，不由得又看王妈妈。王妈妈一直跪在地上，夫人都没有叫她起来。

她不是说新夫人年纪小，好糊弄，随便应付着就行了吗？哪家闺阁小姐是懂农事的？还有五个陪嫁的田庄，说话一套接一套的，这好糊弄吗？

一个五百亩的庄子能有八百两进项，他那个六百亩的最多也就五百两而已！

胡成声音发虚："这玉蜀黍栽种的时间不是和花生冲了，怎么可能种得出七八百两银子。小的没甚能耐，一年多有五百两而已！"

软的怕硬的，硬的怕横的。她不过是不想计较，王妈妈还真当她好欺负了。

顾锦朝笑道："这我倒是不清楚，等宣武那庄头过来，我让他来和你说吧。"说罢侧头吩咐青蒲，让她赏两人一袋银锞子，又领去了后罩房吃茶。

王妈妈跪得膝盖酸软，但没有顾锦朝开口，她不能自己站起来。

顾锦朝觉得差不多了，才淡淡地道："我是纪家老夫人的外孙女，这些事从小也是接触的，王妈妈可别想在这个上糊弄我。江姐姐的嫁妆以后是要留给曦姐儿的，你要是真为了曦姐儿好，就别挑拨得那些人和我作怪。我手底下也有可用之人，自然会把江姐姐的东西管好。你明白吗？"

王妈妈忙磕了头："夫人误会奴婢了，奴婢多大的胆子也不敢挑拨人啊。"这个罪名要是坐实了，任她是谁留下的婆子也要被赶出陈家去。她当然不敢承认。

顾锦朝却很清楚王妈妈是个怎么样的人，她年纪大了，心思不变通，认定的事很难改变立场。对于江氏来说她绝对是个忠仆，对她来说这人却很让她头疼。最好就是放在一边不理会。

顾锦朝道："今儿太夫人派了针线房的孙妈妈过来伺候，以后就管我房里的事。你今后就管三个姨娘和灶上的用度，你觉得如何？"

这是在变相地降职了，虽然名义上还是管事婆子，但是在房里管事和在灶上管事那是两码事。王妈妈有些不可置信，她好歹是江氏留下的人！王妈妈又重重磕头："夫人的吩咐，奴婢自然遵从。只是奴婢协助前夫人管三房多年了，凡事没出过错的。奴婢倒是不怕去厨房上受苦，就是怕以后别人会非议夫人。"

她没做过什么错事，顾锦朝却把她调去管厨房，其他几房夫人知道了估计也要非议。何况她是陈老夫人特地留下的，顾锦朝不用她，那也是对陈老夫人不敬。

顾锦朝轻轻地笑了。"一朝天子一朝臣，这是大家都明白的道理。现在坐这儿的是我，换了谁都要做一样的事。让别人闲话几句有什么呢，"她顿了顿，慢慢道，"我倒更怕别人在我背后使刀子。"

何况她也没有赶王妈妈出去的意思，不过是换个地方管而已，别在她眼前就行了。

王妈妈脸一红，说不出话来。她行了礼从堂屋里退出来，还觉得晕乎乎的。直到胡成急急地上来扯她："王妈妈，这下可咋办？"

丫头带他和温老五去后罩房吃茶，一会儿厨房又送了烧酒和腊鹅过来让两人吃。胡成哪有心思吃，趁着没人看着就溜过来找王妈妈。"你说的，咱们别待新夫人太恭敬了。但要是惹得她不高兴了，咱们的日子也照样不好过啊！"这事是王妈妈起头的，要找自然找她。

王妈妈脸色更不好看："你问我我问谁去，我什么时候说过这样的话。"

她不过是暗示了两句而已。王妈妈扯回了衣袖，冷冷地道："惹得夫人不高兴了，你自己不会想办法吗，问我干什么！"反正以后陪房也轮不到她管了，王妈妈朝后罩房去了。

胡成气得直骂她老娘们，又不敢再去拦她下来。

要不是王妈妈做得太过分，顾锦朝也不会直接打发了她。闲话？她何时在意过别人的闲话，再说只不过是这样的事，谁又敢闲话她？真当她是不懂事的小姑娘了！

顾锦朝吩咐丫头送走了温老五和胡成两人，再过一会儿，陈曦由秋棠陪着过来学女红了。

锦朝让人搬了大绷放在廊庑下面。

孩子的兴趣都是来得快去得也快。女红几日学下来，陈曦兴趣就没了，何况刺绣也不是件轻松的事。她坐在绣墩上左右张望着，劈线也慢腾腾的，一会儿注意力就到了院子里刚开的虞美人上。

顾锦朝见她没有心思学，索性让丫头把东西撤下去了，让青蒲找了些金箔纸过来，笑眯眯地跟陈曦说："我教你做花钿怎么样？"不过是个小孩子而已，也不能每日拘着她，反倒是越学越厌烦。

陈曦吓了一跳，眼睛却很亮。

等青蒲找了金箔纸过来，锦朝给陈曦做了十多个金花钿。

下午陈曦就捧着匣子去给陈老夫人看："都是母亲给我做的，可好看了。"

陈老夫人笑着看了，小女孩都喜欢些精致小巧的玩意儿。她打趣陈曦："曦姐儿跟着母亲学做花钿，刺绣可也要学好啊，以后给祖母绣一座博古图的屏风。"

陈曦很认真地点头，扳着小指头数给陈老夫人听："母亲教了我十五个花样，都可以绣出来的。"

等安嬷嬷带着陈曦出去玩了，陈老夫人才跟锦朝说："她小时候我让她练梅花篆体，每天练两个时辰，练得直哭。现在只要没人说，这孩子碰都不碰笔……她心性不定，你要多用心。"

锦朝微笑着说："孩子都是这样的。"

陈老夫人点头，郑嬷嬷进来问在哪里摆饭，锦朝便要服侍陈老夫人用膳，她摆了摆手道："老三今晨过来，我看他好像不太高兴。你今日早些回去，我还有你二嫂伺候呢。"

他早上走时也不高兴吗，锦朝觉得自己多少不称职了。等回了木樨堂，她亲自到厨上做了几个清淡的菜，陈三爷却一直没回来。

屋子里点了两盏烛火，木樨堂旁边就是四房的院子，夜里格外静，都能听到那边说话的声音。

锦朝从陈三爷的书房里拿了本《易经》来看，躺在罗汉床上看得迷迷糊糊的。不一会儿被人轻轻推搡着叫醒，是孙妈妈："夫人，不然您先吃晚膳吧。三爷原先上朝，赶不回来是常有的事。"

顾锦朝合上书没说话，自从她嫁过来之后，陈彦允就算再晚也没有不回来过。她摇了摇头："把菜热在蒸屉里吧，我没什么胃口。"

孙妈妈听她这么说便笑了笑，一会儿给她端了盏银耳汤上来。

锦朝小口喝着银耳汤看书，不一会儿就听到小丫头通禀的声音。他沉稳的脚步踏进屋子里，顾锦朝放下书迎上去，替他解了斗篷道："您今天回来得很晚，进晚膳了吗？"

陈彦允静静地看着她，她的神情很平和。锦朝把披风递给旁边的采芙，笑着说："要是没进晚膳，我就让丫头摆饭了。"也不问他究竟是什么原因回来晚了。

陈彦允却叹了口气："你吃过了吗？"

锦朝说："没什么胃口，就喝了一碗银耳汤。"

"那就不必了。"他颔首后进了净房。

那他究竟是吃了还是没吃？顾锦朝懒得和他猜，走到门外果然看见陈义守在外面。陈义吓了一跳，结结巴巴地喊了声夫人。等她问了，陈义才回答："三爷今日一直和梁阁老议事，午膳都只吃了一点，晚膳送进去都是原样出来的。"

陈彦允换了件直裰出来，看到炕桌上摆了几样菜，锦朝则坐在另一边看书。

锦朝起身服侍他坐下，笑着道："妾身突然觉得饿了，就叫人上了菜，您也吃一点吧。"

陈彦允抬头看了她一眼，才坐下来拿起碗。锦朝偶尔和他说两句，他应得也很柔和。见她吃得少，还夹了块油焖笋放到她碗里："不是说饿了，那就要多吃些。"

那他还生气吗？顾锦朝瞧着三爷一脸平静，心里暗自想着。

等吃过了饭，有小厮过来说，江先生有事要通禀三爷。陈三爷跟她说："你要是困了就先睡吧。"说完便带着陈义去了书房。锦朝则让丫头点了盏烛，又拿起那本《易经》靠在大迎枕上看。一会儿青蒲拿了松木薰好的斗篷上来，放在炕桌上退了出去。

书房里也点了烛火，江严把手里的信件放在书案上："按照三爷说的，一直暗中监视张陵的动静。他如今果然还和王大人有联系，通信用的是王大人同乡侄孙的名义，不过信中还是露了端倪。"

陈彦允接过信看。半年前大理寺少卿张大人因为和私盐贩勾结，被削官流放。当时还是长兴侯世子查的案子，没过半年他就升任了大理寺少卿。叶限的能力毋庸置疑，只是挖得不够深而已。

张陵是个相当谨慎的人，就算他再贪财也不会和私盐商勾结。他在大理寺十多年都兢兢业业，案卷要看三遍才批阅，不敢做和私盐商勾结这样的事。陈彦允当时觉得不对，一直让人监视张陵。

陈彦允看到一处，嘴角露出一丝笑容："南直隶是王玄范的老巢，他的势力在应天府、淮安府、扬州府盘根错节。张陵在流放途中偷逃，却去了余庆。"

余庆是两淮最大的官盐产地。

陈彦允把信放在书案上，跟江严说："把当年张陵主审的河盗案卷宗找出来，张陵在余庆做什么事见什么人，都巨细无遗记录下来报给我。"江严拱手应诺。

陈彦允指尖扣在书案上片刻，又说："余庆那个盐运使原先是王玄范的门生，特别注意他。"

等江严退下了，陈彦允才问陈义："王氏是不是带着陪房过来了？"

陈义拱手道："小的一直注意着，带来的是两个人，回去都急匆匆的。没来的听说是原夫人铺子上的掌柜徐兴。"

陈彦允闭上眼一会儿才睁开，淡淡地道："虽说是个忠心的，却做得太过了。"

挥手让陈义退下了，他随即沿着抄手游廊回了正房。大红罗帐半垂着，隔扇外凉风习习，锦朝却已经靠着迎枕睡着了。守着锦朝的采芙吓了一跳，忙躬身向他行礼。

陈三爷摇摇头轻声道："你先下去。"

等采芙出去合上隔扇，他去抱她起来，却发现她身体微凉。敢在罗汉床上睡着，也不怕着凉了。

锦朝睡得迷迷糊糊的，突然一阵子腾空而起，她就半睁开了眼睛，只看到三爷坚毅的下巴，搂着自己的手臂十分坚实。那种突然的悸动感又来了，她不由得把头埋进他怀里，孩子一样闻了闻他身上的味道——温暖的檀木香，甚至有种古旧书卷的味道。

"醒了吗？"他柔和的声音传来。

锦朝"嗯"了一声，突然觉得这样也挺好的，装作一副没睡醒的样子抱紧了他的腰，又闭上了眼睛。

陈三爷叹了口气："这倒是乖巧了。"把她放在床上，想着她没醒，又亲了亲她的脸。

他到次间去吹灯，看到了放在炕桌上的斗篷。天青色的斗篷，绣的是石竹纹。他教她画的样式，她学得又快又好。陈彦允把斗篷拿到手上，闻到了一股松木的味道。

他又想起锦朝那日靠在窗边绣斗篷的样子，一针一线十分用心。

顾锦朝等了好久才等到陈三爷过来，他轻轻地躺在了床上，动静很小。难怪平时都吵不醒她。

夜里太静了，顾锦朝都能听到三爷的气息。她犹豫了一下，陈三爷为什么不高兴，她也该猜得到。锦朝实在不想这样僵持着，陈三爷对她越好，她就越愧疚。

有东西钻进了他的被窝里，陈三爷下意识一把抓住她，眼睛仍然没有睁开。

顾锦朝从他的被窝里钻出来，趴在他身上小声说："三爷，我晚上看《易经》，有一卦不解。"

陈彦允垂下眼看着她："哪一卦？"

四书五经是举业必须要懂的，他当年怎么说也是会试第二名。四书五经也是烂熟于胸，回答她的问题还是可以的。

锦朝继续说："无妄卦里说，元亨，利贞。其匪正有眚，不利有攸往。初九，无妄往，吉。六二，不耕获，不菑畲，则利用攸往……妾身读不明白这句话。"

陈彦允把她搂在怀里，低沉柔和的声音从头顶传来："这一卦说的是'思无邪'，行事想法都要端正，符合道义，不该妄想不劳而获。这是表面的卦义，

若是以爻辞来说就很复杂了。这一卦是异卦，乾为天震为雷。唯循纯正，不可妄行。无妄必有获，必可致福。"

要是深究起来，一夜都讲不完的。

《易经》晦涩难懂，锦朝看了一下午已经是头晕得很了，听也听不明白。她靠着他的手臂，轻轻地说："那您得空了再好好和我讲吧，一时半会儿真是听不明白。"

陈彦允笑她："我十二岁开始学《易经》，跟着任翰林院侍读学士的大伯读了一年才敢说略懂了。这几句话你自然是明白不了的。你怎么想起看《易经》了？"

锦朝回答说："我是从您的书房里拿的书，只是想看看您平日看什么而已。"

陈彦允低下头。她望着自己的一双眼睛如春水盈盈，乌黑如缎的长发散落在他身上，玲珑有致的身体靠着他，肌肤如暖玉般白皙。想到这肌肤摸上去如何滑腻，他顿时觉得口干舌燥起来。握着她腰的手就不觉收紧了。

顾锦朝只觉得他的身体有些僵硬，以为是自己太重了，小心地挪动了一下，跟他说："您在家中礼佛，算是修士吗？是不是该有什么戒律？"好像一般的修士该有戒律，例如不杀生不妄语一类的。

陈彦允低低地应了一声，轻轻地咬在她颈侧，声音模糊不清："是该有戒律的，不过我也不算修士。"

顾锦朝不知该如何是好，手揪紧了衣袖避到一边，只觉得脖颈痒酥酥的。他复又追上来，翻身把她压在身下，继续说："应该有五大戒律：杀生戒、偷盗戒、妄语戒、邪淫戒、饮酒戒。我平日都是尽量遵守的，所以通房姨娘之类的你也不用提了。"

那她现在呢，两人还如此亲密呢。顾锦朝手肘抵在胸前，只觉得脸热。

陈彦允不容拒绝地把她的手压到身侧，沿着下巴往上吻去。

顾锦朝竟然觉得自己也浑身酥麻，连忙道："三爷，不行。"

陈彦允低声问她："怎么不行了？"

她不是有意拒绝，她的小日子还没过去呢。

看着锦朝欲言又止的样子，他的理智也渐渐回来了，终于放开了她，又替她系好衣带，有些无奈："你还是睡到旁边去吧。"

顾锦朝忙钻了回去，闭上眼好久，听到他没有动静了才睡着。

第二天辰时起身的时候，陈彦允还躺在她身边。

既然不是初一、十五，他就该去内阁才是。顾锦朝连忙起身，以为是外面的丫头失职了，小声叫他起来，陈三爷却把她抱到怀里，声音还透着浓浓的睡意："今日不用去内阁，你别急。"抱着她觉得很舒服，又继续睡过去了。

昨晚他应该没有睡好。顾锦朝靠着他的胸膛暗想着，就乖乖不动了。

三爷的自律性很强，纵使休息得不好，他也不会荒唐到日上三竿才起来。过了一刻钟陈三爷就起身了，换了件灰蓝色的直裾，丫头端上了白粥和酥饼做早膳。吃完饭后两人一同去给陈老夫人请安，陈四爷过来找了陈三爷去，说是有些生意上的事要他定夺。

锦朝和陈老夫人说起王妈妈的事："媳妇觉得孙妈妈可用，想留她在房里用。王妈妈就去管了灶上的事，原来管灶的是万石媳妇，如今就两个人一起看着，也免得出岔子。"她让王妈妈去管灶，还是要和陈老夫人说一声。那万石媳妇是陈家万管事的儿媳，新拨到她这儿来使唤，人很老实。

陈老夫人点头："你房里的事，自然是你决定。人好就用，不好就罢了，都看各自的。"她把王妈妈拨给锦朝，本来是想替她省事的，现在平添麻烦自然不好了。

顾锦朝了解陈老夫人的个性，事情但凡和她说清楚了，有理有据的，她就不会多想。

一会儿秦氏过来请安了，陈老夫人就问起陈玄越的事："大夫可来看过了？"

顾锦朝实在很难不关注他。

秦氏微笑着屈身："已经看过了，说是不严重，几帖药就能好的。"

陈老夫人叹了口气："我看伺候他的人也太不走心了，毕竟也是陈家的少爷。"

秦氏脸上的笑容收了些，继续道："原来伺候他的乳娘两年前病逝了，才换了这个郑氏。郑氏原来是管库房的婆子，可能不太周到。我回头再拨个婆子去玄越那里伺候。"

陈老夫人嗯了声："他父亲不想管他，你这个做母亲的也要操持好。给他多做几身新衣裳吧，我看他穿的衣服袖子都短了。"

秦氏道："四季的衣裳都是按时间做了的，刚入夏的时候就送过去了，不过玄越不喜欢穿新衣裳。"

陈老夫人听后想了许久，才说："那算了，不用管他。"

一会儿王氏带着陈容过来了。陈容是庶出，规规矩矩地跟在王氏身后。她面容白净，一对菱形的眼眸格外柔媚，恭敬地给大家行了礼。陈老夫人找她过去说话。

秦氏则递了一碟切好的梨子到锦朝面前，微笑着说："是今年刚出的鸭梨，我本家刚遣人送过来，三弟妹也尝个鲜。回头我让人给你送一筐过去，还有些熏肉，不知道弟妹喜不喜欢？"

锦朝叉了一块吃，笑着说："人家都说真定的梨，大如拳，甘如蜜，脆如菱，果然如此。我也是喜欢吃肉的，二嫂送的就更喜欢了。"

"那我也给弟妹送一些熏肉过去。"秦氏把小碟放在锦朝身边，凤眸一抬轻声道，"今儿是七月初四，每房的月例银子就要拨下来了，是我顺便给你送过去，还是弟妹遣人去取？"

锦朝又道："我让孙妈妈去取就是，还是不劳烦嫂嫂了。"

秦氏又笑笑："咱们妯娌间没什么麻烦的。不过原先都是王妈妈来取，怎么如今换了孙妈妈了。我可得给下面的管事说一声，免得交错了人。"

"正想和嫂嫂说一声的，孙妈妈是娘拨到我那儿的，就想让她先练练手，日后管着我房中的事。嫂嫂有什么事交代，告诉她就是。"

这就是弃王妈妈不用了？秦氏看了陈老夫人一眼。陈老夫人正和陈容说话，似乎也没听到她们说话。或者是听到了，只是不想管而已。她嘴边露出一丝笑容，低头喝茶不语。

等到了晌午，陈三爷和陈四爷就过来了。

陈老夫人特地找了陈四爷去说陈容的亲事："葫芦巷的赵大奶奶说媒，说的是良乡薛家的小公子，前几年考了秀才的功名，家里很富庶。你要是也同意，就把这门亲事定下来。"

陈四爷陈彦文长得阴柔，不说话的时候脸更是冷。闻言瞥了王氏一眼，皱了皱眉说："那薛家小公子毕竟只有秀才的功名。"

娶陈容肯定是高攀了。

王氏正坐在旁边，忙笑了笑："赵大奶奶是妾身识得的，我看薛家小公子很是上进。"

陈四爷却理也没有理王氏，而是问陈老夫人："母亲觉得如何？"

王氏笑得有些尴尬，拿了梨子吃。

陈老夫人就说："容姐儿毕竟只是姨娘养大的孩子，不比正经嫡女身份高。何况那孩子人确实不错，薛家富庶，她嫁过去又是给小公子做妻，只有享福的。"

陈四爷点头："那就凭母亲说的吧。"

这样的事锦朝和陈彦允都不好说什么，陈彦允坐在她身边把她那碟梨子吃了，锦朝递了汗巾给他。

他还给她的时候说："也是茶花的味道。"

锦朝小声问："您说什么茶花的味道？"

陈彦允含笑指了指她："你身上……但你给我做的斗篷，怎么熏的是松木香。"

他就猜到那是做给他的？顾锦朝心想，又抬起袖子闻了闻。她怎么闻不出什么味道。反倒是觉得和他一起生活了一段时间，身上有了他那种淡淡的檀木香，温和又宁静。

郑嬷嬷进来问午膳摆在哪里，陈老夫人说了在花厅进膳，众人才从次间出来。

锦朝跨出房门，就看到陈容正和陈昭说话，半弯着腰看陈昭摆弄漂亮的琉璃珠，语气小心翼翼的。她看到陈四爷和王氏出来，忙上前来问安，样子很紧张。

陈四爷还不到三十，长得虽然阴柔，但是十分俊美。王氏站在他身边，好像姐弟一样。

他点了点头，随口嘱咐了陈容几句，又问她的生母尤姨娘怎么样了。

王氏在旁听着脸色苍白，却什么都没说。

陈三爷随后走出来，握了握她的肩问道："怎么了？"她看得这么认真。

锦朝笑着摇摇头，随着他去了花厅。

王氏一路回到住处都小心看陈四爷的脸色，等回到住处，他一言不发地坐在罗汉床上。王氏亲自沏了茶过来："四爷，您别生气了。妾身是想着这事还没定下来，所以才……"

陈四爷冷冷地道："你打算定下来再告诉我了？家里是你当家还是我当家的。今天还当着三哥和三嫂，你这样让我难堪，究竟打的什么主意？"

王氏勉强笑笑："妾身也没有让您难堪，妾身只是提了赵大奶奶一句，是母亲上心了去问的。"

还不够难堪的？陈容的亲事本该是和父亲一起商量的，王氏却说都没跟他说，人家听了会怎么想。

王氏见陈四爷不说话，就柔声道："是妾身的错，妾身一定注意。"又转移话题说，"您和三爷说去浙江温州府的事可定下来了？妾身已经写了信给兄长，让他到时候去接您。"

陈彦文的脸色彻底阴沉下来："我去温州府的事你和你兄长说了？"

王氏见他脸色不好看，心里一跳，更不知道哪里触了他的逆鳞，只能低声解释："您在温州府行事，有兄长帮助也方便些。"

陈彦文站起身，清瘦高挑的身形映衬着烛光，影子落在王氏身前的地板上。

他淡淡地说："你先睡吧。"拿过旁边的斗篷就朝外走。

王氏忙拉住他的袖子："四爷，您今夜该留在妾身房里的，您要去哪里？"

他嘴角露出一丝讥笑："还真是你当家了不成？"

王氏一怔，陈彦文已经走出了次间。一会儿她的贴身丫头石榴过来跟她说："四老爷去了尤姨娘那里。那边又要了一桌菜。"

尤姨娘是陈容的生母。

王氏有些无力地坐在罗汉床上。

石榴小声道："夫人，本来该是您的日子。老爷去了尤姨娘那里，白白让尤姨娘得意了。要不，明儿还是把尤姨娘找过来，您给她立规矩，免得恃宠而骄了。"

王氏笑着摇头："算了，平白让人看笑话。她再得意也不敢造次，由她去吧。"

石榴服侍她梳头，叹了口气："您对四老爷万分小心，四老爷也总是不满意。"

王氏苦笑："他不过是看我出身商贾之家，嫌弃我铜臭而已。人就是这样的，看谁不喜欢，她做什么你都觉得厌恶。"陈四爷和陈三爷同为陈家嫡子，差别却是天大的。何况陈四爷早年考中进士，本来是有机会做官的，结果因为陈三爷作罢了。陈四爷就只在国子监挂了个闲差，从此后他就越发的脾性不好了。

王氏手紧紧握着妆台上一支金累丝簪子，用力得指甲都白了。

等过了两天孙妈妈去领了月例过来，锦朝才知道自己每月有七十两银子，而三房姨娘每月是二十两。大丫鬟四两，二等丫头三两。依次这样算下去，掌事婆子和大丫鬟一样。

锦朝捡了四两银子给孙妈妈，又另拿了红布包的银锞子给她："听说你儿子娶媳妇，我随个份子钱。"

那分量足有十多两，孙妈妈觉得太多了，忙推拒道："夫人，您手头也要用银子，不必随份子。乡下人娶媳妇也没这么多讲究。"

要想别人忠心，还不是要对别人好。锦朝笑着把银子放到她手上："这样的喜事，你多回去住几天吧。可不要推辞了，以后花钱的地方还多着呢。"孙妈妈有个失明的二儿子，就靠她的月例和大儿子在陈家的田庄做事养着，家里一直不富裕。

孙妈妈不好再推辞，接了银子福身谢她。

锦朝吩咐青蒲一会儿挑两匹绸缎，置办响糖和糕点送到保定去。

等孙妈妈回了保定不久，就到了七月十五，中元节的时候。

祭祖、放水灯，宝相寺又办了盂兰盆法会。每年这个时候，陈老夫人都要带陈家众女眷去宝相寺参加法会。今年除了有孕的孙氏，别的女眷都跟着去了。

盂兰盆法会办得很是盛大，宝相寺又是临近最大的寺庙，仅次于大相国寺。香客游人如织，熙熙攘攘。陈家女眷在寺庙门口下轿，就由知客师父引着从侧门进去。

陈老夫人由郑嬷嬷扶着手，慢慢走在前面。知客师父是个老僧人，穿着灰色的袈裟，面容温和。陈老夫人应该是认识这个僧人的，边走边请教了他一些佛法的问题。

众女眷先在大雄宝殿拜过了佛，这时候陈三爷身边的陈义过来传话，说陈三爷请她去接引殿。

顾锦朝和陈老夫人说了一声，就跟着陈义往后山去。她上次来宝相寺的时候，还是冬天。陈三爷在接引殿里和高僧说话，她那时候半路遇到了大雪，他还请自己去接引殿避雪。

陈彦允却正站在接引殿外等她。正是艳阳高照的时候，他背着手，人很高大。

看到锦朝脸颊微红，陈三爷笑着道："先进来喝杯茶吧。"领她进了接引殿，还是那个厢房，很快书砚就捧了茶上来。

锦朝喝了杯茶，解了渴才问他："您让我来这里做什么？"

陈三爷正在看佛经，回道："上次我在这儿遇到你，你说你要去灯楼。"他顿了顿，"我已经和师父说好了，雕一盏白玉莲灯给你。等我看完这一卷佛经就带你去。"

上次自己去点长明灯的事，他竟然还记得。

房里很是幽静，三足瑞兽炉里点了香，淡蓝色的烟细细地升起来。窗扇外透进来一缕阳光，照在他的背上。顾锦朝好像心有所动，小心地挪到他身边去。

"怎么了？"知道是她坐过来了，他仍然看着佛经。只是摸了摸锦朝的头，像在安抚小孩一样。

顾锦朝也不知道自己要做什么，她只是很想靠近他。

这个人如此的、如此的……她说不出来。

"没什么，就是有些困了。"顾锦朝轻轻靠在他肩上，小声说。

"那就睡一会儿吧。"陈彦允把她抱到怀里，让她睡在自己身上，"等我看完了就叫你。"

顾锦朝"嗯"了一声，明明没有睡意，闭上眼睛闻着他的味道，却很快睡着了。

锦朝供奉了一盏白莲座长明灯。

灯楼里放着很多灯，无数的火光跳动着，她提着自己的灯站在灯楼中间。一道石砌栏杆的楼梯可以通往灯塔之上，还有几个僧人在给灯座添油。

锦朝回头看着陈三爷，也不知道她这盏灯放在哪里是好。

陈三爷向她走过来，说："跟我来。"带着她沿着楼梯往灯楼上走去，墙壁上有一个个佛龛，涂了松油的墙面烘烤得十分光洁，陈三爷转过一个狭口，带她来到一处露台。这里供奉着一座文殊菩萨像，菩萨像前只摆了一盏灯。是一盏大理石雕刻的佛莲纹长明灯，看样子应该已经有些年头了。

顾锦朝看了看陈彦允，却见他低头看着这盏灯，嘴角露出一丝淡笑："还是师父打点得好。你把灯放在这里吧，有菩萨保佑着，就福泽深厚了。"

那这盏长明灯是谁的？还独辟了个地方来放着。

顾锦朝放好了灯，跟着他下了楼梯，低声问他："三爷，那盏灯是谁的？"灯楼里显得无比静寂，那些灯火就像活的一样跳动，她的声音也压得很低。

陈彦允走在前面，回答她说："是我十岁那年，娘带我来点的。那时候的住持师父还是我父亲的好友，辟了这个位置出来。他几年前圆寂了。"

两人已经出了灯楼。

锦朝回头看了一眼，突然想起那日陈三爷领她看灯楼，大雪纷飞的场景。

陈彦允让陈义送她回禅房去，他则要去看看在宝相寺清修的陈六爷。

等看完了盂兰盆法会回到陈家，大家都很累了，各自回房歇息。陈老夫人找陈彦允说话，问陈六爷在宝相寺过得如何。锦朝就先回了木樨堂沐浴。走了一天出了一身的汗，热水沐浴之后才觉得十分清爽。

青蒲捧了件水青色素缎的褙子给她，锦朝想了想，让她去换那件淡粉色莲花纹的绢丝褙子来。

大热的天，罗汉床上铺的就是嵌白玉的竹席，锦朝在罗汉床上坐着看账本。绣渠端了盘切好的西瓜上来，又特意用冰镇的蔗汁浇过，凉快又香甜。

账本是曹子衡昨天让人送过来的，锦朝看到有什么疑惑的地方，就让采芙一一誊下来，送去让曹子衡再核对。账本上的字密密麻麻的，很是费眼睛，炕桌上点了三盏松油灯才看得清。

一会儿佟妈妈进来了，带了一封信："是四夫人从大兴寄过来的。送信的小厮说八月初二就是祖家四小姐出嫁的日子，已经定好了。明天祖家二夫人会特地带请帖过来，还要请您回去住几日。"

顾锦朝接过信仔细看了。信是徐静宜写的，还写了些日常的琐事，顾汐学女红或是父亲又写了什么文章之类的。末尾又说起顾澜抱病，已经在床上躺了几个月的事，说她病得很是蹊跷，犯恶心，又吐不出东西。太夫人害怕是时疫，就先让她单独住了个院子，别人都不准去看。又嘱咐锦朝，等她回来的时候多带些补品，给顾澜补补身子，她最近身子太瘦弱了。

顾锦朝本是靠在大迎枕上的，看完了这封信立刻就坐起来了。

徐静宜这些话大有深意。她是想说，顾澜怀孕了？又是恶心又是补品的，不是怀孕了是什么！

她看完直想发笑，把信递给青蒲让她烧了，又吩咐佟妈妈："你下去准备准备，明儿祖家二夫人要过来。至于顾怜亲事的随礼，就先不急。"二夫人要亲自过来送请帖，那请帖就是给陈家送过来的，陈老夫人未必会去，却肯定要随礼，等陈老夫人先随了礼，她再定自己送什么东西好了，免得僭越了。

锦朝想了想，又说："对了，我库房里有一支四十年的人参，你先找出来包好，再买一些天麻、虫草之类的补药。等我回祖家的时候，一并带回去。"

佟妈妈有些疑惑："夫人，这天麻、虫草一类的东西，您也要当随礼吗？"

锦朝笑着道："怎么会呢，这是送给澜姐儿补身子的。"顿了顿，她轻声说，"她恐怕是有喜了。"

上次顾澜和姚文秀私会被人撞破的事，佟妈妈也是知道的。那还是两个月前的事了！她脸色微变，低声道："四小姐就要嫁进姚家了，这时候三小姐有孕。就算以后抬进门做姨娘，那生孩子的日子也对不上啊。这岂不是要让顾家蒙羞了。"

锦朝摇摇头说："冯氏要是真在乎蒙羞，怎么会把顾怜和顾澜都嫁给姚文秀呢，不过是舍不得放过一个阁老的嫡子而已。况且顾澜这孩子，生不生得下来还很难说呢。"

冯氏对外说顾澜是患了时疫，就是这时候弄死她都可以，更何况只是她肚子里的一团肉。别说冯氏了，就是二夫人，也不会让顾澜这个孩子活下来。这孩子简直就是妖孽一样的东西，要是顺利生下来，那岂不是摆明了说姚文秀和顾澜有过什么不堪的事。

要真让她生下来了，这孩子整日在顾怜面前走动，顾怜恐怕看着都觉得碍眼。以她的性子，忍不住了亲手掐死这孩子都有可能。

要是顾澜真嫁给穆大公子，怎么会有今天的结果。就是嫁给曾经和她议过亲的赵举人儿子，日子也是顺顺利利的。顾锦朝心里有些感叹，还不用她来收拾，顾澜自己就走了一条死路。

没有宋姨娘为她筹谋，她以后的日子恐怕就艰难了。

佟妈妈应诺退下，外面就有小丫头通禀，说陈三爷回来了。

陈彦允走进来，屋子里的丫头次第退下了。锦朝亲自给他端了一杯冰镇酸梅汤过来："今儿天气炎热，您就先喝碗酸梅汤吧，是妾身早晨预备下的。"

陈彦允依言喝了一口，酸梅汤味道怪甜的。他也没说什么，不动声色地一口饮下，把玉盏递给她。"嗯，味道还不错。"

锦朝让丫头收了碗，就和他说起顾怜的亲事："妾身要回祖家去，约要半个月的样子。我也许久没回去看过父亲和妹妹了，正好漪姐儿也快要及笄了，也替她准备准备。"

"要去半个月？"他问了一句。

锦朝点点头："明日二伯母就过来了，到时候我带二伯母去拜见母亲，再和母亲说。"

过了好久陈三爷都没说话，锦朝抬头看他，却发现他正目不转睛地看着自己。

顾锦朝就问："怎么了？您觉得太久了？"

陈彦允摇摇头："没事，这随你的意。"他先进了净房洗漱。

锦朝先看了会儿《易经》。不过一会儿，陈三爷就沐浴出来了，空气中一股胰子的干净香味。

锦朝合上书吹了灯，才关了隔扇走过去，他已经躺在床上盖好薄衾了。

锦朝也随即躺上去，刚闭上眼睛，却被一双胳膊揽进温热的怀里。

她身子又是一僵，但闻到陈三爷身上的味道后，很快就放松下来。

陈彦允把下巴放在她头顶，觉得她陷在自己怀里，只有小小的一团。半个月实在太长了。他慢慢抚摸着锦朝的长发，低声说："今日下午在接引殿里，你睡着了。我似乎做了点事。"

大红罗帐里低沉的男声，实在是太过暧昧了。

顾锦朝觉得耳朵发热，"嗯"了一声问："您做了什么？"

陈三爷笑了笑："有辱佛门清净，所以只开了头就没做下去了。现在倒是想继续了。"

搂着她的腰的手更紧了一些。顾锦朝也明白他说什么了，身体更是发软，想到前两次的经历，她忍不住想退出去，却半分力气都使不上来。

理智告诉她，她应该对他好点、再好一点。

他翻身覆上来的时候，顾锦朝咬了咬唇，主动搂上他的脖颈。

陈三爷从上往下凝视着她，目光幽深。锦朝一不做二不休，主动凑上去吻了一下他的嘴唇。

很快就被他按住后脑，再亲了回来。

第二天醒来的时候已经到了辰时了。

顾锦朝还觉得有些昏沉，昨夜没有休息好。陈三爷却一早起来就去了内阁。

她不由得要叮嘱采芙："早说过了，三爷起来你就要叫我。"哪有丈夫起床，她还赖着的道理。陈三爷也没个人伺候着，一切亲力亲为，难为他和自己同住了。

采芙只叫醒过她一次。

采芙有些委屈地回答道:"三老爷说过了,不准叫醒您。上次我叫了您起来,三老爷回来还特地找我去训话了。"

顾锦朝有些无奈,只能先算了。反正也没耽搁她辰正去给陈老夫人请安。陈三爷很维护她,这些方面实在是无微不至,她要是推辞,还怕坏了他一番好心。

一会儿丫头端了热水、早膳次第进来。

吃了一碗绿豆粥并两个豆沙包,锦朝就去了檀山院。陈老夫人正在监督陈玄新练字。

陈玄新见到她,总是客气而有礼。恭敬地喊了她"母亲",又伏在书案上练字。

陈老夫人跟她说:"虽说比不上玄青聪明,总算还肯用功。比他六叔强。"

第六章

省亲

到了下午，二夫人的马车就到了宛平。

锦朝去影壁迎了她，领她去拜见了陈老夫人。

二夫人带了自己的贴身丫头、婆子。不仅奉了顾怜亲事的请帖，还携了茶叶和糕点送给陈老夫人。

陈老夫人在花厅见二夫人。接了请帖之后仔细看了，递给旁边的郑嬷嬷收起来，问起顾怜的亲事："你们家四小姐是和姚阁老的三公子结亲？"

二夫人也是见惯了大场面的，并没有因为陈老夫人的身份而局促，笑着点点头："姚三公子和我们怜姐儿是旧识，怜姐儿还没及笄前就定下这门亲事了。本来是锦朝的祖母亲自过来的，只是她最近身子不好，才让我过来。幸好是朝姐儿到影壁去接我，陈家宅院又大又雅致，要是没个人领着，恐怕是要迷路的。"

顾锦朝正坐在陈老夫人旁边，替她剥着松子仁吃，描金的小碟上松子仁已经堆起小尖了。

陈老夫人很爱吃核桃、松子一类的干果。

陈老夫人拉起锦朝的手笑："她？她没人领着也是要迷路的。上次在羡鱼阁那边看戏，她带着自己的丫头差点在桃花坞走丢了，还是老三把她找回来的。"陈老夫人看锦朝的目光没有半分责怪，只是取笑她而已。

锦朝解释说："我已经走出来了，三爷是在回来的路上碰到我的。"

她那次只是想去桃花坞看远山而已，多看了一会儿，怎么就被说成走丢了。

陈老夫人笑着指顾锦朝："她在娘家，是不是也这么爱狡辩？"

二夫人笑得有些尴尬。

在顾家，哪有顾锦朝这样说话的份，冯氏的规矩严，容不得媳妇孙女还嘴，就是开玩笑的话她也不喜欢听。能在冯氏面前撒娇承欢的，也就是顾怜了，顾锦朝可没这个胆子。

陈老夫人又说："你小半个时辰还没回来，老三心里急，都让陈义去鹤延楼找护卫过来了，打算把桃花坞都找一遍。倒是把我吓到了。"

她记得陈三爷那天找到她的时候，并没有说什么。就是回来的时候，陈老夫人也没有多问。他还把鹤延楼的人找过来了吗？难怪她当时看到周围护卫森严。

二夫人听着顾锦朝和陈老夫人说话，这个空当里她又打量了一番顾锦朝。

她穿着一件紫罗兰掺金丝璎珞纹褙子，浅蓝腰带，挂了一块鲜绿欲滴的翡翠，雪白的挑线裙子；耳边戴的紫色碧玺石有指甲大，颜色通透无瑕，价值不菲；头上还戴了一对比翼金簪，嵌的是少见的绿宝石，粒粒大小均匀。顾锦朝一向不爱浓艳打扮，但这身上的东西，件件都比赤金贵重千百倍。

二夫人想到自己刚进陈家时，看到顾锦朝前后被簇拥着，丫头、婆子数十人，气派非凡。

她嫁给陈三爷以后，果然就是陈家的宝了。老夫少妻的，人家自然要捧在手里护着。看陈老夫人，对着顾锦朝连句重话都不会说。天底下还有不收拾媳妇的婆婆？

二夫人刚嫁到顾家的时候，冯氏给她立规矩都用了一年。

要是当初顾怜嫁过来了享的也是这样的清福啊！但偏偏造化弄人，最后嫁过来的是顾锦朝，不是顾怜。顾怜要嫁的是姚文秀，这姚文秀身份比陈三爷差十万八千里也就罢了，还和顾澜弄出了那样的事。顾澜肚子里还有了孽畜。

二夫人想到这里，简直恨得指甲都要掐进肉里。

锦朝又和陈老夫人说了自己回去住的事："已经和三爷说过了，我的三妹也要及笄了，想回去替她准备一番。等怜姐儿的亲事过了我就回来。"

陈老夫人应了："你回去看看你父亲也好。"招手让郑嬷嬷过来，说了一堆的东西让锦朝一起带回去。真定产的鸭梨，陕西送过来的核桃和香榧，听说冯氏喜欢带骨鲍螺，还吩咐带三盒的带骨鲍螺。

过了一会儿秦氏、王氏、葛氏也过来见了二夫人。

今天也凑巧，四房的八少爷、十二少爷从别院里回来，说是别院里授课的先生老母病逝了，要回家奔丧，恐怕三年之内都不会来宛平了。

两人一回来就过来给陈老夫人请安。

陈玄安是王氏所出，与王氏长得相似，却并不和王氏很亲近，仅是喊了王氏一声"母亲"。王氏多看了他两眼，却什么都没说。庶子陈玄平和陈容是同一个姨娘生的，眉眼相似，年纪还很小。

顾锦朝不由得看向王氏。她对四房的关系很好奇，因为她隐隐记得，陈四爷好像是和陈玄青闹崩了的。

二人弄得撕破脸皮，反目成仇，也不知为何。

陈四爷这个人真的很奇怪。张居廉死后，叶限亲自查其党羽，杀了很多人，陈彦文就是被清查的一个。

等到了晚膳的时候，陈老夫人就让在花厅摆了桌。花厅旁边就是荷池，比宴息处里凉快。吃过了晚膳天还没黑下来，锦朝就带着二夫人沿着荷池的回廊散步，说几句话。

没走几步前头就传来孩子说话的声音，听起来好像有好几个人，叫叫嚷嚷的。

二夫人道："这样的荷池，要是没有仆妇看着，孩子可千万不能玩。"

荷池阴气重，怕池子里的水鬼勾了孩子去。一般没有大人陪着，都不要孩子靠近的。

顾锦朝先让丫头摆了小杌子，请二夫人在这里等着。"我先过去看看，也免得出什么意外。"顾锦朝和二夫人说完后就带着青蒲离开了。两人绕过回廊，才看到前面一个凉亭站着几个正玩耍的孩子。孩子们身边有好几个婆子跟着。

她松了口气。

这时传来一个孩子清亮的声音："你说你会背《三字经》，倒是背给我们听听啊。"

看背影，说话的这个人应该是陈玄安，四房的嫡长子。

又有另一个人说："刘先生一世英名，在翰林院任教时也是个大儒，怎么就教了你出来？"

这个声音锦朝很熟悉，应该是陈玄新，陈三爷的庶子。

有一个很弱的声音支支吾吾响起："我……我是会背的，现在不记得了。"

几个少年都笑起来，陈玄新拿着一只香囊晃了晃："你要是背出来了，这东西就还给你。背不出来……"他懒洋洋地拖长了声音，"我就扔到荷池里去，叫你再也找不着！"

顾锦朝可没见过陈玄新这一面。在长辈面前，陈玄新一向有礼懂事，怎么还威胁起人来了？也不知道和他说话的究竟是谁。

顾锦朝皱了皱眉，放轻了脚步走过去。这时她才看清楚，被三个少年围着的正是陈玄越。

他还穿着那件袖子都短了的褂子，样子很无措，紧张得很："我……我是会的，我只是忘了。"

陈玄安挑眉问他："这话是你嬷嬷教的。不管别人怎么问，你尽管说忘了？"

陈玄越仰起头紧张地看着他，吸了吸鼻子不说话。

嬷嬷就是这么教他的，不会背不要紧，先生讲的时候听不听也无所谓。等母亲要查功课的时候，只管说自己是会的，只是一时忘了。母亲也从来不多问，还让下人抓糖和瓜子赏他。

他被逼得靠在柱子上，荷池里又冷，身体都开始发抖了。

陈玄新笑嘻嘻的："那九哥你可别怪我了，这香囊可就要去喂鱼啦！"

陈玄安拉住陈玄新的手，笑得很温和："九弟，别听十一弟瞎说。只要你跟我们说，这香囊是不是你房里丫头的，我们就不让你背三字经了。也别为难了你是不是！"

陈玄新又开口道："听说大哥就把身边伺候的两个丫头收了房。别看咱们九哥人傻，没人可以婆以后也能要丫鬟当姨娘嘛！跟二伯母说一声就是了，想收多少有多少。"

顾锦朝嘴角一抽，陈三爷说陈玄新像陈六爷的性子，她本来还不相信。这才多大点，就知道什么通房姨娘的了，以后长大了还得了。

看着陈玄越可怜的样子，她也觉得可怜。一个痴傻的庶子，岂不是人人可欺的？便两步走上前去，笑着道："你们几个在这儿玩呢。"

几人回头看见她，都傻了，忙行礼喊"三伯母"或是"母亲"，婆子也有些惊慌，给她屈身请安。

锦朝微微笑着："刚才听见你们说《三字经》，香囊的，怎么回事？"

几个孩子面面相觑，这样的事给她说了，岂不是隔天就传到陈老夫人或者是三伯父耳朵里。那他们可就遭殃了！

还是陈玄安站出来，说："三伯母，我们来荷池散步遇到九弟，看到他拿的香囊精致，想借过来看看。《三字经》什么的，只是想考考九弟的学问而已！"

听到他们这么解释，顾锦朝笑了笑："要是看过了，就把香囊还给九少爷吧。荷池冷，小心着凉了，你们还是去花厅玩吧。"还是睁一只眼闭一只眼放过比较好，毕竟隔了一层关系。

陈玄安只能把香囊还给陈玄越，几个人才告退离开。

锦朝这才看到伺候陈玄越的婆子匆匆过来，满脸堆笑："九少爷，您怎么跑到这儿来了？让奴婢好找！"

面对伺候他的婆子，陈玄越却退了一步，样子有些惊恐。

婆子这才看到顾锦朝，忙向她行礼。"扰了三夫人清净，奴婢带他离开。"说完扯了陈玄越就走，一步都没停。

陈玄越回头看了顾锦朝一眼，好像想说什么，却很快被婆子拉走了。

锦朝回到木樨堂的时候，还在想陈玄越的事。

采芙挑帘子进来："夫人，川贝梨子水熬好了。"

锦朝让采芙用瓷罐把梨子水装起来，她给陈三爷送过去。

她早上隐约听到陈三爷咳嗽了两声，就吩咐熬了梨子水。内阁的事多，他最近忙得很，休息得又少，要是感风寒就麻烦了。

采芙一会儿就端了青瓷缠枝纹的瓷罐过来。备了碗，锦朝带着东西便往书房走去。

　　书房外站着好几个人，有她脸熟的江严、陈义，还有几个戴纶巾穿皂鞋做书生打扮的人。他们拱手向她请安后避到了一边的次间里去。江严过来跟她说："三爷在里头和七少爷说话。"

　　陈玄青过来了？顾锦朝有点不想进去了。

　　她虽说是陈玄青的继母，但是陈玄青已经成年了，就避开了住在前院。他不喜欢和顾锦朝请安，顾锦朝正好也不想看到他，最多就是在陈老夫人那里见到了，他喊她一声"母亲"。

　　这时候陈三爷的另一个小厮却出来向她行礼："三老爷请您进去。"

　　顾锦朝才踏入书房。

　　陈三爷手背在身后，半靠着书案和陈玄青说话。

　　陈玄青站得笔直，俊秀的脸上带着淡淡的笑容："赵学士说，整理得还算妥帖。就是汉高祖那卷不够流畅，让我下来再想想。您觉得什么样的说法合适？"

　　陈彦允沉吟片刻，抬起头问他："赵学士是张大人的学生，也算是和我关系近了。你知不知道他为什么说你汉高祖那卷不够好？"

　　陈玄青想了想，试探性地说："汉高祖刘邦，西楚霸王项羽。我有褒有贬，太史公说，'秦政不改，反酷刑法，岂不缪乎。故汉兴，承敝易变，使人不倦，得天统矣。'刘邦的功绩，还是顺应天道的缘故。若非时运不济，项羽岂不是也可登高。"

　　陈彦允微笑着看他。

　　陈玄青看出陈彦允不太满意，很快就停下来了，有些疑惑地说："当时跟着爷爷学《史记》，您曾说过我的论述很好，我看自己写的，也没有觉得不妥的地方。"

　　陈彦允却看到顾锦朝进来了，直起身招手让她过去。

　　陈玄青回过头，就看到顾锦朝提着一个食盒，站在门口正看着他们。他回过头去，表情略有些不自然。父亲训他话的样子他不想让顾锦朝看到。

　　锦朝轻声道："妾身给您送点东西过来，您继续和七少爷说话吧，妾身先退下了。"说着把食盒放在一旁金丝楠木的四方八仙过海纹桌上。

　　陈彦允跟她说："不急，你先等着我。"

　　他不再和陈玄青兜圈子，直接指点他道："汉高祖起于式微，太祖也是。所以在写汉高祖功绩的时候，不可用'天下所归'的说法。该用《秦楚之际月表序》里这句'乡秦之禁，适足以资贤者为驱除难耳。故奋发其所为天下雄，安在无土不王。此乃传之所谓大圣乎。'赵学士是想提点你注意，你用了我说的这句，就不会有错了。"

陈玄青想了一会儿，皱起眉问："那岂不是太奉承了？"

陈彦允说道："你觉得你还是学堂里的孩子吗？这样的话张口就说。你现在是要学为官。等你在翰林院做几年编修，就要去吏部观政了，虽然父亲在内阁，你要避嫌远调。但以后在官场，你也要学会说话做事才是。"说罢低咳了两声。

锦朝赶紧打开食盒，盛了一碗川贝梨子水，拿过去给他："早上听到您咳嗽，就让人备下了。"

陈彦允接过喝了，茶褐色的梨子水怪甜的，一口饮尽了，心想还不如直接喝药，但又不想浪费了她一番好心。顾锦朝就像兔子一样，小心翼翼的，难得她主动些，他就由着她，哄着她，有种引诱小鸟到自己掌心啄食的感觉。

他安慰她说："不碍事的，只是近日太忙了，又没休息好。"

顾锦朝笑了笑："您和张首辅说一声，告病假吧，可别累着了。"

陈玄青正想说朝廷大事，父亲深明大义，可不会因为他自己有点小病痛而耽搁。却听到父亲笑着说："嗯，明天我跟老师说一声，看他会不会让我告假。"

顾锦朝再待下去就不好了，屈身想先退下。陈彦允还和她说了句："你要回来的时候，我亲自去接你。陈义会带护卫送你回去，就先在顾家住行。"

顾锦朝觉得不妥当，陈义可是陈三爷贴身的护卫。

她推辞说："家里也有护院，我带陈护卫去了，您怎么办？"

陈三爷叹了口气："我求个安心，你可别再推辞了。"

陈三爷亲自送顾锦朝出了书房。

陈玄青一直看着搁在桌上的瓷罐。顾锦朝……他心里开始疑惑了，她真的是顾锦朝？

他第一次看到顾锦朝就知道她好看，他从来没见过这么好看的人，海棠春色，浓香袭人。这样的艳色，他很不喜欢。

他应该是个爱莲之高洁、梅之傲骨的君子。对于牡丹这样的浓色半点无兴趣。所以在觉得顾锦朝空有其表之后，他心里更是不屑她。但是这样的人，怎么父亲就把她当个宝呢？

她给陈曦做的屏风是荷池微风，意境幽远。她待父亲、曦儿这么好，其实应该这么说，顾锦朝待所有人都很好，却独独待他很疏远，好像只当他是个陌生人。

陈玄青还记得她揪着自己的袖子，哭得上气不接下气："你怎么会不喜欢我呢，澜姐儿都说你喜欢我的。我送给你的香囊，巴巴儿绣了一宿，手指头都戳破了！"

顾锦朝伸手指头给他看，眼睁睁等着他安慰。

陈玄青"哦"了一声，很平静："劳烦姑娘辛苦了，以后还是别做了。"抓住她的手，一根根从自己的袖子上扳开。她咬着唇，好像真的生气了。等陈玄青去看别的花盏了，她又过来怄怅地说："唉，我外祖母家的有绿色的菊花，还有蓝色的。"

胡说，怎么会有蓝色的菊花。陈玄青理都不想理她，回头却看到她把手指头拿手帕包起来了，样子十分古怪。她委屈地抱着手吹个不停，陈玄青觉得她实在笨拙，不由得笑了笑。

顾锦朝看到他笑了，更是高兴："你要是好奇，我就让外祖母送给你！"

陈彦允走进门，看到儿子竟然在出神，就敲了敲桌案："要是想明白了，就回去把汉高祖那卷改了吧。我还要和江严商量事情。"

陈玄青要告退了，回头问了他一句："您真的要告病假吗？是病得严重了吗？"

陈彦允笑了笑："她明日就回顾家去了，我安慰她的。不过是咳嗽几声而已，有什么不得了的。对了，倒是你回来一次，记得去看看玄新的功课，我看他最近又和陈玄安混起来了。"

陈玄青应"诺"退下了，江严才走进来。向他拱手道："三爷，您要找当年河盗案的卷宗，恐怕有点麻烦了。"

"怎么了？"陈彦允继续写字，淡淡地问。

江严低声道："河盗案本就是十年前的案子了，卷宗很难找。唯一的一份卷宗，在长兴侯世子那里。他借阅之后，根本没有放回大理寺中。"

陈彦允抬起头。

今日是六日一朝的时候，叶限穿了一身盘领右衽青袍，银钑花腰带，冠三梁，站在文官列的倒数第二排，后面是大理寺、太常寺、鸿胪寺的六品官。

他长得好看，神情又漫不经心，身份又是长兴侯世子爷，左右侧的官员频频打量他。

叶限看着前方一言不发，他一生中不知道被注目了多少，早习惯了。

要是人家实在盯得久了，他就慢悠悠地转过去，冷冷地和那人对视片刻，人家自然会乖乖转移开视线。

等到下次再碰见别人，还要奚落对方一番。直到他上朝时目不斜视为止。

朱骏安端正地坐在朝上，下面站的是礼部侍郎彭友松，正在说竣修皇陵的事。

除了这样的事，也实在没有什么是能禀报给朱骏安的。真正的权力早被内阁那几个老谋深算的东西给把控了。叶限的目光不由得落在第二排穿绯色官服的陈彦允身上。

等到司礼监的太监唱退，朱骏安先离开，而后文武官员才从侧门退出。

叶限远远落在人群之后，觉得晒晒太阳也好。

刚下了几阶汉白玉台阶，就听到有人在身后喊他："世子请留步。"

叶限停下脚步回头，看到陈彦允站在台阶之上，手背在身后，脸上带着儒雅的微笑。

叶限笑了笑："陈阁老找下官何事？天正热着，实在不方便说话。"

陈彦允不动声色道："既然世子觉得天热，我请世子喝盏茶可好。九春坊有一家茶舍，里头香片茶味道极好。"

叶限不动声色地看着陈彦允，但凡老谋深算之辈，总有地方会露出端倪。请自己喝茶？陈彦允可没这么清闲。他这样的人，要是没有想要的，不可能来找自己。他最懂明哲保身的道理了，看和他同起的官员倒了多少，袁仲儒死得这么惨，他还屹立高处。

何况，他娶了顾锦朝。

叶限脸上露出微笑："难得陈大人要请客，我岂有不从的道理。"

九春坊茶舍里，茉莉香片已经放在桌上了。

茶舍很清静，支开了窗扇就能看到一河之隔的司苑局和番经厂，叶限往窗扇外看了一眼。

陈彦允慢悠悠地给他倒了茶，手一伸示意请他喝，解释说："别担心，没有人跟着。我来找世子，是为了福州府府台私吞库银一案，已经提前找大理寺卿郑大人说过了。"

叶限把茶杯挪过来，淡淡地道："阁老误会，我对阁老还是很信任的。"

陈彦允摇头笑笑："信不信任倒无所谓。我和你阵营对立，不信任才是对的。"

叶限表情冷下来，这样一个人……顾锦朝嫁给他了，还能玩得过他？

他继续说："阁老言重，您的喜酒我还是去吃了的。要是论起辈分来，阁老还要喊我一声舅舅呢。"

陈彦允并不接他的话，只是微笑："那倒是有缘了。"

叶限也不会真的让陈阁老叫自己一声舅舅，换了个姿势坐着，继续道："福州府府台私吞库银一案，已经移交都察院了，我只是经手了大概。对案情并不清楚，阁老可要失望了。"

陈三爷说："世子此言差矣，当初你只看了一眼河盗案卷宗，就能过目不忘，还凭借此扳倒了张陵。库银案就算只是略看了一眼，也应该记得才是。"

他端起茶杯喝茶。

叶限想了一会儿，却笑起来："陈阁老不是为了库银案来的吧？"

叶限如此聪明的人，自然不需要他点明了说。

陈三爷往后靠在椅背上，继续说："闲话不多说了，世子爷也明白，天下间朋友自然是越多越好，我愿意以此和世子爷交个朋友。"他手一伸，江严奉上一封信。

叶限最喜欢和绕弯子的人说话了，但他喜欢自己把别人绕得头疼，而不是别人把他当猴耍。他秀致的眉皱了皱："这是什么东西？"

陈彦允说："世子看了再决定吧。"他站起身，整了整衣袖，"我还要回内阁去，就不打扰世子了。"

叶限却淡淡说："阁老留步。"

陈彦允停下脚步，却没有回头。

叶限问："我那甥女没给阁老添麻烦吧？"

陈彦允脸上笑容收敛了。

"没有就好，"叶限笑了笑，"阁老有公事就先走吧，下官在这儿喝一会儿茶。"

顾锦朝到顾家的时候，已经过了晌午了。

冯氏带着顾家女眷在影壁等她，看到她下来了，便走过来扶住她的手，笑眯眯地说："祖母日日都在想着。我已经让人备下你喜欢吃的清蒸四鳃鲈、烩羊肉，可饿了吧？"

顾锦朝觉得冯氏太热情了。

她先给冯氏屈身行礼，再次第给徐静宜、五夫人行礼。不仅是女眷在等她，就连一向在国子监不回来的顾锦潇、顾锦贤都在。顾锦贤对她笑笑，顾锦潇一向不喜欢她，僵硬地扯了扯嘴角。

冯氏才看到有一辆马车进来，里头下来个穿程子衣的高大护卫。又有几个护卫上前，从马车里搬东西下来。顾锦朝道："娘让我带了许多东西回来，除了常见的干果糕点，还有祖母喜欢的带骨鲍螺。"

护卫训练有素，三两下搬完了东西，陈义过来向顾锦朝拱手道："夫人，都放好了。"

冯氏随意点点头："你们是陈家的护院？那可是辛苦了。"叫了一个婆子过来，"快带他们去后罩房歇息吧，再摆了酒菜，别亏待了。"虽是这么说，但不过是几个护院，冯氏的语气还是很轻慢。

护院那就是最低一等的下人，怎么没派几个婆子跟着顾锦朝回来。难道，陈家老夫人并不怎么重视顾锦朝？

锦朝还是要表明几人身份的，含笑道："陈护卫是三爷的贴身护卫，借我用几天而已。还要托祖母好好招待着，免得回去有了闪失，三爷那里我说不过去。"

陈义有些不好意思："夫人折杀我了。咱们都是粗人，给口干粮就吃，屋檐边也能睡，哪里能讲究了！"

冯氏听到顾锦朝说是"贴身护卫"，心中便是一惊。这种大臣家养的护卫，和护院不太一样，他们的身份不下于幕僚。陈三爷怎么会让贴身护卫跟着顾锦朝回来……她忙笑笑："差点得罪了。"叫了管事过来，"带陈护卫去厢房住下，再从库房拿几坛子秋露白过来。"

陈义连忙推拒："老夫人好心。不过我们是不能喝酒的，上熟水就行了。"

冯氏知道这些大臣的护卫规矩严，并不勉强："招待不周，那就请各位随意了。"

一众人簇拥着她和冯氏往东跨院走去，锦朝把各房的礼都给了，和冯氏说了会儿话。冯氏想到那些跟着她回来的护卫，就十分体谅顾锦朝："你回来一路舟车劳顿，先去睡会儿吧。妍绣堂里你的东西都还留着，祖母每日都叫人打扫。"

顾锦朝确实也累了，昨晚又没有睡好。

妍绣堂果然还留着她的东西，打整得干干净净的。西次间的炕桌上还放着一个青白釉鱼戏莲花瓠，里面插着新开的栀子花。采芙笑着跟她说："栀子花难得，奴婢记得祖家的花房只培育了几株。"

锦朝看到院子里还有棵自己种的香樟树，已经长到一人高了。幔帐上还挂着她亲手绣的香囊。

她淡淡地笑了笑："不骄不躁就好，别的就由他们去吧。"

原先在顾家，二小姐害她，大少爷不信任她，锦朝也是这样的表情。

采芙莫名觉得十分安心。

顾锦朝先睡了一觉，却不到半个时辰就醒了，总觉得缺了什么。

她躺在床上怔怔地想了会儿，才想起陈三爷不在身边。和陈三爷一起睡的时候，她要是翻来覆去睡不着，陈三爷总会把她搂进怀里，闻着他身上的味道，竟然就能睡得很好。等他醒了，自己还没醒，他要亲一亲她的额头或者在她耳边说些什么才走。她听不清，但是他的语气很温柔。

顾锦朝本来睡眠就不好，容易做噩梦，和陈三爷成亲后，睡眠反倒好了。

她不由把脸埋进锦被里，才离开他半天，怎么就开始想他了。

陈三爷这样的人，实在是太容易喜欢上了。

顾锦朝叫了青蒲进来，打了水替她洗脸。

徐静宜过来和她说话："你知道顾澜做了什么吗？"

锦朝问："您不是说，她患了时疫，被祖母拘在院子里了吗？她的身体可还好？"

徐静宜点点头："你嫁了之后你祖母就说澜姐儿身体不好，把她挪出怡香院，拾掇了东跨院的后罩房给她住下，还要澜姐儿每日跟着伺候她。"她顿了顿，"也不过是暗地里收拾她，大夏天的屋子不准开，要盖厚棉褥，说是她身子畏寒，吹不得风。澜姐儿捂了一身痱子。那时候你祖母还不知道澜姐儿有身孕的事。澜姐儿每日的吃食都是她那里小厨房特地做的，澜姐儿估计是发现里头加了什么东西，吃了一次就再也不吃了。从私房拿了十两雪花纹银给房里的小丫头，和小丫头换着吃饭。有好菜吃又有钱拿，那小丫头自然没吭声。直到有天，澜姐儿突然干呕不止，你祖母请了大夫过来看，才发现不对。她把澜姐儿房里的丫头都找出来问，才知道换食而食的事。"

徐静宜说的这段话实在大有深意。

冯氏发现顾澜有孕……怎么就想起检查顾澜的吃食了？

徐静宜淡笑道："你祖母不是一般人啊！估计早在顾澜的吃食里动手脚了，没像她预期的那样出事，她自然要怀疑。等大夫走了，你祖母跟我们说澜姐儿是患了时疫。谁患时疫是她那个样子，我当时就知道她有孕了。你祖母却把人扔进院子，找了几个婆子看守着，也不准我们去看她。"

"谁也不知道顾澜被关在院子里这几天发生了什么。前天晚上她竟然跑出来了，朝外院跑，估计是想去找你父亲，她也知道只有你父亲可能救她了。结果还没到垂花门就被人拦下，又捉了回去。你祖母气得不得了，这样一闹整个顾家都知道澜姐儿其实没病，只是被关起来了而已。"

顾锦朝想了会儿，问徐静宜："既然是有婆子守着，顾澜又是怎么跑出来的？"

徐静宜就说："给她守夜的就一个婆子，抱了铺盖在廊庑下等着。澜姐儿把自己用的云纹绸枕拿在手里，不等婆子说话就捂住她鼻嘴，婆子拼命挣扎，指甲把顾澜的脖子都划伤了。顾澜却一点没松开，把那婆子给活活捂死了，这才能跑出来。别说其他人了，就是你二伯、父亲看到婆子的尸体，都被吓到了。"

果然是把她逼到极致了，都能下手杀人了。

"这事父亲也知道了？"

徐静宜点点头："毕竟是死了个人，又闹得这么大。顾澜闯垂花门的时候，大家都以为是有盗贼进来了，都打着火把捉贼呢。顾澜先被娘捉回去关在后罩房里，你父亲和二伯过去问，才知道究竟是怎么回事。但是怜姐儿和姚文秀的亲事已经定下了，两家人总不能撕破脸面说话。"

徐静宜说到顾怜，顾锦朝才想起她今日都没有看到顾怜。

"闹得这么大，怜姐儿也该知道了吧，我今日似乎都没有看到她。"

徐静宜却笑了："说起怜姐儿，才是最好听的地方。你祖母为了让她安心嫁，顾澜的事半分都没跟她说。她听说了顾澜被关起来的事，还要去找你祖母，说要把澜姐儿放出来。"

其实顾怜当时说的原话是："您是不是看到顾锦朝嫁去陈家了，有身份了。就要对付澜姐儿讨她欢心啊！或者是顾锦朝说让你好好收拾澜姐儿，以解她心头之恨，您就真的照做了。她是不是还说了，要您以后也对付我？"

冯氏听得又气又怒，抬手就打了她一巴掌。

顾怜长这么大，从来没被人这么打过，当即就愣在原地，然后捂着脸呜呜地哭起来。

"后来知道了顾澜和姚文秀的事，还不信呢。说要去找顾澜问问，你祖母才跟她说：是不是要等孩子生下来了，滴血认亲了你才相信？怜姐儿受这么大的打击，这两日都闭门不出了，整日的哭。"

顾锦朝叹了口气，顾怜就是那种外强中干的女子，没经过什么风浪。肯定受不了这样的事。

她握了握徐静宜的手："您操持四房也够辛苦了，出这么多事。"

徐静宜笑笑："这些都是小事，又无人敢欺负、看低我，哪里辛苦了。"

她肚子里有那么个东西在，那就是二房的事。反正顾锦朝不会管，她也不想管，只能留给二房去解决了。顾澜为了保住孩子，竟然干出这么大的事，可惜了。无论怎么说，就是为了两家的脸面，这孩子都不可能活下来。不是让冯氏暗中去了，也是要让姚家劝着打了。顾澜还是想不明白啊。

两人说了一会儿话，冯氏派丫头过来，请顾锦朝去东跨院。

徐静宜笑着说："你看，这下成了阁老夫人，你祖母都要请你过去了。"

顾锦朝也笑笑，携着她一并往东跨院去。

冯氏正坐在堆漆螺母罗汉床上，二夫人、五夫人坐在旁边的杌子上。冯氏特地招了锦朝过去和她同坐。一会儿丫头捧了茶上来，闲话不久，外头有小丫头通禀，说是四小姐过来了。

顾怜走进来，她穿着一件淡紫菱纹的褙子，梳分心垂髻髻，戴珍珠头面。脸上还抹了脂粉，却也掩盖不住眼下的乌青。她的目光落在顾锦朝身上，不由握紧了手。顾锦朝穿了件烟霞锦缎褙子，绣鹤望蓝白色湘裙，头上只戴了一只凤衔珠步摇，凤尾嵌着许多米粒大的红宝石，十分精致，也十分华贵。她在陈家过得很好吧？

冯氏看到顾怜，并没有说话。

顾怜却笑起来，走过来一一给众人行礼了，坐到冯氏身边来。恭顺地说："这两日身子都不舒服，没来给祖母请安，祖母可要见谅！"

冯氏叹了口气，毕竟是在自己膝下长大的孩子，她格外宽容。

"来请安了就好。你二姐难得回来一次，还是为了你的亲事回来的。你可要好好和你二姐说话。"

顾怜笑得有些不自然："那是应该的。"她停顿片刻，跟冯氏说，"祖母，我想见见顾澜。就是和她说几句话，我有些事想问她。"

冯氏说："不用见她，已经都这样了，你再问能问出什么。"

顾怜看着冯氏，眼泪却在眶里打转。

二夫人就站起来，笑着和锦朝说："你十一妹现在已经会坐了，养得粉嫩嫩的，可讨人喜欢了。咱们不如去你五婶娘那里看看孩子。"

二夫人应该是想留冯氏和顾怜说话，顾锦朝从善如流地应了。五夫人笑笑："她比她哥哥小时候还调皮，说起来倒是像她舅舅，看着什么都想尝一尝。她最喜欢看见人多了，你们去看她准高兴。"

徐静宜也站起来，几人向冯氏告退，出了西次间。

茯苓关上了次间的隔扇，顾怜才哭起来："祖母，我该怎么办才好？姚文秀他说过他喜欢我的。我都要嫁给他了，他和顾澜竟然做出这样不要脸的事。"

冯氏把她搂到怀里，拿出手帕给她擦眼泪。

"哭了两天还不够吗？你哭给祖母看有什么用，你要哭给姚文秀看才是啊。"

顾怜茫然地看着冯氏："我……我不知道。"

冯氏问道："那你还想嫁给姚文秀吗？"

顾怜喃喃地说："我以为嫁给他会过得好，至少比顾锦朝好。"她抬头看冯氏，"祖母，你说，这样的男子会待我好吗？他要了顾澜，以后会不会还有别的通房姨娘。"

冯氏就摇摇头笑："你还是不懂事啊。你看看你父亲，也是两个通房几个姨娘。你别看顾锦朝现在过得风光，好像也挺得陈阁老宠爱的，但陈阁老可是有三个姨娘的，他那样的朝廷大员，人家巴结地赶着往他那儿送人，通房姨娘不是想要多少有多少。对于男子来说，这都是再正常不过的事。"

冯氏不等顾怜说话，就接着说："顾澜这样的人虽然可恶。但你想想，不是顾澜以后也有别人。总不可能让他守着你过，你要是把顾澜的事利用好了，反倒能把姚文秀捏得紧紧的。"

顾怜咬咬牙，低声道："等她落到我手上，我非要折磨她不可。还有她肚子里的孩子，也不能留下！"

这个孙女实在不够聪明，冯氏突然意识到这点。她以前只是觉得顾怜单纯而已。

她握着顾怜的手，慢慢说："顾澜肚子里的孩子肯定是不能留的，就是我不动手，姚家也不会让这个孩子存在。你以后嫁过去，还要加倍地对顾澜好，特别是在姚文秀面前，要让自己显得宽容些。他和顾澜出了这样的事，他心里对你肯定是愧疚的。你再贤良淑德些，他会更敬重你的。"

顾怜一时没有说话。虽然她心里还是喜欢姚文秀，想嫁给他的，但是出了顾澜的事，她心里茫然了。祖母的意思，还是劝自己嫁过去？那顾澜的事怎么办？

顾怜看着冯氏，小声道："祖母，顾澜会和我一起嫁过去？"

冯氏又笑："傻孩子，你嫁过去是正妻，顾澜还要向你执妾礼，怎么拿捏她还不是你说了算。顾澜在四房半点地位都没有，你是顾家正经嫡女，根本不必把她放在眼里。"

顾怜沉默地想了好久。

顾德昭下了衙门特地过来看顾锦朝。

锦朝给了他几封包好的茶叶："是三爷给您准备的。"

看到长女回来，顾德昭还是很高兴的。

收好了茶叶，顾德昭又说："恐怕你也知道顾澜的事了。她，唉！我真是不知道该如何是好，她怎么做了这样的事。现在要给姚三公子当妾不说，肚子里的孩子还不好办。"

顾锦朝说："您和母亲商量过没有？"

顾德昭一愣，才摇摇头："没有，怎么了？"

顾锦朝就跟他说："您知道，有些事您处理起来不太好。"她这说法算是隐晦的，父亲是怎样的人顾锦朝最清楚了，优柔寡断，摇摆不定，又容易被别人影响。内宅之中的事他更是了解甚少。这样的事，父亲就应该习惯和徐静宜商量，至少徐静宜是个非常有主意的人。

她继续说："您可以和母亲商量，多一个人想办法总是好的。"

顾德昭有些出神："徐氏的确不错。"顾汐前些日子生病，还是她衣不解带照顾的。他现在也不去罗姨娘那里了，要不是在徐静宜那里，就是自己住前院。这也算是对她的尊敬了。

顾德昭又说起顾澜："明日姚家的人要过来，我先带你去看看她吧，和她说几句话。她听说你要回来，几日前就求着说要见你了，我看她现在也可怜。"

顾锦朝笑了笑，再怎么说顾澜也是在父亲跟前长大的。身前长大的孩子，哪怕做得再过分，也还有一些情面在。父亲心里应该很复杂，只是他对顾澜已经没有同情心了。

"那就去看看她吧。"顾锦朝站起身，"刚好我也给她带了些补品回来。"说完让青蒲去取了人参、虫草一类的东西过来。

顾德昭带着锦朝去了东跨院。

他们从耳房旁边的侧门进去。天刚擦黑，后罩房已经点了烛火。一个刚留头的小丫头正坐在台阶上剥荞麦，两个穿粗布短衣的婆子在晾衣服。后罩房有点荒芜，花圃里敷衍般种了两株杜松。

从侧屋里出来一个穿比甲戴银手镯的婆子，看到两人过来，忙屈身行礼，笑着说："四老爷、二小姐，可是过来看三小姐的？"

四老爷常过来，婆子却是第一次看到顾锦朝。听说这就是嫁给陈阁老做续弦的那个小姐。她抬头看了看，果然是人比花娇，穿戴有身份又华贵，和屋子里那个比起来可是天壤之别。

顾德昭点点头，她便伸手请两人往堂屋走："这边请。"

堂屋很潮湿，供奉了一座烧瓷的观音像，从堂屋开着的隔扇进去到了次间，锦朝才看到躺在床上的顾澜。

她一瞬间竟然有点恍惚。

顾澜脸色苍白，了无生趣，目光直直地看着窗外，好像一点都没听到有人进来了。过了片刻，顾澜才转过头来。她看到顾锦朝过来了，却笑起来："长姐过来啦，快来坐吧。"

一直守在架子床边的小丫头立刻去搬了杌子进来。

顾澜看起来真的很开心，又对顾德昭说："父亲，您能先回避一下吗？女儿想和长姐说话。"

顾德昭动了动嘴唇，脸上露出一种十分疲倦的表情，跨出门槛去了院子里。

顾锦朝觉得她有点不对劲。她坐到了顾澜身边，沉默地看着她。

顾澜穿着一件很素净的褂子，手腕十分纤细，还套着只翡翠的玉镯。那样的颜色衬得她的手雪白无比，她的脸瘦得只有巴掌大，一双眼睛显得更是柔弱可怜，很病态的美。顾澜也垂下眼看她，眸光慢慢向上，笑着说："长姐，你看看我，我落魄成这样了，你高不高兴？母亲死的时候，你说以后我肯定不会好过的。你看我现在的样子，连自己的孩子都保不住了。"

顾锦朝等她说完了，过了好久才问她："你后悔吗？"

顾澜有些茫然。"后悔？你想说什么事。"她摇了摇头道，"我不后悔，不能嫁给姚文秀，我就要嫁给赵举人的儿子。他儿子要是考上举人了还好说，但没考上呢？他们家里就靠三百亩田产收租过日子，两个三进的宅邸还是赵夫人的陪嫁。赵举人还有两个儿子一个女儿，我要跟着他过什么日子？整天伺候他，相夫教子，等着他哪日中举了我能跟着沾光不成？"

"长姐，你也知道的，贫贱夫妻百事哀。连钱都没有，还有什么好日子呢。"

顾锦朝没有说话。三百亩田产，两个三进的宅子，虽然不算富庶，但肯定还是有盈余的。顾澜是从小娇养的，打赏下人一出手都是好几两。怎么知道一枚铜钱掰成两半用的心酸呢。

顾澜说着说着却哭了起来，嘴唇都发抖了："我只是想不到会有孩子而已。"

这个孩子，来得太不是时候。她察觉到自己有孕的时候，先是惊喜，再是恐惧。

她当时想隐瞒的，瞒到嫁到姚家去，不就一切都好了。但这种事怎么瞒得住呢，冯氏本来都给她下药想弄死她了，她再有了孩子，更是活不了了。冯氏把她关在小院的时候，派了婆子灌她红花，她拼死咬紧牙关，却还是呛进去了。

冯氏就让人一日三餐地灌她，再这么喝下去，孩子肯定活不成了。

顾澜舍不得，这是她的孩子，不能就这么死了。

有人要杀她，她不反抗就没有活命的机会了！当晚她就想好了对策，捂死了婆子，从侧门逃出来。杀人的时候她也怕，手脚冰凉，死死按住婆子不敢放松，紧张得喘不过气来。

她拉住锦朝的手，泪眼蒙眬："长姐，你没当过母亲，你不知道这种感觉。我只是想保他而已。这顾家里的人，都恨不得这孩子死。"

顾锦朝看着她，叹了口气："那你现在能保住孩子吗？"

顾澜茫然地抬起头看她："明天姚家的人就要过来了。"

姚家的人过来又能如何呢？姚家的人说不定比顾家的人更急迫地想要打掉这个孩子，他们才不会容忍这个孩子存活在世上。

顾锦朝淡淡地问她："你想他们帮你保住孩子吗？还是你想姚文秀帮你保住孩子？"

顾澜咬咬牙："这……这也是他的孩子！姚家的骨肉。"

她消瘦的手握紧了锦被，手背上青筋都要蹦出来。

顾锦朝站起身来："我带了些补品过来，你叫下人炖了汤给你喝，好好补身子吧。嫁到姚家，你自己且受着妾室的苦吧，再多的银钱也没用了。"

顾澜在她背后喊道："顾锦朝，你就不担心吗？"

顾锦朝回过头看她，顾澜脸上带着眼泪，梨花带雨，声音却压得很低，渗出一股寒意。"你嫁去陈家，你和陈玄青的事怎么办？难道你就不喜欢陈玄青了？你以后可要看着他娶妻生子啊。别人都觉得你现在过得好，但是我知道不是，你心里不知道多苦呢。"

顾锦朝笑了笑："嗯，你知道我过得不好就行了。"

其实，顾澜刚知道自己怀孕的时候，就让人告诉冯氏，再乖乖地把孩子打掉，这才是最好的法子。至少冯氏对她的敌意会小许多。

第二天姚夫人就过来了。

见到顾怜后，她立刻接了顾怜的手过去，很是关切："你现在可好些了？马上就要成亲了，文秀可整天盼着要娶你呢，这时候伤了身子可不好。等我回去了，就让人给你送些补品过来。"

顾怜才勉强扬起笑容："劳烦您记挂了，已经好得差不多了。"

徐静宜见状，悄悄拉了拉锦朝的衣袖，两人对看了一眼。看来顾怜已经被说服了。

几天之后，传来了顾澜孩子没有了的消息。

顾锦朝听后什么都没说，也没想去看顾澜一面。

七月二十五，顾家就开始张灯结彩，顾怜也要出嫁了。

她脸上的笑容也渐渐多了起来。

亲迎那日锦朝早早被徐静宜叫醒，两人携着去了西跨院，顾怜穿戴着凤冠霞帔，妆化得十分娇艳。锦朝和徐静宜都给了添箱的礼，二夫人招待两人坐下来喝冰糖银耳汤。

请来给顾怜梳头的全福人是二夫人的表姐，从灵璧赶过来的，顾怜亲热地叫她"表姨"。全福人十分随和，穿戴也很体面，笑着和二夫人寒暄。

这时候，采芙从外面进来，屈身行礼后和锦朝说："陈三老爷过来了。"

陈三爷过来了？他说过要来接她，锦朝还以为他亲事的时候不会过来。

二夫人也很惊讶："陈三爷过来了？"

有陈三爷参加怜姐儿的亲事，这面子上可不一般。等姚家亲迎的人过来了，看到陈三爷岂不是更要看重怜姐儿。她笑着拉了锦朝的手，打趣她："肯定是舍不得你，你还不快过去看看！"

锦朝也小半个月没见到他了，心里还挺期盼见到他的。只是陈三爷过来一次，肯定还要给祖母、父亲请安，等到喜宴开始的时候她再过去也不迟。而且陈三爷这么一来可是给顾家增加脸面了。

锦朝说："恐怕一会儿也见不着，我还是在这儿多说会儿话吧。"

等一会儿进膳的时候，顾锦朝才往西跨院去。

吃过了席面后，又次第端上了甜点、西瓜和梨子水。徐夫人被叫去和别的女眷打马吊了，徐静宜就和顾锦朝说起话来："上次和五弟妹说话，就听到她说起自己这个弟弟。"

126

徐静宜向宴息处的方向示意："就是刚才那位长兴侯世子，你倒是看了他一眼，也认得他吧？"

锦朝点头："世子爷以前常过来看五婶娘，说过几句话。"

徐静宜就笑笑说："听说是要娶武定侯家的嫡女了，长兴侯夫人已经去武定侯家商量好了，交换了庚帖。你祖母听说之后就找了五弟妹过去问，说这么大的事也不告诉她一声。五弟妹都不好说什么，回去之后还特意找了一对白玉的玉佩送去你祖母那里。"

顾锦朝道："祖母便是这个性子的。"冯氏想和长兴侯家攀关系，可不是一两日了。

叶限都要成亲了。也难怪，他比自己大一些，那应该快要十八了。叶限一直没有成亲，长兴侯府衰败之后，他在这上面也没有心思了。后来做了兵部尚书，别人送的姬妾倒是挺多。顾锦朝曾偶然听说过，说叶限荒唐的时候，在宫里和宫女白日宣淫，还被皇上给撞见了。也不知道他说了什么，皇上竟然没有生气处罚他，反倒赏了他一些床笫之私上的东西。

不知道是不是真的，或许也是有心之人捏造，只为了让人更觉得他荒唐罢了。

他能娶武定侯之女，也是件好事，至少不会像从前一样偏执了吧。

徐静宜又问锦朝会不会打叶子牌，两人去和别人玩儿了几盘。顾锦朝有点累了，告退回去歇息。她带着青蒲沿着回廊往回走，身后突然有个声音叫住她："陈三夫人，怎么走得这么急。"声音她很熟悉，是叶限。顾锦朝回过身，屈身行礼喊"表舅"，也没有抬头。

叶限却仔细看了她好久，才向她走过来。风吹动皂边襕衫，四周隐隐浮动着他身上的药香。叶限淡淡地说："看样子他待你还挺好的，你气色倒是好。我刚才和他说过话了。"

这个"他"指的是陈三爷吗？

锦朝才抬起头："您和他说什么了？"

叶限瞥了她一眼，手背在身后握紧，声音依旧平淡道："你紧张啦？别担心，刚才我只是和他下棋而已。"他顿了顿继续说，"前几日陈阁老过来找我，我提了你一句，他当时就有些不高兴了。陈阁老果然还是风度好，今日见到我竟然半点别的情绪都没有。不过你见到他，恐怕少不了要说明了。"

顾锦朝觉得莫名其妙，叶限提她做什么。她平平稳稳地说："那谢表舅关怀了。"

叶限一时不知道和她说什么，她梳着妇人的圆髻，显得脖颈纤细修长。其实他本来不应该过来的，顾怜成亲关他什么事，他才懒得给顾怜什么面子。只是想到顾锦朝会回门省亲，他才过来的。

顾锦朝见他不再说话，就说："要是没有别的事，妾身就先退下去了。"

叶限紧抿嘴唇，她如今已经要自称"妾身"了。

"顾锦朝，我要娶亲了。"他在她身后轻轻地说，"是母亲替我决定的亲事，武定侯家的嫡女，年前应该就会成亲了。"

顾锦朝不知道该说什么好。

叶限继续说："有的时候我也不想理会这些，长兴侯府关我什么事，叶家前程又与我何干。"他的声音中有淡淡的疲倦。

顾锦朝回头看他，突然想起长兴侯重伤，他亲手杀了他师父那晚。当时他连夜从京城到大兴来看她，一张精致的脸很是苍白，人也十分虚弱，好像很可怜的样子。他现在也是这样的表情。有种人就是这样，看上去满身都是刺，实际上最脆弱不过，伤害别人的同时心里其实也很后悔。

她轻轻地说："你要是不愿意，可以说出来。"

叶限又是沉默，过了一会儿向她说："算了，你先走吧。"

顾锦朝也没有说什么，带着青蒲先去了西跨院。等到了黄昏时分，该是要上花轿的时候了，顾怜才被顾锦潇背出来，和姚文秀一起拜了顾二爷和二夫人，由全福人扶着上了花轿。

也是这个时候，一顶暗红色的轿子从顾家侧门抬出去了。轿子后面只有一个背着包袱的小丫头跟着，她步子不够大，想跟上轿子只能一路小跑，气喘吁吁的。

顾澜坐在轿子里，身上换了件水红色的褙子，她也没有穿正红色的资格，头发梳了光滑的凤尾髻，戴了两朵红绉纱绢花，耳边玉坠儿一晃一晃的。她也听到了顾家响起的鞭炮声、唢呐声、小孩子接撒钱的笑闹声，虽然这些声音都不是属于她的。她抬起头看着顾家的方向，忍不住眼眶湿润。从今以后，她就是姚文秀的姨娘了，在顾怜面前执妾礼。就算是以后生了孩子，也不能叫她母亲。

顾家，恐怕也不能再回来了。可能这样也好，她不想看到顾家的任何一个人。

锦朝回到妍绣堂。却见到门口早有丫头等着她，跟她通禀说陈三爷过来了，在里头等她。锦朝往妍绣堂里一看，果然廊庑下站着好些护卫。

她几步走进西次间里，却没有看到陈三爷的身影。等再走到书房里，才发现他站在自己的书案前面作画。左手执墨笔，奇楠佛珠串垂落。他侧脸十分儒雅，房里烛火暖黄，低垂的睫毛也有淡淡的光辉。

书房里很安静，甚至能听到笔落于纸上的声音。

顾锦朝也放轻了脚步，接过丫头端上来的茶盏，轻轻放到旁边的长几上，才向陈三爷走过去，小声说："您要过来喝喜酒，怎么也不和我说一声？"

陈彦允放下笔："我说过要来接你回去的。"抬头看顾锦朝，淡淡地说，"顺便来看看你住的地方。"

他画的是一幅松柏图，松下有只麋鹿，远处群山巍峨，云雾缭绕。

顾锦朝虽然比一般世家女子学问好些，但对这些也并不精通。她看不出是什么意思，既然画的是麋鹿，那大抵该是说福禄的吧。陈彦允却凝视着自己的画，在松枝上添了几笔，递给她说："我看你书房里空荡荡的，只挂了一幅颜真卿的字，就给你画了一幅画。把它裱起来，挂在你书房里吧。"

顾锦朝笑了笑："嗯，一会儿就送去裱。"她往他腰间看了看，"您的印章呢，刻竹山居士的那枚。"

陈彦允柔和地说："怎么了？我不常带那枚印章出门，公章倒还在身上。"

顾锦朝露出可惜的表情："您的字画，外面可以卖一百两银子一幅，要是有印章，还可以卖到五百两。值钱的就是那枚章了，怎么能不带在身上呢。"

陈彦允听着就笑起来，收了笔，喝了口茶后问她："你如何知道我的画值钱的？"

锦朝看着他，很认真地说："妾身去问过啊。不过您的画外面流传不多，人家都收起来当宝藏着，等着传给子孙后世，有价无市的。"

陈彦允知道她是在和自己开玩笑，伸手摸了摸她的发："嗯，我多给你画几幅，你以后就传给孩子，当成传家宝传下去。"

顾锦朝脸一热，又继续说："那您该给这画加个印章才是。"

"给你用公章也一样。"陈彦允从袖中拿出一枚绸布包着的印章，让锦朝找了印泥出来给她盖在画上。公章上刻的是"九卿"，陈彦允还有一枚官章，不过是放在户部不会随身携带的。

锦朝叫了青蒲过来，让她把画送去裱。

陈彦允拉起她的手说："走，带我去看看你住的地方。"

给她的画画了有一个时辰，他骨头都僵了，正好去活动活动。

顾家本来就不如陈家大，锦朝住的妍绣堂还处于西跨院和前院交界的地方。走到西厢房就能听到前院宾客的喧哗，穿过夹道后面就有个花圃，种了榆钱树。锦朝喜欢吃榆钱，这棵树还是她搬到大兴之后亲手所植的。院子里有一口长青苔的陶缸，养了几朵碗口大的睡莲。西次间的窗沿边她特地种了绿萝，一开窗就能看得到一片清幽的绿色。西次间房里那副屏风是她亲手所绣，很常见的梅兰菊图。

陈三爷都一一看了，问她："你是从适安搬到大兴的，那你小时候是在适安长大的？"

锦朝摇摇头说："我是外祖母带大的，在通州宝坻。"侧头看他，"那您呢？一直跟着娘在宛平住吗？"

陈三爷说："也跟着父亲在任上苏州住过几年，那时候我喜欢坐船，我记得太湖边有个白虾馆，里面做的河鲜很好吃。苏州文人雅士多，父亲常带我去拜访当时有名的居士，还有当时最负盛名的吴中四才子的衡山居士。"

衡山居士……如此有名的人物，顾锦朝自然听说过。她饶有兴趣地问："那您和他谈了些什么？"

陈彦允目光放远，温醇细语地跟她说："衡山居士那时候也是近八十岁的高寿了，长了一把白胡子，不仅指点了我的书法，还送了父亲一篓大闸蟹。"

顾锦朝觉得很有趣。不过看到外面天已经全黑了，暗想留他也不好。两人回房的时候，晚上可要避开的。

她跟他商量明天回宛平的事："早上我先去给祖母、母亲和父亲请安告别，再回宛平去。您明日要去内阁吗？不如我让小厨房先备下早点。"

陈彦允摇摇头说："我特地来接你回去的，自然要陪你回去，内阁近日也清闲。"他左手摩挲着佛珠，突然轻轻地问，"你认识叶限吧？"

顾锦朝一时沉默，他刚开始不问，她还以为他不会问了。叶限究竟和陈三爷说过什么，她不太确定，叶限又一向肆意妄为的。顾锦朝觉得有点头疼，只能斟酌着说："世子爷是五婶娘的弟弟，见过几次。"

她抬起头，却看到陈彦允正盯着她，她好像又看到三爷那种目光，明明面容无比的温和，眼神却十分的锐利，好像刀子一般深入人心。别人的什么掩饰都是徒劳的。不由让她手心发凉。

她和叶限的关系确实很复杂，要真的说起来，叶限帮过她，她就帮了长兴侯家躲过睿亲王一劫。至于那日叶限冲进她院子里，拉着她的手说"不如我娶你"的话，顾锦朝只当他是一时糊涂。

顾锦朝决定如实和陈三爷说清楚，毕竟也没什么见不得人的事："我母亲原来病重的时候世子爷请了自己的师父来给我母亲医治，却没有来得及，母亲还是先去了一步。"她说得有些犹豫。也没有把当初长兴侯宫变的事说出来，毕竟这些事太复杂，牵涉到长兴侯府和睿亲王的争斗。这些她本不应该知道的东西，她也不能解释她为何知道。

况且当初睿亲王和张居廉交好，她帮了长兴侯府，却相当于是对张居廉不利。陈三爷虽然是她丈夫，但同时也是户部尚书，内阁阁老，朝堂斗争他比谁都熟悉。和他比起来，自己再怎么样也显得嫩了。

陈彦允却缓缓伸出手，摸了摸她的头，嘴角带着一丝笑容："瞧你，怕什么？我还会不信你吗。"

顾锦朝被他的手一碰，心里更是发紧。

陈彦允的手向下滑，轻轻摸着她的脸，她的肌肤十分白嫩光滑。他却突然把锦朝拉到自己怀里，低下头亲了亲她的脸："好了，我不问了。不过你以后还是少见他吧。"

叶限说起顾锦朝的时候，他心里就知道，叶限不会平白提起她，两人之间肯定不只是认识这么简单。却不知道两人交集这么深，叶限这样薄情寡义、心思多且复杂的人，会平白帮她母亲治病吗？

顾锦朝觉得这个吻十分滚烫，落在她脸上，又落在她唇上，怀抱也变得滚烫起来，禁锢在她腰间的大手搂得更紧了，她都能感觉到陈三爷的压抑，他却十分克制。亲过她之后又把她松开，替她整理了衣襟，这是在娘家，两人不能行房事。

顾锦朝觉得有必要解释一句："三爷，世子爷那样的人惯是任性妄为的。我们本就是表舅侄的关系，平时才见过，其实算不得什么的。"她怕他想到别的上面去了。

陈三爷点头："嗯，我知道。只是叶限行事太心狠手辣。当初萧游背叛他，他就能亲手杀了自己的师父，以后恐怕也非池中物。"他却叹了口气，"不过我不喜欢你见他也是真的。听话？"

顾锦朝自然点点头。

两人说完了话，顾锦朝想送三爷出门，他却摆摆手示意不必，拿过一旁的披风走出去。

等到了第二天，陈三爷就携着顾锦朝去向冯氏辞行，亲自带着她回去了。

第七章

审讯

等到了家里，奔波劳累了一天，锦朝几乎是沾枕头就睡着了。

三爷刚晨练了回来，到被窝里来捉她的手。

顾锦朝被热乎乎的手烫着了，不情愿地挣脱开，翻身头朝里面睡过去。

陈三爷并不放弃，抬脚半跪在床上，手潜进被窝里，又去捉她的手。

锦朝彻底醒了过来，闻到微微的汗味，手还被握在一双大手之间，她还没有分辨清楚，三爷就俯身亲了她的眉心一下："可算把你叫起来了，我先沐浴去。"

顾锦朝睁开眼，才看到窗扇外面日头都老高了，叫了青蒲进来给她梳头，低声说："今天也太没准了，怎么没早些叫我起来。"这时候肯定过巳时了，她嫁过来后从来没睡到过这个时候。她刚从大兴回来，怎么能不去给陈老夫人请安呢。

青蒲忙说："奴婢本来准备等三爷走了就叫您起来的，三爷叫奴婢去给您蒸蛋羹了。采芙又去四小姐那里送糖食攒盒了，别的丫头婆子都不敢叫您起来。"

锦朝揉了揉眉心，昨晚回来就已经很晚了，三爷还拉着自己荒唐。难怪她睡得这么沉，平日就算丫头不叫她，她自己也会在辰正醒过来。

等她梳洗好之后，蛋羹也送上来了，她小口小口吃着。

陈三爷已经换了直裰走出来，看到她在吃蛋羹，走过来问她："我让青蒲在里面加了牛乳。好不好吃？"

锦朝说："味道挺香的。"问他，"您要吃一点吗？"

陈三爷摇头："今天算了，我还要去户部一趟。母亲那里我打过招呼了，你下午再过去请安，不用担心。"

顾锦朝应了好，又看到他的系带结得不好，站起来替他整理了系带，抬头看着他。

顾锦朝很少这样直视陈三爷，一直看到他的眼睛里去，才发现这双眼在看着她的时候，异常的温柔从容。她看得很少，所以都没有发现，其实他看自己的眼神一直是不同的，她根本就不用怕他。因为在面对自己的时候，真的是他最柔和最无害的时候。

她不由得放轻了声音说："那您早些回来。"

陈彦允看着她很久，想起她昨日惧怕自己的样子，就想和她多说几句："锦朝，有的时候，我也不太能控制自己。"他停顿了一下，想着该怎么和顾锦朝说清楚。特别是关于她的事，他更容易在意或者生气。"但是我娶了你，就会爱护你信任你，你不用怕我，也不用小心翼翼的。"

他是想和她说叶限的事吗？

爱护和信任，这恰好是最重要的东西。

陈彦允却不等她说话："今天户部有要事，但我会早点回来的。"他先走出了房门，外面陈义正带着人等。

锦朝怔了好一会儿，才收拾了东西去陈老夫人那里请安。

秦氏刚和陈老夫人对完账本。

秦氏让婆子们把账本抱回去，拿了核桃剥给老夫人。

"娘，您昨天不是说，萱姐儿写了信过来，说要回来住几日吗？我已经让人打整好了东边的半竹汀，等萱姐儿过来就可以住了。您要不抽空去看看，有没有需要添置的东西。"

陈老夫人才说："你要是不说起来，我都忘了萱姐儿要过来了。锦朝，"转向一边看和陈昭玩翻绳的顾锦朝，问她，"你还没见过萱姐儿吧？"

顾锦朝抬起头。萱姐儿？

顾锦朝笑了笑说："上次认亲时听您说过，还没得一见。"

陈老夫人就跟她介绍："你大姐嫁到了隆庆周家，育有一子一女，前年刚去了。"说到这里，陈老夫人叹了口气，"你大姐福薄，辛苦操持周家，养育子女，偏偏去得这么早。萱姐儿因为守孝才没有过来喝喜酒，上个月刚除了服，就想过来看看我和你。过几天应该就到了。"

陈老夫人所说的大姐是陈三爷的姐姐，陈家上代阳盛阴衰，只有这么一个庶女，收到陈老夫人名下养大，当成嫡女嫁出去的。周家在隆庆也是富庶一方，不过做官的人并不多，顾锦朝只记得萱姐儿的伯父是个县令，萱姐儿本人的父亲当年考中进士，在吏部观政数十年，最后却辞官回家了。

顾锦朝说："那我可要好好准备个见面礼才是。"

陈老夫人笑眯眯地说："你见了她肯定喜欢，活泼得很。那孩子最喜欢别人送她东西了。"

周亦萱是陈三爷的外甥女，顾锦朝对她的印象可是非常的深，以至于这么多年都没忘这个人。

秦氏被陈老夫人打断了话，这时候才笑着转移话题："今天怎么没见到曦姐儿过来，她不是一向下午都过来玩吗？"

陈老夫人说："她上午来过一次，我看她似乎犯困没休息好，就让她先回去了。许是累着了吧，昨个还和昭姐儿踢毽子玩来着，出了一身的汗。"

陈昭嘟了嘟嘴："四姐姐好笨，毽子还没有我的小丫头踢得好。我不喜欢和四姐姐玩！"

秦氏瞪了她一眼："你四姐姐本来就不想玩，你非要拉着人家陪你，还怪人家踢得不好，哪有这样的道理。"

陈昭不敢反驳母亲，缩了缩脖子小声地说："就是踢得不好嘛。"

陈老夫人拉了拉秦氏的手："孩子嘛，总是想到什么说什么的，你别管得太死了。"

顾锦朝却觉得好些日子没见到陈曦，正好去看看她在做什么，跟陈老夫人说："那我到她那儿去看看，小半个月没见她，还挺想她的。"

一群人走过湖榭，到了木樨堂外头。从木樨堂旁边的廊庑过去一段路，就是原来江氏住的芳华阁。曦姐儿现在还住在这里。

院子里有两个粗使婆子在浆洗，忙过来给她请安。

"曦姐儿可在？"顾锦朝问她们。

穿蓝布短衣的婆子回答："四小姐在屋子里睡觉呢。"

顾锦朝穿过十字青石路，守在外头的几个丫头给她请安，打了帘子让她进去。

顾锦朝走进西次间里，看到次间里还摆着自己送给曦姐儿的屏风，临窗大炕上放着绣了一半的小绷，十二生肖荷包挂件，里面的猴子老虎都绣得胖乎乎的，很可爱。炕下放着她一双缎子鞋，花样有点掉色了。

隔扇半关着，放了一层绫纱帷帐，看不到里面的场景。

顾锦朝不由放轻了声音问伺候的丫头："四小姐睡多久了？"

丫头回答道："从太夫人那里回来四小姐就一直睡着，都有两半个时辰了。秋棠姐姐去厨房拿点心了，也没有叫四小姐起来。"

顾锦朝听着觉得有点不对，就算是午睡，哪里能睡这么久连午膳都不吃的。

她几步进了内室，吩咐青蒲把帷帐拉起来，走到床边看陈曦。曦姐儿睡得小脸通红，身体蜷缩成一团，被子裹得很紧。她试了陈曦额头的温度，不由被吓了一跳。这孩子，竟然烧成这样了都没有人发现！

丫头在她身后小声说："三夫人，四小姐睡得好，不如等四小姐多睡一会儿。"

顾锦朝心里有股怒意上涌。

一个没娘的孩子，还是嫡小姐，这些丫头婆子伺候也这么不尽心。秋棠和安嬷嬷不知道去哪里了不说，她们连人发烧都没发现。

早上就从陈老夫人那里回来，难不成，都没有叫陈曦起来吃午膳吗？

顾锦朝吩咐采芙："去告诉太夫人，就说曦姐儿发烧了，立刻找大夫过来。青蒲，你来帮我抱她起来，回木樨堂去。"

丫头们听到陈曦发烧的事，吓得脸都白了。

顾锦朝先揭了被褥，把陈曦抱在怀里。孩子的小身体烧得滚烫，模糊地呜咽了一声。顾锦朝听得心里难受，又给她解了一件褙子，抱着她先回木樨堂去。

木樨堂里很快就忙了起来，婆子端着热水进出，锦朝给陈曦解衣服擦拭。很快陈老夫人闻讯而来，很是震怒。把陈曦房里大小的丫头婆子都训斥了。

陈老夫人走进次间，看到躺在罗汉床上的陈曦昏沉不醒，心里又是怜惜又是心痛。她问锦朝："烧还没退下去？"

锦朝试了试陈曦额头的温度，刚才用热水给陈曦擦了，温度稍微下去了点，但还是滚烫得惊人，摇了摇头说："恐怕还得要吃药才退得下去。"

外头有婆子来回话："季大夫过来了，在堂屋里等着。"

锦朝吩咐青蒲把曦姐儿抱去东梢间看诊。等她回来后，看到陈老夫人正等着她。

陈老夫人让她坐下来："曦姐儿住在芳华阁确实不方便。不如让她搬到木樨堂后一进的院子去，你平日也可以照看着她。"木樨堂后面那个小院子一直空着，有个月门通向中院，来往很方便。

顾锦朝应诺："那我叫人把小院子打扫了吧。"

陈老夫人点点头："孩子别回芳华阁去了，怪冷清的。等你收拾妥当前，先带她住厢房吧。"

两人一起去了东梢间，陈老夫人喂了曦姐儿汤药，曦姐儿迷迷糊糊只知道苦，不肯喝。顾锦朝没有照顾孩子的经验，只能在旁边看着。陈老夫人也有点急，让婆子按住曦姐儿的手脚，要先灌进去再说。

绣渠进来说："七少爷过来了。"

陈玄青很快走进来，几步跨到炕边看陈曦。

年幼的妹妹折腾成这样，他看得心痛极了，轻轻叫了一声："曦姐儿。"

陈曦毕竟很依赖哥哥，听到他柔和的声音喃喃道："哥哥。"

陈玄青伸手把妹妹抱起来靠在他身上，一边轻柔地拍着她的背，一边说："不怕，哥哥在这儿。"伸手示意婆子把药碗递到他手上，舀一勺凑到曦姐儿嘴边，"乖，喝下去就好了，不会苦的。"

他回过头对顾锦朝说："母亲这里有蜜饯子吗？"

顾锦朝点头说"有"，亲自去抓了冬瓜条、盐津梅子、金丝蜜枣几样蜜饯拿过来。

陈玄青已经把药喂得差不多了，最后一勺也哄着陈曦喝下去。看着顾锦朝端上来的蜜饯，不由愣了愣。这些蜜饯都是他最喜欢吃的。

顾锦朝却没想到这个，她这里蜜饯不多，就这三样还是孙妈妈添进来的。

他下手略一犹豫，捡了一颗盐津梅子放进陈曦嘴里，她就不再说苦了。

陈老夫人看着松了口气："幸好你今日在府里。"陈曦一直跟着江氏长大，江氏去了就跟着她，平日和陈玄青不过是偶尔见见，却喜欢他得紧。也许还真是血缘里的亲近。

陈曦把药喝下去了，陈老夫人也就放心了，跟锦朝说："你二嫂那里还有点事，我先回去一趟，晚上再过来看看。这几日你和曦姐儿都不要来晨昏定省了。"又叮嘱陈玄青，"以后曦姐儿暂住在你母亲这里，你有空就来陪陪她，等她病好了再说。"

陈玄青点头应"是"。

顾锦朝送陈老夫人出门。回来后锦朝问东梢间门口伺候的小丫头："七少爷还在里面吗？"要是他还在里面，她就不进去了。

小丫头还没回话，陈玄青冷淡的声音就传出来："你进来吧，我有话跟你说。"

顾锦朝微皱眉，这是什么语气，他又有什么事？

"把门打开，你就在外面守着。"顾锦朝吩咐了小丫头，才走进去。

陈玄青站在床边看着曦姐儿沉睡的样子，也没有抬头看顾锦朝，面上情绪不明。

顾锦朝却淡淡地说："我如今也是你继母。你读圣贤书，总该知道尊敬长辈才是。"

陈玄青终于看向她。

黄昏的阳光从窗扇一丝丝地漏下来，落在她身上穿的那件水青色的褙子上。

以前她不是挺喜欢红色的吗，那样的颜色也衬得她格外明艳。太清淡了真的不适合她，好像看到明珠蒙尘一样，忍不住想擦拭灰尘，看到明珠原来的光泽。

陈玄青很想提醒她，一个女孩家，应该知道什么打扮最适合她，但是这样的话实在不合时宜。他别过眼，轻轻地说："曦姐儿的事，谢谢你。"

顾锦朝摇头道："七少爷实在不必，我也是曦姐儿的母亲，这都是分内之事。"

她也不想承受陈玄青一句感谢。

陈玄青人长得清瘦高挑，和别人说话总是十分温柔有礼，见着他的人都会称赞一句谦谦君子。只有面对顾锦朝，他简直是被逼到极致，就算是冷脸、呵斥，都把这个黏着他不放的女子赶不走。陈玄青实在是不知道该怎么办。

他甚至羞辱过她，言辞上刻薄过的，自己都觉得自己有点过分了。

终于到现在，顾锦朝不喜欢他了。她成了父亲的妻子，用另一种方法进入他的生活。

"嗯，这就好。"陈玄青点点头，声音迟疑，"那我就先离开了。"

"等曦姐儿烧退了，我会派人告诉你的。"顾锦朝说。

陈三爷回来就听说了陈曦发烧的事，去东梢间看了她。

她已经有点烧退了，乖乖裹着被褥靠着墙，采芙正在喂她吃莲子粥。她一口一口吞下，只吃了小半碗就觉得够了，小声地说："我吃不下了。"

采芙笑道："那您还要不要吃点别的，金丝蜜枣怎么样？"

陈曦缓缓地摇头，她觉得食欲不振，浑身乏力。

采芙就收了碗退下。

陈三爷在炕边坐下来，伸手试了试她的额头，问她："现在还难受吗？"

陈曦在陈彦允面前乖得像小猫一样，忙摇摇头，声音细细的："已经好多了。"

锦朝端了药进来，先放在旁边的长几上晾凉。

陈彦允还穿着绯红盘领右衽官袍，都来不及换下来。他对陈曦说："以后可不要再吃冰镇的东西了，你年纪小，受不住凉。西瓜、梨子这些东西也要少吃。"

陈曦和父亲不是很亲近，在她年幼的时候，父亲也总是忙于朝事，很少照顾她。看到父亲的时候都是许多人围着，周围的人又对父亲毕恭毕敬的，母亲和哥哥都是这样，她不由受了影响。

她拘谨地点点头。

陈彦允也不知道和孩子说什么好，叹了口气站起身。"你要是有什么想吃的，就和你母亲说。"

陈曦的目光却落在了长几的药碗上面，面色有些惧怕。她最怕吃苦的东西了。

顾锦朝就笑笑："曦姐儿别怕，我在里头加了甘草，不会太苦的。"看着药也没那么烫了，该让她喝下早点睡才是，这孩子看上去精神太差了。

就算加了甘草，也不可能不苦。陈曦揪着被子，眼泪汪汪的："母亲，曦姐儿不喝药也会好的。"

"良药苦口，难免还是会苦的。但是吃了药曦姐儿的病就好得快了，等你病好了，我让青蒲教你踢毽子吧，她会好多种花样呢。或者咱们做荷叶饭吃，做花钿玩。"锦朝跟她说。

陈曦有些失落："我的毽子踢得不好，昭姐儿都笑我。"

锦朝安慰她："谁又是生来就会的，还不都是学来的。我原先绣工也很笨拙，大家都还笑我呢。"

陈曦好奇地小声问她："会有人笑您吗？祖母说您的女红可好了。"

"人总有这种时候的。"锦朝跟她说话，不知不觉碗里的药都喂她喝下了，她从盘里捡了一粒冬瓜糖喂了陈曦吃，笑着问她，"是不是没这么苦了？"

陈曦都没感觉到苦的味道，茫然地看着锦朝。

陈彦允站在一旁看着两人说话，他还不知道顾锦朝会哄孩子，而且哄得很好。这个场景算不得和谐，有种大孩子哄小孩子的有趣感，两个孩子窃窃私语的，好像他都不能参与一样。

锦朝继续说："那就赶紧睡吧，明天早上起来就不难受了。我让采芙陪你睡好不好？"

陈曦乖乖点了头："等我病好了，也要学踢毽子。"

等锦朝和三爷回到西次间，丫头们才次第上了晚膳。

锦朝把陈老夫人说的事转述给三爷听，他听后就说："搬过来也好，芳华阁是原先江宛清住的地方，太冷清了些。"顾锦朝不了解江宛清这个人，也从没有听三爷提起过。

陈三爷继续说："曦姐儿不和我亲近，倒是更亲近你一些。你还挺有孩子缘的。"

锦朝笑了笑："哪里是孩子缘，对谁都是这样的。我也不怎么会照顾孩子，虽然是长姐，在外祖母家的时候，我可是最小的一个，一向都是欺负我的几个表哥表姐的，大家私底下叫我'窝里横'。"

陈三爷笑起来，温和地看着她："窝里横也好，不让别人欺负自己就好。"

碗筷收拾下去了，锦朝服侍他换了身直裰。抬头看他正揉着自己眉心，不由伸手帮他揉太阳穴。"怎么了？要是太累了就早些睡吧。"

陈彦允"嗯"了声："接连讯问了好几个人，又去了大兴一趟。"讯问牢房里光线不好，动了刑具，他也觉得有点累了，回来又听说曦姐儿发高烧了，连衣服都没换就去看她。

"您怎么会讯问别人呢？"锦朝有些好奇，陈彦允可是户部尚书，又不是大理寺、都察院的人。

陈彦允笑了笑说："不是户部的事，如今内阁中势力混乱，需要清理一下。"王玄范在内阁太碍手脚了，又一向和他作对，他本想借以大理寺卿的事来打压他。

河盗案的卷宗他看过了，卷宗写得太隐秘含糊。一船的私盐来自何处？一般的私盐贩敢有这么大手脚？除了张陵，这上面肯定还有个人。陈彦允本来以

为是大理寺卿，但是后来发现张陵在和余庆的盐运使接触，他就知道这事远比他想得要复杂，背后的私盐贩运肯定更惊心动魄，牵涉的人众多。

张陵在余庆以偷逃流放的罪名被抓后就立刻从水路送到京城来，等把张陵的口供也对好了，就能核实这件事了。余庆的盐运使应该是个很关键的人物，把这人弄下狱了，会引起南直隶动荡。

而他正好需要这种动荡，要是让王玄范依靠南直隶势力坐大，以后收拾起来就麻烦了。

不过这些官场上的事太复杂，他不想顾锦朝知道。

顾锦朝却抓着他的袖子，轻轻地问他："会有危险吗？"

梦里他曾遭遇危险，似乎是遇刺，她却不记得具体时候。

陈彦允挥手让丫头婆子都退下去，等人都下去了就把她抱起来，往大红罗帐里走去："你今天也累了一天了，还是早点歇息吧。"

顾锦朝被他稳稳地抱着，觉得有点不好意思。看到大红罗帐的颜色，总是想起两人云雨的时候，罗帐低垂颜色暧昧的样子，他又抱着她。她急急地说："您今天也累了。"这样的事可就算了。

陈彦允失笑："你这么着急做什么，我是真的让你休息的。"揭开被褥把人放上去。

顾锦朝沉默片刻，默默地转过身不说话了。本来是想关心他的，还是算了吧。

她生气了？还是不好意思了？

陈彦允把她的身体转过来，面对他，发现顾锦朝还闭着眼睛不理他。

他无奈地说："顾锦朝，你是在耍孩子脾气吗？"

顾锦朝听到他的声音，却没有回话。什么耍孩子脾气，她就是懒得说话了。

陈彦允却断定她在耍孩子脾气了，俯下身一下下地亲着她的脸。两个人呼出的气息混杂在一起，她都能闻到他身上的味道。微热的唇瓣轻轻碰过她的嘴唇，稍微停滞了一下，他低语："锦朝，你还是说话吧。"

顾锦朝看到他一双幽深的眼眸，好像比平时还要专注。她低声说："您还是早些睡吧。"却被自己声音里的沙哑给吓到了，她别过头把他推开，往被褥里缩进去。

陈三爷任由她躲进去，笑着说："你先睡着，我还有点事，一会儿就过来。"看她睡在里面又不说话，被褥鼓起一团像藏了只动物一样。他低沉地笑了下，放下罗帐走了出去。

顾锦朝用被子盖着耳朵，心跳久久没有平息。她好像面对陈三爷越来越容易情绪化了，从前的经历告诉她这样很危险，情绪化容易让她犯错。也许真是陈三爷太纵容她了，久而久之难免就放松了。

她静静地想着陈三爷说的事，陈三爷只隐约透露要清理内阁势力，但是她心里却很明白。陈三爷估计是不想容忍王玄范了。

其实想起来真是蹊跷得很，陈三爷在朝堂没有对手，他作为户部尚书，为什么会被派去四川剿匪清扫。他身边高手如云，自己也有自保能力，怎么会在四川出事呢？

而且他出事之后，陈家受到的影响并不大，除了陈玄青几乎和陈四爷反目成仇。

实在是太蹊跷了。

她迷迷糊糊想着，渐渐地睡着了，无意识之间只感觉到有人从后面抱着自己。

第二日陈曦的烧退了下来。

锦朝让小厨房给她做了一盘精致的兔儿馒头，她果然很喜欢，都舍不得吃下去，犹豫好久才咬掉兔子耳朵。

再过了两天，陈曦的烧才完全退下来。锦朝就准许她下床了。陈曦穿了件豆绿的比甲，跟着青蒲在院子里学踢毽子。踢毽子的花样青蒲会很多种，两个毽子一起踢，还能正踢反踢。陈曦看得目不转睛。

一会儿陈玄青过来看她了，手里拿着一个面人。陈曦很高兴，捧着面人跑到廊庑下，笑着和锦朝说："母亲，你看哥哥给我买的面人，可精致了。"

陈玄青走过来，低头也喊了锦朝一声"母亲"。

那面人还穿着件红袄裙，头上捏了发髻，戴了黄颜色的花，样子笑眯眯的。

锦朝就夸道："真好看！看得我都眼馋了。"

陈曦想了想，拉着陈玄青的袖子让他弯腰下来，这是要和他说悄悄话。陈玄青有些无奈地弯下腰，听到陈曦在他耳边说："哥哥，你怎么不给母亲也带一个回来。"

声音虽然压得小，锦朝却也听到了。

陈玄青也小声和她说话："你是孩子，母亲是大人了。万一母亲不喜欢呢？"

陈曦很认真地说："母亲怎么会不喜欢呢。我喜欢小兔子馒头，母亲也喜欢。我喜欢的松子糖，母亲也喜欢。都是一样一样的。刚才母亲都说好看了，七哥，你是不是没有银两了？明明知道曦姐儿住在母亲这儿，送东西也没有母亲的一份。你要是没有银两，我的荷包里还有好几张二十两的银票，是上次外祖母给我的零花钱，你拿去用吧。"

锦朝不由得笑起来。陈曦是那种要和人熟了才格外好玩的孩子，有趣得很。

　　陈玄青露出一丝无奈的笑容："好好，都是我的错。下次我也记得给母亲带，好不好？"

　　陈曦才点点头，让锦朝帮她拿着面人，拉着陈玄青去看青蒲踢毽子了。

　　锦朝就先回了西次间，让人备下了绿豆甜汤给他们消暑。

　　陈曦在门口探头看了看，被采芙发现了，笑着问她："四小姐，你要找夫人吗？"

　　陈曦"嗯"了一声。

　　锦朝召她进来，用汗巾给她擦了额头："怎么了，哥哥走了吗？"

　　陈曦摇摇头："还没有呢，你跟我来。"拉着她的手往外走，小声地说，"哥哥也会踢毽子，踢得可好了。不过他不想别人看到，我央求他踢的，带你去看看。"

　　锦朝被陈曦拉着走到耳房旁边的夹道上，果然看到陈玄青踢毽子。他踢得很好，干净利落。只是这样女孩儿的活动，实在不适合他。

　　听到来人的声音，陈玄青很快警觉起来，伸手接住毽子回头看，发现陈曦拉着顾锦朝站在耳房外面。他又是无奈又是生气，要不是陈曦央求，他也不会踢毽子了。好不容易选了个没人的地方，这小丫头还专门带人过来看，还是带顾锦朝过来看。

　　"曦姐儿，你过来。"陈玄青低声说。

　　陈曦看到他有点生气，就往锦朝身后躲，小声地说："我只是想让母亲看看。"母亲又不会到处说，她一个人看着，还不如让母亲也看看。

　　陈玄青很难给她解释这件事，他现在是翰林院编修，也算是朝廷命官了。"彩衣娱妹"就罢了，这样的事让别人看到实在是不太好。

　　锦朝笑着说："七少爷别担心，你踢得挺好的。快过来吧，我给你们备下了绿豆汤。"

　　免得陈玄青尴尬了，她先带着陈曦往回走。

　　过了好久，陈玄青才跟进堂屋来。

　　采芙给他端上了一碗绿豆甜汤，陈玄青犹豫了一下，才端起来尝了口。

　　西次间里，顾锦朝正在和陈曦说话。过了会儿两人才走出来。

　　陈曦小心翼翼地问他："哥哥，你还生气吗？曦姐儿错了。"

　　陈玄青没有说话。

　　陈曦又说："七哥，你要是生气了，曦姐儿给你道歉好不好。"她拉着陈玄青的衣袖，有点难过，"你要是生气了，曦姐儿就要难过了。"

　　想到她大病初愈，陈玄青叹了口气说："七哥没有生气。"

　　他怎么会和自己的妹妹生气呢，只是觉得有点不好意思罢了。

陈曦要他抱抱，陈玄青就把妹妹抱起来，和顾锦朝说："踢毽子是原来跟着母亲的一个丫头学的。父亲看到了，还打过我戒尺，只不过是想逗曦姐儿开心，您就当没看到吧。"

顾锦朝笑着说："这是自然的，七少爷别担心。"

陈玄青看着她很久，没看到什么异样的表情。他自己心里倒是不坦然了……他问起别的事："母亲喜欢面人吗？"

顾锦朝还没说话，陈曦就说："喜欢！母亲肯定喜欢。"

陈玄青就笑了笑："那我下次也给您带一个吧，只是小孩玩意儿，您别嫌弃它不值钱就好。"

陈玄青对她的态度柔和了不少，顾锦朝不知道自己做的什么事让他改观了。不过这样也好，毕竟她也是陈玄青的母亲，日后总是有交集的。他要是一直憎恶自己，她有些事还不好做，例如陈玄青马上要和俞晚雪议亲了。

顾锦朝想了想，就没有拒绝，点头说"好"。

水牢里发出一阵阵腐臭的味道。在前面领路的狱官提着一盏松油灯。

刑部郎中陆重楼跟在陈彦允旁边说："昨晚刚送过来，下官连夜就收监了，水牢里就是味道不太好，大人且忍耐些，我把人提出来再问话。"

陈彦允说："上一盏茶吧，问得费口舌，恐怕还要润口才是。"

陆重楼笑着应"是"，招过一旁的书令史吩咐用汉阳雾茶。

陈彦允跟着司门主事往提牢厅去。

茶很快就端上来，提牢厅摆了案台，陈彦允坐在案台旁边，闲散地靠在太师椅上喝茶。

陆重楼刚进来看到，忍不住觉得疑惑。

郭谙达曾经告诉他，审讯张陵不过是件小事，判了流放的人出逃被抓回来，再简单不过。随便再打几十板子，扔去兵马司随着囚犯赶去流放地就行了。这样的事哪里用得着他来主审，但是这个人是原大理寺少卿张陵。而且审问这样一件小事，陈阁老却说要过来听审。

这就显得有点不寻常了。

陆重楼昨天又接了郭谙达的话，说尽量轻描淡写，早把这事混过去就好，别让张陵说太多话了。

陆重楼回去琢磨了一天，就让人把张陵提到了水牢里去关着。水牢里没吃没喝，蚊虫又多，泡在冷水里一宿，张陵肯定没精神了。

他定了定神，上前向陈彦允拱手笑着说："下官不敢逾越，陈大人请上坐。"

陈彦允微笑着说："我不熟悉，你坐吧，免得喧宾夺主了。"

陆重楼这才坐到案台后面，让人把张陵带上来。

两个狱官拖着一个奄奄一息的男子进来，他浑身湿漉漉的，脸色苍白如纸，脚上戴着黑色的铁镣。张陵怎么说也是两榜进士，正四品的朝廷命官，却被折磨成如此潦倒落魄的样子。被扔在地上后过了好久，才缓慢地蜷缩成一团。很快被狱官揪着跪起来，让他磕头。

陆重楼问了他一些问题，张陵回答得很小声："跟着流民逃走的，没有同伙，也没有一起出逃的……去余庆是家父有个旧友在那里，想去拜访他老人家。"

陆重楼又问："是什么旧友，姓甚名谁？"

张陵叹了口气："到余庆后才发现他早就搬走了。"说到这里，咳嗽了好久，声音断断续续，"大人问的我都说完了……可没有别的了……"

陆重楼恨不得早点审完，听到张陵这么说，就说："你罪名在身还敢外逃，恐怕不是流放这简单的事了，可得要吃点苦头。"叫了狱官的名字，说把张陵拉下去杖打。

陈彦允才放下茶盏："陆大人急什么，我还有几句话没问。"

陆重楼侧身小声地笑着说："大人，我看他精神也不太好了，恐怕也问不出什么东西来。"

"等你打了板子就更问不出来了。"陈彦允伸手叫了狱卒过来，"灌人喝的东西，给张大人来一些，让他醒醒神。"狱卒一听就明白了，忙应是去拿。陈彦允又转头向书令史说："我接下来问的东西，你都一一记好了，让张陵画押后上呈到尚书大人那里。"

他站起身走到张陵面前，问他："张大人，你在余庆曾经私会余庆盐运使吴新怀，你和他说了什么？"

陆重楼听着很疑惑，陈大人这究竟是要问什么，和盐运使有什么关系？

张陵却脸色一白，抬头看着陈彦允："陈大人这是什么意思？"

陈彦允微微一笑说："张大人，我一向只喜欢问别人，不喜欢回答。再问你一次，你和吴新怀说了什么？"

陈彦允肯定是知道什么。张陵心跳如擂鼓，这事他怎么会知道："我从未见过吴大人，陈大人恐怕是误会了。"

陈彦允不再和他说话，转而和狱官说："那先上鞭刑吧，用蘸了烈酒的鞭子打，不能让他昏过去了。"

陆重楼下来走到陈彦允旁边："陈大人，这……"

陈彦允看他一眼："陆大人别担心，既然你问不出什么，我来帮你问。"

陆重楼额头冷汗直冒，这陈阁老究竟要做什么！

狱官拿了鞭子上来。一顿鞭子之后，张陵就吐口了。

他浑身又疼又烧灼，话都说得断断续续的："我一直在替吴大人传话——关于盐业贩运的事。余庆……余庆的官盐采出来，倒卖给私盐商，赚取大量白银。"

陆重楼听得目瞪口呆。倒卖官盐，这帮人吃了豹子胆了。

张陵说到这里有些犹豫，看向陈彦允。

陈彦允又喝了口茶，眼皮也不抬："不要侥幸了，我既然能知道你和吴新怀的事，就知道你别的事。"茶盖在水面拂过，声音很平和，"你们做这样的事，县衙、府衙、巡抚没有一个发现的？都有些什么牵连，一五一十说清楚，免得再受皮肉之苦。"

陆重楼再笨也知道陈大人这是醉翁之意不在酒了，恐怕是心里头早有计量了。

不是说陈三爷是内阁中最儒雅，性子最好的一个吗？怎么刑部的刑具他都了如指掌，逼供问话简直信手拈来。

张陵长叹了口气："我知道的也不多，县衙是收了盐商的银子的，余庆府台和吴大人是好友。至于巡抚大人我从未见过。我不过是个递话的，您要是想问该找吴新怀去才是。"

陈彦允低笑："张大人可当我好糊弄了？也罢。"叫了一声陈义，"去生个火炉来，张大人浑身都湿了，该取暖才是。"

张陵本就是大理寺官员，询问的手段一清二楚。一听这话就知道陈彦允要施什么刑，手不由紧紧握住，低声说："我告诉您您想知道的东西吧。是的，王大人也有参与其中，南直隶巡抚也不是我们能接触的人。我去余庆，也是王大人的建议。"

陆重楼忍不住问："是哪个王大人？"

"自然是如今的内阁阁老——王玄范王大人了。"

陆重楼惊得说不出话来。

陈彦允却又说："陆大人，揭发这么大一件案子，足够积攒你的资历了。等郭谙达致仕了，侍郎的位置你也能企及了。"他抬起头，"陆大人，你明白什么意思吗？"

陈大人是想让他把功劳认下来？这是为什么？他要不要答应？正如陈大人所说，揭发如此大一桩案子，他升任侍郎没有问题。

陆重楼想了好久，才犹豫着点点头。陈彦允笑了笑："那就好，记得，这案子是你问出来的。我只是旁听罢了，具体的事你再问他就是。"

他站起身，陈义就给他披上披风。一行人离开了提牢厅。

周亦萱今日下午才到宛平，陈老夫人派了管事去官道接了她回来，又让丫头去告诉了几个儿媳、孙媳。

还没见到她人，就听到一阵笑声。丫头打了帘子，一个穿着湘妃色底白斓边褙子，青色综裙的少女走进来。梳着分心髻，头上戴了一支嵌红石榴石的金簪。长得明眸皓齿，娇美动人。

她看到陈老夫人，又扬起笑容向她走过去："外祖母，我可想您了！"

陈老夫人与周亦萱一番问候，才拉着她的手给她介绍："这就是你三舅母。"

周亦萱早注意到顾锦朝坐在旁边。

陌生女子，年纪不到二十，又梳了妇人的发髻，漂亮得惊人。她早早就猜着这个是不是新进门的三舅母了，站起来向顾锦朝屈身，笑道："早就想来见见您了，您人真是好看！"

说着她心里却有点小别扭，这女子看上去没比她大几岁。

顾锦朝站起身，把自己准备的见面礼给了她，又客气地夸了她几句。

周亦萱把锦盒打开了小小的缝隙往里面看。

当面看人家送的礼物不太好，但周亦萱并不在意。看到里面不是什么寻常的金银之物，而是个细长青釉的瓷瓶，不由"咦"了一声："三舅母，您这送的是什么？样子好别致。"

"玫瑰露罢了。你洗头或沐浴的时候加一滴，香得很。"顾锦朝跟她说。

周亦萱眼睛一亮，打开瓷瓶闻了闻，简直爱不释手。拉着陈老夫人亲亲热热地说："祖母，三舅母人真好！"

陈老夫人一副与有荣焉的样子，微笑着说："这是当然的！下次你尝尝她做的荷叶饭，可香了。"

锦朝微微地笑。

自从上次她给大家做了荷叶饭，陈老夫人逢别人夸她的时候，都要提一提这荷叶饭的事。

周亦萱的母亲虽然只是个庶女，但却是陈老夫人身边长大的唯一一个女孩儿，感情很深，陈老夫人对周亦萱也很疼爱。周亦萱上头还有两个哥哥，更是护着她得紧，所以性子也很单纯开朗。

再说一会儿话，陈老夫人就亲自陪着周亦萱去了给她暂住的地方，让各房都先回去。

顾锦朝回到木樨堂，却发现王妈妈在偷偷和陈曦见面。

她有点生气，把木樨堂的人都找过来训话。

陈三爷刚回到木樨堂，看到众管事婆子从堂屋鱼贯而出。看到他回来，又

——屈身行礼。

丫头屈身打了湘妃竹帘子，他看到锦朝正靠着大迎枕看书。炕桌上就摆了一盏清茶一盏烛火，她看得全神贯注，好像都没听到他进来的声音。

陈三爷轻轻走到她身边，俯身看书中的内容。

"你总是看这些东西，以后要去考科举吗？"

温和的声音在耳边响起，顾锦朝吓着了，正要回头时却一不小心"咚"地撞了他的下巴。

陈三爷闷哼一声，捂着下巴退后。

顾锦朝放下书直起身，忙拉开他的手："怎么了？撞得重不重？"

陈三爷的下巴有点微红。

顾锦朝伸手替他揉："我不知道您在后面。"她都不知道该怪谁，"您把我吓到了。"

她的手却被一只大手抓住了。

陈三爷微笑着跟她说："我就是想看看你而已……没伤着的。"他习剑法的时候跌打损伤多了去了，皮糙肉厚的。倒是她的手太软和了，人家说"肤若凝脂"，是不是就是这个样子？

顾锦朝才发现她跪立在罗汉床上，整个被陈三爷半抱在怀里。屋子里的丫头们看到了，均默默低下头。

他胸膛的心跳沉稳有力，锦朝却闻到一股铁腥味。

她推拒三爷的手，陈三爷抓着她，稳稳地丝毫不动，又低声跟她说："锦朝，抬头看我。"

顾锦朝抬起头，只看到他一张近在咫尺的俊颜。他不像别的男子长眉入鬓，或者冷冽如刀。他的眉毛就是弯弯的，特别是笑起来就显得很儒雅，很有书生气度。直挺的鼻子，唇形格外好看。他今年也有三十二了吧。男子一到三十就开始沉淀下来，少了年轻人的躁气，多了几分沉稳。

他长得真好看，不同于任何一种好看。

顾锦朝闻到他身上的檀木香。小声说："怎么了？您还没有吃饭吧。不如我让人先端饭菜上来。"

"我喜欢你关心我的样子。"他笑着说，然后慢慢地摸着她的脸，就像盲人那种缓慢、细致的摸索，要靠摸索来完全地感知她。

顾锦朝不知道该说什么，低下头看着罗汉床上八吉暗纹。

陈三爷放开她坐在罗汉床一侧，问："你还没有吃饭吧？"招过孙妈妈，让她先把晚膳端上来。

顾锦朝咳了一声，也坐了下来，问他："您怎么知道？"

陈三爷解释道:"刚才看到有几个管事婆子从你这儿出去,你在忙什么?"

王妈妈的事也应该告诉他一声,毕竟是原来江氏的人。

顾锦朝叹了口气:"找他们过来说几句话,还是王妈妈的事。"把王妈妈私下见曦姐儿的事说了,并解释自己的做法,"我怕曦姐儿被她那样教,早晚会变得心思狭隘起来。这孩子本来就比别人想得多,养的兔子死了能伤心好几个月,穿旧的鞋子都舍不得扔。"

陈彦允"嗯"了声:"你做得对,原先江氏管着她的时候,她也做过一些中饱私囊的事,不然那两栋宅子是怎么挣下来的。"

不过原来是江氏管家,她对跟着自己到陈家的乳娘不好处罚,他又懒得管内宅这些鸡毛蒜皮的小事罢了。

陈三爷随手翻着她的《易经》,跟她说:"她这么为难你,本来我还打算送她去保定,让她管江氏山地那块田庄的。不过你罚她去厨房管事,我也就没做。下次要是再遇到这样的人,你直接告诉我,我来替你处理。"

顾锦朝心里一震,抬头看着他许久。

菜次第端上来,陈三爷喝了一碗萝卜老鸭汤。

丫头安静地布菜、布筷。青蒲走过来轻手轻脚地挑亮了油灯。

顾锦朝心里却有些混乱。在三爷去四川之前,王氏就莫名被陈三爷找个理由罚去了保定,管江氏的田庄,随之陈老夫人重新拨了一个管家婆子给她使唤,是伺候过陈三爷幼时的婆子,只是王妈妈被调走不出三个月,四川就传来了三爷出事的消息。

他为什么要管内宅一个小小管事婆子的事?

为什么偏偏是在去四川之前?

他是知道王妈妈对她的辖制越来越多,所以想帮她吗?知道自己四川之行可能回不来了,又让伺候过自己的婆子来伺候她。

顾锦朝又暗自想,她是不是想得太多了!根本就是一个巧合。但这样的巧合未免太巧了。

顾锦朝又想起原来她和陈三爷的关系,自己对他漠不关心,既不在意他住在哪儿,也不在意他究竟有没有吃饱穿暖。陈三爷对她也甚是冷淡,说话做事都是客客气气的。

其实他一直这么护着她吗?就算两人形同陌路,她一门心思放在陈玄青身上,陈三爷都知道,但他一直没说,觉得自己可能回不来之前,还为她做了最后的打算。

现在想想倒还真是如此,如果没有新的管家婆子,锦朝根本不知道怎么撑过那段混乱的时光。

顾锦朝想起许多细小的事情。

她屋子里罗汉床的边栏坏了，他偶尔来一次看到了，回头外院回事处就来人换了新的。

她在陈老夫人那里失仪了，被陈老夫人训斥。等到第二天再去请安的时候，听到陈三爷在里面和陈老夫人说她："虽然没什么规矩，但她毕竟年龄还小，要您多担待点儿。"等到陈三爷出来，却连看都没看她。锦朝那天再和陈老夫人说话，陈老夫人果然就不再训斥她，还主动教了她下象棋。

在自己不知道的时候，他竟然一直都护着她。

陈彦允看她久久不吃饭，笑着说："怎么了？饭菜不合胃口吗。我记得你喜欢口味重的菜，倒不用为了我做得这么清淡。"一盘醋拌豆芽，豆腐什锦汤，清蒸银鱼和苦瓜肉片，确实清淡了。

顾锦朝努力克制心中一股酸意，轻描淡写地说："妾身是想到鞋面要绣什么花样，一时失神了。"

陈三爷一生在朝堂纵横捭阖，却被她所拖累。

陈彦允觉得她越发可爱："吃饭不要想这些，好好吃。"给她夹了苦瓜肉片在碗里，"最近吃得越来越少了，你要是想吃别的，就让小厨房给你做，别饿着自己。"

顾锦朝摇摇头："我是胃口不好而已。"她最近食欲不振，什么都吃不下。

陈三爷觉得她吃得太少，逼着她吃了一碗冒尖的饭，小半碗银鱼和红豆汤。

她吃得肚子都微鼓了。

三爷沐浴出来，照例是倚在床边看书，锦朝再去净房沐浴。

等到她出来，还在想要不要问陈三爷张居廉的事。但她觉得有些不妥，再怎么说，张大人也是陈三爷的老师，就算他要对陈三爷不利，总要有个理由，究竟是什么理由？她突兀地问张居廉的事，依陈三爷的敏锐，恐怕很快就察觉到她的异常了。

顾锦朝想了想，觉得应该先找曹子衡问这事，先不急着惊动陈三爷。毕竟也只是她的猜测而已。

她轻轻地上床，躺在了内侧，抬头看他。

烛火映衬着他的侧脸，陈三爷只穿着中衣，影子投在拔步床的里面，将她整个笼罩着。

"要睡了？"他问了一句，锦朝应了"是"，他起身去吹灯。

她揭开自己的被褥，然后钻到他的被子里。陈三爷的身体一僵，随即一双胳膊缓缓地搂住她，抱她睡到自己身前，轻声问："怎么了？"

他觉得顾锦朝今天有些失常，究竟发生什么事了，难不成谁为难她了。

顾锦朝说："没什么，我就是想起来还有事情没和您说，萱姐儿今天来了。"

陈三爷"嗯"了声："我听母亲说过她要过来，没想到今天就过来了。"也不知道她提起萱姐儿做什么，等了一会儿，却没有听到她说任何话了。

钻到他的被窝里来，就给他说这么一句话吗？

陈三爷听到她均匀的呼吸声，只能苦笑着闭上眼。

锦朝半睡半醒，却感觉到陈三爷睡得并不好，翻来覆去的。

过了好久，他抱着她亲了一口，低声说："锦朝，你睡了吗？"

顾锦朝立刻就清醒了，小声问他："您怎么了？"

本来想着她最近精神不太好，就让她好好休息的。她偏偏还要钻到自己的被子里来。

他声音越发沙哑，翻身压住她说："都是为夫不好。"手轻轻挑开她的外衣，摸到锦朝穿的光滑的潞绸肚兜，沿着纤细的腰肢往上。

顾锦朝不由浑身发麻，扭着身子想避开："三爷……"她正在睡觉啊。

"嗯。"他应了一声，摸到她背后的手指一钩一拉，就把系带解开了。

第二天醒来时天已大亮，陈三爷已经上朝去了。

采芙帮她梳头，她还有些犯困。

她去给陈老夫人请安，正好遇到陈玄青也来。

陈玄青给陈老夫人行了礼，被她拉着坐下来说话："现在你二伯父在陕西，你父亲整日忙得早晚都见不上。你还要天天往翰林院跑，今日得空就不要回去看书了，多陪我老婆子说说话。"

陈玄青有些无奈，他拒绝不过，但又还有事情要去做，只能把手里的面人往袖子里收了些，打算先陪祖母说一会儿话。

外面小丫头通传，说是表小姐和四小姐过来请安了。

竹帘子挑开周亦萱进来，陈曦紧随其后。

周亦萱看到陈玄青眼睛一亮，整个人都忸怩起来，小声地喊了他"七表哥"。陈曦乖乖给祖母行礼，跟着安嬷嬷去了后面的书房练字，她现在每天练两篇字。

陈老夫人笑着跟陈玄青说："刚好你萱表妹过来了，你们也有好几年没见了吧？"

陈玄青点点头："应该有四年了。"

"我记得那时候七表哥才十二岁，高我一个头，还带着我玩，帮我摘后山的金橘吃。"周亦萱笑着说，"后来就听说七表哥金榜题名，中了探花郎，钦点了翰林院编修。我就一直想来看看七表哥。我两个哥哥，好几年前就考中了举人，到现在都没有中进士呢。这里头是不是有什么诀窍啊？七表哥给我说了，我也回去告诉我两个哥哥。"

陈玄青听后心里苦笑，有点不知道该怎么回答好。

闺阁女子多半如此，没读过什么书，以为举人到进士不过是一个称谓，觉得有什么诀窍在里面。八股制艺又能有什么诀窍，就是读书罢了。悟性高的如他父亲，举人到榜眼不过一年，悟性不高的一辈子考不中。

顾锦朝怕陈玄青说话不慎伤了周亦萱，就说："萱姐儿可问错人了，你问他怎么作诗写字还答得上来，要问诀窍，恐怕七少爷自己也头疼。"

真的有诀窍，也不会有这么多名落孙山的读书人了。

周亦萱看到陈玄青就有点醉醺醺的，听到顾锦朝说的不由得脸红，觉得自己问得太没有见识了，就改口说："那我还想请教七表哥女孩子写什么字好看呢，我姑姑原来写梅花小篆好看，我倒也想学学。"

陈玄青看了顾锦朝一眼，才柔和地说："梅花小篆曦姐儿也练过两年，实在是很难学。但是读书人用的馆阁体也不适合你，我那里还有本赵孟頫的《松雪斋集》字帖，倒是很适合表妹。我一会儿回去找了，再差人给你送过去吧。"

语气温醇，说话得体。

顾锦朝差点忘了，原来只有对她，陈玄青才会不耐烦。他对别的女子可都是很有礼的，怎么会出言伤周亦萱的面子呢。

她笑了笑，低头喝茶不说话。

"那我先谢过七表哥了。"周亦萱很高兴。她从小就喜欢自己这个七表哥，人长得俊秀不说，气质又清淡出尘，别的男子根本没法和他比。她最佩服有学识的人，觉得大多数世家公子都是草包肚子，但是七表哥不一样。可能这就是人家说的腹有诗书气自华吧！

陈老夫人觉得周亦萱有些不对劲，多看了她几眼。

陈玄青抬起手拿茶杯，袖子里却不小心滑出来一个东西。他立刻想俯身去捡，周亦萱却"咦"了一声："七表哥，这是什么？"

她手疾眼快地捡起来，发现是一个梳着双螺髻的面人，穿着一件红色短袍，做得很精致。

陈老夫人也很好奇，这样哄孩子的东西怎么在陈玄青身上？

顾锦朝手指微动，这该不会是陈玄青说要送给她的面人吧，怎么还藏在身上。

陈玄青也不知道自己为什么要撒谎，下意识觉得这样的事不适合说出来，就淡淡地道："是想买来送给曦姐儿的，还等着她出来再给她的。"

面人发软，握在袖子里却一点都没有损坏。何况还是陈玄青买的，再不值钱她都喜欢。周亦萱看得爱不释手，都不想还给陈玄青了。但是和陈曦抢东西不太好吧，曦姐儿可是她的小表妹。

她可怜兮兮地看向陈老夫人，撒娇说："外祖母，我也喜欢这样的面人。"

外祖母疼爱她，平时都会尽量应允她的要求，这样的小事应该会应允吧。

出乎她的意料，陈老夫人却笑了笑说："这么大人了，好意思抢你表妹的东西！等会儿外祖母找人捏给你，捏个更大更漂亮的，玄青买给曦姐儿的还是留给她吧。"

陈老夫人觉得周亦萱对陈玄青的心思有点不一样，这怎么能行！陈玄青都和俞晚雪定亲了，再过不了几个月两家就要商议亲事了，周亦萱喜欢陈玄青怎么办……总不能和俞家退亲吧，人家俞家也是有名望的大户。这样的小女儿心思，还是掐灭在萌芽中比较好。

顾锦朝觉得陈老夫人察觉到周亦萱的心思了。

不过周亦萱的心思实在好猜，都摆在脸上，一清二楚的。

周亦萱只能把面人再还给陈玄青，显得不情不愿的。

陈玄青接过来之后又收进了袖子里，继续喝茶。

午膳在陈老夫人那里吃过了，锦朝和陈老夫人说了王妈妈的事，又陪着曦姐儿回去喝药。她现在虽然好了，但是身子弱，还需要调理。曦姐儿午睡后锦朝才回檀山院去。陈老夫人叫了她下午一起打叶子牌。

半路上却看到陈玄青向她走过来，身后一个人也没带。

陈玄青叫了她一声"母亲"，笑着说："借一步说话吧。"直接往前面走去。

顾锦朝还带着青蒲采芙几人，搞不懂他要做什么，犹豫了一下才跟着走过去。

旁边太湖石堆砌的地方，槐树浓荫匝地，陈玄青才停下来。从袖子里拿出那个面人递给她："这是原先承诺过的，免得曦姐儿又说我待你不好，你拿着吧。"

顾锦朝沉默片刻，然后才轻声说："七少爷，你在娘那里都说过了，这是给曦姐儿的，那就应该是曦姐儿的。我要是再拿了就不好了，你明白吗？"

陈玄青有些愕然，过了会儿才想明白，他刚才莫名其妙撒了谎，说是送给曦姐儿的，要是最后这东西出现在顾锦朝那里……他和顾锦朝可就说不清楚了！

但是这个面人他选了很久，觉得和顾锦朝很像，看到的时候心里甚至有点高兴。

他"哦"了一声，收回手叹了口气："那算了吧。"

顾锦朝点点头，也没有再理他，带着青蒲和采芙转身离开。

收到锦朝的信后，曹子衡第二日就过来见她。

顾锦朝请他在花厅小坐，先问了账面的事。曹子衡穿了件灰色直裰，如一般的老儒一样头戴纶巾，却显得很精神矍铄，还带了一盒上好的竹叶青茶叶送给顾锦朝。

他又说起张居廉的事："接了夫人的信，老朽想了一夜，想该如何跟您说这个人。"他面容迟疑，"张大人是本朝唯一一个连中三元的人。"所谓连中三元，也就是接连得了解元、会元和状元，张居廉少年时也是个天才人物。

"您恐怕也知道些，张大人原是荆州府江陵人，幼时家贫，读书更是刻苦。后来连中三元到翰林院观政，时任翰林院侍读学士的袁宥袁大人是他老师。当时袁大人力推革新，遭到内阁首辅高大人的反对，推行革新法失败后遭贬黜，张大人也回到老家江陵，这段时间穷困潦倒。后来与湖广巡抚顾大人相识，才一路平步青云拜入内阁。张大人善权谋制衡，如今天下井井有条，算是也有张大人的功劳。"

曹子衡犹豫了一下："据老朽的观察，张大人早年经历坎坷，对权力的掌控可谓渴望至极，而张大人本身也有足够的智谋，所以隆庆六年时联合冯程山成为内阁首辅，这事全无悬念。只是张大人对掌权看得过重，也实在冷血无情。曾经跟随他的张墨张大人，当年因为他死在户部大牢，张大人连祭拜都没去。"

顾锦朝对张居廉有所耳闻。如果说心狠手辣，有几个官场上的人是干净的。就是陈三爷，顾锦朝也相信在自己不知道的时候，肯定做过很多有违道义的事。

只是张居廉对于权力控制的欲望，确实比很多人都强。

曹子衡不知道顾锦朝为什么突然问起张居廉的事。

她原来打听的人，多少都和她有关系，而张大人是陈三爷的老师，应该不必有此举才是。

曹子衡想到近日发生的大案，觉得这两者应该隐隐有些关系。他随即又说："夫人，老朽还有一事要说。您知不知道倒卖官盐案？"

顾锦朝摇了摇头，笑道："内院妇人，多半是说一些琐碎。"事情没闹得太大，她们是不会得到风声的。

曹子衡声音压低了些："这事还没有传开，老朽也是听同僚说的。余庆官商勾结，倒卖官盐赚取暴利，从知县、都转运盐使到巡抚都牵涉其中，恐怕这次下马官员有十几人。王玄范王大人是都转运盐使的老师，又和南直隶巡抚是多年的好友，也被牵扯其中了。"

顾锦朝想到陈三爷这几天早出晚归，有时候忙得她睡下了他都没回来。

倒卖官盐……南直隶巡抚……这些事听起来十分耳熟。

顾锦朝心里一沉。原来，陈三爷遇刺就是这个时候发生的！她心中有些发紧，想了想才问："这案子可是陈三爷在主审？"

曹子衡摇头道："听说是刑部一个郎中问出来的。河盗案时下台的大理寺少卿张陵私逃到余庆，被人抓住带回京城，这个郎中本来是审他私逃一事，谁知道问出这么大的事来。这事一出来惊动了刑部尚书，上疏到内阁，张大人很震惊。特地嘱托陈大人协助刑部重查河盗案。"

顾锦朝手动了动，那么究竟是谁刺杀他？

陈三爷从来不和她说朝堂上的事，他也不想她管这些事。要是她出言提醒，陈三爷会怎么想？

顾锦朝沉思了很久，才让青蒲送曹子衡出府，并嘱咐他："曹先生以后要是知道这样的事，都可以来找我说。别人要是问了，你就说是来对账的。"传信的方法并不可靠。

陈家是陈三爷的地盘，每日往来的书信，进出府的马车都要盘查。陈家后院看上去闲逸，但随便一个护院都有功夫在身，外院更是层层戒备，鹤延楼的护卫个个身手不凡。

曹子衡应诺退下了。

官商勾结，这是损害朝廷的重罪，这事其实已经在官场传开了，一时间风声鹤唳，稍有牵扯的人人自危。陈三爷已经奉命抓捕了大理寺卿郑慈、盐运使吴新怀等众多牵涉大臣。又接连审问了好几天，倒是基本都招了。只是他最想问的事，王玄范在其中究竟牵扯多深，几个人都答得很隐晦。

和王玄范牵扯最深的应该是巡抚刘含章，但是巡抚这一级的官员，不是想抓就能抓的，还需要内阁同意。

但是张居廉在这件事上表现得积极性不够高，牵涉太大了并不好。特别是他隐隐知道这事有关王玄范。

陈三爷从刑部回到内阁，把审问的卷宗给张居廉看了。

"下官觉得，这几个人虽然关键，却还不是最重要的。毕竟官盐运输层层枢纽，要是没有人替他们护着，这事不可能这么多年也没被发现。倒是从这几人的讯问中看，刘含章恐怕也不干净……"

张居廉仔细看过了，端起茶杯喝茶说："动荡太大，证据也不明确，且再查几日吧。"

陈彦允应是，收起了卷宗："下官还要去大理寺一趟，查看当时郑慈审问张陵的卷宗。既然两人关系不一般，这当中应该还有猫腻。"

张居廉点点头，手指轻扣在桌上，抬头看了王玄范一眼，才和陈彦允说："那你仔细看看。"

王玄范面色一白。

等到陈彦允从内阁中出来，王玄范才趋步跟上去，叫住他："陈大人留步。"

陈彦允把卷宗递给身旁的江严，回头看了王玄范一眼，微笑着说："王大人，有事？"

王玄范冷冷道："你可不要欺人太甚。得了好处就该收手了，这么弄下去你究竟要干什么？你以为我王玄范就只会坐以待毙吗？你可别把我逼急了。"

陈彦允十分平静地看着他："王大人，成王败寇的道理你懂。你想做什么反击尽管来，别在我这儿要同情，你觉得我会同情你吗？"

王玄范气得心头一梗："陈彦允，我原先可对你赶尽杀绝了？"

陈三爷和善地笑道："那我多谢王大人不杀之恩了。"

要是有能整死他的机会，王玄范能放手？不过是抓不到他的把柄罢了。现在他抓到了王玄范的把柄，怎么可能留情呢。他要做什么尽管来，就怕他一声不响地低调下去。

等陈三爷从大理寺回去，天已经全黑了。

天上下起瓢泼大雨来，电闪雷鸣的。

顾锦朝坐在罗汉床上给陈三爷做秋天穿的鞋袜，看到外头大雨倾盆，雨帘将廊庑和院子隔开，昏黑一片什么都看不清。采芙打着伞从院子中快步走来，在廊庑下拧干了湿透的裙角。

小丫头喊了她"采芙姐姐"，给她挑了帘子让她进来。

采芙屈身给顾锦朝行礼，说："四小姐那里倒是没有漏水，就是她怕打雷，吓得窝在被子里不肯睡。以前都是安嬷嬷伺候，但安嬷嬷还没有回来。"

陈曦怕打雷吗？顾锦朝放下针线叹了口气："找把油伞来，我去看看她。"

采芙找了油伞出来，陪着锦朝去了后院。

陈曦的屋子案桌里还点着百合香驱蚊，老虎布枕头就放在架子床上。她缩在被褥里，丫头们也不敢靠近，急得团团转。

顾锦朝看见窗扇还开着，就吩咐她们："先去关窗扇，到外头候着。"

丫头们应诺，关了窗扇鱼贯退下。

陈曦听到她的声音，从被褥里探出一双眼睛。

雷声轰隆隆作响，她又慌忙把头缩回去，声音带着哭腔："母亲，我怕……"

顾锦朝记得自己小的时候也怕打雷，心里就柔软了几分，坐到床边柔声安慰她："别怕，母亲在这儿陪你呢。"

陈曦挪动着靠近她，伸出一双小手拉着她的手："母亲，您陪我睡好不好。"

顾锦朝想到陈三爷还没回来，她还有要紧的事要告诉他，犹豫了一下："曦姐儿，不如母亲哄你睡着？你不睡着我就不走，再让采芙姐姐陪着你，好不好？”

陈曦没有说话，却有些失望地缩回手。又一声雷响过，她发抖得越发厉害。

顾锦朝有些无奈，只能脱了缎子鞋上到曦姐儿床上，把她搂在怀里。曦姐儿小小的身体立刻钻上来，紧紧地贴着她。锦朝感觉到她在被褥里闷得浑身是汗，这屋子里又闷得很，让采芙拿了蒲扇过来，给曦姐儿扇风解热。曦姐儿也不说话，就是不停地发抖。

要是寻常的孩子，都要向母亲撒娇哭闹吧，就像她装小耗子咬外祖母的手一样。

顾锦朝把蒲扇递给采芙，自己拍着她的背安慰她。

等一会儿终于没有打雷声了，陈曦也就不害怕了，却也一直抱着她，慢慢地在她怀里睡着了。

雨已经渐渐小了，这时候绣渠撑着伞过来禀报，说是陈三爷回来了。

顾锦朝小心地把陈曦挪出去，让采芙看着她睡。她去见了陈三爷就过来。

锦朝回到正房，屋子里只有几个丫头在廊庑下做针线。

屋外头雨还淅淅沥沥下个不停，锦朝收了伞，青蒲接过去跟她说："三老爷在净房里。"

顾锦朝打开净房的门，却发现陈三爷赤裸着精壮的上身，正在换衣裳。

他惊愕地回头看了顾锦朝一眼。

顾锦朝看到烛光下，陈三爷的胸膛上还有几条淡淡的痕迹，不由赧然道："我不知道您在换衣裳。"

陈三爷点点头，自顾自拿过衣架上的中衣递给她。

"回来的时候没有带伞，从木樨堂门口进来，不过几步路就湿透了。"他看着顾锦朝，轻轻地说，"来，伺候我更衣。"

顾锦朝接过他的衣裳抖开，心想平日也经常伺候他穿衣，但多半是在他穿着中衣的时候。既然是穿衣那总该都一样的。

陈三爷张开手，等她给自己穿衣。顾锦朝觉得有些不好意思，眼光下瞟。

过了好久，陈三爷才说："顾锦朝，系带系错了。"

顾锦朝抬头一看，系带整整齐齐。她有些狐疑，这不是系得好好的。

陈三爷却微笑着看她。

"诳你的，你怕什么，还不敢看我。以前就罢了，"他俯身低声说，"现在还不敢看吗？"

顾锦朝深吸一口气，笑道："只是也没有什么好看的。"

陈三爷自己拿过直裰穿上，问她："真的？"

顾锦朝点点头："真的。"

陈三爷抬手自己系了衣襟："那算了，今晚你再仔细看看，好好想是不是看错了。"

仔细看？这是什么意思？顾锦朝说："刚才去曦姐儿那里看她，又好不容易哄她睡着了，我答应了今晚陪她一起睡。和您把事情说了，我就要过去了。"

陈三爷沉默片刻，才点头应了。

"我这些天很忙，你也别等我太晚了。"有次回来，看到她在罗汉床上睡着了，还是他抱她去床上睡的。

顾锦朝想和陈三爷说他恐怕会遇刺的事，但要怎么说却很难。

陈三爷坐到罗汉床上，端了杯清茶喝茶。他穿着件文人的直裰，眉眼温和，好像就是个寻常的读书人，也不是什么内阁阁老，朝廷纷争也离他很远。

顾锦朝坐到他身边，给他沏茶。过了一会儿她才开口说："三爷……"

"嗯，什么？"陈三爷也没有抬头，继续看着手中的书。

锦朝说："您最近在忙什么？总是早出晚归的，要是有什么事烦心，也可以和我说说。"

陈三爷笑了笑："不过就是些朝廷上的事，我和你说了又能如何，你也不懂，还惹得你也烦心。"觉得她想得太多了，陈三爷就合上书，耐心地跟她说，"都没有什么难的，别担心。"

陈三爷是个原则性很强的人，他觉得这样的事不适合顾锦朝插手，甚至不适合她知道，他就不会告诉她。他觉得这对锦朝来说是种保护，顾锦朝却有些头疼。

她说："妾身最近总觉得心里惴惴不安的，总觉得会出什么事。您要小心些，平时护卫不要离身。"

陈彦允笑着叹气，招手让她坐到自己身边来，摸了摸她的发说："没事就多去母亲那里走动，和几个嫂嫂、弟妹说话。你这小脑瓜总胡思乱想的，可别把自己吓着了。知道吗？"

顾锦朝却一本正经地说："佛祖想道林传道授业，托梦与他化为山神，自语说：'移往章安县寒石山住，推室以相奉。'后来道林通俗宗事，起寺舍隐岳，春秋一百一十岁。佛祖昨夜也托梦给我了，说如今世事艰难，恐怕有奸佞相害。妾身这整日都不安稳。"

如今也只有借佛祖的名义说话了。

陈彦允沉默很久，把她抱进怀里："嗯，佛祖说给你听的，我都知道了。"他低下头，安慰她说，"我一向都是护卫不离身的。何况我又怎么舍得死呢？"

顾锦朝心里略微松了口气，自己这么说了，陈三爷应该会警惕一些吧。

他依旧抱着她，又拿起书继续看。

顾锦朝躺在陈三爷怀里，看到他正读的是一本讲浚河的书。她慢慢闭上眼，这样安静地休息片刻也好。

陈三爷看到她睡着了，动作就放轻了，目不转睛地看着她的睡颜许久。

过了会儿，招手让丫头拿了他的斗篷过来替她盖上。

锦朝一觉醒过来，陈三爷还在看书，蜡烛已经烧了一半。她悚然坐起，本来还说去陪曦姐儿睡，怎么一闭眼就睡着了。陈三爷不动声色地揉了揉酸软的胳膊，说："看你睡得香，也不忍叫你起来。快过去吧，我也睡了。"说完放下书向内室走去，很快丫头过来放了帷帐。

等曦姐儿醒过来的时候，果然看到锦朝也睡在床上，她在锦朝怀里赖了好一会儿才起来。

锦朝给她穿了衣裳，抱她起来。陈曦显得很高兴，拉着她的手说："母亲，你给我梳头发好不好？我要梳双螺髻，还要戴珍珠发箍。"

锦朝笑着说："今日不戴珍珠发箍，戴茉莉花好不好？到时候满头发的茶香。"

说着让丫头去摘茉莉花，她的花圃里种着淡绿色的宝珠茉莉。

早膳吃过荷包蛋和槽子糕，锦朝带着陈曦去给陈老夫人请安。

陈老夫人看着陈曦头上的花，很是惊讶，跟陈曦说："好看不说，你母亲竟然舍得掐了宝珠茉莉给你戴头发上。说好听了她是疼爱你，说得不好听那就是辣手摧花、不解风雅了。"

陈曦不好意思地笑了，大家也都笑了起来。

今日陈老夫人约了几个相好之家的太太过来听戏，请了德音社的班子。府里又在半竹畔那边有个现成的戏台。秦氏早已经提前布置好，半竹畔后院有个凉亭，放了圈椅和楠木桌搭了看戏台，茶水点心也都布置好了，还特地搬了几盆墨竹来应景。

陈老夫人看了很满意，夸赞了秦氏办事仔细。

不一会儿，吴家两位太太和吴老夫人，郑国公府常老夫人和她三个儿媳就过来了。吴老夫人和常老夫人与陈老夫人同坐，其他几个媳妇辈的则和孙氏几个凑了坐。周亦萱坐在陈昭身边，陪她说话。

戏班子班主过来给陈老夫人请安，陈老夫人先赏了十两的纹银，算是请班子里的人吃茶。

几人刚落座，郑嬷嬷就走过来，跟陈老夫人说："俞夫人过来了。"

常老夫人侧身问陈老夫人："是和你们结秦晋之好的俞家？"

陈老夫人笑着点头："上次见到俞夫人还是在定国公府，眼见着大半年没有来往了，正好请过来一聚。"说着叫了锦朝过来，跟她说，"俞夫人已经到垂花门了，你去迎了俞夫人和俞家小姐过来。"

秦氏正坐在陈老夫人身边，闻言笑容一滞。按理说迎客的事应该是她过去才对。

顾锦朝却很快反应过来，这是要她去见亲家呢。

陈老夫人又拉她到自己身侧，压低了声音说："好好看看这位俞家小姐，以后可是要嫁给玄青的。"

锦朝笑着回道："媳妇省得。"

陈老夫人有些欣慰："你最是懂事了，我倒不担心你。不过你又是刚嫁进来的，恐怕俞夫人还不认得，让你四弟妹和你一起去吧。"说完叫了王氏过来吩咐。

锦朝和王氏随后带着丫头婆子去了垂花门。

俞夫人已经在垂花门等着了，锦朝远远就看到了她，还有身边站着的一个妙龄少女。那少女风姿皎洁，穿着一件湖色宝瓶妆花褙子，素白挑线裙子，梳着发髻，眉眼间还有些稚嫩，却肌肤雪白，柔婉动人。

王氏小声说："那就是俞晚雪，果真是漂亮。"

两人几步上前，俞夫人先看到王氏，两人相互行礼。俞夫人笑道："四夫人倒是一点没变。"

王氏先给顾锦朝介绍了俞夫人，俞夫人的笑容有些迟疑。

这少女看上去和她女儿差不多大，却梳了妇人发髻，王氏还要先介绍自己，那就是说这少女的身份很高。她原先还以为是陈家的孙辈媳妇，并没有在意。

王氏才说顾锦朝："是我三嫂。"

竟然是陈三爷的继室！俞夫人心中一震，忙笑道："原来是陈三夫人，实在失敬了！"她听说如今内阁阁老陈三爷娶了继室，却一时没想到是眼前这人。

陈玄青是内阁阁老唯一的嫡子，今年又考了探花，授了翰林院编修。要不是俞老夫人那一辈早年就定下来了，陈家这门亲事恐怕根本就落不到俞晚雪头上。俞家虽说也是名门大户，这门亲事却是高攀了。所以陈老夫人递信说让她带着女儿过来听戏，俞夫人就很是准备了一番，才带着俞晚雪过来。这门亲事要是成了，俞晚雪就是高嫁了。对俞家绝对是很有好处的。

"晚雪，来见过陈三夫人。"俞夫人回头拉了俞晚雪上前。

俞晚雪几步上前，笑着屈身向锦朝和王氏请安，十分温和有礼。

顾锦朝打量了她几眼，除了容貌还稍显稚嫩，俞晚雪倒是与从前的区别不大，还是她记忆中的样子。

第八章

有孕

顾锦朝和王氏带着俞家母女到半竹畔的时候，戏班子的人还在准备。

秦氏把戏本递到陈老夫人手里。

她只略扫了一眼，就把戏本又递到顾锦朝手上："你看看你喜欢什么。"

陈老夫人是想给她脸面，顾锦朝却不能真的自己决定了，看了之后把戏本还回去："媳妇觉得《浣纱记》《紫钗记》《南柯记》这几个都不错，也不知道选哪个好。"

陈老夫人又把戏本递给常老夫人："你也看看。"

常老夫人摆摆手笑："算了算了，我客随主便。"

陈老夫人才把戏本给了秦氏："你三弟妹说的几个都不错，你随便挑一个都成。"

秦氏也没什么异样，笑着接过来去吩咐戏班子的人了。

趁着戏还没有开始，陈老夫人又和俞夫人寒暄。俞夫人待她很恭敬，俞晚雪坐在她身边身姿如兰，陈老夫人问她的话，也回答得轻言细语。

陈老夫人问俞晚雪平日读不读书，俞晚雪柔声说："也是读的，就是读得不好。看了《女训》和《女诫》。"又说给陈老夫人带了一盒手抄的佛经做礼物。

她身边的丫头呈上个红漆桐木的盒子，俞晚雪从里面取了佛经出来。

陈老夫人看了很满意，让绿萝把盒子收下。

能识字就好，会看书就能开阔眼界，不会见识浅薄了去。

陈老夫人又问了会不会女红、中馈的问题。俞晚雪都答会，但是不精通。

常老夫人、郑老夫人也问了许多问题，搞得俞晚雪都脸红了起来。

虽然知道她这是来给人相看的，但这样的情景太让人不好意思了。

秦氏点了《紫钗记》，不一会儿穿着戏服的霍小玉就出现在戏台上。众人都看得很投入，大戏最后刘益和霍小玉再无误会，黄衫客慷慨相助，使两人重逢，连理重谐。

看完了戏也是晌午了，陈老夫人请了大家去檀山院的花厅进午膳，吩咐厨房上了雪梨水给大家喝。

周亦萱却跟上顾锦朝，小声问她："三舅母，那俞夫人是什么来头，还要您亲自去接啊？"

顾锦朝想了想，跟她说："原俞老太爷是山东巡抚，俞老夫人和娘关系甚密。这次俞夫人带着女儿过来，可能是要相看的。俞家小姐和咱们七少爷有娃娃亲，信物是一对玉佩。"

她希望周亦萱能打消嫁给陈玄青的念头。毕竟陈老夫人是肯定不会向俞家退亲的，她不会为了周亦萱，平白伤害俞家的面子。怕只怕她还是想跟着陈玄青，哭闹着要做妾，那丢人的也只有她自己。

周亦萱果然脸色不好看，手指绞着汗巾："七表哥，他……他已经有婚约了？我怎么没听说过。"

顾锦朝说："我也是前不久听娘说起这事的。行了，你听了大半天的戏，又不喜欢茶水，快喝碗梨子水解渴吧。"顾锦朝端了一杯梨子水给她。

周亦萱却十分失魂落魄，哪里还喝得下梨子水。

陈老夫人今天找俞晚雪过来的目的，也有想让周亦萱死心的意思。知道陈玄青有婚约，而且不久就要成亲了，她总不会还对陈玄青有心思吧，所以就找了周亦萱过去，给她介绍俞晚雪。俞晚雪站起身给她见礼，又比她矮了半个头，显得娇小柔婉，周亦萱看到更不是滋味。

哪个男的不喜欢这样小鸟依人的女子，她嫌自己长得太高了。

陈老夫人笑着跟周亦萱说："晚雪和玄青从小就有娃娃亲，过不了多久就要成亲了，别看晚雪比你小几个月，以后你可要叫她七表嫂的。"

周亦萱勉强扯出一个笑容。

俞夫人心里却是一喜，陈老夫人都这么说了，那就是已经认下这门亲事了？

俞夫人吃过了午膳，喜滋滋地领着俞晚雪回去了。

陈老夫人问顾锦朝觉得俞晚雪如何。

顾锦朝答道："言之有理，行之有度，温婉娴雅，又懂得谦虚。我觉得还挺不错。"

陈老夫人也点点头认同："虽说性子好静了些，但好静有好静的好处。玄青这样的人，表面看上去温和有礼，实则内心最是高傲不过了，他待谁好，却不一定喜欢。性子又像他爷爷，到现在都没有个通房，一门心思都是制艺八股。他父亲觉得他性格死板，他爷爷却正好喜欢这样的性格。"

说完之后自己沉思了一下，叹了口气："今日把俞家小姐找过来实属无奈，恐怕她和玄青的婚期要提前了。"她拉着锦朝坐下，"回去之后和老三商量一下玄青的亲事，他要是同意了，我再请俞夫人过来商量婚期，赶在玄青十七岁前成亲。两人的八字是早就合过的，这不用担心。"

顾锦朝应"诺"。

等晚上陈三爷回来，锦朝跟他说了陈玄青的亲事。

陈三爷想了想跟她说："早年母亲和俞老夫人的关系好，定了娃娃亲，当时是交换了信物的。"既然交换了信物，再有变动就是言而无信了，"现在玄青也到了该成亲的年纪了，一切都听母亲和你的，这样的事你们拿主意。"

顾锦朝说："那我明日去回了母亲。"直起身给陈三爷盛了汤，"您今日倒是回来得早，朝中的事忙完了吗？"

陈三爷笑着摇头："朝中的事可没有忙完的一天。"他手指轻叩桌沿，却突然陷入了沉思。

顾锦朝看着他，奇怪他怎么不吃："您想到什么了？"

陈三爷缓缓道："一个契机，我需要一个打破僵局的契机。"

不查到刘含章身上，王玄范就不可能被牵连其中。他必须想到一个办法，让张居廉松口。而他刚才突然有了一个想法。应该是他朝堂上的事吧，陈三爷想要什么契机？

顾锦朝不知道，她虽然知道很多事情，但也不过是个内宅夫人。他是怎么成功弄垮王玄范，让他被贬黜成扬州知府的，她并不知情。不过再怎么想总要吃饭的，她把碗推到他身前："小厨房炖的火腿蹄筋汤，您尝尝看合不合胃口。"

陈三爷接过喝了，却发现她碗里饭只动了一点。

"最近怎么吃这么少？"他拿起筷子给她夹菜，夹了许多肉堆到她碗里，"这些都吃了，不准剩下来。"昨天偶然抱到她的腰，觉得她太瘦了，要是再挑食怎么得了。

锦朝面上发苦，倒不是她不想吃，实在是吃不下。今晨起来还觉得犯恶心，好在喝了杯香片把恶心倒胃的感觉压下去了。闻到蹄筋的味道更是不舒服，觉得很腥，更不想吃了。

她小声说："三爷，我真的吃不下，中午在娘那里，吃了好多烩羊肉。现在肚子还是饱的。"

陈三爷挑了挑眉，把她抱过来坐在自己怀里，顾锦朝看到丫头婆子都还在，抓着他的衣袖声音压低了问他："三爷，你做什么？"

陈三爷淡淡说："看看你是不是说谎。"手摸在她肚子上，轻轻按了几下，"明明还是平的，撒谎。"

陈三爷叫了青蒲过来："今天三夫人在太夫人那里吃了什么？"

青蒲犹豫了一下，三夫人最近吃得太少，她们也担心。"一盏梨子水，几块甜瓜，还有小半碗八宝饭。别的就再也没有了。"

陈三爷无奈地看着她的眼睛，好像她真是做了错事一样。

顾锦朝只能说："可能是天气烦闷，胃口不佳。以前一到夏天我就吃得少，您要是逼我吃下去，我也会犯恶心吐出来的。"她怕陈三爷真的逼她把那碗肉吃下去。

陈三爷郑重地看着她，想了一会儿，目光突然变得很柔和。

他凑在她耳边，小声问："锦朝，你这个月的月信好像没有来吧。你是不是？"

顾锦朝吓了一跳，她的月信本来就不准，推迟是常有的。难道真的怀孕了？

锦朝很迟疑："我也不知道。"这样的事她怎么确认。

陈三爷怔了片刻。孩子，他原来怎么没有想到。

"明日请人去找季大夫过来看看，要是真的有了，你可不能像现在这样随意了。不吃东西会饿着孩子的。"他轻轻揉着锦朝的小腹，声音透露着明显的愉悦，"锦朝，你有我的孩子了。"

他们的孩子，锦朝可能有了他们的孩子。两人之间最深的羁绊还能是什么，自然是血缘的联系。

陈三爷轻轻地放她下来，立刻找了孙妈妈进来，让她连夜带人去季大夫那里说一声，明早就过来给锦朝把脉。今日已经太晚了，季大夫七十岁高龄，不打扰人家过来了。既然她吃不下肉，那就吃点别的。当晚锦朝就被迫吃了一碗银耳莲子汤、三块豌豆黄、一碟核桃仁做晚饭。

抱着锦朝躺在床上，陈三爷也很久没有睡着。

锦朝轻轻动了动身子，陈三爷立刻搂住她的腰说："不要乱动，就这么睡着。你一个人睡里面，容易踢被子。"

锦朝小声说："现在天气还热，踢被子也没事的。"她以前不也是这么睡的。

陈三爷低头在她耳边说："现在不许了，好好睡吧。"顿了顿，安慰她，"等明日季大夫过来看了再说。要是有孩子了，就不能任性了。"

明天就知道了。顾锦朝看着头顶的承尘，心里有些茫然。

陈三爷一大早的就请季大夫过来，陈老夫人都惊动了。

听来传话的丫头说可能是有孕了，陈老夫人喜不自胜，跟几个来请安的媳妇说："一起去老三那里看看，要是真有喜事，咱们也早知道些。"

等郑嬷嬷扶着她走到木樨堂，正好看到季大夫笑容满面地走出来。季大夫留了一把山羊胡，穿着灰布道袍，身后还跟着两个抱药箱的药童。采芙把一个沉甸甸的锦囊递给药童，屈身送季大夫离开。

陈老夫人都来不及进门，看到正是常伴顾锦朝左右的丫头，召她过来问话。

"季大夫诊治了，是怎么说的？"

采芙也高兴，脸上掩饰不住喜气洋洋的："回禀太夫人，是有身孕了，已经两个月了。"

几个媳妇都高兴得惊叹，王氏扶着陈老夫人的手说："您要添金孙了呢！"

秦氏微笑道："咱们这来得可就匆忙了，知道三弟妹有孕，连个像样的礼盒都没有。"

陈老夫人摆摆手说："多说无益，先进去看看再说。老三估计要高兴了。"

采芙就领着陈老夫人等人进了木樨堂，到了第二进的正房。守在西次间外面的几个丫头忙向她们请安，拢了珠帘之后退到旁边。

陈三爷刚确定顾锦朝是真的怀孕了。他昨天还只是怀疑。

听到季大夫说的时候，心中还略有些不真实感，毕竟她嫁给他也才三个月。他看着顾锦朝很久。

顾锦朝心情很复杂，当然肯定是喜悦的，还有点陌生。她摸着自己尚且平坦的小腹，一时间不知道怎么办。里面……就有她和三爷的孩子了。

会叫她娘亲，会爬、会笑，闹着不肯吃不喜欢的东西……

她想了一会儿，抬头才发现陈三爷正看着自己。

"三爷。"她犹豫了一下，不知道该说什么好。

陈三爷招手让她过去，把她抱起来坐在自己身边，动作轻轻的，好像她立刻就变得脆弱起来了。他拉着顾锦朝的手，神情略有些严肃地跟她说："锦朝，你现在有身孕了。可不能像以前一样随性了，怀孕头三个月胎位不稳，高处、水边都不准去。我看你平日很挑食，以前就算了，现在你要吃得平衡一些。"他顿了顿，应该是在想还有什么没说到的。

"我平时太忙了，不能天天盯着你，你的丫头婆子又只听你一个人的。我派一个信得过的跟着你好了。"想到那些各种意外伤了身体的，陈三爷皱起眉，觉得这样也不够保险。手指敲了敲桌沿，又说："我从鹤延楼调十个护卫过来，你去哪儿都跟着你。"

顾锦朝听得苦笑起来："三爷，您是不是有点紧张？"

陈三爷笑着摇头："我就是担心你罢了，怎么就紧张了。"

顾锦朝低声说："您的手心发汗。"

陈三爷咳嗽了一声，抽回手。刚才等着季大夫诊断，不知不觉就有点握紧了手。

顾锦朝说："我不用护卫跟着，一直住在内院里，怎么用得着护卫保护。"而且这个时候，她不想陈三爷还要分出精力来保护她，"您放心吧，为了肚子里的孩子，我也不会挑食，怎么还用派一个人守着我，岂不是还要让娘看了笑话。"

听说怀孩子的时候不能挑食，不然生出来的孩子也挑食。

陈三爷自己想了想，也觉得派护卫跟着她没必要。笑着看她："我是关心则乱。"心里好像还有点不可置信，锦朝竟然已经有他的孩子了。他不由轻轻唤她："锦朝。"

顾锦朝"嗯"了一声，却看他已经含笑看着自己，什么也不说。

她低下头看着他革带上的花纹。

陈三爷抱她坐在自己怀里，轻轻地问："你喜欢男孩还是女孩？"

顾锦朝喜欢女孩，觉得男孩太调皮了，管教起来很累。

她把头靠在他胸膛上，静静地听着他沉稳的心跳，问他："那您呢？"

陈三爷略想片刻后答道："要是男孩，我就教他读书。要是女孩，你就教她女红。男孩女孩都好，反正以后还要再生的，不着急。"他轻轻地拍着她的背。

父母总是盼望着孩子的样子，其实生出来了都会喜欢的。

顾锦朝也笑起来，两人静静地抱了一会儿，直到外头香叶通传说陈老夫人过来了。她才忙从陈三爷身上下来，坐到罗汉床的另一侧。

不过还是被最先进门的陈老夫人看个正着，她的嘴角不由露出笑容。

陈三爷给陈老夫人行礼。锦朝也过来行礼，却被陈老夫人拦住了。"你现在是有身子的人了，见着我喊一声就行，不用行福礼。快坐下，娘跟你说说话。"好像她真的就变成玻璃做的，磕不得碰不得了。

秦氏、王氏和葛氏都跟着陈老夫人身后进来，丫头们端了杌子过来给大家坐。

陈三爷也没有避去东次间，叫丫头端了茶过来，他就坐在太师椅上看书。

陈老夫人看到儿子这样，心里更是想笑了。避开都舍不得，难道谁还会欺负他媳妇不成。

几人已经听采芙说了她怀孕的事，个个都先恭喜了一番，陈老夫人更是不停地打量她。"人家怀孕都是要胖的，你偏偏还瘦了。我就说你怎么吃得不多，还以为是天气太热了。看来肚子里是个能折腾的，生出来应该是个小子，肯定比他爹活泼。"

秦氏脸上的微笑一僵。孙氏怀孕，陈老夫人直言不讳希望是女孩，顾锦朝有孕，便立刻成了男孩。庶房和嫡房，该对谁好，老夫人心里那是门儿清啊。

顾锦朝脸色微红，也觉得有点不好意思，说道："这也说不准，我娘怀我弟弟的时候，就吃得香睡得稳。"

王氏笑了笑："我看三嫂这样子就像是怀了男孩。三嫂看上去又是有福气的。"

陈老夫人拉着她的手，语气温和："头胎更要注意着，我灶上三个媳妇，一个给了你侄媳，再拨一个给你。她们有经验，知道吃什么对孩子好。平时就帮你看着，免得吃错了东西。你要是有什么想吃的，就尽管开了单子送到我这里，我那边做了送过来。怀孕了就嗜睡，你每日尽管睡饱了再过来，不用按着晨昏定省的时候来。"陈老夫人跟她说了很多要注意的事。

这时候，外面突然传来"啊"的一声，随即是杯盏落地的清脆声。

外面是怎么了？顾锦朝示意孙妈妈出去看看。

不一会儿青蒲从外面走进来，给众人行礼后跟顾锦朝说："陈护卫在外面等着，说有要事禀告三老爷。"

顾锦朝看到她月白的综裙上有块明显的汤渍，就问她："这是怎么了？"

青蒲似乎有些生气，低声说："不小心撞了人罢了，奴婢立刻就回去换一件裙子。"

怎么一向好脾气的青蒲生气了？顾锦朝觉得这事异常。

她去和陈三爷说了，陈三爷到外面跟陈义交谈了几句，应该是有什么大事，很快回了内室换衣裳。

等他再出来的时候已经穿着绯红色正二品的盘领右衽袍，跟顾锦朝说："我晚上再回来，你好好等着我。"锦朝点点头，平时不都是等着他吗。

陈三爷有点迟疑，似乎想跟她说什么，却还是提步先走了。

陈老夫人和几个嫂嫂弟妹你一言我一语，跟顾锦朝说到了晌午。

一会儿陈曦也过来了，听说顾锦朝怀孕了，很惊奇地问："是有个弟弟在里面吗？"

王氏打趣她："曦姐儿不喜欢妹妹吗？怎么就认定是个弟弟了。"

陈曦眨了眨眼睛说："我和媛姐儿玩的时候，她说她娘亲生的妹妹一碰就哭，都不要她抱。我怕妹妹哭，希望母亲能生个弟弟。"

王氏心想，这孩子还不明白弟弟代表什么。要是她到了明白的年纪，恐怕巴不得顾锦朝怀的是个妹妹。

陈曦坐在顾锦朝身边，伸出手想摸锦朝的肚子，又突然缩回手，抬头问她："母亲，曦姐儿能摸一摸吗？"

锦朝笑着点头："当然可以啊。"

陈曦小心地摸了摸，有点失望："我都感觉不到弟弟在里面。"锦朝的小腹还是平平的。

陈老夫人说："傻孩子，你弟弟还小呢。等他长大了才摸得到，快过来，祖母要跟你说话。"

陈曦乖乖跑到陈老夫人身边，陈老夫人搂着她的肩叮嘱："以后别让你母亲太累了，不准让她心烦，要乖乖听话。过不了多久啊，曦姐儿就要有弟弟了。

以后有弟弟了，曦姐儿也要待弟弟好。”

陈曦点点头，郑重地说："就像七哥对我好一样！"

一直到吃过午饭，喝了香片，陈老夫人才由秦氏陪着回去了。

孙妈妈晚上特地来问顾锦朝要吃什么。

"太夫人那边的庆喜媳妇过来了，还带了好些进补的药材。太夫人又给外院厨房开了单子，要每天往咱们这儿送个肘子、两条鲈鱼、一对鸽子……别的还有牛乳等东西，说您今后的饮食就不一样了。您看看以后这些东西怎么安排好？"

顾锦朝接过孙妈妈递过来的单子看。陈老夫人开了许多东西，都是大补的。

她问孙妈妈："这些可是四房出钱？"

孙妈妈笑着摇头："太夫人特地说了，这算是她老人家给您养胎的，那些药材也是。"

顾锦朝皱了皱眉，陈老夫人自然是一片好心。但此时二房的孙氏还有孕，开销可都算在二房里面。她这边却算在陈老夫人那里，多少说不过去。

孙妈妈也知道顾锦朝在想什么，就说："您是嫡长房媳妇，太夫人疼爱您是应该的。您心里可别觉得有什么愧疚。"毕竟三房有陈三爷在，一切都不是问题。

一般夫人年轻的时候，都是张扬不懂得收敛。偏偏顾锦朝十分谨慎，孙妈妈倒是觉得她大可不必想太多。这是陈老夫人的偏宠，任谁都会这样偏宠。二房那边也不会有微词。

顾锦朝叹了口气："也罢。"毕竟也不可能把单子退回去，拂了陈老夫人一番好意。

"怎么安排膳食我没经验，你一手负责，和庆喜媳妇商量着来吧。"

孙妈妈接了单子，心里有些犹豫。一般这种宗房复杂的夫人有孕之后，都要通知娘家人，娘家人会派个信得过的婆子过来伺候，不会全部交给婆家人，怕婆家的人会有心怀不轨的。但她听说，三夫人的母亲两年前去世了。

她问顾锦朝："您要不要写信和顾老夫人说一声，派个婆子过来，两个人一起看着？"

顾锦朝摇摇头："我放心你，你去做就是了。"她有身孕的信下午已经递出去了，但是让冯氏派个人来伺候她，顾锦朝想到就觉得不舒服。徐静宜那边陪嫁的婆子少，自然也不能派过来。

孙妈妈就笑了笑，福身出去了。

佟妈妈抱着笸箩进来，脸上全是笑容："夫人您看，这是奴婢从库房里找出来的。全是潞绸、罗缎和缂丝的料子，给孩子做小衣最合适。您看看选几个好的出来，先给孩子做着肚兜如何？"

顾锦朝接过笸箩看，里面装着颜色花样各异的尺头，足有十多个。

她摸过这些软滑的布料，嘴角不由露出笑容，心里也和布料一样软绵绵的。

顾锦朝挑了一个大红百吉文的尺头、一个黄色素缎缂丝的尺头。后一个可以绣婴戏莲纹或者年年有余的花样。"把这两匹布裁了，另外找几个手艺好的婆子，浆鞋底出来。"

佟妈妈接了尺头退下。采芙、绣渠又捧了尺头进来，说要给孩子做小袄。

一直到晚上才算是安定好了孩子的事。毕竟才怀孕两个月，等孩子生下来也是明年五月的事了。

锦朝刚喝了碗猪蹄汤，却听到屋外有人说话，似乎是陈义。

三爷回来了？

顾锦朝让青蒲出去看看。很快青蒲就带着陈义进来。

陈义脸色很白，额头全是汗，跪在地上很久都没有说话。

顾锦朝心里一紧，难道陈三爷出了什么事？他不是都说过自己会小心的吗。

"陈护卫，究竟是什么事，你快说清楚。"顾锦朝让自己的声音尽量听上去平稳，"这做闷嘴葫芦是什么意思？"

陈义的嘴唇抖了抖："夫人，三爷今日从内阁回来，在兰西坊遇刺。是属下几个无能……"

顾锦朝脸色也有些发白，觉得身子发软，手紧紧抓住罗汉床上铺的鸭绿绸福寿纹垫子："他现在在哪里？伤得可重？"

陈义忙回道："在外院书房，三爷原先就住在那里。是胸口中了箭，已经派人去请太医过来了。三爷还尚是神志清醒，您别担心，应该没有大碍。江先生已经请了太夫人过去，她特地吩咐，为了您的身子着想，您就不用去了。"

人都不要她看，伤得重不重她怎么知道！

顾锦朝更怕他们隐瞒三爷的伤情，就是怕她肚子里的孩子有什么意外。

她勉强站起身，坚决地说："我一定要去看看。"吩咐青蒲，"拿我的披风过来，陪我去外院。"

陈义忙跪下说："夫人，您的身子要紧，三爷之前也说过，不能让您去看他。您可要体谅属下啊！确实是没有大碍的，不然此时就应该发信给远在陕西的二爷了，您说是不是？"

顾锦朝系上披风，理也不理会陈义就带着青蒲往外走。给没给二爷送信，她怎么知道！她只知道陈三爷现在受了重伤，她一定要过去看看。万一，有什么闪失呢！

陈义站起来，想着夫人肚子里刚怀了三爷的孩子，阻拦又不敢阻拦，又怕她去看到动了胎气，到时候受责罚就算了，他自己心里恐怕也要愧疚一辈子。

陈义只能带着护卫跟着顾锦朝一路出来，垂花门正守着几个婆子。看到三夫人走得如此匆忙，连忙要阻拦，就听到青蒲低声道："没长眼的东西，你们还谁都敢拦了！"

婆子们连忙让开，又看到陈护卫带着人眼巴巴追在后面，忙问道："陈护卫，这究竟……"

陈护卫摆摆手："别问别问，好好守着就是！"

外院已经戒备森严，不仅是鹤延楼的护卫守着，还有穿程子衣的侍卫，都配着大刀，面容严肃。看到陈义跟在顾锦朝身后，倒也没有人阻拦她。

顾锦朝只来过陈三爷外院的书房一次。

陈三爷的书房设在鹤延楼旁边，是个两进的小院子，旁边种着几株高大的松柏。平时很清净，如今却岗哨密布，连小厮都不能进出，热水、药物都是护卫端进。

这样的情形，明明就已经很严重了！

顾锦朝往里面走，守门的侍卫想拦住她。陈义在后面打了个手势，侍卫才让开。

不仅陈老夫人在里面，陈玄青和陈四爷也在。陈玄青正在和一个穿着圆领袍的老者说话："父亲的伤势颇重，恐怕还需要大人尽力调养。要用什么药材，您尽管开口便是。"

陈老夫人看到顾锦朝眼眶发红，脸色发白，忙过去扶她："你怎么过来了？"

锦朝跟陈老夫人说："娘，我想进去看看他。"

陈老夫人刚才也哭过，闻言又觉得鼻酸："算了，你是有身子的人，去看了他又能如何？"

顾锦朝紧紧握住陈老夫人的手，低声问："他是不是没有醒？"

他没有醒所以听不到她说话的声音。以前她只要在外头一说话，陈三爷就会让小厮请她进去，好像无论她在哪儿，他都能立刻注意到她。

顾锦朝心里发冷。她怎么办？她刚怀了他的孩子，他不是还要教孩子读书吗？只要一想到三爷可能会死，顾锦朝觉得呼吸都沉重了。从什么时候开始，她已经这么在乎他了？

陈老夫人想到儿子的伤势，也觉得心都在揪痛。别说安慰顾锦朝，自己都忍不住掉眼泪。

陈四爷走过来安慰陈老夫人："娘，您可别伤了身子。您和三嫂去偏房坐坐吧，这边有我和玄青看着，不会有事的。"

顾锦朝深吸了口气，她不能伤心。这些事她帮得上忙，陈三爷遇刺肯定是河盗案牵涉的人动了手脚，她早就提醒过陈三爷，怎么还会遇刺？这群人究竟有多猖獗，竟然敢行刺朝廷二品大员！

"郑嬷嬷，你扶母亲去偏房休息。"顾锦朝吩咐说，又看向陈四爷，"四爷放心，我还不至于太过伤心，请陈义过来回话吧，我有事要问他。"

她进了厢房，想把三爷遇刺的经过问清楚。既然有了她的提示，陈三爷肯定不会那么不小心，究竟这路上发生了什么事？

青蒲端了把圈椅过来，不一会儿就有人进来，却不是陈义，而是陈玄青。

他穿着青色盘领右衽服，刚除了官帽，轻声说："你要问什么？"

顾锦朝此时也顾不得什么了，直接问他："你可知道三爷是怎么遇刺的，那凶器又在何处？"

陈玄青叹了口气说："母亲，你还是别问吧。这事情太复杂了。凶器是支箭，已经取出来送去刑部了，我们的人已经看过，只是支寻常的箭。你还是先回去歇息吧，这里还要忙到很晚的。"

青蒲想了想，也劝她说："夫人，咱们明日再过来看吧，眼见着天都黑了。您也要为孩子考虑。"

顾锦朝知道她肚子里还有个孩子，只是她实在不放心。她想亲眼见过三爷，想知道他伤得多重，不想被人蒙在鼓里。

陈玄青皱了皱眉："孩子？"什么孩子？

青蒲福身回道："夫人已经有身孕了，受不得劳累。"

顾锦朝怀了父亲的孩子？陈玄青心里说不清什么滋味，看着她默然不语。平日都是坚强温和的人，怎么现在显得如此可怜。她样子这么瘦，真的有孩子了？

"你……"他袖中的手握紧了，"既然有孩子了，更不能操心劳累。我派人送你离开吧。"

顾锦朝轻声说："我就见他一面，看了就走。"

她站起身，好像有点站不稳，身子晃了一下。陈玄青立刻就想伸手去扶，青蒲却已经扶住她，并且看了陈玄青一眼，她觉得陈玄青的样子有点古怪。

顾锦朝已经站稳，直直看着陈玄青："我要去见他。"

陈玄青沉默好久，才叹息："你跟我来吧。"

陈三爷躺在床上，还没有醒过来，身上盖了厚厚的被褥。他平日都只盖薄衾的，失血过多后怕是不够维持身体温度。看上去似乎除了脸色苍白，别的都无大碍。

书砚找了杌子过来给锦朝，锦朝坐在床边拉住他的手，一向都是温热的手如今十分冰凉。

锦朝第一次仔细看他的手，他的手指很长，骨节分明，因为经常握笔，食指和中指指腹有薄茧。

锦朝轻声吩咐书砚："去热个汤婆子过来。"

书砚一愣，这大热天的怎么用得着汤婆子。

江严道："愣着做什么，你去热过来就是。"夫人应该是觉得陈三爷手太凉了。

书砚很快就抱着汤婆子进来。顾锦朝拿过来塞到了被褥里，果然摸到他的脚也是冷冰冰的。她把汤婆子放好后，也没有想走的意思，就这么静静地看着陈三爷好久。陈三爷每逢休沐，顾锦朝醒来总是发现他看着自己，不知道看了多久。看着一个人睡觉，能有什么意思？她一直不太明白。

顾锦朝心里甚至有点责怪自己，或许她就应该把遇刺的事说清楚。不借佛祖之口，说不定他才真的重视，不会这样被别人害了去。原先没有人可以依赖，或许就不会惶恐。只有真的在意了，才会害怕起来。

顾锦朝很怕三爷有什么不测，那样以后就再也没有人在她疼的时候安抚她，包容她，温柔地善待她。或者是三爷看书的时候，自己陪在他身边。无论她唤他做什么，他都很快地回应她，很是从容安宁。

顾锦朝把脸埋进他手里，忍了很久的眼泪终于掉下来，濡湿了他的掌心。她一向是个很骄傲的人，不喜欢别人看到自己哭。

陈玄青看到她肩膀微微颤动。她是在哭吗？顾锦朝原来在他面前哭，多半有点表演的成分，那是想引起他的注意。她嫁到陈家之后，陈玄青还没见她哭过，好像这种哭泣已经不是为了他，所以变得很含蓄，是实在忍不住了吧。她现在是真的这么喜欢父亲了吗？

陈玄青垂下眼不说话。

顾锦朝却感觉到陈三爷的手动了动，她还没有反应过来，就听到他柔和的声音："哭什么？"

顾锦朝抬起头，发现陈三爷正看着她，嘴边笑容淡淡地扬起："都说了，我不会有事的。快别哭了……"声音还有点吃力，却尽力撑着身子坐起来。见她呆呆地看着自己，就想用袖子给她擦眼泪。

顾锦朝也不知道怎么的，看到他醒过来却更想哭，直直地看着他，眼泪不停地往下掉。

陈三爷叹息一声，把她搂进怀里，轻轻地拍她的背："嗯，没事了，不哭。"

陈三爷给江严打了个手势，江严带着周围的护卫退出去，陈玄青也退出去并合上门。

陈三爷只感觉到她身子不停地抽动，手却紧紧地抱着他的腰，好像很依赖他一样。他的心也变得格外柔和，小声地问她："你怎么过来了？我不是和陈义说过不要你来吗。"

他设定的计划在她怀孕之前，要是知道她怀孕了，他还不会冒险用这种方法。可已经没有办法了，原本是想让陈义把情况说轻一点，免得顾锦朝担心。不过想不到她还是在旁边守着自己。

要是平日，顾锦朝肯定觉得这样被他抱着很尴尬。她现在却觉得没什么重要的，只要三爷一切都好。她解释说："是我一定要过来的，我怕你出什么事。本来觉得对孩子不好，都打算回去了。"

"当时陈义是怎么跟你说的？"他依旧顺着背安慰她，觉得陈义说得肯定有点问题。

顾锦朝摇摇头，却不愿意多说。想到他刚醒过来，她问他："不如把太医叫进来看看？您有没有饿，我去给您做点红枣枸杞粥吧。"他失了这么多血，应该吃点补血的东西。

陈三爷摇摇头。孰轻孰重他还是能判断的，不然他可不敢去冒险。这伤势看起来严重，其实根本没有伤到心肺。

他的声音有点沙哑："其实我还挺高兴的。锦朝，我要是有天真的死了，你会这么为我伤心就已经够了。你还记得我……"

顾锦朝忍不住又觉得鼻子一酸。她伸手去捂住他的嘴："没有什么死不死的，您这不是好好的吗。"

陈三爷拿下她的手，笑着说："我比你年长十五岁，怎么会不先死呢。"

顾锦朝想了想，很认真地说："那您就努力多活十几年。"

陈彦允"嗯"了一声，为了顾锦朝，他也要惜命才是。他捧着锦朝的脸凑近，亲了亲她的嘴唇，手滑到她的小腹上，轻轻地绕了绕："你今天待他好不好？"

顾锦朝觉得他的嘴唇因为失血太多也冷冰冰的。想到自己还提醒过他，忍不住问："三爷，我前日才说过要您小心，您怎么还是受伤了？"他这么谨慎的人，只要有一点怀疑，就应该会十分防备才是。

陈彦允不打算向她吐露实情。她现在伤心成这样，要是知道实情，说不定就生气不理他了。就算是王玄范胆子大到敢刺杀他，他手底下的护卫又不是养着玩儿的。这是露了破绽等着他上钩，估计王玄范也没想到他真的受伤，恐怕只是打算吓唬他的。现在堂堂二品朝廷命官都遭了黑手，依照张居廉的性格，肯定不会再忍下去了。

"人算不如天算。"陈彦允说，"你夫君还不是天，也是有疏漏的。"

顾锦朝看了他很久，陈三爷越这么说，她越觉得这事不太寻常。偏偏这张脸一直带着笑容，什么都看不出来。也是，她怎么看得出来。顾锦朝无奈地叹了口气："我去叫江严进来给您看看，还有母亲，她也是十分担心您的。"

很快江严和陈义先进来。

陈三爷淡淡地问陈义："我不是说过不要把伤势说得太严重，你怎么说的？"

陈义抓了抓头，嘿嘿地笑："说倒是按照您说的说了，可能是演过头了。我想三夫人聪明伶俐，寻常的把戏骗不过她，还特地酝酿了一会儿才进去禀报呢。"

陈三爷抬头看他一眼。陈义自知理亏，低声道："属下明日去领二十棍受罚。"

陈三爷又吩咐江严："明日张大人必定会上门来探望，到时候把外面鹤延楼的护卫撤走。"

江严应诺去交代了。

他要除去王玄范，就要给自己留后路，以受伤来示弱是个很好的方法。

张居廉第二天果然来了陈家。

虽说已经是内阁首辅，张居廉却并不讲究派头，乘着青帷马车带着四个侍卫就过来了，只不过随身的四个护卫个个呼吸轻若无声，一看就是顶尖的高手。

张居廉进了书房，陈彦允要起身迎他，张居廉摆摆手："不用，你还伤着呢。"说着一展衣袍坐到他身边，立刻有下人奉了狮峰龙井茶上来。张居廉问他："我听王太医说那箭很深，要不是差之分毫，你恐怕有性命之忧。现在如何了？"

陈彦允苦笑道："多亏王太医医术高明，命是保下了，不过修养几月是在所难免了。"

张居廉道："那你好好养病，刘含章的事就交给梁大人查办。这些人连朝廷命官都敢伤，实在是胆大包天。本来还不想动摇太大，留他们一条狗命，恐怕是我们仁慈了。"

他的目光落在龙井茶上："一旗一枪，果然是上品。九衡，你待老师一向用心，老师最信任的也是你。只要你一直站在老师这边，我们就是最亲近的。"

陈彦允道："这是自然的。"

张居廉把给他的补品留下，陈彦允叫了江严送张居廉出门。

顾锦朝给陈三爷送鱼汤过来，正好看到一人被众星捧月地走过来，她很快侧身避开。略一抬头，却和正中的人视线对了正着。那人中等个子，眼细长明亮，长眉浓郁，气度不凡。

顾锦朝心里一惊，竟然是如今的内阁首辅张居廉……他是过来看陈三爷的？

张居廉却没再看她，很快就被众人围拥着上了马车。

陈三爷身在外院锦朝不好经常往来，两天之后伤势好了些，就挪回了木樨堂修养。因为还有太医往来，他住在内室不便，就先住在了西厢房腾出的空房里。

王太医每日来给他换药，熬药也是太医专门带来的药罐，都不经木樨堂的仆妇之手。锦朝只需要伺候陈三爷吃饭就是。陈三爷在床上躺了几天之后就可以下地走动了，王太医此后就不用过来了，换药的差事交到顾锦朝手上。

陈三爷这段时间都不用去内阁，清闲下来更像个修士一样。他穿着件灰蓝色的直裰，靠着临窗的大炕看书。窗扇半开着，外头种的一丛细竹在微风中拂动。

锦朝端着大红漆方盘进来，身后的丫头端了盛水的铜盆。

"来给您换药。"锦朝走到他身前说。丫头放下了东西就退了出去。

陈三爷放下书抬手解直裰的系带、中衣襟。他中的箭伤在锁骨下两寸的地方，多亏了王太医的医治，现在伤口已经开始结痂了。顾锦朝拆开棉布，就看到他胸膛上狰狞的伤口，不由还是觉得鼻酸。

陈三爷看她半蹲着身子不说话，就看着自己的伤口沉默，笑着叹气："都说了没什么的，你别看了。"看到她因自己伤心，陈三爷心里也有点愧疚。

怎么会没什么呢？她就是做针黹的时候，不小心扎到手都疼，何况是这么大的伤口。顾锦朝别过眼深吸了口气，然后给他上了疮药缠上棉布。

"您整日都看书，还是再睡一会儿吧。"顾锦朝说，"不如我扶您去床上躺着？"

陈三爷摇摇头："我难得有清闲的时候，多陪你一会儿。"

既然他不想休息，顾锦朝也不坚持了，让丫头把自己放针线的笸箩端过来，她陪着陈三爷做针线。

陈三爷看到她正在绣一个婴戏莲纹图样，婴儿手脚胖乎乎的，样子很可爱。靠着炕桌看了她很久，才饶有兴趣地问她："这是要做给谁的？"她绣得很细致，莲叶的脉络都一清二楚，旁边好像还绣了字。

锦朝顿了顿，才轻声说："是给孩子做的肚兜。"

婴戏莲纹本来就是孩子的花样，还有鹤鹿同春，却不如婴戏莲纹活泼。

是给孩子做的啊。

陈三爷伸手过去："拿给我看看。"

锦朝摇摇头说："等做好了再看，也没剩多少工夫了。"

陈三爷低笑一声，仗着自己手长，伸手就轻松拿过来。顾锦朝猝不及防，孩子的肚兜已经落到陈三爷手上。顾锦朝脸色微红："不许你看。"上面她还绣了别的东西呢。

她俯身过去，伸手就想夺回来。陈三爷制住她的手，拿远了些看，笑着说："难怪不给我看，竟然绣的是《鹿桥春》。"《鹿桥春》是他的诗。

陈三爷的书房里挂了一幅麋鹿行松径的图，旁边就题了这首诗。不过锦朝还是在一本诗集上面学得这首诗，她原先刚学平仄的时候，还很喜欢陈三爷的诗词。

顾锦朝生气又不是，就不想理他："那您拿去吧，剩下的您自己补好。"

她现在怀着孩子，陈三爷可不敢逗她了。锦朝原先生气，都是强忍着做一副恭顺的样子，现在生气不一样了，偶尔还敢不理他，越发的小性子。

陈三爷把孩子的肚兜还给她，又伸手把她抱在怀里哄："和你开玩笑的，别生气了，嗯？你要是喜欢我的诗，不如我给你写几首，盖了那枚竹山居士的印章，挂在你书房里。"

顾锦朝想挣脱他的手，却不小心用力过大，手肘撞到他的伤口。她听到陈三爷闷哼一声，回头看了他一眼。

陈三爷脸色发白，勉强对她一笑："没事。"

顾锦朝又觉得心软，想了想跟他说："我读您的诗时才十岁，诗集还是从三表哥的书房拿的，收录了您还有袁大人的诗，当时看了就记下来了。"袁大人就是山西布政使袁仲儒。他和陈三爷的才学一向是不分伯仲，不然当年殿试也不会高中状元。两人的诗作都是广为流传的。

陈三爷叹道："算不得什么好诗。当时父亲还在世，我随他一起去青城山问道。山路难行，没有找到路上山，反倒是偶然看到鹿桥的景色不错，才写了这首诗。那时候年少无知，自然心比天高。反倒是年龄大了，觉得很多事根本不必表达。"

那是不是就像稼轩所说，而今识尽愁滋味，欲说还休，却道天凉好个秋。

顾锦朝心里默默地想着，倒还真是如此，人年纪大了懂得多了，许多事都不想去计较了。她过了会儿问他："您伤口还疼吗？"

陈三爷反问道："我要说疼，你会如何？"

顾锦朝想了想说："我给您吹吹吧。"

陈三爷被她逗笑了，摸着她的发告诉说："那算了，为夫就不疼了。"

两人说着话，外头采芙过来禀报，说四小姐过来看陈三爷了。锦朝才坐正了，等陈曦进来。陈曦进来时手里还拿着一盒山楂糕，安嬷嬷跟在她身后。

她乖巧地给锦朝和三爷请安，然后把山楂糕放在炕桌上："这是安嬷嬷从老家带来的山楂糕，曦姐儿给父亲带一盒过来。听说父亲近日胃口不好，山楂糕酸酸甜甜的，好吃。"

这是孩子的零嘴。

安嬷嬷笑着说："四小姐一定要带过来，奴婢想着四小姐也是一番心意。"

陈曦听到安嬷嬷的话，有点不安，小声问她："父亲不喜欢山楂糕吗？"

陈三爷让陈曦过去，跟她说："父亲喜欢，你送得正好。"

陈曦就高兴起来，坐到顾锦朝身边看她做针线了，还拿了彩线让锦朝打络子玩。

陈三爷看她们两个玩作一团，心想等锦朝的孩子出世了，恐怕还更有得闹腾的，无奈地笑笑，拿起书继续看。不多一会儿，江严进来请他出去说话。

"不出三爷预料，昨日张大人果然大发雷霆，连夜下令逮捕刘含章归案。此时应该已经到昌平了，晚上应该能收押刑部。"江严低声道。

陈三爷沉思片刻，跟他说："跟刑部尚书说一声，此案本是陆重楼陆郎中的功劳，让他旁审刘含章。审问倒是无所谓，要让陆重楼参与进去，让他知道谁能让他受益。"刑部里面他的势力单薄。

江严想了想就明白陈三爷的意思，拱手去做了。

眼看着仲夏就要过了的时候，突然下了一场大雨，天气渐渐凉下来。

孙妈妈正指挥着丫头把竹帘换成宝蓝色暗纹的绸布帘，锦朝看了觉得不太好。内室的罗帐用的颜色还是大红，罗汉床的垫靠是鸭绿绸，颜色显得太明艳了些。她找了孙妈妈过来商量，干脆把内室的罗帐换成姜黄色，垫靠换成湖水蓝，这样就显得清爽多了。

陈三爷一边晒着太阳一边写字，看她指挥着丫头忙得团团转。

他叫了她过来，给她擦额头的细汗："要是累了就歇会儿，又不急着一时弄完。"

锦朝看他清闲，让丫头拿了两个梅瓶给他选："冬日的时候可以插梅枝，用炭火一烘满室都香。您看看选哪个好？"一个是宣德红底缠枝牡丹花梅瓶，另一个是宣德青花仕女蕉叶梅瓶。

陈三爷搁下笔，打量了一眼，随手指了宣德红底缠枝牡丹花的梅瓶。

顾锦朝看着有点纳闷，这个梅瓶似乎不怎么好看。

让丫头拿去摆在多宝阁上，她左看右看，又觉得果然好看，有种画龙点睛的感觉。

这时候绣渠过来禀报，说陈玄新过来了。

陈三爷养病无事，近日开始检查陈玄新的功课。陈玄新觉得自己《史记》中《伍子胥列传》学得不太好，请陈三爷重新给他讲过。

陈玄新穿着一件簇新的靛蓝色直裰，进门规规矩矩给她和陈三爷请了安。

陈三爷把写好的信交给顾锦朝，嘱咐她："等江严来的时候给他。"才向陈玄新说，"随我去书房里说话。"

陈玄新小心翼翼地应"是"，跟着陈三爷去了前一进的书房。

顾锦朝觉得陈玄新很怕陈三爷，在他面前也很拘束。上次两父子在书房里说话，她过去送糕点，看到陈玄新被陈三爷问得满头大汗。陈三爷静静地看着他许久，还跟他说："答不出来就回去多看书，不要慌张。"不紧不慢地又问了他几个问题，陈玄新却更加紧张了。

陈三爷跟锦朝说过："玄新不如玄青沉着冷静，聪明倒也聪明，恐怕以后不堪大用。还是我和他七哥的缘故，先前的人光芒太耀眼了，他不知不觉就会这样了。"

有时候，有个太卓越出众的父亲并不是好事。

顾锦朝坐下歇了口气，喝了青蒲端上来的天麻乳鸽汤。

锦朝想到青蒲的婚事还没有着落。眼下她房里的丫头青蒲和采芙都到了年龄，该放出府去了。她现在该留意着给青蒲找一个好婆家。但青蒲从小跟着她，男女之事接触得太少，恐怕遇到了男子也手足无措，说不定还会恼羞成怒。

她又不像别的丫头娇滴滴的，气质沉稳，还有功夫在身，真的不太好嫁。

等江严过来后，锦朝把陈三爷写好的信给江严。

"前院的护卫这几天少了许多。"锦朝问江严，"是不是巡抚的案子查得差不多了？"

余庆这桩倒卖官盐案闹得很大，现在内宅都有风声，知道南直隶十多个官员因此牵连，官府还抓了几个盐帮的人。现在官盐都由一罐三十文降到了二十五文。

江严一愣，才回答："刘大人已经归案了，其余党羽差不多都落网了。您放心，三爷不会有事了。"

等他退下了，顾锦朝才拿起绣绷。略一想江严的话，却觉得不太对。前几天只顾着忧心陈三爷的伤了，却没有想到一些可疑的地方。例如说明明有她提醒，陈三爷不会轻易受伤才是，但他不仅受伤，而且伤得很重。

陈三爷受伤之后，这桩案子反而审查得更快了。按照昨天听秦氏说的，王玄范王阁老因为牵连太深，还连累了自己孙女的亲事。王阁老的孙女本来是要和两朝元老、原来的文华阁大学士曾大人的嫡孙小定的，人家以八字不合为由推脱了。

再例如陈三爷好得很快，没几天就能下床了。

陈三爷受伤之后张居廉过来看他。陈三爷是张大人的学生，他大可不必亲自来一趟，派人送东西过来就好了。却和陈三爷交谈了很久才离开，他们在说什么呢？

顾锦朝隐约记起，陈三爷受伤前一晚，说过他需要一个契机。

她就是搞不明白陈三爷是怎么算计王玄范的，现在心里却隐约有个想法。受伤一事根本就不是王玄范搞出来的，是陈三爷自己设计的。主审的二品官都被刺杀了，张大人还会放过幕后的人吗？王玄范还有这么容易脱身吗？

这样一推论，一切疑问就都解释得通了。

顾锦朝觉得又好气又好笑，心里很不舒服，他竟然还瞒着自己。那时候，她觉得他真的受伤了，还心疼得直掉眼泪，从来没有这么难受过。他莫不成是在骗她的？他自己不是说了，要她相信他，这要她如何相信呢？

陈三爷给陈玄新讲完《伍子胥列传》，才慢慢沿着廊庑回来。他的伤还没好彻底，不能走动太多。回来之后又躺在罗汉床上，觉得胸口又有点疼。他拉了拉顾锦朝的手："锦朝，你替我看看伤口。"

顾锦朝有点不想理会他，抽出自己的手站起身。

陈三爷脸色发白："伤口恐怕破了，你给我拿些疮药来。"刚才在多宝阁上层拿了本书，动作太大了，可能拉到伤口了。那箭并非寻常的箭，伤口很不容易结疤。

他抬头见锦朝神色不对，轻声问她："你怎么了，看上去闷闷不乐的，是不是累着了？"

顾锦朝摇摇头不说话。

陈三爷紧皱着眉，忍着伤口的疼，拉着她坐到自己身边："跟我说怎么了？锦朝，你现在怀着孩子，不能任性了。"她这样生闷气对身子不好，一会儿晚上又该吃不下饭了。

顾锦朝低声说："三爷，您老实告诉我，遇刺究竟是怎么回事？"

她发现什么了不成。

陈三爷没有说话，锦朝却一直看着他，他才叹了口气："锦朝，这事牵扯复杂，我不便告诉你。"

顾锦朝站起身："那妾身替您叫书砚过来。"

陈三爷去抓她的手，却被她挣脱了。她头也不回地往外走，吩咐了丫头去传话。陈三爷仰躺在罗汉床上，一时沉默。锦朝回来后坐在床的另一边，离他远远地绣着孩子的兜兜，好像也不关心他胸口疼不疼，脸上的神情淡淡的。

两人都很久没有说话，陈三爷闭着眼睛，他不太能忍受锦朝的淡漠。她还怀着身孕，他要让着她。何况她还小，自己比她大这么多，本来就应该包容她。陈三爷有些无奈地说："锦朝，过来吧。我告诉你。"

书砚接到采芙的口信，马不停蹄背着药箱过来了，擦了把汗问采芙："采芙姑娘，三爷要我过来的？"

采芙做了个嘘的手势，让小丫头挑了帘自己往里看了眼，放了帘子一本正经地说："没事了，你把药箱放这儿吧。一会儿夫人给三爷换药。"

啊？还说三爷伤口疼，让他快点过来，怎么又没事了？

书砚有点犹豫："采芙姑娘，三爷的伤势要紧吗？不然我再去请王太医过来。"

采芙轻声说："我也不知道，等一会儿再去问吧。"

里头三爷正抱着夫人呢，低垂着头，好像在哄夫人一样。这个时候还是不要打扰比较好。

陈三爷低声说："我受伤确实是刻意安排的，为了这次官盐倒卖的案子。这事情太复杂，我就不详说了。本来是打算打压王大人的势力，但仅凭张陵、都转运盐使几个人的口供根本动不了他。而南直隶巡抚刘含章和王大人牵扯够深，只要把他拉下水，不怕动不了王玄范。但是我若想要抓刘含章，就不是一件简单的事，必须要让首辅大人首肯，所以才出此下策。"

顾锦朝静静地听着。

他替她理顺发丝："听不懂也没关系，总之，锦朝……我确实事出有因。"

顾锦朝淡淡地说："我听得明白。您受伤了，张大人就会对王大人忌惮了，他是怕内阁太动荡了。"

"嗯。"虽然不全对，陈三爷还是点点头，笑着说，"你倒是聪明，想不到我的锦朝还有幕僚的资质。"这话当然只是夸奖她的，也是讨好她的。

顾锦朝默默地直起身。

"锦朝，"陈三爷抓住她的手，"我不告诉你，是觉得你不应该听这些东西。"

政治是这个世上最肮脏的东西。

顾锦朝轻声说："您受伤的时候，我心里很难受。我都不知道要是您真的有什么事，我该如何是好，我从来没有这么茫然过。"她说着说着眼眶发红，声音也带着鼻音，"我肚子里还有您的孩子……"

她已经变得依赖他了，一旦什么东西形成了习惯，那就很难除去。

陈三爷是在保护她，但是顾锦朝想要陈三爷做出重大决定的时候跟她商量，至少应该告诉她。陈三爷以后还有很多磨难，他的声名也在贤臣和佞臣之间徘徊。顾锦朝不希望陈三爷明明一世英名，却要被人非议。

陈彦允听完她的话，却突然笑起来，把她搂在怀里，下巴放在她头顶："嗯，我很高兴。"

陈三爷从来都没告诉她，他喜欢锦朝依赖他，他醒过来时感觉到锦朝在他手掌里哭，心里溢满了柔和，好像养的小动物终于肯亲近他了。因为他足够耐心和克制，没有一把把她抓到怀里。

这有什么好高兴的？

顾锦朝低声说："您都这么骗我了，这有什么高兴的。"她声音带着哭腔。这哭出来实在是丢人，她吸了口气，但是想到陈三爷躺在床上了无生机的样子，她还是忍不住觉得难受。

陈三爷抱着她，轻轻地哄："再也不会了，以后我做这些都会告诉你，好不好？"

顾锦朝把脸埋进他怀里，闻到他身上温热的药香味，好一会儿都没有动静。

陈三爷无奈地笑，任她靠着，过了许久才说："你再不给我上药，我恐怕要血流而尽了。"

顾锦朝看他灰蓝色的直裰透出一点暗红，他的脸色已经发白，忙叫了采芙进来，抱怨他："您疼也不早说，血都流出来了。"

她把纱布拆开，那层薄薄的痂果然破了。她让他忍着疼，撒了疮药上去，一边包扎一边跟他说话："就算受伤只是计谋，您也不必做得如此逼真啊。"那伤口实在是狰狞，她看着都觉得肉疼。

陈三爷解释给她听："王太医是张大人的人，我若是不做得逼真些，寻常把戏是瞒不过他的。况且我也正好可以借着受伤的机会休养生息。王玄范的势力受到限制了，我却风头太盛，这对我很不利。"

陈三爷这话大概就是韬光养晦的意思。

顾锦朝想了想，问他："那您觉得王大人会出内阁吗？"

陈三爷摇摇头说："我无此打算，毕竟他也不足为患了。"见她包好了伤口，他开始穿自己的衣服。

顾锦朝心里却很疑惑，如果不是陈三爷设计让王玄范出内阁的，那究竟是谁呢？让王玄范出了内阁，他究竟又想做什么呢？

第二天她去给陈老夫人请安，遇到了郑太夫人、郑家两位太太，还有她从未见过的孙夫人，也就是陈玄让的妻子孙氏的娘。除此之外还有秦氏和她的三个儿媳，王氏带着陈容坐在西次间里说话。

陈老夫人先给她介绍了孙夫人。孙夫人看上去已经有四十岁了，一双和孙氏很像的眼睛，就是眼角已经有细纹了，穿戴整齐又贵重。她和孙夫人却算是平辈，就双双行了福礼。

陈老夫人笑着说顾锦朝："这要给我添孙子了，都已经两个多月了！"

郑太夫人闻言笑了："那你可是双喜临门了，一边又有曾孙，一边又有亲孙。我看等孩子出世了，你左手换右手，抱都抱不过来呢！"

陈老夫人很高兴："孙氏这都六个月了，再有四个月生产，刚好赶上早春。锦朝孩子出生在五月，又是早夏，命数都好。到时候再去请宝相寺的平安符，供长明灯，保准得菩萨庇佑。"

顾锦朝听着笑了笑，拉了把杌子过来坐。

陈老夫人摆手："杌子太硬了，来和我一起坐，垫子软和。"说着拉着她坐在罗汉床上，又招手让孙氏也过来。

孙氏坐过来后，亲亲热热地挽着顾锦朝的手，跟她说话。"三婶娘这是头三月，最辛苦了。我头三月的时候倒是利索，好吃好喝好睡的，都不知道自己有身子了。三婶娘要是想吃酸的，我那里有杏儿脯和酸枣糖，一会儿包了给您送过去。"

孙夫人笑她："你是没心没肺的，你三婶娘的这胎宝贵，人也金贵，哪里像你……"

是自己的亲娘说这话，孙氏就笑了笑。要是秦氏说，孙氏肯定要顶回去。孙夫人这是给孙氏带伺候的婆子过来，正好看看自己的女儿，等到要生产的那个月，还要再过来看。

锦朝是刚有身孕，郑家二太太又是她成亲时的傧相，就难免多说几句，告诉了她很多注意的事。

等锦朝下午回去的时候，陈三爷已经去鹤延楼了。

锦朝现在食欲依然不太好，那些进补的汤喝多了又发腻，接连吃了几天她都不想吃了。就当成药往下灌了，喝完一盅猪蹄甜汤，她立刻含了山楂片解腻。

外头小丫头通传，说表小姐过来了。

周亦萱？顾锦朝刚才还问过陈老夫人，陈老夫人说她感了风寒，这几日都不太爱去她那儿了。怎么又跑她这儿来了？顾锦朝心里疑惑，让丫头放她进来。

周亦萱进来后老半天不说话，盯着窗沿养的雪白的肉嘟嘟的百合花发呆。不像她那日过来，不仅打扮得精致漂亮，连指甲都细细地染过了。

顾锦朝吩咐采芙给她上了金橘泡茶，自己一个人继续做针线。孩子的兜兜已经做好了，她现在做的是孩子的小鞋，半个巴掌大的小鞋，可爱极了。

周亦萱过了会儿才打起精神，笑着问她："三舅母，这是要做给我表弟的吗？"

顾锦朝把做好的那只给她看："正是呢，你看看好不好看。"

周亦萱哪里有心思看鞋，想了又想，才问道："三舅母，你知道那俞家小姐是个什么样的吗？"

顾锦朝早猜到她过来的目的，"嗯"了一声说："我也只见过一次。"

"那……那你觉得七表哥会喜欢她吗？"

顾锦朝抬起头，看到周亦萱脸上有种焦急的神情。

她叹了口气："萱姐儿，不要让别人猜到你在想什么。这话我就当没听到过，娘说你是感风寒了，那就回去歇息着。别再想这些乱七八糟的事了。"

周亦萱低下头，小声地说："三舅母，我知道你人好，我就和你一个人说。小时候我到外祖母家玩，谁都不认识，一直是七表哥带我玩的。他给我抓蜻蜓，用蜡做成琥珀。我不会背《千字文》，总是被女先生打手板，他教我怎么背。他还会用荷叶做小船，会做莲花灯。我从小就想嫁给他。"

顾锦朝脸色一肃："萱姐儿，七少爷已经定亲了。这话要是传出去，坏的是你的名声，快别说了。"

周亦萱笑了笑："没关系，我就和你说了。"

顾锦朝有些无奈，周亦萱还真是天不怕地不怕的性子。

这时候，青蒲走进来，在她耳边说："夫人，七少爷过来了，说是来看三爷的。"

顾锦朝低声问她："没跟他说三爷去鹤延楼了？"

青蒲点点头："说了，七少爷说他就是拿些补品过来，放了就走。"

周亦萱听到"七少爷"三个字，脸上的表情却很惊喜："三舅母，是七表哥过来了吗？"

顾锦朝只能囫囵地点头。

周亦萱有些好奇："他不进来给您请安吗？"

"他是过来看你三舅的，找他有些事，赶着时间呢。"顾锦朝笑着说，"他已经成年了，也就没必要拘束这些虚礼。"

"那我……"周亦萱有些犹豫，"三舅母，我该回去喝药了，明日再来拜访你。"说完就下了罗汉床，提着裙子迫不及待地追出去，远远地都能听到她喊陈玄青的声音。

顾锦朝长叹了口气，这孩子怎么这么不省心。她吩咐青蒲："你跟着表小姐，远远看着她，免得她做了什么不合礼节的事。"

青蒲点头去了。

陈玄青把东西放下就走，没想到身后还追出来一个表妹，喊着他七表哥。他停下来等她，问她有何事。

周亦萱脸色微红，支支吾吾地说："我是想谢谢你，那本赵孟頫的《松雪斋集》写着很顺手。伺候我的嬷嬷都说我的字有长进呢。不知道表哥想不想要什么回礼，我有几方上好的砚台。"

陈玄青听着微笑起来，摇摇头说："不必客气。我听祖母说你近日身子不适，好些了吗？"

周亦萱听到他关心自己，心里更是跳动如擂鼓。

"嗯，吃了几帖药，"本来就是无中生有的病，哪里有什么好不好的，周亦萱很快扬起笑容，"我听说七表哥亲事将近，上次我还看到了俞家小姐，长得好看极了。七表哥也见到她了吗？"

亲事祖母倒是说起过一次，但他没有在意。

陈玄青皱起眉，他是知道自己有一门亲事，从小就定下的，却不知道两家已经到了谈婚论嫁的地步。他的手背到身后紧握，声音淡淡的："俞家小姐已经来过了吗？"

他怎么好像有点不高兴的样子。周亦萱点点头："是外祖母请大家听戏的那天，你不在吗？"

"我在翰林院有点事。"陈玄青说，"表妹先回吧，秋风渐冷了，小心又着凉了。"

旁边的一株银杏树叶子都开始泛黄了，天气确实不如前几日暖和了。

他转身沿着石径走了，周亦萱愣了一会儿，嘴角却扬起微笑，好像七表哥也没有十分喜欢俞家小姐嘛。

青蒲在一旁看了许久，才回去把两人说的话禀报给了顾锦朝。

既然没有什么出格的言行，顾锦朝就不管这事。她只吩咐了青蒲别把这事说出去。

下午陈三爷回来，提了一篓母螃蟹。

"九圆十尖，正是吃母螃蟹的时候，一会儿让厨房蒸了吃。"陈三爷把螃蟹递给孙妈妈。

孙妈妈接过拿去小厨房了。

陈三爷看着锦朝做的小鞋，觉得很有趣："只有我的一个手指长，会不会不合脚？"

锦朝也是做着预备，她也不知道会不会不合脚。她很不确定地想，她的脚虽然不大，但是陈三爷可是大脚，会不会孩子也是大脚。不过小孩的鞋子，都差不多是这么大的。

"要是不合脚再改吧。"顾锦朝把东西收进笸箩里，绣渠端了过去。

陈三爷笑她："傻气，衣服不合身可以改，鞋子怎么改？"

锦朝无言，等到了晚膳的时候，婆子端了蒸熟的螃蟹上来。

锦朝闻到蟹的味道觉得食欲大振，她就喜欢吃这些河鲜海鲜一类的东西。她问陈三爷："螃蟹可是别人送您的？"一边伸出筷子想去夹蟹。

陈三爷的筷子却稳稳夹住她的筷子："是苏州的一个老部下送来的，给各房都分去了。"

顾锦朝一愣，陈三爷夹住自己的筷子做什么。

看她表情疑惑，陈三爷解释："我替你剥。"说着便放下筷子，细细地替她剥螃蟹。

孙妈妈站在旁边，连忙说："三老爷，夫人现在有身子，是不能吃螃蟹一类的东西的。"

陈彦允这才想到螃蟹性寒："倒是把这个忘了，你回头开一张单子，把夫人不能吃的东西列出来给我。"他本来想着她爱吃这些，最近又胃口不好，才特地让人弄来的。

陈三爷让丫头把螃蟹撤了下去。顾锦朝道："妾身不能吃，您吃就是了，没必要浪费。"

陈三爷笑着摇头："不用，一会儿你闻着香味，更是想吃了。"怀孕本来就辛苦，他还是不欺负她了。

螃蟹撤下去，很快端了一道煨牛肉上来。

这时候，陈老夫人房里的绿萝过来了，说陈老夫人请两人过去。

什么事这么着急？这天都已经黑了。

顾锦朝换了件长身褙子，披了御寒的斗篷，和陈三爷去陈老夫人那里。

屋子里点着烛火，照得佛祖的侧脸金黄，陈老夫人正跪在蒲团上念经，听到两人来了，让丫头搬杌子过来。陈三爷看自己母亲脸色严肃，便知道恐怕是有什么不好的事。

等三人都落座了，丫头端了茶上来，给锦朝的却是一杯甜甜的红豆汤。

"今晚萱姐儿过来找我说话。"陈老夫人叹息，"我心里实在生气，你们知道她说什么吗？"

陈三爷微皱眉，周亦萱和母亲说了话，母亲为什么要叫他们过来？难道有牵连三房的地方？

顾锦朝却是心里一跳，周亦萱该不会又做了傻事吧。

陈三爷道："母亲，萱姐儿也算是我看着长大的，您说就是了。"

陈老夫人手里还数着佛珠，低声说："这孩子不自爱啊！她今日过来，说自己喜欢七表哥，还送了自己写的字给他，说她七表哥不喜欢俞家小姐，问我能不能退亲……"说着闭上了眼睛。

还好周亦萱只说了退亲。顾锦朝反而松了口气，幸好周亦萱没说什么"不退亲愿嫁与陈玄青为妾"的话，不然陈老夫人肯定还要气得更厉害。

陈三爷听后静了片刻，室内顿时冷凝，他问："萱姐儿说，她送了字给玄青？"

陈老夫人重重地叹气："所以我才找你过来。就算萱姐儿糊涂，她毕竟没有及笄。玄青可是有功名明事理的，连这点事也不明白吗？他以后要怎么支应门庭？要是玄青没有丝毫表示，萱姐儿会过来说什么退亲的话吗？你回去找他问话，问清楚究竟是怎么回事。"

陈玄青是几个兄弟中最干净的，连近身服侍的丫头都没有，现在却在和俞晚雪定亲的节骨眼上，出了和表妹暧昧私情这样的事，实在是说不过去。

陈彦允紧皱着眉，又问陈老夫人："现在萱姐儿还在您这儿吗？"

陈老夫人点头："出了这样的事，我怎么会放她回去！训斥了她一通，把她关在耳房里，让郑嬷嬷守着她。现在都还在哭呢。"

仔细一听，果然西侧有女子呜咽的声音传来。

"我立刻找玄青过来，把这事问清楚。"陈彦允站起身，吩咐守在外面的书砚几句话。

顾锦朝则握住陈老夫人的手，安慰她："娘，您别生气。好在此事也没有传出去，问清楚解决了就好。我看萱姐儿就是年纪小不懂事，想一出是一出的，也不一定就是真的喜欢。"陈老夫人反握住她的手："你都有身子了，还要操心这些事……唉，我气萱姐儿是生气，我气玄青是怒气。等他来再把事情问清楚，他要是好奇男女之事，就是找两个通房丫头也好，偏偏要去和萱姐儿说话。"说着又摇了摇头，"算了，如今说这些也没用了。你要是觉得累，就先回去歇息吧，免得累坏了身子。"

顾锦朝摇摇头："没关系，我午睡的时候多睡了会儿，现在不困。"

她知道陈老夫人顾虑什么，如果江氏还在世的话，陈玄青的事应该都是江氏负责才。到了一定年龄，他该懂情事了，就要给他找几个通房丫头备着。她现在管三房庶务，这些不能回避。

不多一会儿陈玄青就过来了，穿着一件青布直裰，眉目清秀俊雅。他尚不明白发生了什么事，有点疑惑地请安，又问道："父亲，您找我何事？"

这是两父子的事，陈老夫人和锦朝都不好逾越，就在旁边看着不说话。

看到自己祖母和顾锦朝脸色都不好看，父亲又偏偏是一副云淡风轻的样子，陈玄青心里打鼓。

陈彦允先问他："你有没有私下见过你表妹？"

怎么提到周亦萱了？陈玄青想了想才回答："见过两次，一次是来给祖母请安，她还我那本《白香山集》，再有一次是私下偶遇。"

"哪里偶遇？"陈三爷继续问。

陈玄青顿了一下："我今日去母亲那里看您，您不在我就走了，在路上遇到了表妹。"

"这两次有没有人看到？"

陈三爷的问题越来越逼近，陈玄青也察觉到了一丝端倪，恐怕是有什么关于他和周亦萱的流言传出来了。他这次想的时间长了些，慎重回答："前一次就是在祖母的院子里，有洒扫的婆子看到了。第二次……"他抬起头，看了顾锦朝一眼。

他看她做什么？难不成他知道自己让人跟着他了？

顾锦朝心里有些犹豫。她派青蒲去跟着周亦萱，那是因为她知道周亦萱的心意。但是现在她却不能解释这件事，自然眼观鼻鼻观心当成没看到。

陈玄青回过头，淡淡地说："没有，只有我和表妹两个人。"

陈彦允听后闭眸片刻，又问："萱姐儿送你一幅字，是怎么回事？"

陈玄青觉得奇怪，低声说："她没有送过我字。"陈彦允不说话，冷冷地看着他。

陈玄青低下头，却毫不退让。

陈彦允叫了婆子进来吩咐，婆子领命去了。他又向陈老夫人使了眼神。

陈老夫人心领神会，带着顾锦朝先去了偏房小坐，让婆子给她抱了一床褥子过来，说道："你睡着等吧。"顾锦朝也没有拒绝，她确实有点冷了。拥着暖和的被子躺在炕上，她静静地听着。

夜里太静了，中间又只有隔扇，她还能听到那边的动静。

很快就有人回来了，跨了门槛进去。

陈三爷的声音冷冰冰的："这又是什么？"

陈玄青过了片刻才解释："这……这是表妹练好的字，她说让我帮她看，有没有写得不好的地方。"他急急地解释，"父亲，这不是她送给我的！我怎么会要她送的东西呢。"

陈三爷打断他："如果是别人发现了这东西，会听你这番说辞吗？你都已经这么大了，做事就不考虑一下。她年纪小不懂事，你呢？无论是什么理由，你都不该收她的东西。要是此事传出去了，谁会听你的理由。现在我问你……"

陈老夫人有些坐不住，嘱咐绿萝在这里陪着顾锦朝，自己起身去了那边。

顾锦朝听到陈三爷轻轻地问："你和萱姐儿，有没有私情？"

陈玄青说："没有。您大可找表妹过来问清楚。虽然我不知道这事是谁说的，但我们肯定没有私情。"语气十分坚决。

顾锦朝听到这里，心中隐隐有个猜测。陈玄青该不会是以为，自己看到了他和周亦萱私下见面，所以去告发他吧？要是不了解周亦萱的人很可能会这么想，毕竟不是谁都有勇气去说那种话的，仔细想想还真是合乎情理。

她靠着迎枕，听着听着觉得困倦了，另一边的声音模糊不清起来。

采芙见她睡着了，轻手轻脚地帮她掖好被角。

佛前的烛台，灯火投在姜黄色细葛布帷帐上，影影绰绰的。

陈玄青抿着唇，跪得笔直。他没有做过什么错事，他不会心虚，也用不着心虚。

他当时看到青蒲跟着自己了，阳光把青蒲的影子投在石砖上。刚才他在顾锦朝那里见过她，认得出她头上那只佛手银簪的样子。陈玄青当时并没有理会，以前顾锦朝也常派丫头跟着他，还以为她是派丫头过来和自己说什么事，看到周亦萱在场就不好说……万万没想到，他晚上就被找来问话，还是问他是不是和周亦萱有私情。顾锦朝，你究竟要做什么？

陈老夫人又问他："你们私下见面，你可曾对萱姐儿说过什么话？你是不是说过你不喜欢俞家小姐，或者你言语上对她有所亲昵？"

陈玄青笑了一声："你们什么都清楚了，还问我干什么？"

"你这混账东西，你、萱姐儿可是你表妹。你都定亲了，怎么还能做这种事！"陈老夫人听到他的话，更是气不打一处来。

陈玄青静静地说："定亲？什么时候的事，您都没有告诉我，我怎么会知道。"

"陈玄青！"陈三爷冷声喝他，"你怎么和你祖母说话的！"

陈老夫人却听出陈玄青话里的寂寥和愤怒，又叹了口气："不是祖母不让你知道。我前几日请俞夫人过来，就是看出端倪，想掐断萱姐儿的心思，没想这丫头还是个倔强的。具体的婚期还没有定下来，我本来打算定下来才和你说，结果你……"

陈三爷扶着陈老夫人坐下，端了茶给她。

他再走到陈玄青面前，声音缓和了些："慈母多败儿，你母亲宠爱你，所以我才要对你更严厉，事事都要求你比其他几房的兄弟做得好。你是嫡房嫡长子，比不得你弟弟轻松。陈家没有无故退亲的事，也不能出现有伤脸面的事。明日我就让人送萱姐儿回去，你以后再也不准见她了，你明白吗？"

陈玄青沉默地点头。

婆子送了陈玄青离开。陈三爷又和陈老夫人商量了一会儿，决定把陈玄青和俞晚雪的婚期提前，先暂定在十月初。"您明日请了郑太夫人做媒人，去俞家说项把日子定下来吧。玄青也该有个人陪在身边了。"

陈老夫人点头，叹息："要不是早已经定亲了，他想娶萱姐儿倒是无妨……"

陈三爷摇头："玄青的媳妇以后是宗妇，萱姐儿的性子不适合。就是他没有和俞家小姐定亲，我也不会同意的。"虽然和俞家的亲事是早就定下的，但是陈三爷最终承认俞晚雪，也有她性格方面的考量。

陈老夫人说："问你你倒是没意见，还真是什么都考虑了。"她的这个儿子，官场里浮沉久了，什么都看得清楚，考虑问题十分透彻。

陈彦允微微一笑："就算您对我的夸赞了。一会儿您和萱姐儿把事情利害说清楚，她也是年纪小犯糊涂，又被家人宠过头了，想要什么就有什么的，这可不行。"

"放心吧，我一会儿就去劝她。"陈老夫人说，"锦朝在偏房里头，我怕她犯困了。"

陈彦允走进偏房里，发现锦朝已经睡着了。

采芙看到他过来，想叫锦朝起来。

陈彦允摆摆手示意不用，弯腰把锦朝打横抱起。她有点意识到了，却也没有醒过来，反倒是把头埋进他怀里，像只猫一样蜷缩起来，睡得乖乖的。

怀了孩子还这么轻，也不知道平日有没有好好吃饭。

陈彦允凝视着顾锦朝的侧脸，目光幽深。他想起他问陈玄青话的时候，陈玄青抬头看了锦朝一眼。

当时陈玄青解释的时候，说的是"我今日去母亲那里看您，您不在我就走了，在路上遇到了表妹"。依照他审问别人的经验，这句话明显地解释过度了，一般是犯人心虚的表现。

陈彦允替她系好了斗篷，才抱着她走出檀山院。

他平时钩心斗角算得多了，连家人的言行都开始怀疑起来。或许真是一句简单的话吧，是他想多了。

第二天周亦萱就离开陈家了，陈老夫人给了二十两银子的程仪。

秦氏在自己正房里听各处管事妈妈来汇报，忙活了一上午。

秦氏把账本放在一边，喝了口茶才说："蒋妈妈，你说四房两位少爷回来，新添置了笔墨纸砚。这钱也应该上账目才是。不然我向太夫人回话的时候，怎么说得清楚呢，你说是不是？"

她一双丹凤眼，眉毛压低，不怒自威。

蒋妈妈踮着脚去看账本，还真是没找到这笔银子，笑着说："是奴婢这几日忙过头了，回头就添上！"

秦氏又笑了笑："蒋妈妈近日忙什么呢？"

蒋妈妈呵呵地笑："也没什么可忙的，就是添了两位少爷的日常，总要辛苦些。"

回禀完她就退了下去。

秦氏觉得蒋妈妈前言不搭后语的，明显是藏着事的。叫了含平过来，让她去打听四房的事。

这时候，她的贴身丫头含真过来禀报："昨晚三老爷、三夫人被太夫人叫去说话，随后又喊了七少爷过去。一直到大半夜才走。"

秦氏掌陈家庶务多年，人脉根深蒂固。闻言皱了皱眉："昨晚找了三房的人说话，今天就把萱姐儿送走了，我还正奇怪，怎么萱姐儿脸色白成那样。七少爷也没有去送……你说这是因为什么？"

含真笑了笑："您说是什么，那就是什么呗。总之现在都是无中生有的了。"

秦氏又喝了口茶："娘送走了萱姐儿，就去了胡同找郑老夫人，说是要请她做媒，正式向俞家提亲。萱姐儿肯定跟咱们七少爷有事，可惜都过去了。"

含真替她整理乱七八糟的账本："夫人，您每日做这些也真是辛苦。"

秦氏叹了口气："辛苦就算了，有回报就好。二爷常年在陕西，也就是过年才能回来几天，我一个女人，不过是想撑着二房罢了。就怕你做得再好，这些都要落入别人之手，到头来什么也没有。"她嘴角露出一丝冷笑，"有的时候我倒是羡慕三弟妹，也不用做什么，反正都有三老爷护着。现在又怀孕了，全家上下都拿她当宝。"

跟含真说了会儿的话，先是几个媳妇过来给她请安，然后是姨娘过来给她请安。最后郑妈妈带着陈玄越过来。陈玄越却哭闹着死活不肯进去，在门口和郑妈妈扭打了起来，闹得不可开交。

秦氏听得头疼："快把人弄进来。"

陈玄越最后被婆子弄进来，嘴唇破了一个口子，鲜血直流。郑妈妈想给他擦擦，他躲避着死活不干。

秦氏说："你怎么伺候他的，又弄成这样？"

郑妈妈忙笑笑："您、您新给他的丫头弄坏了他喜欢的花瓶，闹脾气呢！奴婢劝了半日都不顶用，九少爷还要打奴婢。刚才就是用力过大，跌在台阶上了。"

陈玄越哭得浑身颤抖，眼泪混着血往下流。

秦氏对陈玄越的事都是睁一只眼闭一只眼，闻言就挥挥手："回去训丫头两句，带他下去吧，把伤口包扎了。"

郑妈妈应诺带着陈玄越下去了。

第九章

贪墨

俞家那边很快就回了话，陈老夫人和俞夫人商议之后，把婚期定在了十月初五。

陈玄青对此不置一词。

顾锦朝怀孕的消息很快传到了大兴，顾怜省亲的时候听冯氏说起。

"这么快就怀孕了？"她有点不可置信，"这不是嫁过去一个多月就怀上了。"

冯氏点头道："她那是命好，刚好陈阁老唯一的嫡子陈七少爷又已经成人了，生出来也是全家都宠着。"冯氏不太想提顾锦朝的事，拉着顾怜的手问她，"文秀待你可还好？"

顾怜点了点头，想了会儿又摇摇头。

冯氏皱了皱眉："这孩子，究竟是好还是不好？"

顾怜不如原来爱笑了，因此气色也没有原先好。

"说他好也是好，关心我照顾我，平日有什么好东西也记得给我。就如这对墨玉手镯，墨玉白玉底，还是他向他母亲求来给我的。"顾怜挽了袖子，给冯氏看。玉的质地纹路皆是上品。顾怜又接着说："要说不好，成亲大半个月后，他就让两个通房丫头侍寝了。"

冯氏听了皱眉："这事你怎么没和我说过？"成亲头一个月新房是不能空的。

顾怜喃喃地说："我……我怎么好意思！"

冯氏觉得这事很严重，问她："难不成他母亲也不管吗？"

顾怜说："她哪里知道！而且就是在我那里，偏房里头。他午睡醒了让丫头进去伺候，一刻钟的工夫。还是兰芝听到声音觉得有异样，才去看了回来告诉我的。"

原来不是过夜。冯氏又问她："你后来怎么办的？"

顾怜说到这里觉得胸口堵得慌："我想冲进去骂他一顿，竟然白日宣淫，但是嬷嬷拉住我，说不能闹大了，等他出来再问问他。我就捺着性子等到了晚上，他说是那个叫依兰的撩拨他，安慰了我一会儿。第二天他就罚了依兰两个月月例，我心里不舒服，为难了她几天。"

冯氏稍微松了口气，幸好派了得力的张嬷嬷跟着她，不然还不知道要闹出多大的事。她跟顾怜说："这样的事你就不能闹，要学着去拿捏丫头，你后来给那丫头喝药没有？"

顾怜说："我都气得糊涂了，哪里还记得药的事！"

冯氏气不打一处来："要是真有孩子了，你以后更要生气了。这事和你母亲说没有？"

顾怜轻轻地摇头，冯氏就让人请了二夫人过来，二夫人又叫了张嬷嬷来问话。

张嬷嬷答道："太夫人尽可放心，汤药奴婢都看着呢，一直没少给。"

二夫人气得眼眶通红："姚文秀胆子也太大了，就算真是丫头撩拨，难不成他就忍不住吗？"

冯氏先让顾怜避出去喝茶，跟二夫人说："你明日就去一次姚家，把这事告诉姚夫人。就说顾怜是不忍心说，找我们诉苦，让姚夫人给姚文秀敲敲警钟。这孩子人品倒也不坏，就是太轻浮了。"

二夫人说："要是不轻浮，也不可能和顾澜出那样的事。"

冯氏叹了口气："算了算了，都已经嫁过去。这种事别在意就什么都好，就怕怜姐儿心不宽。"既然提到了顾澜，冯氏就问了张嬷嬷一句，"她没闹事吧？"

张嬷嬷笑着摇头："乖着呢。晨昏来给三太太请安，对她冷言冷语都笑着脸。要说不好的，就是姑爷也对她好，平时都尽量照顾她，吃穿用不缺。嫁过去后还没有和姑爷行房过。"

二夫人听了紧皱着眉，她竟然这么忍得住？"早知道那时候，我们就该弄死她。就怕她又弄出许多事来。"

张嬷嬷说："您放心，她生不出孩子，成不了气候的。"

冯氏说："暂且不理顾澜吧，那两个通房丫头可要看好，最好每天都喝汤药，万无一失。"

张嬷嬷应"诺"，先退出去了。

二夫人又和冯氏说："顾锦朝有孕，咱们要不要派个婆子过去伺候？"

冯氏冷笑："陈家缺不了伺候的，何况她现在翅膀硬了，哪里用得着我们管。"又说，"面子上的功夫少不了，你去跟徐氏说一声，让她买了进补的药材和乌鸡、鸽子之类的送过去吧。"

二夫人刚点头，茯苓就挑帘进来，脸色发白地跟冯氏说："太夫人出事了。"

顾锦朝刚收到了外祖母送过去的东西，各式补药，用锦盒装着的五十年人参，上好的天麻、当归等药材，还有鸡笼子里关着一对肥硕的母鸡，一大盒的鸽子蛋，一篓鸡蛋，还特地带了几条活的四鳃鲈。就这些东西堆了一整车，搬东西都用了小半天。

孙妈妈对了单子，让人把东西都搬去后罩房，后罩房满得都快放不下了。

陈曦练了琴过来玩，锦朝就喂她吃送来的板栗糕。

因为练琴，她几个手指头疼得动都动不了，弹得不好还要被先生打手板，学得哭哭啼啼的。锦朝想起自己学琴的时候也是这样，有时候动不了筷子还要丫头喂饭，心里很理解她。

她回头就跟陈三爷说："不如让曦姐儿歇息几天，手指头都肿了。"

陈三爷翻了一页书，淡淡地说："不行。"

顾锦朝拉他衣袖："三爷，您也别对孩子太苛刻了。女孩儿要娇养，你看曦姐儿都不和你亲近。"

陈三爷有点无奈地放下书，觉得她怀孕之后性子活泼了不少，竟然还过来打扰他看书。他又不忍心不理她："学琴是她自己说的，我可没逼她。先生怎么教我不会管的。"说完继续看书了。

顾锦朝心想先生怎么教还是他授意的，陈三爷对孩子一向要求严格。她就没再帮陈曦求情，只是送了化瘀的药去陈曦那里。

陈三爷看完了书，过来抱她，摸了摸她的肚子："似乎大了些。"

顾锦朝说："我才吃了一盅猪蹄汤，应该是大了些。"还不到三个月呢，怎么会显怀。

陈三爷笑着不说话，过了会儿又问她："你也是娇养大的吗？"

顾锦朝说："我不算是娇养。我比较调皮，以前住在外祖母那里，还会跟着丫头爬树，拐着表哥带我出去玩。要是吃糕点，必然弄得满炕都是，让丫头收拾半天。不过外祖母比较宠爱我，不会责怪我。"

陈三爷想到那一车的东西，纪氏肯定是很宠爱顾锦朝的。

"上次见到她老人家还是在宝坻的时候。等你生了孩子，我和你一起去拜访她吧。"

顾锦朝心想陈三爷上次去还是陈暄嫁到纪家的时候，纪粲要喊他叔父的。那时候一大群人围着他，当时她可没想到自己还会嫁给他，想着觉得有点为难，又拉了拉他的衣袖："三爷，陈暄嫁给纪粲表哥，您又比我几个表哥高一辈。再去拜访外祖母的时候，这称呼不就乱了。"

陈三爷看她眼睁睁看着自己，就把她揽到怀里，低声说："没关系，我吃点亏吧。"他继续摸着她的肚子，在她耳边问，"锦朝，要是孩子生下来像你一样调皮，该怎么办？"

顾锦朝想了想说："孩子调皮些也好，长大了身子骨好。"

陈三爷笑了笑："要是像你一样调皮，我可是会揍他的。"

顾锦朝想到肚子里这个小家伙被陈三爷揍得哇哇大哭，心里就有点不舒服，应付他说："到时候说吧，指不定这孩子就很文静听话呢。"

陈三爷听后笑得不行，传话让书砚过来："跟四小姐的琴师父说，休息一日。"

顾锦朝不知道他怎么就妥协了。

"免得你觉得我不近人情，"陈三爷说，"本来这孩子意志就不坚定，我是想磨炼她的。不过要是手指头磨破了，恐怕就要歇一段时间了。"

顾锦朝腹诽，他还不是怕耽搁曦姐儿学琴，不过能休息就好。招过采芙，让她去陈曦那里传话。

陈三爷拿起书又放下，笑道："你放心吧，我不会揍他的。"顿了顿，"最多就是罚他抄书了。抄整本的《史记》，抄多了还能背下来，也是有好处的。"

顾锦朝叹了口气，低头小声说："你还没出来呢，就有人想着怎么折腾你了。"

陈三爷突然把她抱进怀里，捂住她的嘴，也低头说："你娘亲诳你的。"却不肯再放她走，牢牢抱着她的腰。

顾锦朝想到自己还有账本没看，在他怀里挣扎："三爷，妾身还有事……"

"嗯，我知道。"他轻轻地说，她那摞账本都看了大半天了，都是她的嫁妆，他不好插手帮她看。

锦朝的气色越发的好，肌肤白里透红，身上那股茶花的香越发浓郁。挣扎之间撩动他的身体，手底下的肌肤又白腻软滑，像上好的绸缎。原先禁欲的时候还不觉得有什么，和她成亲之后，却总是按捺不住。发现她有孕到现在，两人一直没有亲热，他连抱着她睡都不敢了。毕竟孩子要紧。

"锦朝。"他去含她的耳垂，轻轻地舔弄。

顾锦朝看到自己那叠账本，心想今日是看不完了。感觉到他的手已经摸到了腰间，她抓紧他的手臂想阻止他："三爷，不行的。"

"嗯，放心，我有办法。"他翻身把她压在身下，整个人笼罩她，呼吸更炽热了些。

丫头们早退出去了，在门口守着。

江严这时候却过来了，跟青蒲说："麻烦姑娘替我通传一声，有急事。"

青蒲犹豫半天，三老爷正和夫人……既然是急事，她也怕耽搁了。只能硬着头皮隔着帘子通传。

衣服窸窸窣窣的声音，推拒，混乱，细声的安慰，终于没有声音了。

陈三爷的声音才传出来："让他到书房里等着。"

等陈三爷走了，锦朝便继续看账本。

天色渐暗，青蒲端了烛台过来。

锦朝叫住她说话，把账本放在一边："你坐下，我们慢慢说。"让其他丫头都先退出去。

青蒲有些疑惑，依言抓了把杌子过来。锦朝神色平和，她反倒觉得有点局促了。

"前几日，二夫人房里放出去白芙、白芷两个到了岁数的丫头，都是十七岁的年纪。二夫人还各给了十两银子、一对赤金镯子做添箱，嫁的也算是好人家。我看你今年就快二十了，早过了适合放出府的年纪。"锦朝叹了口气，"原先，是我耽误了你。你总不能伺候我一辈子，不如我给你找了合适的人，就是不知道你有没有打算。"

青蒲听后久久不语。嫁人的事她不是没有想过，但也只是想想而已，她这样的人是找不到好人家的，还不如一直伺候着夫人。但要是不嫁人，别人背后怎么说她的，她其实也知道。她低声问："夫人，可是觉得奴婢伺候得不周到？"

顾锦朝笑着摇头："我是怕别人说我刻薄！何况你若是愿意，嫁人之后也可以继续伺候我。怎么会嫌弃你呢，你是陪着我长大的，我是希望你过得好。"

青蒲听后安心不少，露出一个笑容："奴婢伺候夫人，过得就很好，别的也没有什么奢求。"想到要成亲，她心里还是有些别扭，她不明白自己是怎么想的。

顾锦朝早就想给青蒲找个好婆家。青蒲这么大还没许配人，别人看她是大丫鬟，当面不会说，私底下却会议论。就像当初王妈妈说青蒲的那些话，不也是充满了鄙夷。一个女子便是再好，到了年纪不嫁人，大家都会有微词。何况锦朝也不想她老无所依。

听到她并不反对，锦朝就笑着问她："你看看什么人合适，我的陪房或者掌柜的儿子，这院子里护卫、管事的儿子，你平日有没有觉得好的？"想到自己那些陪房她不熟悉，又说，"不如我让罗掌柜挑了合适的人，做了册子送过来。"

青蒲听得脸都红起来："夫人，奴婢哪里有这么大的面子！"还让她来挑选。

锦朝笑笑："没事，又不是就决定了，也要问问人家的意思。你是我的贴身丫头，哪里没有面子了。"

说完喊了绣渠进来，让她去找佟妈妈过来说话。

很快陈三爷就回来了。

"锦朝，我想和你说件事。"陈三爷让她坐下来，语气温和。

顾锦朝正好也有事和他说，依言坐下来，好奇地看着他。

　　江严来禀报的肯定是朝事，难道三爷现在愿意把这些事说给她听？锦朝觉得不太可能。

　　陈三爷说："是有关顾家的事。你二伯父顾德元因为贪墨被停职拘禁了，还没有定罪，但是都察院和大理寺的人已经开始查他了。"

　　顾德元自己就是右佥督御史，竟然监守自盗？

　　顾锦朝突然想起她原先偷听顾德元和冯氏说话的时候，冯氏说他"是不是收了府同知的银子"。顾德元肯定是不干净的，难道是东窗事发了？但是陈三爷告诉自己做什么？

　　陈三爷继续说："顾德元察觉到要出事的时候，托人给我带了信，想求我保下他。"他一向不管这些事，不过既然这人是顾锦朝的二伯父，他还是告诉她一声比较好。

　　他让她坐到自己身边来，跟她说："锦朝，原先我去顾家的时候，觉得他们对你不太好。平日里你二伯父也常给我送东西过来，珍稀之物不少，我都退回去了。但是你有孕到现在，顾家却连个人都没派过来。"

　　顾锦朝抬头看他。

　　陈三爷说："我调查过你们家，也知道我岳父是怎么分出去的。回来之后他们待你如何，你没嫁给我之前，在顾家并不受重视。是不是？"

　　顾锦朝沉默了一下，原来她的日子确实过得不太好。母亲还在世的时候，她要对付宋姨娘。母亲死后她回到顾家，又要小心翼翼地讨好冯氏。嫁给三爷后她的日子活得太舒心，原来那些都不算什么了。

　　陈三爷想到她受过这么多苦，心里就忍不住怜惜她。他继续说："原来的事我不打算追究，但我也不太喜欢他们。"他低下头询问她，"但我也想问问你的意思，我要是置之不理，你会生气吗？"如果顾锦朝想顾念亲情，让他救人，他也不会反对。

　　顾锦朝摇摇头。

　　她也不是什么好人，没有什么以德报怨的想法，也不想三爷包庇本来就有错的人，他为张居廉做的事，让他背负骂名，她不愿意看到。陈三爷虽然不是良善之辈，但他有原则有自尊。于情于理，她也没有让三爷包庇顾德元的打算。

　　锦朝犹豫了一下，跟他说："三爷，您怎么想就怎么做吧。要是真的二伯父有错，犯错了就要承担，我觉得很对。"

　　陈三爷笑了笑："你能想明白就好，我还有事，晚上回来看你。"

　　他走后不久，采芙过来通禀，说七少爷过来看曦姐儿了。自从上次周亦萱说和他有私到现在，顾锦朝还没有见过他。

　　陈玄青给陈曦提了几盒糕点，先给锦朝请安："母亲安好，我本来是想去看曦姐儿的。没想到她在您这里，倒是打扰您了。"

顾锦朝自然说没什么，心想陈玄青这又是怎么了。该不会还在在意周亦萱的事？她还是解释一下吧，前几天难得和他关系缓和了点，现在又变得寒冰一样。毕竟他是陈三爷的嫡长子，以后喊她母亲要喊几十年的。

丫头端了杌子过来，陈玄青拆开盒子，喂陈曦吃糕点。陈曦自己拿了块小小的绿豆糕，爬到炕上，把糕点喂给锦朝吃，并且很期待地问她："好不好吃？"

她手指上还有股红枣的味道，顾锦朝说"好吃"，又告诉她："不能吃太多，你刚才就吃了好几块茯苓糕。"

陈曦笑着点头，又和陈玄青说了会儿话。

陈玄青待妹妹非常的温柔，绿豆糕喂她吃了小半，陈曦说不吃了他才收拾东西。

顾锦朝跟安嬷嬷说："嬷嬷带曦姐儿去外面走走吧，吃了这么多糕点，恐怕要积食的。"

安嬷嬷应下来，领着陈曦去后院的小花园玩了。

陈玄青起身要走，顾锦朝才说："你先坐吧，我有事想和你说。"

陈玄青淡淡地说："母亲有事就说吧。"

顾锦朝看了看，内室里只有采芙在，方才跟陈玄青解释道："那日我让青蒲跟着你们，你看到了吧？你肯定以为，是我向娘告密了。其实我让青蒲跟着萱姐儿，是因为她在我这儿说了些出格的言论，我怕她做出什么不妥当的事。"

"你为什么要解释！"陈玄青却突然出言打断顾锦朝的话。

他俊脸紧绷，看起来很生气，刚才的淡然不过都是装出来的。他直直地看着顾锦朝，根本就不信任她："如果你不心虚，又何必解释！反正我也背上了和表妹有私情的骂名，说这些又有什么意思？"

顾锦朝没想到一向冷淡的陈玄青也会发火，一时间怔住了。他怎么生这么大的气！这事和她又没有关系。

"你何必激动，我是不想以后你都冷着脸。毕竟都是三房的人。当然我也不喜欢别人误会我。"顾锦朝紧皱着眉，"你和萱姐儿的事，我当时没有替你说话，是觉得不好说清楚。但你和她本就是异姓表兄妹，这些问题她不注意，你也要注意。她言行之间有异样，难道你就看不出来吗？"

陈玄青听后深吸一口气，才平静地说："刚才是我太激动。既然这事和你无关，那你就没必要多说了。你是我继母，我该怎么对你依旧是什么样子，不会有什么困扰。"

顾锦朝觉得他其实还是不太相信的，不过她就说到这里了，陈玄青不信就不信吧。

"我要说的都说了，你退下去吧。"顾锦朝说完，拿起未看完的账本，不想再理会陈玄青。

夕阳的光照在她乌黑的发上，有种绸缎般的光泽，肌肤胜雪柔白。顾锦朝的长相实在是太让人惊艳。

陈玄青看着她，静静地站了很久。他买给曦姐儿吃的糕点就放在炕桌上，刚才曦姐儿去喂她吃。夕阳之中的一切都有寂寥而失落的感觉，他却还是能感觉到心里的一丝异动。再怎么愤怒，再怎么冷淡都掩饰不了想接近她、柔和地对待她、和她好好地谈话的冲动。

"如果不是你说的，祖母怎么会知道我和周亦萱说了什么？"陈玄青说。

顾锦朝抬起头，叹息着说："那是萱姐儿自己去说的，她犯傻而已。"

"就像你一样吗？"陈玄青突然问。

顾锦朝皱了皱眉，什么意思？什么和她一样。

"那我先走了。我误会您，也是事出有因。也许我是把自己想得太重要了。"他露出一个自嘲的笑容，"对不起，母亲。"说完便转身离开。

顾锦朝看着陈玄青离开，觉得他样子有些古怪。不过事情还是说清楚了好，她松了口气。

孙妈妈进来，跟顾锦朝商量晚膳的事。

采芙悄悄退出西次间，陈玄青走得很快，她小跑着才勉强赶上他。

"七少爷，您等下，奴婢有话和您说。"

陈玄青停下来，看到是顾锦朝身边的丫头，皱了皱眉："什么事？"

采芙也觉得这样贸然拦住他不合礼数，她却顾不得这么多。她犹豫了一下，才屈身说："奴婢只有一句话，过往的事夫人已经放下了，夫人嫁到陈家是因为三老爷，没有别的原因。所以您也放下吧。"

"我没有放下吗？"他嘴角露出一丝笑，"你这是什么意思？"

采芙苦笑："奴婢不敢多嘴，先退下了。"

她很快退回去了，陈玄青手发抖，他握紧手克制住。

采芙看出来了。如果再这么下去，谁都能看出来。他自己也发现自己不正常，毕竟他也不是什么都不懂。他闭了闭眼睛，再睁开的时候平静了许多。

这里已经离木樨堂很远了，他看着远处秋风吹落的银杏叶静默。其实他知道应该不是顾锦朝，如果顾锦朝真的想害他，那这件事肯定会闹得众人皆知。他一向看重自己的名声，平时恪守礼节，酒色不沾身。如果要摧毁一个人的自尊，不是从他最在意的地方开始最快吗？但是这件事只有祖母和父亲知道。而且很快就被控制了。

其实他就是想找一种情绪来压制自己，是什么都无所谓，恨她是最好的。

偏偏他心里明白，无论怎么都恨不起来了。

陈玄青刚开始明白自己的心情时，觉得很恐惧。他从小就不做出格的事，更不允许自己的思想出什么问题。几个堂兄开始和他说女人的时候，他觉得这些事太污秽，从来不屑同流合污。想不到现在，他竟然有比这更可怕百倍的想法，这怎么能不令他恐慌！

如果当初顾锦朝喜欢他的时候，他也恰好喜欢她，然后娶了她，他的心思也不必像现在这样复杂混乱。偏偏要等到人家不屑一顾了，他才察觉到自己也许有点喜欢她了。

当初他是怎么羞辱顾锦朝的，现在想起来觉得十分可笑……虽然那时候的顾锦朝大胆又不知检点，但她是喜欢他的。但就像顾锦朝今天说周亦萱的话，"不过是犯傻而已"。她的一句话就把她的过往完全否定了。以后离顾锦朝远远的吧。

陈玄青平静下来，继续往外院走去。

几日后，曹子衡给她送了一封信来，信中说的就是顾德元贪墨的事。

顾德元被拖下水，是因为应天府府同知出事后被拷问的时候把他供出来的。应天府府同知为官数年，贪污成性，也因为贪污做过不少昧良心的事。顾德元作为都察院佥都御史，包庇府同知，明知故犯。顾德元这次恐怕不好脱身，就算不是削职查办，恐怕也难逃贬黜。

顾德元知道府同知出事的时候，就让冯氏找了姚家求助，但是姚大人在内阁立足不深，不好帮忙。曹子衡说估计也求助了陈三爷，但究竟怎么样他不清楚。曹子衡又说起王玄范的事，自从牵扯进官盐倒卖的案子后，他的地位大不如前。听说最近又殿前失仪，被皇上贬黜为扬州知府，当朝竟然没有一个人为他求情。

顾锦朝看完之后想了许久。如果到处索求无门，冯氏必定会求到她头上来。顾德元是她唯一的儿子，她不会让顾德元出事的。

如果顾德元没有做昧良心的事，顾锦朝倒也不是不会帮，毕竟一笔写不出两个顾字。但是现在发展到这个地步，顾锦朝不想陈三爷因为她牵扯进来，徒增骂名。只能到时候再看了。

不过曹子衡倒是说了很重要的一件事。

原来王玄范被贬为扬州知府，并不是因为陈三爷，而是因为殿前失仪。当今皇上现在十三岁，虽然还是个青涩少年，但是他该懂的肯定都懂了。贬黜王玄范，是别人授意他的，还是他刻意为之？

少年皇帝在位期间江山稳固，虽然朝廷动荡不休，但是百姓安康，天下繁荣兴盛。从一个傀儡皇帝到英明的君主，恐怕不是这么简单的事。

如果三爷身边真的有危险，究竟是谁在背后害他呢？

顾锦朝不得不在这个名单上加个皇上，除了张居廉，陈三爷还明显受制于皇上。

她想了很多，随后端了烛台过来烧了信纸。

而陈三爷此时正在鹤延楼里和陈义说话。

"两个工部侍郎属下都查过了，季秋平为官二十年，信奉中庸之道。现在年近花甲，在工部德高望重。而范晖是嘉靖四十年的进士，比您低了两科，当年是二甲第四名。现在也不过三十六岁。"

王玄范退出内阁之后，新任工部尚书很可能就是内阁大臣。这个人选尤为重要。

陈义说："江先生觉得季秋平升任的可能大些。"

"也不排除有别的人会入阁，仔细注意着张大人的动静。"陈三爷跟他说的时候停顿了一下。

陈义看到陈三爷沉思不语，就问："怎么了，您觉得有什么不妥？"

"我在想，王玄范殿前失仪是好是坏。"陈三爷嘴角一翘，"原先觉得不太好，现在仔细想想，倒也不是没有好处。"工部两个侍郎都不是他们张系的人，对于平衡内阁势力很有好处。

陈三爷隐隐觉得，张居廉在防备自己。而这种防备张居廉自己都没有察觉。

陈义犹豫了一下，跟他说："对了，您让属下派人暗守木樨堂，要是有什么情况就和您说。属下不知道这件事该不该说。"

陈三爷自己遇刺之后，就在木樨堂安排了护卫，就住在前一进堂屋偏房里，顾锦朝都不知道，他怕她知道了会觉得不自在。不过他是担心锦朝的安危，本来还打算再过几天就让护卫回来的。

他点头："你说吧，什么事。"

"七少爷今日去看四小姐，在夫人那里逗留了会儿，其间似乎有所争执。不过隔得远，护卫也不太确定说的是什么，七少爷似乎对夫人言语之间不太尊敬。"陈义听到护卫说之后，也不太确定要不要说给陈三爷听。不过想想，要是夫人和七少爷私下有什么不快，陈三爷也应该知道。

出乎他的意料，陈三爷听后竟然微皱起眉，沉思了很久。随后他问陈义："当时房内有谁在？"

陈义说："好像只有夫人的一个贴身丫头，四小姐让嬷嬷带出去了。三爷，是不是七少爷有什么事和夫人闹得不愉快。我看七少爷走出来的时候走得很快，挺生气的样子。"

陈三爷淡漠地说："就算再怎么生气，也断然没有向继母动气的道理。"

陈玄青几次看到顾锦朝都不自在，他原来以为是因为顾锦朝的身份让他尴尬。但是从周亦萱的事情来看，陈玄青似乎远不是因为尴尬。他一个信奉"君子之交淡如水"的人，怎么可能对继母不尊敬呢。而以锦朝的性子，也不可能做什么出格的事让他愤怒。除非他跟顾锦朝本来就认识。但他竟然从来都不知道这两人认识。

三爷这话是什么意思？陈义不太明白，但他明显发现自己说了这件事之后，陈三爷表情不一样了。他不由得有点后悔，这种内宅私事还是不说比较好，谁知道三爷是怎么打算的。

"三爷，这也算不得什么事，说不定是因为四小姐呢。"陈义忙说，觉得自己额头冒冷汗。他越想越觉得这事不对，七少爷和夫人都不像是脾气不好的人，怎么可能平白起争执呢。幸好屋子里还有个丫头，不然难免让人多想了。但这个丫头，又是夫人的贴身丫头，说话做事肯定都是向着夫人的。

"要不，属下去查查看？"陈义试探着问。

陈彦允心里闪过几种念头，不管怎么说，顾锦朝肯定有事瞒着自己。他不喜欢她有事隐瞒他，也不喜欢有关她的事情超脱自己的掌控，这让他觉得焦躁。但是他也应该尊重她，相信这些事都是误会，是他想多了。一个继母一个继子，能有什么呢？

他闭上眼睛，过了会儿才睁开，淡淡地说："不用了，这事就当没有发生过。"

晚上他回木樨堂的时候，顾锦朝不在屋子里。

他自己去净房换了衣服出来，拿了本书看。外面天色都黑了，顾锦朝还没有回来。

陈三爷放下书，发现她做绣工的笸箩就搁在炕桌上，里面还有只没有缝完的孩子的鞋。他拿着小孩的鞋子看，想这么小的东西，她绣的老虎头还栩栩如生的。

丫头捧了杯君山银针上来，陈三爷喝了口，觉得没有平日的茶水香，放在一边后问那丫头："夫人呢？"

丫头回道："奴婢不是贴身伺候的，不太清楚。青蒲姐姐刚才去外院针线房领东西了。"

陈三爷让她下去，又等了两刻钟，才听到锦朝和丫头说话的声音，而且越来越近。

丫头挑开帘后锦朝就进来了，看到陈三爷坐在罗汉床上，笑着问他："您已经回来啦，怎么今天没看书？"

他没有回答。顾锦朝发现陈三爷看着她的目光有点奇怪，但是表情却很平静。等她走到罗汉床边坐下，还没来得及再说什么，却突然被陈三爷抓住手腕："你刚才去哪里了？"

顾锦朝觉得他的手劲大了点，勒得她的手腕发疼，她挣扎了一下。"我去娘那里了，她说让我帮着去选几个花样。三爷，您弄疼我了。"

原来是去母亲那里了。

陈三爷放开她，才发现她手腕被自己抓红了："手下没注意，你皮肤怎么这么娇气。"怎么轻轻一捏就红了？陈三爷帮她又吹又揉。

"您等久了，生我气吗？"顾锦朝笑眯眯地说，"娘说给孩子做襁褓的东西，不得好好选选吗。以前您要忙内阁的事，还不是让我等着。怎么，等人的滋味不好受吧？"

陈三爷看着她许久，轻声说："我怎么会生你的气呢。"

顾锦朝心里却还想着曹子衡的那封信。过了会儿，突然听到陈三爷问她："锦朝，今天你和曦姐儿玩得好吗，有没有发生什么有趣的事？"

顾锦朝才回过神："不知道您说什么有趣？"

他摸着锦朝的头发，笑了笑："没什么，随便问问。"

顾怜的马车刚停在影壁，二夫人立刻就迎了上去。

顾怜先被嬷嬷扶下来，然后是服侍她的几个丫头抱着东西下来。

二夫人一看就觉得不好，眉头紧皱："你这是做什么？"看到顾怜眼眶红红，她心里一紧，"是不是……是不是亲家不愿意帮忙？"

顾怜说："倒也不是父亲的事，我就是生气。"

二夫人拉她进屋，才知道顾怜这是和姚文秀置气了。不过是小事，姚文秀知道她喜欢吃带骨鲍螺，让人带了几盒回来，分了一盒给顾澜，剩下的给了她。顾怜说着还不肯罢休："顾澜要不是勾搭他，他们两人背着我苟且，她能嫁到姚家做妾吗？我受这么大的委屈，他还要向着她。"

顾怜深吸一口气："我不过是说了他两句，他就生气了，摔门去了书房睡，我都没有发火，他凭什么发火。我好几天没有理他，他也不理我。我就想回来住一段时间。"

二夫人听后气得血气上涌："你父亲现在出事正是要求姚家的时候，你怎么还这么不懂事！为了一盒带骨鲍螺和他使小性子，你以为你还是顾家四小姐呢。"

顾怜没想到母亲竟然和她说这么重的话，怔得忘了哭，过了会儿才说："我……我不喜欢他对顾澜好。他不考虑我的感受，母亲，您怎么还要说我？"

二夫人招手让嬷嬷过来："她要回来，你就没有拦着？"

嬷嬷苦笑："三太太坚持回来。"

她不过是个仆妇，顾怜高兴了听她的，不高兴了踹到角落发霉也行。顾怜在气头上，她怎么阻止得了。

二夫人叹了口气，知道这个女儿是被自己宠坏了，凡事都要别人让着她宠着她。她先不说顾怜和姚文秀的事，而是问她："我让你问问你爹的事，有着落了吗？"

顾怜低下头道："我……我都几日没看到姚文秀了，怎么问他。不过我问了婆婆，婆婆说最近公公很忙，她也顾不上和公公说话，说要是能帮，也肯定会帮的。"

这话实在是太敷衍了。

二夫人紧皱着眉思考了很久。顾怜看着母亲不说话，心里也有点忐忑。

"母亲，父亲不会真的有事吧？您不是说，四叔去看父亲了吗，他怎么样了？"

"我也不知道，你四叔早上才去的。"

二夫人又教训了顾怜一会儿，让她回去给姚文秀服个软认个错，顾怜敷衍着点头答应了。这时候，冯氏身边的茯苓过来请她们过去，说顾德昭回来了。

东跨院里，冯氏正询问顾德昭："你二哥有没有受刑？人瘦了吗？"

顾德昭还没来得及歇气，喝了口茶才说："他只是被拘禁，又没有正式审问，怎么会受刑呢。别的倒还好，他就是担心自己被降职。"

顾德秀又问："那二哥觉得自己被降职的可能大吗？"

顾德昭叹了口气："二哥做什么不好，竟然和王德那东西同流合污。王德这些年作了不少恶，当年不就是收了罗家那大少爷的钱，包庇他打死几个平民的事么，闹得很大。这种官官相护最忌讳了，不过二哥说幸好都察院和他交好的左都御史会保他，不至于丢官。"

冯氏脸沉如水："都这个时候了，就别责怪你二哥了。他做什么还不是为了这个家！"

顾德昭讪讪，不知道该说什么好，只得低头猛灌茶水。

冯氏叹道："现在你二哥出事，家里面就你们两个男丁顶事了。这时候可要拿出个章程来，看能不能保住你二哥的官位。这么多年你二哥为家里做了不少事，这都是咱们该做的。"又问顾德秀说，"你去见过世子爷了吗，世子爷可有说话？"

顾德秀说："他的性格您又不是不知道，只答应在他管辖内，尽量不让二哥受苦。他现在忙着自己的亲事，再有半个月就要亲迎了，说最近没空见我。"

冯氏想了想，把目光放在顾德昭身上："实在不行，你去求求陈三爷吧。"

顾德昭听后觉得很不舒服，为难道："母亲，我毕竟是陈三爷的岳丈，这去求他不太好吧。何况陈三爷肯定已经知道二哥出事了，却都没有派人来说一声，分明就是不想插手。"

"难不成让我一把老骨头上门去求！"冯氏瞪了顾德昭一眼。

顾德昭只好不作声。

"你们几个兄弟，就德元最有出息，做了正四品的大官。他的官位要是保不住，咱们家在大兴还怎么说得上话。"冯氏苦口婆心地劝了顾德昭半天，"二房可一直都帮衬着你们四房，你说你出事的时候，老二有没有帮你奔走？你们四房在顾家，都是好吃好喝供着，我对你几个子女如何，你也是看在眼里的。朝姐儿出嫁的时候，我们给你们凑了多少脸面。现在就让她帮个忙，她也不肯吗？"

顾德昭本来就不善言辞，被冯氏绕了半天更说不出话。

外面小丫头过来说二夫人来了，冯氏才让顾德昭下去好好想想。

两人先退出了西次间。

二夫人先问了顾德元的情况，稍稍松了口气，又说起顾怜和姚文秀闹别扭的事。

冯氏紧皱着眉："她这不是跟着添乱吗。算了，现在也别管她了。我看这事还得去找顾锦朝，让她嫁到陈家，不就是等着陈家能帮衬咱们。现在也到了她顾锦朝回报我们的时候了。你明日就带着徐氏，算了，徐氏心里肯定不愿意，暗中帮倒忙就不好了。正好怜姐儿回来了，你带着怜姐儿去看看她，说是去送养胎的东西。再让怜姐儿去求情卖软，一定要把顾锦朝给说通了！"

二夫人点点头，又有点迟疑："陈三爷会听顾锦朝的吗？"现在这事大家都不想沾身。

冯氏有点犹豫："我看陈三爷对她极好，你且去试试吧。要是老二降职了，以后顾家可就是四房做主了，到时候不仅二房被四房制着，怜姐儿在姚家也不好过。"

一大早去给陈老夫人请安，陈三爷问陈玄新的功课。

陈玄青回答："学到第五章了，这章是明善之要，我已经让他细读了。"

陈三爷便招手让陈玄新过来："过来，父亲考考你学得如何了。"

陈玄新在父亲面前一点不敢逾矩，站得笔直回答："右传之五章，盖释格物致知之义，而今亡矣。闲尝窃取程子之意，以补之曰：所谓致知在格物者，言欲至吾之知，在即物而穷其理也，盖人心之灵，莫不有知，而天下之物，莫不有理。惟于理有未穷，故其知有不尽也。"

"所谓致知在格物者，言欲至吾之知，在即物而穷其理也。你作何解？"陈三爷随口问他。

陈玄新看着陈三爷就有点紧张，回答道："说的是'格物穷理'。格物也就是'至'物，与事物直接接触而穷究其中之理，'穷'理是格物的目的，面对不可胜数的天地万物，既要看到一草一木、一昆虫之微，'亦各有理'，穷理必然有其'积习'的阶段。"

陈三爷笑了笑："不必紧张，答得尚可。回去再仔细读《四书注解》，把朱子说的要义记下来。"

陈老夫人拉了拉陈玄安："难得你三伯父在，快让他也指点你一番。"又跟陈三爷说，"玄安的《大学》是学完了的，你也问问他学得如何吧。"

能有三伯父指点，这是个很难得的机会。听说他原来在詹事府的时候，还参与过会试出题。

陈玄安刚才站在旁边，还不懂陈玄新面对自己父亲心虚什么。等走到陈三爷面前，才觉得喉头发紧，三伯父对人很温和，但只要一看着他的眼睛，就忍不住觉得心慌。

既然是母亲说了，陈彦允也不好拒绝，抽了第六章里面的话："所谓诚其意者，毋自欺也。如恶恶臭，如好好色。此之谓自谦。你应该看了《四书注解》吧，怎么说为好？"

陈玄安支支吾吾地说了大概意思，却讲不出个究竟。《四书注解》他也没看过，一时间脸涨得通红。刚才在祖母面前夸下海口说跟得上余先生讲课，现在却连三伯父的一个问题都回答不上来。

陈玄安心里也知道，第六章讲诚身之本，和陈三爷问陈玄新的问题比起来简单多了。

陈四爷见他回答不上来，脸色也不好看了。

陈彦允就说："可能是学太久忘记了，回去再看看就是。"

陈玄安看到两个弟弟都看着他，心里觉得很丢脸，面红耳赤地退回到王氏身边。

这时候丫头端了几盘点心上来，陈老夫人招呼大家吃点心。

陈玄新拉了拉陈玄青的袖子，小声地和他说话。一盘酸枣糕放在陈玄青身边，陈老夫人就跟他说："把酸枣糕递给你母亲，她现在爱吃酸的。"

陈玄青从头到尾都没往顾锦朝的方向看过，闻言心里叹了口气，不得不端起那盘酸枣糕递给她。顾锦朝微笑着道谢，脸映着阳光，白如莹玉。他很快又别过头，跟陈玄新说："那我和你一起去看吧，免得一会儿看不到了。"

陈玄新很高兴："那行，咱们现在就去！"说完拉着陈玄青告退离开了。

顾锦朝觉得陈玄青古怪，以为他心里还生气，也没有理他。

其实她怀孕到现在，口味变化不大，还是不喜欢酸的东西。不过怕拂了陈老夫人的面子，她还是吃了两块。

陈三爷看在眼里，低声跟她说："不喜欢吃就算了，别勉强。"他把酸枣糕放到一边，递给她一把刚剥好的核桃，还带着他掌心的温度。

那盘酸枣糕也没有人再动过了。

从陈老夫人那里回去，陈四爷就开始冷着脸。

王氏问他怎么了，陈四爷忍不住开始数落她，说她没有把陈玄安教好。

王氏刚开始还听他数落，到最后忍不住了，也反唇相讥："这也能怪我？我早说过让他跟着他二哥在国子监读书，你不肯。我说让他跟着三房请的西席读书，你又不肯，偏偏要自己在别院里找先生教他。我一年到头都难得看到他，他怎么学的我怎么知道？"

陈四爷冷笑："他是你生的儿子，你会不知道？读不好书就算了，还让我在三哥面前落了面子。你不是连我在尤姨娘那儿吃了什么菜都知道吗？"

王氏不甘示弱："你连熊掌鹿茸都往她那儿送，我能不知道？你也是堂堂两榜进士，二爷、三爷都在朝为官，偏偏你要做铜臭生意，你有能耐，怎么不去当官呢？"

陈四爷听后紧皱着眉，呵斥她："你闭嘴，这话传出去你让二哥三哥怎么想！"

吵得王氏的丫头都觉得心虚，连忙退出去，让周围守着的人避开。

王氏气得眼眶通红："我瞒着，我什么都帮你瞒着。你身边那丫头和小厮暗通款曲，你嫌丢人，还不是我把人弄出府的。我心里委屈，还谁都不能说。"

陈彦文不想和她多说，冷冷地看着她："为人妻三从四德，你心里清楚吗？家丑不可外扬，你看看你，恨不得有什么事让全天下都知道。我让陈玄安在别院读书，还不是想他能考个好功名。我整天在外面忙，家里就只有你看着。他没读好书，你难道就没责任？自己好好想清楚！"说完不再理会王氏，出门去吩咐丫头，把陈玄安找过来。

王氏伏在迎枕上呜呜地哭起来。

过了会儿叫了石榴进来，打水洗脸。石榴很忧心，安慰她说："夫人，别在意那丫头的事了，反正人都死了。您再怎么生四爷的气，也得顺着他啊。四爷这一生气，肯定好几个月不理您。"

王氏只觉得眼前雾茫茫的，有种头重脚轻的感觉，怕是着风寒了。她捂着汗巾打了个喷嚏，才回头问石榴："你说宝月死了？"

石榴点点头："自己上吊死的。您说这人也是的，刚开始哭着喊着要活，出去就自己上吊了。"

王氏眉心紧蹙，不知怎么的觉得心里直冒寒气。

石榴小声说："您知道四爷最记仇了，谁说他一句不好都要记几年。您还是别和四爷置气了。"

王氏无意识地点点头，心里不由浮现出陈彦文那张略带几分阴柔的脸。

顾锦朝早上收到大兴来的信，跟陈老夫人说了。二夫人和顾怜却是第二天才到的宛平。

顾怜是第一次来陈家，没想到陈家竟然修得这么大，门口守着的也不是护院，而是穿程子衣的侍卫。那不就是金吾卫的人吗，他们应该是伺候皇上的吧，怎么会在陈家当差？

顾怜想问来接她们的孙妈妈，又怕显得自己没见识，于是憋着没说话。

马车进了垂花门，却还没有停下来，孙妈妈笑着解释："内院的路太长了，免得两位难走。"

马车沿着宽阔平坦的青石路往里走，先是走过太湖石堆叠的假山——假山上有清泉自上流入小池子，再经过池子上的汉白玉拱桥，才看到远处一座三进的院子。马车沿着粉墙往里驶去，路上的景色十分雅致，和北直隶传统的建筑格局不太相似。

顾锦朝看了看顾怜，顾怜梳了妇人发髻，别的都没什么变化。

顾怜很快打量了顾锦朝，她被一众丫头婆子簇拥着，身穿浅粉色宝相花纹长身褙子，绾了堕马髻，戴了赤金宝结和嵌黄碧玺石的簪子。再看她手上牵的小女孩，一身白底樱花纹褙子，小脸粉雕玉琢，有双黑葡萄一样的眼睛，脖子上戴了个金项圈，上面嵌了颗几乎有龙眼大的珍珠。这么大的珍珠价值不菲，这小女孩应该就是陈三爷的嫡女陈曦了。

周氏先笑着走上前，锦朝给她行礼。陈曦小声地喊了声"伯祖母"。

顾锦朝的目光落在顾怜身上。

顾怜嘴角这才扯出一个笑容，走上前和她见礼："二姐这里真气派，进垂花门也要用马车！"

顾锦朝知道顾怜就是这个性子，只是微微一笑并不在意，让陈曦喊她"小姨"。

顾怜柔声说："这就是四小姐吧，长得真可爱！"说着要去牵陈曦的手。

陈曦刚才还和锦朝说得好好的，现在却有点怕生人，怯生生地躲在锦朝后面，手往后一缩，小声跟锦朝说："母亲，外面风冷，曦姐儿想进去了。"

顾怜一愣，这小东西和顾锦朝这么亲密，怎么还会怕生呢。

顾锦朝请她们先进屋歇息喝茶，休息一会儿再去拜见陈老夫人。

顾锦朝知道她们是想说服她救顾德元。不过二夫人也是精明的人，自然不会一来就提，而是先恭喜了顾锦朝有孕的事，说自己带了什么滋补的东西给她。然后才提起顾二爷因为贪墨被抓的事。

"你二伯被关在大理寺里，没吃没喝的，人瘦得不成样子。"说到伤心处，周氏从怀里掏出帕子擦眼泪，"你父亲为了救他，也是整日奔波，母亲愁得嘴边起燎泡了。怪我们这些妇孺无能啊。"

顾怜也哭起来："二姐，原先都是我不好。那时候我是不懂事，其实我可没有害你的意思。往日的恩怨都算了，现在我父亲被拘禁，你可得帮帮忙啊。"

母女俩一时哭得很伤心。

孙妈妈在外头听到，让丫头去小厨房把点心端过来。她亲自端了送上去，笑着说："夫人早早就让人把点心备下了，您二位尝尝这些点心。"

顾锦朝一直没有说话，这时候才说："来，别哭了，尝尝这道蟹壳黄吧。"然后叹了口气，接着说，"二伯的事我也知道，不过既然事情都这样了，恐怕你们还要想想接下来怎么做。我听说都察院左副都御史是二伯父的好友，又是二伯父的上司。二伯父有他帮助，应该不至于丢官吧？"

周氏一愣，顾锦朝怎么知道副都御史的事？

"就算能保下来，也只能当个六七品的小官了。你也知道你二伯那人，最是好面子了。"周氏叹气，"恐怕是一辈子都升不上去了，咱们顾家以后就难了。"

顾锦朝觉得他们有点人心不足蛇吞象了。顾德元贪墨在先，想完全保住官职，那是肯定不可能的。

"你们难得来看我，说这些徒增伤心。先吃点心，一会儿我带你们去拜见太夫人。"顾锦朝笑笑说。说完叫了小丫头过来，安排两人住在西厢房。

原来的事都过去了，她又不是和二房有深仇大恨，早就不在意她们做过什么了。

顾锦朝携着两人去拜见了陈老夫人，回来之后她先歇息，顾怜和周氏被小丫头引着去西厢房休憩。

顾怜小声和周氏说话："那陈老夫人怎么一点架子都没有，像个菩萨似的。

这样怎么拿得住儿媳妇。"不像她在姚家，姚夫人还要她每天去服侍早膳，除了身子弱的大儿媳，其他两个儿媳轮流来。

周氏说："也不是每家都要拿捏儿媳妇的，你就是看你祖母看多了。像陈家这样的大家族，都讲究以'孝'治家。子女不重孝道就是大忌，也用不着拿捏了。"

顾怜想到顾锦朝那里随便用的茶杯都是德化白瓷，炕桌是整块的金丝楠木，伺候人的丫头训练有素，不相互说话，走路都没有半点声音。在陈老夫人那里吃饭，规矩就不用说了，甚至旁边还有专门挑鱼刺的丫头，饭后用专门的汤做漱口水。这才是大家族该有的样子。

如果当初陈三爷提亲的人是她，而不是顾锦朝，现在这样的生活就是她的。顾怜想着想着就有点出神，当初她听到可能要嫁给陈三爷，还百般的不愿意。

她正想着，听到母亲叫住了领路的小丫头，递了银子给她："这位小姑娘，我想问你几句话。"

小丫头拿了银子，笑眯眯地说："您问就是。"

周氏就问："不是说陈三爷有三个姨娘吗，我怎么没见着她们？"

小丫头回答道："姨娘？姨娘们住在羡鱼阁，远得很，只有初一十五才过来给夫人请安。"

周氏又问："既然是姨娘，总要伺候老爷的，住这么远方便伺候吗？"

小丫头笑嘻嘻地说："用不着姨娘伺候，我们伺候夫人，夫人伺候三老爷，人已经够了。"说着已经到了西厢房，里面已经有两个丫头开门等着她们了。

周氏很诧异："姨娘们都不侍寝吗？"

小丫头摇摇头："三老爷就住在木樨堂，哪里都不去，姨娘怎么侍寝？"

小丫头拿了银子走了，周氏还怔了很久。

顾怜也怔住了："这……这不就相当于没有姨娘了，我说顾锦朝怎么这么快怀孕了，难怪啊！"她心里感觉十分怪异。不是说天下的男子都管不住自己吗，怎么让顾锦朝捡到一个洁身自好的。

周氏却淡淡地说："这才是好的，证明她的确能说动陈三爷。要是母亲在就好了，偏偏是我们来，想压她又没有身份。"周氏打定主意，明天还得好好游说她，实在不行就抬出冯氏来，顾锦朝毕竟是顾家的人，长辈的话总要听的。

顾锦朝睡了午觉起来，靠着大迎枕看书。

孙妈妈拿了一锭八分的银子过来，把周氏问小丫头的话转述给顾锦朝听。

顾锦朝听完后沉思片刻，吩咐孙妈妈："赏那丫头一袋银锞子吧，这事就算了。"孙妈妈应是去了。

顾锦朝继续看书，她才不管两人打听什么，反正无论怎么说，她是咬死不会帮忙的。周氏又能拿她如何？

下午陈三爷从外院回来，看到她在看书。

"你整日不是看书就是做绣工，小心伤眼睛。"陈三爷把她的书取走，放到了多宝阁的高处，她伸手够不到的地方，"我陪你去走走，怀孕了可不能不走动。"

顾锦朝仰头看着他："您陪妾身去哪里走动？正是秋风吹落叶的时候，又没什么好看的。"

陈三爷笑着摇头："越来越懒了，快起来，不然我抱你起来了。"他俯身下来，作势要抱她。

顾锦朝连忙坐起来，可怕了他抱她了。

顾锦朝和陈三爷去外面走了一圈回来，孙妈妈已经在门口等她了，看到她就迎上来："顾二夫人说要见您，在西厢房等着呢。"

顾锦朝便和陈三爷说："不然您先回去，我去和二伯母说会儿话。"

陈三爷微微一笑，不容拒绝地说："我跟你去。"

顾锦朝有点犹豫，她觉得这件事她处理就好，不需要陈三爷介入，他介入反而麻烦了。

陈三爷却率先往西厢房走去。顾锦朝只能跟在他身后，看着他高大的背影，心里却很安心。

丫头过来说陈三夫人很快就过来了，周氏又叮嘱了顾怜几句："你尽量别开口，我来说就好。"

顾怜不知道母亲是何用意，问她："祖母不是说让我也帮忙劝吗？"

"你一说话就得罪人。"周氏看到顾怜的样子，就想起她和姚文秀的事，心里一阵烦闷。

她的贴身丫头很快走进来，语气有点紧张："夫人，我看到一个男子陪着二小姐过来了。那人长得很高大，可能是陈三爷。"

按理说她是长辈，过来看顾锦朝陈三爷应该见一见。但这可是陈三爷，就算他从头到尾不理会她们，周氏也不敢有微词。听说前段时间陈三爷意外受伤，就一直在家中静养，应该是陪着顾锦朝过来的。

那她那些话当着陈三爷的面说出来不就更好了。

顾怜却很高兴："娘，既然陈三爷过来了，咱们直接求他不就好了，免得还要看顾锦朝的脸色。"

周氏说："你懂什么！该哭的时候哭，别的就不要插嘴了。"

刚叮嘱了顾怜这句话，丫头就已经打帘子了。

既然陈三爷过来了，肯定不能围着炕说话。周氏坐到了旁边一个小厅里，这个小厅摆了六把太师椅，正对隔扇的墙上挂了幅孔子像，供了一个镏金的香炉。

顾锦朝先走进来，身后果然跟着一个高大的男子。

顾怜这是第三次看到陈三爷了，一次是陈三爷来顾家提亲，还有是他来府里接顾锦朝回去。但是两次都只是远远看着，从来没有近看。再一看她也不由愣住了，这人一眼看过去，倒不是觉得英俊，而是看得越久，越觉得他实在好看，儒雅清俊，沉淀着一种智者的气质。这让任何人都无法忽视他。

周氏忙拉着顾怜站起来，给陈三爷行礼。

陈三爷示意她们坐下："伯母不用客气，只是锦朝如今有身孕还不到四个月，我放心不下她，才跟着过来的。大夫说她前几月没休息好，如今要静养一段时间。"

这倒是不假，顾锦朝这胎怀孕虽然不呕吐，却吃不下东西，折腾到十月份才稍见好转。

周氏嘴角扯出一丝笑容，心想这人果然是精明，堵她的话都不动声色的。她拉着锦朝坐下来说："您放心，我就是想和朝姐儿聊些家常。她也几个月没回去了。"

陈三爷笑笑："你们说便是，我等她。"说完拉了把太师椅坐下来，开始喝茶。

顾锦朝却发现顾怜无意识地绞着手里的汗巾，不知道她在想什么。

她主动问起家里的事："漪姐儿的及笄礼办得好吗？可惜那时候我刚知道自己怀孕，不能去参加，礼还是让孙妈妈捎过去的。"

周氏说："你母亲请了槐香胡同的曹夫人替她插笄，武清杜家派人送了一整套的赤金头面，办得挺好的。现在两家开始商量婚期了，等定下来再给你发请柬。"

顾锦朝又问顾锦荣："他上次秋闱没考过，还写信和我说了。现在读书认真吗？"

周氏笑笑："放榜那天就收拾东西去国子监了，你母亲说他读得用功，夜里都挑灯看书。"

想到秋闱她心里就有点不舒服，顾锦贤没中先不说，倒是大家觉得十拿九稳的姚文秀秋闱也落榜了。顾锦荣落榜情有可原，毕竟他年纪小。但是姚文秀已经要十八岁了，而且是姚家嫡子，举人没考中，以后怎么去考进士？听说放榜那天，姚大人发了好大的火，说"业精于勤荒于嬉"，就是自己懒散才考不中。

听到秋闱的事，顾怜忍不住想说什么："荣哥儿考不过也正常，毕竟连文秀都没有考过呢！文秀说是今年的题太偏了，不好起股。"

周氏听得额头青筋直跳，伸手把一盘桃酥推到顾怜面前："你刚才不是说饿了，吃点心吧。"

顾怜觉得自己刚才那句话没说错啊，怎么就不让她说话了，气呼呼地把头转向一边。

顾锦朝依旧微笑着，反正周氏说是聊家常，她就跟她聊啊。和顾锦朝绕了半天的话，周氏心里有点急了，怎么全被顾锦朝带着话走，正事一句都没有提。

正好陈三爷在这里，有些话现在说才好！

顾锦朝又问起十一小姐顾锦棠："她现在会说话了吗？我记得上次看她，已经能坐起来了。"

周氏觉得这么接上去也太生硬了，但她顾不得了，再这么聊下去就要天黑了。

叹了口气，周氏眼眶微红，又忙掏出汗巾擦眼睛："瞧我，好好说着话，又想到你二伯父的事，想到他在大理寺里吃不饱穿不暖的，我心里不好受啊！"

顾锦朝嘴角一抽，周氏这也太明显了。

周氏拉住锦朝的手，继续说："想你出嫁的时候，你二伯父还让我给你的添箱一定要好，怕你受了委屈，特地要你祖母给你多封几担嫁妆。你们从适安回到祖家，你二伯也是尽心尽力照顾你们。你父亲上次出事，差点丢了官，不也是你二伯帮忙才躲过的。锦朝，现在你二伯父有难，于情于理，你也不能不帮啊！"

抬出恩情来压她，她要是不答应不就成不义之人了。何况是在陈三爷面前。

周氏继续说："你祖母叮嘱我一定要把话传到。你要是不答应，她老人家就要亲自过来了，她年纪大了，你也不忍心看她折腾吧？你也知道你祖母的性子。唉，现在全家上下都忙着想救你二伯，可惜有心无力啊！再这么下去，你祖母气出个好歹，咱们家更是要手忙脚乱了。"

顾怜忍不住想插嘴，被桌下周氏的脚死死踩住，只能不甘心地低下头，咬着唇等周氏说。

周氏看到顾锦朝不说话，心里松了口气。顾锦朝能拒绝吗？拒绝就是不孝不义，陈三爷还坐在这里，她不会这么直接的。就是陈三爷听到，也不好意思不答应！

顾锦朝心里直想笑，周氏这些事也敢搬出来。就说嫁妆的事，父亲的家业充公，每年的收益近万两银子都是顾家的。她的嫁妆在其中算不上什么，何况要不是她要嫁到陈家，冯氏会给她这么多嫁妆？她在顾家一年，冯氏要拿捏她，顾怜看她不顺眼，做了多少对她不好的事？现在这些人都来问她要恩情了！

也是，父亲原来出事，二伯父也帮过他。但一码归一码，她不会拖陈三爷下水。况且父亲那次脱罪，并不是二伯父帮忙，而是陈三爷暗中相助。周氏这颠倒黑白，恐怕是连事情都没问清楚。

二伯父要是遭人陷害，顾锦朝也不会真的不帮忙。但他不是，这就没什么好说的了。

"二伯父的难处我明白，但是二伯母也知道，明知故犯的事有多严重。二伯父想完全保住官职是不可能的。况且我也是个内宅妇人，想帮也不知道怎么帮啊。"顾锦朝说。

周氏喉咙一哽，她不知道怎么帮，她不知道陈三爷知道啊！余光往旁边一瞟，发现陈三爷正闭目养神，好像根本没听到她们说话。这陈三爷怎么不按牌理出牌！

她擦起眼泪来："朝姐儿，你心不诚啊！你摸着良心说，该不该帮你二伯父。"

"锦朝。"陈三爷突然叫了她一声。

顾锦朝侧头看他，陈三爷手里摩挲着茶杯盖："你下午还有一盏药要喝，该回去了。"又看向周氏笑道，"她现在身子娇贵，受不得累，伯母见谅了。"说着就站起身，牵顾锦朝起来。

周氏慌了神，忙说："陈三爷，这、您不说句话吗？"

陈三爷不喜欢她那些明着暗着要挟顾锦朝的话，他在旁边一直忍耐着听完了。

他转过身直看着周氏："二伯父是都察院官员，我已经找冯先伦谈过，他会保二伯父不至于丢官。二伯母想要让二伯父官复原职，就去问问那几个活活被罗泰打死的人的家人，或者去问问被他害了的安司同一家，看看他们同不同意吧。问锦朝你也问不出什么来。"

周氏目瞪口呆，冯先伦就是左都御史，顾德元的顶头上司。陈三爷已经和他谈过了？

陈三爷牵着顾锦朝走到门口，又回头淡淡地说："对了，岳父那次出事是我救的，二伯父好像什么都没做过。他当时怕把自己牵扯其中，早就先写好了陈情书，准备一旦事发就立刻脱身。二伯母回去问清楚再说吧。把这事说给岳父听也好，免得忙里忙出却连句感谢都换不来。"

顾锦朝都听愣了，陈三爷是怎么知道这些事的？

"走吧。"他轻声对锦朝说，随后牵着她走出西厢房。

顾锦朝挣脱他的手，问他："三爷，我父亲那次被人陷害，您怎么知道二伯父的打算？"

陈三爷笑着说："你夫君我什么不知道。当时我要帮你，自然要把事情查清楚。你二伯父为人诟病太多，我只是觉得你知道了徒增烦恼，就什么都没说。"说完就往前走去。

顾锦朝看着陈三爷的背影，心中却有些担忧。他什么都知道，什么事都瞒不过他的眼睛，估计他也曾经查过顾家的事。

那自己跟陈玄青的事呢？他知不知道自己原来曾经喜欢过他的嫡长子？如果他知道了，她该怎么办？顾锦朝咬住下唇，指甲都掐进了肉里。

等到两人走得老远了，顾怜才拉住周氏问她："母亲，这该如何是好？"

周氏脸色阴晴不定。

顾怜却继续说："我看顾锦朝根本就不想帮我们。她实在是忘恩负义，要不我去找她说好了，您不是还有祖母的书信吗？我拿给她，她要是不肯松口，就写信请祖母过来，她总不能违背祖母的意思吧！"

周氏叹了口气，觉得把顾怜带过来就是个错误。她瞪了顾怜一眼说："没有我的允许，你可不要随便去找顾锦朝。"

顾怜想到父亲在大理寺受苦，心里就着急："那怎么办？不能眼睁睁看着父亲被降职吧，以后四房还不爬到我们头上去了。"

周氏皱眉："我也没想到那陈三爷如此果断，顾锦朝应该跟他说了顾家的不少腌臢话，不然他也不会这么对我们。当然不能这么算了，不然等你父亲出来，还不责怪死我们。等明日陈三爷不在的时候，我们再去见她，你可要听我的，不能擅作主张。"

顾怜敷衍地点点头，心里已经开始盘算了。

顾锦朝这一夜也没有睡好，辗转反侧，又侧身看着陈三爷熟睡的眉眼，心里幽幽叹气。

帷帐外头的烛光洒在他脸上，看起来格外柔和。

顾锦朝睡不着，有点想坐起来看书，又怕吵醒了陈三爷，只能看着承尘想事情。

她再翻了一个身，却感觉到陈三爷似乎被吵醒了，可能是感觉到她又没睡好，下意识地侧过来，要把她搂进怀里。

原来晚上顾锦朝总是睡不好，后来被他搂了睡，竟然睡得很踏实。但是锦朝有孕之后，两人都是分了被子睡。不过睡着的时候两人又会无意识地纠缠在一起，顾锦朝第二天醒来必然被他紧紧抱着，偶尔还能感觉到他身体的亢奋。陈三爷挺无奈的，有一天半睁着眼睛把她压在身下，低声威胁她："男子刚睡醒的时候都很危险，意识尚不清楚，什么都做得出来。"

顾锦朝也就不会睡着睡着跑到他那边去了。

顾锦朝暗暗叹了口气，看到他微开的衣襟。那个伤口已经好了，不过留下了暗褐色的伤疤，十分狰狞。顾锦朝伸手摸了摸他的伤疤，闭上眼睛准备睡觉，毕竟明日还要早起。

她不知道自己闭上眼之后，陈三爷却睁开了眼，注视着墙壁许久，才缓缓闭上眼。

十月的天，已经完全冷下来了。

夏天穿的凉薄衣物早就收起来了，竹篾、凉席也已换成了软垫。昨晚下过一场雨，更冷了一些。

怀孕已经过了头三个月，顾锦朝觉得自己还是每日去给陈老夫人请安比较好。虽然没人会说她闲话，但不去晨昏定省，难免会让别人觉得她娇气了。所以等陈三爷走之后她就起床让丫头进来服侍她梳洗。

青蒲端了一盆开得正好的墨菊进来，屋子里顿时充满一股菊花香。

顾锦朝问她："墨菊都已经开了吗？"墨菊一向晚于别的菊花开放，应该还没开才是。

青蒲笑着回答："许是今年的天气寒冷得早吧，花房里好多菊花都开了。"

顾锦朝看她样子轻松，反倒显得比平时心平气和，心里松了口气。

青蒲的亲事已经安排过了，顾锦朝本来还想在陈家给她找，但挑来挑去都没有合适的。

顾锦朝希望青蒲嫁一个喜欢她的人，家世倒是不重要，人品好就可以了。

几天下来还真找到一个合适的，是父亲给她陪嫁在宣武的田庄庄头胡永昌的大儿子胡进。顾锦朝刚嫁到陈家的时候，胡永昌带着一家子过来拜见她，那时候胡进就看到过青蒲。现在经由媒人牵线搭桥，他也觉得青蒲不错，又听说是因为伺候夫人，所以才耽搁了出嫁的年龄，心里唯一的顾虑也打消了。

顾锦朝打算亲自见见胡进，如果合适，就把这门亲事定下来。

她跟青蒲说了，青蒲刚开始还有点不习惯，看样子也渐渐接受了。

吃了鸡汤熬的白粥，锦朝就去陈老夫人那里请安。

陈老夫人很高兴，拉着她多吃了两个糯米包芝麻的团子。

顾锦朝想到周氏和顾怜还在，不好多待，就先回了木樨堂。丫头过来禀报，说西厢房那边的早膳端进去后动都没怎么动，还说等顾锦朝回来就立刻去她们那儿说一声。

顾锦朝皱起眉："你们如常送过去，别的不用管。"

说是她们不死心，还不如说是冯氏不死心。依照冯氏的性格，是不可能让

二伯被贬官的。

陈曦由安嬷嬷陪着过来给她请安了，小丫头一蹦一跳的。顾锦朝忙让她坐下来，笑着问她："我们曦姐儿今天这么高兴啊，是不是得了先生的夸奖？"

陈曦摇摇头，拉着她的手："先生今日休沐，七哥一会儿要过来教我练琴。他最近都不经常来看我了。昨天下午我在祖母那里碰到他，说了半天好话他才答应的。"

顾锦朝觉得有些奇怪，问她："你七哥现在早上不去檀山院请安吗？"

陈曦说："七哥说现在翰林院很忙，他要早些过去，我早上都见不到他了。"

难怪她这段时间也很少见到陈玄青。

顾锦朝带着陈曦去花房看了一会儿菊花，给她的房里搬了两盆绿牡丹。安嬷嬷才过来跟陈曦说："七少爷过来了，在后院等您。"

陈曦从花丛里站起身，顾锦朝摘下她裙子上的一枚叶子，笑着说："快去练琴吧。"

顾锦朝觉得陈玄青好像在躲她。平日两人碰不到就算了，他过来教陈曦练琴，必然是要给她请安的。不过顾锦朝也不会跟他计较这些，随他去吧。

锦朝剪了一捧菊花，让丫头送到陈三爷的书房里，她才回了西次间。

周氏和顾怜已经等着她了。

顾怜手里提了一个食盒，摆了三盘点心在桌上，笑着说："这是我从京城带回来的点心，特地给二姐捎过来的，二姐看合不合口味。要是你喜欢吃，我回去再多送一些过来。"

顾锦朝不紧不慢地在罗汉床上坐下来，炕桌上摆了一盘云麻叶果糕、一盘黄饼、一盘佛波罗蜜。

她看了看顾怜，笑着问："怜姐儿对我怎么这么和善了？"

顾怜强笑道："二姐见谅，原来不懂事而已。听说你有孕，我可一直惦记着你。"

周氏先拿了一块云麻叶果糕吃："我早上胃口不好，就没吃什么东西，这个味道倒是香甜。"又招呼顾锦朝一起吃，"怜姐儿拿回来的糕点，她祖母都还没吃过，特地给你拿过来的。原来那些都不说了，你尝尝这点心如何。"

顾锦朝这才吃了一块云麻叶果糕。"早饭吃了许多，现在没胃口了。"又微微一笑，"二伯母要是有话，就赶紧和我说吧。我一会儿还想带着你们去陈家到处看看。"

顾怜看了周氏一眼，这才从袖中拿了一封信出来，递给顾锦朝："这是祖母给你的。"

顾锦朝打开看了。半晌把信放到一边，喝了口茶。

顾怜忍不住皱眉："二姐，祖母的意思，你明白吗？"

锦朝抬起头看着她："我明不明白又如何？"信中的内容她早就猜到是什么了，也果然如她所猜测的那样。冯氏一贯的作风，就是命令加胁迫她，甚至还说了"她要是再不答应，她就亲自上门求她"的话。

"祖母年纪大了，不宜操劳过多。你们也回去劝劝她，但凡家族总是有起落的。二伯父有了这次教训，以后也知道谨慎言行了。这时候让二伯父官复原职，别人怎么想，到时候顾家真的不会被人非议？"顾锦朝淡淡地道。她已经够客气了，冯氏逼人太甚，就不要怪她了。

顾德元出事，最应该帮忙的是谁？还不是姚家。

但是姚家动都没动，怎么冯氏不去要求顾怜，要来要求她呢，她不过是隔房的女儿。还不是冯氏不甘心，觉得既然花这么多嫁妆把她嫁到陈家，就要她发挥自己的价值，免得浪费了。

顾怜要是真这么在意，早就该去求姚平了，还用在这里问她。

周氏顿时脸色不好看。

顾怜站起来，忍不住说："二姐，你这是什么话！现在你是陈三夫人了，有面子了，就不用管顾家了是吗？当初我们待你也不薄。"顾怜深吸一口气，当初本来是属于她陪嫁的一处铺面，还让冯氏给顾锦朝了，顾锦朝现在就这么忘恩负义了？

"人家是怕穷亲戚打秋风，我看二姐是怕我们连累你的富贵生活吧？"顾怜虽然不会说话，但她吵架的功力是很好的，掐住痛点能数落别人半天。

顾锦朝笑了笑："怜姐儿，我现在待你们也不差了，要是怕你们连累我，你们肯定连门都进不了。坐下来好好说话吧，我问你，你让我救二伯，你自己呢？你可是姚阁老的儿媳妇，没有办法吗？"

顾怜听了脸一红，更是恼羞成怒："顾锦朝，你这是什么意思？我怎么没想过办法。你、你不要乱说话！难道我不关心自己父亲的前途吗。你不想帮忙就算了，没必要说我！"

顾怜性子骄傲，和别人吵架都不会轻易低头。但是求人却不一样，她肯定是一碰壁就算了，不可能求到姚平那里。顾锦朝估计姚平也不怎么想帮忙，她不信姚平贵为阁老，会真的没有一点办法。

想到陈曦和陈玄青还在后院练琴，顾锦朝不想和顾怜争执，免得让别人看笑话。她淡淡地说："你不心虚最好，我只是问一句而已。"

周氏拉着顾怜坐下："陈三夫人不答应就算了，我回去跟娘说一声。到时候等她老人家来说话吧。"

顾锦朝又笑，冯氏对她好，她倒是没看出来。当初这些人如何算计她的事，她都已经既往不咎了，现在来说她，未免太过了。不想再挑起争端，她也没说重话："随二伯母怎么说吧，您求我，还不如让怜姐儿去和姚大人说。但是二伯父的事，我还是劝你们慎重为好。"

顾怜冷哼一声，她心里也知道，这是在陈家，顾锦朝肯定不想把她姐妹不和的事闹得众人皆知，反倒有几分依仗了。"二姐，我还要劝你慎重。看到自己二伯身陷囹圄，却无动于衷。你就不怕别人说你冷血吗？人家都是上下一心，你倒是胳膊肘往外拐。你不就是记仇吗？不就是担心连累你自己吗？"

她走到顾锦朝身前，周氏这次也没有拦她。

"二姐，我还告诉你，要是我父亲真的被降职了，你也不会好过！顾家始终是你的娘家。"

顾锦朝看到顾怜逼近，说话声音也不加节制，恐怕会让别人听了去，不由皱眉。刚想提醒她小声一点，却觉得腹中突然一疼，刚开始只是抽了一下，随后疼痛感越来越强烈。

顾怜看她不说话，脸色发白，以为自己占了上风："怎么了？你说不出话了？"

旁边伺候的采芙刚开始不好说话，觉得顾锦朝样子不正常，忙走过来一把推开顾怜："夫人，您怎么了？脸色怎么这么难看。"

顾锦朝捂着小腹，心里突然有种不好的预感。刚想说肚子疼，手却把旁边的菊花盆碰倒了，瓷器砸得粉碎。她喘了口气，趁着疼痛还不剧烈，低声说："去找大夫。"

里面动静太大，一时间外面的几个丫头婆子都进来了。

陈玄青本来在教陈曦弹《平沙落雁》，听到声音也吓了一跳。

陈曦望着前面的正房："好像是从母亲那里传来的，刚才就似乎有人吵架，是不是出什么事了？"

陈玄青眉头紧皱，手下就弹错了弦。顾锦朝是不是真的有事。

陈曦还没反应过来，就看到七哥已经先走出了书房，朝正房疾步而去，她也连忙跟上去。

正房已经一片混乱，丫头四下去通知陈三爷，或者找大夫。采芙打了盆热水，帮着顾锦朝擦额头的冷汗。顾怜和周氏已经看傻了，刚才不是还好好的，怎么说着说着就肚子疼了？

陈玄青已经走到西次间，一时间什么都忘了，直奔顾锦朝而去，看到她躺在罗汉床上，疼得捂着肚子蜷缩成一团，顿时心中酸涩地疼，差点伸手就想拉住她，幸好还注意到周围的人。他问："母亲，你疼得厉害吗？是怎么样的疼？"

顾锦朝哪里能分辨是什么疼，小腹一抽一抽的，就像来月信的疼，但比那个更强烈十倍。她就怕是孩子……孩子有意外！焦急得要哭出来："等……大夫过来……"

陈玄青从来没看到过她这么羸弱，泫然欲泣，好像受了多大的委屈，心里真想抱着她安慰。他知道这肯定不行的，顾锦朝又不是他的妻子，而且她是他的继母，这本来都不关他的事，他不该管。

陈玄青深吸一口气，轻轻地安慰她："别怕，大夫马上就来了。"什么要远离她的念头都没有了，陈玄青现在又是焦急又是愤怒。怎么人突然就成这样了。

他直起身，脸色阴沉地问绣渠："究竟怎么回事？"

绣渠回答说："奴婢在外头服侍，没听得太清楚，只听到姚三太太和夫人争执。"

陈玄青的目光落在旁边的周氏和顾怜身上。

顾怜被吓了一跳："不……不怪我，我什么都没做过！她、她是突然就……就肚子疼！"她也就是气急了，言语上冲撞几句，怎么敢真的对顾锦朝做什么。顾锦朝现在是陈三夫人，肚子里的孩子要是有个什么好歹，陈三爷肯定不会放过她们！

陈玄青冷冷地问："你们知道她有孕吗？"

周氏脸涨得通红。她们这次是闯大祸了！这个人叫顾锦朝"母亲"，又是少年的样子，应该就是陈三爷的嫡长子，新科探花郎陈玄青了。她勉强说："七少爷，是真的不关我们的事。我们和朝姐儿说话，也没有什么争执，不会平白就肚子疼的。这还要等大夫看过再说，我也是朝姐儿的二伯母，不会害她的。"

陈玄青却根本不信："屋子里就你们两个人在，难不成是母亲自己撞着肚子了？"叫了两个丫头过来，"你们好好看着她们，等到事情问清楚再说。"

他看到桌上还有三盘点心，又说："把那三盘点心也收起来看好。"

顾锦朝半睁着眼，只看到陈玄青隐约的背影，听到他在和周氏说话，她疼得连阻止的力气都没有。她也不明白自己怎么突然肚子疼，虽然说顾怜和她争执，但她并没有动气，怎么就突然肚子疼呢？上次大夫把脉，说孩子怀相不好，要格外注意。而且第一胎都是很艰难的。幸好现在还没有出血，不然这孩子就真的保不住了。

陈玄青又很快到罗汉床边，想看看她有没有好转。采芙却反应过来，忙说："七少爷还是在外面等吧，您也帮不上忙。"

陈玄青看了顾锦朝一会儿，他在这儿确实很不适合。他才退到正房，看到陈曦也守在外面，却没有进去。陈曦看到他出来，忙拉住他问："七哥，母亲怎么了？"

陈玄青想安慰她，却觉得自己说不出安慰的话，只能轻轻地说："会没事的。”

不到一刻钟，陈三爷就接到了护卫传的信。他很快就赶到了木樨堂。

陈玄青看到父亲面无表情地走过来，身后还跟着穿程子衣的护卫。父亲这样的表情，这是生气到极致了！陈玄青想跟他说说顾锦朝的情况。

陈彦允看到陈玄青上前，似乎要和他说什么，他摆摆手示意他止步。

他则先进了正房之中，身后的一群护卫立刻排开，将周围防守得严严实实。

陈彦允走进西次间，先听丫头简略说了一遍，便吩咐江严把周氏和顾怜先带到耳房看守，一会儿再问话。周氏被陈彦允冰冷的眼光瞟一眼，吓得嘴唇发抖，什么都说不出来。顾怜更是整个人都傻了。

顾锦朝疼得迷迷糊糊，感觉到有人抱着自己，拍着她的背说：“锦朝，没事的，别哭了，我在这里。”

她哭了吗，顾锦朝自己都不知道。她就是怕而已。

顾锦朝勉强说：“三爷，大夫来了吗？”声音一出口，果然带着哭腔。

“嗯，快来了。”陈彦允怕抱得紧她更疼，只是轻轻搂着她，安慰一般地抚着她的背。

顾锦朝闭上眼，看到陈三爷之后她莫名地安定下来，她是真的开始依赖他了。她努力调整气息，也不知道这样有没有用。她的孩子一定会没事的，一定会没事的。

很快季大夫就过来了。

陈三爷把顾锦朝抱到了东次间的大炕上，炕上也早就被婆子清理干净了。

季大夫搭脉听诊，闭上眼过了片刻，什么都没说，立刻到旁边写了一张药方，递给旁边的孙妈妈：“立刻去煎药，煎得浓浓的给夫人服下。”

把药方交给孙妈妈后，季大夫随着陈彦允到了外面，才拱手说：“三爷放心，孩子暂时没问题，喝了药应该疼痛就缓下来了。幸亏夫人底子好，不然还真有几分凶险。”

陈三爷这才松了口气，刚才紧绷的神经也放松下来。他低声问季大夫：“依你所看，这是什么缘故所致的？”

季大夫沉思了一下，道：“这不好说，虽然夫人怀孕开始并不安稳，但也没有到这个地步，必定是外力所致。如果没有磕到碰到，那就是接触了什么伤胎的东西了。”

季大夫说到后面更是犹豫。像陈家这种大家族，内里肯定还有什么说不出的秘事。

陈彦允听后想了一会儿，说：“劳烦季大夫了，你在堂屋稍等吧，一会儿我就把夫人今日吃过的东西都拿给你，你看看有没有异常的地方。”

季大夫点头，很快就有护卫领他去堂屋坐。

陈老夫人过来了，很快秦氏、王氏和葛氏都过来了，怕影响了顾锦朝休息，都只是进去看了一眼，然后去了西次间坐着等。

陈老夫人叫陈三爷过去问话。

陈三爷道："母亲不要担心，锦朝的孩子没事。"别的就不再说了。

他抬起头把坐在这里的人扫视了一眼，如果说这里有人要害顾锦朝，那么只有秦氏有这个可能。二房是庶出，以后陈家的宗妇是顾锦朝，秦氏很可能因为舍不得放手而提前做什么。

秦氏背地里做过很多小动作，他都知道。但是想到陈二爷为了避讳他，还要远调陕西，他就没有理会秦氏暗中的动作。一个女人而已，就算是私吞陈家的财产，也不敢真的做什么。

但是只看了一眼，他就知道不可能是秦氏。

秦氏面对他的目光，露出了几分疑惑和戒备。如果真是她下手，必然不动声色。

秦氏却感觉到被陈三爷扫了一眼，浑身都冰冷了。但是只有一瞬间，陈三爷很快就不再看她。

陈三爷叫了孙妈妈和江严过来，对孙妈妈说："夫人今日吃过什么东西，你都收集起来，交给江严。"他对江严颔首，江严立刻知道该怎么做，拱手和孙妈妈去收拾东西了。

陈三爷先去了东次间。

锦朝喝了端来的汤药，腹痛渐渐减轻了。虽然还不能站起来，但人也有点儿精神了。

她先看了一眼采芙，采芙眼中含泪地对她点点头，顾锦朝就知道孩子没事。她心里松了口气，手不由放在自己的腹部，虽然还不能感觉到这小家伙的动静，但好像这样就能安心一点。

她开始分析自己突然腹痛是怎么回事。这肯定不是突如其来的。

顾锦朝首先想到的就是顾怜，但是立刻就被她否定了，顾怜没有害自己的理由。如果她还想活着从陈家走出去，就不会傻到等几人独处这种说不清楚的时候下手。

如果是陈家的人，谁会来害她？三位姨娘不说，她们没有那个本事把手伸到木樨堂来。别说现在，就是从前那三个人相互咬的时候也不敢动到她头上。除此之外，陈家唯一和她有利益冲突的人就是秦氏。但是这不像秦氏的做事风格，秦氏不会对她下这么大力气，风险太大不说，也没有必要。这还真是百思不得其解了。

她正想不出头绪的时候，陈三爷走进来了。

他坐到床沿，把她搂进怀里："肚子还疼吗？"

顾锦朝摇摇头，突然拉住他的衣袖："三爷，您把妾身吃过的东西收起来看看。妾身觉得这腹痛不太寻常。"

陈三爷叹了口气："你别操心，都有我呢。你先好好睡一觉，等起来我再告诉你是怎么回事，好不好？"

顾锦朝苦笑，原先她什么都习惯自己来，现在却什么都要靠他，她觉得很不习惯。她固执地摇摇头："我不想睡，我等着您。"说着让青蒲帮她把迎枕摆好，她要坐起来。

陈三爷却牢牢地按住她，低声说："你必须要休息。"

"三爷，"她抬起手搭在他的手臂上，轻声说，"我怎么说也是陈三夫人呢，以后也是要管一大家子的。况且我现在也真的不想休息，倒是有些饿了。"

陈三爷先试了试她的脉搏，平稳有力。他才退让了一步："那我叫人给你熬一碗粥吧。"

吩咐锦朝的几个丫头好好看着她，陈三爷才去了堂屋。

季大夫名医圣手绝不虚传，很快就让他瞧出了什么东西有异样。

那三碟点心。

立刻有人去叫了采芙过来问，采芙很惊讶："这点心是姚三太太拿过来的。"

陈三爷听后皱了皱眉。片刻后他让人把那东西包起来，亲自带着人去耳房。

耳房里堆放了许多东西，两架紫檀木的围屏，几个堆叠的红漆铜环柜子，一套圆桌绣墩，都是大件的家具，暂时用不着才收到这里。因为不经常打扫，周氏和顾怜进去的时候还扑起一阵薄灰。

顾怜紧紧攥着母亲的袖子，心里有一种闯祸后的惶恐。"母亲，这下该怎么办？要是顾锦朝有事，陈家肯定不会放过我们。她怎么突然就肚子疼了。"她突发奇想，"您说，她是不是因为不想帮忙，所以才用肚子痛来诈咱们，想把咱们吓住。"

周氏心里也很混乱。她再怎么厉害也就是个妇人，要是别人流产就罢了，但这人是陈三夫人。她冷声说："装？你能装得这么像吗？"看到门口有两个护卫守着，她声音压低了些，"一会儿估计会有人过来问话，你什么都别说。"

顾怜点点头，只要有母亲在，她就什么都听她指挥。

但其实周氏心里也没有底，这是陈家，不是她熟悉的顾家。谁知道陈三爷会怎么对她们。这下可惨了，要是顾锦朝的孩子真的保不住，惹恼了陈三爷，别说救顾德元了，把二房和顾怜搭进去都有可能。

周氏紧紧握着绣帕，看着屏风上的花纹发呆。

这时有丫头进来送了一壶茶，摆了三个茶杯。周氏立刻紧张起来。

果然片刻之后，帘子被人挑开，陈彦允走了进来。他选了个绣墩坐下来，把手里的东西放在桌上，然后端起茶杯喝茶。什么多余的动作都没有，却把顾怜吓得退后好几步，站到周氏身后。

周氏脑子里嗡嗡作响，这陈三爷摆出一副长谈的架势，又没有多余的话，事情多半糟了。

她勉强坐下来，看到陈三爷放在桌上的是那碟顾怜从京城带回来的三碟点心。

她强笑着问："陈三爷这是什么意思？我早就说过了，朝姐儿突然肚子疼，与我们无关。这点心我也吃了，并没有问题，我们可没有在里面下毒。"

陈三爷放下茶杯，淡淡地道："我知道，所以才来问你。"

周氏眉一皱，陈三爷这话是什么意思？

站在旁边的江严立刻说："这些东西都被人动过手脚，里头掺了东西。要是有孕的女子吃了，可能导致流产。要是一般女子吃了，则会有损身体，导致宫寒无孕。"

周氏脸色煞白："这……这怎么可能呢！这些都是怜姐儿从京城带回来的，我们并没有动过手脚。"她忙走到陈三爷身边，"三爷，您可要想想啊！这不可能是我们做的，我要是真要做，也不会这么笨啊。这种事当场被抓现行，说也说不清楚。何况我还要求朝姐儿做事，怎么会害她呢。"

陈三爷抬头看她一眼："你先闭嘴。"

周氏都不知道一个人的目光可以这么可怕，她好像被人掐住喉咙，半个字都吐不出来。

陈三爷才对顾怜说："坐吧，跟我说说，你这点心是怎么来的？"

陈三爷心里也知道，周氏在其中没有参与，她不会那么笨。这东西既然是顾怜从京城带回来的，自然要问她了。

顾怜吞咽了一下，勉强说："我……这点心就是我在家里拿的，是我婆婆赏给我的。"她说完之后自己脸色都变了。姚夫人赏给她有问题的点心？姚夫人要害她，结果不小心害了顾锦朝？

这不可能，肯定是被人动了手脚。她看向周氏，喃喃地说："母亲，我知道了，是顾澜做的，是她要害我，顾锦朝就是被牵连了。对，一定是的。"

顾澜？那不是顾锦朝的庶妹吗。

陈三爷继续问她："你怎么知道是顾澜做的？"

顾怜咬咬牙："我不知道，但是姚家只有她会跟我作对，她知道我们害她不能生育，所以也想害我，一定是的。母亲，我们赶紧回去，我非掐死这贱东西不可。"

周氏恨不得扑上去捂住她的嘴。

陈三爷手指扣了扣桌面，细想片刻。他原来以为是有人想害他，结果动到了顾锦朝头上。顾怜是姚家的人，自从王玄范调任扬州知府，新任阁老竟然选中的是资历较浅的范晖，而非季秋平之后，姚平就有点脱离掌控了。但是这样说很牵强，毕竟姚夫人不能保证赏赐的点心，一定会被顾怜拿给顾锦朝。所以他才想来问顾怜究竟是怎么回事。难道真的是巧合？如果真是后宅斗争无意殃及锦朝，那这事就简单了。

陈三爷想事情一向习惯多种可能，把所有的情况都预料好，再慢慢否定不可能猜测。

他站起身走出耳房，示意江严跟他出来。

周氏扶着顾怜坐下来，才发现顾怜浑身发抖，忙递了盏茶给她喝下。

江严很快进来，笑道："三爷请两位现在就离开陈家，我送你们回大兴。"他收拾了桌上的糕点，做了请的姿势。

周氏犹豫了一下，现在陈三爷肯让她们离开就是万幸了，这证明顾锦朝的孩子是保住了。那顾德元的事呢，陈家还帮忙吗？

江严似乎看出她在想什么，继续说："三爷说了，现在他要是插手，就直接让顾二爷削官流放了。您还是不要再去说话比较好，趁着三爷现在还算客气，赶紧离开吧。"

周氏这才咬咬牙，跟着江严离开陈家。

顾锦朝喝了碗黑米粥，很快采芙就走进来，附在她耳边低声说："夫人，是姚三太太拿来的点心有问题，三爷已经询问过她们，现在连夜请出陈家了。"

顾锦朝听后陷入了沉思之中。顾怜要害她？顾锦朝首先觉得不可能，顾怜没有这么恨她，也不会做这种傻事。

顾怜说这些点心是从京城姚家带回来的，难道是有人要害顾怜，结果被自己误食了？那么是谁要害她呢，她才嫁到姚家多久，姚文秀就只有顾澜一个妾室。难道是顾澜？

顾锦朝问采芙："三爷在里面问她们的话，你听到了吗？"

采芙摇摇头说："奴婢站得远远的，耳房里也只有三老爷的人在。三老爷一会儿就要过来了，不如您问问他吧。"

顾锦朝就怕陈三爷不肯告诉她。

陈三爷问过顾怜和周氏，肯定还不放心，要派人去姚家调查清楚才算完。

顾锦朝闭上眼，突然觉得真有点累了。今天下午折腾得她精神都没有了。她刚闭上眼休息片刻，陈老夫人就走进来了，秦氏、王氏和葛氏跟在陈老夫人身后。

采芙想叫醒顾锦朝，陈老夫人却抬手阻止她，叹了口气说："这孩子遇到这种事也不容易，还是让她休息吧，我明天再过来看她。你们几个把她照料好，这几日就不要到处走动了。"

众丫头齐齐屈身应"诺"。

秦氏有些忧心地道："我看三弟妹这样子，可没办法操持玄青的婚事啊。"

陈家已经和俞家交换了庚帖，陈老夫人这几日已经在草拟宴请名单了。再过两天就要搭棚抬灶，送催妆盒子去催妆了。

陈老夫人想想也是，顾锦朝现在怀着身孕，又出了这样的事，不好操持陈玄青的婚事。陈三爷作为堂堂阁老，很多事情他是不能亲自出面的。她带着几个儿媳走出东次间，对秦氏说："玄青的婚事你先帮着办吧，老四媳妇帮衬你。要是有什么拿不稳的就过来问我。"

秦氏笑着点头。

陈老夫人看到陈三爷从耳房里出来，很快，周氏和顾怜也紧随着出来了，便让身后跟着她的人先回去，她去找陈三爷问清楚究竟是怎么回事。

顾锦朝是因为同族姐妹的东西出现问题的，陈三爷自然不会跟陈老夫人说，只说是两人稍有争执，锦朝一时动气了才会肚子疼，安抚了她一番："眼看天都黑了，您还是先回去休息吧，别累着了。"

陈老夫人年纪也大了，确实觉得有点儿吃不消，又嘱咐了陈三爷几句才带着丫头回去。

陈三爷看了看外面守备森严的护卫。

当时顾锦朝出事，他一时不能断定是什么缘故，如果是有外人潜入，那就要先把木樨堂防备好。现在已经没用了，陈三爷就让他们先退回鹤延楼，只留了一小队人守在前院。

回到东次间，看到锦朝竟然躺在迎枕上睡着了，他脸上的神情才放松下来。他轻柔地把她抱回内室放在拔步床上，又让丫头打了盆热水，亲自给她擦脸。帕子递给旁边的小丫头后，他又俯身帮她脱鞋袜。

顾锦朝感觉到脚上一凉，清醒了过来，看到陈三爷在帮她脱鞋袜，她吓了一跳："三爷，您别……"她没有服侍他就算了，怎么能让陈三爷帮她脱鞋袜。

"躺着别动。"陈三爷低声说，同时顾锦朝感觉到自己真的动不了。他的大手把她的脚踝紧紧扣住，纹丝不动。

这个男人沉默地替她洗了脚，一句话都没说。丫头们自然都不会在这个时候吭声，只是在洗完后把热水端了出去。

顾锦朝看着头顶的承尘，心想陈三爷在想什么呢。他平时这么看重她，就是不小心伤了手指也疼惜得不得了，刚才她的孩子差点没有了。顾锦朝还记得混乱中他哄自己的时候，声音轻柔又充满了温暖，她听到之后整个人才放松了。

陈三爷放开她，帮她盖好被褥。他俯身下来的时候，顾锦朝伸手抱住他。陈三爷沉默了一下，却也没有拒绝，叹了口气翻身上床，任她搂住自己的脖子。

顾锦朝把自己埋入他怀中，也不说话。

她鲜少这么主动地靠近自己，即便有，那也多半是有所求或者意识不清楚的时候。

陈三爷过了片刻才伸出手回搂住她，将她抱得更紧一些。

"三爷，怜姐儿有没有说究竟是谁做的？"顾锦朝也没有抬头，就这样问他。

她听到陈三爷的声音从头顶传来："暂时还不清楚，要查了之后才知道。"

顾锦朝又问他："您要怎么查？这事可能是意外，我觉得顾怜不可能做这种事。"

"你放心，我自有办法。"他说。

顾锦朝从他怀里退出一些，抬头看着陈三爷说："顾怜有没有提到顾澜？"

"嗯。"陈三爷说，"可能是内宅争斗牵扯到你，也可能有更复杂的原因，这还不好说。你现在别多想了，快些睡吧。"

顾锦朝就知道陈三爷不会说给她听，她又闭上眼，想睡到自己的被褥里去。

陈三爷却抱住她说："没关系，今晚就这么睡。"

他什么都没有问她。

顾锦朝在他温暖的怀里睡得很舒服，早晨睡得迷迷糊糊的时候，感觉到他细碎地亲吻自己的侧脸，呼吸也慢慢变得粗重了。但是很快他就起身了，净房里传来洗澡的水声。

已经是初秋了，没必要早上再洗澡了，顾锦朝心想。她睁开眼看了看隔扇外面，天还没有亮，远远传来打鸣的声音，应该才到卯时，但是陈三爷一向起来得很早。

顾锦朝闭上眼，又陷入沉睡中，等到醒来时已经天亮了。

她吃了早膳，喝了药，陈曦过来看她。

顾锦朝也知道自己现在不宜走动，就派孙妈妈去陈老夫人那里说了一声，这两天都不能去请安了。

各房随后送了滋补的东西过来，采芙清点后都放到了东梢间。

王氏离她最近，第二天又过来看她，跟她说陈玄青的亲事："现在是二嫂看着，你尽可放心。二嫂主中馈这么多年，办亲事是肯定没有问题的。你要是闲着无聊，我就常来陪你说话。"

陈玄青的亲事前几天陈老夫人才找她过去商量，要大体定下宴请的人，先把请帖做出来。应该是看自己身体有恙，陈老夫人才先交到秦氏手上了。

顾锦朝笑了笑："你能来陪我，我自然高兴。听三爷说，玄安和玄平就不回别院了，以后跟着家里的西席读书？这样也不错，玄新也有个伴。"

王氏突然跟她说陈玄青的亲事，心里肯定是有想法的。

顾锦朝作为三房的管事的，陈玄青的婚事应该由她操持才是。也不是多累人的事，她就算身体不适，也管得过来。不然三房的少爷成亲，办事的却是秦氏，这让别人怎么看？

听到顾锦朝提起陈玄安，王氏勉强笑笑："别院一来二去也要四天，四老爷嫌路太远了。在家里还能有七少爷指点，可不比在别院强吗。"

顾锦朝知道王氏和陈四爷不和，特别是在孩子的举业上。四房的两个孩子出息都不大，陈四爷一直因此对王氏不满。

两人正说着话，陈玄青过来了。

陈玄青昨晚很晚才回去。事态进一步扩大的时候，他就带着陈曦先回了后院，让安嬷嬷先哄陈曦睡了，他则在后院的亭子里坐了很久，听到前面没什么动静了才离开。

回去之后，他喝了一壶酒。

陈玄青不是没喝过酒，那时候还是陈玄然带着他，偷偷给他喝十年陈的花雕酒。想不到他竟然在喝酒上也有天赋，小半坛子花雕也没喝醉。陈玄然啧啧称奇，看他满脸通红，怕被三叔发现了，又赶紧带他去荷塘吹风。直到半夜觉得他还算正常，才送他回去休息。这是他小时候干过为数不多的出格的事。

但是从此以后陈玄青再没喝过酒了，就是觉得酒不太好喝。他搞不懂书上为什么说酒是琼浆玉露。他觉得酒喝进去的时候从口辣到喉咙，一点儿都没觉得香。陈玄然再偷偷带他去酒楼，他就点壶茶一个人坐半天。

他喝过酒依旧没什么感觉。闭上眼之后脑中各种杂乱的念头却更加杂乱，翻来覆去一整宿没睡。第二天早上一醒来，他就想过来看看顾锦朝。不知道她究竟怎么样了，昨晚没有大动静，孩子应该是保住了。

他等到要中午了才过来，正好碰到顾锦朝在和王氏说话。

王氏看着他笑："竟然是咱们七少爷过来了。"陈玄青可能是日后陈家最有出息的人，各房都对他很客气。

陈玄青淡淡地说："只是过来看看母亲，"又问顾锦朝，"您好些了吗？"

顾锦朝点头，看到他虽然收拾得很整齐，但是神色落魄，下巴还冒出点胡楂，就问道："你昨夜没有休息好吗？现在夜里冷了，记得加一床被褥。"

陈玄青笑了笑，依旧低垂着头："没关系。"就连冬天他都是一床薄被，更

何况这点冷意了。

外头小丫头通传，说陈三爷回来了。

陈玄青先站起身："那我先回去了，您好好休息吧。"丫头给他挑帘，出了西次间。

顾锦朝现在是完全看不懂陈玄青了，既然他不再躲避自己，应该已经不计较过去的事了吧。

第十章

事发

陈玄青看到陈三爷远远走过来，停下来行礼道："父亲。"

陈三爷看着他"嗯"了一声。

陈玄青看着自己皂色的鞋面，有点不能面对自己的父亲。他抬起头，发现陈三爷面上的表情十分平静。

"你来看你母亲吗？"他淡淡地问。

陈玄青默默点头。

"我听说你昨天最先到西次间，也是及时。你母亲幸亏有你帮忙。"陈三爷继续说。

陈玄青心中一跳。父亲可能没有任何意思，但他就是忍不住有点紧张："昨天我过来教曦姐儿练琴，听到正房有争执的声音，觉得不妥所以就过来看看。毕竟是母亲，谈不上什么帮忙。"

"回去好好歇息吧。"陈三爷笑了笑，"你好像精神也不太好。"

"儿子昨天读书晚了点，早上醒来的时候就太迟了。"陈玄青尽量使自己显得很镇定。

父亲是个十分精明的人，一不小心就会被他看出破绽。他也不知道父亲究竟有没有看出什么，他问自己的问题并没有异常，但是接触到父亲的目光，陈玄青就觉得他肯定已经看出了什么。人要是心虚起来，看什么都是怀疑他的。

"你就要娶亲了，不必再看书了。"陈三爷说，"明日我让你祖母拨两个丫头，贴身伺候你吧。"

陈玄青抬起头，正想说什么，陈三爷已经进去了。

男子成亲之前都有人教导房事。如果是嬷嬷教导，只给一本房中术的书。如果是丫头教导，那多半是要肌肤相亲的，父亲这话的意思是让他收通房吗？

正常情况下，他早该有通房了。只是陈三爷不说，祖母不提，就没有人提而已。

王氏看到陈三爷回来了，就先向顾锦朝告别。

顾锦朝笑着说："您今天这么早就回来了？"

陈三爷先看了她一眼，才缓缓说："我放心不下，还是亲自看着好。"他从多宝阁取下自己常看的书，坐到锦朝身边，"你们聊得倒是高兴，和四弟妹说了些什么？"

"说七少爷的婚事，我上次看到俞家小姐，真是个美人。她嫁进来后咱们三房就热闹了。"锦朝笑着说，"我看等俞家小姐嫁进来，就安置在旁边的束雅阁好了。到春天还能摘香椿来吃。"

陈三爷的目光落在书上，嘴角露出一丝笑容。

顾锦朝称陈玄新，就从来不会叫他十一少爷。可能是真的心虚，可能是觉得陈玄青已经成年了，她需要避嫌。那么究竟是哪一种呢？

人心里的怀疑一旦种下，就没有那么容易消失。但他一贯不是个好奇心很强的人，因为好奇心的背后，可能不是什么好结果。

陈三爷合上书，把手放在她的肚子上："好像长大了一点。"锦朝太瘦了，三个月才开始显怀。

顾锦朝说："孙妈妈说这也是正常的，妾身平日也吃很多了，就是胖不起来。"

"孩子小也好，好生一些。"陈三爷说。

锦朝觉得他看自己肚子的目光也格外柔和，笑着说："我喜欢孩子胖乎乎的，养个小胖子吧！"

陈三爷亲了亲她的额头，低低地说："嗯，都好。"

江严过来了。

陈彦允到书房去见他。

"三爷，您吩咐的事已经摸清楚了，范晖的背景很干净，并没有和任何人私交过密的现象。也不是张大人暗中布置在工部的人。不过季秋平倒有异常，半年前他有个侄子被征入军营，现在在奴儿干都司的卫所任千户，听说和兵部的人来往过密。铁骑营也驻扎过奴儿干都司，给此人行了不少方便。"

也就是说，并非范晖有背景，而是季秋平和长兴侯家扯上关系了。

江严接着说："张大人最忌惮的就是长兴侯死灰复燃，季秋平可能是因为他侄子的原因，才没被选入内阁。属下看范晖就算进入内阁，也不可能兴风作浪。"

"再修养半个月，我也该去内阁了。就算是要示弱，也该是时候了。"陈三爷说，"不过干净的人未必就干净，你从范晖入手应该不会有进展了，查季秋平和他这个侄子的关系吧。"

要是季秋平真的和长兴侯家有关系，会大刺刺地把这种关系摆出来吗？

江严细想后觉得也是，准备退下。

"你在查姚家的时候，再打探一下夫人原来的事吧。"

江严以为自己听错了，陈三爷昨天吩咐过，让他查姚家究竟是谁在作梗，想害的究竟是姚三太太还是夫人。但是陈三爷为什么要让自己查夫人？

江严抬头看，发现陈三爷站在窗前，看着天色沉默不语。

"属下知道了。"江严走出书房，看到外面的天色十分阴沉，应该快要下雨了吧。

顾怜和周氏回到大兴，已经是第二天中午了。

她们路上连水都没有喝，口干舌燥的。在马车上东摇西晃也没有睡好，两个人都显得格外疲惫。

回到顾家两人都来不及去和冯氏说话，先吃了碗面填肚子。冯氏听说她们回来了，很是惊讶，竟然回来得这么早，难道事情已经办妥了吗？

她让茯苓给她换了件外衣，亲自去西跨院问两人话。

周氏连连叹气，把这几天的事给冯氏说了一遍。

"我猜测应该是有人想害怜姐儿，不过弄巧成拙害到顾锦朝身上了。顾锦朝又是有身子的人。娘，您是不知道，顾锦朝孩子差点不保的时候，那陈家人恨不得把我和怜姐儿活剥了。陈三爷没把我们扫地出门算是客气的，再想求他办事，恐怕他会直接把德元往死里弄了。所以我才不敢多说，先回来了。"

冯氏目瞪口呆："这事儿就这么算了，老二的官位怎么办？"

周氏叹气："娘，顾锦朝现在是陈三夫人，不是原来那个顾锦朝啊。有陈家护着她，咱们谁去都没用。"经历了这么多天的事，周氏有点累了，她现在觉得顾德元只当个小官也好。人在做天在看，她觉得这句话很有道理。

冯氏坐在杌子上顺气，好一会儿才缓过来。也是，出了这样的事，就是她亲自上门去要求顾锦朝，她也不会答应了。何况她怎么丢得起这个脸！

冯氏长叹一声说："你们一个两个，都指望不上。以后我这老婆子死了，都没脸见地下的先人。"明明两个孙女嫁得好，偏偏没一个能帮顾家，都不争气。

周氏扶着冯氏坐在炕上，劝她："娘，生死有命富贵在天，咱们还是别想这么多了。"

冯氏又坐直了身子，不想在一贯拿捏的儿媳妇面前露出颓相，冷冷地说："没上进心的东西，你倒是说得轻巧，难怪教出来的儿子都中不了举。"

周氏不敢还嘴。

冯氏又问她："怜姐儿从京城带回来的点心，究竟是谁动了手脚，她知道吗？"

顾怜回来之后整个人精神就不太好，周氏心疼她，让她先去睡了。

"她说是顾澜，不过这是没有证据的事，她随口说的。我左思右想觉得也有可能，东西是姚夫人赏给她的，总不会是姚夫人想让她不能生孩子吧！"周氏低声说。

冯氏道："就算不是她做的，她也脱不了干系。让她活到现在，是我们的错，干脆下狠手弄死她算了，免得以后还要碍手碍脚的。"

周氏没有说话，冯氏说弄死倒是轻巧。这么大个活人，现在又在姚家，难道想弄死就能弄死吗？

冯氏慢慢说："你平时对付那几个姨娘不是挺有手段的，怎么现在憋不出话了？"

周氏面露难色："您有什么办法吗？"

"没有证据，你们就不会找证据吗？"冯氏冷冷地说道，"随便找个丫头，就说是亲眼看到顾澜动的手脚，说是她想毒害主母。再让两个婆子勒死就算完了。"

周氏低声说："您不知道，现在怜姐儿正和姚文秀闹别扭，要是再弄死他的姨娘，恐怕……"

冯氏听到这里，叹息说："我早知道她是留不住人的，她那个性子……倒不如在怜姐儿身边选个既听话性格又温顺的丫头开了脸。自己的丫头，只要别抬姨娘，不也是留在怜姐儿房里吗？"

周氏听后沉默许久。

锦朝休养了两天就不再懒在床上了。

这两天没怎么动弹，锦朝觉得骨头都软了。她一早起来围着木樨堂外面的石径走了好几圈，出了一身热汗，沐浴之后才觉得人清爽多了。换了件绛红色缂丝缠枝纹褙子，梳了堕马髻，她才去了檀山院。

绿萝正帮着陈老夫人剪指甲，指甲剪得平平整整，修得光滑圆润。

陈老夫人让婆子搬了杌子给她，笑着说："我早上喝的是红枣薏仁粥，小厨房做得很好吃，你要不怀孕也能吃一碗。"孕妇不能吃薏仁。

锦朝笑着递香膏过去："绿萝姑娘服侍得真好，难得她这么细心。"

陈老夫人均匀地抹着香膏，叹息地说："她服侍我也有八年了，眼看着就到了要放出府的时候。我听说你身边的青蒲要嫁人了？她可是你贴身的大丫头，夫家如何？"

锦朝回答道："夫家也是我陪房的人。老实本分，人也妥帖。"

陈老夫人听后点点头，让绿萝开了箱笼，找了一对和田玉的簪子送给青蒲。

这一对和田玉簪子是同等金簪价值的十倍。青蒲忙跪下道谢。

陈老夫人笑着摆摆手："你这丫头少言寡语的，我平时就喜欢。这先给你做添箱，以后到夫家就戴戴，人家也不会亏待你。"

青蒲红着脸应"诺"，接过大红掐丝的长漆盒退到一边。

锦朝笑着说："倒是让您破费了。"心想陈老夫人这礼送得好，一对和田玉簪子的价钱高，她要是想贴补青蒲就不会束手束脚了。

"身外之物而已，反正我平时也用不着这些。"陈老夫人又拿出一本佛经，翻开后拿出一本绸布包面的红折子给顾锦朝看，"这是我和你二嫂先拟定的宾客名单，你拿回去和老三商量下，看看有没有要添减的，看好了就送去回事处，明儿就把请帖发出去。"

锦朝打开看了一眼，陈家的交际情况她清楚，一眼望去很多名字都熟悉。于是把折子递给了旁边的孙妈妈让她收好。

"正好七少爷的婚事我还想和您商量几句。我现在虽然怀孕，却也不好什么都让二嫂帮着我做，不如摆宴席招待女眷的事还是我来做，免得累着二嫂了。"

这些都是喜宴里最辛苦的工作，特别是准备筵席，寅正就要起来监督厨房做蒸菜、炖菜了。

陈老夫人是看锦朝本来就年轻没经验，又刚好有孕，不想她太操劳了，不然陈玄青的亲事应该是她操持的。让秦氏帮忙，也怕锦朝以后会在众管事婆子里没有威信。

虽然陈老夫人并不偏心嫡庶，但是陈家以后的主母肯定还是三房的人。

"难得你这么懂事。"陈老夫人柔声叹气，"你管三房也是井井有条的，我心里很满意。我还想着再等几年，你肚子里的孩子出世满周岁了，就让你接管家里的事，到时候你二嫂就不用这么忙了。"

陈老夫人果然还是属意三房主中馈的。

顾锦朝倒不是追求主母的地位，而是她作为陈三爷的妻子，这是她不能逃避的责任。

两人正商量着事情，二房过来请安了。

屋子里顿时充满孩子的欢笑声，献哥儿和筝哥儿争着要让陈老夫人抱，献哥儿还要念《千字文》给她听，虽然念得磕磕巴巴的，但童稚有趣。

陈老夫人听完很惊喜，点点献哥儿的额头说："你才这么点大，就会背《千字文》了，真是了不得。"

大长孙媳沈氏很谦逊："是妾身教他背的，还背得不好呢，他就知道显摆！"

"再过两个月，玄然就要从高淳县回来了吧。到时候听到他会背《千字文》了，肯定也高兴。"陈老夫人摸了摸献哥儿的头。献哥儿却坐不住了，要下去找小姑姑玩。

陈玄然中举之后就没有再考了，在应天府高淳县做了个知县。再过几天国子监下学了，陈玄风、陈玄让还有六房的陈玄玉就要回来了。等要过年的时候，陈玄然和陈二爷才会赶回北直隶。到时候陈家才真正热闹起来。

陈老夫人老了，就盼望看到儿孙满堂的场景，对过年也很期待。

顾锦朝趁这个时候和秦氏说陈玄青的亲事，秦氏脸色一僵。倒不是她有多想帮陈玄青办婚事，而是她习惯府里大小事都是她管了，也习惯主母的身份和别人对她的尊重了。听到顾锦朝胎位不稳，她心里还有一丝高兴，巴不得顾锦朝是那种娇滴滴磕不得碰不得的小姐，她手头的一切就不用让给别人了。秦氏微微一笑："你怀着身孕，让你操持也是辛苦。不如我协助你吧，免得你没经验，不知道该忙什么。"

顾锦朝听后也没有拒绝，说："那就麻烦二嫂了。"

秦氏是一个什么样的人，她再清楚不过了。

府里开始张灯结彩，刚好这几天秋高气爽的，一切都合适。婚事热热闹闹地开始了。

陈三爷和陈老夫人商量，定了两千两银子的彩礼钱，聘礼是锦朝和秦氏商量着选出来的。锦朝字写得好，却不大气，央着陈三爷亲自誊了一遍彩礼单子，她自己拿着看了看，笑道："这彩礼单子也值一百两，咱们的彩礼钱可有两千一百两呢。"

陈三爷收了毛笔，笑她："掉钱眼里面了。"

锦朝拉着他的胳膊问："等七少爷的亲事过了，您就要每日早出晚归了。不如您这段时间教妾身练字吧，妾身一直想学隶书，就是找不到人教。"她一向喜欢隶书的厚重。

陈三爷说："我的隶书也一般。"他学的主要是馆阁体，只有翰林院那些大儒的隶书书法才最好。看到锦朝望着自己，才缓缓说："当然教你还是够的。"

铺了澄心堂纸，陈三爷蘸墨给她写了一篇《后赤壁赋》："隶书字帖不好找，我给你写一篇，你先描红，描二十篇我再教你怎么运笔。"

锦朝拿过他写的字帖看，心想这也叫一般，又拿起他刚才用过的毛笔，覆了一层纸开始描摹。

陈三爷在一旁喝茶，静静地看着顾锦朝。她写得很认真，白皙的手腕上戴着一串红玛瑙手串，垂下来一个吉祥结，显得她的手腕格外纤细优美。她认真的时候显得格外温和。

顾锦朝回过头，她突然觉得陈三爷的表情格外平静，这和他一贯的平静不一样，他几乎是不动声色地注视她。锦朝以为自己看错了，因为陈三爷很快就问："你写好了？"

顾锦朝把自己写好的一页递给他："您看看怎么样？"

陈三爷只扫视了一眼，笑着摇头说："我要是你先生，就该罚你再写二十篇了。幸好我是你夫君，所以……写得还不错，你继续努力总能写好的。"

顾锦朝并没有被他打击，她说："妾身天分不好，小时候没少被先生打手板，现在一看到戒尺就怕。反正人总是勤能补拙的。"她又不用去考举人，就慢慢学呗。心里那点淡淡不适感却没有消失，她觉得陈三爷心里肯定在想什么事。

很快就到了十月初五。

锦朝吩咐采芙寅正就叫她起床。采芙不敢睡得太死，抱了一床被子在隔扇外打盹，一段时间就睁眼看一次更漏，到了时间就赶紧进来叫她。

隔扇外面天色漆黑，但是小厨房已经开始烧热水了，不时有婆子细声地说话。

锦朝连眼睛都睁不开，正准备起身，却被陈三爷抱了满怀。

他人很警觉，也没太睡醒，头靠着锦朝的颈侧低声问她："这么早，你做什么去？"

锦朝想把他的胳膊拿开："妾身要去厨房看着，现在该起身了。您再多睡一会儿。"陈三爷不必起得太早，等到辰正再起也不迟，到时候外院里宾客陆续过来，很多位高权重的人要陈三爷亲自招待。

陈三爷皱了皱眉，问采芙："什么时辰了？"

采芙回道："寅正了。"

锦朝推了推他的胳膊："您让我起来，不然二嫂该到了。"

陈三爷才放开她，自己也坐起来。锦朝看着他："您起来做什么？"

"反正还有一个时辰我也要起来了，不如陪你起来。"既然她要忙，陈三爷也不用她伺候穿衣，自己拿了衣架上的直裰穿好。

丫头端着东西次第进来。看着丫头手里捧的几件红色的褙子，锦朝在水红和绛红之间犹豫了一下，觉得自己年纪小，穿水红未免显得太年轻了，便选了绛红的褙子。梳发髻的时候她吩咐丫头梳了牡丹髻。牡丹髻繁复，她一贯不喜欢，今天也是必要的。戴的头面也是金累丝嵌碧玺石簪子、金鬓花。等打扮了下来，她觉得自己看上去像是大了几岁，很满意。

陈三爷从净房出来，锦朝侧头问他："您觉得如何，看上去威严吗？"

陈三爷摇头，笑而不语。

他走到锦朝身边，丫头自然退到一边，他拿了她的一盒口脂，斜坐在妆台上。"抬头。"他低声说道。锦朝抬头看他，他用细笔蘸了口脂，在她唇上轻轻涂了几笔。

他选的口脂是蔷薇花汁做的，颜色并不明艳，但却十分好看。

陈三爷放下口脂说："我陪你过去吧。"她以前没管过这些，他怕她没经验。

锦朝摇头："您可不能去，君子远庖厨。"她怎么可能让陈三爷跟她一起过去。

陈三爷笑笑："我哪里是君子。"想到跟着她过去，她也确实不方便，陈三爷也没有坚持，换了个方式，"那你把孙妈妈带着吧。"说着叫了孙妈妈进来，吩咐她，"夫人现在怀着孩子，不能太劳累了，你要好好看着她。"

锦朝苦笑地说："三爷，我还没有这么娇贵。"

陈三爷摸了摸她的头发说："你现在就是这么娇贵。其实我不太想让你去……"他的话顿了一下，"算了，我中午过去看你。要是遇到什么为难的，就让人来告诉我一声，知道吗？"

顾锦朝点点头，等到出门的时候，已经是辰末了。

等到了中午，菜肴流水一般地端上来。陈老夫人笑容满面地夸锦朝和秦氏："筵席做得很好！"

秦氏和锦朝笑着屈身应下来。

外面锣鼓鞭炮响着。婆子们端了花生、桂圆和铜钱在外面撒，捡铜钱的小孩都笑嘻嘻的。顾锦朝坐在窗扇旁边，往外面看了一眼，也不知道陈三爷在哪里吃席。

一直到申时末新娘的嫁妆才抬进陈家，随后迎亲的队伍吹吹打打地回来了，外面又放了鞭炮，人声的喧哗，锣鼓的声音，十分热闹。

陈三爷站在书房的漏窗前面，望着府里张灯结彩的景象。喧哗的声音好像隔得非常远。身后的江严低声说："属下已经打探清楚了，在那些点心里下药的不是顾澜，而是姚文秀的一个丫头。不过现在顾澜已经被姚三太太关起来了，姚三太太认定是她做的。她现在哭闹着说要见姚三太太，说她是无辜的，还说自己有要紧的事要告诉姚三太太，可以保她性命。"

既然和姚平无关，陈三爷就不是很关心了。

他转过身看着江严，淡淡地道："夫人的事，你查清楚没有。"

江严继续说："属下要说的事正是和夫人有关的。夫人原先住在适安，知道她的人不少，不过时过境迁了，别人也说不清楚。属下就找到了原来伺候过顾家的一个丫头，那丫头已经远嫁到保定束鹿，属下还费了好一番功夫逼她开口，才打听清楚。"

江严面露犹豫之色。

陈三爷抬眼静静地看着他，也不出言催促。书房里只听到远处的喧嚷。

江严却觉得自己后背发凉，声音更加低了。问到的事情他自己也被吓了一跳，足足斟酌了两天该怎么跟陈三爷说，但是姚家发生的事情又让他不得不来说，总要让三爷先拿个决断出来。

"属下打听到夫人原来和七少爷的事。"江严觉得自己的声音干巴巴的，"夫人、夫人原来似乎是喜欢过七少爷，好像是在十四岁的时候。后来有一年都和七少爷有来往，也就是递信或者送些东西。不过七少爷都是一贯拒绝的，再后来两人都没有往来了。年少情窦初开，不懂事的时候这些总是有的，后来夫人就再也没有和七少爷有过联系了。七少爷很厌恶夫人，可能因此才有争执。"

江严不敢抬头看陈三爷，他想象不出陈三爷是什么表情。

陈三爷在朝堂纵横捭阖一生，翻云覆雨，家中却有这样的事。继母和继子……这要是传出去，陈三爷竟然娶了个喜欢过自己儿子的女人过门，实在是太荒谬了。

远处的锣鼓声更加近了，应该是亲迎的队伍进了大门，又放了两挂鞭炮，一派喜气洋洋。

陈三爷闭了闭眼，似笑非笑地说："难怪啊。"难怪这两人看上去总是有异常，陈玄青又十分在意顾锦朝，在他面前屡屡露出破绽。顾锦朝明里暗里地疏远陈玄青。

人年少无知的时候，总会做许多错事。但他不太能确定，这是不是顾锦朝做的错事。

他背手站得笔直，淡淡地问江严："他们后来就没有见过了吗？"

江严点头道："没有见过了。那丫头说夫人的母亲病了之后，她性情有所改变，就不再和七少爷来往了。从属下打探到的消息看也是如此，夫人的母亲重病后，夫人的性子也变得冷淡起来。"

他抬起头，看到陈三爷脸上毫不掩饰的淡漠，他并不愤怒，甚至不惊讶。他怀疑这些情绪都压抑在陈三爷心中，就像从前一样，谁也不知道他心里究竟在想什么。

"既然后来没有往来了，这事就不要重提了。这些事还有别人知道吗？"陈三爷问。

江严道："这丫头原来是伺候顾澜的，顾澜也知道。其实倒不如这么说，夫人会喜欢七少爷，这个顾澜在其中的作用很关键。这丫头说，顾澜曾经做过许多害夫人的事，件件都是不顾手足情谊的阴毒之事，所以后来夫人才这么不喜欢这个妹妹。所以属下有个猜测，现在顾澜在姚家几乎要保不住自己性命了，她和看守自己的婆子说，有秘密交换给姚三太太，求姚三太太放她一命。"

陈三爷说："你担心她用这些事作为交换？"

江严点头说:"正是如此,不过属下也就是猜测,说不定是别的事也未可知。"

"杀了吧。"陈三爷轻轻地打断他。

江严一时没反应过来,结结巴巴地说:"您……您的意思是?"

"把她杀了,别留痕迹。"陈三爷说完就走出了书房,外面陈老夫人派的丫头过来了。

马上要到拜堂的吉时了,陈老夫人派人过来找他。

江严才跟上去,低声回了"是"。

洞房外的中堂布置得张灯结彩,隔扇上贴着大红双喜字,设一张供桌,上面供有天地君亲师和祖先的牌位,香案烛火,瓜果点心。锦朝坐在一侧太师椅,却看到旁边的太师椅空空。

女方的全福人先过来看了,颇有些疑惑。

旁边的陈老夫人就叫了绿萝去请,说:"刚才和江严去书房了,竟然这时候还没过来。"

唱礼的礼生、媒人、全福人次第进来了。

陈三爷这时候才走进来。他穿着正二品的绯色官服,显得比平日更端正严肃,脸上的神情却淡淡的,径直走到太师椅前坐下,对看向他的礼生点点头:"可以开始了。"

锦朝压低声音问他:"您怎么去了这么久?"

"嗯,和江严多说了几句。"他回答道。

顾锦朝皱了皱眉,虽然她不知道陈三爷在想什么,但是总觉得有一丝异样。正想多问几句,新郎新娘却已经牵巾走了进来。新娘由傧相扶着,凤冠霞帔,比陈玄青矮了半个头,走在陈玄青身边显得十分娇柔。男的清俊,女的娇美,倒是一幅很美的景象。陈玄青站得笔直,面无表情地直视前方。

焚香,鸣爆竹,奏乐。礼生唱礼,两人先献香叩首,再行三跪拜礼。

夫妻对拜之后,俞晚雪起身时晃了一下身子,陈玄青轻轻扶了她一把稳住她。

礼生随即高唱道:"礼成,送入洞房。"

此时天色已然暗下来,一盏盏红灯笼被点起来高高悬挂。

众宾客才入了晚上的筵席。

等到锦朝把事情安顿好回到木樨堂的时候,陈三爷还没有回来。

木樨堂的廊庑里也挂了红灯笼应景,锦朝中午没怎么歇息,此刻已经是困得不得了了。本来还想等着陈三爷回来,却不知不觉地靠着大迎枕睡过去了。

夜晚的喧哗已经平息了，只有束雅阁那边还传来闹洞房的声音。

锦朝被青蒲叫醒，端了一碗汤药给她喝下。又有丫头打来了热水让锦朝洗脸。

陈三爷这时候才从外面回来。

顾锦朝立刻闻到了一丝酒气，她上前想搀扶他："您不是不爱喝酒吗，怎么还是喝了？"

陈三爷摆摆手不要她扶，实际上他还很清醒："陪漕运总督喝了两杯，无事。"

锦朝立刻让丫头去煮解酒汤，等他坐在罗汉床上之后，她为他解了官服的犀花革带："漕运总督不是应该在南直隶淮安府吗？他回京述职了？"

陈三爷"嗯"了一声，声音低沉，目光落在顾锦朝身上良久。他想问她什么，但又不想问。顾锦朝也没有说话，一室的沉默。

筵席上的时候，漕运总督端着酒杯笑道："咱们陈三爷不懂琼浆玉露的好，不能陪我喝一杯。人生在世享乐短暂，你要是还不饮酒，不近女色，有什么乐趣呢？"

郑国公常海哈哈笑了："吴大人不知道，三爷五月的时候续弦娶了一房美娇娘，宝贝得很。他哪里不近女色了，你可别被他骗了。"

漕运总督道："我还以为你真的戒色了呢。"

陈三爷低垂着眼笑着，手里把玩着酒杯，突然抬起头来一饮而尽。

漕运总督和常海都被他吓到了，还是漕运总督先反应过来，一拍手道："得了，看来三爷今天真是兴致好。你觉得琼浆玉露的味道如何？"

陈三爷说："也不是没喝过。"把酒杯递给小厮，又斟了一杯再饮下。

席间觥筹交错，等到漕运总督离席的时候，陈三爷才把酒杯反扣在桌上，毫无醉意。

丫头端了解酒汤过来，陈三爷却闭上眼，少见地露出几分疲惫。

顾锦朝让他靠在迎枕上，给他揉着眉心和太阳穴。

她那手能有几分力道，挠痒痒都嫌轻。陈三爷反握着她的手，自己加重了力道。

顾锦朝把自己的手抽出来，端了解酒汤说："要妾身喂您吗？"他喝了酒之后情绪要外放一些，也不知道究竟是什么事，竟然让他觉得累。顾锦朝很疼惜这样的陈三爷。往日都是他照顾自己居多，她这个身为妻子的，总是不太称职。

陈三爷看着她不说话，顾锦朝犹豫了一下，舀了解酒汤凑到他唇边，他先是不动，过了片刻才张开嘴，一口一口喝下了。

丫头把碗收下去了，顾锦朝想了一会儿，还是按住他的胳膊，轻声说："虽然妾身不知道您这几日在想什么，但是您想什么都可以和我说，我虽然不一定懂，但是说出来总是好的。"

说出来真的是好的吗？陈三爷不这么认为，他暗中找人调查她，得知她一些荒谬的事。但他不太确定这件事是不是还在继续，他不想给她平添负担，顾锦朝是那种很容易乱想也很敏感的人。但是他不可能不介怀。

陈三爷抬手摸着顾锦朝的脸，满是爱怜。

顾锦朝下意识想躲开，但她很快就压制住自己的动作。他粗糙的大手摸过她的下巴，突然按住她，然后自己凑上来。

顾锦朝被他压下来，唇齿之间还有些酒味，似乎是秋露白的味道。

她觉得这个吻太急促了，有点不能呼吸，伸手想推开他，但他的手很快压住她，并且解开了她衣服的系带，完全不容她拒绝。

她的身孕刚过三个月。

顾锦朝心里叹了口气，抬手揽住他的脖子。她知道无论怎么样，陈三爷是不会伤害她，也不会伤害他们孩子的。她现在对他有完全的信任。

果然陈三爷很快就停下来，平息了片刻之后，把她抱起来替她整理好衣襟。

"你今天也累了，我让人给你打水过来。"他说完之后下了罗汉床，去外面吩咐丫头了。

顾德元贪墨证据确凿，昨天被大理寺正式收押会审。

顾怜知道这个消息的时候心烦得不得了，服侍姚夫人早膳也心不在焉的。姚夫人喜欢吃包子，她却给她夹了一个酥饼。姚夫人把碗筷搁下，当即就沉下脸："顾怜，你这魂儿在哪儿呢？"

顾怜才回过神，看到对面大嫂秀秀气气地喝着粥，二嫂给坐在她怀里的女孩剥鸡蛋吃，两个人看也不看她。顾怜脸涨得通红，把酥饼夹到一边的小碟里："儿媳就是昨晚没睡好。"

姚夫人看她一眼，淡淡道："酥饼渣子都到粥里去了，你就不会给我换一碗粥吗？连伺候人都不会？"

顾怜咬咬唇，在父亲还没有出事的时候，姚夫人当然不会对她这么不客气。

她只能给姚夫人换了一碗粥，打起精神伺候她吃完早膳，不敢再走神想父亲的事。

等吃完了早膳，她还要服侍姚夫人做针线、染指甲，就连姚夫人和几个夫人打马吊，她都要在旁边帮着码牌。等到了傍晚，顾怜才坐下来和姚夫人一起进晚膳。

看到公公没有过来，顾怜有些好奇，他一向都这个时候过来看姚夫人的。

她就问了一句："娘，父亲今日朝务太忙了吗，怎么也没有过来吃晚饭？"

姚夫人慢慢道："陈大人的儿子娶亲，他自然要过去吃酒席了。"姚平和陈三爷的关系一般，姚夫人又和陈家的人没有交集，就没有一起过去。她看到顾怜，笑着问她："陈三夫人不是你的姐姐吗，怎么，你不知道这事吗？"

她把顾锦朝害得差点流产，怎么还敢过问这些。这些话当然不能说，顾怜只好笑笑："最近忙着我父亲的事，一时忘了。"

姚夫人没有说话，一会儿二嫂抱着孩子过来了，孩子扑到姚夫人怀里要她抱。

姚夫人喜笑颜开，逗着刚会说话的孙女喊人。过了会儿她问顾怜："那个澜姨娘……你说她在你点心里动手脚，你要怎么处置她？"

顾怜回答道："儿媳也不知道，不过做这样的事，我总不能轻饶了她！"

姚夫人拿了一个拨浪鼓给孩子玩，摇得咚咚作响。

"你自己要稳重一点，自己为人妻，就不要给丈夫添麻烦。该伺候就要伺候着，又不是闺阁小姐了，没有使小性子的说法。知道吗？"

姚夫人应该是知道她和姚文秀闹别扭的事。顾怜忍着什么话都没说，点了点头。

等她回到自己的住处，气得摔了个釉上彩的茶杯，阴沉着脸直喘气。嬷嬷轻手轻脚地捡了碎片，让丫头拿了笤帚进来归置。现在生气后知道不乱说话了，也就有进步了。

嬷嬷站到顾怜身边，低声说："澜姨娘说要见您，都求了两天了，您要见她吗？"

"她想说什么？"顾怜反问，"说什么都是狡辩，我不想听她说话！"

嬷嬷笑了笑："澜姨娘说和顾锦朝有关，只说给您一个人听，说您听了就有用了。她想换个活的机会，您听了也没什么损失，指不定真的有用呢？"

顾怜又想到顾澜被她关起来的那天。她先是求饶哭诉，姚文秀来帮她说话，替她辩解。顾怜一意孤行认定是顾澜做的，告到了姚夫人那里。姚文秀气得搬去了外院一个人住。顾澜眼看脱罪无望，就变了一张脸，毫不留情地用恶毒的话诅咒她，冷笑着说："顾怜，你也就敢怪到我头上。你早晚也要被人弄死。就你这副蠢样子，活该被人玩弄！"

她气得让丫头按住顾澜的手，抽了顾澜几巴掌。

顾澜被她打得愣住了，呜呜地哭起来。

顾怜看到她哭也觉得有点不可思议，她以为像顾澜这样的人是不会服软的。很快她就把顾澜关了起来，让人每日给她水食。但等到真的要下手杀顾澜的时候，她却有点动不了手。那可是个活生生的人啊！嬷嬷很不赞同她的优柔寡断，

让她再多想几天，顾澜迟早是要死的。

顾怜本来就烦躁了，想到顾澜的事更加觉得不舒服。母亲说姚文秀要是不原谅她，她就在身边选一个又听话又漂亮的给姚文秀开脸。男人嘛，都是喜新厌旧的，等这个丫头得宠了，姚文秀哪里还记得顾澜呢。

顾怜的目光在伺候自己的丫头身上转了几圈，她陪嫁的五个丫头，姿色最好的是兰芝和叶芝。兰芝跟她一起长大，叶芝脾气要冲一点。两个丫头都是肌肤雪白，身段优美。

顾怜闭上眼，恹恹地说："嬷嬷，我想睡了，要见她也等明天吧。"

嬷嬷笑了笑，也没有再劝她，叫了丫头打水进来。

这一觉睡得昏昏沉沉的，顾怜是被人推醒的。她睁开眼就看到兰芝一张焦急的脸："太太，澜姨娘出事了。"

顾怜还没反应过来："她？她能出什么事？"

"澜姨娘上吊死了。"兰芝低低地说，"张嬷嬷已经过去了。"

顾怜这才彻底清醒了，丫头捧了衣服进来让她穿，她目瞪口呆："她昨天不是说还有事和我说，怎么今天就上吊死了。这是什么时候的事？"

兰芝也不清楚，刚过来传话的是个没留头的小丫头，情形也没说清楚。

顾怜穿好了衣服，赶去了偏院的后罩房。

后罩房挂着灯笼，看守顾澜的两个婆子就跪在门外，吓得浑身发抖。

凌晨的风很冷，叶芝给顾怜披了斗篷。顾怜把手都拢在斗篷里，往门内瞧了一眼。人早就被婆子放下来了，只看到一个躺在地上的影子，她吓了一跳！不是她同情顾澜，前几天还活蹦乱跳的人突然变成了尸首，谁都不能接受。

她颤抖地问婆子："这是怎么回事儿？"

穿蓝色棉布袄子的婆子说："是奴婢最先发现的，尸首已经完全硬了，恐怕昨夜里就死了。奴婢还奇怪呢，昨晚送进去的饭动都没动，等奴婢往里头走，才看到姨娘已经上吊了。"

张嬷嬷从里面出来，对顾怜点点头，才跟这几名丫头婆子说："姨娘是害怕太太惩罚才自缢的，你们可都看到了！"丫头婆子连忙应是。张嬷嬷立刻让那两个婆子去抬顾澜的尸首。

顾怜听说上吊死的人都很可怕，站到廊庑里等婆子把尸首抬出去。她回头的时候还是不小心看到顾澜发紫的脸色，忙把张嬷嬷拉过来，跟她说话："她怎么可能自缢呢？"

张嬷嬷也觉得奇怪，顾澜不是还有什么话要说吗？她摇了摇头："太太，这咱们就别管了，死了更好，免得您还要费心除去她。"

"可是她这么一死，别人不是都要怀疑是我下的手了？"

张嬷嬷按住顾怜的手，叹了口气："您本来也是要下手的。"

顾怜却好像在想别的事回不过神来，手脚冰凉。

张嬷嬷伸手去扶她："一会儿该去给太夫人请安了，您到时候再把这件事跟她说吧。"

顾锦朝这夜睡得不太好，辰时就醒了。她侧过头看到陈三爷朝外躺着，也不知道他睡醒没有。

她轻轻地翻过身，就听到他的声音："醒了？"声音很清楚，应该是已经醒了许久了。

顾锦朝"嗯"了一声。他侧过身抱住她，却没有说话。

顾锦朝问他："您后天就要去衙门了吧？"他的伤其实半个月前就完全无碍了，却迟迟没有提回内阁的事。和陈三爷一起生活倒是很舒服，他总是提前安排好事情，不用她来操心。想到他又要开始早出晚归了，顾锦朝还有点不习惯。

陈三爷并没有回答，而是问她："你昨日管大厨房还习惯吗？有没有人为难你？"

"我原来在家里也跟着母亲学，后来又跟着祖母学，这些事管起来还是没有问题的。"顾锦朝轻声说。

天还没有亮，她蜷缩在陈三爷怀里，两个人几乎是耳语般的交谈。

顾锦朝抓起他的手，他的手很好看，读书人的手，骨节分明，手指修长，掌心却有些粗糙。

"你在干什么？"他任她摆弄着自己的手。

顾锦朝说："我给您看手相。"他的地纹线比她的短，只长到手掌中心，这是英年早逝的手相。

"您的地纹线很短，这种手相多是心地善良之人。"而且容易英年早逝。顾锦朝有点犹豫，说英年早逝总是不太吉利。

陈彦允问她："你觉得我心地善良吗？"

顾锦朝当然不这么觉得，但表面上他确实是个非常温和的人。她点头道："您看上去还不错。"

陈彦允笑了笑，不置一词，把下巴放在她头顶："那你还看出什么了？"

顾锦朝说："朝堂险恶，人心难测。您的地纹线比较凶险，一定要小心。"她紧紧握住他的手，不想身边的这个人死去。顾锦朝还以为自己已经足够心硬了，但是她其实很在乎陈三爷。

顾锦朝转过身抱住他，低声说："要不然您还是不要争吧。"说完她就觉得不合适了，陈三爷有野心有抱负，他是意志力很坚定的一类人。已经到如今这个地步，并不是你想退出，别人就会放过你的。这实在是妇人之见。

陈三爷低头看着她，又听到她说："我随便说的，您别在意。"

他叹了口气："我都知道。放心吧，我不会有事的。"

谁不是一将功成万骨枯呢。可能是遇刺的事吓到她了吧，陈三爷静静地抱着她。

木樨堂的堂屋布置起来后，过了一会儿陈玄青才和俞晚雪一起过来了。

两人给他们奉了茶，俞晚雪喊了"父亲""母亲"。

顾锦朝打量俞晚雪，她穿了一件大红遍地织金的褙子，梳了凤尾髻，戴凤衔珠的金步摇。正红的颜色衬得她肌肤雪白，眉眼之间十分精致。陪嫁的两个丫头也长得颇为标致。

继母这么年轻，俞晚雪喊她的时候，难免有一些别扭。

顾锦朝笑着让丫头赏了两人封红，又亲自拿了个一尺见方的檀木雕花盒子给俞晚雪。里头都是些没有镶嵌的宝石或者珍珠，整整一匣子，算下来应该有四五百两了。

顾锦朝刚嫁过来的时候，陈老夫人也送了她一个盒子，里面都是极为贵重的首饰。平时锦朝都不会拿出来戴。想着还是赏一些宝石给她，想要什么样式，自己打了金簪镶嵌就是。

陈三爷喝了口茶，看着陈玄青。陈玄青表情淡淡的，并没有新婚的喜悦。

顾锦朝叫了俞晚雪说话："你嫁进来后，七少爷房里的事就交给你管着。平日若是没有事，就过来陪我说话也好，不要太拘束了。"

俞晚雪还有点忐忑，毕竟还是新妇，浅浅地笑了笑："儿媳明白。"

陈三爷则跟陈玄青说："你成亲之后就要肩负起责任，不能再像以前一样了。"

陈玄青点头，陈三爷接着说："等你在翰林院观政满后，我就上疏皇上，让你调到地方任县令。只有治理好一方黎民百姓，你以后才能胜任知府、六部掌事，以后陈家的担子是要落在你身上的。你明白吗？"

陈玄青道："父亲，您放心吧。儿子都知道。"如今他在翰林院中任编修，不过是积累经验罢了。

父亲希望他从底层的地方做起，而且他如今在内阁任职，陈家有其他功名卓越的人，就要避嫌远调。等到父亲退出内阁的时候，才是他回到北直隶，真正肩负起陈家责任的时候。

陈三爷颔首。

陈三爷倒是希望陈玄青早点离开翰林院，要想有经纬之才，光是在翰林院是不行的。古往今来有多少只会纸上谈兵的大臣误国误民的。在他的庇佑之下，陈玄青这一生过得比他还顺利，这对他来说是不利的。做几年的县令，明白国计之本，以后就知道怎么为官为民了。

陈玄青已经娶亲了，那些毕竟都是过去的事。他打算既往不咎，既然两人如今已经没有往来了，那么他就不怀疑了。等到陈玄青离开北直隶，再过几年回来，应该就什么都没了吧。

年少的时候容易懵懂，等到人成熟了就什么都明白了。他昨天想了很久才决定不把这事捅破。他应该相信锦朝，何况她现在怀着自己的孩子，决不能容忍这样的猜忌。

敬过茶后，俞晚雪还要去拜江氏的排位。随后几人才一起去了檀山院。

陈老夫人拉了俞晚雪过去打量，让嬷嬷们领着孩子们先去外面玩，笑着问郑嬷嬷："礼成了吗？"

这是问陈玄青和俞晚雪圆房没有。

郑嬷嬷笑着点头，手里还拿着一个大红描金的盒子，里面装着落红喜帕。

俞晚雪的脸羞得通红，陈玄青也挂不住咳嗽了一声。

王氏笑道："看咱们七少爷都不好意思了！"

陈老夫人笑眯眯地跟俞晚雪说："你以后可要好好照顾他。别看他表面上温和有礼，实则脾气执拗，比他父亲还厉害！又一个人独居惯了，人都有点冷冷清清的，娶了你以后啊，他那屋子里才热闹了。他要是对你不好，你就来找祖母告状，祖母收拾他！"

俞晚雪低声说："祖母放心，七少爷他人很好。"

两人虽然还淡淡的没什么情分，但陈玄青待人确实很温和，就连新婚之夜……

新婚之夜的时候，两人躺了大半宿都没有动静。俞晚雪装作自己睡着了，其实心跳如擂鼓。她能感觉到陈玄青的呼吸，感觉到他身上淡雅的香，像某种衣物的熏香。她心里其实有点失望和焦急，要是新婚之夜他们没有圆房，她以后在陈家也难以立足。

她原来并没有见过他，但是她听多了这个人的名字，他的传奇的故事——十六岁的探花郎。而且母亲总是说，她以后是要嫁给这个人的。听说她要嫁给陈玄青，别人也都很羡慕她，她也庆幸自己祖母给她定下这么一门良缘。

从小，她就知道自己要嫁给他。等她再听到别人说起他这个人，总是带着一种异样的心动。原来只是仰慕这个人的风华，直到他用喜秤挑开自己盖头。看到这个清俊得像仙人一样的男子，她的心怦怦地直跳。周围都是人，但是他表情很平静，并不像寻常的少年娶亲，羞涩或者激动。他一直很平静很稳，相比之下，她见过别的少年都只是不成熟的毛头小子。

所以她咬了咬唇，自己先放弃了矜持，钻到了他的被褥里，伸手抱住他。俞晚雪很怕他会推开自己。但是过了很久，她只听到他叹息了一声。

他究竟在想什么呢？

很快她就没有什么疑问了，因为他翻身抱住她。他的动作十分的温柔，因为她太痛了，他甚至没有继续下去，抽身离开她去了净房，叫了丫头进来伺候他沐浴。俞晚雪躺在床上手脚冰凉，等到两个丫头出来的时候并没有异样，她才松了口气，心想母亲说得对，等嫁人就知道嫁人的滋味了。她很感谢陈玄青对她的尊重。

陈老夫人笑呵呵地对陈玄青说："你看看，多好的媳妇。才成亲一天呢，就知道要维护你了！你可要对人家好，千万别亏待了她！"

俞晚雪头埋得更低了。

陈玄青嘴角露出一丝笑容："是，孙儿都知道。"

打发了陈玄青去次间和他父亲、四叔说话。俞晚雪才一一跟长辈行礼，众位对她来说不是辈分高就是年长，所以她收了一大堆的礼物。最后她的两个丫头都抱不下了。顾锦朝暗叹她还是经验不够啊，叫了身边的雨竹去帮忙。俞晚雪回头看了顾锦朝一眼，露出一个微笑。

俞晚雪随即又去宴息处认亲。

顾锦朝少说也认得大半了，带着她介绍这些人。

终于能落座的时候，俞晚雪觉得口干舌燥不说，还有点腿疼。她的陪嫁丫头从霜端了茶给她喝，她有意和顾锦朝亲近，便笑着问："母亲嫁进来的时候也这么累吗？"

顾锦朝摇头："你是小辈，多是收礼或者要请安。我长一辈，那是要送别人礼，受别人请安的。不过你就是累一些，礼物赚得多啊。我那日可是真的破财了。"

俞晚雪听得笑出来，心想这个年轻婆婆也不难相处，反倒挺有趣的。

顾锦朝也知道自己的长相并不面善，当然这个认识是对的。她原来就不怎么善，只有跟她相处久了，才知道她是个比较容易沟通和相处的人，而且不怎么聪明。

她曾经把人家欺负得太惨了，想到过去那些荒唐事，顾锦朝就苦笑着摇头。她总觉得自己便是来还债的，欠三爷的，欠俞晚雪的，欠她自己的。

她把一碟点心推到俞晚雪面前："你尝尝这个吧，十分香酥可口。"

千层咸皮酥，她记得俞晚雪很喜欢吃。

俞晚雪尝了一口，果然觉得非常好吃，忍不住又多吃了两块，跟锦朝说：

"真的很好吃！想不到母亲的口味倒是和我挺像的，喜欢这些香酥的东西。"

顾锦朝摇头："我不太喜欢干的糕点，还是觉得鲜果之类的比较好。"

俞晚雪有些疑惑，不喜欢这些，怎么还推荐给她。不待她多想，陈玄青已经走过来了。看到顾锦朝陪着俞晚雪，他的表情有些不自然。

顾锦朝也注意到了。她也不想打扰他们相处，对俞晚雪微微一笑就先避开了。

陈玄青才走过来问俞晚雪："认亲还好吗？"

俞晚雪点点头，笑着说："我和母亲聊了一会儿，她人真是不错。"她站起身，又问，"您有事吗？"

陈玄青摇头："马上就要开席了，我先走了。"

他走出宴息处，迎面吹来一阵秋风。所有的人声都远去了，他已经走到了荷池前面。荷花早就凋谢了，满池衰败的枯叶和干瘦的莲蓬，一个个垂着头，样子孤苦伶仃的。

陈玄青闭了闭眼睛，突然有种什么感觉涌上喉咙，让他想发泄，想嘶吼出来，或许是哭出来。

上次哭是十岁的时候，他打碎了父亲的砚台，怕被父亲责骂，父亲却没有怪他，而是柔和地摸着他的头说："东西没了不要紧，你是男子汉，不能懦弱。"他从来没觉得父亲这么柔和过，也就没有哭了。

陈玄青深吸了一口气，才缓缓地往回走。

陈三爷开始早朝的第一天。

锦朝早起为他穿衣，朝服太过烦琐，他一个人是不能完成的。

系好了犀革带、佩绶，剩下的东西就是陈三爷自己弄。他慢条斯理地系好衣襟，整理了衣袖，才看到锦朝靠着罗汉床都已经昏昏欲睡了。他把锦朝抱回了床上，她倒也是没察觉，把被子拥到怀里继续睡。

陈三爷放下罗帐，拿起大红漆方盘上的六梁冠走出去，陈义已经在外面等着他了。

汉白玉石阶，朱墙黄琉璃瓦，金龙雀替，三交六菱花隔扇门窗，前设镏金香炉四座。即便是两月不来，乾清宫也依旧如常华丽。

现在的帝师已经是翰林院掌院学士高大人，不过皇帝仍然会时不时地召见陈彦允，问他学问上的问题。陈义留在乾清宫宫门之外静候着，陈彦允跨入了宫门内。

朱骏安的贴身太监领着他往庑房走去，笑称："陈大人这边请，皇上把庑房设成书房，说在那里读书可以看到荷池里的锦鲤。太妃还特地命人在荷池里多养了些鱼，弄得十分好看。"

虎房里不像乾清宫内铺着金砖，而是十分俭朴。里面设了铜鹤衔灯座，长书案，紫檀木多宝阁，隔扇大开，果然能看到小花园中荷池的景象。

朱骏安看到他过来了，满脸笑容："好久不见陈爱卿了。"给他赐了座。

陈彦允回答："微臣就是受伤休息了几日，现下已经无大碍了。"

朱骏安点点头："我也听张爱卿说你受了箭伤。张爱卿没有过来吗？"

"许是张大人有要事去做吧。"陈彦允淡淡一笑。

朱骏安很失望："原来张爱卿也经常过来看我，现在只有早朝才能看到他了。叶限前不久刚成亲，也不能过来陪我。宫里头的人都闷得很，不像叶限会和我玩。上次叶限送了我一只会讲《论语》的鹦鹉，我很喜欢，可惜养了几天就死了，不然还能给你看看。"

说起叶限，朱骏安就有说不完的话："他这个人很有趣，还会养蛇。上次他偷偷把蛇装在衣袖里带给我看，翠绿翠绿的，把高大人吓了一跳，还回去找长兴侯夫人告状了！"

"陛下常和世子来往吗？"陈彦允问他。

朱骏安点头："他是太妃的弟弟，又是高大人的外孙，经常进来陪我。"说完给陈彦允看自己前几天写的文章，是论无为而治的。陈彦允觉得这个题太大了，朱骏安才十四岁，并不能理解这些东西，就委婉地劝他："陛下可以多读《四书注解》，治国为民都用得到。"

朱骏安有些疑惑地看着他："治国为民不是有张大人吗，我看这个做什么？"

陈彦允笑笑："总有用得到的时候。"虽然是这么说，陈彦允却并不能确定，到了那个时候张居廉会不会放权。一人之下万人之上的滋味太好了。

说到这里，有宫人进来禀报，说长兴侯世子爷过来了。

朱骏安很高兴，让人宣他进来。陈彦允就先告辞了。

他在路上遇到叶限。

叶限已经换了朝服，穿了件玉白襕衫。他好像十分喜欢这种松松散散的衣服，皂色系带翩然飘逸，脸上的神情淡淡的，玉色的脸，唇红齿白，身材清瘦，很有种世家公子的风度。

叶限笑着说："竟然是陈三爷？我听说您前段时间被人暗算，差点没了命，现在没事了吧？"

叶限官位比他低，却早就封了世子爷，要是论起来并不比他身份低。

"劳烦世子关心，陈某还算是侥幸，从鬼门关里活过来了。"

叶限叹了一声："那真是可惜了。"这话实在容易让人误解，他很快又接着说，"可惜阁老为国为民的操劳，还要被奸人陷害。幸好阁老想除掉的奸人已经除去了，不然还真是不值啊。"

陈彦允淡淡道："既然是为国为民，受伤也值得了。我倒还没恭贺世子新婚之喜，怎么成亲的时候，也没有给我发请柬，我也好送一份礼啊。"

"就是怕阁老忙不过来，不想打扰了您。"叶限慢慢道，"听说阁老妻子有孕，长子又刚成亲，这是双喜临门，我这算得上什么。"

叶限平时不爱说话，一旦说话就尖酸刻薄，而且尖酸刻薄得不动声色。平时大臣们都很注意，不和长兴侯世子爷来往，也尽量别惹他。

陈彦允不知道自己哪里惹到他了，他也不想计较，道："世子还是先进去吧，一会儿皇上该来催了。我还有事，就不陪世子爷说话了。"说完一拱手，就带着陈义先走了。

叶限在原地静静地站了一会儿。不知道锦朝大着肚子是什么样子的，她以后哄孩子入睡又是什么样。

听说陈彦允出事的时候，他其实真的有点高兴。虽然知道遇刺一事，陈彦允这老狐狸自己策划的可能性比较大，他还是有点盼望他死，盼望顾锦朝陷入无依无靠的境地。

宫人出来催他，叶限才走进庑房里。

刚和陈玄青成亲，俞晚雪每日到锦朝这里来请安。陈玄青不用来，她却不能不来。

按照别人调教儿媳妇的惯例，顾锦朝也应该调教俞晚雪一番。秦氏甚至给她出过主意："儿媳刚嫁进来都是很娇惯的，做姑娘的时候宠得厉害，往往就没有规矩了。你平日多让她伺候你吃饭、穿衣，就算不伺候，站在旁边听你吩咐也好。平时她们有做得不对的，一定要训斥，不能留情面。这样过几个月，以后就会言听计从了。"又说她的三个儿媳都是这么调教的。

顾锦朝只是笑着点头，也没说同意不同意的，心中却想，儿子和媳妇可不太一样，儿子能棍棒教育，媳妇却把你对她的好和不好记得一清二楚。

青蒲婚期快到了，锦朝让她好好休息，准备成亲用的东西。这段时间都是采芙和绣渠在伺候她。

采芙刚伺候她洗脸洗手抹了香膏，俞晚雪就过来了。

顾锦朝指了杌子让她坐："再过一会儿，我们就去给娘请安。"

俞晚雪穿着很简单，白底朱红襕边的褙子，绾着整齐的发髻，虽然未施脂粉，依然清秀动人。

等到丫头端了早膳上来，俞晚雪就给她盛了面条。

小厨房做的是臊子面，好几种浇头，腌笋干、炖鸭肉、切碎的胡萝卜和黄瓜。锦朝让丫头再拿一个碗过来，问她："你喜欢什么浇头？"

俞晚雪摇头："儿媳已经吃过了，您吃就好。"

顾锦朝很意外，皱了皱眉问她："你是什么时辰起床的？"

"卯正的时候。儿媳在家里也一向是这个时候起的，母亲这个时候要给祖母熬药，我会在旁边帮着看火，都习惯了。"俞晚雪怕她误会，又解释了一番。

顾锦朝无意改变她的作息，俞晚雪每天起得很早，好像一直都这样。

她看俞晚雪神色还是有些紧张，知道她有点放不开，也没有说什么。

过了会儿陈曦来了。

认亲那天她就见过俞晚雪了，不过那时候人多，两人没说几句话。

陈曦小声地喊了俞晚雪"七嫂"，坐到了锦朝的身后。她有点怕，却又忍不住探出头打量这个七嫂。

俞晚雪笑着和她打招呼："曦姐儿的发箍真好看，我小时候就喜欢这样的东西。"

"我还有两对，七嫂要是喜欢，我送一对给你。"陈曦小声说。她喜欢发箍，这样嵌着珍珠的就有三对。安嬷嬷给她梳丫髻、双螺髻都喜欢用。

锦朝笑她："你七嫂已经用不着发箍了，你不如送一些别的吧。我看你有一对金蝉头面就很好看。"

陈曦对那副金蝉头面很是宝贝，头面上的金蝉栩栩如生，连翅膀都薄得透明。

陈曦委屈着一张脸看着顾锦朝，小手揪着自己的衣摆："要不……我还有一对金手镯。"

锦朝和俞晚雪都笑了，俞晚雪忙表示："曦姐儿放心，七嫂不要你的金蝉。"

说了一会儿话，顾锦朝才带着两人往檀山院去。

俞晚雪忍不住打量四周，陈家太大了，几次从檀山院来回，她都只是走马观花地看过。听说还有很多景致更好的地方，半竹畔的挺拔竹林，后坡的大片梅树。

顾锦朝注意到她左顾右盼的，就跟她说："你要是想去看，我下午陪你去转转。"

俞晚雪忙摇头："您还怀着身孕呢，怎么能让您陪我呢。我就是随便看看。"她指了指梧桐掩映下的一个亭子，"那个亭子怎么有些奇怪？飞檐画得好漂亮，还用了黄绿紫三色的琉璃瓦。"

锦朝解释说："这是八卦亭，好像有风水讲究的，修起来很烦琐。"

她再仔细一看，却注意到亭子外面有个人。隔得太远了，只能看到一个细瘦的影子，似乎是个小孩，正藏在亭子外的花圃丛里。

陈曦也看到了，拉了拉锦朝的衣袖。顾锦朝示意她不要说话，叫了孙妈妈过来，低声道："去看看是谁在那里。"大冷的早上，没有丫头婆子跟着，谁会跑到这里来？

俞晚雪有点疑惑，不过也没有说话。

孙妈妈轻手轻脚地走过去，那人却飞快察觉了，立刻就钻远了，跑到太湖石那边去了。

顾锦朝看到一道身影飞快蹿进太湖石里，好像有个窟窿，他躲着就再也不出来了。不过她已经看清楚了，是个孩子无疑。

第十一章　玄越

孙妈妈带着两个婆子悄悄靠近太湖石，蹲下身把手伸进石洞里。里头传来孩子的尖叫声。孙妈妈一把抱住那小家伙把他拖出来，孩子不住地挣扎，踢踹她，还咬在孙妈妈的胳膊上。孙妈妈吃痛，却又不敢放开他，另外两名婆子忙按住这孩子的手脚，孙妈妈才挣脱出来。幸好秋天穿的是薄棉衣，不然准让这小东西咬出血来。

孙妈妈吁了口气，让两个婆子抱着孩子过来回禀顾锦朝。

"夫人，还真是个孩子，牙口厉害着呢。"

顾锦朝打量了这孩子一眼，小脸只有中间一团是干净的，周围都是脏兮兮的泥垢。这是孩子洗脸太马虎的缘故，总是在脸盘上抹一遍就算了。眉眼稚嫩端正，正惊恐地看着她，无奈嘴巴被婆子捂住，呜呜地说不出话。不过就这样顾锦朝也能认出来了，这孩子不就是陈玄越吗。

他穿着一件磨得发黑的马褂，扣子都扣错了，头发也乱七八糟。扔到外面乞丐堆里，说他是乞丐，恐怕也没有人怀疑。就算不受重视，好歹也是陈家少爷，怎么弄成这副德行了。

俞晚雪还没见过陈玄越，小声说："是不是哪个管事或是小厮的儿子？"

陈曦道："是九哥！"她拉了拉顾锦朝的衣袖，"母亲，十一哥以前跟我说，九哥生病了记不住人。多可怜啊，您把他放了吧。"

听到她说话，陈玄越又剧烈挣扎。吓得陈曦后退了一步，紧紧拉住安嬷嬷的手。以前看到过二哥和三哥去打猎，抓到一只梅花鹿，护院们把鹿的四肢捆起来吊在树上。那时候她也求二哥和三哥把鹿放了。二哥和三哥满口答应了，就让嬷嬷带她回去玩。她走到远处，突然听到鹿"咕"地叫了一声。后来二哥送了她一个漂亮的鹿皮手炉套，她从来没用过。九哥不像梅花鹿，他像一只被抓住的豹子，又可怜又吓人。

顾锦朝苦笑，放了他不就跑了吗。到时候怎么样她们就管不着了，本来她也没打算管的。

这孩子按自己的路走，日后自然煊赫天下，她不必去管。而且这本来就是二房的事，她去插手未免不好。

但是这孩子现在的样子实在可怜，要不是受了什么罪，他跑出来做什么？

看他那样子，恐怕在二房也没有人照管，就这样他自己也活了下来，实在不容易。既然她今天遇到了，也不忍心不管，就算是结个善缘吧！

锦朝柔声哄他："玄越，你要是不咬人，我就让婆子放开你，好不好？"

陈玄越直直地看着她，眼睛眨都不眨。

顾锦朝就继续说："你是不是饿了，你好好跟着我，我们去吃点心好不好？

你想吃糖炒栗子吗？"

可能是听到糖炒栗子，陈玄越的神情终于放松了一些。

婆子就把手拿开了，顾锦朝才发现他嘴唇发紫，应该是在外面冻了很久。

她让孙妈妈把斗篷拿过来，给这孩子披在身上。她也没让婆子放开他，只是略微松开了些。陈玄越好像已经没有力气了，也不再挣扎，依旧直直地看着顾锦朝。顾锦朝就让婆子抱着他，一行人一起往檀山院去了。

俞晚雪很惊讶，既然是陈家的少爷，怎么会弄成这副样子？不过顾锦朝没有说话，她也就没有问。

谁知等接近檀山院的时候，陈玄越却又惊恐起来，不断地挣扎，婆子都抱不住他。陈玄越又故技重施，一口咬在婆子的胳膊上。婆子手臂一松，他就摔在地上，脑袋砸得咚一声响。

顾锦朝听到都觉得疼。这孩子本来就不聪明，再这么来两下不更傻了！

估计是真的觉得疼了，他"哇"的一声大哭起来。

顾锦朝伸手去探，果然脑后起了个包，又好气又好笑："你还跑不跑了？"

揪着他的衣领站起来，才发现这孩子比寻常十岁的孩子轻多了。陈玄新小他一岁，他却还不如陈玄新高，看上去只有七八岁大。他摔得委屈了，哭得抽抽搭搭的，也不再挣扎了。

野孩子果然还是要教训，顾锦朝给他拍了拍衣服上的灰尘，牵着他往檀山院里走。孙妈妈伸手想接过去，顾锦朝摇摇头示意不用。被她牵着，这孩子还是挺乖巧的。

越靠近檀山院，这孩子就越紧张，小手攥得顾锦朝发疼。她心想难怪刚才要两个婆子才能制住他，这孩子力气真大。

陈曦好奇地看着她九哥，就像看她养的兔子一样。她别的哥哥都是知书达理的，哪里见过陈玄越这样的，敢咬人，还敢哭得这么大声，还对母亲那么不恭敬。而且和她差不多高，哪里算是哥哥。

陈老夫人看着顾锦朝领个小男孩进来，很惊讶。看到那想挣脱顾锦朝手的小男孩是陈玄越之后，更是无比惊讶。顾锦朝忙和陈老夫人解释："路过八卦亭的时候，看到他藏在亭子外面的花圃里。本来还以为是什么人，结果才发现是九少爷。看样子应该已经在外面一段时间了。您看要不然先打个热水，让他洗脸整理一下，吃点东西再让二嫂过来领他回去。"

八卦亭靠近木樨堂，木樨堂又离耳房很远，陈玄越怎么会跑到八卦亭去？

陈老夫人紧皱着眉，连忙让婆子牵他过来。陈玄越却大哭大闹，拼命躲闪着婆子们的手。陈老夫人更觉得疑惑："这孩子原来也没有这样过。"

他一个孩子怎么斗得过这么多人，再厉害也被掰开手，带去净房梳洗了。净房里不断听到挣扎哭喊的声音。

顾锦朝听了半天，觉得有些不对："母亲，我记得九少爷会说话吧？"

陈老夫人点头："说得不利索，勉强能说而已。"

顾锦朝这么一说，随即她也发现了不对劲儿，陈玄越挣扎大半天，又是哭喊，就是没有说一个字。

陈老夫人叫过郑嬷嬷，让她去找秦氏过来，秦氏要主中馈，有时候太忙就不过来定省了。

四房和六房很快就过来了，听到陈老夫人说了陈玄越的事，俱是十分惊讶。陈玄新也过来给顾锦朝请安，又给俞晚雪行礼。

很快陈玄越就被婆子们抱出来了，看到这么多人，还有曾经欺负过他的陈玄安、陈玄平和陈玄新在，拽着隔扇的门框死活不肯过来。陈老夫人脸色更是阴沉，让所有人都先避去东次间里，只留了顾锦朝、王氏和葛氏。

陈玄越才坐到了罗汉床上。他洗得干干净净的小脸轮廓很深，睫毛纤长浓密，脖颈又长，如果不是痴傻的话，应该是气度非常出众的。他很快就缩到了角落里，抱住了一个迎枕。

婆子想把他手里的迎枕抽走，陈老夫人示意不用了。他觉得这样安全，那就让他抱着吧。

锦朝把一盘山药糕端到他面前，笑着说："玄越喜欢吃山药糕吗？可甜了。"

王氏和葛氏都长得面善，又笑眯眯的。

陈玄越看了一圈，才捡起山药糕吃得狼吞虎咽的。一盘糕点很快就剩了些渣子。

王氏倒吸了口冷气："这孩子，也不知道饿了多久。"

锦朝看他吃得呛住了，端了茶水给他，玄越也没有客气，一杯茶水咕噜咕噜喝完了，把满嘴的山药糕冲下去。这时候，陈老夫人吩咐人做的羊肉臊子面才端上来。

玄越又开始吸溜着吃面条。王氏不动声色地皱了皱眉。

她原来在老家的时候，家里伙计忙不过来，每年都要请长工，吃面的时候端着面碗蹲在街边，就是发出这种声音。她每次听到都很不舒服。陈玄越估计连教养都没有过，不然再饿成什么样，也不会这么粗俗。

大碗的羊肉面，孩子吃了大半。陈老夫人就让婆子把碗给他收走，陈玄越应该是很久没吃东西了，一次吃太多会伤胃的。玄越也没有争抢，打着饱嗝又退回去，锦朝拉住他的手。

"九少爷，羊肉面好吃吗，要不要再喝水？"她希望陈玄越和她说说话，看看这孩子正常不正常。

陈玄越却只是点点头，又摇摇头。

王氏轻轻道："我听人家说，一般孩子突然不说话了，就是受了厉害的惊吓。"

陈老夫人脸阴沉如水："老二媳妇也做得太过分了。就算他痴呆，那也是条人命，是老二的血脉，竟然照顾成这个样子。"顾锦朝一听就知道陈老夫人生气了，她不生气的时候，都是叫媳妇的小名。

几个人都默默地没有说话，陈玄越看了看王氏，又看了看葛氏。可能觉得和顾锦朝最熟，躲到她身后不出来了。

陈老夫人本来也不喜欢陈玄越，但看着也觉得可怜。孩子现在连话都不说了，谁知道遇到什么事了。

正在这个时候，秦氏过来了。

她身后还跟着伺候陈玄越的婆子郑氏，郑氏满脸焦急，眼眶通红。

小丫头挑帘，秦氏进来先给陈老夫人行礼。然后才哽咽道："母亲，郑妈妈才来跟我说，九少爷不见了！"

锦朝心里忍不住冷笑。一句话就把自己撇得干干净净的，秦氏实在厉害，难怪主中馈的时候没人敢造次。

郑妈妈一抬头，就看到了藏在顾锦朝身后的陈玄越，忙露出喜极而泣的样子，伸手来拉他："九少爷在这儿啊！让奴婢好找，快过来，跟奴婢回去。"

陈玄越却好像看到了世上最恐怖的厉鬼，吓得不住尖叫，拼命往顾锦朝身后躲。

顾锦朝听到他嘶哑的声音："不……打……"好像很久没说话的人开口说话一样，嘶哑又模糊。

顾锦朝把郑妈妈的手推开："怎么把九少爷弄丢的，郑妈妈还是先说清楚吧！"她又抓住陈玄越的小手，"九少爷，你跟婶娘说，是不是有人打你了？"

陈玄越茫然地看着顾锦朝，张了张嘴，只会说："打……"

葛氏最心软，立刻鼻头一酸："这孩子，连话都说不清楚，也不知道告状，怎么有人忍心欺负他？"

顾锦朝摸了摸他刚洗过的头，柔声道："九少爷别怕，大家都在这里，没有人打你的。"这孩子的头发异常柔软。

陈玄越好像听不明白她的话，依旧发抖。

顾锦朝只能把一旁的迎枕拿过来，让他紧紧抱住。

秦氏哭着说："这孩子……我前几天看到还好好的，怎么……怎么现在就成这样了！"

陈老夫人面无表情地看着她："老二媳妇，你还不说清楚？孩子住在你那里，每日都去给你请安。哪天不见了你会不知道？刚送过来的时候见人就咬，又饿又脏。你是怎么照顾他的？"

秦氏擦了擦眼泪，道："娘，您不知道。玄越前几日入了魔怔，总是说有人要打他、要害他的。到我那里请安，也要嬷嬷架着才过来，一不注意就跑。我这是没办法，才让郑妈妈天天看着他，不用来给我请安了。谁知道昨天中午他趁着丫头不注意就跑了。郑妈妈私下找了一天没找到，才来告诉我的。"

好说辞，反正怎么编还不是随她。陈玄越现在话都说不明白，也反驳不了。

陈老夫人笑了笑："老二媳妇，你看看他身上穿的衣裳，多少天没换过了？他只是昨天才跑的？你调教出来的下人，少爷丢了会自己私下找，不禀报你一声吗？你当我老糊涂了，什么都不管了是吧！"

秦氏脸一白。以前陈老夫人对陈玄越的事都是睁眼闭眼放过，现在怎么开始较真了？"是儿媳……儿媳调教下人无方。"秦氏低声说，看了郑妈妈一眼。

郑妈妈"扑通"一声就跪下来，声泪俱下："都是奴婢的错，奴婢没看好少爷，让少爷受苦了！"

陈老夫人闭上眼，叹了口气："去把伺候九少爷的两个丫头找过来。显兰，你带着郑妈妈去耳房先坐着吧。"

秦氏面色更加难看，陈老夫人这是打定主意要一查到底了。她屈身告退。

陈玄越转头看着她走远，眼睛眨也不眨。王氏也注意到了，捧过他的小脸："玄越，没有人了，你告诉婶娘，有人打过你吗？是谁打过你？"

玄越却不再说话，把头转向一边，他看到了陈昭常玩的七巧板，似乎被那花花绿绿的颜色吸引了。他小心地看了锦朝一眼，看到她没有阻止自己的意思，才飞快地爬过去把七巧板抢过来。

陈老夫人叹了口气："我看他倒不是受了惊吓，恐怕是很久没和人说话了，连怎么说话都忘了。"

没有他不喜欢的人在了，陈玄越就放松了很多，半跪在罗汉床上玩七巧板。

很快两个丫头就过来了，陈玄越抬头看了两个丫头一眼，漠不关心地垂下眼睛。这两个丫头都是十四五岁的样子了，长得也颇有姿色。秦氏挑这两个丫头，应该有让陈玄越长大后收房的想法。两个丫头名唤玉璋、玉环，神色不安地打量着四周，看到陈玄越，更是脸色发白。

这两个丫头意志不如郑妈妈坚定,陈老夫人几番恫吓,就什么都说了。

"不关奴婢们的事,九少爷身边是郑妈妈贴身伺候的。郑妈妈前些日子迷上了推牌九,经常和浆洗房的几个婆子凑起来打。顾不上照顾九少爷的时候,就……就把九少爷锁在屋子里,有时候忘了回来,九少爷要饿一整天才吃得上饭。遇到九少爷发脾气的时候,郑妈妈也要锁他。

"九少爷渐渐地越来越怕郑妈妈,被锁着也不敢吭声。郑妈妈做这些不合规矩,奴婢们也不敢说。是前天门没锁好,九少爷自己跑了出去。郑妈妈怕极了,又不敢告诉夫人,就拉着奴婢们去找,到处都找不到。"

"二夫人是什么时候知道九少爷不见了的?"陈老夫人突然问。

玉璋连忙回答:"今儿早上,郑妈妈看瞒不住了,才去跟二夫人说的。"

这么说来,秦氏还真是不知道这件事。

"九少爷说有人打他,你们知道谁打过他吗?"葛氏又问。

玉璋摇头:"郑妈妈输得多的时候,会拿九少爷房里的东西去换银子,郑妈妈就不要咱们贴身伺候九少爷。所以奴婢也不清楚有谁打过九少爷。"

陈老夫人看向刚才给玄越洗澡的婆子,她点点头:"九少爷身上有瘀青和擦伤,不过他在外面游荡两天了,也分不清究竟是人伤的,还是从高处跌落所致。"

既然问不出话来了,陈老夫人罚了这两个丫头的月例,降了她们去浆洗房。

至于陈玄越是不是被人打过,还要找郑妈妈过来问话。

郑妈妈来的时候知道什么都完了,哭得一把鼻涕一把泪:"太夫人,您说的我都认了,是我贪赌,手气又差,拿九少爷房里的东西去换了银钱。但是打人的事,奴婢却做不出来啊!您想想,这打人岂不是容易被人发现了,那奴婢还有活路吗?奴婢也不会这么蠢啊。"

陈玄越却仔细注意着郑妈妈的一举一动,只要郑妈妈动作稍微大点,他立刻如受惊的猴子般躲到顾锦朝身后,手死死地抓着顾锦朝,指甲也不知道多久没剪过了,掐得她生疼。

顾锦朝把他的手从自己手腕上拿下来,握在手里。陈玄越说有人打他,郑妈妈的可能性不大。正如郑妈妈所说,她胆子再大也不可能动手打少爷。

陈老夫人又叫了秦氏进来,把郑妈妈的事告诉她,并说:"这是你房里的婆子,你看看怎么惩罚合适。你现在主中馈,更加要以身作则,就算玄越这个样子不是你有意的,但是人丢了两天,你管都没管。实在是太疏忽了!"

秦氏道:"儿媳惭愧,这恶婆子是留不得的。"立刻吩咐跟着她来的婆子把郑妈妈拉下去,打一顿后扔出陈家。郑妈妈哭喊着被拉出去了。

秦氏才叹了口气:"是我对不起玄越这个孩子。"她想摸摸陈玄越的头,领他回去，再另外安排婆子伺候，这场闹剧就到此为止。她已经丢脸丢够了。

陈玄越却尖叫着避开了，又开始不断地喃喃："打……打……"

陈玄越说打他的是秦氏？这怎么可能呢？

王氏小声说："九少爷不会真的魔怔了吧。"

秦氏身后的婆子想把陈玄越拉出来，陈玄越却看向顾锦朝，眼眶里溢满泪水。

这种目光顾锦朝看到过，上次在荷池遇到他，他被郑妈妈牵走的时候，就用这种哀求的目光看着她。

她要是再不为所动，他就会再次落入秦氏之手。经过这件事，秦氏以后指不定怎么对付他。

顾锦朝心里想了一会儿。让她来养陈玄越，这是不可能的。陈玄越看上去显小，但已经十岁大了，而且又是隔房的。她心里拿定了一个主意，站起来道："娘，既然玄越都已经十岁了。不如让他搬到外院去住吧。七少爷也是十岁搬到外院去住的，我看九少爷也差不多可以了。到时候还可以跟着八少爷他们读书。九少爷也够大了，总不能一点计划也没有。"

到了外院，就脱离了秦氏的掌控，总比现在过得好。

秦氏忙笑笑："我本来也想让他去外院的，只是他太痴傻，怕别人管不过来。还是放在二房我看着吧，免得出了什么岔子。"

陈老夫人看了她一眼："在你那里出的岔子还不够多吗？"

秦氏听后脸一僵，不敢再说话。

"他这个呆傻的样子，总会被别人欺负的。"陈老夫人叹了口气，"老三媳妇，我看他倒是还肯亲近你几分，你平时就多照料他吧。也不用日夜看着，就日常找过来看看，问问话，看有没有人欺负了他。放到外院去也好，以后他总要成家立业的。"

顾锦朝站起身应"诺"。看陈玄越还在摆弄七巧板，好像知道有人管他了，也没这么害怕了。

她心里还想着陈玄越的事。他总是会好的，毕竟堂堂左军都督怎么会是傻子，可具体是怎么好的没有人清楚，但总是可以治好的。要不然明天就找两个大夫过来看看？二房的三个庶子，活下来一个，还是个傻子，实在是太诡异了。

陈老夫人又嘱咐了郑嬷嬷几句，让她去随侍处选两个乖巧的小厮，要紧的就是脾气好，性格温顺。她又亲自挑了司房一位姓于的妈妈送去外院："玄青住的院子旁边有个五间的房子，我记得外头还种了好些芭蕉树的，叫蕉叶堂。就把这个院子拾掇拾掇给玄越住下吧。"

郑嬷嬷领命下去了。

陈老夫人叫过秦氏："一会儿你和锦朝去把玄越的东西收拾一下，搬去蕉叶堂。别的事就不用管了。"

秦氏深吸了口气，才说："儿媳知道。"

顾锦朝想把玄越牵起来，看看他自己有什么要带走的东西。陈玄越却可能误解了锦朝的意思，翻身爬到了炕桌下面，只露出一双眼睛看着顾锦朝。也得亏他身子小，能把自己蜷缩进去，干脆把他留在这里，反正他去了也不知道自己要拿些什么。

顾锦朝就没有管她，带着几个婆子跟着秦氏去二房。

路上秦氏轻声道："三弟妹好计策，你是怎么让那小东西亲近你的？"

顾锦朝回道："二嫂想多了，我真是在路上遇到他的，看着觉得可怜才带过来的。就算不是亲生的，也总算是叫您一声母亲，您也舍得放任不管，让他变成这个样子？"

"和我有什么关系，"秦氏淡淡地道，"况且这是二房的事，三弟妹管得太多了。"

她心里很恼火，陈老夫人为什么借题发挥？不就是想打压她给她亲生儿子的媳妇铺路吗？有这么简单的事吗？她主中馈多少年了，各房、各处的管事和婆子都和她相熟，都是她的眼线。就算是有陈老夫人支持，顾锦朝想当主母也不容易，想做主母还得过她这一关。

陈家很大也很繁华，不过繁华之下必生蛀虫。陈二爷的官位不比陈三爷低，二房和三房就不用说了，势均力敌。秦氏相信，四房和六房也有自己的打算，有自己的主意。陈家出了两房厉害的人，陈老夫人死了，以后应该是要分家的。

陈二爷和陈三爷为官清廉，陈家的银钱都是从祖产和生意里面来的。这些东西她和陈四爷代经营着，都是公家的财物，以后分家产的时候难免会有偏倚。这个时候谁当家，就很关键了。

秦氏想得很远，她相信其他几房也是，大家表面上和和睦睦的，私底下谁没有点小算盘。她这个想法也和陈二爷说过，男人的看法和女人总是不一样的。陈二爷训斥了她一通，觉得兄弟团结才是陈家的根本，他和陈三爷彼此情谊很深，不会到那一天的。秦氏心里不以为然，这些男人哪里知道后宅的弯弯道道。

今天这件事让她心里很不舒服。陈玄越是个傻子，又是小妾生的，她平时看到都很不耐烦。再怎么样都不关顾锦朝的事，她要当好人？秦氏觉得未必，针对自己才是真的吧！

顾锦朝笑笑："二嫂真是误会了，我只是想结个善缘，这也是帮您啊。"

秦氏再这么折腾陈玄越下去，等他功成名就的那一天，秦氏恐怕会遭到更惨的报复。不然二房的三个少爷，怎么会一个个都成不了事呢。

秦氏一笑："那我还得感谢三弟妹帮我了？倒还真是啊，这傻子谁摊上都是麻烦，三弟妹想管，我岂不是落得轻松了。"

顾锦朝但笑不语。

二房住的地方离檀山院更近，几个院子有回廊连接。陈玄越住在回廊后头，紧靠着后坡的梅林。

顾锦朝去里面看了看，他还真是没有什么东西可以收拾的。三间的小屋子，正堂就挂了一幅孔子像，西次间当成内室用，推门进去就能闻到一股潮湿的霉味儿。炕上铺着几层发黄的棉絮，放着几个公鸡和猴子的木偶，可能是陈玄越的玩具。抬头看去，里面挂着细葛蓝布幔帐，多宝阁上就摆了两个青花瓷，落满了灰尘。还有个红漆的衣架，挂了几件褂子和棉衣，还比不上她身边大丫头的屋子。

顾锦朝看得心中发酸，让人把陈玄越那些木偶收起来。她去了东次间，一张圆桌，四个绣墩，摆了宣纸和砚台，宣纸上歪歪扭扭地写着字，翻来覆去就是他的名字。这孩子连个书房也没有，不知道是谁教他写自己的名字。

看来看去没什么好收拾的，顾锦朝干脆吩咐了孙妈妈，重新给陈玄越缝制他要用的衣服被褥，要是他的月例不够，就从自己的账上出。都收拾妥当了，眼看着就下午了。陈玄越蕉叶堂的屋子还没有收拾好，就在陈老夫人那里进了晚膳。

锦朝领着他回了木樨堂。陈玄越抱着从陈老夫人那里拿来的七巧板，一个人蹲在地上玩。

陈曦看了她九哥一会儿，回去抱了她的玩具过来。九连环、鸡毛毽子、山东石敢当、老虎枕头，堆在地上让陈玄越玩，然后很好奇地和他说话："九哥，你喜欢吃糖吗？我让母亲拿糖给你吃。"

陈玄越茫然了一下，把她的玩具推开，自己躲开了玩。

顾锦朝让陈曦过来，摸了摸她的头笑着说："他喜欢一个人玩，就让他一个人待着吧。"说着便让采芙搬了一个小杌子给他坐着玩。

陈三爷回来的时候，看到一个瘦小的身影蹲在黑漆柞木地板上，地板上堆了一大堆玩具。小孩一声不吭，听到动静也没有回头。

顾锦朝走到他身边，替他拿下六梁冠："三爷，妾身让人传膳吧。"

陈三爷"嗯"了一声问道："这孩子是谁，你捡回来的？"还是她哪个仆妇的孩子。

顾锦朝才把陈玄越的事给陈三爷说了："妾身觉得九少爷也怪可怜的，二嫂不管不顾的。以后把他放在外院养着。您看能不能请大夫来给他看看，这孩子现在不怎么会说话了。"

陈三爷坐下来喝了口茶，才说："原来也治过，二哥那时候还在家里，宫里的太医都请过来看了，都说是治不好的。他这样的我也见过，荒郊野岭困久了，一时间就不会说话了。只要一直有人跟他说话，慢慢地就好了。"陈玄越的事陈家的人都清楚，只是大家都没管而已，没想到秦氏做得这么过分。

治不好？

菜很快就端了进来，锦朝给陈三爷布菜。他今天回来得比往常迟一些，休息了两个月，恐怕要处理的事也多。难得他还赶回来。锦朝看到他微湿的发鬓，有些心疼。

陈三爷却让她坐到他身边来，问她今天做了些什么、吃了什么，孩子有没有扰她。

顾锦朝都回答了，又说："妾身觉得肚子动了一下，也不知道是不是他踢我。"

陈三爷摇头："才三个多月，还不是时候，要到五六月的时候才有胎动。"

顾锦朝便好奇了，问他："您怎么知道的？"

陈三爷笑着转移话题："都这么晚了，让嬷嬷带孩子下去睡觉吧，明天再把玄越送到外院去。"他当然是找嬷嬷问过的，锦朝是头胎没有经验，她又一向不注意这些，他当然要帮她注意着。

婆子带陈玄越下去，陈玄越回头看了顾锦朝一眼。

锦朝走过去摸了摸他的后脑，刚才磕的地方已经不肿了。陈玄越却像被弄疼了一样，轻轻"哟"了一声。顾锦朝安慰他："宋妈妈带你下去休息了，没事的。"把他的七巧板捡起来，装在他的怀里。

陈玄越也没有反抗，乖乖被婆子牵下去休息了。

顾锦朝过来跟陈三爷说："我看这孩子老被欺负，您不如让他跟着鹤延楼的护卫学点功夫。"教陈玄越读书的用处不大，还不如让他多学点武功。

他日若陈家浩劫，三爷将首当其冲。陈玄越要是能成为武将，对陈三爷来说也是个助力。

陈三爷想了想也觉得尚可，他和陈二爷都是从小练剑，觉得孩子能学点功夫，就算不能对敌，总还能防身健体。叫了陈义进来，让他明天带着陈玄越去鹤延楼看看。

俞晚雪回束雅阁的时候，陈玄青已经回来了。

他在书房里练字，两个贴身丫头在旁边伺候，帮着铺纸、磨墨。

俞晚雪进去之后，丫头们就退了出来。她挽了袖子，准备继续磨墨。陈玄青问道："你在祖母那里吃了回来的？"

俞晚雪点头，跟他说："妾身今日见识了一件稀奇事，说给您听听？"

陈玄青已经写完一篇了，顿了下笔淡淡道："什么事？"

俞晚雪就把顾锦朝救下陈玄越的事说了一遍："母亲心性善良，还真的把九少爷保下来了。我看到二伯母的眼睛就觉得害怕，可怜九少爷年纪不大，却被折腾成这样。"

陈玄青却突然放下笔道："别磨墨了，摆膳吃饭吧。"然后径直走出了书房。

他平时不是要写两篇的？俞晚雪心里一凉，还没听过他这么生硬的语气。难道她刚才说错什么了吗？

她忐忑不安地跟出去，看到陈玄青正在丫头的服侍下洗手。她咬了咬唇，才笑着去帮他擦手，并没有感觉到他的拒绝，心里才松了口气。

他刚才为什么生气了？俞晚雪心里有很多个念头，却不敢开口问他。

第二日锦朝就送了陈玄越去外院。

蕉叶堂虽然小，却布置得很清净，几丛芭蕉植于假山之畔，清泉流水，绿荫如盖，五间房子也拾掇得干干净净。宋妈妈领着两个小厮过来给顾锦朝请安，锦朝看她不爱说话，穿着藏蓝色棉褂，戴银手镯，模样很是干净利落。

看到站在顾锦朝身后的陈玄越，她笑着给陈玄越请安。

陈玄越大部分时候都不理人，径直吃着关东糖。

孙妈妈已经把该置办的东西置办好了，锦朝看了一圈，孙妈妈做事她还是很放心的。除了内室、次间、正堂布置得很好，东梢间还辟了一间书房出来。多宝阁上堆着一刀雪白的澄心堂纸。

孙妈妈抬了杌子过来，锦朝就和宋妈妈说话："以后你就贴身伺候九少爷，九少爷不聪慧，但是心思不坏，你要多耐心些，多和他说话。他有时候脾气大，要是有什么说不听的，就过来告诉我。还有，隔天就带他过来给我请安，他虽然怕生人，但是只要你对他好，这孩子还是知道的。你记住了吗？"

宋妈妈恭敬应"诺"，锦朝就让陈玄越去宋妈妈那边。陈玄越牵着她的手不为所动。

锦朝自己脱开他的手，把他留在原地，带着孙妈妈等人离开。

毕竟这是外院，她一个内宅妇人还是不要久留得好。

锦朝走出蕉叶堂，身后却传来宋妈妈的声音。她回头看，这孩子还跟着自己，依旧吃着他的关东糖。好像就认定应该跟着她，并不觉得她要把他抛下了。

看到她停下来，他也停下来，茫然地看着顾锦朝。

这孩子从小受苦，遇到个稍微对他好些的，就要一直跟着。像养熟只小狗一样。

宋妈妈追出来："九少爷，我们回去看看您的书房吧。"试着伸出手想牵他回去。

这孩子总不会想一直跟着她吧……顾锦朝转过身，飞快地往回走。

陈玄越也跟着她飞快地走，他总不如大人走得快，渐渐小跑起来。一不小心就绊倒了。宋妈妈忙去扶他起来，陈玄越啊啊地叫了两声，嗓子的声音依旧十分粗哑："等……等……"

宋妈妈拉着他，顾锦朝又走得很快，他已经追不上了。

陈玄越又凶起来，挣扎着咬宋妈妈的手腕，宋妈妈咬牙忍着痛也不敢放开他。

这样可怜又可爱的孩子，秦氏怎么忍心对他这么狠。顾锦朝暗叹了一声。她心中想着事情，竟然没注意到前面一个月白的身影，两人一不小心撞了满怀。顾锦朝后退一步，才发现此人是陈玄青。

他也很惊愕，不过很快就回过神来，低声道："母亲要紧吗？"

顾锦朝才想起蕉叶堂旁边就是他原来住的院子……她的额头撞到他的下巴，倒也不是很疼，便笑笑："你今日没有去翰林院吗？"

陈玄青穿着一件月白皂边的直裰，身体也比原来长得更结实了。原来还是清瘦，现在肩宽也能撑起衣服了，自然要更成熟一些。陈玄青道："入年关了，翰林院总是清闲的。"整理年史用不着他们这种编修，"我就想搬些书过去，您到外院来做什么？"

从外院搬些书过去……也就是说他的东西是没有完全搬进束雅阁的。

顾锦朝问他："说来话长，我是送你九弟过来的。你以后还会到外院来住？"

陈玄青淡淡道："或许吧。"又问起她九弟的事，"他不是一向跟着二伯母吗，怎么搬到外院来了？"

顾锦朝就简略地把陈玄越的事讲了一遍，又突然有了个想法。她还在想找个人教陈玄越识字，反正现在陈玄青又清闲，刚好院子就在蕉叶堂旁边，不如请他有空教陈玄越识字，就不知道他同不同意。顾锦朝问了他的意思："九少爷不聪明，你教他认几个简单的字就够了。每日也用不了什么工夫……当然，要是耽误了你的事就不必了。"

陈玄青微微一笑："怎么会呢，不知道九弟现在在何处？"

顾锦朝想起那小家伙，忍不住叹气。她带着陈玄青往回走，宋妈妈已经制住了陈玄越，将他关进了书房里。里面陈玄越正把隔扇敲得嘭嘭作响，还有瓷器碎裂的声音传来。

果然脾气大！宋妈妈又不敢放他出来，只能守在隔扇外苦苦劝他。

顾锦朝让宋妈妈把隔扇打开，陈玄越才从里面跑出来。一溜烟跑出老远，才看到顾锦朝站在隔扇外面。忙冲到她身后藏起来，怒视着宋妈妈，嘴巴里还在啊啊地喊着，好像要告诉顾锦朝这是个坏人。

顾锦朝苦笑，她忘了交代宋妈妈，陈玄越是绝对不喜欢被人关起来的。

陈玄青早知道自己有个傻子九弟，但他作为嫡长孙，又是陈家玄字辈里最出挑的人，怎么可能和陈玄越说过话，只平时见他一两次，都还记不清样貌。

只知道几个弟弟提起这个傻子都是一脸好笑，自己却从来没有在意过。

这孩子灵活得跟猴子一样，紧紧躲在顾锦朝身后。顾锦朝竟然也护着他，轻声安慰他："玄越，宋妈妈不是想关着你。你是不是在里面砸坏东西了？"

他看着陈玄越抓住顾锦朝的手，心中有些淡淡的不舒服。

顾锦朝又拎着陈玄越的领子，看到书房里刚布置好的瓷器碎了一地。宋妈妈也惊讶，忙道："三夫人，奴婢不知道……"不知道陈玄越竟然会摔东西，早知道就把他关在耳房里了！

这里头的瓷器都是官窑，有一个蓝釉、一个珐琅彩的花瓶还是从顾锦朝的私库里拿的。

顾锦朝指着瓷器碎片说他："你这一摔，可摔了三十多两银子啊！知道错没有？"

陈玄越看着满地碎瓷片，他也不知道三十多两什么意思。看到顾锦朝佯怒，抬头向她笑了一下。

顾锦朝哭笑不得，让宋妈妈拿了笤帚来扫碎瓷片。她则带着他去西次间坐。小厮端了茶上来。

陈玄青看到那孩子也不理会人，飞快地缩到炕上去了。顾锦朝说的过程很简略，毕竟涉及二房，实际上更详细的他已经听俞晚雪说过了。他道："九弟这个样子的，恐怕也学不出来……"他再学识渊博，也不可能让一个傻子中举。

顾锦朝笑着点头："我知道，让他认几个字就好了。开年以后，他就要跟着玄新几个上课……玄新的先生已经讲到《大学》了，恐怕根本顾不上他。"

本来她也想过自己来教，不过她现在有孕不方便。要是陈玄青不愿意，就再给陈玄越请个先生算了。

"你要是还有事的话……"顾锦朝看他不说话，也不想强人所难。

陈玄青却打断她："好，我以后每日过来教他半个时辰。"

顾锦朝笑了笑，正想说麻烦他了，却看到陈玄青正看着自己，那种很认真的目光，好像饱含很多东西，十分幽深。他很快就别开视线。

她心里一跳，觉得陈玄青这个样子有点不对，但是说不上为什么。

内室中一时间凝滞，顾锦朝站起身："眼看要晌午了，我还要去给你祖母回话，先走了。"

又嘱咐了陈玄越一会儿，告诉他明天要去给她请安，让他好好听宋妈妈的话。一会儿陈护卫会带他去鹤延楼看看，不要怕……她知道陈玄越还是能听懂话的，他现在就是不太会交流。嘱咐完之后顾锦朝才离开蕉叶堂。

陈玄青站起来送她。

陈玄越这次没有追她，坐在炕头看了一眼陈玄青，眉心小小一皱。不过没有人注意到。

顾锦朝去给陈老夫人回了话，又在她那儿吃了午膳，下午陪着过来玩的吴家太太打了会儿叶子牌。俞晚雪是新妇，吴家两位太太难免多和她说话。她的叶子牌打得不好，输了七两银子，连连说不能打了。

吴大太太拍拍她的手："怕什么，你们家还有个探花郎呢。输了钱回去向他要就是了！"

大家都在笑，俞晚雪脸羞得通红，嘴角却又忍不住上翘。

吴二太太又说："陈七公子从十二岁的时候，就有媒人来说亲。我记得我有个表亲的妹妹，还托我给陈七公子说亲，就是安徽凤阳的那个胡家。我当时就回绝了，从小喜欢七公子的人不少，七公子倒真是恪守规矩，连个通房都没有。七太太可是嫁了一门好夫婿啊！"

顾锦朝低头一笑，喜欢他仰慕他的女子如过江之鲫，她还曾经是其中一个。不过都是少年时的错事了，现在对付陈三爷一个都够了。

两位太太说着，又拉俞晚雪打叶子牌，这次顾锦朝从牌桌上下来，王氏过来打。

顾锦朝就在俞晚雪旁边指导她，刚学牌的新手手气都好，就是打得烂。俞晚雪就听顾锦朝的指挥，这下反倒赢回四两银子，吴大太太输得多了，就苦笑着摇头说不来了。带了十多两碎银子，都进了王氏和二太太的腰包。陈老夫人叫笑着让人撤桌子，丫头端了切好的苹果上来吃。

这是陈二爷托人从陕西先运回来的，没几日他就要回京了。

陈三爷回来后把陈玄越的事跟她说了："下午陈义带他去鹤延楼看过了。"他顿了顿。

顾锦朝很期待地看着他，希望他说陈玄越是个练武奇才，以后会做将军的人。就算不是练武奇才，也应该是天资不凡吧。

陈三爷继续说："这孩子蛮力大，就是根骨一般。不过只是练来防身的武功，倒是够用了。"

顾锦朝听后有些失望，又问陈三爷："没看错吧？"如果不是习武的天赋好，那他究竟是哪里强呢？

陈三爷觉得有些奇怪，看着她说："你对这孩子倒是很关心。鹤延楼的武夫都是高手，从小就在卖身来的孩子里挑人练武，不会看错的。"又觉得好笑，"你在家里这么闲，操心这么多事。"

顾锦朝只是笑笑："我是觉得这孩子力气大，以为习武一定好呢。要是九少爷能练出一身功夫，就算以后不能像别的陈家子孙通过举业做官，也能在沙场闯一番名堂啊。"

陈三爷跟她解释："习武要看许多东西，当然他的力气是优势，除此之外还有悟性和根骨。悟性自然不必说，这孩子从小就养得不好，再好的根骨都养不起来。战场立功哪里有这么容易，陈家没有武官官职荫袭，他要是想入伍，就要先选军丁。就算进了卫所，也可能是做戍守或者屯田。从小旗、总旗再到最后的五军都督府，都要经历数年艰苦。除非是有卓越战功才能更快晋升。不过古来征战几人回，能从战场回来就不容易了，何况还要建功立业。"

陈三爷说完就发现顾锦朝看着自己，他揉了揉她的发，觉得自己跟她说太多了，她也是一片好心，不过这些事未免太残酷了。

"你想这些干什么，陈玄越就算以后没有功名，陈家也不会不养他的。"

他肯定觉得自己妇人之见了。

顾锦朝看陈三爷继续看书，心里不由得想，这些话听起来确实幼稚了。

但是陈玄越这个人很奇怪。蒙古大乱时，他一人轻骑入敌，取了畏答儿首级，班师回朝之后才加封的左都督，领甘肃总兵衔，一时间风头无两。

难道真是像梦中的民间传说一般，陈玄越在陕西的时候遇到了神仙点化？顾锦朝不太相信鬼神。

烛火跳动着，顾锦朝给他添了茶水，问他："内阁还忙吗？"

陈三爷合上书卷，回答她："内阁倒是不忙，只是最近见皇上比较多。"他说着眉心微蹙，露出沉思之色，侧脸映着烛光，显得十分沉稳。

这是有什么烦心事吗？顾锦朝轻声道："您原来任侍读学士的时候，不是做过皇上的老师吗。是不是皇上现在学业上还有什么要您指点的？"

陈三爷看着她，有些意外："你知道我原来做过侍读学士？"

顾锦朝笑了笑："当然知道，我小时候还读您的诗呢。那时候还不认识您，教我读书的先生是个老儒，很欣赏您的为人，还要逼我背您的诗。我那时候可恨死您了！"

陈三爷长臂一伸，就把她抱到自己怀里。

虽然两个人相偎依，顾锦朝却能感觉到他内心的沉默。他是那种很能藏得住事的人。而顾锦朝希望他能和自己诉说，至少她了解内阁的事越多，以后保他性命的机会就越大。顾锦朝觉得自己现在还游离在阴谋的边缘，实在是不太好。至少，她应该弄清楚究竟是谁想害他，又为什么会成功。

顾锦朝还没有问，陈三爷就开口说了："是皇上选秀女的事。从太祖皇帝那时候起，为了防止皇戚专权，秀女都是从民间选上来的。只有一个人例外，便是当今太妃，长兴侯的妹妹。不过先帝当时纳她为妃，是力排众议，而且长兴侯又平定成亲王谋反有功，因此如今的太妃当时才能封皇贵妃。"

皇帝现在快满十四了，要不是因为先皇驾崩国事繁重，早就应该选秀女了。

顾锦朝看着陈三爷，他拥着她看着隔扇外的夜色，声音低沉又柔和，叙事清晰而缓慢。

"张大人想让他的侄女进入秀女之列。只要他的侄女成了秀女，入宫封妃就不是难事了。"陈彦允现在也能够看出来，朱骏安面上虽然一心于学业和玩乐。实际上他心里很清楚自己的处境，也有自己的谋算，不过是太嫩了而已。朱骏安这么多次召见自己，那是他心里有点着急了。

"张大人的侄女要是入宫封妃了，岂不是在皇上身边放了个眼线？"顾锦朝说。

陈三爷点头。他原来只是把张居廉当作老师，知道张居廉对自己有防备，他也有所保留。但是现在来看，张居廉野心不止于此。

他是张居廉的学生，张居廉这么些年也够提拔他，所以他为张居廉做事也没有怨言，就怕迟早有一天，张居廉会算计到自己头上来。而陈三爷，是绝对不喜欢被人算计的。

"您要做些什么吗？"顾锦朝还是问他。张居廉让自己的侄女去选妃，后果可大可小，不过她身在局外，自然不知道这个妃子究竟有没有起作用，因此不敢妄言。相比才十四岁的小皇帝，她心里更防备的还是张居廉。她是见过张居廉的，那时他来吊唁，她虽然看不出这个一脸平静的人究竟在想什么，但是这个人身上的阴沉让她非常不舒服。

从陈三爷对这件事的做法，她就应该知道陈三爷的态度了。

陈三爷摇头："我什么都不做已经被人顾忌了。我要是再做点什么，就更不得了了。"

这就是要放任张居廉的做法了。顾锦朝叹了口气，陈三爷是在提防张居廉，但并没有想反抗他。毕竟也是他的老师，总有"道义"二字在。

丫头端了碗川贝蒸梨上来，这是陈三爷回来让人备下的。昨晚她睡觉没盖好被子，有些咳嗽。

整个的梨子挖去梨核，填了川贝、枸杞子、红枣等物，浇了蜂蜜，蒸得梨皮发皱，棕褐色的梨子水都蒸出来了。这梨子香脆可口不说，梨子水也比切块炖的冰糖雪梨更细腻甘甜。

顾锦朝自己身体底子好，觉得咳嗽已经都好了，用不着吃这个。

陈三爷却不依她，舀了梨子水让她喝下："你睡觉总是不太老实。"

顾锦朝也知道自己睡觉不老实，怀孕之后更是了。原来一个人睡的时候，睡的时候还在床头，醒的时候可能已经睡到床尾去了。和陈三爷一起睡，他晚上要管着自己，但总有管不到的时候。

所以睡时还是分卧的，醒过来的时候却被陈三爷紧紧抱着，这很正常。陈三爷不是故意的。

顾锦朝想了想，跟他说："不然妾身去睡东次间吧。免得晚上影响到您。"他现在每日都早起，又要忙一整天，晚上再睡不好就不行了。虽然陈三爷看上去还没有精神不济。

陈三爷看了她一眼，直接拒绝她："不行。"

顾锦朝却觉得这是个好主意，她要是一个人睡，把自己裹得紧紧的，就算是再从床头睡到床尾也没有阻碍，也不会着凉。问陈三爷他是不会松口的，顾锦朝已经打定主意明天就先搬去东次间试睡，到时候用事实说话。

她笑了笑，转移话题："我今天陪九少爷去外院，他现在住在蕉叶堂，这孩子脾气大，还砸了我好些瓷器。"那些可都是她私库里的东西！

"蕉叶堂？"陈三爷皱了皱眉，"东风馆旁边的那个？"

东风馆就是陈玄青在外院的院子。

顾锦朝点头道："就是那个蕉叶堂，我今天还在那儿遇到七少爷了。看他近日无事，我还请他教九少爷识字。他倒也没有嫌弃，就应承下来了。"

陈三爷拿着瓷勺的手不由得紧绷。

"你请他教陈玄越识字，他就同意了？"他淡淡地问。

顾锦朝说："倒也不是，他也考虑了一下。"

陈三爷继续道："他这个人在这方面脾性很傲，就是玄新想让他教，也求了他好久。四房的几个弟弟他理都不理，倒是和陈玄越有缘了。"他放下瓷勺，怕自己僵硬的表情让顾锦朝生疑，下了罗汉床去多宝阁放书。虽然知道这没什么，但陈三爷忍不住要多想。他不喜欢顾锦朝私下见陈玄青。

顾锦朝却察觉到他有异样，伸手去拉他："三爷，怎么了？"

陈三爷回过头已经恢复了平静，淡淡地道："觉得他近日有些反常而已，也许是娶妻的缘故吧。"

顾锦朝也觉得陈玄青有点反常。原来请他教别人读书还不容易啊，那她岂不是得了陈玄青一个人情了。

陈玄越果然一大早被宋妈妈领着来给她请安。

他对宋妈妈还很忌惮的样子，远远跟在她身后进门。

顾锦朝问他吃早膳没有，陈玄越摇摇头。

宋妈妈苦笑："早膳是包子、黑米粥和腌笋，九少爷不肯吃。昨晚是焖肘子、拌豆芽和米饭，九少爷也不肯吃。奴婢发现他半夜起来拿糕点填肚子。"

顾锦朝只能问陈玄越："那你想吃什么？"原先也没发现他挑食啊。

陈玄越却不说话，站在原地茫然地看着她。

顾锦朝让小厨房做了一碗面上来，陈玄越抱着面碗很快就吃完了。小厨房又送来一盘小笼包，陈玄越也没有嫌弃，吃得打饱嗝，抱着肚子坐在门边的杌子上休息。

顾锦朝才发现自己真是养了条小狗，养熟了还不肯吃别家的饭。

她苦笑，估计这孩子被关怕了，现在有点不正常。

俞晚雪过来给她请安，看到蹲在门口的陈玄越吓了一跳。陈玄越现在穿得簇新，洗得干干净净的，又长得好看，只要不犯傻还是很有世家少爷派头的。

陈玄越看了她一眼就低下头。丫头给俞晚雪挑了帘子。

天气越来越冷，屋子里刚烧了炭火，锦朝正在嘱咐孙妈妈给三房各处送银霜炭过去，陈玄越那里也不能落了。俞晚雪给她行了礼，让丫头把自己带的箧箩打开："母亲，我给孩子做了两个肚兜，您看看合不合眼。"她笑着把两个巴掌大的肚兜递给顾锦朝。

一个大红色、一个明黄色，外层是缂丝的，里层是潞绸的，绣的是鲤鱼和并蒂莲。

"绣得真好看。"鲤鱼活灵活现，并蒂莲花瓣层层叠叠，绣工很不错了。顾锦朝笑着让采芙收起来，又问她："你今日倒是来得晚，多睡些时候也好。"

俞晚雪是很守规矩的人，她来迟了应该是有原因的，顾锦朝并不想计较。

俞晚雪心里不知道该怎么说。她苦笑着道："就是想给母亲赔罪，昨夜睡得太晚了，起来的时候都日上三竿了。"

顾锦朝喝茶淡笑不语，小年轻总是嫌良宵苦短，她总不好过问。

"你早日为七少爷生一男半女也好，七少爷的几个哥哥都有孩子了。"顾锦朝安慰她。想想她年纪轻轻，就做人家婆婆了。自己的孩子都没有出世，又很快要当祖母了。

俞晚雪顿了顿。昨晚她等了陈玄青大半夜，他才从外院回来。看到她还没有睡，陈玄青皱了皱眉问："你为什么不先睡了？"

俞晚雪柔声说："妾身没等到七少爷，怎么能先睡，岂不是失了妻子的本分。"

她又服侍他洗漱换衣服，俞晚雪才听到他淡淡地说："下次别等了。"

听到他冷淡的声音，俞晚雪心里忍不住觉得难受。他先上了床，而且很快就闭上眼睛了。俞晚雪却一直看着承尘，忍不住觉得鼻酸。

但这都是做妻子的本分，哪里有质问丈夫的道理。俞晚雪深受三从四德的教导，绝对不敢忤逆丈夫。

陈玄青待她很尊敬确实没有错，从不叫通房侍寝。两人房事之后也不叫大丫头伺候。但是除了尊敬，陈玄青却显得格外冷淡，前些日子还算温和，特别是这两天。她想的成亲后的伉俪情深，不过是同床异梦而已。

也许两人还很陌生，时间长了总会好的吧。俞晚雪也只能这么安慰自己了，她总不能因为丈夫对自己太冷淡，就要向婆婆哭哭啼啼的吧！

况且顾锦朝虽然是婆婆，但她毕竟还年轻，俞晚雪也觉得难以启齿。

总比别人嫁了之后侍奉个花心好色的丈夫，再加一个处处刁难儿媳的婆婆好吧！俞晚雪只能这么安慰自己了。昨夜睡不着，就连夜把肚兜给赶完了，等着第二天到婆婆这儿来说说话。

两人说了会儿话，带着陈玄越一起去给陈老夫人请安。

现在看陈玄越已经算是乖巧了，陈老夫人也很欣慰。

等到晌午锦朝才让宋妈妈带他回去，下午他还要学识字。宋妈妈问她陈玄越不吃饭的事，顾锦朝道："他就是觉得不安全而已，这没关系。他要是再不吃的话，放饭菜的炕桌就不要撤走，他饿了的时候自己会拿来吃的。"

宋妈妈点点头，叹了口气："九少爷原来也不知道过的什么日子。"

她倒是不觉得陈玄越麻烦，就是觉得他可怜而已。

终章

（下）

沉香灰烬 著

江苏凤凰文艺出版社
JIANGSU PHOENIX LITERATURE AND
ART PUBLISHING

目录

第十二章　迁怒

陈三爷从内阁出来，江严立刻给他披了件大氅。

浙江的税银核算亏空，吓得浙江布政使连夜赶赴京城述职，今天已经谈论了一整天，也没有个结果。

陈三爷下了台阶，他的马车就等在旁边。

"陈大人。"身后突然有人喊了一声，陈三爷拢好大氅回头，看到是新任内阁阁老范晖。

范晖比他长几岁，但还是很年轻，根基不稳。他长得一般，不过面容白净，看上去很文弱。他笑着向陈三爷拱手："陈大人留步，范某想请大人小酌一杯，不知陈大人是否赏脸？"

陈三爷微微一笑："已经太晚了，范大人想请陈某喝酒，可是有事想说？"

范晖连忙摆摆手，走近了过来，似乎有点难以启齿地低声说："是范某刚到内阁，各方面都不熟悉，想请教陈大人一些问题。范某可是虚心求教，还请陈大人赐教啊。"

内阁之中又出来一个身影，随从很快给他披上斗篷，他从屋檐的阴影下走出来，微笑着道："九衡，这么久了还没走啊？"穿仙鹤纹右衽圆领袍，中等个子，眼狭长明亮，正是张居廉。

范晖正想说话，陈三爷笑着打断他："是范大人想请我喝酒。"

"哦，"张居廉笑了笑，看着范晖道，"范大人不知道咱们陈三爷是不会喝酒的吗？"

范晖脸色一白，慌忙笑了笑，附和道："我倒是今天才知道，得罪陈大人了！"

陈三爷道："怎么算得上得罪呢，下次范大人请陈某喝茶就是了。"

范晖道："一定一定。"陈三爷就向张居廉告别，上了马车。

上了马车之后，陈三爷脸上的笑容立刻沉了下来。江严心中一紧，忙问："三爷，怎么了？"

陈三爷淡淡道："那个范晖是长兴侯的人。"

江严十分惊讶，陈三爷是怎么知道的？

陈三爷提点他："他无缘无故，找同为阁老的我请教什么问题。"

江严听后才觉得不对，再仔细一想才隐隐明白过来。

范晖和陈三爷私底下说话，被张居廉看到，会以为陈三爷背着他结党营私，从而产生忌惮。而范晖当上阁老，他们当时以为这人是走了大运，现在一想……

长兴侯势力如果想让他们的人入选，会怎么办？他们断断不会明里暗里支持自己的人，而是毁坏对手的清誉。季秋平的侄子和长兴侯牵涉了，季秋平进不了内阁了，那现在进来的不就是真正长兴侯的人了。

江严愣了一下，才问："那您说，张大人知道吗？"

陈三爷闭目养神："不知道，他要是知道的话，就不会放任范晖留在内阁了。"

虽然是长兴侯的势力，但是范晖人微言轻，根本构不成威胁。他只是需要好好想想，怎么利用好这个人。

婆子将东次间临窗大炕上的炕桌移开，把炕烧热。

顾锦朝在内室梳妆洗漱，抹了香膏。

陈三爷今天回来得格外晚，应该是内阁的事太多了。锦朝现在有了身孕，早早地就犯困了，在罗汉床上抱着汤婆子看书，想等着陈三爷回来。打了好几个哈欠，困得眼泪都出来了。

采芙劝她："要不您先去睡吧，炕都烧得热热的了。要是三老爷回来看到您等他这么久，恐怕也要说您。"一面已经开始轻手轻脚地捡她看的书。

顾锦朝太困了也没有注意到，点了点头。采芙立刻招了两个二等丫头进来，伺候顾锦朝就寝。

顾锦朝刚到东次间，脱了最外面的缎袄，陈三爷就回来了。

看到只有采芙在西次间里，陈三爷问她："夫人是不是先睡了？"

采芙应道："夫人等您一会儿，现下刚去睡了。"

陈三爷表情柔和了些，挥手让她退下去，轻手轻脚朝内室走去，怕吵醒了她，在净房里洗漱都是很小声。洗漱出来后走到床前，本想看看她睡得好不好，却根本没看到人？她人去哪里了？

陈三爷叫了采芙进来问，才知道顾锦朝睡到东次间去了。他脸色一沉，提步往东次间去。

昨天他不是和顾锦朝说过，不能分开睡。她究竟在想什么？

顾锦朝刚整理好躺进被褥里，就看到陈三爷进来了。

他看上去有点生气，面无表情。东次间的两个丫头忙给他请安，陈三爷示意两人先出去。

"三爷，怎么……"

陈三爷大步走过来，毫不犹豫握住她的手腕："顾锦朝。"

顾锦朝一愣，看到他面无表情地看着自己。他一旦冷下脸，样子真的很严厉，让人不由觉得害怕。

"你今天去哪里了？"他问。

顾锦朝皱了皱眉，他手劲太大，她的手腕传来阵阵疼痛，她扭动了一下。"今日陪母亲说了会儿话，送青蒲出府。三爷，究竟怎么了？"

他却毫不放松，直盯着她逼问："怎么自己搬到东次间来了？"

难道是因为自己搬出内室，他才这么生气？顾锦朝觉得不太可能，就算他生气，也最多是责问几句，断不会这样。她很少看到陈三爷这样。"我昨晚和您说过，怕打扰您休息，我想自己到东次间睡。三爷，我手疼，您先放开我！"

陈三爷略松开了手，心里深吸了口气。她昨天确实说过，只是他最近心里烦的事太多了。除了朝堂上的事，还有她跟陈玄青的事，他刚才下意识地觉得……

他坐到了床沿，果然看到她手腕发红。

"我没有同意，你自己就敢搬过来，胆子真大。"陈三爷帮她揉手腕。

虽然他是这么说，但是顾锦朝知道，陈三爷刚才莫名其妙的怒气已经消失了，她松了口气。"本来是想分开能睡得更好一些的。您看您现在睡这么晚，我要是再打扰您怎么好。"

陈三爷淡淡道："事情本来就多，加上你也不算什么。不准再过来了，不然我每天来抱你回去。"

他把她连着被褥一起打横抱起，顾锦朝裹得跟蚕茧一样，只露出一双眼睛看着他。

陈三爷把她抱回了内室，很快他也上了床。两人又相拥而眠。

顾锦朝过了会儿才说："三爷，是不是今天遇到什么事了，您的情绪不好，可以说给我听。"

陈三爷闭上眼，她以为自己是因为别的事迁怒她。她并不怪他，反而要让他倾诉。该怎么说？说我怀疑我长子喜欢你？甚至说我怀疑你和他还藕断丝连？

自从知道她原来和陈玄青的事，他就开始注意，越注意越觉得不对。猜忌，忍耐，他怕自己终有一天忍不住。

"就是些朝廷的事。"陈三爷轻声说，"对不起，是我一时没有控制住，没事了，你快睡吧。"

要让他生这么大的气，那究竟是什么事？顾锦朝心里清楚，陈三爷绝对不是那种迁怒别人的人，何况还是迁怒她。这件事一定和她有关，而且和朝廷无关。

两个人寂静无言，锦朝躺在陈三爷怀里，却还是能感觉到他心事重重。因为刚才的事，两个人莫名有些隔阂了。过了好久，顾锦朝才听到陈三爷说："外院人员来往混杂，你以后尽量少去吧。"

顾锦朝"嗯"了一声。他低头亲了亲她。

外院她本来就去得不多，陈三爷为什么这么说？顾锦朝心里想了很多种可能，却慢慢陷入睡眠之中。

十一月初二下了初雪。

顾锦朝第二天醒来，外面已经雪白一片。草丛、树枝上都落了毛茸茸的雪，丫头婆子们都很高兴，收了雪存在瓦罐里，可以用来泡茶。

陈玄越过来请安的时候，六合瓜帽上、斗篷上全是雪。

丫头给他解开斗篷，宋妈妈才追上来，喘着气笑道："九少爷跑得太快，奴婢都追不上了。"收了伞放在门外。

陈玄越养了小半月，已经能和人说话了，指着锦朝手里的纸，口齿不清地问："婶娘，什么？"

说话说一半，不过顾锦朝也能明白他的意思。

"这是封家信。"顾锦朝把信收进袖子里，让丫头端热热的桂枝汤给他喝。

这封信是从大兴顾家来的，前半个月就寄出来了，却现在才到她手上。

信是父亲写的，家中的琐事短短地写了一些，最后才跟她说，顾澜死了，在姚家死的，因为下毒暗害主母，被发现后她害怕遭到惩罚，畏罪自缢。

顾锦朝刚开始看到的时候不敢置信，顾澜就这么死了？宋姨娘痴傻的时候她没事，和姚文秀有私，差点被冯氏掐死的时候她没事，却因为想害顾怜不成，畏罪自缢了？这不像是顾锦朝认识的那个顾澜。她认识的顾澜倔强极了，绝对不会自杀的。

听说她就这么死了，顾锦朝心里反倒有种莫名的感觉。远在适安的宋姨娘要是知道她女儿死了，不知道是什么心情。她看着窗外的雪景叹了口气，倒不是觉得顾澜可怜，她就是听到仇人死后心情比较复杂。

顾澜谋划了小半辈子，以为到姚家就能享受了，哪里知道那就是个龙潭虎穴。她当时要是老实嫁给赵举人的儿子，也不至于命丧黄泉。就算赵家不富贵显赫，至少吃穿不愁啊，也没有主母欺压她。

陈曦也过来了，她裹得像个雪球一样，小脸又圆圆的，十分可爱。她现在很喜欢她九哥，每次来都给她九哥带点东西，或者是热热的栗子，或者是桂圆干。她觉得她九哥看上去不怎么理人，其实傻傻的很可爱。她拿了个九连环给陈玄越，笑着说："九哥，你会玩吗？"

陈玄越把九连环扯得乱七八糟，找不出头绪，力气就大了很多，咬牙想把这玩意儿给撕开。

陈曦连忙拿过来，怕他把东西弄坏了，耐心地教他怎么拆环。

锦朝笑着招他们过来吃糕点。她让陈玄越隔天过来请安，是想看看下人们待他好不好，他反倒天天往她这儿跑，一来就赖半天。陈曦倒是有了个玩伴。

陈玄越把栗子糕吃得满嘴都是。陈曦笑他："九哥，你像小花猫一样！"

陈玄越茫然地看着她，看她只是笑，以为她要抢，又忙把自己手头剩下的吞进去。

陈曦笑得在床上打滚。

宋妈妈忙给陈玄越擦了嘴。锦朝问她："九少爷在鹤延楼学得如何了？"

宋妈妈笑着答道："九少爷学东西不喊累，也不闹脾气，鹤延楼的师傅说很好。七少爷也常过来教九少爷识字，现在已经能认六十个字了！"

宋妈妈的语气很惊喜，锦朝却有点汗颜。陈玄青教了他小半个月，才认六十个字，也不知道他会不会觉得不耐烦，他可是探花郎。顾锦朝就问了宋妈妈："七少爷教他还好吗？"

宋妈妈点头："七少爷很耐心，要是九少爷一时不会，他就多教几遍。他还跟奴婢说过，刚开始是要难一些，到后面就能认得快些了。"

锦朝看陈曦和陈玄越玩，不由得想等自己肚子里的家伙出来，家里就更热闹了。

这时候陈老夫人的丫头过来通传了，说陈二爷回来了，请她过去一聚。

快要过年了，陈家的人也陆陆续续回来了。二房是最热闹的，几天前陈玄然从任上回来，不仅他的妻子沈氏高兴，大家也很是热闹了两天。然后就是在国子监的陈玄风、陈玄让和陈玄玉回来。

葛氏最欢喜，六爷去了宝相寺，六房孤零零就她一个人。陈六爷人虽然风流不羁，却只有陈玄玉一个孩子。这下陈玄玉回来，她忙着整天变花样做东西给他吃。陈玄玉也不嫌弃母亲的热情，对葛氏嘘寒问暖的，葛氏这几天说话都带笑。

听说陈二爷回来，锦朝换了件缎袄，先带着陈曦去檀山院。至于陈玄越，顾锦朝却斟酌了片刻，让宋妈妈半个时辰后再带他过去。她和陈玄越一起去总不好，恐怕遭秦氏的白眼。

锦朝带着陈曦走了，西次间就剩下两个丫头守在门口，宋妈妈在外头和孙妈妈说话。

陈玄越看了一眼炕桌上的九连环，伸手拿到手上。他打量了一眼，立刻以极快的速度开始解环，手指灵活，动作十分娴熟，不到半刻钟就全部拆开了。要是陈曦看到肯定要惊讶了。

他嘟哝了句什么，又很快把九连环复原到刚才杂乱的状态，环扣环一丝不差，依照方位放回原处。

等宋妈妈进来的时候，陈玄越还在拼他的七巧板，木头拼过来拼过去，什么都没拼出来。

宋妈妈给他倒了热水让他喝，想到回府的陈二爷，忍不住叹气。

顾锦朝很少看到陈二爷，毕竟他常年身在陕西。

陈老夫人许久没有见到二儿子，热泪盈眶地拉着他的手，陈二爷也随着微笑，安慰母亲。

他长得很冷峻，浓眉星目，只是年过四旬，难免经过岁月雕琢，面貌间显出几分沧桑。可能是因为长时间的奔波，灰色玄纹的直裰显得风尘仆仆，还披着一件灰鼠皮的斗篷。

"儿子一切都好，劳您费心。就是伺候儿子的张嬷嬷中风了，现在不能起床，我留了人照顾她。"

陈二爷说话很威严，字句铿锵。

秦氏在一旁看着丈夫，忍不住也眼眶发红。在她心里，任她多坚强的女人，还是以丈夫为天，要依靠丈夫的，因此看到丈夫就忍不住心里一松。

陈老夫人先给他介绍了顾锦朝："老三媳妇，五月刚入门，快要给我添孙了。"

顾锦朝屈身行礼，陈二爷随即还礼点头："三弟妹。"

顾锦朝让陈曦给他行礼，他露出微笑："二伯给曦姐儿带了三原蓼花糖，一会儿让人送去给你。"

陈曦是陈三爷唯一的嫡女，谁都宠着她。

陈老夫人忙笑着摇头："她的门牙才长出来，可不能吃甜的！"

陈曦露出很可惜的表情，下意识抿紧了嘴巴。门牙没长出来之前，她都不怎么敢笑。

一会儿二房的孩子陆续过来了。陈玄然长得像陈二爷，十分英俊。陈玄风和陈玄让则长相普通。三个儿子，三个儿媳，一个幼女，两个长孙。这下二房嫡出的全来了，次间里难免有些拥挤。

陈二爷给孩子都带了东西，吃食或者小玩意儿。献哥儿和筝哥儿各抱了凤翔彩绘挂虎、鹦鹉泥塑。

陈玄越才被宋妈妈带着过来。

次间里人太多，他有点被吓到了，来见了陈二爷，即使宋妈妈让他请安，他也不说话，小手紧紧攥着衣角。

陈二爷皱了皱眉："先带他下去休息吧。"

顾锦朝暗暗叹了口气，连隔房的侄儿侄女都有礼物，陈玄越竟然什么都没有。虽然他痴傻，但毕竟也是他的儿子。

陈老夫人跟他说了把陈玄越养到外院的事，陈二爷也并没有什么表示。

秦氏更是看都没看陈玄越一眼，陈玄越很快就被牵下去了。

陈三爷早就接到了信，回来之后直接去了檀山院。

兄弟相逢，自然有话要说。女眷就避去了东次间，西次间里留陈二爷、陈三爷和陈四爷说话。

"你倒是肯娶，当初江氏死你为她守两年，我还以为你就要执意不娶了。"陈二爷说他。

陈三爷笑着摇头，过了会儿才说："她笨得很，没有我护着现在都不知道什么样了。"

陈二爷叹了口气："我倒是遇见个伶俐的。"

陈四爷很惊奇，不由压低了声音问："二哥，你这是什么意思？"

陈二爷才咳嗽一声："没什么，是别人从扬州买来送我的。现在养在陕西。"

陈四爷顿了一下："扬州瘦马？"

陈三爷则道："二哥，你怎么收了这些？是谁送的？"送银子送田产陈二爷都不敢要，现在人家送他扬州瘦马，他就敢要了？这和他一向沉稳的行事不太符合。

凡事都是三弟最多疑，陈二爷很清楚。他说道："你放心吧，我有分寸。"摸着大拇指上的扳指，沉默了一下，"是我原来的学生宋泽端，现在在陕西做县令。人我已经查过了，没有问题。"

陈四爷淡笑："原来我觉得做得出这等风流事的只有六弟，想不到二哥也有这个时候。人家都说扬州瘦马弹琴、吹箫、画画、打双陆、抹骨牌无一不精通，更有专门的人教习坐卧风姿、枕上风情的。"

陈二爷恢复了平静，只是笑："她倒是一般而已，就是乖巧。"

陈四爷问陈三爷："三哥原来不是跟着大伯去过扬州，见识过扬州瘦马吗？"

陈二爷说："他那个时候才九岁，懂得什么。"

陈三爷微微一笑不说话。身在官场，接触的无非是这样一群人，哪里会不知道呢。

九岁时候的场景他还记得。贵官公子一到扬州关上，稍微透露出娶妾的意思，牙婆驵侩就围拥而至其门，心里各有一本册子，各家的姑娘什么样都记得。相瘦马由媒人领着看，或弹琴或绘画。要是来人相中了，就在姑娘发髻上插簪或筓，名为插带。选中一等才情的瘦马，要付一千到五百两娶走。这姑娘的亲生父母不过一二十两的卖身钱，别的都归教养姑娘的家庭，算作教习的费用。

这算是种人肉生意。穷苦人家的孩子生了好女孩，七八岁的时候就送去富贵的家庭寄养了。瘦马也分好几个等，一等的学风雅之事，二等的会管家算账，三等的挑绒走线、针黹女红，还有学灶上烹调，油炸蒸酥。这种事屡见不鲜，也没有人管，在扬州很是繁盛。

"说起扬州，四弟前不久不是在扬州开了个纺纱厂？做得如何了。"陈二爷问。

陈四爷笑了笑："现在织造局征收的税丝多，供役工匠服役重，各种纺纱厂都不好做。"

陈二爷看向陈三爷，觉得有些奇怪："税丝可归你管，现在皇上还年幼，用得了多少岁造缎匹？怎么会税务如此重？"

陈三爷喝了口茶润喉："各处都不一样，我也不可能每处都去过问。况且织染局隶属工部，织造监督太监由吏部委派。虽然税丝也算是税收的一种，却和户部关系不大。"说到这里陈三爷又顿了顿，"我倒是还有事和你商量。"

陈二爷看了陈四爷一眼："老四，你先去看看母亲吧。我和三弟稍后就过来。"

陈四爷一笑："可别说太久了，二嫂还等着呢。"陈二爷也点头微笑。陈四爷才慢慢离开西次间，出门之后脸上却是阴霾一片。陈家永远是陈二爷和陈三爷做主，就算他能为陈家挣再多的钱，有什么用呢？说到这种话题的时候，二哥还是不希望他在场。

他也是两榜进士，不差陈彦章和陈彦允什么。陈彦允不让他做官、断他的前途就罢了，这个时候还要分彼此吗？他为陈家付出这么多算什么？陈四爷冷冷一笑，背手朝四房的院子走去。

陈三爷和陈二爷促膝长谈至夜深，陈三爷先派人回来给顾锦朝说了一声，她自然就先睡下了。

炕火烧得热热的，她睡得很舒服。

陈三爷回来时也没有吵醒她，轻手轻脚地躺在她身边，闭着眼睛想问题。

兵部尚书赵寅池要致仕了。

古往今来，什么最重要？无外乎兵权。兵部有调兵权，而五军都督府有统兵权，张居廉掌握五军都督府，但是没有调兵权就什么都没有。赵寅池原先是老长兴侯的部下，但他本人很正直，并不偏向哪方势力。这个继任兵部尚书的人很关键，甚至关键到能够决定张居廉的成败，如果他怀有二心的话。

他觉得被褥里太热了，不由睁开眼。

原来他冬天的时候别说烧炕了，连厚棉褥都不会盖，现在为了将就顾锦朝，自然不能这样。他把身上的被子揭开，侧身看顾锦朝，渐渐地就这么睡了。

顾锦朝醒来的时候就看到陈三爷没盖被子，她吓了一跳。摸他的手臂，她手的温度高，自然觉得他的手臂冰冷。这人睡觉最是规矩了，怎么会不盖被褥？难道是觉得火炕太热了，她原先听陈三爷说过，他好像从来都不用火炕。应该是要将就她吧。

顾锦朝把自己的被褥盖到他身上，却把陈三爷惊醒了。睡意蒙胧之间把她抱到怀里，她倒很是暖和。陈三爷就抱得更紧了一些，下巴也放到她颈窝里。顾锦朝觉得他压在自己身上有点重，却闻到他身上一贯的味道，还是忍住了把头埋进他怀里。

她再醒的时候陈三爷已经醒了，好像都看了她很久。

顾锦朝才从他怀里挣扎坐起："三爷，昨晚是不是睡火炕太热了？"

醒来时看到被褥在他身上，陈三爷就知道顾锦朝醒过。他摇头："没事。"

只是太热了，她又在自己怀里，身体忍不住有点亢奋。两人很久没有情事了。他的手松开了些，低头亲她。

顾锦朝想避开他，他却又追上来。

她抵触之间手摸到壁垒分明的胸膛，顿时脸都红起来。他的中衣都开了……

顾锦朝想提醒他起床，陈三爷却已经料到她要说什么，低声在她耳边说："内阁无事。"

今天休息吗？也该休息了，他前两次休沐都没有休息，整日忙得不可开交。

但是，陈二爷刚回来，今天还要给陈老夫人请安。

隔扇外开始大雪纷飞，冬天真的来了。

转眼就到了二十三，小年祭灶的时候。陈家的厨房里贴了灶王爷的神像，供奉了鲜果、醪糟和糖瓜。陈六爷也终于从宝相寺里被接回来，人都瘦了许多。

随后几天要回保定祭拜祖宗祠堂，顾锦朝就没有跟着陈三爷去，等到二十八的时候，才真的热闹起来。

府里的丫头、仆妇们都领了过年的新衣裳。顾锦朝这里刚分进来两个十二岁的丫头，其中一个正是从四川被卖到北直隶的拾叶。

顾锦朝到随侍处挑丫头的时候，长得好看的，或者手脚伶俐的都排在她前面。拾叶还叫二丫，蹲在一边擦柜子，满手都是冻疮。顾锦朝一下子就把她认出来了。

跟着她的婆子道："那丫头手脚麻利点，没看到这儿三夫人来了！"

二丫头也不敢抬，吓得请了个安，连忙收拾了麻布，吃力地端起木盆出去。顾锦朝注意到她穿的棉布鞋磨损得太厉害，大脚趾处破了个洞。

顾锦朝点了站在她身前，眉眼有几分沉稳的小丫头。被三夫人点中她自然高兴，却很快压制住了。顾锦朝又点了点走到门口的二丫："那个也留下吧，一会儿一起送过来。"

二丫回过头，还没有明白发生了什么事，就看到众人围拥着夫人出门了。教养的婆子走过来，打量了她几眼，不由嘀咕："这是怎么入三夫人的眼的。"不管怎么说，能被三夫人选上都是荣耀，就算去三房当个最末等的丫头也好，至于大丫头则是她们想都不敢想的。

二丫很快和另一个被点中的小丫头收拾了东西一起过来了，随侍处的人看着这小丫头一飞冲天，都很惊讶。二丫也很惊讶，她来的时候看过一次挑丫头，听说是四房的尤姨娘，气势大得很，挑了两个最伶俐的，像她这样的那是看都不会看。

二丫忐忑不安地来了三房，被夫人赐了个名字拾叶，另一个小丫头则赐了拾秋。

青蒲成亲的时候，锦朝房里几个丫头都去送了，各房夫人都派人带了添箱钱去，她嫁得很风光，可惜顾锦朝不能去看。来了两个丫头，才填补了用人的空缺。

顾锦朝暂时还不打算提拔拾叶。拾叶做事冲撞，不适合做贴身伺候的。不过让她离开随侍处，到木樨堂来过更舒坦的日子，还是可以的。

腊月二十八，是贴春联、窗花的时候。

顾锦朝陪着陈曦剪窗花玩，陈玄越要去贴，显得比平时更高兴。

陈三爷在屋子里看着，锦朝在院子里陪他们贴窗花，都穿得跟球一样。屋外的蜡梅刚开不久，又折了梅花枝插在梅瓶里，放在多宝阁上。

陈三爷笑了笑，锦朝和孩子玩得还不错。他又低头看书。

书房里，陈曦却和顾锦朝嘀咕了起来，顾锦朝点点头支持她："可以，你拿上毛笔！"

陈曦握着毛笔就有点迟疑了，过了会儿才拿着红纸和毛笔去找陈三爷，顾锦朝则端了砚台跟在她身后。陈三爷抬起头，看到顾锦朝和陈曦站在他面前，一副有事要求的样子。

"怎么了？"他轻轻地问。

顾锦朝看陈曦不说话，就说："三爷，求个墨宝。"

陈三爷才看到红纸，原来是要他帮她们写春联。

"拿过来吧。"他放下书接过毛笔，在炕桌上铺开红纸，蘸了磨好的墨游龙走凤地写起来。

陈曦看父亲的眼神多了些崇拜，等到拿着春联走出去了，才小声和顾锦朝说起话来。

陈三爷在后面听着她夸自己，摇摇头，嘴角也露出丝微笑。

贴完春联，已经快晌午了，两个孩子才回去。

顾锦朝走进来，陈三爷捧着她的手帮她先暖暖，问她："玩得开心吗？"

丫头拿了手炉过来，顾锦朝就抽出手去抱手炉了。她陪孩子玩，是喜欢这两个孩子，又不是真的觉得好玩。陈三爷问她这话怎么像问孩子一样。顾锦朝只能勉强点点头。

陈三爷觉得她可爱得很，把她抱过去坐在自己腿上。顾锦朝一愣，他的手臂环过来，又拿起自己的书，也没有干什么，就是抱着她一起看书。

窗外又开始下雪，天色都有点阴沉了。

顾锦朝有些担忧，她种的蜡梅并不十分耐寒，像这种极寒的天气，恐怕开不出花了。一会儿还要去给陈老夫人请安，雪再下下去恐怕连路都走不了。

果然一会儿陈老夫人就传话过来，说今天不用请安了。

结果她被陈三爷抱着看了一下午的书，腰背酸软，直到要吃晚饭的时候才放开她。

顾锦朝不动声色地远离他，陈三爷也没有在意。吃了晚饭，顾锦朝去自己的书房继续练篆书，现在已经写得有点样子了。写了给陈三爷看，陈三爷也觉得她进步明显。

"你要怎么奖励我？"他手指翻过几页纸，问她。

顾锦朝反问他："什么奖励？"

"我教你练字，总不能白教吧。"陈三爷跟她解释说，"总是得有报酬。"

这也要报酬？丈夫教妻子那不是天经地义的。

顾锦朝苦笑："好吧，您想要什么。"

陈三爷想了一会儿说："暂时还没想好，不过你先过来。"他招招手，顾锦朝只能走过去，果然又被他抱到怀里。顾锦朝觉得自己有点吃亏，咬咬牙说："三爷，咱们先说好了，只能有一个报酬。"

"嗯。"他应了一声，"你又能给多少？"

烛火跳动，西次间一时沉寂。不过陈三爷很快就有了想法，顾锦朝好奇问他："是什么？"

陈三爷说："嗯，晚上告诉你。"

这不就是晚上吗？

第二天顾锦朝终于明白了那个报酬是什么，她觉得这个人更衣冠禽兽了！

腊月三十这天，顾锦朝起得很早，和陈三爷一起去给陈老夫人请安。

孩子们都穿得很喜庆，里面热热闹闹的。

陈三爷和陈二爷说话去了，顾锦朝和俞晚雪商量三房封红的事，每年过年都要给仆妇一定的封红，先把数额给她说好，她才好比照着自己私下赏下人。

正说着话，陈玄然等人来请安了。

陈老夫人拉着陈玄然说话："和你几个弟弟去哪儿了，这时候才来！"

陈玄然说："路上和七弟叙旧，他中探花郎的时候我都没来得及回来，现在给他补个道贺。"

陈玄青背手站在他身后，只是笑笑。

陈玄让却坐不住，撺掇陈玄然："大哥，你也一年没回来了，考考咱们探花郎的才情吧。"

陈玄安有些好奇："三哥，这怎么考？"

陈玄然很快让陈昭拿了她的小鼓过来，说："击鼓传花，接花的人作诗一首，须得是骈文。做不出来……"几个兄常带着陈玄青干坏事，一般的惩罚都是罚酒，不过今天在家里，陈玄然顿了顿说，"就罚抄佛经吧！"也对祖母的胃口。

陈老夫人笑笑，也随着年轻人玩。陈玄青有点无奈，兄弟几个这么玩的时候，陈玄然总是会整他。

果然，花传到他手上时鼓声刚好停下来。陈玄然笑说："咱们探花郎是新婚，就以七弟妹作骈文吧！"

俞晚雪有些不好意思，顾锦朝也觉得有些不好，正想说要不然换个题目，不过陈老夫人并不介意："无事，玄青你作便是！"

俞晚雪脸颊微红，几个表嫂都笑着向她示意。

陈玄青却迟迟没有出文，陈玄然是知道陈玄青的才情的，他作骈文肯定是信手拈来。不知道这多读了一年书，有没有更精进些。

见他迟迟不说话，陈玄风也打趣他："探花郎，作不出来可要抄佛经了！"

陈玄青却面容平静，过了会儿才低垂着眼道："我作不出来，愿意罚抄佛经。"

陈玄然一愣，一时间西次间里气氛冷凝。俞晚雪脸色一白，陈玄青七步成诗的故事是众人皆知的，她自然也知道。以她为材，为什么做不出来？

还是陈玄然打圆场："看来七弟还真是不进则退了，罚抄佛经可不够，一会儿得陪我喝酒。"

陈玄青抬起头，笑着应好。

陈三爷过来了，看到陈玄青也在，面容不觉一冷。

除了陈老夫人，众人都站起来给他行礼，他颔首，走过来跟顾锦朝说："这在说什么，老远都听得到笑声。"

顾锦朝也为俞晚雪觉得尴尬，只是道："击鼓传花。"

陈三爷坐到她身边陪她看了会儿，剩下的就没什么可看的了。他也一整天都陪着她。

晚上陪陈老夫人守岁，陈玄风带着陈玄玉几人去放爆竹，热闹得很。等过了子时，大家才陆续离开。顾锦朝陪陈老夫人多聊了一会儿，有些昏昏欲睡，等陈老夫人也去休息了，靠着陈三爷的肩小憩。

除了爆竹的声音，四周都很安静。

顾锦朝突然轻声说："三爷，您是不是怀疑我……"只是说了一句，他再细听，就再也没开口了。

她喝了点米酒，可能上头了。

陈三爷摸了摸她的头，沉默不语，她心里应该是知道点什么的。

过了会儿，他才把她抱起来，两人回木樨堂去。

凉亭里陈玄然一群人还在和陈玄青饮酒，还有人在放黄色的烟花，湖上漂的莲花灯，回廊里挂着红绉纱灯笼，又热闹又喜庆。陈玄然跟陈玄青说："我看你闷闷不乐的？"

陈玄让摇头："他什么时候乐过，不都是这样的。要我说，就是现在放纵了点。"他挑了挑眉笑，"不仅陪我们喝酒，还娶亲了，身边还有两个通房。七弟，你那两个通房开脸了吗？"

陈玄青摇晃着酒杯问他："那又能如何？"

"你就不懂了，东西是抢着的香！"陈玄让要传授一番了，"原来就只有你嫂子一个人的时候，整天耍小脾气小性子，还要你去哄她。我怎么受得了她这样，干脆一口气把两个丫头都开脸抬了。这下她才对我和颜悦色的，平时惹都不敢惹我，伺候得舒舒服服的。不信你问大哥，他也有个姨娘！"

陈玄然忙摆手："我的姨娘是霏平帮着抬的，别问我！"

陈玄风则看到了不远处青石道上的一群人，指了指说："好像是三叔，正抱着婶娘呢！"

陈玄青抬头看了一眼，那真的是父亲。顾锦朝可能睡着了，他用斗篷拢着抱她回去。仆人和护卫前后簇拥着。

他闭了闭眼睛，心想或许真的有一天他会被自己逼疯的。

初一陈家热闹了一天，初二就该回门了。

虽然是新春，但因为顾家刚经历一场浩劫，也没看出什么喜色。只有廊庑下吊了红绉纱的灯笼，丫头婆子也不见得穿得喜庆。素面的比甲，水青色的夹袄，说话声音很轻。

冯氏现在身体不好了，就不怎么下床。几个儿媳轮流伺候她，今天正好轮上周氏。

她躺在罗汉床上，原先的一头黑发白了不少，瘦得颧骨都突出来了，旁边支了张小床方便人伺候她。

两人看到顾锦朝都难免尴尬。

顾锦朝平静地行礼，丫头给她搬了杌子来坐。

冯氏握着她的手直打哆嗦，过了好一会儿才压下来，嘴唇嚅动着说："澜姐儿没了。"

顾锦朝点头："我已经知道了。"

冯氏看着顾锦朝梳得光滑的发髻，发髻上赤金嵌红宝石的金满冠，还有她脸上淡淡的神情，既不嫌恶，也不同情。她突然闭上眼道："朝姐儿，你该得意了吧。现在二房永远比不过四房。害过你的人没有好下场。你二伯只能去当一个区区知县，你却能享受荣华富贵。"

她说话已经有点吃力了，却死死盯着顾锦朝不放。本以为能从顾锦朝身上得到荣华富贵，没想到这是个自私自利的。

已经到了这时候，冯氏还惦记着顾德元只能做知县。

顾锦朝轻声说："祖母错了，这都只是天理循环而已。朝姐儿不害人，也不会坐等被人害，被人利用。至于荣华富贵或是功名利禄，本来就不是最重要的事。况且正是过年的时候，祖母您说这些做什么，我这是回来看您的，给您带了好些东西来。"

她让婆子把东西拿上来："这其中有支八十年老参，还是深山里挖来的，最是珍贵了。"

冯氏突然笑起来："好！还是你朝姐儿最厉害！"

周氏有些疑惑地看着冯氏，不懂她话的意思。

顾锦朝只是微笑不语。

冯氏最终还是要服气的。

过年的热闹渐渐平息下来。

"太太，外头又开始下雪了。"从霜端着炭盆从外面进来，轻声跟俞晚雪说，"下得很大，奴婢看七少爷是要宿在外院了，您先收拾了睡吧。"

俞晚雪靠着迎枕，乌黑的头发只绾了一个纂儿，她的头发很好，生得格外浓密，放下来和绸缎一样。她抬起眼皮看了从霜一眼，挑开窗扇朝外看，果然是鹅毛大雪，吹得漫天都是。

她拿了铁夹给炭炉里添炭火，听到炭火烧的噼啪声。

"去取我的斗篷来。"俞晚雪淡淡说，"晚上炖好的蹄花汤也盛上，咱们给七少爷送过去。"

从霜一愣，不由小声说："太太，已经太晚了，又下着雪……"

俞晚雪表情很柔和，却十分倔强，她打定的主意是不会改变的。

从霜只能把东西准备好。俞晚雪带着丫头婆子，婆子挑着灯笼往外院去了。

大年初五，她却要冒雪去外院找自己的丈夫，俞晚雪心里苦笑。

东风馆的灯光已经隐约在前方了。

她毫不犹豫地带着丫头进去了，总要有人主动的。

小厮来禀说七太太过来了，陈玄青略垂下眼，轻声道："请她进来。"他把狼毫毛笔放在笔山上，拿了丫头绞好的热帕子擦手。

等到俞晚雪进来的时候，看到自己的丈夫站在窗扇后面背对着她，身姿如松。窗扇外大雪纷飞，回廊挂着几盏灯笼，朦胧的红光投进屋子里来，雪夜里一片柔和。

她轻轻地走过去，伸手便环住陈玄青的腰，把头埋在他宽阔的背上。

陈玄青浑身一震，却没有推开她。过了好一会儿，他才淡淡地问："外面这么大的雪，你来干什么？"

俞晚雪说："妾身给您送汤过来。妾身的蹄花汤做得很好，别人都做咸的，妾身的蹄花汤却是甜的。本来想等您回来尝尝，但是看到雪下得这么大，觉得您可能不回来了，妾身就自己过来了。"

陈玄青看到她抱着自己腰的手冻得发青，他掰开她的手转过身，看到俞晚雪的斗篷上全是雪，问道："你来的时候没有撑伞吗？"

俞晚雪笑着说："撑伞了的，就是风太大，撑伞也没有用。"

她长得娇美，和顾锦朝的娇艳不一样，好像是山谷里的幽兰，高洁雅致。因为冰冷，她的嘴唇都有些苍白。陈玄青不由握着她的手，带着她走到炉火旁边替她暖手。

俞晚雪感觉到他手的温暖，心里才平静下来。

"七少爷，您不用管妾身，先喝汤吧，一会儿汤该冷了。"俞晚雪小声说。

"你不要说话。"陈玄青突然说。

俞晚雪笑了笑不再说话，仔细观察着他的手，修长白皙，指尖却十分的秀气，像女孩子一样尖尖的，比她的手还好看，却完全把她的手拢住了。

一会儿陈玄青的书童挑帘进来，跟陈玄青说："七少爷，外头雪积了足足一尺厚，都能没过靴子了。湖面也封冻了，明早扫雪的婆子恐怕要辛苦了。"

"你留下休息吧。"陈玄青叹了一声。

他本来心里烦躁，想避开俞晚雪一段时间的。但是她是无辜的，她什么都没有做错，而且全心全意地侍奉自己。他也是男人，自然会怜惜她，但这种怜惜和他心底的别扭冲突，说不出个所以然来。

他不该辜负任何人。他们每一个人都是对的，只有他站错了位置。

丫头打了热水进来给俞晚雪洗脸，又烧起了地龙。俞晚雪才终于觉得暖和起来。

"七少爷，妾身有话想问您。"她轻轻地说，"您是不是生妾身的气了？这几日都不大理会妾身。要是有什么做错的，您一定要和我说。咱们是夫妻，本来是应该没有间隙的。"

陈玄青摇头道："你别多想了，快先睡吧。"他说着就要起身出去。

俞晚雪心里一慌，忙拉住他："您不在这里睡吗？"

"这里有地龙，你睡着比较暖和，我去偏房睡就好了。"陈玄青任她扯住自己的衣袖，淡淡地说。

俞晚雪听后却心头一堵。难道他现在都不愿意与自己同床共枕了？他嫌弃自己，所以才不回束雅阁休息。

俞晚雪再怎么懂事，毕竟年纪还小。她忍不住眼眶发红，自己都这么委曲求全了，为什么他就是不领情呢？女子三从四德，丈夫什么都不要求她，她从什么去？

她有些赌气地说："反正已经过了头一月，您要是不喜欢妾身的话，妾身就给您纳个妾吧。您看妾身身边哪个丫头您喜欢？尽管抬了姨娘去！"

她从来没和陈玄青说过这种话。他一向冷淡，自己又太过恭从，这样小性子的话，很难从她嘴巴里说出来。她希望陈玄青能安慰她几句，说自己怎么会不喜欢她呢。

陈玄青皱了皱眉，突然想起陈玄让说的话。他反而平静地说："如果要纳妾，你就在丫头里选一个吧，选好和我说就是了。"

俞晚雪抬头看他，好像被他这句话给震惊了。他怎么会答应呢！俞晚雪有点混乱起来，他不是不喜欢纳妾吗，两个通房都没有开脸的。

陈玄青说完之后就离开了书房。

俞晚雪想拉他都拉不住，难道要和他说，刚才那句不过是自己的玩笑话，她一点都不想给他纳妾！

俞晚雪慌乱地坐起来喊他："七少爷……"

人喊不答应，她又忙下床趿拉了自己的缎子鞋。走出书房却觉得十分焦急，偏房……到底是哪一间的偏房？外头只守着她的两个陪嫁丫头，都有些疑惑地看着她。

从霜、从月面容姣好身段优美，是母亲特意帮她选的。本来就是在为陈玄青的妾室打算，如果真的要纳妾，自然是自己的丫头好。她们两人自己也知道，伺候陈玄青的时候总有些不自然。

俞晚雪心里更是后悔，怎么说了这样的话！这下倒好，难不成她真的给陈玄青纳妾？她恨不得打自己的嘴巴！

吩咐了从霜从月第二天早点叫她，她先回了书房里睡觉，里面烧了地龙，睡着十分的暖和。

第二天醒来却没有看到陈玄青，俞晚雪有些着急，想了想，还是先回了内院。

这天初六，陈老夫人约了常老夫人和吴老夫人打马吊。

顾锦朝打叶子牌还好些，马吊却不太会。打了一会儿老输钱，常老夫人都笑话她："你最先把尊九索打了，以后怎么玩？"

顾锦朝输了七两银子了，几个长辈倒是赢得笑眯眯的，巴不得她多坐一会儿庄。

顾锦朝虽然有点财大气粗，却也不敢这么输下去了，笑着告饶后退了庄家，秦氏去做庄家了。

顾锦朝就在旁边边喝茶，边和吴二太太聊天。

吴二太太刚得了一只毛色雪白的波斯猫，说起养猫的趣事："就是懒，又不爱亲近人。你不理它了，它又懒洋洋地蹭到你怀里，要打瞌睡。你要是说它两句，它也没反应，反而还一副高傲的样子。"

葛氏笑眯眯地说："养京巴狗倒是相反，黏人得很，又蹭得你满身狗毛。我原来养过一只，后来被六爷要去了。他也不好好养，最后那狗得病死了。"

丈夫儿子都回来了，葛氏人也比以前有精神多了。

吴二太太问起陈六爷的事："好久没看到六老爷，听说在宝相寺里修行？"

葛氏摇头："他不信佛。刚回来不久，和几位爷去香叶山游郊了。"

几个孩子则坐在临窗大炕上玩百索，筝哥儿要抢陈昭手里的彩绳，屋子里热闹非常。

俞晚雪过来了，叫了顾锦朝"母亲"，说"有事请您回去一趟"。

顾锦朝看她欲言又止的样子，很有些疑惑。

在陈老夫人这里也就是闲谈了，顾锦朝便跟着俞晚雪回了木樨堂。等到了西次间，雨竹上了枸杞红枣茶。她现在升了大丫头，做事都小心得很，放下泡茶就守在顾锦朝身侧，垂手站立。

俞晚雪却小声道："母亲，这事我不太好开口。"

雨竹眼睛瞪大，看到顾锦朝看向自己，才"哦"了一声，带着两个小丫头退出去。

看来还是需要调教，顾锦朝心想，笑着对俞晚雪道："有什么话，你直接说就是！"

俞晚雪忍不住握紧帕子，眼眶微红："儿媳其实也拿不准该不该和您说。七少爷对儿媳颇有些冷淡。好久以前就是了，儿媳本来是以为自己有什么做得不好的，想请他说说。我也不是不开化的人，把什么都说出来，能解决不总是好的吗。结果儿媳误说了一句帮他纳妾的话，七少爷应允了。"

顾锦朝听到她这么说，有些怔住了。陈玄青不是应该喜欢俞晚雪吗？怎么舍得对她冷淡呢！

即使陈玄青对她冷淡，俞晚雪也不至于说出帮他纳妾的话才是。

顾锦朝皱了皱眉："究竟是怎么的，你一五一十地说。"

俞晚雪才从头到尾地说了，她也有些气恼自己。"那也是气话，儿媳并非这么想的。"

顾锦朝思索起来，就算俞晚雪真的说了这样的话，陈玄青答应了，那也是他们的私事。俞晚雪服个软认个错不就算了，来找她做什么？她和陈玄青的关系也有点不好说话。

"那你是怎么打算的？"

俞晚雪才说："我本不该来打扰母亲，纳妾的话，我回头再与他解释。儿媳只是在想，儿媳是内人，他心里有什么事不愿意和我说，说不定愿意和您说，您帮我问一问可好。"不等顾锦朝说什么，她立刻又补充，"七少爷要是不说什么，那也算了！"

顾锦朝心里不由想，陈玄青恐怕更不愿意和她说吧！

"我和他也说不上话，不如你再去问问你祖母。"

俞晚雪苦笑着摇头："我和祖母没说过什么话，况且这样的事我不好告诉她。我也就和您亲近一些了。"陈老夫人一向觉得他们夫妻伉俪情深，又对陈玄青叮嘱许多。这话说给陈老夫人听，就像在告陈玄青的状一样。

见俞晚雪期待地看着自己，顾锦朝叹了口气："那我明日帮你问问吧。"她心里已经觉得，肯定是问不出什么的。那就随便问问算了，也就是一两句话的事。

陈三爷这几日经常跟陈二爷在外面，也不知道在忙什么。

这日顾锦朝醒得早，陈三爷还在穿衣。她睁开眼看着他的背影好一会儿，陈三爷穿衣慢条斯理的，但是衣领、衣袖都要整理得十分整齐，可能是常年当官的习惯。即便是一件直裰，也穿得出十分正式的感觉。她问他："您昨天去香叶山走马，那里好玩吗？"

陈三爷朝她走过来，俯下身看她："醒了，我吵到你了？"

顾锦朝摇头："妾身是睡得不好。"

陈三爷顺势躺在她身边，伸手过来揽住她。他的外衣冷冰冰的，顾锦朝躲了一下。他就无奈地笑笑，收回手撑着头说："和常海他们一起，总不会无聊的。香叶山的蜡梅开得多，还在山腰的道观饮了会儿茶。"

顾锦朝说："出去走走也好，您今日也要去香叶山吗？"

陈三爷摇头："今天要去见梁大人，有点事要谈，算是公事了。我下午回来陪你。"

他亲了亲她的额头："你再多睡一会儿吧，母亲昨夜睡得晚，说今天不用去请安了。"

顾锦朝看着他，"嗯"了一声。陈三爷下床离开了，顾锦朝才睁开眼。

她看着承尘好一会儿，才叫了采芙进来。

顾锦朝起来后不久，宋妈妈领着陈玄越过来，他穿了件簇新的宝相花绸面褂子，一张小脸养得白生生的。

他请了安便立刻坐到了顾锦朝身边，两只小脚不停地晃荡，把手里的东西给顾锦朝看。

圆滚滚的，好像是个鸡蛋。

宋妈妈笑着解释："外院厨房的鸡跑出来，在草丛里生蛋，被九少爷捡到了。宝贝得很，九少爷睡觉都带着它，奴婢们碰都不能碰，碰了九少爷都要生气的。"

陈玄越却很信任地把蛋捧给她看："婶娘，小鸡。"

顾锦朝摸了摸他的头，告诉他："这可是孵不出来小鸡的。"

他又不是母鸡，哪里会孵蛋呢。孵蛋又不是放在被窝里，小鸡就自己破出来了。

陈玄越笑了笑，捧到她面前："小鸡，孵出来给婶娘。"

顾锦朝哭笑不得，懒得和他讲道理，应和着他说："行！孵出来给婶娘。"找了宋妈妈过来说，"他要是真的想要小鸡，去买几只给他养就是了。"

丫头端了盘切好的冻梨上来，锦朝喂陈玄越吃了几块。

他人笑嘻嘻的，也比原来活泼多了。

陈曦过来请安，看到陈玄越也在这里，十分高兴。她穿着一件大红色茄花纹的比甲，像个福娃娃一样可爱。看到陈玄越神神秘秘地捧着个东西，她也凑过去："九哥，你拿的是什么？"

陈玄越扭过身子不给她看，陈曦非要扒着他的手，陈玄越气急："不准看！"

这孩子傻归傻，人还脾气大得很，惹急了他是要砸东西的。

顾锦朝拉过他的手跟他说："玄越，曦姐儿有玩具的时候，是不是也给你玩？礼尚往来，你有了好东西，也要给曦姐儿看看呀，不能自己藏着。"

陈玄越默默地看着她，顾锦朝微笑。他才不情愿地打开手给陈曦看。陈曦毫不介意他的吝啬，笑着问他："九哥，这不是鸡蛋吗？你拿这个来做什么？"

陈玄越说："小鸡，会出来。"

陈曦眼睛一亮："真的吗，什么时候出来？"

陈玄越认真地点头，两个孩子就嘀嘀咕咕地说起来。玩得累了，两人才坐到顾锦朝身边喝桂枝汤。顾锦朝则在听佟妈妈说她铺面的事。

"京城的三个潞绸铺子，宝坻、宛平、香河的几个杭绸、丝绢铺子收益都少了些，罗掌柜说是丝绸的价格跌得厉害。不仅是咱们的几个小铺面，就是纪家底下的大商铺和绸缎庄子也受了影响。"

顾锦朝想了想问："少得多吗？"

"也不多，半成的样子。以往产丝多的时候也有这种情况，许多人都不重视。罗掌柜却觉得蹊跷，去年产丝虽然多，但是税丝很重，本来价格应该不会如此悬殊的。罗掌柜还特意去拜访了纪家的大掌柜，大掌柜说是永昌商号今年放绸布多的缘故。"

永昌商号？顾锦朝觉得这个名字十分耳熟，却又一时半会儿想不起来究竟。只是听到这个商号的名字，心中有种奇怪的感觉，她应该是听到过才对。

"这个永昌商号什么来历？"

佟妈妈摇头："这个奴婢便不太清楚了，不如奴婢去问问罗掌柜？"

顾锦朝喝了口茶，点头道："要是罗永平不清楚，就写信去纪家问问。"纪家应该更清楚一些。

想到纪家，顾锦朝就想去看看外祖母，好久没去看过她老人家了。可惜她现在怀有身孕，不便出远门。

佟妈妈退下了，顾锦朝才问陈曦："曦姐儿，你七哥今天会过来看你吗？"

陈曦点点头："七哥要教我练琴。"

这就好了，免得她还要去请他过来。

第十三章 争执

等到陈玄青下午过来教陈曦练琴的时候，顾锦朝请他过来，在西次间说话。

上次看到陈玄青还是大年初一的时候，在陈老夫人那里。陈玄青看上去表情有些冷淡，站得远远地看着她："母亲有事吗？"

顾锦朝心想果然不该蹚这浑水，叫雨竹搬了凳子给他坐，给他倒了杯峨眉雪芽。

他抬头看了一眼，西次间里站着顾锦朝的两个贴身丫头。

"我近日和晚雪说话，她说你似有心事。"顾锦朝语气平淡，"你们夫妻的事我不该管，只是随便说一两句罢了。要是心里不痛快，就找个人说说，日子总是要过下去的。"

陈玄青嘴唇紧抿，越听她说，心里越是愤怒。

"你凭什么来管我的事！"他冷笑道。

顾锦朝皱了皱眉："随口之言，七少爷大可不听。"他也不用说这么不客气的话。

"我心里不痛快，我能和谁说？"陈玄青却像是忍耐到极致了，整个人充满不可思议的愤怒，笑容也更加嘲讽了，"你知道我心里有什么事吗，我要是说出来，你敢听吗？"

他站起身，突然觉得自己应该说出来，不应该只有他一个人忍着。顾锦朝应该知道，顾锦朝应该要明白，自己到如今的地步，究竟是因为什么。

他怎么突然生这么大的气？顾锦朝觉得奇怪："七少爷，你心里不痛快，也不该说这种话。"陈玄青这个样子还说什么，难怪俞晚雪说他可能不正常，他是真不正常！她深吸一口气："我先休息了，七少爷自己走吧。"和他说下去估计更难扯，这事不该她管，她还是别管为好。

"你站住！"陈玄青突然伸手拉她，紧紧钳住她的手腕，"我说给你听，你给我坐下！"

不仅是顾锦朝，连采芙和雨竹都大惊失色。雨竹连忙关上隔扇，采芙走过来："七少爷，您这是做什么？"

顾锦朝用力挣脱，陈玄青却握得很紧。就算他是个文弱的读书人，他也是个男人。顾锦朝低声道："陈玄青，你发什么疯！你知不知道你在干什么？"这要是被人发现了，他要害她身败名裂，万人唾骂吗？顾锦朝觉得陈玄青简直是莫名其妙。

"我知道，我还想问你呢。"陈玄青低声说，"你原来明明是喜欢我的，你为什么不喜欢了？"

顾锦朝愣住了。"原来是我傻而已，七少爷不明白吗？"顾锦朝继续说，"我现在是你的继母，这些话都不该说了。"

他又嘲讽似的笑起来："顾锦朝，我现在成这样就是因为你，是你让我说的。"

他说这样的话，顾锦朝哪里还不明白陈玄青是什么意思。即便没有从前，她也是他的继母。顾锦朝太过惊讶，反倒平静了下来。

她闭了闭眼睛："你想让我身败名裂，尽管不放吧。"

陈玄青努力平息自己心中的愤怒，才意识到自己干了什么出格的事。

他放开手后退一步，却依然看着顾锦朝："我也是堂堂翰林院编修，为什么你一求我，我就答应要教个傻子识字。顾锦朝，你别告诉我你不知道！"

顾锦朝沉默，她心里实在是太复杂了。她没有想到陈玄青竟然……以前她求而不得，现在根本不想要了，为什么又会这样？她原来用尽手段想得到他的注意，但如今自认为根本没做过任何事。难怪陈玄青行事古怪！

陈三爷刚进了中院，守在月门的小丫头便看到了，忙站了起来行礼。

他身后的护卫站到月门外面去，陈三爷走过青石径。绣渠忙迎上去："三爷回来了，奴婢这就去通禀夫人！"

陈三爷注意到她的神色有些紧张。绣渠要是想通禀直接去就可以了，又何必来跟他说。他心里突然有种不好的预感，淡淡地问绣渠："夫人在里面和谁说话吗？"

绣渠想到紧闭的西次间隔扇，手都在发抖。她只能把手藏到袖子里，努力笑了笑："七少爷过来教四小姐练琴，夫人就找七少爷来说几句话。"她说话的声音很响亮。

这是想提醒房中的人注意啊。陈三爷心里一沉，陈玄青在里面，顾锦朝的丫头却又如此慌张……这是在里面干什么？

他紧抿住嘴唇，不顾站在他前面的绣渠，提步就往西次间里走。绣渠忙喊："三老爷……"

她也想阻拦，但那更引陈三爷怀疑吧！

绣渠忙跟在陈三爷后面进了西次间。

顾锦朝也听到了绣渠的声音，她不由紧张起来，这种时候不让人误会都难，何况陈三爷一向多疑。陈三爷说过下午会回来，但她不知道陈玄青会出这样的变故！她看了雨竹一眼，雨竹立刻反应过来，忙把西次间的隔扇打开。

陈玄青刚才被愤怒冲昏了头脑，他只是压抑得太久了。听到外面绣渠的声音，他猛地一惊才彻底清醒过来。他说的那些话也不知道他有没有听到……父亲最会洞悉别人了，肯定一听就知道自己有问题。

他受礼教多年，礼义廉耻最是遵守不过，父亲平时也以此来夸赞他。要是让他知道，平时受他褒奖，寄予厚望的长子竟然对继母有了别的心思……父亲会怎么对他？陈玄青喉咙中涌上一股腥甜，他不由紧紧握住手，连头都不敢抬起来。

陈三爷听到了隔扇的轻响，他跨进门后，看到陈玄青低着头，顾锦朝则露出个笑容。她站起身道："三爷回来了，可是累了？妾身给您沏茶吧。"

他心里已经沉下来。

顾锦朝一看到陈三爷，就知道他在生气，而且是怒急了，眼睛完全没有笑意，冰冷又犀利。但是他的笑容却一如往常的儒雅，甚至表情丝毫不变。

他坐到顾锦朝身边，顾锦朝身子一僵，后背都开始出冷汗。陈三爷却让她坐下来，他给自己倒了杯茶，喝了口问："你们正在说话吗，说什么了？"

陈玄青嘴唇苍白，低声喊："父亲。没什么，就是曦姐儿练琴的事。"

"嗯。"他显得十分平静，又问顾锦朝，"是吗？"

顾锦朝袖下的手掐住掌心，才维持笑容点了点头。

"那说完了吗？"他淡淡地道，"要是说完了，你先下去吧。"

陈玄青被父亲看一眼，简直是浑身都发寒。他从小就怕父亲，凡事都要做到他期待的最好，现在却做了这样的事……他哑声告退，出了西次间。

采芙看到陈三爷的茶杯空了，想为他倒茶。刚上前一步，就听到陈三爷冰冷的声音："滚出去！"

顾锦朝都被他突然的发怒吓到了！采芙更是脸色煞白，拉着雨竹行礼退出去，合上了西次间的隔扇。

陈三爷给自己倒茶，喝茶。

西次间里没有一点声音。

顾锦朝僵硬地坐着。陈三爷应该早就知道她和陈玄青过去的事了。顾锦朝也有感觉，但是她原来只是猜测。没有人来捅破这层窗户纸，她也能感觉到陈三爷的猜忌和不信任。他是一个相当多疑的人，顾锦朝从前就深刻认识了这点。

陈三爷在猜忌什么呢？顾锦朝并不知道，她却也能猜出来个大概。但从前他也只是猜忌，并没有认定。顾锦朝抬头看他，陈彦允却沉默地喝茶。她觉得自己浑身发冷。是不是他今天就认定了呢。

顾锦朝觉得自己嗓子发涩，说不出话来。她一向不觉得自己是个果断的人，

只是她觉得，她和陈玄青的事已经是过去的了，没必要再说起。无端地说起这种事对谁都不好。只是她没想到陈三爷有一天会怀疑，或者没想到陈玄青竟然会这么做，把她逼到现在的份上。

依照陈三爷的习惯，他怀疑后说不定已经找人调查过自己了，他按兵不动，是因为所有的事情还不明朗。

信任是一件很难的事。陈三爷不信任自己很正常，顾锦朝心里知道。她打算把一切都说了，怎么判断就任由陈彦允吧。她虽然什么都没有做过，但她要对自己过去的错误负责。

顾锦朝心里很快就镇定下来。她站起身走到陈三爷面前，开口道："三爷，妾身有件事想和您说。"

陈彦允却看到了她藏在袖下的手，正不自觉地微动。他没有说话，只是伸手拉住她，看到顾锦朝手腕上的红痕。她皮肤娇气得很，往往他稍微用力就能留下痕迹。这痕迹是谁留下的呢？她的丫头肯定是不敢的。

顾锦朝看到自己手腕上的痕迹，心都震了一下，忙想要抽回手，却被他紧紧钳仕。顾锦朝下意识地抬头看他，她从来没看到陈三爷这样的表情，不像是生气，只是面无表情。

"怎么弄的？"陈三爷声音都紧了，"你不要告诉我是你自己掐的。"

顾锦朝深吸一口气："我和七少爷起了争执……"

"你们不是在谈曦姐儿练琴的事吗，这是怎么争执起来的？"陈三爷嘴边露出一丝微笑，却语带嘲讽，"争执该用桐木的琴好，还是杉木的琴好？"

顾锦朝脸色发白。陈玄青对她的心思，她本来想替他瞒下来，只是把两人过往的恩怨说给陈三爷听，也能解释两人为什么总是不和。但这怎么瞒得过陈三爷！

陈三爷看着顾锦朝的迟疑。他心里的感觉实在是复杂，笑容反倒越发嘲讽。他是想嘲笑自己。

他去娶锦朝的时候，她本来就是不愿意的。他用了手段，半是要求半是胁迫地让她答应了。现在他才知道她为什么要迟疑。嫁给自己喜欢的人的父亲，她心里肯定很挣扎吧！

他肯定想不到会有这种可笑的事发生在他身上。大名鼎鼎的陈阁老，娶了个喜欢过自己儿子的人，还对这个人百般地疼爱和包容。

他究竟是败在长子手上，还是败在顾锦朝手上的？陈彦允突然不太想知道，本来他和顾锦朝在一起，就是他迁就顾锦朝得多。他甚至现在都不确定，顾锦朝究竟是喜欢他，还是只是习惯了他。

陈彦允松开钳住她的手，站起身低声说："今晚我可能不回来，你别等我。"

顾锦朝看向陈彦允，他脸上神情很倦怠。他从没有对她这么疏远过。

顾锦朝忍不住鼻子发酸，她真的受不了他的疏远。

"三爷，您当初去顾家提亲的时候。我曾经说过，我原来做过一些荒唐的事，以后无论怎么样，您要相信我。您要是信我，就坐下来好好听我说，我想说清楚。"她紧紧拉住他的手，好像这次他走了，就再也找不回来了一样。

陈彦允还记得她这句话。原来那个时候，她就在提醒自己了。

陈彦允轻轻说了一句："可能是我原来太自负了。"似乎有些自嘲，随即又低声道，"顾锦朝，现在别惹我，也别和我说话，不管是什么话。你就当我不守信用吧。"

他转身要走，顾锦朝却紧紧握住他的手："你不要走。"她的声音都哽咽了，只能死死抓住他。

陈彦允还从来没看到她这么惊慌过。他缓缓地、一根根扳开她的手指，强硬而不容拒绝。顾锦朝再用力也敌不过他，他抽回自己的手就头也不回地离开了。

外面传来护卫撤走的动静。

顾锦朝死死咬住嘴唇，害怕眼泪真的涌出来。她原来经常被人误解，她的父亲、弟弟甚至是母亲，但是她从来没有像现在这样难受过。顾锦朝早就知道顾锦荣是什么样的人，所以顾锦荣误解她的时候，她只有失望和冷漠。但是陈三爷不一样……可能是她如今太依赖他了，受不了他突然冷遇自己。

顾锦朝枯坐了一会儿才缓过神来。叫采芙等人进来说话。

绣渠把刚才陈三爷进来时的情形说了一遍，其实大体的顾锦朝也知道了。

绣渠十分忐忑："夫人，是不是奴婢有什么话说错了？"

顾锦朝摇头，陈三爷察言观色的能力极强，能面不改色说谎骗过他的人几乎没有。她叮嘱了几人："你们都是我的贴身丫头，都是俱荣俱损的。今日的事，七少爷说过的话，半点都不准泄露出去。"又转向绣渠问她，"你刚才守在外面，可有什么下人经过听了去？"

绣渠摇头："今天中院没人，大厨房发了两包槽子糕下来，那些丫头就去坐茶会了。"

顾锦朝松了口气，如果有旁的丫头听到了，她恐怕还很难处理。

"夫人，那咱们怎么做？"雨竹小声问。

顾锦朝轻轻地说："给我换一杯茶吧，我等三爷回来。"

她需要好好冷静，想想该怎么去做。她早就对陈玄青无意了，不希望三爷误会。人家都说命运弄人，她本来是不肯相信的，现在看来命运还真是弄人，她原来喜欢陈玄青的时候，他弃之如敝屣，现在自己不过是想平静生活，却要被他所累。她也需要等陈三爷自己想想。

到了晚上，顾锦朝去给陈老夫人请安。

陈老夫人在和陈玄然、陈玄风说话，问陈玄然在任上的趣事，次间里都是笑声。

秦氏在旁边看着自己的儿子说话，觉得与有荣焉。

"钱粮师爷也姓陈，是高淳县本地人。有次请我去县上的酒家喝酒，一聊之后才知道是远亲，他爷爷原来是保定人，正好和我们太爷爷是堂兄。"

陈老夫人笑道："难得他乡遇故知！他们是哪家的堂亲，说出来我指不定还记得。"

正说着顾锦朝就过来了。陈老夫人请她坐到自己身边，笑说："平日有空，老三多半都和你一起，今天怎么舍得让你一个人过来？"

顾锦朝心里一刺，勉强笑了笑："他说还有事，让我先过来给您请安。"

陈老夫人留她吃了晚膳，顾锦朝婉拒了。

回到木樨堂后锦朝只喝了碗汤，却也吃不下别的东西。

端了烛台，锦朝靠着炕桌看一本《水经注》。采芙端着盘蒸好的红枣松糕上来。

陈三爷果然没有回来，顾锦朝等得累极了，靠着迎枕就睡着了。

醒来的时候背上搭了件斗篷，她还以为陈三爷回来了，抬头四下看。雨竹很快走进来："夫人，在这儿睡太冷了，您还是去床上睡吧。三爷要是回来了，奴婢会叫您起来的。"

顾锦朝很失望。

烛台的残烛已经要灭了，外头什么声音都没有，夜晚显得越发寂寥。

顾锦朝沉默了一下，还是去床上睡了。

这个晚上没有人睡好。

俞晚雪拔下簪子挑了灯花，手里抱的汤婆子已经冷了。她看到陈玄青回来，忙笑着去帮他解开斗篷，轻声道："您这么晚才回来，妾身给您留的饭菜都该冷了。"

她注意到陈玄青的表情不正常，头发浸了雪水湿漉漉的，斗篷边上结着冰碴，清俊的脸冻得发青。

俞晚雪不由得问："您……您做什么去了？不是去教四小姐练琴吗？"

陈玄青轻轻推开她，自己把斗篷解下来。

父亲让他退出去，其实他根本没走远，他看到父亲冷着脸出来了，而且乘着马车离了家。他不知道父亲去了哪里，也不知道他和顾锦朝怎么样了，他没有踏进木樨堂一步，顾锦朝现在恐怕最不想见的就是他。

"你去找母亲，让她劝我吗？"陈玄青问她。

俞晚雪迟疑着点了点头。难道……陈玄青不满她说给别人听了？她笑着解释："妾身看您最近都不太高兴，以为您有心事只是不愿意说与妾身听。"

陈玄青过了好久，才淡淡地笑了："我确实有心事。"

俞晚雪松了口气："等过了年，您就要去任上了。有什么事说明白了，妾身也免得牵挂您。"

本来他是不会这么早去任上的。在翰林院做满三年编修，再调任县令才是比较好的，但是父亲早早地跟他说了，他过了年就要调任。其实父亲早就在防备自己了。陈玄青突然有些出神……

俞晚雪却抬头看着陈玄青。

她还是觉得陈玄青是她看到过的长得最好看的男子，就算是落魄也难掩其风骨。其实她希望陈玄青能在调任之前，给她留个孩子。就像大嫂一样，即便丈夫不在家，也能养育孩子过日子。她很希望能有个陈玄青的孩子。

俞晚雪笑着道："今天二嫂抱着筝哥儿向我讨封红，妾身随手摸了两个银锞子给他，他却不要，非让用红纸包起来不可。筝哥儿长得像二嫂，白白净净的，撒娇耍赖，可爱极了。"她絮絮叨叨跟他说在陈老夫人那里的趣事，陈玄青沉默地听着。

俞晚雪才应该是他最喜欢的那类姑娘，温婉动人，恪守礼节。他觉得要是没有顾锦朝，他肯定会喜欢俞晚雪的。他这人一向淡，只是顾锦朝太明艳了，又太鲜明了，虽然做的都是惹他讨厌的事，却在他心里留下深刻的痕迹。等到顾锦朝成了现在的样子，以往今夕的对比，反倒让他不能罢休。

陈玄青突然打断俞晚雪的话："太晚了，先睡吧。"

俞晚雪一愣，心里却高兴起来，叫了丫头打热水进来洗漱，两人躺到了床上。

丫头收拾的动静渐渐轻了，俞晚雪却能感觉到陈玄青平稳的呼吸，她知道他没有睡。她侧过头，黑暗里只看到陈玄青的侧脸，他显得比往常还有沉默，还要心事重重。俞晚雪听到自己的声音："玄青，是母亲和你说什么了吗？"

她第一次叫他"玄青"，她心里一直想这么叫他，真的叫出来的时候，自己却被吓了一跳。

陈玄青侧过头，什么都看不清楚。

他好像没有生气。俞晚雪笑了笑："您的名字真好听，是父亲取的吗？"

过了好久她才听到陈玄青说："不是。"却又没有动静了。

俞晚雪再笨也知道，他不想和自己谈话，便小声说："那您睡吧，明日我早

些去给母亲请安，把事情说清楚。"她以为陈玄青是因为她的话不高兴，"母亲通情达理，不会说什么的。"

她没想到陈玄青却突然低声吼道："你闭嘴！"

俞晚雪还没反应过来，他就翻身压在她身上，掐住她的下巴冷冷道："以后关于我的事，你统统不准和她说，听到没有！"她还不知道他闯什么祸了，但这又能怪谁？

俞晚雪被陈玄青吓到了，从来没有看到陈玄青如此失态过！她委屈又无辜地看着陈玄青，低声说："好，我不说就是了。"忍不住低声喃喃，"您好好说就是，妾身听得懂的……"

俞晚雪感觉到他松开手，很快又躺回去了。

他没有说话了，俞晚雪却听到他压抑的吸气声。她伸手去摸他的脸，陈玄青很快别过脸。俞晚雪却已经摸到他脸侧冰凉的，湿漉漉的。

俞晚雪这次真的不敢再说了。

陈玄青——哭了？

采芙端了茶盏进来，里头用水养了好些蜡梅骨朵，有些已经开花了。她把这茶盏里的水倒在铜盆里，满盆的花香。顾锦朝却看着盆中的水气怔忪。她很快用水洗了手擦干，问来回话的外院婆子："三爷昨晚出去了，一直没回来吗？"

婆子应是："三爷酉末的时候乘马车出门，还有陈护卫和胡进跟着。"

"等三爷回来的时候，你来通禀一声。"顾锦朝赏了婆子一盒龙须酥，让她退下了。

她给陈老夫人请安回来，俞晚雪已经等着她了。雨竹端了锦朝的笸箩上来，里面放着没做完的孩子的褓裸。顾锦朝看到上面绣的鹤鹿同春的绣样，想着这绣样上的松树还是陈三爷画的……她当时嫌他画得不好看，说松针太少，陈三爷还笑说这是樟子松，能耐极寒。

俞晚雪想到昨晚陈玄青的异常，始终想问顾锦朝他究竟怎么了。

她看到顾锦朝开始绣褓裸，又觉得不好开口。到中午锦朝留她吃了午膳，也没找到适当的时候，或许也不好开口问，反而吃得饱饱地回去了。

下午陈玄越过来玩了一会儿，顾锦朝强打精神陪他。这孩子反倒乖巧了，不闹她，捧了一团毛茸茸的嫩黄色小鸡给她看，很盼望她夸奖的样子："是我孵出来的！"

宋妈妈笑着解释："奴婢托了厨房管事捉来的，九少爷昨晚还做了个竹木筐来养它。"

顾锦朝看着他捧着小鸡逗弄，却连应付他的心思都没有。

一会儿再去看陈老夫人的时候，陈老夫人也察觉她不太正常了，拉着她的手问："锦朝，我怎么见你脸色怪难看的，眼下又是乌青的，可是昨夜没有睡好？"

秦氏轻轻地说："听说三爷昨夜出门未归，三弟妹许是等得太久了吧！"

陈老夫人不由紧皱着眉道："老三昨晚没回来？怎么没人来跟我说一声。"原来陈三爷公事忙的时候不回来，都会派人回来告知。但是现在还没到上内阁的时候，他去做什么了？况且自从顾锦朝嫁到陈家，陈三爷再也没有彻夜不归过。

顾锦朝却不能留下话柄，淡笑道："是我昨夜做孩子的襁褓，耽搁的工夫久了。陈三爷昨天下午回来过，他说有急事，我昨天还忘了跟您说一声。"

王氏笑道："娘！三爷您还放心不下吗？又不是六爷那样不着调的。"

陈老夫人叹息说："知子莫若母。他最近心里藏着事，我还是能看出来些的。"又拉了顾锦朝的手说，"老三这个人，认定的事就很难改，而且性格强硬，遇事喜欢闷在心里自己想。我看你倒是善解人意的，要是他像个闷嘴葫芦一样的，你就逗逗他说话！"

众媳妇都笑了，顾锦朝只是扯了扯嘴角。

陈老夫人的话让她一惊。陈三爷本质上来说，还真是这样的人，认定的就很难改变，想什么也不跟别人说。他要是认定她有问题，是不是真的就不改了？

她不由得有些慌乱。他要是不回来怎么办？她一定要把话说清楚才是！

回去后，锦朝没等外院的婆子来回禀，自己就换了件缎袄，带着两个丫头去外院书房等他。

书砚让她进去坐着等，顾锦朝摇头拒绝了。陈三爷要是不想见她，听到她在里面恐怕就避开了。书砚便进去搬了张杌子出来："夫人，您跟这儿坐着。小的再给您端个炭盆出来。"

顾锦朝摇头："不用了！你进去便是。"

书砚很无奈地道："夫人，您这样小的也难啊！您还怀有身孕，要是外头站久了冻着了，小的罪过就大了。不然三爷那儿还有个灰鼠皮的斗篷，小的给您拿出来？"

采芙上前一步，请书砚进去了。顾锦朝看了看天色，昨夜下过雪，现在天空还很晴朗，应该不会下雪才是。她只管等着拦他，把话说清楚。

顾锦朝这一等便是两个时辰。

天已经黑了下来。虽然没有下雪，北风却刮得人脸颊生疼，顾锦朝坐得太久了，手脚渐渐没有知觉了。她又从杌子上站起来，走动着暖身。

外院的灯火都点起来了，书砚忧心忡忡地端了烛台出来，又被采芙赶进去了。

他究竟什么时候回来？顾锦朝不由得想，不是她受不住冷，是怕孩子受不住。要是她觉得有什么不适，就不能再等下去了。幸好孩子也很乖巧，平时调皮的时候还踢她，今天却没有闹腾。

越等她就觉得越冷，采芙看她脸色都白了，去灌了汤婆子抱来。

顾锦朝摇摇头拒绝了，这点冷还算不得什么。

值守的护卫换了两次，顾锦朝站久了就坐下来，坐久了又站起来。她等得有点灰心了。

不过一会儿大风起，四周霎时又冷了许多。采芙有些忧心："怕是要下雪了，不然咱们还是去里面等吧。"

"他要是不想见我，肯定会避开的。"顾锦朝摇头，"去找把伞出来。"

采芙只能进去找油纸伞了。

顾锦朝这时候才看到远处有人走过来，她忙站起身，果然是陈三爷，身后还跟着好几个人。

陈彦允也看到了顾锦朝，皱了皱眉，脚下也加快了。

顾锦朝看见他还穿着昨天穿的直裰，披着大氅，表情有些冷峻，直看着她。

"你来这里做什么？简直是胡闹！"陈彦允的语气很平稳，神情却很严厉，"这外头有多冷，你连个手炉都没拿。快回去吧，都要下雪了。"说完他就往书房里去，好像不打算理会她了。

顾锦朝拉住他的手："我有话和您说，不能回去！"

后面跟着陈彦允的江严等人很吃惊，面面相觑又不敢说话。

陈彦允如昨晚一样，扳开她的手指就往里走，神色冷淡。

顾锦朝又拉住他的衣袖，他也拉开了："你先回去，不要任性。"

顾锦朝心中的酸楚忍都忍不住，她这确实是任性，她也不想任性！但是陈彦允不来见她，她有什么办法呢？她来拦他跟他说好了，她不知羞耻一些好了！她不想和他闹僵了。

顾锦朝死死抓住他的手，刚一开口眼泪就流下来了："我就是任性！我原来就任性，你要不要听任性的人说话？要不要听我说？"

陈三爷一愣，扳她手的动作就顿住了。

眼泪一开头就忍不住了，顾锦朝继续说："你走得好啊！我等了你多久，你晚上没回来。还不和娘说一声，娘还要问我你去哪里了。我怎么说？不如你告诉我，你昨晚去哪里了？你要我放开你，那我便不放，我就是要和你说清楚。"

顾锦朝不仅拉着他的手，还要揪住他的袖子，像个孩子一样要赖了，"你怎么让我走？"

泪眼模糊，她仰头都看不清陈彦允的表情。

他却突然拉起她，直往书房里去。顾锦朝跟不上他的脚步，走得跌跌撞撞的。她想让他慢一点，他却理都没有理她，揪着她就进了书房，"砰"的一声门就关上了。

"不走就不走吧，我也不太想让你走。"他伸手解开大氅，扔到旁边金丝楠木桌上。

顾锦朝突然觉得有些不好。

"我说过了你不要惹我，也不要和我说话。你把我的话当耳边风了？"陈彦允缓缓道，"我生气的时候，不太克制得住自己。你怎么不听我的话。"

顾锦朝觉得腿发软，她觉得陈三爷这样子确实有些可怕。陈彦允伸手抓她的时候，顾锦朝下意识就想躲开。

"你这时候躲什么？"他轻松钳住她的腰将她往床上一带，顾锦朝跌落在床上，还没有起来，就被他的腿压住。他一条腿半跪着压住她，她就怎么都起不来，他的手还腾出来解了衣带。"今天又让我生气。你还怀孕，到这里来等我干什么？手冷成这样，你等多久了？"

顾锦朝说："两个时辰而已。你让我怎么办，你又不肯见我！"

她也气急了，连"您"都不称呼了。

"我什么时候说不去见你了！我只是要冷静一下，你等着就是了。"陈彦允都被她气笑了，"你行！顾锦朝，我怎么没发现你还挺爱想的！"

他身上只剩下中衣，拉过顾锦朝的手："我给你暖手吧。"

顾锦朝摸到他滚烫的肌肤，脸都红起来，简直想骂他不要脸，哪里有这种取暖的。她挣扎着想避开："陈彦允，我来跟你解释的，你别……"

"喊得不错。"从她嘴里说出"陈彦允"三个字，简直格外诱人。

陈彦允俯下身吻她，让她冷冰冰的脸颊彻底热起来："你解释怎么行，我来问你，你说就是了。"刑讯逼供他比较拿手，他自己会找重点。"他那天和你说了什么？"他哑声在她耳边问。

"是俞晚雪托付我的事，也并不是什么大事，我就答应下来了，却没想到七少爷突然发难。我不想让人看到误会了去，雨竹才关了房门。绣渠在外面不明白，有惊慌之态是正常的。"顾锦朝回答道。

"避重就轻，你和他说了什么？"他轻轻说。

她叹了口气："我没说什么，是陈玄青，我也没想到他会突然说那些。"

陈彦允又笑了："我再说一次，不准避重就轻，他说了什么话？为什么握了你的手？"

顾锦朝没有办法，只能把大致的事情重复了一遍。

他的手挑开了她的衣襟。

顾锦朝身子一颤，怒道："我都说清楚了！"

他俯下身亲吻她，低声道："这又不是惩罚。"

趁着她无力反抗的时候，他拉着她席卷入情欲之中。

顾锦朝才觉得陈彦允平时和她温存，果然是忍耐多了。他不忍耐的时候，自己实在是承受不住。顾锦朝不由得有点怕："三爷，真的不要了。"

他的声音还很冷静："就这一次了。"

等这一次过去，顾锦朝瘫软在他怀里，连抬手指的力气都没有。陈彦允才搂着她躺下来，要不是看着顾锦朝有身孕，他不会就这么了事的。他很少有忍不住的时候，一旦有那种时候，就比较失常。

"你来说吧。"陈彦允让她靠着自己的胸膛，"我问的问完了，让你说。"

顾锦朝翻身拦住他的腰，发现他垂下头看着自己，目光里满是柔和。

刚才两人也真是过了，她生气的时候，连陈彦允都喊出来了。他好像也没有客气，还嘲讽她。

顾锦朝先笑了笑，也觉得心里很平和："寻常百姓家里，厉害的女人就和男人吵架，连名带姓地叫，有的男人还因此怕老婆，一点都不相敬如宾。"

陈彦允想起刚才她喊的那声陈彦允，不由亲了亲她："你人后可以这么叫我。不过我可不会怕你的。妻以夫为纲，你要听我的。"

顾锦朝别开脸不要他亲了，认真地道："我来跟您说原来的事吧。"

陈彦允"嗯"了一声。两人相拥着，肌肤相亲。

烛火昏黄中，顾锦朝好像也真的回到了那个年少的时候，回到了自己荒唐的过去。

"我是在三舅的书房里看到他的，以为他是登徒子，咬了他一口。陈玄青左手上有道疤，那就是我咬的。我那时候年纪小，只是觉得还有几分喜欢他。何况他又不喜欢我。

"您也知道，人总是喜欢自己得不到的东西，他越对我不理睬，我好像就越喜欢他一样。他原来还羞辱我，那时候我是真不知羞，胆子也大。"

她把头靠着他胸膛上，所以看不到他的表情，以为他静静地听自己说，却没有应承。

顾锦朝抬头想看他，却被他按住头："你说就是，我听着。"

他不想让她看到自己脸上的表情，怕吓到她。这些事他听着不舒服，却一定要听她说完。

顾锦朝就继续说："后来我母亲生病了，那一年我成熟了许多，也懂事了。就不再纠缠他了。母亲死后我伤心欲绝，随着父亲去大兴回了祖家。再后来遇到了您。我一直觉得我配不上您。"顾锦朝笑了笑，她是真的这么想。

"您是东阁大学士，我却是个小家族的丧母长女。您来提亲的时候，我很吃惊。而且那时候还有和陈玄青的事在前，我也十分犹豫。直到我嫁过来……我想和陈玄青划清的，平时也很少见他，只是没想到陈玄青会……其实也不全是他的错，他只是有点固执。"

顾锦朝也想过陈玄青的行为，她觉得陈玄青不过是不甘心而已。本来巴着你的人突然不要你了，心里肯定会不舒服。需要有个人来开导他。

久久没有听到陈彦允回话，顾锦朝抬起头："三爷，您不想听吗？"

沉默片刻，陈彦允才把她的头发整理到一边："我听着呢。我都知道了，我来处理这事就好，你不用管了。"

说着他就起身穿衣了，顾锦朝忙拉住他："这么晚，您要去哪儿？"

他一边无奈地笑笑，一边系直裰的系带。

"你总不会觉得，我带这么多人回来是要玩的？这几天我本来就忙，昨夜没回来也是在做事。今晚本来是要和幕僚商议事情的，想忙完再和你说，结果你非拉着我不放。"

想到刚才的事，顾锦朝有些羞恼，"哦"了一声把手缩回去。刚才缠着他不放，她还真是豁出去了。她哪里知道，陈彦允是有事情做，还以为他就是不肯见她了。

江严等人候在书房外面，端了个炭盆来。

不一会儿雪纷纷扬扬地下起来了，几个人把炭盆抬上了廊庑，小声地说话。

冯隽这还是第一次看到顾锦朝，觉得很惊奇："那便是咱们三夫人？"

陈三爷这几年信佛养生，不怎么近女色，能接近他的女子必然就是三夫人了。不过陈三爷对谁都是一副温和有礼的样子，怎么对夫人反倒冷着脸。

江严点头应了，另一个戴檀色纶巾的年轻人说："冯先生不久前去了贵州，想必是没见过三夫人。说起来三爷派您去贵州走访，调查萧游的住处。您问到当时萧游的藏身处了吗？这东西老奸巨猾的，藏身处里好东西肯定不少。"

冯隽在火盆上搓着手暖和，笑说："你都知道他是老奸巨猾的，哪里那么容易找到！我找了当地苗寨里头的老人随我入山去寻，从苗岭一直找到川黔要隘娄山关，就只捉了几只稀罕的红腹锦鸡。后来是带着一队行兵进武陵山才找到他的住处。那里连个窝棚都没有，这老东西就住在山洞里。"

书砚从大厨房里捧了一些芋头过来，给几位烤着吃驱寒。

江严边把芋头埋进炭盆里，边说："萧游这种人，言行谨慎，既然是准备出来反长兴侯的，山洞里肯定什么都没有。你们败兴而归吧？"

冯隽摇了摇头："里面确实干干净净的，就留下些孩子的玩意儿。不过他走得匆忙，很多东西来不及销毁，便就地埋在一棵松树底下了。要不是苗寨老人带着条狗去闻，我们还找不到。你们这边呢？"

"赵寅池要致仕了，大事。昨晚陈三爷和张大人谈了一夜，研究究竟该推举谁最好。"江严继续道，"兵部尚书虽是文职，但没有行兵布阵的经历，一般的进士可不能任。张大人手下倒是有几个可用之才，只是行兵经验不足，不堪大任。"

火盆里的芋头烤好了，众人拿了烤好的芋头剥开吃。正吃着芋头，陈三爷穿好直裰，从书房里出来。江严和冯隽才放下手头的东西，跟着他进了次间。

陈三爷坐下喝了口热茶，先让冯隽上来回话："你们在武陵山发现的，都有些什么？"

冯隽恭敬地拱手："诗词书画、时下的制艺文章，还有一些和别人相通的书信。睿亲王和老长兴侯的书信少，和张大人、长兴侯世子的书信比较多。"他让人抬了箱子上来。

"属下选了些重要的出来，不过他留下的书信都已经是处理过的。您怀疑睿亲王宫变有异样，书信里看不出来。大多是他和长兴侯世子讨论兵器或者是机弩，和张大人的书信就比较奇怪些，谈的是诗词和画，"冯隽顿了顿，声音低了些，"您的诗词和画。他那些没毁的也是您早年的文章。"

陈彦允面色一凝："拿过来我看。"

萧游才不会闲着没事读他的文章。就算他和张居廉讨论诗词制艺，也不应该讨论到他的头上。

当年萧游勾结睿亲王暗害长兴侯，算是他们这边的暗棋。策划长兴侯谋反一事，张居廉费了很大力气。而他当时刚任户部尚书，还顾不上这边，只是偶尔帮着出谋划策。结果这次宫变不仅败得莫名其妙，萧游死得也莫名其妙。叶限是怎么发现萧游叛变的？就算他再怎么聪明，也不过是个少年。

陈三爷一直想找到其中的关键。

睿亲王死的时候，张居廉大惊，连夜找了他去商量，那时候王玄范也还在。他们先认为可能是萧游有问题，萧游当叶限的师父那么多年，难道真的没有恻隐之心？如果他临头反悔，很有可能和叶限说清楚。

但是萧游最后死了，这就说不过去了。如果萧游最后说清楚了，叶限应该不会杀他才是。只不过没人看到过他的尸首，谁也不知道他是不是真死了。

如果萧游没有问题，那么只有一个可能——叶限背后还有个很厉害的人，帮他出谋划策。那这个人必定绝顶聪明，对朝堂的事了如指掌，运筹帷幄。对他们也是危害极大。这个人究竟是谁呢？

陈三爷因此派了冯隽去找萧游的旧居，想看看究竟是什么原因。他仔细把萧游和其他人的信都看了。

萧游和老长兴侯、叶限的信都是说些琐碎的事，和睿亲王的信很少，多半是交接兵器，或者部署兵力的判断，和张居廉的信是分析他的诗词，也说过行兵打仗的事。

陈三爷看完了信，往后靠在椅背上，脸色平静。

"这个萧游是个天纵之才。如果没有长兴侯的骁勇善战，成亲王有他相助，应该是能篡位成功的。他奇到什么地步你们可知道？一堆铜钱他只看一眼，就知道铜钱的数目。行兵时算成五更走完，就绝对走不到五更一刻。一看作画人运笔的走向，就知道作画人是谁。"

书房里沉静得很，陈三爷说话的时候，他们自然只有听着的份。

萧游虽然是个人物，但毕竟传奇已经时过境迁了，谁知道他还这么厉害过？

两人面面相觑，不知道陈三爷说这些话是什么意思。

"张居廉让他看我的诗词字画，你们猜是看什么的？"陈三爷问道。

总不会是看他写得好不好。

冯隽似乎有些领会过来，心中一紧。

陈三爷反倒是笑了："我虽防备他，却也不至于猜疑。难怪要用王玄范来牵制我。"萧游写给张居廉的信里提了，陈彦允意为"会当凌绝顶，一览众山小"。张居廉想让萧游看他的野心和气魄，而萧游觉得他是个很具有威胁的人。张居廉哪里是忌惮他，这是早就开始猜忌他了啊。

没查到长兴侯宫变后面的那个人，反倒是弄出这么堆东西。

书房中一时沉寂，江严过了会儿才问："那您如何打算？"

陈三爷站起身走到窗前，看着窗外廊下的灯笼，沉默了片刻。

他不喜欢有威胁悬在头顶。只是张居廉毕竟是他老师，原来帮过他许多，况且张居廉只是猜忌他，还没有真的做什么。他如今的为官之道，还是张居廉教导他的。

"把这些东西先毁了，别让张居廉知道我查过。"陈三爷轻声说。

一直到深夜，谈话才结束。

陈三爷回到书房里，顾锦朝早就睡着了。

陈三爷站着看了她一会儿，才伸手摸她的脸，佛珠上的吉祥结擦过她的脸颊。她可能觉得有点痒，翻身朝里面睡了。陈三爷不由笑了笑，坐在床沿上，却没有丝毫睡意。

顾锦朝觉得被褥里太冷，迷迷糊糊地醒过来的时候，看到他坐在床沿没睡。房里的蜡烛早就灭了，突然看到一个黑影坐着，顾锦朝反而被吓了一跳，差点惊叫出来！

陈三爷翻身压住她，安慰道："别怕，是我。"

锦朝才闻到陈三爷身上的檀香味，不由得说："您怎么还不睡？我还以为真是什么鬼怪魑魅的。"

陈三爷却问她："你怎么醒了，可是我吵到你了？"

他一点声音都没有，怎么会吵到她。顾锦朝摇摇头："我就是觉得有些冷。"这屋子里没有地龙，火盆熄灭了就冷了下来。

他刚才不睡，是因为睡不着吗？难道还在想她和陈玄青的事？

顾锦朝不能不这么想。就算陈三爷知道她对陈玄青没有私情，相信了她，但是陈玄青毕竟是他的嫡长子，他不可能不在意嫡长子做出这种荒唐的事。

陈三爷伸手探进被子里，发现里面还没有他的手暖和。他叹了口气，脱了外衣也上了床。

顾锦朝是被冷醒的，她本来就有些怕冷。她怔怔地看着陈三爷，这是想通了？

"你不是冷吗？"陈彦允问她。

顾锦朝平日看着挺聪明的，就是睡醒的时候有点犯傻。这时候和她说话，她反应总要慢一些。

顾锦朝才明白他的意思，"哦"了一声。这是要给自己取暖啊！她的手脚很快就缠上去了，陈彦允果然很暖和。

顾锦朝乖乖钻到他怀里，陈彦允也伸手搂住她。她身上果然怪冷的，早知道刚才应该让她回去睡。他有事情要处理，还忘了书房这里是没有地龙的。陈彦允低头和她说话："锦朝，要是你再惹我生气，就要躲远些。知道吗？"他不经常生气，但要真是发怒起来也挺吓人的。好像平时惯是压抑的人，爆发出来就越可怕。

顾锦朝脸埋在他胸膛里笑了笑，心中却酸涩起来。生她的气都怕伤到她，那他该怎么办？如果她今天没有来找他呢？顾锦朝很庆幸是自己过来了，抬头亲了亲他的下巴："您快睡吧。"

陈彦允也不再说话。摸到她冰冷的手，又拿过来放在他的腰间。这样睡不冷不热，顾锦朝睡得十分舒服，觉得其实不要地龙火炕也无所谓，就把陈三爷当成暖炉就好了。

心里有再多的事，陈三爷抱着顾锦朝也渐渐睡着了。

隔日陈三爷一回来，就派人去给陈玄青传话。他在外院宁辉堂里等着他。

陈玄青忐忑了几日，终于听到父亲找他去谈话，反而心里放松了些。该来的总是要来，是他自己不知廉耻，他应该承担。

书墨通传之后他踏进书房。

父亲穿着件玄色直裾，外着灰色绣竹叶纹的鹤氅，背手站在书案后，面容淡淡地看着他。

陈玄青走到书案前时顿住，动了动嘴唇，先开口喊他："父亲。"

陈三爷没有说话，缓缓走到他身前，看了他许久。突然抬手就是一巴掌。耳光的声音十分响亮。

陈玄青也没有防备，被打得身子一晃，头都偏了过去，脸颊立刻火辣辣地疼起来。他深深地吸气，却不敢伸手去摸伤处。父亲从来不打他的脸，小时候犯错都是打他的手心，何况他几乎不犯错。

羞耻和悔意几乎将他淹没，陈玄青闭了闭眼。

"知道我为什么要打你吗？"陈三爷平静地问他。

陈玄青过了会儿才低声说："我做错了事，被打是应该的。"

陈彦允看着自己的长子。他原来只觉得陈玄青还太嫩了，不堪大用，现在才知道他岂止是太嫩了，简直就是性格天真。如果不经历磨难，他以后这种性格是要害死他的。他对陈玄青还是失望多过愤怒。

"你知道你做错什么了吗？"他继续问。

陈玄青却笑了："父亲，这都是我的错，是我还忘不了她！我本来以为我是不喜欢她的。其实我也恨自己，您的儿子前十多年都是恪守礼节的，从不越雷池一步。谁知道一来就是这等事。我实在是忍在心里太久了，也不知道能和谁说。那日她问我那几句话，我是忍不住了。但我与她真是清清白白。

"您走出木樨堂的时候，我知道您是有些误解她的。我只是想和您说明白，这真的不关她的事。也许她曾经纠缠过我，但她现在和我界限分明。平日里就算说话，也要拉两个丫头站着，谨慎得很。"

陈三爷静静地等他说完了。

"我打你，一是因为我是她的丈夫，二是因为我是你父亲。这么些年，你一直都是最让我放心的。你母亲死的时候，拉着我的手，说要好好照管你和曦姐儿。"他顿了顿，直看着陈玄青说，"失望二字还不足以说清楚我的感受。你当时可有想过，如果发现你这些事的不是我，而是别人，你要怎么办？你倒是能逃一劫，却要害你母亲身败名裂，害陈家和你一起蒙羞。你是陈家的嫡长孙，以后陈家的兴荣你责任重大。结果你竟然做出这等荒唐事。"陈三爷语气十分严厉，"我问你，你现在可知道自己错在何处了？"

陈玄青思考过很久，他想过父亲会说什么，但等这些话真的从父亲嘴里说出来，却又让他觉得无比的重。他默然颔首，违背礼义廉耻，是他自己不争气。

陈三爷看他低垂着头，才叹了口气，让他坐下来说话。

"我已经给你安排好了，三月你就去河间府肃宁县上任，文书过了元宵就会下来。"陈三爷继续说，"这个时候让你去外任，确实不太合适。"陈玄青应该再在翰林院锤炼几年，积累了为官的经验再去肃宁县，现在却不得不提前了。

"不过你该出去避开一段时间，也看看黎庶百姓，知道世道艰辛。"

人总是因为阅历狭隘，心生痴怨。等看到外面的世界多大多深，就知道自己的苦难不算什么。陈玄青不仅需要远离顾锦朝，他还需要一些磨难。陈玄青还年纪太轻，这种感情能被时间消磨。

陈玄青点头，他知道父亲的良苦用心。现在他也确实需要避开，有父亲给他安排，自然不用再去麻烦。

"您放心，等我回来的时候。不管有没有真的忘了，至少肯定让人看不出来。"陈玄青淡淡地笑。

陈彦允才柔和了语气："我教导你总是严厉，你心里明白就好。"

"我知道。"他就说了这三个字。

等他回到俞晚雪那里，她很惊讶陈玄青脸上的伤。

不一会儿，父亲又派人送了伤药过来。

陈玄青拿着瓷瓶笑了笑，心里倒真是平静下来。父亲毕竟是父亲，他一辈子都赶不上。

秦氏过来请示陈老夫人元宵节灯会的事。

每年宛平办元宵灯会，陈家都要投钱，算是给宛平百姓一个热闹。而且做得非常大气，灯会不在榕香胡同里开，而是在旁边的糟坊，但是花灯会一直摆进榕香胡同里来。那时候榕香胡同周围住的高门大户的女眷，也可以在家门口看看。

王氏跟顾锦朝说："三嫂没有看过我们宛平的灯会，办得特别热闹。"

陈昭听到灯会就拍手笑起来："我要看狮子灯、绣球灯还有仙姑灯！三婶娘，上次他们耍狮子灯，我的丫头还捡到铜钱了呢！"

陈老夫人对秦氏说："老三嘱咐过，说今年的灯会多投些钱，我看就拿五百两银子去吧。花灯这些的就和常家商量商量。"

常家也投灯会。秦氏点点头去常家了。

只是说起元宵灯会，顾锦朝不由得想起陈玄青那一池子的荷花灯。那时候榕香胡同里特别热闹，前院池子的冰水初融，满池的荷花灯，灿若星辰。

陈玄青……也不知道他现在怎么样了，陈三爷究竟要怎么解决这件事。顾锦朝心里叹了声。

下午回到木樨堂，佟妈妈过来回话："罗掌柜传话回来，说永昌商号还是个刚出现的新商号，但是背景极大，恐怕是后面有大官庇护的。永昌商号卖的丝绸，比纪家商号和另两家大商号便宜了两成。要是背后没有大官庇护，不可能做得到。究竟是什么来历没有人知道。罗掌柜写信去大兴问过了，那边还没有回信。不过罗掌柜说，恐怕纪家也不知道。"

这样的商号多半是官商勾结，幕后的人真真假假，可能是大官在吃钱。纪家再厉害也是商贾之家，斗不过这种背景深厚的商号。

顾锦朝又问："原丝的价格多半固定，他们怎么卖得如此便宜，这可问过罗永平了？"

佟妈妈点头道："罗掌柜说永昌商号的丝绸极好，绝对不是次品。价格再低的话就是成本的问题了，其中收买织造局贡缎是最常见的。不过奴婢也不太明白是怎么回事。您要是想详细地问，恐怕还要问罗掌柜本人。"她只能帮着顾锦朝管账，这再高深的经营之事她就不懂了。

顾锦朝倒不是关心丝绸铺子赚的钱，她是关心这个永昌商号，总觉得这个商号非常熟悉，应该就在她身边出现过，偏偏印象不深了。

她摇摇头："算了，过年的时候他也忙。这永昌商号的事替我留个心就好。"

佟妈妈应诺退下。

等到了正月十五那天，不仅是陈家热热闹闹的，外头的榕香胡同、再外面的糟子坊都热闹了起来。各家都挂出了红绉纱灯笼，还请了人特地搭了灯山门、灯亭。一座灯亭里挂了上百盏各式各样的灯，糟子坊沿河的街上还挂出了灯谜，引得众人竞相去看。

陈玄越抱了个兔子灯来给锦朝请安。

他的兔子灯中间的是兔婆，旁边两盏是小兔，中间放了一碗茶油泡的白米，埋了灯芯草。

陈玄越给她看，很高兴地说："晚上就去放在湖里！"

孙妈妈看着便笑了："这兔子灯扎得好，听说江西宁都那边就兴过灯，整个县都会扎这种兔子灯。我看九少爷的兔子灯扎得像极了。这灯是哪里来的？"

宋妈妈忙回道："九少爷自己在回事处挑来的，喜欢得很。"

顾锦朝放下手里的账本召他过去，摸了摸他的头："玄越想去看灯会吗？"

他茫然地看着顾锦朝："什么是灯会？"

陈玄越长这么大，没有出过陈家门一次，自然就不知道灯会了。

顾锦朝告诉他："灯会很热闹，有各式各样的灯。你要是想看，就让小厮驮着你在门口看一会儿。不能出去。"他人傻好欺的，要是走丢了说不定都不知道回来。

陈玄越"哦"了一声，摇摇头："不看。"

顾锦朝有些意外，他还以为陈玄越喜欢这些东西。他一向对这种手艺玩意儿表现出极大的兴趣。

陈玄越却像猴子一样爬到罗汉床上，去翻她的账本。

"婶娘，这是什么？"他什么都喜欢问，指着账本又问顾锦朝。

顾锦朝给他解释了，又轻声问他："你为什么不想去看灯会呢？"

陈玄越只是摇头，没有说话，继续翻顾锦朝的账本。

顾锦朝想起他害怕人多的地方，也害怕大声的响动。上次陈曦拿了个腰鼓玩，把他吓得钻到床底下不出来，被婆子拉出来的时候他满身的灰，像个耗子一样灰头土脸的，嘴里不住喃喃："打雷了。"

陈玄越被吓了好长一段时间，以后看到陈曦就绕路走。

佟妈妈进来和顾锦朝说话，顾锦朝就和她说田庄上的事，一时没有注意到陈玄越。陈玄越拿起毛笔看了看，在账本上画了两下。

顾锦朝回过头时，看到账本被他画得乱七八糟的，哭笑不得地夺过他手里的笔："你做什么！"陈玄越回过头，脸上擦了一块墨迹，表情又茫然又无辜。顾锦朝让宋妈妈赶紧抱他去一边玩儿，她拿过账本重新看。这是她在宝坻的一个米行递上来的，她还没看过。

陈玄越画花的那片看不太清楚，顾锦朝只能让孙妈妈拿了纸过来，她一项项地对着后面的算。这样算上去却对不上前面的。

这个账目有问题！顾锦朝有些吃惊，要不是她仔细去算，还看不出来。

顾锦朝又算了一次，才确定下来，叫了佟妈妈过来说："把这个账目带去罗永平那里，让他找这个米行的掌柜问话。这么做账肯定不是第一次了，肯定私吞了不少钱下来。问清楚实情无误，把原来吞的钱赔出来。他也不用做这个掌柜了。"

佟妈妈接过顾锦朝做好的账目一看，这米行掌柜做账做得巧，一行行看下来没有问题，倒着往上算却不对，收入少算了整整二百两。她接过账本就去罗永平所在的桂香坊了。

这些掌柜都是从纪家带出来的，顾锦朝心里叹气。纪家带出来的人她最是信任，也多重用提拔，却没料到人心会变，现在跟她玩儿中饱私囊的。要不是陈玄越画花了账本，她还不会倒过去算。顾锦朝想到这里，不由觉得奇怪。这也太巧了，他怎么就刚好翻到那一页，把有问题的几笔账画花了？她看向陈玄越，他却正在和自己的小鸡玩。

他用绳子拴住小鸡的脚，不要小鸡站起来。小鸡要走他就拉一下，急得小东西不停地扇动翅膀，一点办法都没有。他玩够了就把小鸡捧到自己怀里，喂它吃荞麦粒。

顾锦朝的心里不免浮现个猜测，陈三爷说过，陈玄越的痴呆是治不好的，但要是他根本不痴呆呢？他的痴呆本来就是装的，只是为了让秦氏放松警惕，不至于让秦氏像弄死前两个庶子一样弄死他。所以等他到了陕西，没有人会害他了，他就不再装傻了，开始大展宏图？

这些账本都是罗永平或曹子衡看过，再给她的。两个人中罗永平做了多年的账房先生，曹子衡学识谋略都是上乘，他们都看不出来。陈玄越只是随便翻了翻，就能看出来？

如果他是装傻，瞒过陈家上下各种人精的眼睛，那他不仅是心智太厉害，也太能忍耐，太会谋断。但陈玄越现在只有十岁，这也太不可能了。也许自己本来推测陈玄越习武天资出众就是错的，他最擅长的根本不是武力，而是智谋。

顾锦朝正思索着，陈曦就过来找陈玄越玩了。

陈玄越吓得缩到顾锦朝身后，紧紧握着他的小黄鸡，眼睛瞪得大大的。

陈曦气得直跺脚："九哥，曦姐儿都没有拿鼓了！不会吓唬你的。"

陈玄越根本不相信，连忙把小鸡藏到衣襟里，小鸡在他的衣襟里一鼓一鼓乱动。他又伸出手捂住顾锦朝的耳朵，还怕吓到她了一样。

顾锦朝把陈玄越拉到她身前来，笑着说："你这样折腾小鸡，它可活不了几天了。"

劝了他好久，说陈曦不会拿腰鼓吓他了，陈玄越才把憋了好久的小鸡拿出来，安抚地摸着它的毛。小孩和动物玩，只是觉得好玩，没有恶意，偏偏手下不知道轻重。

顾锦朝小时候养过一只漂亮的波斯猫，毛色雪白，还是纪粲送给她的。她那时候和小猫玩，把猫裹在凉席里，等到放出来的时候，猫就不行了。她急得直哭，但是那只猫也没有救回来。

陈玄越这么玩，肯定迟早把它玩死。顾锦朝这么一想，又觉得陈玄越不是装傻，如果是装的，他也装得太好了。不管他是不是装傻，她如常待他就是了。要是真傻那没的说，要是装的，他必然有他的理由。按理说现在他不会被秦氏威胁，就没必要装傻了才是，谁知道他在想什么呢。

顾锦朝心里存有怀疑，却也没必要弄清楚，她倒是真希望陈玄越是装傻，这孩子原来过得太苦了。

她下午带着陈玄越和陈曦做汤圆，桂花豆沙、芝麻白糖、山楂、花生各种馅料，做了好些不同的元宵。怕陈玄越吃到会自己吞进去，她就放的是大些的银锞子，不是金豆子。

两个孩子帮她和馅，包汤圆，玩耍得很是开心。

陈曦在包着银锞子的汤圆上点了芝麻，认真地和陈玄越说："九哥，这就是有钱的汤圆，吃的时候要吃有钱的，一整年都有财运。你记得了，都是点芝麻的。"

陈玄越跟着认真点头，丫头们都笑起来。

顾锦朝也懒得阻止他们作弊，他们开心就好。

陈三爷下午就回来了，晚上去给陈老夫人请安，回来吃了一碗花生汤圆。

陈玄越和陈曦已经被婆子领着，去前院看灯会了。

顾锦朝守着他吃汤圆，陈三爷慢慢地都吃完了，把陈老夫人给他的那本《楞严经》拿出来看。

外头热热闹闹的，屋里却很安静。

顾锦朝还以为他会去看灯会，他却就着她的灯看佛书，手珠落在书页上，他垂眼看得很认真。

顾锦朝想起陈老夫人说，前院要猜灯谜。榕香胡同外面有舞狮灯笼、龙灯经过。龙灯过来的时候，大家都要去龙灯下面钻，要沾龙气，百姓要沿河游灯。她好几年没看到过这么大的灯会了。

他自己投了这么多银子，也不去看看？

顾锦朝只看到陈三爷翻过一页佛经，她把绣绷放下，拿起剪刀剪灯花，"啪"的一声响。

他正读佛经，低头不由露出微笑。

顾锦朝趁机去拉他的手："您也去外面看看灯会吧！老闷着也不好。"他不太喜欢热闹，这种场合多半是不去的。

陈三爷头也不抬地说："你和孙妈妈她们去就够了，多赢几个灯笼回来。"

顾锦朝有些失望，那还是不打扰他看书吧。她答应了陈老夫人去看看的。丫头拿了披风过来给她穿上，前几日才换上春衫，恐怕晚上还是冷的。

她系了披风，采芙就擎起灯笼准备要出门了。

顾锦朝又回头看了陈三爷一眼。

陈三爷才说："突然想起来，我还有几句话要和母亲说，我和你一起去吧。"他放下书走到顾锦朝身边，顾锦朝知道他这是要陪自己去，不由笑看着他，却听他叹息地低声道，"你就不能多求我几句吗？"

做这么大的灯会，本来就是为了让她看热闹的，刚才不过是想逗逗她罢了。

她说了一句就放弃了。

顾锦朝哪里知道他是不是真的想去！

外院里猜灯谜已经开始了，胡同里人声鼎沸的，都传到了里面。陈老夫人提前说过，猜灯谜可以得金豆子。各房都有人过来猜，图个热闹。

看到陈彦允出来，陈老夫人招手让他过去："难得你来看灯会，坐这儿陪我。"

陈彦允坐到母亲身边陪她说话，顾锦朝就跟着王氏一起转起来，解了几个灯谜，要是有不会的，就拿去给陈彦允看。他空闲之余侧头一看，就直接说答案。一连这么解了十多个，陈老夫人不同意了，笑着道："这么猜下去，我两袋子金豆子都不够他猜的。老三不准参猜灯谜了！"

大家听了都笑起来。

圆月跃上夜空，榕香胡同的花灯繁华如星海，游灯的人渐渐往河边去了。

俞晚雪又往月门那头看。陈玄青还没有过来。

庄氏安慰她："许是有事拖延了，咱们自己看自己的就是了。"端了杯梅子酒给她喝。

陈玄青正站在池子另一端的回廊下，远远看着他们热闹的景象。伫立了许久，他才淡淡地笑了笑，转身往回走。这些热闹和他有什么关系呢。

第十四章

麒儿

过完了十五，陈玄青任河间府肃宁县知县的文书就下来了。

秦氏正在给陈昭梳头发，听到丫头含真的禀报，眉略一挑："文书都下来了？"

含真点头："太夫人都听说了，连夜叫七少爷过去叮嘱。第二天随侍处就开始准备程仪了。"

"倒是怪事。"秦氏染凤仙花汁的指甲划过妆奁盒子，挑了个嵌紫瑛石的发箍给陈昭戴上，淡淡地说，"他是三房嫡长子，又有探花郎的功名，按理说应该在翰林院多待几年，然后再外放，而且外放去偏远些的府地，做个知府也是够的。现在就去做知县，岂不是还要多熬几年。"

她笑着拍拍陈昭的头："梳好了，娘亲梳的发髻好看吗？"

陈昭早就坐不住了，在杌子上扭来扭去的："好看好看，娘亲，我今天能去找三嫂玩吗？"

秦氏就着丫头打来的热水洗手，说："不许，一会儿你父亲要过来。再过几日，他也要回陕西了，你一年到头也见不到他几天，也不多陪陪他。再说了，你去你大嫂、二嫂那里都好，少去你三嫂那里。"

陈昭不高兴地嘟起小嘴，又不敢反驳母亲。

丫头端了早膳上来，嬷嬷抱她下去吃早膳。

秦氏坐在妆镜前面，看着自己许久。她年轻的时候也长得好看，可是现在年近四十，保养得再好也略显老态。再看家里头别的妯娌，都还年轻漂亮的。秦氏略整理了发髻，又再抹了些胭脂，问含真："你看这样可好？"

含真笑道："奴婢觉得淡妆浓抹总相宜。"

秦氏笑了笑："是吗？我总觉得二爷对我没有原先用心了，说话都心不在焉的。"陈彦章远在陕西，她就是想管，手也伸不了这么长。陈彦章收了两个通房丫头她是知道的，虽然心里很不好受，但她也忍住了。只是伺候床第的东西，她还不放在眼里，陈彦章也不可能对奴婢动心。就是不知道还有没有别的女人。

秦氏想起前不久，吴夫人说郑国公常海养外室的事。郑国公夫人姜氏耳根子软，管不住男人，就是知道常海在外面养外室，也都忍气吞声的。何况常海正值青年，本就是多情的时候。后来那外室怀孕生子，常海把孩子抱回郑国公府，姜氏还要打落门牙和血吞，把这个孩子记在自己名下养。

秦氏觉得要她是姜氏，早就把这贱蹄子连同孩子一起弄死了。

她握着金簪的手一紧，又问含真："陈玄越在外院如何了？"

含真回道："九少爷和鹤延楼的师傅学武，跟着七少爷识字，听说现在会认些字了，也长高了不少。"

秦氏很满意，不过是个傻子，想住外院就住吧，她现在都懒得对付他。

陈二爷过来了，丫头替他打了竹帘。

他穿着件灰色的道袍，显得笔挺又潇洒。

秦氏替他盛粥布菜，说话的声音很柔："二爷听说了吗，七少爷要去做知县了。"

陈二爷低头喝粥："老三说过，怎么了？"

"妾身就是觉得奇怪，"秦氏微微一笑，"不是都要观政三年的，怎么他就这么快上任了？"

陈二爷摇头："谁猜得到老三要做什么！随他去吧，反正前程差不了。"

秦氏笑容一凝，还想找点什么话和他说，陈二爷却三两句就应付过去了。等吃完了早膳，嬷嬷抱着陈昭上来，陈昭看到父亲就甜甜地喊人，腻在父亲怀里和他说话。

陈二爷又抱着陈昭去看新开的垂丝海棠了。

换下冬衣，人都觉得干净利落了些。

顾锦朝晒着太阳陪陈曦做针线，院子里海棠花开了不少，今年的春天来得早了些。

陈曦跟着陈老夫人去了宝相寺拜佛，求了好几个平安符回来，要做好些香囊来装平安符，就过来请顾锦朝帮她看着。她挑了件蓝色的杭绸："这个送给七哥，他就要去任上了，以后不能经常见到他了。"陈曦拿着针线想了会儿，问锦朝，"母亲，您说绣什么花样好？我会绣荷花、兰花还有宝相花。"

顾锦朝微微一笑："那便荷花吧。"陈玄青好像挺喜欢荷花的。

陈曦"哦"了一声，认真地拿了小绷绣荷花，顾锦朝就在旁指点她的针法。

陈三爷下午回来了，在门口看了她一会儿，才走进来。

陈玄青明天一早就走，今天下午就要过来辞别，陈三爷回来后，不多久他就过来了。

这是顾锦朝从那天起，第一次看到陈玄青。

他看上去好像瘦了些，样子云淡风轻的，也没有看顾锦朝，就轻声说了几句辞别的话。"儿子这一别恐就是半年，父亲母亲在家里保重自己，要是有事，写了信来告诉儿子就是。"

顾锦朝一时间不知道该说什么，她看到陈玄青，觉得很是尴尬。

她让丫头捧了早准备好的一些点心吃食给他："母亲也没有别的给你，这些你且收下。"

陈玄青身后的小厮来接了东西，陈玄青谢过了，就要告退离开。

陈曦追着陈玄青出去，拉着他的手泪汪汪地说："七哥，你要走了吗？曦姐儿要送你的香囊还没有绣好呢。"她把自己绣了一半的香囊给他看。

陈玄青揉了揉她的发，微笑着道："等我回来再给我吧。"

陈曦攥着他的袖子不要他走，眼泪不停地掉。

"曦姐儿笨得很，跟着母亲学了这么久，也不会绣什么东西。花样还是母亲选的，曦姐儿绣得不好，里头是平安符。七哥你带着好不好？佛祖保佑你平平安安的。"她把那个没绣完的香囊塞给他。

陈玄青摩挲着刺绣的荷花，沉默了一下才把东西收下了。他抬起头看着木樨堂的方向，跟陈曦说："你在家里，就好好地听父亲母亲的话，多陪陪他们。"

陈曦点点头："等七哥回来，就可以看到弟弟了。"

陈玄青露出一丝微笑："对啊，你也要待弟弟好，别欺负他。"

"不会的，我疼弟弟。"陈曦急忙说，"我每天都摸母亲的肚子，看弟弟长大了多少。七哥，你回来也要给弟弟带礼物。"

"我记得了，你快回去吧。"陈玄青只是笑，"再晚安嬷嬷该找你了。"

陈曦这才依依不舍地放手了，就看到七哥把香囊收进衣袖里，慢慢地走远了。

西次间里。

等陈玄青走后，顾锦朝才问陈三爷："以他的资质，在翰林院观政几年便可任知府了。现在远调恐怕还要在知县上熬好些年，是您让他远调的？"

陈三爷喝着茶没有抬头，"嗯"了一声道："他是陈家嫡长子，不管有没有出事，也该担负责任了。那件事是他太不成熟了。"顾锦朝心里很复杂，她很了解陈玄青在想什么。可能有时候你喜欢某样东西，是从你知道你根本得不到它时开始的。等他冷静下来，应该能看清楚吧。

她不由握住了陈三爷的手，低声道："三爷，他会明白的。"

陈彦允抬头看她，慢慢摸着她的脸，想要说什么，却只是笑了笑："我都知道。"

外头海棠花开得很好，阳光又好，顾锦朝拿了本书来看。

看了一会儿她就觉得困了，昏昏欲睡的。陈三爷坐在她身边读佛经，看到她不住打瞌睡的样子，把她抱到怀里，让她枕着自己睡。顾锦朝迷迷糊糊的，只闻到他身上的味道就安心了，枕着他放心地睡着了。

陈三爷调整了姿势，让她睡得舒服些，手不由得抚摸着她的肚子，再过几个月，孩子就要出世了。她的肚子好像比寻常的七个月大一些，他有点担忧，孩子太大了会不太好生。不如去请几个宫里的稳婆来，更有经验些，免得她平白受苦。

陈三爷正思量着，采芙快步走进来通禀。

江严过来找他了。

陈三爷做了个噤声的手势，把锦朝抱到床上去睡。他去书房里见江严。

"兵部侍郎左和德出事了，说是酒后失德，带人砸了醉仙酒楼，还砸死了一个醉仙楼的伙计。被顺天府府尹先扣起来了。现在兵部更是乱成一团，张大人正要找您过去谈话。"

左和德就是张居廉原定的兵部尚书人选，曾经参与过东海抗倭。难怪张居廉要着急了。

陈彦允闭目想了想，这事没有左和德可就难办了。张居廉肯定不愿意把这个位置推到别人手上，这个位置太重要了。要是他把兵部尚书把握了，以后就算长兴侯家复兴了，也拿他没办法。

左和德怎么会这么糊涂，正是风口浪尖的时候，他竟然敢闹出这么大的动静！

江严又说："听说当时范大人也在场，还想替左大人瞒着的。谁知道顺天府的人来得太快了。"

陈彦允沉默，随即笑了。"原来还真是小看他了。你先为我备马车吧，别的路上再说。"也不知是范晖有手段，还是叶限有手段，竟然想得出这样的办法。

书砚拿了他的披风过来。

叶限刚走出书房，李先槐就跟上来了："世子爷，都做好了。那伙计的家人已经安顿好了。左和德已经被收押了，下午恐怕就要转入刑部了。"

叶限"嗯"了声，淡淡地道："范晖还没有来信吗？"

李先槐摇头："还没有，不过外面有人要见您，自称是什么淮安居士，向你讨教诗词的。他说您一听就明白了。"

叶限听到淮安居士四字，眼中冷光一闪。

陈彦允……他来找他干什么？

叶限想了想，特地换了件宝蓝色杭绸直裰去见陈彦允。

陈彦允的马车停在府学胡同的尽头，他那个叫陈义的护卫正守在外面。

江严挑开帘子，请他进去。

马车很宽敞，里头摆了一个铜炉子，陈三爷正拿着茶壶倒水。

"世子爷请坐吧。"他放下茶壶，将那个青瓷缠枝的茶杯推到他面前，笑道，"陈某手艺不好，世子且将就着吧。"

叶限看了陈彦允一眼，陈彦允依旧是儒雅的笑容，看不出端倪。

他慢慢端起茶杯："要是陈大人趁机将我毒死，倒是也不错。您的护卫再趁机把我的护卫杀了，岂不是死无对证吗。您说，我该不该喝这杯茶？"

陈彦允淡淡地笑："世子爷敢来，应该有万全准备吧。你铁骑营里高手众多，我偷袭也不能轻易得手。况且陈某要是想杀世子，肯定也不会是这个时候。"

叶限才喝了茶，也笑了笑："陈大人倒是没有谦虚啊。"

他看向陈彦允："既然陈大人手艺不好，那应该不是专程请我喝茶的。究竟有什么事，便直说吧。"

陈彦允摩挲着佛珠，收敛了笑容："世子爷最近的举动有些冒险啊。陷害左和德，让范晖在张大人面前露脸。要做这一箭双雕的事，想必风险很大。"

叶限面上镇定自若，心里却已经波澜骤起了。陈彦允怎么知道他做这些事的？他知道了，为什么不是告诉张居廉，秘密除掉范晖，而是来找他呢？陈彦允究竟想做什么？

陈彦允并不在意他的反应，继续道："睿亲王宫变的时候，世子爷有高人相助，才斗得过萧游，算计得了睿亲王。怎么现在这个高人没在世子爷身边指点吗？世子爷这般行事，可有些锋芒毕露了。"

"高人？"叶限微皱起眉，不明白陈彦允在说什么。

陈彦允是观察别人神态的高手，很容易就能看出，叶限的惊讶并不是装的。难道这个高人并不存在，萧游其实没死？这也说不过去啊，如果萧游还在叶限身边，肯定是不会让叶限做出如此冒失的举动。

叶限非常聪明，但是他太年轻了，他也并不了解张居廉。

陈彦允缓缓道："此人提醒世子爷萧先生有问题，世子爷应该不会忘了吧。"

叶限这才反应过来，陈彦允说的那个高人不就是顾锦朝吗？他用一种很古怪的眼神看着陈彦允："陈彦允，你这是什么意思？"

连陈大人都懒得称呼了。

陈彦允语气温和道："陈某只是和世子爷闲聊而已。"

叶限想了好一会儿，才回过神。他笑了笑："这个高人该问陈大人你才是。你来问我做什么，岂不是想嘲笑我？"

叶限突然没有想交谈下去的意思了。他放下茶盏，冷淡地说："叶某还有事，就不陪陈大人闲谈了。陈大人自己品茗吧。"他退出马车，等着他的李先槐有点没反应过来。

叶限已经阴沉着脸走到前面去了，李先槐才跟上去。

李先槐有些不解："世子爷，怎么了？"

叶限也没有回话。

李先槐摸不着头脑："陈三和您说什么了？属下在外面听得他好像知道咱的事了！"

叶限却突然站定了，这事不对，他好像把事情想复杂了。陈三爷来问他，应该是来试探他，他真的不知道那人是谁。他这么一说，陈彦允反而会起疑了。

叶限走后，江严和陈三爷说话。

"三爷，属下怎么听不懂世子爷的话。他的意思是那个高人咱们认识？"

陈彦允也不知道叶限那句话什么意思。

不过根据叶限的话来看，这个人应该是存在的，而且，和他有某种关系。那究竟应该是谁呢？

等陈彦允回到陈家的时候，顾锦朝还没有醒，他挑了罗帐看她。她蜷缩在被褥里，呼吸很平稳。

二月十五，孙氏产下一个女婴。

孙氏不太高兴，陈老夫人却很喜欢这个曾孙女，抱在怀里便不撒手。

孩子用红色的抱被捆着，小脸圆圆嫩嫩，看得王氏心都要化了。

又递给顾锦朝抱："你看她嘟着小嘴，真是可爱极了。"

俞晚雪在旁看着也觉得喜欢，更有些羡慕。

葛氏笑着拉住孙氏的手："你这孩子生得快，人家都要疼好几天，再不济也有几个时辰。你一个时辰就生下来了，还生得这么好，以后也是好生养的！"

说起这个孙氏也得意："我中午的时候觉得腹痛，叫了稳婆进来。稳婆也吓住了，连忙又是煎催产药，又是烧热水的。谁知道药都没有喝下去，孩子就生下来了。人家都说生孩子多苦，我倒是不觉得。"

秦氏淡淡地道："你两个嫂嫂就疼了许久，你生得容易，得来的自然容易。"

孙氏脸色一白，不再说话了。

王氏看看秦氏，又看向顾锦朝的肚子，笑道："我看三嫂肚子尖尖的，娘又常说这孩子好动，那应该是个男孩才对。等到三嫂的孩子生下来，我要送他个长命金锁。"

顾锦朝倒是不在意孩子是男是女，要是真的说起来，她更喜欢女孩儿，男孩儿太调皮了。陈玄越要是调皮起来就很难收拾，女孩儿文文静静的最好。

顾锦朝也盼着这肚中的孩儿来，月份渐渐更大了。她行动也不便起来，到了临近生产的时候，每夜都睡不好，总是想多如厕。来回地跑净房，折腾得人都有些憔悴了。

陈三爷心疼她，说让婆子拿了夜壶放到内室里。

顾锦朝很不好意思，放夜壶是一回事，她还要当着他……这怎么行呢！

陈三爷笑着安慰她："夫妻之间，总是要看到彼此最尴尬难堪的时候，你还在意这个干什么。"他搂着她半躺在自己怀里，低声说，"以后等我老了，行动不便，你来伺候我那些事。你会嫌弃我吗？"

顾锦朝摇头，她怎么会嫌弃他呢。

他低头看着顾锦朝，很认真地说："我比你大一轮还多。等到你还年轻的时候，我肯定会有白发、长皱纹了，只能多陪你年轻几年了。"

顾锦朝不由拉住他的手。他就是早生华发，到三十五的时候，虽然人还年轻，鬓边却已经有银丝了。他要操心的事实在太多，像重担一样层层压在他肩上的事也太多。

她记得曾经见到过的情景，那是清明的时节，陈彦允去给江氏扫墓。

他披着件黑色大氅，春雨淅淅沥沥地下着，清寒未减。

顾锦朝远远地看到他站在江氏的坟前。

陈义帮他撑着伞，他沉默地站了很久，她也不知道陈三爷在想什么。一阵夹杂阴冷雨丝的风吹过来，陈三爷握拳挡住嘴，传来几声压低的咳嗽。

等陈三爷祭拜完江氏，转身离开的时候，顾锦朝才看到他略有清减的脸，神情十分的淡漠。那个时候她并不了解他，她也不想了解他，只觉得那远去的高大背影像是清瘦了。

陈三爷背负什么，关她什么事呢。她只是远远看着，什么都不做。那时候陈老夫人的身体不好，朝局又波谲云诡，陈三爷还要担忧她，忙得不可开交。

后来才明白，如此的萧寒深秋，竟成诀别之景，转瞬多年。

顾锦朝听到他说只能多陪你年轻几年了，忍不住觉得鼻子一酸。她就是想好好和他一起，即便真的有诸多患难，她也要一直陪着他。

她抱住陈三爷的腰，把头埋在他怀里，一句话不说。

怎么又突然娇气起来了？难道正如人家所说的，怀孕的人都要敏感些？

陈三爷不由笑起来："锦朝，你怎么了？"他在她耳边轻声说，"骗你的，

一会儿就搬个围屏过来放着，我看不到的。"

顾锦朝更是不答话了，心中暗恨，手下却悄悄拧了他的手臂，却觉得拧都拧不动。

陈三爷为此大笑。

围屏搬进来没几天，就是孙氏孩子的百日宴。

来参加百日宴的人很多，除了和陈家交好的宗族妇人，还有孙氏的母亲和两个姐姐，与秦氏交好的吴夫人等人，大家热热闹闹地坐在宴息处里说话。

听到是陈三夫人过来，众人都难免好奇地看她，恭敬地和她说话。

还不是看到陈三爷的面子上，顾锦朝微笑着一一还礼。

孙氏忙让丫头给她搬了太师椅过来，还垫了个软和的潞绸面靠垫。

不久，陈老夫人过来了。

孩子便到了她的手上，她笑呵呵地逗着孩子："宝儿，给曾祖母乐一个！"宝儿是孩子的乳名。大名要等今天命名礼的时候，陈玄让来取。

孩子"哇哇"地叫着，似乎在和她说话，小手抓着陈老夫人的镯子，想往嘴巴里送。

丁点大的孩子就是这样，什么都要尝一尝才好。

陈老夫人亲了亲孩子带着奶香的面颊，从丫头手里拿了个金脚镯，孙氏眼睛一亮，忙笑着去接。

虽然洗三礼的时候，陈老夫人都是要送曾孙东西的，这还是头一次百日宴送。看来陈老夫人还真是喜欢这个曾孙女。

孙氏笑着说："孩子抱着您便不撒手，也是喜欢您呢！"

陈老夫人把孩子给乳娘，坐下来喝茶："献哥儿和笋哥儿我也带过，都十分活泼，这孩子喜静，想必以后也是个好性子的。我都喜欢得很！"

秦氏过来的时候刚好就听到这句话。沈氏和庄氏带着孩子进来，也听到了。

献哥儿和笋哥儿第一次看到这么小的娃娃，却争着要抱妹妹。

孙氏自然不干，笑着说："你们还小，仔细伤着妹妹。"

秦氏当即脸色不好看，觉得孙氏有点自持其重了。当着陈老夫人，却不能发作出来，而是笑笑道："筵席开始恐怕还有些时候，倒不如大家凑起来抹骨牌。我刚得了一副象牙的骨牌，正好拿过来抹。"

陈老夫人笑着推辞，却也被吴老夫人拉去抹骨牌了，宴息处就剩了几个小辈，还有常家的郑国公夫人。

郑国公夫人姜氏很少跟着常老夫人出来走动，她人长得娇娇小小的，不太爱说话的样子。

不过有郑国公的名头在，也没有人敢看轻她。刚才拉着她说话的人也不少，这下都跟着常老夫人去抹骨牌了。她有些不好意思，看着和顾锦朝年龄、地位都相仿，就细声和她说话："三夫人这要临盆了吧？"

顾锦朝刚才还没注意到她，姜氏穿着件真紫色云纹妆花长身褙子、檀色的综裙，头面倒是华贵极了。这样的颜色不适合她，太显老了。她笑着起身回礼："国公夫人关心，也快了吧。"

她的封诰的等级比姜氏低了两个品阶。

姜氏连忙让她坐下："不用讲究这些。陈三老爷和国公爷交好，你也别太生疏了！"

秦氏看到顾锦朝和姜氏说话，心里猛地一跳。笑着走过来道："国公夫人难得来一次，怎么躲在这儿说话，也不跟着去抹骨牌？"

姜氏摇头："我打得太臭了，还是别现眼了。"

秦氏笑："国公夫人自谦了！您这样枯坐着也没什么意思，不如咱们也去凑一桌。我的牌技也一般，倒是三弟妹的牌技极好，不如请三弟妹和我们一起来几局？"

顾锦朝连连摆手："算了算了，你们来就好。"挺着大肚子，她实在是懒得动弹了。

姜氏瞧着顾锦朝，倒是有些惊奇："你牌技真的好？那倒是可以教教我，我和他们抹骨牌总是输……"

顾锦朝有点为难了，秦氏就来拉着她的手："三弟妹放心，就来两局。可是累不着你的！"

顾锦朝也只能答应了下来。毕竟只是两局也没什么，她不陪姜氏玩两把，反倒是失礼了。

陈老夫人刚拿了个宝中宝，手气极好。

常老夫人却输得急了，手里的象牙骨牌颠来颠去，迟迟没有打。

陈老夫人笑了："你犹豫着做什么，大家都等着呢！"

"唉！别催，我这儿乱着呢……"常老夫人又理了一遍自己的牌。样子怪认真的，大家都笑起来。

陈老夫人就端了茶过来，慢慢喝着等她。

这时候，有个丫头疾步走来，给众夫人屈身行了礼。

常老夫人终于理清楚了牌，却正要打牌的时候被这丫头打断了。

她皱了皱眉："怎么了，怎么慌慌张张的？"

丫头连忙回禀道："是三夫人那头发作了！二夫人派奴婢过来知会太夫人一声！让太夫人赶紧过去看看。"

生产对于女人来说是一道鬼门关，这话说得一点都不假。

骨牌抹了两圈，顾锦朝就觉得肚子有些不舒服。

她让采芙扶着她去净房里看了看，发现已经见红了，采芙都被吓到了。

顾锦朝倒还很淡定，她让采芙扶着她出去，坐在太师椅上直喘气。下腹紧缩的疼痛感已经一波一波地开始了，虽然还不强烈。

秦氏看到她出来也吓到了，忙扔了骨牌走过来："三弟妹，你是不是要……"

"先送我回木樨堂。"顾锦朝抓住秦氏的手都用力了许多，"恐怕是发作了。"

木樨堂早就辟出了东厢房做产房用。

秦氏连忙让人备下软轿，抬着顾锦朝回木樨堂。又赶紧叫人去通知陈老夫人，自己也往木樨堂赶去。

倒不是她有多关心顾锦朝，实在是不得不去看着。顾锦朝突然发作，还是她让顾锦朝陪着抹骨牌的时候。一会儿陈老夫人问起情况来，她肯定要被斥责几句。况且又是在二房这边发作的，她不能置之不理。

丫头扶着顾锦朝到东厢房坐下，这时候还没有疼得太厉害。

孙妈妈已经赶过来了，吩咐婆子熬参汤、烧热水，又让顾锦朝先慢慢走动着。

两个稳婆也过来了，顾锦朝已经疼得有些厉害，躺到了床上。

稳婆看过了情况，出来回禀陈老夫人和秦氏："一般破水快的，生得也快。三夫人都已经见红了，羊水却还没有破。恐怕生出来还需要些时候，需要服催产汤才行。"

催产汤药刚才就煎好了，雨竹忙端进去给顾锦朝喝下。

陈老夫人很慎重，问了郑嬷嬷好几次："老三回来没有？"

郑嬷嬷忙道："三老爷和国公爷一起出去了，您放心，一会儿就回来了。"

秦氏拉陈老夫人坐下："娘，您着急也没用，三弟妹有稳婆看着呢，不会有事的。"

陈老夫人摇摇头："我也坐不住！"又说了她一句，"你也是，拉着你三弟妹抹什么牌！"

秦氏脸一僵，笑容都尴尬了些。她怎么知道顾锦朝要这时候生，何况抹骨牌又算不上什么……

"是我没想到。娘，那头的女眷们还等着呢。要不我去照看着那边。"秦氏又说。

二房那头还有好些贵客等着，没有个主事的看着太失礼了。

陈老夫人点头让她去了。

秦氏松了口气，还是别在这儿守着顾锦朝比较好。

陈老夫人过了会儿又找郑嬷嬷过来说:"你去请季大夫过来。"

郑嬷嬷听得一愣。这女子生产的时候,都是稳婆看着,叫大夫过来干什么?

陈老夫人却想起了稳婆的话,不住地喃喃着:"免得有什么意外。"

陈三爷正和常海在醉仙酒楼里,常海请他喝酒谈事。

从朱漆雕花的窗扇往下看,是一个高约三尺的台子,有个长得柔美清秀的女子正在弹琵琶。醉仙酒楼是京城里很出名的酒楼,汾酒、花雕是最好的。来往的贵人就相当多,很多贵族豪绅宴请别人都是在这里。

"左和德就是在这儿砸死人的?"常海讥笑道,"这人是长了个猪脑子吗?"

陈三爷招手让他回来:"他是被人陷害了,那酒里头下药了,他现在连人家说过什么都不记得。"

常海半个身子都要挂在窗扇上,也没有理会陈三爷,而是笑道:"听说这弹琵琶的姑娘可是名伶叶籁籁,平常要是想见她,非要奉上百金不可,想不到竟然肯到这里来弹琵琶。你看看下面坐着的,有多少她的裙下之臣。倒是稀奇了,她长得也不是特别好看,怎么就这么多人喜欢?"

陈三爷问他:"国公爷,你不是请我来谈事的吗?"

常海才不甘心地退回来:"别的不说,那琵琶倒是弹得真好。香山居士怎么说来着,间关莺语花底滑,幽咽水流冰下难。冰水冷涩弦凝绝,凝绝不通声暂歇……还真是有意境!"

"那是幽咽泉流冰下难。"陈三爷无奈地道。

常海笑嘻嘻地拿起酒壶:"得!是我不学无术,我也懒得在你面前掉书袋了。反正咱们这些有爵位的,能靠着祖上的荫蔽过日子。不就是混吗,又不用去考秀才。"说着又摇摇头,"算了,和你说正事了。你们真的要推举傅安当兵部尚书吗?"

陈三爷"嗯"了一声:"应该大致确定了。你和我交好,傅安就算不是我们的人,至少没有害处。况且论资历他是最合适的。当年在青海战乱的时候,他的大名也是威震一方,不比赵怀差。只是没有赵怀运势好,不然现在也不会屈居于侍郎了。"

常海笑笑:"投靠我常家,总是会被文臣压制的。赵怀倒是聪明,总是独善其身。"

他拍了拍陈三爷的肩:"咱们一起玩儿大的人里头,你是心思最缜密的一个,谁都玩儿不过你。我现在就想问,你真打算就屈居于张居廉之下?这老头虽然当过你老师,但人品太差,我是信不过的!我认真叫你一声陈阁老,要是有用得着的地方,你尽管吩咐我就是。"

陈三爷也笑了笑:"你也不怕隔墙有耳,说说就算了,我就当没听到吧。"

常海有点急了:"你这个性还是有点像陈老伯,太死板了!我告诉你,别把尊师重道当回事⋯⋯"

陈彦允打断他的话:"你不听琵琶了?"

"还是算了吧,我就不喜欢听琵琶。"常海捡了碟子里的炒花生吃,咬得嘎嘣嘎嘣的。

"这叶姑娘的妙处,我倒是想去尝尝。你要是有空不如和我一起去。你是清官,两袖清风的。如果想找谁度春宵⋯⋯钱我帮你付了就行。"常海笑着挑眉。他最近和永阳伯有个铁矿的生意,赚了很多钱。

"我是修士,须得遵守五戒。"陈彦允摇头拒绝了。

看到他藏在袖下的佛珠,常海却"哼"了声:"我看不是你要遵守五戒,是尊嫂太厉害吧!听说现在你那三个姨娘都不伺候你了?通房丫头也没有,凡事亲力亲为?"

陈彦允抬眼看他:"你听谁说的?"

常海觉得后背一冷,缩了缩脖子:"我娘说的⋯⋯前不久我养了个外室,带回去的时候我娘和姜氏都哭天喊地的。我娘就拿你教训我呗!不过我说你也是啊,美人再好,总不能不换吧?岂不是很快就腻味了。"

陈彦允只是喝茶,都没看他。

常海见他不答话,也是无趣了,又叫了伙计进来上菜。

跟着伙计进来的却是陈义,气喘吁吁,满头大汗的。

常海"咦"了一声:"外头有鬼撵你吗?"

陈义摆摆手,又忙向陈三爷拱手:"太夫人派人来通传说夫人发作了,要您赶快回去!"

不是说还有几天吗?

陈彦允眉一皱,立刻站起来,吩咐了陈义去备马车。胡荣在后面帮他拿着披风,眼看就要跨门而出了。常海站起来问他:"这就要生了?"

陈三爷"嗯"了声,想着顾锦朝正在生产,根本没心思理他,随便说了句:"国公爷自便,我先回去了。"

常海拉都拉不住他,想到姜氏今天正好去陈家了,不如他也跟过去看看。

陈三爷快步走出了醉仙酒楼,很快上了马车。

顾锦朝疼得越来越厉害,很快就有些坚持不住了。

做好准备是一回事,等到面对的时候又是另一回事。她只依稀记得已经过去几个时辰了,下身的被褥一片濡湿。采芙又给她喂了一回参汤,稳婆还在旁边安慰她："夫人，疼一会儿就好了，别害怕。就是疼也不要喊叫，尽量忍着些。"

东次间里稳婆、婆子、丫头都守着她。

顾锦朝点了点头："我知道，三爷回来没有？"

采芙忙说："已经派人去知会了，应该快回来了！奴婢让人在木樨堂外面守着呢。"

顾锦朝又闭上眼睛，他知道了就好。

她又拉住稳婆的手，感觉到稳婆的手汗津津的。这些稳婆都是经验丰富的，手心出汗，那必定是情况不顺利。虽然知道她什么都不会说，顾锦朝还是想问她："是不是……不太好？"

稳婆安慰她道："您放心，都是正常的。第一胎都要艰难些，以后就好了。"

顾锦朝勉强笑了笑。不管是不是顺利，至少她要相信都是顺利的。

丫头忙着换了干净的被褥，又在顾锦朝的背后加了个迎枕。很快雨竹端了第二碗催产汤药进来。

喝了第二碗催产汤之后，阵痛更加密集频繁。

另一个稳婆脸上露出几分喜色："开了，开了！夫人，您坚持着，这开了就是好的！孩子就快要出来了。"

顾锦朝已经听不清她的声音了，她只觉得疼，撕裂感、坠痛感，又不能喊叫，只能紧紧地捏着稳婆的手，牙关紧闭，她自己都能感觉到汗水顺着脸流下来。

陈老夫人正坐在东厢房外，拨着佛珠给顾锦朝念经祈福，听到稳婆的话也是心中一喜，要生了就好！

有人给她喂了碗糖水，她吃着却没觉得有甜味。

锦朝疼得大汗淋漓，丫头拿着帕子不断地帮她擦，孩子却没有丝毫动静。

她睁开眼看着承尘上的花纹，不住地喘气，稳婆还在安慰她，丫头端着热水进进出出，里头忙碌得很。

采芙进来握住她的手："夫人，三爷回来了，就在外头等着呢！"

锦朝反握住她的手，指甲不自觉掐住采芙的手背。采芙一声不吭地任她握着。

俞晚雪也赶过来了，东厢房外面已经等了许多人。陈曦被嬷嬷抱着，不住地朝东厢房里张望。王氏和葛氏也守在一边。

陈彦允这时候刚回来，快步朝东厢房走来，身后还跟着一群人。

陈老夫人看到陈三爷回来的时候就松了口气，忙迎上去拉住儿子的手。只要有儿子在这儿，陈老夫人就找到主心骨了，有儿子拿主意，一切都不会错的。

陈彦允把情况都问清楚了，什么时候发作的，情况如何了。听说生得艰难的时候，他眉心紧蹙，语气一沉："这头胎疼一两天是常有的。她是为何不好生？"

陈老夫人叹道："稳婆说她有些使不上力，锦朝肚子太大，恐怕孩子也长得好，不好出来。我派人去请季大夫过来了，也不知道有没有用。"

锦朝的肚子确实要大些，他本来就有些担忧……

陈彦允摇头说："请季大夫过来可能没用。"他沉默地斟酌了片刻，转头吩咐陈义，"备快马，立刻去东交民巷请郭太医来。"

"郭太医擅长妇儿之术，宫里的嫔妃生产时都是他看着。"陈彦允给陈老夫人解释，又说，"娘，您也在这儿守了半天了，眼看着天都黑了，您还是回去休息吧。这里有我看着，不会有事的。"

陈老夫人苦笑着摇头："回去我也睡不着，晚上还要派人过来问，也麻烦。"

陈彦允没有办法，只能让人辟了东次间旁边的房间，让陈老夫人先去休息。她最近身子不好，年龄又大了，恐怕禁不住折腾。

等到陈老夫人离开了，江义才低声道："三爷，这太医院和御药房，一向是把持在长兴侯手里的，郭太医会不会趁机……"

太医院人多混杂，所以陈家的人平日看病，都不会找太医。

"都这个时候了，我也不管这些。"陈三爷说，声音放低了些，"他要是敢动什么手脚，我必定不会放过他，他应该知道轻重。"

锦朝上午巳时开始发作的，现在已经是傍晚酉末了。

陈彦允在东厢房外，他能听到里头的动静，稳婆们说话、丫头们帮忙，还有顾锦朝的痛吟声。

应该是痛极了，不然她不会忍耐不住的。

产室污秽，他不能进去陪着她。不知道她现在怎么样了。陈彦允深吸了口气，转身去堂屋的书房里等着。

在这里听着她的声音，总是忍不住想进去看看她。锦朝又一向倔强，肯定不想他看到自己那个样子……虽然他很想在旁边陪着她。

江氏生头胎的时候，他还在詹事府里任职。陈老夫人派人来知会了他，他当时公务在身也没有立即赶回去。等到他回去的时候，孩子已经生下来了。薛姨娘生产的时候也很顺利，还是江氏抱着孩子来给他看。

陈彦允抄了一页佛经，就听到外头有马车的动静。

郭太医过来了。

他刚才也没有静下来，忙放下笔走出去。

听到是陈阁老的夫人生产，郭太医自然不敢怠慢，忙收拾了箱笼就过来了。

听说了顾锦朝的状况之后，郭太医写了方子重新配了一服催产药，又接连叮嘱："再喂一回参汤，但是年份不能太大，最好是二十多年的人参，煎得浓浓的服下。"

江严立刻拿着方子去给季大夫看过了，确认没有问题，才派人去煎药。

陈三爷问他："依你之见，会有凶险吗？"

郭太医有些为难："下官也不好说……但看尊夫人的体质了。不过孩子迟迟不下来，大人孩子都很凶险。现在已经开宫口了，若是再过三个时辰没动静，就……"他不敢再说下去。

陈三爷闭了闭眼睛，立刻往东厢房的方向走去。

顾锦朝又被喂了一次汤药。她侧过头，问稳婆："不是刚才就开了吗，现在……怎么样了？"声音都比刚才弱了许多。

宫口只开了一点，但是却不再打开，孩子也没有下来。她下腹疼得太厉害了，自然就没有什么力气了。

稳婆听得心里一颤，笑道："您放心，这服汤药下去就好了！"

顾锦朝现在不相信她的话了，她知道自己没有力气了，这不是个好征兆。

她紧紧抿住嘴唇，突然觉得心中无比酸涩。她好不容易过上平稳安宁的生活，难道……难道上天就见不得她过得好吗？这个孩子怎么如此命途多舛。要是她有个意外，孩子也保不住。那陈三爷怎么办呢？

顾锦朝命令自己不能抱着这种想法！她应该相信一切都会好的，她会好的，孩子也是。虽然想是这么想，她的眼泪却忍都忍不住。

陈三爷又等了半个时辰，产室里没有太大的动静。他终于提步往产室里走去。

守在门口的孙妈妈吓到了，都没来得及阻止。

顾锦朝看到他高大的身影走进来，面容不见一贯的笑容，显得十分冷峻。他不说话不笑的时候，总是让人很害怕。

顾锦朝的眼泪又涌出来，她低声说："您快出去！您……不能……这里不行的。"

"我知道。"他一如既往地柔声安慰她，"我在这里陪着你。"

如果不是情况危急，他应该不会冲动到进来陪她的。顾锦朝心里又沉了一分，紧紧拉住他的手："是不是……是不是不好……"还没等他说，顾锦朝就忙道，"不准瞒我！我想知道，彦允……"

她第一次这么喊他，声音却好像立刻要哭出来了："你一定要告诉我！"

陈彦允反握住她，喉咙发堵有点说不出话。过了好久，他才平静下来："这里有我在呢，就算是不好，也不会有事的。"

顾锦朝感觉到他手心的汗，忍不住心头的酸涩："我……要告诉你。陈彦允，从我嫁给你开始，我就很高兴。我从来没有这么好过，我原来都过得不好……"

嫁给陈三爷后，真的是她人生中最好的日子。曾经的悔恨落魄，后来的钩心斗角。她曾经心防太重，但是现在她依赖他，信任他，早已经不再有防备了。如果他以后要伤害她，她完全抵挡不了。

陈三爷说不出话来，俯身亲了亲她的脸。他的声音也沙哑了："我都知道。"

他有的时候，不太喜欢自己这种性格，什么都要忍住、克己。等他悲伤愤怒的时候，都完全看不出来，但其实他内心已经极度压抑了。他现在要维持冷静，却连手都在发抖。

顾锦朝平时要是这么和他说，他必定会高兴，现在却觉得沉重得承受不住。

她自己哽咽了片刻，忍着阵痛过去了，又继续说："要是我有意外，您要记住……以后要小心亲近的人……不要去四川。这是菩萨托梦告诉我的，我一直忘了跟您说……"

到了这种危急的时候，她也只能用托梦做借口了。

"好，我不去。"陈三爷亲了亲她满是汗水的额头，"你不要乱想，不会有事的……"

顾锦朝觉得自己该说的都说了，紧紧握着他的手，觉得很安心。要是她真的活不过去，至少是死在他前头的。

采芙等几个丫头已经泪盈于眶，却不敢哭出来，强忍着擦了擦脸，按照郭太医的吩咐，再喂锦朝喝下一次参汤。

陈老夫人披着件外衣坐在床上，愁得睡都睡不着。

郑嬷嬷端着烛台放在炕桌上，丫头送了一盘松糕进来。

秦氏几人已经十分困倦了，却没有人提出回去休息。尤其是秦氏，心里忐忑得不行。刚才郭太医的话大家都听到了，知道顾锦朝这胎有些凶险。

她心里既希望顾锦朝能生下孩子，又希望她生不下来。生不下来，最后清算的时候她难免被责怪。要是生下来了，以后顾锦朝有了孩子做依仗，顾家才真的没她什么事了。

俞晚雪却茫然地盯着烛火跳动，想起远在肃宁的陈玄青。

别人的悲痛，其他人很难感同身受。

葛氏倒是哭哭啼啼的，被陈老夫人厉声呵斥了几句，吓得连眼泪都不敢掉了。

王氏起身把松糕分给大家吃，陈老夫人摆手叹气："算了，你们吃吧。"她实在是担心顾锦朝。

要说情分，顾锦朝才嫁进陈家多久，情分倒是不深。她也是忧心老三，他这一辈子过得不顺畅，小的时候和老五最好，老五却出了意外溺死了。刚进詹事府的时候他父亲就重病，等到他功成名就的时候，江氏又先行一步……别人只看到他身居高位，哪里知道他经历过什么，才到如今的地位。

屋子里只有更漏滴答的声音，显得悠长又寂寥。

外头终于响起一阵杂乱声，陈老夫人坐直了身子。很快就有丫头跑过来禀报："回太夫人的话，夫人宫口继续开了，稳婆正在接生呢，说没有大问题！"

陈老夫人闻言一喜，忙招手说："快扶我起来！"众人都高兴起来，一时间又是笑又是泪的。丫头服侍着她穿了鞋，众人便一同往东厢房外走去。

等到了卯时的时候，顾锦朝生下了一个八斤重的男婴。

事情突然峰回路转的时候，两个稳婆却丝毫不敢放松，满头大汗地指导锦朝用力。等到那孩子终于下来了，丫头立刻拿了棉布过来裹住他，在孩子的屁股上拍了两下，他立刻发出哭声。声音中气十足。

陈三爷听着孩子的哭声，心里终于放松下来。他紧紧握着她的手，俯下身吻了吻她，轻声地安慰："没事了，锦朝，是个男孩！"

锦朝心里充满劫后余生的喜悦。她抬起头摸着陈三爷的脸，他弯弯的、浓密的眉毛，眼眶的轮廓，高挺的鼻梁……陈三爷任她摸索着自己的脸。顾锦朝觉得一切都放松下来，却忍不住眼泪流出来，浸透了鬓角。她觉得自己今天掉的眼泪比任何时候都要多。

陈三爷微笑着抚她的头发，过了好一会儿顾锦朝才缓过来，细声说想要看看孩子。

陈三爷才让婆子抱孩子过来。

婆子刚用热水绞了帕子给孩子擦身子，这会儿包在了大红色缂丝的包被里。孩子也就是刚出生的时候哭了一会儿，现在已经安静了。他的皮肤还红彤彤的，脸蛋胖嘟嘟，小嘴粉嫩，闭着眼睛靠着包被，胎发乌黑。

孩子放到她身边后，顾锦朝俯身亲了亲他柔嫩的脸颊。孩子皱了皱小鼻子，发出几声哭腔。

顾锦朝怔住了，也不敢继续碰他，却没有听到他真的哭出来。

陈三爷轻轻把孩子抱起来，打量这小东西。他也不在意母亲的骚扰，又歪着脑袋靠着包被睡着了，眼睛嘴巴都长得小小的，根本看不出像谁。他却笑着说："孩子眉眼像你，以后长得好看。"

顾锦朝失笑，男孩子像她有什么好的。再说他还这么小呢，怎么看得出来……

稳婆笑着夸奖道："少爷身子长得好！婆子接生这么多年，这样白白胖胖的大小子也不多见！以后也肯定身强体壮、无病无灾的。"

陈三爷赏了两个稳婆封红。两个稳婆掂量着就知道数目不少，千恩万谢地告退了。

陈老夫人带着人过来了，也着急要看孙子。

抱着看了一会儿，陈老夫人更是喜欢得不得了，孩子长得胖嘟嘟的，看着就软和。手伸出包被还要轻轻地握一握，小拳头只比核桃大一些。"比老三长得好，老三生下来就瘦得很！"

又问孙妈妈："奶妈找好了吗，快叫过来等着。一会儿孩子该饿了。"

孙妈妈笑着点头："已经找好了，就在旁边的耳房里候着，随时能过来。"

顾锦朝却有点想自己哺乳，生他的时候不顺利，却更让她珍惜这个小东西。不过陈家的夫人生了孩子都是奶娘哺乳的，有时候还两个奶娘换着喂，她单独提出不太好。

她也没有说话，含笑看着众人围拥着陈老夫人。

陈老夫人把孩子送到孙妈妈手上，让她抱去耳房了。她过来坐到顾锦朝床边，柔声说："外头天都亮了。你要不要吃点东西再休息？"

这孩子都折腾她一天了。顾锦朝现在虽然还是觉得不舒服，心情却放松了许多。她想说自己什么都吃不下，又想从开始发作到现在只喝过汤，便点头说："那就吃些清淡的吧。"

丫头很快端了鲫鱼汤和糖水蛋给锦朝吃下。她也真是累了，靠着迎枕就睡着了。

众人陪了一宿的夜，现在孩子安全落地，都告退回去休息了。

陈老夫人却叫了陈三爷出去说话。

"你进了产室？"陈老夫人脸色严肃。

陈三爷轻轻点头。

陈老夫人叹了口气："那岂不是太冲撞了。产室里太不吉利，纵使你再怎么对她好，也不该以身犯险啊。"想到自己这个儿子一向对顾锦朝好，她又有点说不下去。

陈彦允道："当时她情况危急，我也必定要陪着她。冲撞不冲撞的就别说了，儿子心里有数。"

陈老夫人沉默一会儿，才说："都过去了那就不说了，现在大人和孩子都保下来了，一切都好……"她脸上也露出几分疲态，毕竟是一整宿没有睡觉。

"您还是先回去休息吧。"陈彦允劝她。

陈老夫人强打起精神："我还要去祠堂给祖先烧香才行。孩子刚出生，再为他烧几卷佛经。"她又心疼地看着自己的儿子，"你也是一整夜没休息，自己可要注意。"

陈彦允只是笑笑，一整夜没睡他倒也不困，只是现在放松下来，觉得头疼欲裂。去睡觉反倒是睡不着了。

他送了陈老夫人出木樨堂。

顾锦朝醒来的时候是下午，她已经在正房里面了。昨夜丫头们基本都没睡，现在雨竹正靠在她的床头打盹，脑袋像鸡啄米似的。

顾锦朝四下张望，既没有看到孩子，也没有听到声音。刚生下那小东西，她真是恨不得他时时刻刻都在自己身边。

顾锦朝叫了雨竹一声。这丫头惊醒了，揉了揉眼睛："夫人，唉！我这怎么睡着了。您醒了，要吃什么不？"她有些讨好地看着顾锦朝，好像她一说出来，她就要噌地蹿出去为她端过来。这丫头总是显得相当好玩。

顾锦朝笑笑："我倒是不想吃什么。孩子呢？"

"朱嬷嬷和孙妈妈抱去东梢间里洗澡了。一会儿就送过来。"

顾锦朝松了口气，又问道："他喝过奶了吗？"

"喝过了，大口大口的，吃得可香了！"雨竹笑了笑，"就是爱哭，都哭了好几次了。"

顾锦朝跟她说："孩子都是这样的，一不高兴就要哭。"又问她，"三爷是去休息了吗？我怎么没看到他。"

"三老爷在书房里抄佛经呢。"雨竹说，"孙妈妈让人送了午饭过去，来回禀的丫头说看到还在抄。"

顾锦朝皱了皱眉。他一直没睡？岂不是都熬了一天了……

她让雨竹去叫他来。

陈三爷很快就过来了。

"你怎么不歇息着？"他给她整理被褥，"可是要看孩子？孩子抱去洗澡了，一会儿就送过来。"

顾锦朝摇头，问他："您明日有公事吗？"

陈三爷淡笑道："你放心吧，少了我内阁照样能下决策。你刚生完孩子，我想多陪你几天。"

顾锦朝拉住他的手："不是这个意思。妾身是想说，您该歇息一会儿了。"

"我也睡不着，就抄抄佛经算了。"他看着她的目光十分柔和，"你生产的时候，我向佛祖请求过，你和孩子要是平安，我就手抄九百九十九卷《金刚经》献给他。"

九百九十九卷……那要抄到什么时候！

顾锦朝不知道他也有求佛的时候，他不是常说，求人不如求己吗？

顾锦朝知道他有时候熬夜太多，就会头疼得睡不着，特别是前一天晚上还要动脑的话，情况会更严重。她看着他问："您是不是头疼？"

不等陈三爷回答，顾锦朝就说："那我给您揉揉吧，总会好一点的。"

陈三爷躺到她身边，顾锦朝正要伸手帮他揉揉，他却按住她的手说："你不要给我揉，我躺一会儿就好了。你自己休息着。"

顾锦朝看陈彦允闭上眼睛，他的呼吸沉稳清晰。她发现陈三爷的睫毛很浓密，她想起刚出生的孩子，孩子的睫毛就像他，虽然不是特别长，但十分的浓密。她靠着陈三爷的肩，感觉到他有力的手臂也回搂住自己。两个人就这么安静地躺着。

孩子叫什么名字好呢？现在该想一个顺口的乳名才是。

顾锦朝反正也睡不着，开始想孩子的名字。男孩的乳名随舅舅，或者随季节，随属相都很好……想着想着人却意识模糊起来，躺在陈三爷怀里很快又睡着了。

顾锦朝生下男婴的消息，第二日就传回了顾家。

顾德昭听后十分高兴，来跟徐静宜说："孩子生下来就有八斤重，是个胖小子！等到洗三礼的时候，你多备一些东西去看她。听说生的时候不太顺利，再给孩子打一把长命金锁吧！"

徐静宜笑着点头："妾身都先准备好了，给锦朝的补品，给孩子的小衣服、玩具。不仅备了长命金锁，还备了一对鱼藻纹金脚镯呢。到时候我还想带汐姐儿过去看看，她说很想念她长姐。"

顾德昭讪讪道："你倒是考虑得周到。"

徐静宜很能干，也很会说话。四房的事她打点得很妥当，没有用得着他操心的地方。

他随手帮她绞好帕子递过去，徐静宜从他手里拿起擦脸。

"一会儿我去给母亲请安，肯定还要商量这些。我给的东西不能超过母亲给的，还要酌情减一些。"徐静宜想了想，"四老爷，您说您收入的账本都在娘那里？"

顾德昭点头："毕竟四房入公中了，收入多少银子都要算公中的。"

徐静宜笑着叹气："也是，如今二老爷官位不保，是肯定不会和咱们分家的。"现在不会分家……但是等冯氏死了呢？依照冯氏的做法，四房的财产她肯定要拿出去均分给二房。要是二房对他们好也就罢了，但二房是怎么对他们的，怎么对顾锦朝的？

四房的日子过得节俭，二房却当四房的钱是大风刮来的，用着毫不客气。顾德元被贬官后，从冯氏那里拿了多少四房的银子出去使！也不知道究竟拿去做什么了。反正二房的奢侈生活和原来比没什么不同，也没有因为顾德元被贬官就质量下降。二夫人随便送女儿一盒胭脂，都是几十两银子的东西。

二房明面上虽然不如四房了，不过有冯氏偏袒，钱财还是不缺的。这样招摇着，县太爷的身份根本压不住这等富贵生活啊！

徐静宜却看顾德昭穿着一件旧直裰，一直都舍不得扔，说是还没坏，也能将就穿着。

顾德昭还是性子太耿直了。

叶限正陪着老侯爷看病。

长兴侯出事之后，老侯爷就开始小病不断，这两年苍老了许多，人一下子就佝偻了，头发也白了一大片。原来年轻的时候南北征战，威震四方，身上也留下了许多旧伤。如今人老了下来，这些旧疾就开始折腾人了。

前两天下过雨，老侯爷的膝盖就红肿起来，都不能走路了。

高氏连夜给他做了双护膝戴上，不过用处也不大。

郭太医听了老侯爷的脉，就去一旁写药方了。

叶限递过一碗红枣银耳汤给老侯爷喝。

"我听说内阁已经定下了傅安做兵部尚书？"老侯爷喝了一口汤，慢慢地问叶限。

"您还是好好喝药吧，过问这些做什么！"他淡淡地道，"人都老了，还不服老……朝廷已经是年轻人的天下了。"

老侯爷又是哈哈大笑："好吧！年轻人的天下。那你可知道'廉颇老矣，尚能饭否'？"

叶限瞥了自己爷爷一眼，不想再说话了。把汤碗递给一旁伺候的丫头，披上披风走出中堂。

他是心高气傲，那又怎么样呢？玩儿阴谋他是先天擅长，不择手段力求最好。别人总有顾忌，但是他没有。

郭太医把药方子给了管事，才跟着叶限出来。

叶限背着手看开得正好的八仙花，沉默了好久。

"陈彦允召你过去给他夫人接生，结果怎么样了？"

郭太医腹诽，哪里是去接生，他可是正经的太医，不过是帮着开催产药而已，也不敢出言解释，拱手道："回禀世子爷，陈三夫人有些难产，不过最后也算是母子平安，没有大碍了。"

叶限又是沉默，郭太医倒是很有耐性，就等着他开口说话。

"如果陈彦允再让你去给他夫人诊治，你要用心尽力。不如开一些药送过去吧，我听说产后需要调理。"

郭太医很惊讶，他抬起头想看看世子爷什么表情。但是世子爷正背对着他，他根本看不到。

他还以为……世子爷问陈三爷的事，只是因为政治呢。不过看起来世子爷哪里是关心陈阁老，分明是关心人家的夫人！还要送产后调理的药过去，他没有个说法，怎么给人家夫人送药！

叶限可能也想到了，叹了口气："算了，你把药开给我，我自有办法。"

郭太医应"诺"，拱手退下了。

乳娘喂了奶，就把孩子抱过来了。孩子吃了奶就要睡，躺在包被里睡得乖乖的。

顾锦朝怕他呛奶，又把他从床上抱起来，轻轻地摇着孩子给他拍背。孩子果然打了个奶声奶气的嗝，小小软软的身子靠着母亲继续睡。

顾锦朝心里软软的，都舍不得把他放下来，就在屋子里来回地走着。

这时候朱嬷嬷进来了。

朱嬷嬷是陈老夫人拨过来的，怕顾锦朝年纪小照顾不好孩子，陈老夫人就特地把朱嬷嬷拨给三房使唤，就算是孩子的奶妈了。这个位置相当的有前途，以后可能就是十三少爷房里的管事婆子，朱嬷嬷很谨慎。

看到顾锦朝抱着孩子摇晃，她连忙笑道："夫人，这样是不行的。孩子若是一直这样摇晃，只怕没人摇的时候就会哭呢，娇惯不得的！"

顾锦朝才知道还有这回事，也不敢摇他了。抱在怀里走了一会儿，自己有些体力不支了，才放到了床上等着他睡。

陈三爷从陈老夫人那里回来了，进来内室看她和孩子。

顾锦朝正在看孩子睡觉，给孩子理了理包被，都没有注意到他进来了。

陈三爷见她盯着孩子，不由得失笑："你昨晚就看了好久，难道还没有看够吗？"

顾锦朝叹了口气。她现在才体会到做了母亲的感觉，自己的孩子，巴不得一直看着他。

"就是看不够他……"她的声音懒洋洋的。

他朝她走过来坐在床沿，也看了看那睡觉的孩子。脸那么的小，脸颊又胖嘟嘟的，小嘴粉嫩，让人看了怜爱得不得了。而且这是他和锦朝的孩子。

他伸手揽住她，顾锦朝却被他碰到胸脯，小小地痛吟了一声。

陈三爷皱了皱眉："你怎么了？不舒服吗。"

她不用哺乳，况且也没有什么奶水，但还是觉得不舒服。

顾锦朝别过脸，低声道："你……你别碰那里就是了。"

她如玉的脸有一丝绯红。难得看到她害羞的样子。陈三爷看到自己的手放的位置，也反应过来，笑着凑近她耳边："我倒是可以帮你揉一揉，礼尚往来。"

顾锦朝推开他缩进床里，她这两天都没有洗澡。生孩子的时候出了很多汗，她用热水绞帕子擦身的时候，还被孙妈妈念叨了好久。这坐月子的时候人娇气，又不能碰水又不能吹风的，连她都觉得自己不好闻了，也不想陈三爷闻到。还要一个月不洗头……不知道要成什么样子！

陈三爷放开手，无奈地哄她道："跟你说笑的。"他摊开掌心，给她瞧里面的东西，"这是我小时候用过的长命锁，娘刚找出来，说给孩子戴。"

陈三爷用过的长命锁？

顾锦朝拿起看，果然不像刚做好的金锁金光灿灿的，这把金锁显得光泽柔和，有点发灰。

顾锦朝突然想到一个主意："三爷，您说孩子的乳名就叫长锁，如何？"

陈三爷揉了揉她的发："乳名自然是随你想了，长锁也好。等以后孩子的大名我来起。"

当然是他来起了！他还说过，以后要亲自教孩子读书呢。顾锦朝暗想，有一个中过榜眼的父亲和老师，这孩子以后制艺肯定没有问题。

两人说着话，孩子却扭动了一下小脑袋，可能是觉得不舒服了，"哇"的一声大哭出来。

顾锦朝要去抱着哄他，陈三爷却已经伸手去抱他了。

他长得很高大，顾锦朝在女子中也不算矮了，却只能到他的下巴。孩子还小小的，他抱着走来走去，还轻轻地哄着他。顾锦朝靠着迎枕，静静地看着陈三爷哄孩子，语调低沉却柔和。

孩子哭了一会儿被哄住了，陈三爷叫了朱嬷嬷进来看，果然是他又尿了。朱嬷嬷给他换好尿布重新包好，又放到了顾锦朝身边。小东西睫毛上噙着泪水，小脸通红，可怜极了。

顾锦朝就亲了亲他的脸颊，他身上一股奶香，脸软软的。

陈三爷跟她说："我还要去外院一趟，你要多休息，少走动。要是哄不住孩子，就让朱嬷嬷进来哄他。这小东西哭起来就不罢休，你恐怕哄不住他。"

顾锦朝在带孩子上确实没有经验。不过勤能补拙，她就不相信把这小东西带不好。

上个晚上孩子都没跟她睡，陈三爷就是怕吵到她，都是让两个乳娘带着，一夜要被吵醒四五次。孩子也奇怪，有的时候就算不是饿了或者尿了，也会哭起来。

顾锦朝有一次醒过来了，听到东次间里孩子的哭声，恨不得起身去看看。他怎么哭得那么难受？

陈三爷走后，王氏和葛氏相继过来，陪她说话，看看孩子。

下午上完课业的陈玄越过来了。

他直奔顾锦朝床前来，宋妈妈在后来拦都拦不住。不过他很快就在床前站定了，好奇地看着包被里的孩子："婶娘，他怎么不睁眼睛？"

顾锦朝小声跟他说："他在睡觉呢。你睡觉的时候，会睁着眼睛吗？"

陈玄越歪着脑袋认真地想，才说："哦，我好像也是闭着的。"

他又问："他会起来玩吗？我给他做了玩具呢！"

顾锦朝笑了笑："要等他再长大些，才能起来玩。你还给他做了玩具吗？"

陈玄越骄傲地点点头，小心地捧出一只纸鹤。

"我跟着宋妈妈学的。"他捏住纸鹤的头，迫不及待地展示给顾锦朝看，"你看，扯着它的尾巴，它就会飞了。"

他扯着纸鹤的尾巴，自己带着纸鹤跑着转了两圈："飞啰，飞啰！"

顾锦朝笑着召他过来坐下："婶娘看到了，真的会飞！"

陈玄越就笑起来，笑得十分灿烂。

他把纸鹤放到顾锦朝手里，认真地叮嘱她："等十三弟醒了，你就飞给他看。他肯定没看过！"

到了孩子洗三礼的那天，阖府都热闹起来。

顾锦朝躺在床上，孙妈妈刚把客人送出去。

这时候雨竹蹦蹦跳跳地从外面进来，样子兴高采烈的。

顾锦朝不由得笑："你做什么呢，这么高兴？"

雨竹快步走到她床边，笑嘻嘻地道："夫人，您知不知道谁来看您了？您猜猜，您知道了肯定会高兴的！"

顾锦朝才懒得猜，她没那个兴致，点了点雨竹的脑袋："你这丫头，有话就说。"

"是老夫人！"雨竹说，看顾锦朝疑惑了一下，她忙补充道，"纪老夫人！现在已经过垂花门了，马上就过来。"

外祖母过来看她了？

顾锦朝反应过来，心里又惊又喜，通州到宛平这么远，外祖母竟然过来看她了！

纪吴氏很快就过来了，只带了三表嫂刘氏。身后跟着的丫头婆子却捧了很多东西。

好久没有看到过外祖母了。顾锦朝看到那张熟悉的严肃端正的脸和鬓边的白发，不由得鼻子一酸，忙要起身迎接她。

纪吴氏带着笑容："你别动！我过来看你。"三两步坐到了床边，把顾锦朝抱进怀里。

顾锦朝伏在外祖母的肩头，闻着她身上混杂膏药的味道，觉得十分舒心，久久没有说话。

刘氏则笑着坐在丫头端的杌子上。

纪吴氏叹了口气："怎么怀孕生子的人还这么瘦，我看人家都是要胖一圈的，偏偏你还是那样……"

顾锦朝笑了笑，她哪里没有胖，自己都觉得沉了不少。

"您怎么亲自过来了。作为外孙女，该是我带着孩子去拜见您才是。宛平到通州路途遥远，家里又有这么多事，实在是太麻烦了！"

纪吴氏笑道："等你来拜见我，还要等三个月！不如我亲自来看看，才能放心得下。我和陈老夫人也是老交情了，正好也多年没看过她。何况家里还有纪尧看着，他现在也能独当一面了。"说到纪尧，纪吴氏想到他和顾锦朝曾经的事，便转移了话题，"对了，孩子呢？"

"孩子抱去洗三礼了，一会儿就抱回来。"顾锦朝道。

纪尧……她倒是好久没听过这个名字了。

顾锦朝沉默了一下，才问："纪尧表哥，他现在还没有说亲吗？"

他已经满二十了，若是再不说亲恐怕就太晚了。

纪吴氏摇头道："开始说亲了，倒也是巧，当初就是永阳伯夫人给你提过亲，虽然最后没有成……说的就是永阳伯家的五小姐。"

五小姐？

顾锦朝一怔，永阳伯家四小姐是嫡出，五小姐是庶出……

顾锦朝不记得这个五小姐的事，想来该是个默默无闻的人，便问："这个五小姐，人如何呢？"

"一切都好。"纪吴氏只是笑了笑。她不想说别的让顾锦朝心里愧疚。要说最该愧疚的，还是她这个老婆子，别人愧疚做什么？纪尧年纪大了，又有个不明不白的孩子，哪家好的嫡女愿意嫁进来？

永阳伯府五小姐也好，就是庶出的总不如嫡出教养得好，说话做事唯唯诺诺的。

纪吴氏不再提纪尧的事，而是道："对了，你的那个大掌柜罗永平，上次写信问永昌商号的事。你还记得吗？"

顾锦朝自然是记得，罗永平说纪家一直没有给答复，她也就没有让催促。

纪吴氏继续说："信里说着不方便，我就是想当面跟你说。纪家商行也算是北直隶最大的商行了吧，其中布匹交易一直是很重要的部分。因为永昌商行，我们纪家损失不小。这个永昌商行势力极大，背后肯定有大官倚仗着。现在运河的通运权，都让永昌商号分了一些去。纪家毕竟是商，商不与官斗这是古就有的道理，所以我们也不敢争。要是你们遇到这个永昌商行，可一定要记得退避三舍。"

就连外祖母都如此慎重。

顾锦朝怕外祖母多想，就解释道："上次罗永平跟我说，永昌商行的丝绸价格比别的商号便宜很多……我们几个丝绸铺子的生意都有亏损，我却没怎么听过这个商行，因此才想问一问，倒不是和他们对上了。"

纪吴氏笑了："罗永平也是个厉害的，永昌商号神秘得很，寻常商人连个名字都不得听说，他还能摸到一点门道。你放心吧，丝绸价格波动是正常的，他不可能一直这么压着。"

顾锦朝真正担心的倒不是丝绸价格，不过还真是不好说。

曾外孙抱过来之后，纪吴氏抱着哄了一会儿，喜开颜笑的："长得多像你小时候的样子，眉眼特别像。你刚出生的时候我去看你，揪着外祖母的袖子就不肯撒手。"

顾锦朝笑了笑："真的这么像？"她凑过去看，小长锁靠着大红的褓褓睡得正好，怎么她就看不出来哪里像自己了？

纪吴氏笑道："你满三个月就跟着我去了通州！你母亲说不定都没有我熟悉你。这孩子长大了肯定好看。"说了一会儿话孩子就醒过来了，纪吴氏熟练地抱着孩子哄，小长锁啼哭不止，老太太一眼就看出是尿了，又亲自给曾外孙换了尿布又包好。

孩子让乳娘抱去喂奶，纪吴氏和顾锦朝再说了几句，又去见了陈老夫人。

两个老姐儿也是数年不见，自然是一番契阔。

傍晚陈三爷招待完宾客后回来，听说纪吴氏来了，又亲自去陈老夫人那里拜见。

顾锦朝就靠着大迎枕，听孙妈妈念洗三礼上长锁得的东西。孙妈妈拿着本大红绸面的册子，念了什么东西，就有小丫头捧上来给顾锦朝看。

张居廉送了一座高约两尺的红珊瑚，色泽鲜红如玉，绝对是极好的上品。底座是上好的小叶紫檀木镂雕云纹而成。孙妈妈拿在手里都不由得咋舌："张大人果然好大的手笔……"

红珊瑚送到顾锦朝手上，她仔细端详了片刻，又闻了闻味道。

对于张居廉这个人，她可是忌惮得很。

顾锦朝是在珠宝堆里长大的，立刻就能看出珊瑚的品质，怕是比同等的金子贵重十倍不止。

她让绣渠把这座红珊瑚收起来："这东西太贵重了，平常时候不要摆出来。"

绣渠端着这座红珊瑚去库房了。

有了张居廉的红珊瑚在前，别的东西虽然也精致贵重，却也都是寻常玩意儿了。

顾锦朝听得犯困，直到孙妈妈念到叶限的名字，她才一惊。

"你刚才说，长兴侯世子也随礼了……是什么东西？"

孙妈妈又看了一眼册子，回答道："却也不是什么贵重玩意儿，就是只虎皮鹦鹉罢了。"

叶限怎么会送东西过来？

顾锦朝顿时睡意全无，揉了揉眉心觉得有点头痛，她还真不知道拿叶限怎么办才好。上次他和陈三爷说自己，陈三爷已经有些忌惮了。她问孙妈妈："那只鹦鹉现在何处？"

孙妈妈也不知道，让丫头找了一圈都没看到。然后雨竹才说："也没见有鸟笼子送过来。不过外院的宾客是三老爷和四老爷接待着，不如等三老爷回来了，您问问三老爷吧。"

顾锦朝就是不想麻烦陈三爷，看不到就算了吧。

把东西全部归置好，天色也暗了下来。

陈三爷回来了，他看到顾锦朝躺在罗汉床上，就着豆大的灯点写字。他无声无息地走上前，抽去了她手里的毛笔："仔细费眼睛……这是写什么呢？"

烛火下她穿着件丁香色白襕边的褙子，肤色莹润白皙，白里透红。神态又平静温柔，显得十分好看。顾锦朝也没有看他，自己举着册子看了看："人情往来的东西。妾身得亲自记下来，以后各府有什么喜事，还礼的时候不能还少了。"说着叹了口气，"别看长锁今日有这么多东西，咱们以后送出去的要更多呢！"

陈三爷笑道："他才多大点！"

顾锦朝认真地说："孩子见风就长，一不留神就会说话、会跑了。"

陈三爷坐下来把她搂在怀里，伸手去拿她写的册子。她学的是楷体，字写得端正秀丽，前段时间又跟着他学写隶书，颇有几分端肃的古味，竟然比寻常的读书人还写得好。

顾锦朝坐在他怀里，挪了挪身子尽量往旁边侧，问他："张大人送了一座红珊瑚，两尺多高。我看很是值钱。要是只作为孩子的洗三礼，实在是贵重了些……"

陈三爷说："我知道，收下就收下吧。老师为官数年，积蓄颇丰，这还不算什么。"

顾锦朝听说过张居廉的事，都说这是个两袖清风的官，从不贪腐。

她有些好奇，问陈三爷："都说张大人清廉奉公，但我看他一年的俸禄都供不起一座红珊瑚。张大人的钱财是何处得来的？"

陈三爷只是笑笑，然后才解释给她听："他不贪腐不要紧，张家这么多人，总不可能依附他一个人吃饭。据我所知，他一个远房的伯父就靠敲诈盐场，每年都有上万两银子的收益。老师要这么多人跟着他，总不可能不给别人好处，凭借老师的权势，想要家族富足还是轻而易举的。

"张家原来在荆州府就是个没落的家族，底蕴不如世家大族。所以老师这一步步上来，为了巩固势力，把自己很多亲眷插入了朝廷之中。他门生又多，如今的势力可谓是根深蒂固。皇上都要忌惮他。"

所以张家繁盛到极致，家族中有四代诰命。张居廉所提拔重用的官员在朝堂步步青云，万历十三年，张家才慢慢被铲除。但张家等于是他留下了的一颗毒瘤，经久不得治……

顾锦朝沉默了一会儿。她想起来永昌商号的事，如果永昌商号背后有一个大势力支撑，那么张家是很有可能的。她还不如问问陈三爷，这样的事去问外祖母问不出什么，说不定问陈三爷却问得出来！

顾锦朝就跟陈三爷说："方才和外祖母说话，听说如今有个永昌商号厉害得很，别人都窥探不了。这个永昌商号，难不成就是朝上哪个大人所有的？"

陈三爷闻言揉了揉她的发："你怎么想起问这个了！"

顾锦朝躲开他的大手，她好久没有洗头了，敷衍说："就是听着觉得耳熟，才想问问的。"

陈三爷笑说："你当然该觉得耳熟，这是陈家的商号。"

顾锦朝一怔……她还以为是张家的，没想到这个商号竟然是陈家的！

"老四前几年弄出来的，发展得倒是不错。"陈三爷想了想说，"他做这些生意，我和二哥都不怎么插手管他。我倒是听说你有好些铺子。若是要他的商号帮忙，尽管说一声就是了。"

顾锦朝摇头笑笑："就是随便问问，要是我求了您帮忙，怎么还算是自己的私房呢！"

不再说永昌商号的事，顾锦朝把洗三礼上别的好东西给陈三爷看。

两人也都没有提叶限的事。

顾锦朝让丫头扶着去了净房，用热水擦了擦身子。回来的时候陈三爷已经躺在床上看书了，这是在等她。

想到陈三爷明天又要早起去上朝，顾锦朝也没有耽搁，很快躺到他身边。

陈三爷见她躺下，又自己盖好了被褥闭上眼。便把书放在塌边的高几上，让丫头吹灭灯笼放了罗帐，伸手来搂着她睡。

顾锦朝不知道陈三爷睡没有，但是她还没有睡意。

她想起为什么觉得永昌商号耳熟了。

外祖母去后，北直隶最大的商行不是纪家，而是永昌。

可彼时陈家已经分家。难不成陈四爷就这么厉害，能把永昌商号做得如此大？顾锦朝再想起陈玄青和陈四爷之间的恩怨，更加觉得不对。

就算是分家闹得不愉快，也不可能到这种反目成仇的地步。除非是陈四爷做了什么对不起三房的事，而这事有可能关系到陈三爷的生死。也就是说，在关键时候，他很有可能背叛了陈三爷，和想致陈三爷于死地的人合作了。陈三爷就算再厉害，也敌不过腹背受敌。

顾锦朝睁开眼，突然觉得心情很沉重。她这个猜测不知道该怎么跟陈三爷说。陈四爷和他可是一母同胞的兄弟啊！如果她判断有错，无端让他们兄弟生了嫌隙，那该怎么办呢？如果知道是自己的兄弟背叛自己，陈三爷该是什么感受？

她看着陈三爷的侧脸，直挺的鼻梁，柔和的嘴唇……伸手触了触他的脸，心里无端地痛。这些只是猜测，她毕竟没有证据，还是先不要跟他说吧。

等到她闭上眼的时候，暖房里又传来孩子的啼哭声，乳娘抱着哄的声音，好久都没有安静下来。

顾锦朝更不想睡了，听着孩子还在哭，心里也有些着急，恨不得去抱过来自己哄，但又担心会吵到陈三爷。

"让乳娘把孩子抱过来吧。"陈三爷突然说。

顾锦朝有些诧异，他竟然没有睡着。那她的那些动作他都知道了？

"您明天不是还要早朝吗？"

陈三爷已经坐起来了，淡淡道："没事，孩子哭着你也不能安心。"

找丫头过来吩咐，乳娘很快就把小长锁抱过来了。

陈三爷抱着他下床哄，来回地走着。过了一会儿，小长锁竟然渐渐不哭了，躺在父亲怀里乖乖地睁着眼睛。陈三爷把孩子放到顾锦朝枕边，给他盖好被褥。

"就让乳娘住在碧纱橱吧，他晚上还要吃三次奶。要是他再哭，便我来哄吧。"

那岂不是太辛苦了……顾锦朝拉了拉陈三爷的胳膊："那您先睡吧，要是他

哭我再叫您起来。"心里却打定主意自己来哄。

陈三爷点了点头，才闭上了眼睛。

锦朝把孩子抱进怀里，拍着他的背哄睡着了，才放到枕头边。

她回头一看才发现陈三爷已经睡着了。这几天他也没有睡好，所以现在睡得很沉。锦朝看着他们父子，睡觉都向同一边侧着身子，不由笑了笑，让丫头灭了烛火。

长锁这一夜倒是安稳了，没有再夜啼。

顾锦朝刚出了月子，陈老夫人就过来找她，说要她帮着管家。

等陈三爷回来后，顾锦朝就跟他说了陈老夫人让她管家的事。

内宅的事他是不好过问的，锦朝想怎么管都随她的意。陈三爷只是笑了笑，说道："我看你不像镇得住人的样子，要不要派两个护卫给你用？"

顾锦朝摇摇头拒绝了，她什么时候镇不住人了。"原来管顾家的时候，妾身也管得服服帖帖的，没有出过什么岔子。"

"就是怕你劳累了。"陈三爷坐下来喝茶，慢慢道，"你才刚出月子……不然我去跟娘说一声，你再休息几个月吧！这倒是不急。"

顾锦朝笑笑："我反正无事，帮二嫂做事也好。"

朱嬷嬷抱了长锁过来，陈三爷把儿子抱在怀里，说道："孩子的大名我已经想好了。"他右手搂着孩子，左手蘸了墨，在纸上写了一个"麟"字，抬头含笑看着顾锦朝，"麒麟奔于九皋兮，熊罴群而逸囿。你觉得如何？"

顾锦朝再看到这个麟字，却觉得心里发酸。

凤毛麟角……这个名字太贵重了。她笑着点头："当然好，就是怕太珍贵了。"

"有什么怕的。"陈三爷放下笔，和她开玩笑说，"他有我当爹呢！"

难得听到他这么说话。顾锦朝笑着看他，却什么话都说不出来，也什么都不用说。

第十五章　暗斗

第二天陈四爷就过来看顾锦朝了。

陈四爷过来了？他怎么到木樨堂来了？顾锦朝想到永昌商号的事，再想到陈四爷那张阴柔的脸，总觉得这人心机太深了。

她吩咐采芙去端了一盏泡茶上来。

陈四爷进来后笑着拱手道："三嫂有礼。"他穿着一件云纹杭绸直裰，浑身没有半点商人的铜臭气。反倒是身材高瘦，相貌阴柔俊秀，手里的细骨洒金扇还挂着一个和田玉坠儿，更加细致好看。

顾锦朝笑着请他坐下："四弟不用客气，倒难得见你到我这里来，可是有什么事？"

陈四爷点头："原本早该来的。不过三嫂正是休养的时候，我不好叨扰，如今才能得空过来。"他顿了顿继续说，"前不久三哥跟我说，您问起我那间永昌商号的事。永昌商号是我数年前和别人合开的，听说三嫂也有铺子在经营丝绸生意，颇有些被影响了。咱们一家人不说两家话，哪些铺子被影响了，三嫂只管说一声，以后永昌商号都为您行方便就是。"

还真是为了这事过来的。

顾锦朝不可能承下这份情，笑着说："这倒是不用，该怎么样就怎么样。那些商铺都是我私房的财产，可不能为了我影响你的生意。三爷的话你听听就是了，不必当真。"

陈四爷低头笑笑："却也不是麻烦。听说现在三嫂开始管家了，原来二嫂管家的时候，我也为她行过方便，自家人的生意肯定要照顾着。不如这样好了……三嫂铺子要卖丝绸，尽可到永昌商号来拿货，我按市价的七分算给您。卖给别人是八分，比您从别的地方运来更便宜些。"

顾锦朝拒绝不过，只得先答应了下来，心里却在盘算着，陈四爷说的给秦氏行方便，究竟是行的什么方便？两个人都在陈家主事，主内主外，肯定是有相通的地方……

陈四爷笑道："那便这么说好了，我明日就去找永昌的管事说一声。以后有用得着的地方，您也尽管开口就是了。我那里还有人等着，就不多说了。"

顾锦朝点点头，让采芙送陈四爷出去了。

她低头喝茶的时候，却看到陈玄越看着陈四爷离开的方向，目光显得很奇怪。

"玄越。"她轻轻地喊了一声。

陈玄越回过头看她，目光很迷茫。过了会儿，他缩到顾锦朝身边，拉住她的胳膊小声说："婶娘，弟弟醒了吗？"

顾锦朝看他笑得傻气，以为是自己看错了。

正好长锁又哭了，乳娘去抱他喂奶，不一会儿就把孩子抱出来了。孩子穿着一件潞绸檀色无袖的马褂，开裆裤，手脚胖胖如莲藕，可爱极了。刚喝过奶，正躺在乳娘怀里动着粉团一样的小手。

陈玄越连忙凑过去看弟弟，握着他的手逗他玩。

即便是小长锁太小，逗起来也没有什么反应，他还是乐此不疲地陪着他玩。小长锁突然抓他的手，他嘴角就露出一丝童稚的笑容。这孩子眉眼渐渐长开，皮肤又白嫩了，五官更是有种灵秀的贵气，哪里能看得出痴傻？

顾锦朝心里的疑惑却越来越重。她原来就猜测过，陈玄越是不是装傻？当时她还在心里安慰自己，如果他装傻也就罢了，他装傻必然有他的理由。但要是有事情瞒着她不说，她又弄不明白是什么事，要是这件事与他的安危，或者与陈家的秘辛有关，那该怎么办？她觉得陈玄越应该告诉她。他一个十岁大的孩子，实在不用装得如此辛苦。

顾锦朝拿了桌上的一本账本，随意翻开，用毛笔蘸了墨写字，笑着招手让陈玄越过来："玄越，弟弟该去睡觉了。婶娘来考考你识字好不好？"

陈玄越犹豫地"哦"了一声，才乖乖坐在顾锦朝身边。看到账本上打开的那一页，他却浑身一冷。

顾锦朝在账本下方只写了几个字：婶娘不会害你。

顾锦朝感觉到他小小的身子僵硬了，才合上账本，心里叹了一声，果然不出她所料。她恐怕是着了这小小孩子的道了，如此能演、会演，他心机该有多深沉缜密？这份忍耐和谋略，陈家这一辈人里没有人比得过他。现在想想其实一切都很巧合。即便是陈玄越从二房那里逃出来，怎么就偏偏到木樨堂附近的八卦亭里躲着？

那是因为阖府之中，只有顾锦朝敢和秦氏对抗，而且顾锦朝为了揭发秦氏，也肯定会帮他。除此之外，整个陈家都没有人帮他了。他在陈老夫人那里假意说有人打他，也是要借题发挥，真地把秦氏吓退。甚至在这个过程中，陈玄越所表现出对她的依赖，也很可能是想给自己找一个靠山。顾锦朝虽然不是什么良善之人，却也肯定舍不得弃一个依赖自己的孩子于不顾！

他在秦氏的欺压下不得反抗，只能想出这么一个脱身的办法，实在是很无奈。

顾锦朝心里有些发冷，却也有对这孩子能忍辱负重的佩服。

她摸了摸陈玄越的头，轻轻地道："玄越，婶娘不知道你在想什么。但是婶娘待你好，却并不是因为要用你来打压二嫂。婶娘怎么对你的，想必你也能感觉到。你要是有什么事不妨和婶娘说说。即便是我不能帮你做主，你三叔也能帮你。"

陈玄越垂下眼帘，一张清秀的小脸更显得冷清，神情有种一贯没有的成熟。他的声音却显得很无奈："婶娘，纸鹤飞了。我下午要回去上夫子的课，明天再过来玩。"

他滑下罗汉床，抓过自己的玩具就向门外跑去了。

纸鹤飞了？这是什么意思？

顾锦朝把陈玄越给长锁做的纸鹤放进香囊里，挂在暖房孩子的小床头了。

难道那只纸鹤有什么古怪的？

顾锦朝想了想，叫采芙去暖房里把香囊解下来，她亲自打开拿出那只纸鹤。折纸鹤用的是澄心堂纸，比一般的宣纸厚些，翻来覆去地看却看不出端倪……纸鹤飞了？

顾锦朝试着学陈玄越那样，扯住纸鹤的尾巴拉动它的头，也要它做出飞的姿势。

满屋子的丫头婆子看着三夫人做如此童稚的举动，都觉得很奇怪。

长锁却被这东西给吸引了，随着母亲的动作，目不转睛地盯着。

这样一飞，果然看出端倪了，纸鹤的翅下隐隐看得见几个小字，连起来读就是"寤寐甘苦十余年，今尝感慨救养恩"。

顾锦朝心里一震，她把这只纸鹤拆开，字却凌乱不能得其意了。还只有按照陈玄越说的来，才能看到这句诗的本意。

其实他早就想告诉自己了，只是自己并未在意而已。

顾锦朝却笑起来，这孩子实在太精明，稍不注意就要被他骗进去了。让自己先看纸鹤，是怕自己责怪他隐瞒吧！

入了夏以后，各地有涝灾有旱情，灾情文书雪片一样的送到京城里来。例朝的时候，工部尚书范晖上奏了凤阳发洪水一事，淮河水溢，牵连淮、济两处。凤阳多有陵寝，淮扬又是漕运通衢，这等灾情必得要及早治理才行。陈三爷今日在内阁议事了一整天。发洪水治理修浚虽然是工部的事，但是安抚赈济灾民却少不了户部的事。从内阁回来，他又找了两个户部侍郎商量，先拨下去三十万两纹银，五万石粮食运往凤阳。

等回到家里的时候又很晚了。

陈三爷下了马车，陈义接过他解下的披风。

接连听了灾情，又怕灾情之中诱发时疫，淮河两岸百姓如今流离失所，陈三爷也有些倦容。

他回来得太晚，锦朝已经在床上睡着了。陈彦允看了她，又去暖房里看孩子，守夜的邹氏看到陈三爷过来，连忙站起来屈身行礼。陈彦允摆了摆手让她坐下，孩子盖着薄被，曲起的小拳头放在头侧，睡得正香。他低声问："小少爷今日如何？"

邹氏回道："小少爷吃得奶，也睡得好。夫人下午抱着小少爷玩了会儿，小少爷困得很，一直睡到现在呢。"说着急抬起头，看了他一眼忙低下头。心想三老爷果真长得丰神俊貌，儒雅沉稳，这气度却又不凡，逼得人都不敢直视他。

陈三爷"嗯"了声，又回了内室去。

顾锦朝却已经被采芙小声喊醒了，坐在床上等他过来。

"你且睡着，怎么醒过来了？"陈三爷走到她身边，看到她醒着就皱眉，"谁叫你起来的？"

"亥时的时候您还没回来，我就先睡下了。都这么晚了，您该在内阁的值房里歇息才是，还回来干什么……"顾锦朝直起身帮他解开朝服的犀革带、佩绶，右衽袍的系带。

她的手随即被陈三爷按住，他俯下身看着她的眼睛，语气低沉无奈道："锦朝，你可还记得，咱们三个月内不得同房。"

顾锦朝脸一红，他想到哪里去了，不过就是帮他宽衣而已。"妾身只是伺候您换衣裳，想着您也累了。原来不都是这么伺候的吗？"

"我知道你没那个意思。"陈彦允笑了笑，欲言又止。只是她要是再撩拨些，就很难说了。

他直起身自己解开系带，脱下身上的朝服。顾锦朝收回手不再帮他，烛火的映衬下却觉得他身材高大，手臂结实修长。她别开脸问："您回来得这么迟，可是有什么大事？"

"凤阳发洪水，那边的陵寝多，又影响了漕运。所以灾情不能耽搁，偏偏泗州又是黄河、淮河的交汇之处，洪水汹涌极难治理……"陈三爷跟她解释，想着这些事她如何能感兴趣，就问她，"你今日开始管事，觉得如何？可有人为难你了。"

他躺到顾锦朝身边来，周身都暖。顾锦朝一向喜欢暖，复又伸手小心地抱住他的腰，笑着摇头："二嫂带出来的人，怎么会为难我呢！也没有别的事可以做，要过几天才能上手。"

她本来就困，头靠在他肩侧打了个哈欠，被他轻柔地搂到怀里："要睡便快点睡吧，明日我也要起早。"

顾锦朝抬头就看到陈三爷的下巴，轻声和他说："下次要是太迟了，您就不要回来了吧！"

没有听到陈三爷回答，她就又说了一次。过了好久，才感觉到他在自己额头亲了亲，"嗯"了一声。

第二天陈玄新来给她请安，他上午要去陶晏馆听先生讲课，中午的时候才能过来。

这时候陈玄越过来了。

拾秋给他打了帘子，陈玄越才走进来。

陈玄新看到陈玄越就朝他笑："九哥竟然到母亲这里来了？"

陈玄越"嗯"了一声，声音竟然有种淡淡的不耐烦，看也没有看他径直向顾锦朝走去了。

陈玄新本来是想戏谑他几句，只是当着顾锦朝的面不好说。他们平日在陶晏馆里经常言语嘲笑陈玄越，却没想到有一天陈玄越会这么对他说话。而且他身上还有种说不出的感觉，让陈玄新一时间都被他震慑了。等到反应过来的时候，心里就有些不甘心想再戏弄他几句。

顾锦朝看到陈玄越来了，自然不想多说，让陈玄新先退出去。

陈玄越心里想着自己的事，哪里还顾得上陈玄新。

等人都出去了，他坐在顾锦朝对面，颇有些忐忑不安。

"婶娘……我……"

顾锦朝叹了口气："我看到纸鹤上的字了。我问你，你是不是一直在装傻？"

她并没有兜圈子，陈玄越反而放下心了。顾锦朝直接问就证明，她是没有芥蒂他的。陈玄越摇头又点头，垂下眼帘轻声说："我小的时候发过一场高烧，从那时候起，嬷嬷就告诉我一定要装作痴傻，不然迟早有一天，母亲会对我下手的。就是前几年嬷嬷逝去了，我才开始筹划不能这么下去……"

他说着就握紧了拳："那时候嬷嬷中风，我去告诉母亲。她却不肯请大夫过来给嬷嬷看病，就派了个会医理的婆子过来看。我还只有七岁，什么都不能做，只能日夜守着嬷嬷照顾她。我就这么个对我好的人，却也不过一月就去了。我承认，一开始的时候我也是在算计你。但是我知道你是真的对我好……"

顾锦朝想起有一天在荷池遇到他，他的香囊被几个孩子抢了。

"所以那日在荷池里，你是要拿回你嬷嬷的香囊？"

陈玄越毫不犹豫地点头。

其实从那个时候起，他就开始注意到顾锦朝，然后越思量越觉得，只有顾锦朝才会帮他。他开始了长时间的谋划，包括躲到顾锦朝的木樨堂附近，等着她来救自己。

一个七岁大的孩子，眼睁睁看着从小陪自己长大的嬷嬷死，却无能为力。顾锦朝很能体会这种感觉，她沉默了一会儿，才问："你天生就如此聪慧吗？那日我账本上的错处，你一眼就瞧出来了。"

陈玄越却想了很久，才缓缓地道："婶娘，这个我不能告诉您。不是不信任您，是这件事不太好说，但我确实能过目不忘。至于那处错误，对你们来说很难看到，对我来说却再简单不过。"

这个孩子第一次展露他的绝顶聪明，他言语清晰，侃侃而论，举手投足之间都有种特殊的气势。

每个人都有自己的秘密。别的不说，顾锦朝也隐瞒着一些事情，所以她并没有刨根问底。她想揉揉他的头发，却叹了一声放下手："除了这件事，你肯定还有事瞒着我。"

顾锦朝很确认，陈玄越心里肯定藏着许多秘密，而且有些秘密和陈家有关。

陈玄越看着她垂下的手出神片刻。就算她相信自己，等到真的知道真相的这天，也难免会疏远他……

顾锦朝定定地看着他，却见陈玄越只是沉默。她知道自己应该拿出点态度，就淡淡地道："你不说就算了。既然如今我知道你不是真的痴傻，你倒也不用伪装了，我明日就请一个大夫过来，与你治病吧！"

到时候好借着大夫之口，把陈玄越装病的事糊弄过去。免得他装得累，自己看着觉得更累。

陈玄越却只是苦笑摇头，抬头看着她说："要是我告诉您，我这痴傻只能装下去呢？如果有一天让别人发现我这是装出来的，我恐怕会性命不保，您还打算让我说出来吗？"

顾锦朝叹道："玄越，便是你告诉我了，也断不会传到别处去。你相信婶娘吗？"

陈玄越沉默地想了一会儿，才说："痴傻也挺好的。至少我要是发现了别人的一些秘密，人家轻视我，不会放在心上。"

顾锦朝看着他不说话，这个时候就等陈玄越自己说吧！

他垂着眼看炕桌上放的白瓷茶杯："陈家这样的地方，总有些事情太隐秘溃烂，不能叫人窥去了。我约莫五岁的时候，在荷池边摘莲蓬玩，看到四叔带着他的随从，站在荷池边赏荷……"

他慢慢地把这件藏了多年的事讲给顾锦朝听。

　　五岁那年他还被陈老夫人养着，这让秦氏十分忌惮他，看他的目光总是冷冰冰的。陈玄越知道恐怕陈老夫人身边他不能长久待下去。他那个时候还太小，秦氏想弄死他简直太容易了。当时他为了保命，不得不离开檀山院。

　　他经常到檀山院后面的荷池玩，其实也不是玩，他就是喜欢看着荷池发呆想事情。

　　那个夏天宛平很热，一直到傍晚太阳落山了，蝉声都不停地嘶叫。荷塘旁边要凉快得多，蜻蜓到处乱飞，他躲在柳树荫下看蜻蜓。

　　不远处的回廊上慢慢走上来两个人，一个就是陈四爷，还有一个是他的书童。

　　陈玄越刚开始并没有怎么注意到他们，想应该是来给陈老夫人请安，出来纳凉而已。

　　陈四爷站在亭子里，面对这接天莲叶无穷碧的场景，沉默了许久。伫立的身影迎着夕阳的余晖，越发的寂寥。

　　身后的书童就小声地说："四爷，一会儿里头的席面完了，太夫人就该找您了，咱们还是先回去吧。"

　　"找我做什么？"他的声音很平淡，"有三哥和二哥在，还用不着找我说话。"

　　书童笑了笑："您也是太夫人的心头肉啊！端看太夫人给您的东西，哪些不是最好的……"

　　陈四爷淡淡地道："对我好……我倒是不这么觉得。娘这人太好面子了，怕人家说她厚此薄彼，对庶出的孩子比对嫡出的还好。我时常想，她就没有私心吗？二哥不过是个丫头生的，都让她养成了朝廷大员！要都是这样，我还不至于多心。偏偏三哥是嫡出，就样样比我好，比我得她喜欢……"

　　陈玄越听到这里才觉得不好。凭着自己身材矮小，有莲叶遮挡看不见，缩成一团免得他们看到了。他走又不敢走……不然这样的情形，他肯定是不敢留下来的！

　　书童也不知道说什么来安慰他，讷讷了半天，才说："三爷不是说，要把陈家的生意交到您手上吗，我看三爷是真的对您好，一母同胞的兄弟，总是比其他兄弟亲近些。"

　　陈四爷冷笑："地位尊卑不过士农工商，我堂堂一个进士，就算在翰林院待了几年都没有被提携，也是读了圣贤书、通达理学的。他就算不在仕途上帮我，也不该这样断我的前途！他也是真的狠，眼看就要被张大人提携做詹事了，怕我以后会挡了他的路……"他说着又把目光放到了这片荷塘上。

　　"司棋，你可还记得这片荷塘。那时候你才十岁大……老五在水里挣扎，又惊又怕地喊着，我看着他，真是一点都不想救啊。怎么能学三哥躲到水里呢，他也是笨，明明一点都不识水性……老五死了，娘还伤心得不得了。我躲在灵堂外面偷看，娘一边烧纸一边哭……"

他似乎也没有想书童回答，兀自笑笑。

"荷塘下面有个冤魂啊。"

陈玄越听到这里已经是浑身发冷。

两主仆似乎已经欣赏完了荷塘的景色，却没有转身回去，而是朝他这边的回廊走过来，估计是想从回廊绕回檀山院去……

陈玄越身体一僵，如果他们走出荷塘，必然会看到自己躲在这儿。而他现在跑出去，肯定会引起两人的注意，他也跑不过这两个人，那时候必定难逃一死！要是陈四爷知道这事泄露了出去，当场捏死他都没问题。

陈玄越犹豫了一下，立刻选择了第一个。如果他跑了，反而说明他做贼心虚，简直不想死都难。他没有太多时间犹豫，很快陈四爷就从转角走过来了。他身后的司棋先看到陈玄越，立刻惊道："四爷，那里怎么有个小崽子！"

陈玄越看到陈四爷的脸色立刻阴沉下来。他大步朝自己走来，一把抓住陈玄越的衣领把他提起来。

陈玄越做出一副茫然的表情，吸了吸鼻涕看着他。

陈四爷眼中闪过一丝厌恶，差点把他扔到地上。

司棋低声道："这不是养在太夫人身边那个九少爷吗，听说脑子不太好使。四爷，咱们该怎么办，这孩子躲在这儿半天，必定把咱们说的话都听了去。"

陈四爷的手缩紧，陈玄越立刻感觉到呼吸困难。他艰难地挣扎着，大哭起来："蜻蜓！我的蜻蜓……你踩死了……"陈四爷皱了皱眉，这孩子说的什么乱七八糟的！他低头一看，才发现他脚下真的踩到一只蜻蜓，已经死得不能再死了。手上这鼻涕眼泪一大把的孩子，还死死揪着他的手："嬷嬷……逮了好久……蜻蜓死了……要赔……"

陈四爷看着满天乱飞的蜻蜓，终于明白这小孩躲在这儿干什么了。既然是个傻子，又不像听懂他们话的样子，陈四爷就微微松开手，低声问："你知道，我们刚才说什么吗？"

陈玄越依旧是哭："蜻蜓死了，你踩死了。"

司棋松了口气："幸好是个傻子……您不用麻烦了。"要是真杀了他，恐怕还麻烦得很。这毕竟是个少爷，又是养在太夫人身边的。人不见了自然要找，到时候查起来就麻烦了。

陈四爷眼睛微眯，突然就笑起来："倒也不麻烦，扔进荷池里就是。是他自己淹死的，与我何干？"

陈玄越心里一冷，他没想到陈四爷竟然真的这么心狠且多疑！今天恐怕是不好蒙混过关了。

顾锦朝听到这里，也惊讶于陈四爷的阴狠。她只当这个人气质阴柔，没想到这阴毒得连个孩子都不放过！那这个人行迹就更可疑了，他可以眼睁睁看着陈五爷淹死，杀死一个不能反抗他的孩子，那他会怎么对陈三爷呢？

顾锦朝突然想起原来叶限跟她说过的话。他说陈三爷这人不是什么好人，为了自己的前途，能心狠手辣斩断兄弟的路。难道他指的就是陈四爷？

但是陈三爷为什么要这么做？顾锦朝觉得他虽然有手段，但这些手段不会用到自己兄弟身上。她越来越接近事情的内幕，却反而开始觉得疑惑了。如果陈四爷要害陈三爷，他又怎么害得了他呢？

略回过神来，她又问陈玄越："那你后来是怎么逃脱的？"

陈玄越笑了笑："我没有逃脱得了，是祖母派人来找四叔回去了，他才把我放了的。他的书童还另外抓了一只蜻蜓给我，我握着蜻蜓就不说话了。不然以四叔的性子，是肯定不会放过我的。"

他一个小小的孩子，能这么随机应变也不容易了。

顾锦朝想了想，跟他说："玄越，你知道你什么时候不用再装下去吗？"

陈玄越看她。

顾锦朝就告诉他："等你强大到不用怕这些人的时候。"

把陈玄越送走之后，顾锦朝已经有些累了，让众人都退下，她靠着迎枕睡了一会儿。醒来的时候就听到孩子在哭，窗外已经是金乌西沉了。

顾锦朝把长锁抱起来哄，想着还是应该把陈四爷的事情告诉陈三爷。但要怎么说，确是个问题……

等到陈三爷回来了，她心里还在斟酌。

长锁可能是听到父亲回来了，又"哇哇"哭起来，陈三爷就从她臂弯里接过孩子，慢慢地踱着步子哄他。顾锦朝看着他高大的背影出神，长锁揪着父亲官服的衣袖，抽噎着不哭了。

他的怀抱又稳又暖，孩子睡得很安静。

陈彦允走到她面前，看她少有这么出神的样子，压低声音说："刚才我哄孩子，你一直看着我。我有这么好看吗？"

顾锦朝脸一红，知道他是笑自己，别开脸道："您哪里好看了！"

陈三爷把孩子交给邹氏，让她抱去暖房里睡觉。他倒了一杯茶喝下："你总看着我，那心里必定是在想事情。想什么就跟我说，别为难你那小脑袋。是不是管家上遇到什么难事了？"

顾锦朝摇头，才说："您是不是和四爷说过，要他照拂我的铺子？"

陈三爷笑了笑："你就是在想这个？我只是跟他提过一次，你不用多心，他给你好处你收着就是。陈家的家业原本是我在管，入詹事府后没空打理才交到他手上的。"

陈三爷肯定是很信任陈四爷的，她的那些话就更不好说了。既然不好说，那她总是可以问的。顾锦朝拉了拉他的胳膊："妾身记得，四爷是壬申科的进士，为什么他不继续为官，而是帮着管家里的产业呢？"

她问完之后，陈三爷却沉默了。

他修长的手顺摸着顾锦朝的长发，沉吟了一下。

"他的性格……不太适合做官。他心思狭隘，不懂圆滑贯通……要是没有我和二哥庇佑，也迟早败在别人手里。当时老师看着他是我胞兄，本来是想等庶吉士三年期满，就派任他去做山阴县令的。他要是能做好山阴县令，以后再擢升他就方便了，不过被我压下来了。"他收回了手，站起身，"好了，你快些睡吧。"

顾锦朝知道他是不想说下去了。

她也沉默了一下，才低声道："妾身是觉得，四爷的性子太阴沉了些……也好像无心于经商的样子。"

陈三爷不想让她管这些事，他也不想顾锦朝触及他的另一面。其实说起来，他也是个相当无情的人。

他不愿意交谈，顾锦朝就没有办法把话题引下去。但她又不甘心，躺在床上的时候，又去拉他的手："妾身看着四爷，总觉得他藏着心事。这样的人，恐怕是不会甘心屈居别人之下的。"

陈三爷叹了口气，终究是翻身压住她。他认真地看着她的眼睛说："我都知道，你不要操心这些事。他虽然有这个野心，却没有能对应的谋略。要是真把他放在我这个位置上，恐怕没几天就被人整死了。你今天总是说到他，是不是有人跟你说过些什么？"

他对事情相当的敏感，看着她的目光又透出严肃，逼得顾锦朝简直想脱口说出真相。

顾锦朝解释道："就是和四嫂说过几句话……别的没什么了。"

他低头吻了吻顾锦朝的脸，又落到了嘴唇上，搂着她腰的铁臂微微用力。顾锦朝伸手推了推他，听到他声音低哑："我知道。"

罗帐里又是一番喘息，很快就平静了下来。

顾锦朝也累了，就在他怀里沉沉地睡了。陈三爷却拥着她想了一会儿，肯定是有人跟顾锦朝说过什么或者顾锦朝本身知道什么，不然她不会这样搪塞他了。

有了上次的事，顾锦朝也知道，要告诉陈三爷某些事不容易，还一不小心就被他看穿，实在是得不偿失。她也小心地不再提起陈四爷的事，却暗中让罗永平查过陈四爷的行踪。

佟妈妈来跟她说："四爷和二夫人有来往，二夫人自己手里有几家米行和估衣铺，都是陈四爷供货的，比市价低了一半。陈四爷手里的是公中的财产，二夫人的却是私房钱。这就是拿了公中的去贴补二夫人的私房……两人也都心照不宣的。似乎三爷和太夫人也知道，却没有说过话。"

这种事说起来有违和睦，顾锦朝也知道三爷和陈老夫人不会开口。

"除了这个还有别的吗？"顾锦朝问道。

佟妈妈摇头："四爷的就没有了。只是纪老夫人修书过来，让您带着小少爷去玩一阵子。"

孩子已经三个月了，她原来承诺过，要带着孩子去见外祖母。

顾锦朝笑了笑："我知道了，你且替我备一些糖食。还有给淳哥儿、煜哥儿的小玩意。"

佟妈妈笑着领命去了。

顾锦朝把想去纪家一趟的事和陈三爷说了。陈三爷赞同地道："你带着长锁去陪老人家几日……"他顿了顿笔，又细细地叮嘱她，"路上一定要带着护卫，每日不要太累了，夜里不能长时间看书，也不准做针黹。长锁要是吵你，就让他跟乳娘睡，记得吗？"

顾锦朝嫌他管得多："我就是去住几天，您说这么多做什么。"

等过了孩子的百日宴，顾锦朝和陈老夫人说了，第二天一早就套马，带着长锁一起去宝坻了。

通州到宝坻路途遥远，到的时候已经是第二天早上了。

纪吴氏早就得了信，派了管事在官道上等她。等接了她回到纪家，大舅母、二舅母和两个嫂嫂都等着，顾锦朝把自己带的礼和糕点等物分了，陪着纪吴氏在纪家后院散步。

她从小在这儿长大，自然无比熟悉。

纪吴氏抱着长锁就不放手了，长锁揽着曾外祖母的脖子，也打量着周围陌生的景色。他喜欢别人亲他，纪吴氏亲了亲他的鼻子，他就咯咯笑了好久，也很愿意让曾外祖母抱着。

纪吴氏一一指给顾锦朝看她小时候玩的地方。

在那棵歪脖子树上骑过马，在白石拱桥上钓过鱼，在那间耳房里和小丫头躲猫猫……

顾锦朝仅仅是笑，看纪吴氏换了手抱长锁，伸手想把孩子接过来："还是我抱吧！您抱这么久，手也该酸了，他又长得重……"

纪吴氏却不要顾锦朝接过去，笑道："没事没事，他才多重点！"亲了亲长锁柔嫩的面颊，问他，"你说是不是啊，你娘亲还嫌你重呢！"长锁觉得亲得很痒，咯咯地笑。

走了一会儿，顾锦朝便跟着纪吴氏回了东跨院。

东跨院外面的几株枣树长得好，挂满了红彤彤的枣子。纪吴氏让婆子拿竿打了许多下来，洗好后装在青瓷碟里端上来，笑着让顾锦朝尝尝："你小时候最喜欢吃，那时还非要爬到树上自己摘，结果额头都摔破了。把伺候你的嬷嬷吓得不得了。幸好你大舅母拿膏药给你擦，才没留下疤。"

顾锦朝下意识摸了摸受伤的地方，早就光洁如新了。

她捡了颗枣子吃。长锁看到母亲拿了枣子，自己也想要，伸着小手就去抓，反正他也没长牙齿……顾锦朝拿了颗让他玩，他努力伸着手把枣子往嘴巴里塞，啃得到处都是口水。

纪吴氏声音低了些："这次让你过来，也不光是想见见孩子。我还有一件事要跟你说，上次你让我帮你看着永昌商号，现在我手底下的管事有点发现。"

和永昌商号有关……

顾锦朝立刻慎重起来："您尽管说就是。"

纪吴氏却先屏退了左右，才继续说："我早说过他背后有人撑着，却没想到来头这么大。永昌商号的主人胆子也大，他们最重要的货物就是纻丝、罗、绢等物，比别的商号能便宜两成。你可知道这些丝绸是怎么来的吗？"

顾锦朝想起上次罗永平也说过这件事。

纪吴氏笑了笑："你知不知道朝廷的织染局？"

顾锦朝点头，这个她自然是知道的。有朝廷官局，一个在南京，一个在京城，都归工部。除此之外在浙江、南直隶等八省直各府州还设有二十二处地方官局。各地方织染局岁造缎匹的原料，为本府州民间交纳的税丝；经费多出自里甲丁田税银。而供役工匠，则是通过匠籍制度强制征发而来，并编入各地织染局的。

"您说永昌商号的事……和织染局有什么关系？"顾锦朝有些不解。

纪吴氏喝了口茶，才慢慢地说："永昌商号卖的丝绸，就是织染局做出来的东西。"

顾锦朝并不了解其中的内幕，却也知道这不可能做到，不由皱眉："织染局做的东西，怎么会出现在这种商号里？"

纪吴氏叹道："织染局一贯都是搜刮民脂民膏的，除了必须要上供的岁缎，还额外加量。有些人动歪心思，就勾结了织染局的织造太监，低价买了税丝，用织染局里头服役的匠人来做丝绸，再偷偷卖到外面，所得的利润高得惊人！但是一般商贾是不可能搭上织造太监的。织造太监一般都是司礼监直接派人下来，寻常的官员都只能对这些阉人毕恭毕敬的。"

难怪永昌商号的丝绸，总是比别的商号便宜……顾锦朝总算是明白了其中的猫腻！

永昌商号的背后是陈家，陈四爷在管这份家业。难道是陈四爷勾结了司礼监的太监，用税丝和服役的匠人来制丝绸？这样的确能得到巨大的收益。但是织染局本身就是搜刮民脂民膏的所在，这样的官商勾结，对当地百姓来说无疑是灾难。要是传出去让别人知道了，陈家的声誉恐怕也完了。

纪吴氏又说："难怪纪家怎么都对付不了永昌商号，里面的水实在是太深了。站在永昌商号背后的人，恐怕不下朝廷三品大员，不然也搭不上司礼监太监了。"

顾锦朝深吸了口气，低声说："永昌商号……其实是陈家的。"

她自然是信任外祖母的，说给她听也无妨。

纪吴氏听后有些惊讶："陈家书香门第，百年传承，可不像是能做这种事的。"

顾锦朝也知道，她需要好好想想。单单凭借陈四爷，是不可能和司礼监的人勾结的。陈三爷也不可能授意陈四爷做这种事，这实在是个太大的把柄了。他为人谨慎，不会让别人抓到他这样的错处的。

司礼监秉笔太监冯程山是张居廉的人……

顾锦朝想明白了其中的关键，脸色就有些发白了。

陈三爷不会让陈四爷做这种事，但是张居廉呢？张居廉迫不及待要把陈三爷掌握住，但是陈彦允为人谨慎，从不行差踏错，也没有让他捏到过弱点。既然没有错处，那他就要制造一个错处出来。

从陈四爷入手合情合理。要是陈四爷勾结司礼监、搜刮百姓的事传出去了，谁会相信这件事和陈三爷无关呢？这件事握在张居廉手中，他就可以随时威胁陈彦允了。

纪吴氏看她脸色不好，她也明白这件事的重要性，就说："你也别急，回头跟陈三爷说说，这种事总要收敛一些……纪家能看出来，肯定也有别人能看出来。要是此事最后被人爆出来了，恐怕就麻烦了。"

顾锦朝点点头："我知道。外祖母，恐怕我这次不能多待，后天就要走了。"
这件事一定要和陈三爷说才行。要是让张居廉占了先机，那后果就严重了！

纪吴氏有些失望，本来还盼着她多住些时候的，却也很理解。

她叫了宋妈妈进来，吩咐准备晚膳。

这时候，正好有个孩子在门口探头探脑的。他才一点点大，小脸粉雕玉琢，生了一双上挑的桃花眼。

很快又有一个梳着圆髻的嬷嬷出现在孩子身后，领着他进来。

孩子穿着件葫芦纹缂丝小褂子，带着一个金项圈，看到有这么多人在，就有些拘束。嬷嬷带着他一一行礼，他也小声地喊："曾祖母好。"嬷嬷让他喊顾锦朝，他也乖乖地喊了，"表姑好。"

顾锦朝立刻意识到，这孩子就是纪煜。

纪吴氏皱了皱眉："不是让他在书房里看书吗，怎么领着过来了？"

嬷嬷解释道："是二少爷说，要把刚学的诗背给您听，非要跑过来的。奴婢一时也没有拦得住。"

纪吴氏就让纪煜走到他跟前来，摸了摸他的头，声音柔和了些："煜哥儿，等明早再背给曾祖听好不好，现在跟着嬷嬷回去歇息了。"

纪煜小声地答应了，揪着小手有些失望的样子，却也乖乖跟着嬷嬷回去了。

等到晚上人都散去了，顾锦朝才和纪吴氏说："我看那孩子长得倒是不像二表哥，粉雕玉琢的，倒是很听话。"她不想外祖母因为她在这儿，就不要孩子过来。

纪吴氏跟顾锦朝说："原是不想让你看到他难过。这孩子现在是我带着，你二表哥也不经常来看他，他也只能和我亲近了。但我看着他那双眼睛，又总是想起他生母赵氏，实在是对他喜欢不起来。你可知道，赵氏前不久死了。"

顾锦朝静静地看着纪吴氏，等她说下去。纪吴氏顿了顿："就在小佛堂里自缢的，还是打扫佛堂的婆子发现了。谁都不知道，她怎么突然就想死了。孩子和她分开得早，对她也没有什么印象，倒也没有伤心过……再等几个月后永阳伯家五小姐进了门了，他也算是有个嫡母了。"

顾锦朝握住了纪吴氏的手，欲言又止："当初那事，既不怪二表哥，也不怪这孩子。就是有缘无分而已。以后都是会好的。"

纪吴氏笑了笑："行了，你先回去睡吧。明日我请了德音班的人过来唱戏，你可别起不来。"

顾锦朝做了一晚上的梦。一会儿看到陈三爷肩头全是血，他站在山腰上，看不清脸，山崖底下都是呼啸的风声。又看到陈四爷一张脸冷冰冰的，站在陈三爷后面不说话。再看到一张临窗大炕，一个干瘦的人蜷在被褥里躺着。她走近了看，那人紧闭着眼，脸色苍白，那不就是她自己吗？

采芙端水进来，看到顾锦朝额头细汗密布，忙绞了帕子给她擦脸。顾锦朝才慢慢清醒过来。

纪吴氏派了嬷嬷过来喊她去进早膳，她吃了盘枣糕、一碗银耳汤，跟着众人一起去水榭台听戏。走在路上看到一个高瘦的人影，眉眼冷峻，身后还跟着几个管事，正往影壁去。

纪吴氏喊了声纪尧，让他过来说话："现在这么早，你这是要去哪儿？"

纪尧回道："商行有艘运船出了问题，我要去看看。恐怕要晚上再去给您请安了。"

他抬头看到顾锦朝，嘴唇动了动，才低声说："表妹过来，我竟然还没得空去见一面。现在实在是忙不开，听说这次表侄也跟着来了？"

纪家的商行，每天走运河的商船不知道有多少，真是出问题，也不用纪尧亲自去看……

顾锦朝微微一笑："他跟着过来了，就是怕他调皮，没有抱他出来。你若是有空，下午可以来看看。"

纪尧苦笑片刻，才说："我尽量早些回来吧！"又看了她一眼，向纪吴氏告退了，才带着管事们往影壁去了。

顾锦朝看着他清减的身影，觉得眼睛干涩得很。即便她对纪尧没有男女之情，两人也有一起长大的情分。何况她又破坏了人家的姻缘……

戏班唱的是《玉簪记》，顾锦朝听过几回，倒是没觉得有什么意思了。她想去外面走走，就和纪吴氏说了声。纪吴氏听得正入神，便只是握了握她的手："一会儿还有你喜欢的戏，记得过来看。"

顾锦朝笑着点头，带着采芙沿着湖边的小径往回走。渐渐要入秋了，她原来住的院子里粉墙高高，伸出的槐树枝丫叶子又开始泛黄了。采芙扶着她的手，笑着说："上次奴婢还陪您来过，当时还和青蒲姐姐一起，一转眼都这么久了。"

顾锦朝也有些出神："也不知道她现在怎么样了？"上次来信倒是说怀孕了，还差人捎了些给长锁的小袄，因此这几个月都没有过来请安。

身后传来些窸窸窣窣的声音，顾锦朝回过头，发现不远处的一丛凤尾竹在抖动。她皱了皱眉，难道有人跟着她？这可是在纪家里，谁会做这种事？

她带着采芙往回走，伸手就要拨开凤尾竹丛。里面倏地退出一个孩子，葫芦纹缂丝褙子，金项圈，小脸粉雕玉琢的。他背脊挺得直直的，小声地说："表姑……"

煜哥儿？顾锦朝看了看四周，蹲下身与纪煜平视，柔声问他："煜哥儿，你跟着表姑干什么啊？伺候你的嬷嬷呢？"

纪煜和淳哥儿同龄，但是没有淳哥儿活泼，一双上挑的桃花眼，依稀可见其生母的美貌。

他犹豫了好久，才说："嬷嬷打着扇子睡着了。我看到姑姑在外面，就跟出来了。"

顾锦朝看到他脸上还有糕点的渣子，就掏了手帕给他擦干净。孩子吓了一跳，怔怔地看着顾锦朝。

这么小的孩子，跟着她干什么？

顾锦朝看到旁边有个凉亭，牵着他往凉亭走去，让他坐下来。

"你要找表姑陪你玩吗？不如表姑叫几个小丫头过来，陪你玩百索好不好？"

纪煜连忙摇头："不要和她们玩，她们都不喜欢我。"

顾锦朝笑了笑，摸着他的发说："怎么会呢！煜哥儿长得可爱，谁都喜欢你的。"

"真的。"纪煜认真地点点头，"祖母、二祖母、婶娘、父亲都不喜欢我。淳哥儿大家都喜欢，煜哥儿不讨人喜欢，没有人喜欢我。原来曾祖母说，煜哥儿会背诗了，父亲就喜欢我了。可是他现在还是不喜欢我……三叔经常抱淳哥儿，父亲从来都不抱我。表姑，是不是煜哥儿有什么做得不好的？"

他很期待地看着顾锦朝："人家都对表姑笑……表姑，您教教煜哥儿好不好？煜哥儿也想讨人喜欢。"

顾锦朝觉得有点难受。她叹了口气，笑道："你看到大家对我笑，却不是所有人都喜欢我的啊。煜哥儿不要担心，等你大一些了，大家就喜欢你了。"

等他长大了，很多事就能明白了。

纪煜依旧把背脊挺得直直的，认真地听她说话，他很想别人喜欢他，就像大家都喜欢淳哥儿和表姑一样。

纪煜和她说了几句话，就要回去了。"嬷嬷醒了找不见我，会着急的……"他向顾锦朝挥了挥手再见，一溜烟跑了。

戏一直唱到近黄昏的时候才散场，顾锦朝陪着纪吴氏去西跨院吃饭。

等再回到东跨院的时候，院子里的灯早早地点起来了。

宋妈妈站在门口等她们："二爷已经回来一个时辰了。"

顾锦朝扶着纪吴氏的手进去，果然看到纪尧背手站在中堂外面，看着那棵枣树出神。

纪吴氏请他进了西次间，丫头捧了茶上来。

"你说运船出问题了，究竟是什么问题？"纪吴氏握着茶杯喝茶。

纪尧淡淡答道："只是货物单子没有对上……是南北米行的孙家的货，我亲自去找孙家二爷说过了，他们可以先从纪家的米行进货，我再派人从江西查查看，是不是那边的粮仓有问题。"

纪吴氏点点头："孙家和我们交情久，可不要伤了彼此的脸面。"

纪尧笑道："我做事，您尽可放心。"

几人正说着话，邹氏就抱着长锁过来了。这孩子也怪得很，平时谁抱着都可以，一点都不怕生，但等到晚上要睡觉的时候，就开始认人了，必须要顾锦朝抱着才肯睡。

长锁的小脸哭得通红，看到顾锦朝就直往她怀里扑。

"他是要睡觉了。"顾锦朝拍着长锁的背，无奈地道，"我先把他哄睡着了，不然他要一直哭。"

顾锦朝抱着长锁去暖房里，把他哄睡着后才出来。

纪尧给纪吴氏请了安就要回去了。外面的天色完全暗了下来，又起寒风了。他站起身披了斗篷，又拿了旁侧的披风递给顾锦朝："表妹也要回厢房吧？不如我送你过去。"

纪吴氏打了个哈欠："正好我也乏了……明日你表妹就要走了，今晚早些休息也好。"

顾锦朝还带着丫头婆子，哪里需要纪尧送她去厢房。但是她又不好拒绝，反正就是一段路的事，便跟在纪尧身后出了西次间。纪尧先朝西厢房走去，等走到了尽头，他先站定了，也没有回头，背对着她淡淡地问："你明日就要走，这么急吗？"

顾锦朝点头道："我如今跟着学管事，也不好拖延太久……"

他很久没有说话，过了会儿叹了口气："要不要我派人送你？"

"我带着车夫和护卫过来的，这倒是不用了。"顾锦朝轻声道，"当然还是要谢过你的好意。"

她实在是太客气了。

纪尧回过头淡淡地看着她，轻声道："那便不用了吧。"

顾锦朝颔首，正想带着丫头婆子进西厢房，他在背后继续说："原来是我违背承诺了，希望你不要怪我。本来这些话我应该早些和你说的，却又觉得没有必要。"他自嘲地笑道，"毕竟都过去了。"

是啊，都过去了。

顾锦朝什么也没说，沉默了好久："下午我看到煜哥儿了，他倒是挺可爱的。"

纪尧听后只是无意味地笑笑，然后离开了。

屋檐边的灯笼在风中微动，烛光落在石阶上。顾锦朝望着他离开的方向许久，才抱着长锁跨进房门。

第二天下起了小雨，院子里淅淅沥沥的，秋意渐渐浓起来了。

纪吴氏看着这雨有些担忧："不然你明日再走吧，这雨下大了可怎么办。"

顾锦朝却想早点回陈家去，握了握纪吴氏的手安慰她："您且放心，秋天的雨一向是下不大的。"

纪吴氏叹了口气，让婆子给顾锦朝准备了程仪，又让马车赶到东跨院来接顾锦朝出去。顾锦朝上了马车，丫头婆子也搬了东西上来，车夫扬鞭之后就唧唧地出了纪家。

她们走的路是沿着官道的，出了通州宝坻之后就渐渐荒凉起来。路旁种的一亩亩玉蜀黍长得极好，菜畦里还有花生，农家却要隔很远才看得到。

长锁喜欢坐马车，摇摇晃晃地很快就睡着了。顾锦朝抱着孩子挑开车帘看，外头的雨倒真是越下越大了，天色阴沉昏黄，明明才是下午，却近似傍晚的光景，连远处的玉蜀黍地都看不清了。

马车突然停下来，宋驰在外头隔着帘子道："夫人，属下看这雨实在太大了，等一会儿入夜就看不清路了，再走恐怕不好。"

宋驰就是陈三爷派给顾锦朝的护卫队长。

顾锦朝皱了皱眉，没想到这雨还真的下大了。她问宋驰："前不着村后不着店的，即便是转头回宝坻也来不及，便是马车停下来，能停在何处？"

宋驰又答："属下记得再往前五里有个宝坻驿站，倒不如先去那里避雨。"

等一会儿入夜了，雨又下得大，恐怕夜路是真的难走。想到这里顾锦朝点头允了，马车复又行驶起来。

等到了宝坻驿站后，宋驰先向驿丁递了陈三爷的名帖。驿站一般是官用或者军用，没有名帖恐怕是不能进去的。得知这是陈家的马车，驿丁丝毫不敢怠慢，恭敬地请他们入了大门。

顾锦朝下了马车看周围，宝坻驿站规模并不大，门前头一座照壁，再进去只有两进。正厅两间，回廊连着马房，一眼就看得到里面养着的马匹。细看之下竟然有二十多匹马。宋驰笑着问驿丁："却不知宝坻驿站是哪个驿将在管？"

驿丁笑了笑，答道："正是原先做过皇商的罗家！我请诸位去廊房先歇下吧。这雨一时半会儿恐怕停不下来了。"这群人中有女眷有孩童，虽然是护卫严密保护，恐怕也经不住折腾。何况那被众人围拥的女子戴着斗篷，一直没有亲自和他说过话，可见家族门第很不一般。

廊房就是侧数的第三间，驿丁送他们进去后，就笑道："诸位且等，小的给各位烧些熟水过来，您等也驱驱寒，若是伤风了驿站里没有药，倒还麻烦了！"

孙妈妈上前给了驿丁一锭五两的纹银，笑着道谢："那就劳烦这位小哥多烧两桶热水来，我们家主人好擦擦脸。"

这五两银子能顶半年的工，驿丁更是喜开颜笑："好说好说，诸位且等着就是了！"

顾锦朝刚摘了斗篷坐下来，隔着雨幕看到对面的廊房有人影晃动，似乎人数还不少。她叫住了驿丁，问道："这驿站里还有别人住着吗？"

屋子里很昏暗，烛火刚烧起来。驿丁见到顾锦朝的脸，即便烛光昏黄模糊不清的，他也愣了片刻。

宋驰暗中皱了皱眉："我家主人问话，小哥究竟知不知道？"

驿丁才回答道："这做驿将的若是不赚钱，拿什么来贴补驿站开支呢。那群人就是投了银钱住进来的。不过中间隔着院子，也不碍事的。"

宋驰身为护卫，做事自然要谨慎一些。何况他保护的又是夫人和小少爷。

"你知不知道那些人有多少个，是什么来历？"

驿丁摇摇头："粗看有一二十个，说话口音奇怪得很，反正不是咱们北直隶的人。来的时候骑着马，也是在驿站避雨的。中午还要了八斤熟牛肉来吃。这群人都不太爱说话！"

他只是个驿丁，恐怕也什么都不懂。宋驰让他先下去了。

既然同是投宿的，彼此相安无事就行了，反正他们明天一早也是要走的。顾锦朝想了想，吩咐了宋驰："你过去打探一下这些人有没有古怪，不要惊动了他们。"

宋驰领命去了。带来的护卫就守在了门口。

乳娘才把盖在长锁身上的斗篷揭开，孩子还睡得很香甜。

顾锦朝先把孩子放在了炕上，等他好好睡着。

一会儿驿丁送了热水过来，笑着说："一会儿咱们在外头吃热锅子，诸位要是饿了，也可以出来一起吃。"

他们本来就带了吃食，倒不用吃驿站里头的东西。不过冷食毕竟比不过热食好。顾锦朝叫了孙妈妈吩咐："要是有人想去吃就去吧，给你说一声就可以了。"

孙妈妈应诺，去和外面的护卫说了。正好宋驰回来了，擦了把脸上的雨水说："属下从外面绕过去看，个个房门紧闭什么都看不到。倒是可以借着这个工夫去打探一下！"

顾锦朝叮嘱了他们小心些。不过料想陈家的护卫皆是武功精深，也没有什么可担心的。就是寻常的毛贼强盗也奈何不了他们。

顾锦朝看了一眼隔扇外，雨还没有停。也不知道什么时候才能小，恐怕明天是到不了宛平了。

大半天的长途奔波，她也觉得有些累了，就着热水吃了些糕点，便斜倚着墙，守着熟睡的长锁闭眼休息起来。

　　孙妈妈进来看到，拿了一件干的斗篷给顾锦朝搭上，招手让屋子里几个收拾的丫头手脚轻些，又把烛火挑暗了些，方便顾锦朝睡觉。

　　宋驰带着两个护卫到中堂坐下来，屋子里烧着火盆，倒是连蜡烛都不用点。

　　刚才迎接他们的驿丁站起来招呼他们："来来，一起吃锅子就不客气了！几位这边坐！"

　　宋驰迅速瞟了一眼，几个驿丁围了个锅子。另外还架了几个炉子，周围坐的却都是穿着短衣，腰扎巾的汉子，有十八个人，均是太阳穴鼓出，手臂上青筋若隐若现……应该是练家子！

　　宋驰笑了笑坐下来，驿丁立刻拿了碗过来给他们倒酒，又对隔壁的人笑说："这几位也是来投宿的官人，诸位在一起吃酒就不要拘束了！"

　　那群人中唯一一个穿了身袍子的人就拱手笑："我们是江湖上耍把式的，就不讲究虚礼了！"

　　说话间已经从头到尾把宋驰看了个遍，又转过头去喝酒。

　　宋驰已经听出这人浓浓的巴蜀口音，不禁皱了皱。巴蜀远隔万里，来去不易，这群人要真是耍把式的。至于跑到北直隶来耍吗？他们究竟是什么来头。

第十六章

劫持

这群人倒也奇怪，围着火盆吃菜喝酒，却半句话都不说。

宋驰推拒不过驿丁的盛情，只得喝了一杯黄酒。怕喝酒误事，他也不敢再喝。

他正要向驿丁告辞的时候，那穿袍子的人又笑道："这位小哥穿的是程子衣，想必是哪家权贵大臣的护卫吧！我等几个上京来也没个亲人，不知道小哥熟不熟这京城的街沿巷坊，可有什么能杂耍的地方？"

寻常的官员最多就是养些护院，哪里能养武功高强的护卫。

宋驰笑了笑："我也并非京城里头的人。我们家主子来宝坻探亲的，算不上什么权贵！"

那人眼中精光一闪，点点头道："既然小哥不知道，就不打扰了。"

转过头又继续喝酒，不再和宋驰说话了。

这群人着实古怪！宋驰心里防备更重，今晚恐怕得彻夜不休守着夫人了。

顾锦朝夜半被一阵窸窸窣窣的声音吵醒，她惊觉之后下意识地去看孩子，长锁脸蛋红润，睡得正香并没有醒过来。出门在外，她是和衣而眠的，锦朝披了件斗篷起身，看到自己床边正伏着两个丫头。孙妈妈坐在不远处的杌子上打盹。屋外头静静的，半点声音都没有。

采芙被她吵醒了，抬手揉了揉眼睛问："夫人，您怎么起了？"

顾锦朝坐在桌边喝茶，伸手示意她小声些，自己也放轻了声音："你不觉得有点怪吗？"

采芙更是疑惑了，这哪里怪了？

顾锦朝轻声说："太安静了。"外面已经没有下雨了，那总该听得到一点声音才是，驿站里一般是有人守夜的，敲梆子的，巡夜的，晚上起来看牲口的。怎么会一点声音都没有。

采芙轻轻走到她身边，小声地道："许是都睡了吧。不然奴婢去外面看看？"

隔扇外突然有火光闪过，传来男人低低说话的声音，口音很奇怪。顾锦朝小时候跟着外祖母玩，听过从巴蜀来的蜀锦商人说话，这口音倒是很像……

难道就是那群借宿在这里的人？顾锦朝立刻警惕起来，既然他们说话的声音这么近，那必定就是在门外。如果宋驰等人还守在门外的话，断然不会让他

们靠得这么近的。

她示意采芙不要说话，自己悄悄站起来走到隔扇旁边，外面确实一个人都没有，连护卫都不见了，倒是对面的廊房外有几个人影晃动。

顾锦朝倒吸了口凉气，外面恐怕是出事了。

那究竟出什么事了，宋驰他们又在哪儿？是不是投宿的那些异乡人干的？

顾锦朝觉得为今之计，恐怕应该先想想她能怎么办。这些异乡人并不与他们相识，看他们随从和行李众多，想要图财害命的可能性很大。

廊房外面就是围墙，只有一个透气的窗扇，而且开得很高，根本爬不上去。要是从前面的隔扇离开，肯定会被人发现。顾锦朝目视四周之下，竟然找不到逃生的方法。

采芙也紧张起来："夫人，我看这情形不对啊，要不要把孙妈妈等人叫起来一起想办法？"

叫是肯定要叫起来的，好在能跟着顾锦朝出来的丫头婆子都是能干的。听到如今的情况也只是有些背脊发冷，并没有惊慌失措的。

雨竹先说："倒不如咱们搬出陈家的名头……"

顾锦朝摇头，这些人都是亡命之徒，既然都想干下杀人越货的勾当了，肯定更想神不知鬼不觉，断然不会放她们走了。她更觉得奇怪的是，能无声无息地让宋驰等人不见了，这也绝对不像是一般的强盗。

"那该怎么办？"孙妈妈喃喃地道。这样的困兽之斗，就是有千般的智慧都使不出来。

外面又传来说话的声音，而且越来越近，应该是朝这里走过来了。

顾锦朝望了一眼正在熟睡的孩子，深吸一口气下定了主意。

"雨竹，你抱着长锁躲进柜子里去。"刚才他们进来的时候，长锁都是用斗篷盖着的。想来一个孩子不见了，他们应该不会发现吧。而且也只有雨竹身体娇小，能躲进柜子里了，顾锦朝只能这么想了。她必须要把孩子保下来，这是她十月怀胎艰难生下来的，她和陈三爷的孩子，虽然他还太小了，什么都不懂……

想到孩子抓着她的手指"呀呀"地努力说话，亲他脸蛋的时候，他会咯咯地笑。顾锦朝心都发酸了……

没想到啊，她明明这么努力了，却可能要死在一群毛贼手上。

雨竹望着顾锦朝，揪紧了手指："夫人……奴婢这……"

别的丫头婆子沉默地看着，没有一人说话。

听到门外的脚步声越来越近，顾锦朝把长锁抱起来，轻轻地亲了亲他的小脸。

"行了，你听我的。这香囊里装着银锞子。等人都走了，你抱着他回陈家去。"顾锦朝看着孩子恬静的小脸，喉咙发哽有些说不下去。她又停顿了好久，隔扇外传来嘈杂的脚步声。

事到如今了，也没有什么好隐瞒的。她压低了声音："就跟三爷说，一定要防备陈四爷和张大人，他以后……"她的指甲都掐进肉里，才缓缓吐出几个字，"要好好活着！"

那些人已经站在门外了。

雨竹眼眶发红，她用力点了点头，抱着长锁钻进了柜子里。

看到雨竹进了柜子，顾锦朝差点站不稳。采芙忙扶住顾锦朝的手，屋子里另几个婆子都忍不住抹眼泪了。顾锦朝很快镇定下来。

死不过是做的最坏打算，而她要和这些人周旋！蜀道难行，没有强盗会翻山越岭到北直隶来行事。他们要到京城去，那必定是有什么要紧事的。

门被推开了。来人穿着身棕色右衽袍子，身后好几个穿短衣的汉子举着松油火把，屋子里拥入了六七个人，瞬间就亮堂起来。

那领头的人长得剑眉星目，就是蓄着浓密的胡须，看不清全貌，手上戴着好几个奇怪的铁圈，身姿挺拔。看到顾锦朝等人已经等着他了，他倒是有些惊诧地笑了："我们动作这么轻，没想到也吵醒夫人了！夫人晚上睡得可好？"

顾锦朝打量了他一眼，就淡淡地道："劳烦先生记挂，睡得恐怕不太稳妥。"

那人哈哈地笑起来："夫人爽快！"

顾锦朝也笑了笑："这倒是谈不上了，我只是想知道，先生把我的护卫如何了？你们不远万里到京城来，想必是有大事要做吧？又何必和我们过不去，反倒是打草惊蛇了呢。"

那人却收敛了笑容，定定地看着顾锦朝："夫人多虑了。我等本就是草寇流匪，到哪儿不都得打家劫舍嘛。倒是夫人那些护卫真不简单，要不是我偷偷在水里放了五香散，恐怕还制不住他们呢！我们惯是杀人不眨眼的，您的那些护卫恐怕是不能回来见您了！"

他们已经把人杀了……

顾锦朝的心沉下来。这人太不简单了，话也说得滴水不漏！这样的人却让她放心下来。她换了个语气，平静地道："先生既然是图财，我身上却没有什么银钱，唯首饰还值些钱……"她把自己手上的镯子拨下来，还有头上的赤金宝结、红珊瑚耳坠。"你们也把身上的东西给这些壮士留下吧！"她吩咐那几个丫头婆子，她们立刻回过神来，也摘下了身上的东西。

"先生收了东西，再告诉我你打算做什么吧！"顾锦朝把那些东西往前一推。

那人上前几步缓缓走到顾锦朝面前，笑着问："你就不怕，我收了东西后杀你？"

顾锦朝摇头道："您不会杀我。"

"为什么？"他又问。

顾锦朝说："因为我现在还没有死。"

如果他真的要杀人，应该在刚进来的时候就动手了，何必跟她说话呢。

他又笑起来，只是胡子遮挡着看不清而已。"你倒是聪明。"他点点头，又轻轻叹气，"我虽是莽汉，也懂得怜香惜玉，夫人这样的一张脸，死了实在太可惜……"

顾锦朝脸色发青，这人说话怎么如此轻佻！她虽然长得好看，但是性格并不平易近人，又是嫡出的顾家小姐，很少有人敢在言语上轻薄她。

他让人把那些首饰收起来："那就劳烦夫人跟我走吧，我还有事要麻烦你！"他瞟了一眼剩下的丫头婆子，眼中无不冰冷，却淡淡的吩咐手下，"剩下的都杀了吧。"

几个丫头婆子吓得话都说不出来，脸色苍白极了。

顾锦朝立刻道："既然先生有事要麻烦我，那总不能亏待了我吧！"

"你想如何？"这人倒还有几分耐心。

顾锦朝说："我在家里养尊处优，都是有人伺候的。要是没有人伺候，我可住不习惯的。"

他沉默地想了想，才慢悠悠地说："那好吧，我准你带两个人，别的还是要死的。究竟要选谁活下来，你要考虑清楚啊！"他说着径直朝门外走，笑道，"我给你半刻钟考虑！"

顾锦朝握紧了手，不得不闭上眼睛。

马车的车轱辘又重新转动起来。顾锦朝好像还能听到那两个婆子发出的惨叫声。刀起刀落，她们眼睛睁得比铜铃还大……她握紧了自己颤抖的手。这帮人杀人不眨眼，绝对不是善良之辈！她不能犹豫……

他们从驿站里出来的时候，养马的马厩里全是血，除了护卫们的尸首，还有那几个驿丁。血沿着青石砖大片渗在院子里，混杂着雨水，院子里一股牲口棚草料受潮的味道，夹杂着血腥气。刚出来的太阳一晒，那味道简直熏得人作呕。

采芙脸色苍白地握住顾锦朝的手，低声喃喃："夫人，现在没事了……"

雨竹和小少爷至少逃过一劫，这群人并没有搜房。孩子也没有吵……

不幸中的万幸。

顾锦朝淡淡地"嗯"了一声，她靠着车壁，外面的那些男人在交谈，说的应该是家乡话，她听不太懂。

这辆马车已经不是陈家的那辆，是驿站里头送人用的。没有窗扇，门外有驾车的人守着，她们根本看不到外面的景象。不过马车走得还很稳，应该还是沿着官道在继续走的。

昨夜下了雨，今日的太阳倒是秋老虎发威，毒辣得很。到正午的时候马车里更是热得不得了。孙妈妈说了声要水，马车就停下来。最开始那个蓄着满脸胡须的人撩开车帘进来，递给顾锦朝一碗水，笑着说："路边的河里的水，夫人要是嫌弃，我就让人拿去滚滚。"

顾锦朝接过来后看了他一眼。她确实很渴，从早上驿站出来到现在水米未进。看着那大手稳稳端着的土陶碗，顾锦朝却顿了一下，如果他在水里头动手脚呢？

那人又笑："夫人胆识过人，死都不怕，还怕一碗水吗？"

他要是真的想做什么手脚，恐怕怎么样都会达成的。

顾锦朝沉默地接过碗，喝了几口解了渴，又递给旁边的采芙和孙妈妈。

可能河里的水真的有怪味，顾锦朝喝起来总觉得发涩。

那人收回碗跳下车了，一会儿又递进来一包干冷的馒头。"荒郊僻野，没什么好东西，夫人将就了。"他眼睛微眯，"我们走的时候宰了一匹马，炖了一锅肉。夫人要是不嫌马肉味怪，我倒是可以拿些过来。"

那匹马还是当着她们几人的面宰杀的。顾锦朝想起来煮肉的那股味道就犯恶心……她强忍着犯呕，淡淡地道："先生还是留着自己吃吧！"

那人看到顾锦朝恶心的样子，似乎还觉得挺好玩的，笑了两声又跳下去了。

采芙拿了馒头，掰下最软的地方递给顾锦朝。她却没什么胃口。

拿着馒头很久，顾锦朝还是把东西给咽下去了……

约莫一刻钟后，蓄胡须的人站在黄沙扬起的官路边，看着远处的城墙。有人过来回话："那几个娘们都迷晕过去了！"

他点了点头："那就进城吧！"他望着远处的城墙目光幽深，"如今只手遮天陈家的女人，还长得如此花容月貌。我递了这么大的一张投名状，世子爷总该笑纳才是。"

陈彦允正在看福建布政使上疏的折子，是说减免福建沿海赋税的。他只看了几行就合上了，找了江严进来，把折子递给他："这本送去张大人府上，既然是倭寇所致，那这事就不该户部过问了。"

江严接过应是。

陈彦允端着茶啜了口，目光放远落在隔扇外，养在外头的鹦鹉又开始扑着翅膀乱叫起来。

这是叶限送给长锁的洗三礼，陈三爷却没有交给顾锦朝。

这只鹦鹉大半时候都是睡觉，不然就是胡言乱语。现在它吃饱喝足，站在竹竿上抖了抖翅膀，又开始说话了。它倒是说得相当高兴，就是没有人听得懂。

今日这鹦鹉又诗兴大发，开始念打油诗。

平时它说来说去也就这几句，陈三爷沉默地听了一会儿，指尖在书案上轻叩。

锦绣裁断无人惜，却怜指上朱砂痕。

他听过这鹦鹉念诗许久，并没有什么怪异之处。却唯有这句话每首诗里都有，究竟是什么意思？

锦朝也去纪家两天了，不知道她什么时候才回来。

陈彦允正思索着，陈四爷和陈六爷过来找他了。

陈六爷前日刚从宝相寺回来，回到家里时人瘦了一圈，葛氏看着都心疼。他自己倒是很高兴，终于能离开那个鬼地方了，穿了件簇新的直裰，掇了陈四爷一起过来见陈三爷。

"三哥，你那个鉴明大师实在太烦了！整日逼我念经，说得我耳朵疼。"他喝了口茶，"在寺庙里，还真是生生淡得出鸟来。整日都不见荤腥，我好不容易逮到一只穿山甲，还让和尚给放了……"

陈四爷笑道："六弟虽然寺庙里住一年，这脾气倒是一点没变啊。你这才回家，肯定找不到事做，要是觉得无聊就来帮衬我做生意吧。"

陈彦江连忙摇头："我玩得高兴，才懒得搭理你的事！"

陈三爷就慢慢地道："你玩我不管你，不过要是你再做些下三烂的事，我可不会饶了你。"说着就有仆人端了茶进来。

陈彦江想起那些混账事，也只能"嘿嘿"地笑，忙拿起茶杯猛灌茶水。

正是这时候，陈义过来了。他也没有进来，就在书房外面说："三爷，属下有话要禀……"

陈三爷看他脸色不对，站起身走到外头。

他低声问道："你脸色这么难看，究竟是什么事？"他先是想到了凤阳的洪灾，前些天户部派了一批官员，跟着工部的人重修河堤，"莫不是监水的人出问题了？"

陈义张了张嘴，很艰难地说："是夫人……雨竹姑娘，独自抱着小少爷回来了。"他顿了顿，尽量让自己的声音显得平静些，不至于发抖，"说是……他们在回来的时候，遇到一帮川蜀来的人，夫人被他们掳走了，现在下落不明。"

陈三爷带着人去看雨竹的时候，长锁正"哇哇"大哭。

屋子里乳娘抱着孩子哄，要喂他喝奶。长锁却扭着头左躲右闪地不干，张着泪水蒙眬的眼睛到处看。

看到陈三爷出现，他呜呜地哭，要往他怀里扑。

陈彦允把孩子抱进怀里，手臂都发紧了。

雨竹茫然地坐在杌子上，眼眶发红，也在不停地哽咽。

藏在柜子里的时候，她怕被那些人发现，也是吓得发抖，又怕长锁的哭声引来人，长锁醒过来的时候，她都死死捂住长锁的嘴。她又惊又怕，连哭都不敢哭出声。小少爷在她手上，她根本不敢出事！

陈彦允哄孩子的时候，神情才稍温和一些。等孩子扑在他肩膀上不断地抽泣，他脸色又暗沉下来，觉得眼睛无比的干涩，他闭了闭眼睛镇定片刻。刚才那些震惊心疼的情绪过去，愤怒就涌上来了。

他问雨竹："究竟是怎么回事，你一一给我说明白。"

雨竹把夜宿驿站的事说了一遍："等他们走了，奴婢才敢从柜子里出来。那驿站里头还有马车，奴婢找了个乡人帮忙赶车，才抱着小少爷回来。护卫还有夫人带的两个妈妈都死了，夫人不见。奴婢、奴婢想着刚下过雨，就沿着路看他们的车辙，他们应该是朝京城的路去了！但是过了宝坻那段路，车辙就多起来，也认不出来了……奴婢就连忙回来了……"

陈三爷的声音嘶哑："她让……你抱着孩子回来？"

雨竹点了点头。

她看到陈三爷闭上了眼，很久都没有说话。怀里抱的长锁却渐渐安静下来，他哭累了，靠着父亲宽阔的肩膀就睡着了。雨竹又想起了顾锦朝交代的话，忙说："夫人还说，"她压低了声音，"要您提防陈四爷和张大人。奴婢也不知道为什么。"

陈三爷点点头，把孩子放进乳娘的怀里，立刻提步朝外走去，冷声吩咐陈义："去把鹤延楼所有的护卫召集起来！你亲自带人，先去宝坻驿站查看那群人的行踪！"

陈义抱拳应"是"，忙去鹤延楼召集人手。

陈三爷边走边跟冯隽说："你替我把书房的公印取过来。"

冯隽听后一愣："三爷，这是要……"

"封城。"他淡淡道，"我去找五城兵马司指挥使，现在就把京城给我封死，谁也别想进出。"

冯隽听着心里一惊，知道对于陈三爷来说这并不是好事，太拥权自重了。他却什么都不敢说，连忙就去了书房取了公印。

陈三爷换好了官服出来，马车也备好了，就在木樨堂外面等着。

陈四爷和陈六爷跟了出来，还没有搞清楚发生了什么事。但是整个陈家的护卫都惊动了，他们也知道，这应该是出了什么惊天的大事。陈四爷看到陈三爷走出来，还换上了官服，连忙上前去问："三哥，这究竟是做什么？出什么事了？"

陈三爷想到顾锦朝让雨竹给他传的话。他看了陈四爷一眼，并没有解释，他现在也无心解释，只是道："家里你看着，什么都不要跟母亲说！"

小厮为他系好披风，他就立刻躬身上了马车。头也不回地离开了。

五城兵马司的指挥使很快出来见了陈三爷。

陈三爷坐在兵马司的厅堂里，脸色冷淡地喝茶。

指挥使迎了过去，拱手笑了笑道："阁老难得来我这里坐啊！"

陈三爷指了指旁边的圈椅，示意他坐下来，先扔了批文在桌上："这是封城令，周大人先看看吧！"

指挥使又惊又疑，这封城令签署很不简单。陈三爷虽然贵为阁老，却也不是想拿就能拿到的！他打开看了，确实是封城令无疑。他不敢耽搁，立刻叫了侍卫进来，传令下去封城。

兵马司虽然要维护京城治安，说到底内城有金吾卫、神机营在，外城还有驻军守着，其实实权不大。这究竟发生了什么事，上头传半天才能到兵马司这里来，指挥使笑着问陈三爷："阁老亲自前来发封城令，应该是有要事吧，下官知道什么事，也好依言办事才是！"

陈三爷淡淡地解释道："京城闯进来一帮匪盗，穷凶极恶，杀人如麻，在宝坻犯下十多条命案。有人称看到他们进了京城，京城又是人多富庶，要是他们威胁到百姓的安危就不好了，须得瓮中捉鳖才是。"

顾锦朝被劫持的事有坏名声，自然不能泄露出去。幸好这帮人还犯下命案，还可以用来掩盖。

指挥使有些疑惑，却也不敢再问了。上头说什么那就是什么，哪里有他质疑的道理。

陈义却很快就进来了，他叫了陈三爷出去，边走边说："属下按图索骥，倒是查到一些踪迹。有人看到这群人进城了，在九春坊那里没了踪迹。想来就是躲在附近，搜查一番就能找到了。就是护卫的人手恐怕不够，等他们发现了踪迹，恐怕又要换地方了，不如去请国公爷调集官兵过来……"

"动静不能太大。"陈三爷低声道，"常海现在在哪里，我亲自去跟他说。"

只怕这些亡命之徒被官兵缉捕，慌乱之际会下狠手杀人。

顾锦朝醒来的时候发现自己坐在炕上，手被绑在身后的栏杆上。她四下看去，蓝色细葛布帷帐，桐木炕桌，炕上铺着床百吉纹棉被褥……看着陈设，应该是在普通的人家户里。采芙和孙妈妈还躺在不远处，手捆在一起。

她试着动了动手，发现并没有捆得很紧，她要是再用力些，应该可以挣脱。门外却传来窸窣说话的声音。

顾锦朝停下拧动的动作，仔细听外头的人说话。这声音很像领头的那个人，他语气微怒，声音都压低了甚多："三哥，你这是什么意思！"

另一个声音却很陌生，并没有川蜀口音。"你有命案在身，又做得不干净，世子爷是不会让你留下来的。再说这京城里有什么好的，你回了嘉州去，不是要什么有什么吗？你以为在这些显贵身边好做？那世子爷又惯是心狠手辣的，从来不会对咱们这些人心软，谁不是刀尖上舔血地活……"

"我手底下这些人都不是简单的。你只要跟世子爷说了，他肯定会同意的。"他顿了一下，"你劝我回嘉州，你怎么从来不回去，阿母病重的时候想见你，你连封信都没有写回来！"

另一个人叹气："谢思行，你听三哥的话就先走吧！我以后自会回嘉州，给母亲上坟请罪的。"

谢思行……

顾锦朝听到这个名字，先是觉得十分熟悉。等到她反应过来的时候，浑身都在发冷！

难怪她会觉得熟悉！谢思行，当年川蜀盗匪首领，杀川蜀一万多人。百姓厌弃，恶贯满盈。后来拥地为王，自封了个什么齐朕王，朝廷大为忌惮。

他拥地为王之后朝廷终于不想容忍了，接连派了好几次官兵去围剿，却都兵败而归。最后陈三爷做监兵去了四川……

现在的谢思行冷漠无情，心狠手辣，而且心思缜密，武功又高强，已经能让人大为忌惮了。不过他说要来投靠的世子究竟是谁？据她所知，最心狠手辣的莫过于长兴侯世子爷叶限了……

顾锦朝闭上眼苦笑，她想又不想碰到他。如果是叶限，那她自然不会有事，但要真的是他，顾锦朝却不知道该如何面对他……

"三哥，你跟我说话，还是这么居高临下啊。"他忽然笑了，"我这次弄了个东西过来，你放心，绝对是好东西。你让我呈给世子爷看了，他不仅不会怪你，反而会奖赏于你。咱们既是兄弟我也不会亏待你就是了。"

那人不由得问："你弄了什么东西过来？"

"你帮我引荐了，自然什么都好说。"他淡淡地道，"咱们都是无利不图的人，三哥要是不愿意，那就不要怪我不顾念多年情谊了。"

他要给什么东西？顾锦朝突然有了个猜测。这帮强盗没有杀她，很可能是知道了她的身份。长相倒还是其次的，她的身份才能给这个人带来巨大的好处！

谈话的声音突然中断了，顾锦朝不知道发生了什么。

很快她听到了往这里走来的脚步声。她连忙闭上眼装睡。

门"吱呀"一声打开，沉稳的脚步声越来越近。

顾锦朝感觉到一只粗糙的手落在她额头上，沿着脸颊往下慢慢滑去。她想到这双手是怎么杀人，怎么血淋淋地分马肉的，简直一刻都忍不下去。她侧过脸，才睁开眼睛盯着谢思远："你做什么！"

他那把胡子竟然刮得干干净净，换了一身淡青色长袍，看上去年轻了十岁不止，五官格外的深邃，眼窝也很深，有种异族的感觉。他转身拿起桌上的刀，淡淡地道："放心吧，我还不至于轻薄女子，只是叫你起来而已。我一进门就知道你装睡。那碗水你喝得最少，最先醒也是正常的。"

他刀上的暗红的血被慢慢抹去，刀身擦得发亮。

那碗水倒真是有问题。

顾锦朝又悄悄扭动了手，发现扣子比刚才又松了些。她不动声色地转移他的注意："阁下胸怀大志，掳我一个女流之辈做什么，也不怕叫人看不起吗？"

谢思远听后又是大笑："别人看不起我，关你何事？你好好待着就是了！"

外面有人在喊他，谢思远不再理会顾锦朝，大步走出房门。

顾锦朝轻轻地松了口气，聪明人都有个致命的弱点，那就是自负。恐怕谢思远还不屑防备她。这样正好！她手略松开了些，能够到自己的腰带了。

顾锦朝从腰带上扯下几颗米粒大的南海珠，悄悄握在手里，然后躺回去闭上眼。既然谢思远要带她去见人，还是想求人办事，那她肯定要被挪出这个院子。她还有机会！

等到了傍晚的时候，谢思远果然又进来了。他手里又端着一碗水，笑着看顾锦朝："夫人且放心，也就是一个时辰的工夫。"

顾锦朝点点头："给我松开绳子吧！"

谢思远看她没有反抗，也并不为难她。他也不喜欢对女人动手，杀人除外。

顾锦朝喝下那碗水不久，就立刻感觉到头昏沉起来，她死死掐住手心勉强保持清醒。

果然又上了马车，顾锦朝斜靠着车壁，已经压制不住泛起的头晕……她手心里掐得全是血，整个手都在发抖。

有敲梆子的声音传来，那她应该是在城镇里。宝坻的官道只到京城和大兴，按脚程来算，她现在应该在京城的外城里。顾锦朝感觉到马车渐渐停下来，她被抱进了一个陌生气息的怀里下了马车。

有人吃惊的声音："谢思远，这就是你说的东西？这分明是个女人吧！"

谢思远笑了笑："你管是什么东西。世子爷在哪里？"

他"哼"了声："长兴侯世子爷这么大面子，你且等着吧！说是在世子夫人那里……过不过来还说不定呢，把这女的先放在庑房里吧！我再去通传一声看看。"

谢思远忍了又忍，这里毕竟是天子脚下，他又是来投奔前程的。嘉州一亩三分地，他心有鸿鹄，不能囿于那些山沟子里。他只是笑笑："那请世子爷一定来看看吧！"

顾锦朝被放到椅子上，再无别的动静。她迷迷糊糊地把这两人的对话听了，却半点也反应不过来，靠着椅背慢慢等着清醒。

原来谢思远真的是来投奔叶限的。以她对叶限的了解，叶限是不会拒绝这么个人的。如果谢思远真的是他的人，那他弄出齐朕王这盘棋究竟有多大，他算计了多少人？

究竟有谁会对陈三爷不利？张居廉，陈四爷……还是叶限？或者其中有不止一个人参与。顾锦朝能摸到事情的脉络了，背后的东西却越来越让她觉得沉重。

等到她真的清醒过来了，看到谢思远正坐在桌边喝酒。他人长得高大，烛火下的影子如山般盖过来。

有人在叩门，他站起身走出去，随后传来压低的说笑声。

罗氏坐在叶限对面，笑着和他说话："世子爷，母亲说要入秋了。该给您再制几身秋衣，妾身不知道您喜欢什么样子的，还没敢动手，怕做了您不喜欢，就不穿妾身做的了。"

叶限闲闲地撑着炕桌，一手捡着小碗里的松子吃，吃得慢悠悠的，好像根本没听到罗氏的话一样。

罗氏让丫头拿了一叠宣纸上来："妾身画了几个擅长的花样，您来挑一挑吧！"

叶限突然放下碗。

罗氏看着脸上一喜。

他却叫了一声"之书"，说："松子吃得太干了，给我倒杯茶过来！"

罗氏愣了愣，喊道："世子爷……"

叶限挑眉问她："你又怎么了？你跟母亲说，非要我来陪你说话，我人都来了，你还不满意吗？要做什么你做就是了，问我干什么。你自己不能拿主意吗？"

罗氏讷讷地说不出话来，她哪里有叶限口才好！被他冷冷地说了几句，就觉得心酸委屈，眼睛就忍不住发红，他却丝毫不为所动。这个人怎么就不会怜香惜玉呢！

"我做了您不喜欢的东西，您又不会穿。那不是浪费了好料子……"

他什么时候穿过她做的衣裳？叶限淡淡道："我长兴侯家还不缺那点衣料钱！你要是想拿，随时去账房支就是了！"

之书端了茶过来，他接过后端在手里，慢悠悠地喝茶。

罗氏小声地说了声"哦"，看到他又拿起本书，她又小心跟他说话："您看的是什么书？妾身怎么看着和您昨天看的那本不一样呢。"

叶限实在是被她弄得烦不胜烦，再好的涵养都被逼得要发火了。何况他向来没什么涵养。

他冷冷地看了罗氏一眼："你再多说一个字，我现在就甩手走人，你明天不准到母亲面前哭。"

罗氏被他的眼神吓到，终于不敢说话了，默默拿起旁边笸箩里的针线做绣活儿。

李先槐在外面喊了世子爷，说有事要禀。

叶限披上斗篷出去了，罗氏眼睁睁地看着他离开了。其实她很想问问，他今晚还回不回来了。想了想，她还是叹了口气。

外面夜凉如水，屋檐下的灯笼光芒洒在青石路上，院子里四下站着护卫，守卫森严。

李先槐先说："世子爷，今儿个下午陈三亲自签了封城令，说是有匪盗闯入京城，不过却没有让顺天府的人帮着做事，只找了郑国公和兵马司的人帮忙。"

缉拿盗贼应该是顺天府府衙的事……

陈彦允是个相当低调的人，做这么大举动不太寻常。他究竟在干什么？

"懒得管他，等明日再说吧……"叶限淡淡地说，"总有人比我关心。"

例如张居廉。

叶限觉得有点困了，和罗氏说话是件相当耗费精力的事。他掩着手打了个哈欠，伸手示意之书跟上来，他打算回自己的书房睡觉了。

"世子爷！"

身后突然有人喊他。

叶限细长的手指拥着斗篷，回头看去。

廊庑下还站着一个侍卫，看到叶限回头连忙走上前，满脸都堆着笑容："属下等您好些时候了！我那从嘉州来的弟弟还等着呢，想要见您一面。您看若是合适的话……不妨去看看？"

"你弟弟？"叶限上下看他，认出这是他近身的护卫谢原。这些护卫都是李先槐管的，他不直接吩咐这些人，也不是很感兴趣。

李先槐笑了："谢原的弟弟想必也不是什么普通人，您去看看也好。"

叶限其实不太想去看，沉默了片刻。

谢原低声解释道："他带了个人来，说世子爷看到了必定高兴。属下的弟弟也是个人物！您倒是可以去看看，您若是不喜欢他，再赶他回嘉州去就是了。"

带了个人来见他？

叶限淡淡地笑："让我高兴可不容易。"

谢原笑了笑："您放心，属下心里有分寸。我这个弟弟在嘉州的时候就有名气了，十三岁就能赤手逮野猪。只是他这些年做了不少杀人越货的事，底子不太干净。"

叶限才勉强点头，让谢原在前面带路。

谢思行在前院的庑房外面，心里其实已经等得不耐烦了。他很少受到这种冷视，在嘉州的时候他可是人见人怕的。看到众护卫拥着叶限过来，他才站起来，先远远把这人打量了一眼。

这个人一点都不像传闻的那样心狠手辣。他长得相当好看，脸好像就是玉雕成的，五官细致，穿了件月白的襕衫，腰上挂了个羊脂玉坠儿，气质飘然出尘，只有那双平静无波的眼睛，让他觉得一点都看不透。他很少看不透别人。

叶限却感觉到谢思行身上的血腥气，他对这种气味相当敏锐。这人肯定近期杀过人，或者是牲口。

长得倒是一般，就是那种异族人的轮廓掩饰不住，身材高大，而且眼神中野心勃勃。

叶限很喜欢有野心的人，只有知道别人要什么，他才好掌握这个人。他也需要这种杀伐果决的人为他做事。

叶限让人掇了两张椅子过来，让谢思行也坐下来。

"你先说吧，自己有什么筹码要我留下你。"叶限手中的茶盖抚过茶水。

谢思行道："实不相瞒，我这次还带了人过来。您也知道，穷山恶水出刁民。我们这些人在身手上绝不弱于您的护卫。何况您需要我们这样的人，等到当今皇帝长大了，朝廷势力混乱了，到时候可就是乱政出英雄了。您身边没有一些能独当一面的人在，恐怕会在博弈中处于弱势！"

这个世子爷相当金贵，即便是在长兴侯侯府中，周围守着他的人也寸步不离。在他说话的时候，世子爷也绝不搭腔，表情也没有丝毫波动。一副完全不为所动的样子，连动作都没变。

叶限听后笑了笑："穷山恶水出刁民？"看来和罗氏一样，也没读过几年书啊。

朝廷如今的局势，但凡是了解的人都能说出来。叶限并不惊讶于谢思行的这番话，而且这群人还有案底在身，他留下这些人可能会给自己找麻烦。

谢思行知道，单凭几句话肯定是不能说动叶限的。他站起来拱手笑道："说得天花乱坠都没意思，我这次来，给世子爷带了份大礼。就在这庑房里头。"

叶限依旧喝茶："谢原说你带了个人来。是男是女？"

"女人。"谢思行轻轻地说。

叶限听说是个女人，就更不感兴趣了。他兴趣缺缺地道："我就不去看了！本来留下你们倒也可以……如果我猜得不错的话，恐怕就是这两日你们才杀了人。我不喜欢麻烦，等到以后顺天府查到我头上，我还要去打发这些人。看在你是谢原弟弟的分上，我给你们三百两银子，你们走吧。"

谢思行皱了皱眉。这个世子爷相当不按常理出牌，难道不是女人更令人感兴趣吗？

他只能笑了笑："世子爷先看了再说，这是个相当不一般的女人啊！我也是在路上碰到，为了掳她才痛下杀手的。她那些护卫个个武功高强，要不是有苗老给我的药，恐怕硬拼还打不过这些人。"

谢思行继续说："人就在庑房里，世子爷看了这人，肯定会改主意的。"

叶限沉默了会儿才笑道："要是能让我改了主意，你留下来也无妨。"他推开了房门进去。

不过就是片刻的工夫，他倒想看看这谢思行究竟要做什么。

庑房里堆放着很多不用的东西，一张四方的八仙桌已经落灰了，褐色幔帐后面有个长几，放着个白瓷瓶，旁边堆放了好几张椅子。他果然看到个人影背对着他，蜷腿坐在椅子上。

"怎么，还不敢回头看？"叶限淡淡地问。

他没有立刻去看那女子，而是慢慢走到了长几前面，伸手去拿那个白瓷梅瓶看。

"不用怕我，听说你是被谢思行掳过来的。你是哪个世家的？"

还是没有听到这女子说话。

叶限才放下梅瓶，语气依旧平淡："不说话就算了。你落在谢思行手里，恐怕也没有什么活命的机会。我看你梳了妇人髻，应该已经嫁人了吧！为了保全清白你还是咬舌自尽的好。"他说完就准备出门了。

"世子爷，您当真不认识我了？"熟悉的嗓音在背后响起。

顾锦朝忍不住苦笑了，轻声说："现在我不得脱困，看在往日的情面上……"

顾锦朝顿了顿，她真的不太喜欢求人，"你若是能的话，能替我传个信吗？"

她和叶限名义上虽有亲戚关系，其实也隔得太远了。不知道为什么，顾锦朝有种叶限可能不会救她的感觉。她还是没有回头，却也没有听到开门声。

叶限是震住了。等他反应过来，立刻转身走到顾锦朝身边，手抬起她的脸。

真的是顾锦朝！

"你……"叶限停顿了一下，才说，"你怎么会落到那帮人手上！陈三呢，你嫁给他，他就是这么护着你的？"没等顾锦朝回答，他又脸色一沉，"那些人……有没有害过你？"

顾锦朝抬头看着叶限，他一向都是不动声色的。现在神情却很惊讶，渐渐地又有些怒气。他在生她的气，捏着她手臂的手都握紧了。

"你怎么不说话？怎么落到谢思行手上的？他到底做没做什么？"他连声问她，恨不得揪着她让她赶紧说清楚。

顾锦朝长得好看，要是这些人敢对顾锦朝动手脚……叶限心里翻腾着一股冷冰冰的怒意。

顾锦朝轻轻地笑了笑说："你先坐下来，我再和你说清楚吧。"

叶限居高临下，冷冷地看着她。

顾锦朝拉了拉他的衣袖，叶限才不再和她对峙，坐到了旁边的圈椅上。

他刚坐下，似乎又看到了什么，眉头深深地皱起，突然抓住她的手："手怎么流血了？"

顾锦朝垂下眼。刚才她趁着谢思行没注意，从腰带上扯下几个南海珠子，沿途撒了几粒。但是谢思行给她喂了药，如果不是疼痛，她无法保持清醒。她也不知道有用没用，只能孤注一掷了。

雨竹逃脱之后，肯定没多久就回到宛平了。陈三爷得知自己出事之后，会派人来找自己，那就算是她留下的证据。也不知道他能不能找到那里去……

自己被谢思行掳走，还不知道后面会如何。或许她会名声受损，但对于顾锦朝来说这都不是问题。她觉得人活着才什么都有可能，所以她肯定不会为了保全名声去死的。

叶限深吸了口气，冷笑道："顾锦朝，我算是服你了！"他大步走到隔扇旁边。

里头久久没有动静，最先觉得诧异的就是李先槐，敢情这谢思行还真带了个了不得的人过来！

自己的主子他最了解了，一般是不近女色的。这谢思行究竟带了个什么天仙回来，让他在里面待这么久！李先槐百思不得其解。

谢思行也觉得奇怪，他原本带顾锦朝过来，一是看她长得好看，若是遇到个重美色的，难免会被她的外貌所打动。要是这世子爷不重美色，他可以用陈家的女人做很多事，利用价值相当大。这长兴侯世子爷不像重美色的人，应该不会在里面这么久才是。

外面的人都垂手站着，没人敢说话。

隔扇终于"吱呀"了一声打开了，叶限擦着手走出来了。

谢思行心中一喜，向他拱了拱手："世子爷可还满意？"

叶限却根本没理他，叫了谢原："立刻去拿些纱布伤药，再去请郭太医过来。"

谢原看到叶限手上有血，忙拱手而去。

叶限才看向谢思行，那目光看得他心中一冷。谢思行暗道不妙，叶限这表情可不像是高兴的样子。他后退了一步，轻声道："世子爷可是受伤了？"

叶限没有理他，而是转向李先槐，直接指了指谢思行："立刻给我抓起来，捆了扔到耳房里，你亲自守着他，等一会儿我过来问话。"他说完又回了厢房，门"砰"的一声关起来。

谢思行脸色一青，他厉声道："叶世子，我敬你是个人物，你这是要干什么！"

谢思行死都想不到，叶限看到那人之后会让人把他抓起来。那女人究竟是什么人？当初他就讯问过那几个护卫，他们只说是陈家的夫人，别的半个字不肯透露。谢思行料想顾锦朝这么年轻，应该是陈家某个少爷的夫人。他也是真的自大了，没把顾锦朝放在眼里，连问都没有问过她。现在看来，叶限明显是认识这个女人的！

李先槐却没有那么多纠结，他有个良好的习惯，管它究竟是什么事，反正世子爷吩咐了就是对的，照他说的做准没错。这么多年的经验证明这句话完全正确。所以他立刻从袖子中抽出随身携带的弯刀，向谢思行扑过去。

李先槐的动作快，谢思行却比他更快，脚底一蹬就露出了匕首，连连脚踢李先槐的弯刀。

进侯府之前要搜身，他不敢明着把刀带在身上，所以偷偷带了一把匕首防身。谢思行惯用的是长刀，这把匕首他用得很不熟练。何况李先槐也不是简单人，几招就试出了谢思行的路子，脸上露出笑容："你功夫哪个好，可惜惹了咱们世子爷，你还是束手就擒吧。侯府里机关重重，你就是打得过唔，你都出不切！"

李先槐兴奋得满口川蜀方言。

谢思行冷笑："屁！打得过我再说吧！"

他刚说完就觉得后背一疼，手上动作一慢，回头看到暗处有个护卫正举着弩箭。

　　叶限倒是真不忌讳以多欺少。谢思行恨得牙痒痒，早知道就应该把所有人都带来，他倒要看看究竟谁横得过谁，怕就怕这种不讲道义又不择手段的人。

　　谢思行被四面围攻，就算他武功再高也没办法，很快就被李先槐给捆起来了。

　　李先槐抹了把汗，心想谢原这弟弟的确很厉害，如果就他一个人打，恐怕还真要让他跑了，不过捉到了就好。李先槐提着谢思行去了耳房。

　　屋子里只点了一盏烛火，看上去昏黄不清。

　　顾锦朝的伤口被撒了伤药，又缠上了纱布。

　　叶限细白的手指绕着一圈又一圈的纱布，顾锦朝看他一言不发，心里不由得想：叶限心思敏感，也很细致，这种事情好像非常擅长，倒是有点像当初她在顾家的时候，两人还来往的场景了。

　　那天他亲手杀了萧游，然后夜里来大兴见她。那天两人见面时，他就差点因为身子虚弱摔倒。顾锦朝其实是看到了的，但是她并没有说。

　　现在，她在思考谢思行的事情。其实这一切已经很明朗了，便如佛祖曾托梦于她一般，陈三爷殒身四川，叶限肯定有参与，也许还有别人。曾经的叶限肯定是恨极了张居廉党，也恨极了陈彦允。想到这双白皙修长比女子还好看的手，上面曾经沾满了鲜血，有陈家的，张家的，无数人的……

　　顾锦朝清醒过来，把自己的经历和叶限说了一遍，也没有讲得太详细，然后才道："世子爷，你能给三爷带个信吗，让他知道我在这里。我被劫持的事，恐怕……"

　　她已经嫁做人妇，清白自然很重要。

　　其实，他这样帮她敷药也是不对的。叶限抿了抿唇，轻声说："我知道，这事不会传出去的。"

　　叶限这才明白，陈彦允为什么要封城。顾锦朝不见了，他怎么会不动怒呢，估计现在都想要杀人了。想不到谢思行这群人胆子还真大，竟然敢动顾锦朝。

　　郭太医连夜赶来。

　　叶限给顾锦朝安排了个住处，顾锦朝躺在幔帐里，只伸了一只手出来。

　　她有些忐忑，听说有些精通医理的人，甚至可以用脉象来判别人。不过也不知道这郭太医是真的不知道，还是听出来也不敢说。幔帐外她听到郭太医说："这位姑娘身体倒无大碍，想必是受了点风寒，又有气血两亏之兆，我开几服药吃了就无事了。"

　　叶限让人送他出去了，两个小丫头才撩开了幔帐。

“你先休息着，这两个丫头就伺候你。”他淡淡地说。

顾锦朝喊住他：“世子爷，你……这里是侯府，我恐怕不便在此吧。”要是让别人发现，她才是怎么都说不清了。

叶限沉默了好久，却苦笑：“陈彦允也算是运筹帷幄的人，却连你都护不了，你还要向着他吗？”

叶限这话是什么意思？她嫁给陈三爷，自然要向着他。何况顾锦朝现在是真的喜欢他，听不得别人说他不好。她独自在外担惊受怕这么久，真的很想他。

顾锦朝正要说什么，叶限已经很快转过身了：“放心，明早我就派人去告诉他。”

他再任性，也不到会糊涂的地步。

他让人端了晚膳过来，一碗白粥、凉拌笋干，好几样精致的点心。

顾锦朝手受伤不便，就让小丫头服侍着喝粥。她已经沐浴过了，靠着罗汉床吃饭，叶限就坐在对面看着她吃。顾锦朝吃菜口味挺重的，那道凉拌笋干、梅干菜糕饼吃得最多。喝粥也不安静，把勺子里的粥喝到嘴里，小猫一样的动作，好像吃得很香的样子，他看得都有点饿了。

顾锦朝吃了几口就吃不下了。这感觉怎么有点怪异，她好像从来没有这么和叶限相处过。

叶限正看得入神，问她：“你吃饱了？”

顾锦朝总不好说是他看着的缘故，推开了粥碗点点头。

叶限有点失望，他看着还觉得挺好玩的，就像给他的鹦鹉喂食一样。不，比给他的鹦鹉喂食还好玩。

他正要让丫头打水来给顾锦朝洗漱，李先槐匆匆在外面通禀。

叶限不耐烦地拧了眉往外走。“不是让你看着谢思行吗？过来干什么。”

李先槐简直急得要火烧眉毛了，忙几步走近，说：“世子爷，陈三过来了。”

他补充道：“和郑国公一起来的，现在就在外面等着，说是有要事。侯爷、老侯爷都睡下了，属下看到胡同外面还有他们带来的官兵，咱们该怎么办？”

竟然来得这么快。

叶限闭眼思考了片刻，立刻就笑道：“这里你派人守着，阁老远道而来，我自当亲自迎接才是。”

他回头看了一眼窗扇透出的朦胧暖黄，顾锦朝在里头吃晚饭。他竟然恍惚地产生了一种感觉，顾锦朝会等着他回来，两个人和和睦睦的。

回过头后他大步朝厅堂走去，心里淡淡地自嘲，再怎么说顾锦朝也是别人的，她等的也不是他。

入秋后夜露深重，侯府的大门“吱呀”一声打开，寒风乍起。

陈彦允披着他惯穿的斗篷走进来，身着正二品绯红的官服。常海穿着件御赐的飞鱼服，站在陈彦允身后，一张脸笑眯眯的。无数的官兵护卫也拥了进来，很快就站到了厅堂四周，看得叶限直皱眉。

这陈彦允带这么多人来，要是突然发难，他的人手恐怕还不够。

常海先笑道："世子爷这么晚还没休息，我们也不算是叨扰了。"

叶限理都没有理他，冷冷地看着陈彦允。

常海有点尴尬，幸好他一向是大大咧咧的人，从来不计较这些事。

他和长兴侯也是老交情了，就是这个世子爷实在太傲了，谁都不能讨好他。幸好是个世子，要是个别的什么人，这脾气够他在官场上死几百次了。

陈彦允却笑了笑："世子爷就是再不待见我们，却也可以给杯清茶吧。"

他倒还笑得出来，叶限看到陈彦允那副云淡风轻的样子更不舒服。想想也是，不过是个女人而已，陈彦允会缺女人吗。顾锦朝不见了，他有什么好伤心的。

叶限才露出笑容："当然要上茶了。不过是看两位远道而来，又带着这么多人，我心里想着要不要立刻去调集铁骑营过来，免得一会儿打起来，我这儿连个帮手都没有，岂不是要出丑了。"

陈彦允看着他轻轻说："怎么会呢，世子爷既没有作奸犯科，何必担心我们会动手。"

叶限才带着人进了厅堂，很快就有下人捧了上好的汉阳云雾茶上来。

常海才说："来贵府却也不是无事，京中有一伙盗贼闯入，这些人穷凶极恶，在宝坻犯下十多条命案。有人看到盗贼往玉柳胡同这边来了，我们才带兵过来查的。还望世子爷能配合些，我们搜完就走，若是发现可疑人等，便要立刻缉拿。"

叶限听后冷笑："我长兴侯府是你们想搜就搜的？要是在两年前，你郑国公爷有资格对长兴侯府叫板？长兴侯府守卫森严，没有人能闯进来，也不用你们费心搜。"他从袖中拿出一物，递给旁边的贴身侍卫，"调集三千精兵过来，让冯副将多带些重兵。"

"叶世子，你何必剑拔弩张，我们乃是公务在身，又要保护一方百姓安宁。京畿重地，你要调兵入城，岂不是太叨扰百姓了。"常海也有些怒了，他郑国公府是不如长兴侯府，但他是堂堂国公爷，叶限一个还没袭承爵位的毛头小子，也敢跟他这么说话。

叶限淡笑："郑国公爷此话怎讲？你们连夜来搜我侯府，就不算是叨扰了？外头闹得人仰马翻，外城都封城了，难道也不算是扰民吗？"

常海忍不住怒道："我们这是要缉盗，敢问世子爷扰民为何？"

陈彦允按住常海的手，他抬头看着叶限。蛇打七寸，和叶限争执别想争得过他。

他们在九春坊搜查过了，这些人行踪很不寻常。通过蛛丝马迹他很快就找到了强盗藏匿之处，可惜这群人太精明，又武功高强，察觉到后就要翻墙逃跑，当场被射死几个，却还有几个真的逃脱了，现在正在被追捕。屋子里采芙和孙妈妈还被绑着，没有看到顾锦朝。

陈彦允亲自审问了抓到的两个人，这两人太硬气，陈彦允最后用了极刑，都奄奄一息了他们才肯开口交代。陈彦允知道他们上京城来投奔某个人，却也说不清楚究竟是谁，只说是个世子，而且他们领头的人和这个世子的手下有交情。

陈彦允立刻就判断这人应该是叶限。锦朝可能在叶限那里。

等他带兵围住长兴侯府之后，看到长兴侯府中戒备森严，叶限出来迎接他时一点都不惊讶，他心里已经肯定了。

他越是愤怒，心里就越冷静。

陈彦允才慢慢地说："世子不要动怒，陈某审问过那些盗贼了，他们到京城来是要投奔前程的。世子阻挠我们搜查也就罢了，调铁骑营过来自然也没什么，要是被误会和贼人是一伙的，勾结匪盗图财害命，这个罪名就太大了，世子说是不是？"

陈三想把盗贼的事算到他头上？太轻巧了吧。

叶限淡淡地说道："陈大人好大一顶帽子，我可担待不起。不知道陈大人有没有听说过一句话，饭可以乱吃，话可不能乱说。"

陈彦允直视着他："我手里有口供有证据。世子爷不要太任性了，现在长兴侯家可容不得你行差踏错，世子觉得呢？你大概也知道陈某真正的目的是什么，只要你完璧归赵，我立刻带着人离开。你要是还这么固执……"

陈彦允顿了一下，而后轻轻一笑："世子爷该知道陈某的手段总是不太光明的。你父亲有多少把柄在我手上，不用我说给你听吧？"

叶限被他堵得说不出话来，沉默地看着陈彦允。

陈彦允却端起茶杯，眼帘低垂，面无表情地喝了口茶，让人看不出一丝端倪。不过叶限知道，陈三爷出名的涵养好，他竟然都开始威胁人了，那肯定是心里恼怒极了。

叶限不想把顾锦朝还给陈彦允，因为他觉得陈彦允还是不够重视她。其实他心里明明白白的，陈彦允如果不重视她，不可能亮出这么多手里的底牌来救她，这太引得有心之人忌惮了。

他轻轻地叹了口气，还是算了吧，本来也是要还给他的。他站起来对陈三爷说：“你让他们都退出去吧，我把人带出来。”

叶限又道：“这帮匪盗的事和我无关，那人我已经抓起来了，你们带回去审问就是了。”他向常海点点头，“郑国公跟着我去带人吧。”

叶限的态度突然放软，常海觉得很惊讶，他还以为今天要和叶限耗到天亮呢。

陈三爷却笑了笑：“劳烦世子了。”

顾锦朝披上斗篷，戴了帽子，跟着前面的李先槐走在路上。李先槐只让她跟着走，却也没有说要去哪里。夜都这么深了，路旁只点着石灯。过了月门，也没有人拦住他们。李先槐在厅堂前面停下来，厅堂里灯火通明。

顾锦朝看到周围很多黑色的影子，着程子衣佩绣春刀，应该是官兵。她心里依旧忐忑，夜深人静的，这些人到这儿来干什么？叶限又想做什么？

她这几天都没有好好休息过，身体已经疲惫极了，脑子却还在不停地思考，她必须要让自己处于有利的环境中。

李先槐说道：“夫人进去吧，有人在里面等着你。”然后自己退到了旁侧。

这里头的究竟是谁？

顾锦朝犹豫了一下，才提步往里面走。刚跨过门槛就看到一个无比熟悉的背影。烛火明明暗暗，她还以为自己是看错了，遂愣在了原地，也不敢靠近。

陈三爷却先转过身朝她走来，越来越近，然后一把把她抱进怀里，摸着她的头发叹道：“你傻了，看到我都不会说话了吗？”

顾锦朝闻到他身上温和的檀香味，才觉得眼眶一热，她用力抱住他坚实的腰。

“彦允……”她把头埋进他怀里，轻声说了句什么。

声音太闷，他听不到顾锦朝说的是什么。但是抱着这个失而复得的锦朝，他却什么都不忍问，只是柔声安慰她：“没事了，有我在呢，都没事了。”

身体的疲惫感一阵阵涌上来，顾锦朝差点站不稳。陈三爷带着她坐下来，还抱着不放，她也腻在他怀里。顾锦朝从来不知道自己这么能哭，眼泪控制不住地掉，擦都来不及。

看到她这样哭，陈三爷心里更是不好受。他哄她：“锦朝，这里不是说话的地方，我抱你去马车里。”顾锦朝自己拿袖子擦着眼泪，摇了摇头。

陈三爷却直接把她抱起来，拿了斗篷把她完全挡住。

顾锦朝腾空而起，又什么都看不见，只能紧紧抓住他的衣裳，直到被放下来。

马车里头烧着炉子，相当的暖和。她拨开斗篷在他怀里坐起来，手不小心摸到了他的脸，下巴上有扎人的胡楂。

他这几天肯定也不好过……

顾锦朝靠在他胸膛上，听到他有些急促的呼吸，心里更是难受。

陈三爷的手臂也搂得很紧，过了会儿他才问："锦朝……这帮人，有没有欺负你？"

顾锦朝摇摇头。

陈三爷这才放心下来，握住了她包扎好的手："那你手上的伤怎么回事？"

这点小伤有什么可说的，顾锦朝想到一事，却担心地坐起来，小声道："三爷，我这番被挟持，名声是肯定保不住了，你……"

"我都知道。"他轻轻地打断她的话，"陈家我都瞒着，这帮盗匪也会被除干净，没有人会知道的。"他摸着锦朝的头发，"你不要担心。"

顾锦朝把这几天的经历都说了一遍。

马车里的炉火静静地燃着，不时发出"噼啪"的声音。

陈彦允听得很认真。

顾锦朝说完又有些疑惑："那些南海珠子，你没有找到吗？"

陈彦允笑着摇头："许是被别人捡去了吧，再说天色又黑，要想找到你留的那些珠子，还必须要拿着火把一寸寸地找不可。"

顾锦朝想想觉得也是，当时她本来也没抱什么希望。她又紧张地拉住陈三爷的衣袖："采芙和孙妈妈留在那里了，你救她们出来了吗？"

陈三爷点头，把她按进怀里："你好好休息，不要担心，这些事我都处理好了。等你睡一会儿起来，我们再谈你被劫持的事吧。正好我也有一件事要问你。"

顾锦朝是觉得很累，可是她不敢睡。

"你刚才说，还有人逃脱了。"顾锦朝说，"三爷，这些人一定不能放过，特别是谢思行，此人武功高强，心思又深，留他下来肯定后患无穷。"

要是谢思行仍然活下来，再发起川蜀之难，那简直是一场巨大的浩劫。

"肯定不会放过他的。"陈三爷笑了笑，眼睛里却寒冷如坚冰。敢动顾锦朝，那必然是千刀万剐死不足惜。

此时有人叩门，外面传来陈义的声音："三爷，长兴侯世子爷在外面等您，说想请您说几句话。"

陈三爷颔首，又低声跟顾锦朝说："以后如果不是带着陈义，你不准到处去了。这次你被俘虏，我实在是……"他握着顾锦朝肩膀的手用力了些，动了动嘴唇却又说不出来，直直地看着她，声音低哑地道："你明白我的意思吗？"

看这个丰神俊貌的人脸颊消瘦，下巴上长了青色胡楂，她怎么会不懂呢。她何尝不是度日如年呢。

顾锦朝轻轻地回抱着他，什么都没有说。

陈三爷却感觉到她的眼泪浸透了衣襟，湿湿热热的发酸。他神色平静了些，摸着她的发："你要是还想到处去，不准离开我半步。"在顾锦朝的叙述中，其实有很多机会他们可以转危为安。但是锦朝没有危机意识，也没有应对局面的能力和智慧。她毕竟是个女儿家，如果有他在就完全不一样了，自己也不会再让她身处险境了。

"我让陈义守在外面，要是有事吩咐，你叫他就是了。"他亲了亲她的眉心才出了马车，江严立刻跟上去，叶限在门口等着他。

看着陈三爷负手站定，寒风吹起斗篷衣角，叶限站在台阶之上揣着手，淡淡地道："陈大人，你知不知道我最讨厌你什么？"

陈三爷笑着看他："世子爷这话怎么讲？"

叶限笑着说："你这个道貌岸然的样子啊。顾锦朝看不透你，我还能看不透你？只是她喜欢你，我也不好插手罢了。你这么心思深沉，果断狠决的人，怎么会性格温和呢。"

"锦绣裁断无人惜，却怜指上朱砂痕。"陈三爷念了一句，也笑了，"但这又干你叶限什么事呢。"他平静地直视他，第一次露出冰冷的情绪，"她是我的妻，你要是想作为长辈关心，我不会阻止。但要是怀有目的，我恐怕不会坐视不理的。"

陈三爷几步上了台阶，看到旁侧府学胡同里刚落叶的柳树，一片萧条。

"本来也是想感谢你的，可惜世子爷私心太重，陈某的谢字也说不出口。"他淡淡地说，"该断则断，不管你想不想断，都必须要断了。"

他不会再继续容忍，他的涵养其实没有自己想的那么好。他毕竟也是男人，最知道男人的想法。得不到的东西，他们可以惦记一辈子。

叶限没有说话，抬头看着寒空的星子。

"陈大人，这天就快要变了，你信不信。"

陈三爷看也不看他："那又能如何呢？"

叶限无意味地笑了笑。

突然有人从门内快跑出来，是叶限的护卫，跑得很急，脸上全是汗："世子爷，西边走水了！"

叶限让他带着常海去耳房带谢思行出来，但是他们到那里的时候，西边已经燃起大火，都快把正房给烧完了，被关在里面的谢思行也不知所终。现在李先槐正带着人扑火。

叶限听后脸色铁青。这可是长兴侯府内，竟然还有人敢放火。他带着人立刻往长兴侯府里走，走了几步才发现陈三爷也跟上来了。他皱了皱眉："你跟上来干什么？"

陈彦允倒是很镇定地道："过去看看，既然有人跑了，总要找回来才是。"

叶限也没有管他，两人朝关押谢思行的地方走去。常海手下的人也帮着救火，好一会儿才把火完全扑灭了。陈三爷带着人走进废墟里，叶限找了看守的人过来问话。

"奇怪得很，属下几个稀里糊涂就睡过去了，等醒来的时候看到房子都烧着了，想进去把那人提出来，但进去之后里头什么都没有。"看守的人知道自己犯了大错，说话都结结巴巴的。

有人从月门里走进来，是侯爷身边的随侍。

"世子爷，侯爷找您去问话。"

大半夜搞得长兴侯府鸡飞狗跳的，长兴侯自然要过问。

叶限蹙起眉："你回话吧，我一会儿就过去。"

来人恭敬地拱手退下了。

陈三爷带的人已经从废墟里捡起一样东西，交给了他。

他拿着看了看，放到叶限面前："这东西世了应该熟得很吧。"三爪钩，用来攀缘墙壁的东西。

看来是有人进来把谢思行救走了，为了打乱他们的阵脚，这些人还纵了把大火。

"东西掉下来，那必定是火势太猛来不及捡了。"陈彦允说，"人恐怕还在长兴侯府中，他们准备趁乱混出去。世子爷先下令包围侯府，再派人搜查后院吧。"

后院女眷众多，是防备最薄弱的地方。

叶限拿着那被火烧得发烫的东西，深深地看了陈彦允一眼："陈大人是文官吧？"

陈彦允笑了笑："怎么，百无一用是书生吗？"

叶限听后不再说话，带着人去搜查后院了。

陈三爷离开之后，顾锦朝才长舒了一口气，拢着斗篷靠向火炉，心里渐渐地轻松下来。有他在身边，顾锦朝是最放松的。她靠着马车壁，心想还是要把陈四爷的事告诉陈三爷，这一连串的事实在是太复杂了。

马车突然晃动了一下，马儿嘶鸣了一声，外面传来陈义的声音："原地不动，护着马车就好！"

外面出什么事了？

顾锦朝挑开了车帘，唤了陈义过来问话。

陈义拱手道："北边有火光升起，火势不小，怕是走水了。"

顾锦朝往北方看去，正好是长兴侯府西南方向，红色的火光映的天都泛红了，火势果然很大，不过也烧不到他们这里来。顾锦朝四下看去才发现周围站着许多陈家护卫，再外面是穿着甲胄的行兵，戒备森严，一直到巷子外都还有人。陈三爷竟然带了这么多人过来！

顾锦朝又问陈义："陈三爷没有私兵，这些官兵是从哪里调集的？"

文臣豢养私兵是大忌。

陈义笑了笑："夫人不知，三爷和国公爷关系甚好，又和五城兵马司有关系。再说远一些，神机营指挥使也是可以调动的。再说借人过来也是追查这些匪徒的，哪里借兵都能借啊。"

顾锦朝沉默地想了会儿，才叹道："其实不太好是不是？"

陈义有些惊讶，又不知道说什么好。顾锦朝却已经坐回去了。

和张居廉撕破脸势在必行，她却没想到有这么快。

陈三爷不见了，也不知道长兴侯府里出了什么事，怎么会走水呢？顾锦朝想到了谢思行。这个人肯定没那么简单，会不会是他做的？三爷有人保护，应该不会有事吧。她深深地出了口气，更加睡不着了，可别把他给放跑了。

又过了会儿，陈义给她端了一碗热粥、一碟肉包子来。

"夫人先吃些东西，属下只找到家早开的铺子，您先将就着。那边倒还有卖咸豆浆的，就是看着不大干净。"

已经都快天亮了吗？

肉包子个头太大，顾锦朝只能吃一个，剩下的给了陈义。他倒是不嫌弃，就是有点不好意思。

顾锦朝又想家里的长锁，也不知道孩子怎么样了。他看上去好带，但要是没有她哄着睡，他又会闹脾气，陈三爷又在侯府里没有出来。采芙和孙妈妈也不知道怎么样了。顾锦朝有点归心似箭了。

她正想着，陈义又隔着帘子说话了："夫人，三爷刚传信过来，要属下先送您回去。您先休息着，一会儿就到宛平了。"

那陈三爷呢？长兴侯府里究竟发生什么事了？顾锦朝想了想，还是没有再问陈义。他守着自己寸步不离，估计里面的事也不知道。

第十七章

内幕

　　宛平陈家那边，消息还没有传回来。

　　顾锦朝到了之后被扶下马车，看了一眼木樨堂黑漆的门扉，恍如隔世。

　　她进门之后才看到雨竹、采芙几个人正等着她，看到她回来都热泪盈眶。采芙是最克制的人，深深地吸了口气，才向前低声道："夫人先洗个澡吧，奴婢已经让人准备好热水了。"

　　佟妈妈则不住地擦眼泪，能回来就好。

　　顾锦朝身上的衣裳这几天没有换洗，穿着也难受。

　　她点了点头，采芙就去吩咐小丫头抬热水了。

　　顾锦朝心里挂念着孩子，进了西次间后没有看到长锁，心里已经想着他了。她叫了绣渠过来问："小少爷这几日还好吗，现在人在哪里？"

　　绣渠听雨竹说了这一次的惊险，也很为他们担惊受怕，眼眶红肿地道："小少爷这几天不太安稳，夜里总是哭，乳娘也哄不住，刚才喂了奶才睡下，就在暖房里。"

　　顾锦朝去了暖房看他，果然正睡着。她小心地亲了亲他的脸蛋，才轻轻退出了暖房。

　　采芙已经准备好了桐木热水桶、玫瑰露和澡帕，正等着她去洗澡。

　　她周身都清洗干净后，换上了件蓝色宝杵纹杭绸褙子，浅色的综裙，靠在罗汉床上休息。采芙用梳篦一下下给她篦头发，又从旁的琉璃碗里蘸起花露，梳在她头发上。

　　这样平时常做的小事，才让她有种真的回归生活的感觉，好像被挟持的事从来没有发生过一样。

　　梳好了头发，顾锦朝把佟妈妈叫了过来，问她自己不在的这几天都发生了什么。

　　佟妈妈说得很详细："三爷知道您出事后，吩咐奴婢一定要把木樨堂照看好，就立刻带人去救您。雨竹带着小少爷回来的消息却是瞒不住的，小少爷毕竟年幼，离了您整夜地哭。三爷就让奴婢和别人说小少爷是因为在宝坻住不惯，水土不服才早早送回了大兴的。您出事的事，也只有咱们几个知道。"

　　顾锦朝听到长锁整夜啼哭，忍不住觉得心疼。她又问佟妈妈："母亲有没有问过？”

佟妈妈说：“让奴婢抱小少爷去看过一次，还喂小少爷吃了羊奶粥，别的也没有说什么。”

“二夫人有没有说过什么？”顾锦朝问道。

佟妈妈犹豫了一下：“倒是没有，就是过来看过小少爷一次。奴婢推说小少爷都睡了，就没有抱出来，只请她喝了碗茶。”

顾锦朝松了口气，让采芙找了她惯用的首饰来戴上。她这是刚回来，应该要去给陈老夫人请安。

去的时候陈老夫人正被郑嬷嬷扶着，在抄手游廊里走路，看起来气色也很好。她完全不知道顾锦朝的事，笑着让她进去坐，捧了杯荷叶茶给她吃。

“我最近都喝这荷叶茶，听说是清肺火的，感觉口味倒还过得去，就是比茶水寡淡些。”

顾锦朝捧着喝了口，一如往常地问陈老夫人的身体如何。

陈老夫人笑眯眯的：“年纪大了，身子什么坏毛病就多起来了。唉，时好时坏的，你可别惦记。你去宝坻那里好玩吗，还把长锁先送回来了，纪吴比向来都是个风趣的，我和她相处也很舒服。”

她从小在纪家长大，熟得不能再熟，哪里有什么好玩的呢。

可惜她还给陈老夫人带了东西回来，都扔在宝坻驿站里头了。

顾锦朝笑着说：“长锁是水土不服才送回来的，倒是暄姐儿还过得不错，听说是有身孕了。”

陈老夫人很高兴，连连地点头称：“那就好。”

顾锦朝也累了，很快就告退回了木樨堂。

她刚回到木樨堂，就听到孩子啼哭的声音，哭得声音都不对了。她连忙快走几步进了暖房，看到乳娘正抱着孩子哄。孩子却始终哄不好，扭着身子不要她抱。小小的身子穿着件短褂子，瓜皮小帽都歪了。

她还没有去抱，他就好像听到了她的声音一样立刻侧过身，朝她扑过来。顾锦朝忙把他抱起来，拍着他的背细声哄他。

长锁却好像真的委屈起来了，更是哇哇大哭，等到哭得没力气了，揪着她衣襟不断地抽泣，可怜极了。顾锦朝想要乳娘抱他去喂奶，他却不干，赖在顾锦朝怀里呀呀地叫，往她胳膊里钻。

他不会说话，不知道怎么表达害怕的感觉。他可能觉得一离开她，她就不见了。

顾锦朝还是说：“算了，端一碗羊乳来。”

她把这小东西抱出来，一勺勺地喂他喝温热的羊乳。

他喝一勺就看看顾锦朝的脸，好像在认她一样，一碗羊乳很快喝得就见底了。以前要喂他可没有那么省心，他喜欢扭来扭去跟自己玩，半天都喂不到一勺子。

长锁喝完了羊乳，顾锦朝拍着他的背让他打了嗝，拿出他的手摇铃给他玩，把他逗得笑嘻嘻的，也愿意要乳娘抱着哄了。

顾锦朝把长锁哄睡着了，看到隔扇外天都黑了。这都要一天过去了，也不知道陈三爷什么时候才回来。

顾锦朝带着孩子睡下了，半夜的时候才听到屋外有说话的声音。她起身轻手轻脚地点了烛台，给孩子盖好了被子。

陈三爷在前一进的书房里和别人说话，时不时传来几句笑语。听说顾锦朝过来了，陈三爷有点惊讶："你怎么不睡了？"

书房里江严向顾锦朝拱手请安，先退了出去。

顾锦朝把斗篷解开，问道："长兴侯府走水，是谢思行出什么意外了吗？"

陈三爷喝了口茶，示意她坐下来说话："我们搜查到天亮才把人找出来，没事，现在已经把他关到刑部大牢里了。犯下这么多条命案，他肯定是难逃一死。"

抓到了就好，顾锦朝松了口气。那他后来又去做什么了，这时候才回来。

陈三爷好像知道她疑惑什么，笑了笑说："老师叫我去说话了，毕竟动静闹得太大了。"

他起身走到窗扇边，院子里一片漆黑，只有几盏莲花石座的灯亮着。他微眯起眼，觉得风吹得有点冷了。

确实要变天了。

张居廉最后看他一眼，那种意味深长的神色，他很多次都看见过，可以让人不寒而栗。袁仲儒也曾和他同窗共事，张居廉何时对他心软过？

顾锦朝看他沉默不语，站起身走到他身后，轻轻地喊："三爷，怎么了？"

陈三爷才说："你还记不记得，我说过我有话要问你。"他转过身直视顾锦朝，神情很郑重。

顾锦朝点点头："我知道。"她也沉默了一下，"正好，我也有话想对您说。"

陈三爷看到她突然冷静下来的神色，心里低叹。他现在不应该只把她当成妻子来看待，顾锦朝有很多秘密，她从来不说。

他让顾锦朝坐到自己对面，亲自拿了茶壶过来，摆上了白瓷的茶杯。

锦朝喜欢白瓷茶杯，斗彩的、青花的这些都没有看到她用过。他自己没有什么习惯，也就由着她了。

"长兴侯宫变的那天，睿王被长兴侯斩于刀下。当时我觉得很奇怪，是谁给叶限通风报信了呢？"他顿了顿，继续说，"我当时想过萧游，他和叶限多年师徒，不可能没有情分在里面。但是后来我又觉得不是，如果真的是萧游反叛，他根本就不会让长兴侯去禁宫之中。所以肯定不是萧游。"

他指骨分明的手握着茶杯，递到顾锦朝手上。

顾锦朝有些惊讶，随即心里一紧。陈三爷总有一天会知道的，她一直都这么认为。但是她毕竟帮的是叶限，她不知道陈彦允会怎么想，也许现在就是那个时候了，什么都要坦白了跟他说。因为他即将面对一场浩劫。

虽然谢思行快死了，但是张居廉还没有。陈三爷总有一天会和张居廉对上。

她镇定下来，轻声说："不是萧游……"

"的确不是萧游，而且萧游已经死了。"陈彦允看着杯中的茶叶舒展开来。

"所以我认为叶限的背后还有一个人，是这个人在帮他。而我一直试图把这个人找出来，可惜我没有想到，这个人竟然一直在我身边。"他抬起头，很平静地说，"锦朝，怎么会是你呢？"

原来他一直想找的人，就是顾锦朝啊。她夜夜与他同榻而眠，自己却还在满天下地找人。难怪那天他问起来，叶限的神情显得惊讶又怪异。

的确是可笑了。

"我知道一些事。"锦朝叹着说，"只是我知道得不多，那次帮他，也是偶然在外祖母那里，听到了睿王他们的商船运送兵器的事。"顾锦朝知道三言两语是不能搪塞陈彦允的，她想把一切都说明白。她应该信任陈三爷。

"我说的事情，可能有点难以理解，但都是真的。"顾锦朝说。如果他不相信她，她根本不能安稳地坐在这里。顾锦朝心里很明白。

"庄生梦蝶，蝶梦庄生。我知道一些可能会发生的事，也就是能预兆先机，但我也不太确定。上次您受伤的时候，我就假托过佛祖。其实也不算是假托佛祖，这些事或许是佛祖在里头呢。"顾锦朝只是笑，"但我一内宅妇人，不懂命数不懂朝堂，我就是知道这些有什么用呢。"

这比他想的还让人震惊。锦朝能预兆先机？

陈三爷直皱眉："你有没有和别人说过？"

顾锦朝摇头："和您说我都会犹豫再三，别人我半个字都不透露的。"

陈彦允听后思考了很久。他试探着问："如果……我要问陈家会繁兴多久，你能知道吗？"

顾锦朝摇摇头："我不知道，我只知道可能发生的事。而且这些事有可能会变。例如我知道纪二表哥可能会娶永阳伯四小姐，最后他却娶了五小姐。这个我不能预料到。而我看到我母亲会死，我努力想改变，但是她最后还是死了。这都说不定……"

陈彦允听后又沉思很久，才问："也就是说，你也只是知道可能发生的事，而且还很不全面，但足够让你给别人预警了。就好像上次你说我可能会受伤一样，是不是？"

顾锦朝才点点头，她觉得这样解释是最好的。

他揉了揉她的头发："那我便放心了，这还不算什么。你要是真能通晓古今，才是麻烦！"

陈三爷这个反应她始料未及，顾锦朝有点愣住了。

她摇了摇他的手："我还以为……您希望我知道很多事呢！"

陈彦允却果断地摇摇头："慧极必伤。"

就像那街边算命的，算得多了还要折损寿数呢。也不知道锦朝这个本事，会不会折损她的寿数。他想到这里，难免还要叮嘱她："要是没有必要就不说了，像你表哥的姻缘，那就是别人的定数。你大可不必去看。方仲永你总该知道吧！"

顾锦朝才笑起来，继续拉着他的手道："您以后要是有什么事，就可以和我商量，说不定我知道呢！"

陈彦允想了一下："你被匪盗劫持的时候，让雨竹跟我说，要我提防老四和张大人，也是你看到的结果了？"

顾锦朝又摇摇头："这可不是！我要是一开始就知道的话，我会让您提防的。这是我一点点猜的，因为……"顾锦朝不想说陈三爷死的事，就先避开了，"陈家的永昌商号，外祖母发现有不对的地方，她跟我说永昌商号的生意有问题，四老爷和织造太监勾结，搜刮民脂民膏。永昌商号的丝绸，都是从织染局里面出的，用的也是税丝和服役的工匠，所以价格才如此低廉。

"我当时就想，织造太监是从司礼监派出去的。而张大人和司礼监秉笔太监冯程山关系匪浅。四老爷在这事上犯了大错，要是被张大人握在手里，那恐怕是要用来威胁您的！"

贪赃枉法，搜刮民脂民膏，还敢动税丝，这显然是重罪。陈三爷的脸色一肃："这事当真？"

顾锦朝点头。恐怕陈三爷也想不到，陈四爷会在背后咬他一口吧。被自己的同胞兄弟背叛，谁又能想到呢。

"他是在怨我啊。"陈三爷看着烛火沉思，好久才说，"你知道我为什么不要他做官吗？"

他原来说过啊，顾锦朝道："您说是因为陈四爷的性子……"

陈彦允只是笑笑："不过是其中一个原因而已。最主要的是他曾经做过的一件事。"

顾锦朝静静地听着。

"他杀了老五——"陈彦允的声音压得很轻，"他以为没有人知道，其实我是知道的。那时候老五溺水身亡，他说自己在书房里写字。其实我去书房找过他，他根本不在里面。他从荷塘回来，袖子上还沾着几粒泥点。那时候老五的生母李姨娘还没有死，哭得很伤心，他还去安慰了她几句。我看着老四，简直觉得不认识这个人。

"当时我和老五很要好，娘也对老五很好，他心里其实很不满。但是我猜不到，他竟然会痛下杀手。而且还能装得什么事都没有一样去安慰别人。"

陈彦允苦笑道："我也有点私心。一个这样薄情寡义的人，要是以后真的功成名就了，会怎么对我们呢？"他慢慢摸着顾锦朝的脸，"所以我不愿意跟你说，也不想你知道我是什么样的人。"

顾锦朝搭住他冰冷的手背，心里很感慨。其实不算是陈四爷杀了陈五爷，他只是见死不救而已。但是这和杀有什么区别？

要是看见顾澜在池塘里扑腾，说不定她也不会救，转身就走了。淹死人了也和她没关系。当然她和顾澜的仇太深了，她是恨不得自己把顾澜推下池塘的。

"这事现在还没人知道，您和陈四爷说说，总能够把问题解决好的。"顾锦朝安慰道，"现在太晚了，您还是先睡吧。这几晚您也没有睡好……"

她起身要吩咐丫头给他热水，陈三爷却拉住她。

"锦朝，我以后的下场很惨吧。"陈彦允看着燃到末尾的蜡烛，轻轻地说，"不然，你不会这么注意这些事了。我以后会怎么样，身败名裂？还是会被人所害？你可以告诉我。"

顾锦朝想到他的死，还是觉得心里发堵。

"会没事的……有我在呢，您说是不是？"她勉强地笑。

陈彦允却笑了笑："你说过，你看到你母亲可能会死，你用尽了办法也没有救活她。"他闭了闭眼睛，声音低哑了很多，"如果我真的要死了，你一定要告诉我。"他握着顾锦朝的手却很紧。

风华正茂，权势在握，他却已经要思考死亡了。

顾锦朝辩驳道："长兴侯爷本来也是要死的，但是他却没有！您不要多想，这一切也不是没有变数的。"虽然她所知道的事，大部分都没有偏离轨迹，但顾锦朝不会告诉陈三爷这句话的。

他"嗯"了一声，伸手用力抱紧她。

秋雨细密，隔扇外的荷池里起了涟漪。

朱骏安裹了件灰鼠皮潞绸内衬的斗篷，端正地坐在椅子上看书。

镏金仙鹤香炉飘出缕缕香雾。

他看了一会儿就忍不住抬头，只看到两个内室垂手站在书房外面，难免要问："陈大人还没有过来？"

守在他身侧的冯程山笑道："皇上您别着急，陈大人正和张大人商量事情呢，一会儿就过来了。"

朱骏安看向冯程山："商量什么事？他和朕说好了要午时三刻见的。"

冯程山面容白净，垂手恭敬地道："老奴也不知道，不然老奴立刻去催催陈大人。只是现在是内阁议事的时候，老奴贸然进去传话，就怕打扰了几位大人商量国之大计。皇上要请教陈大人，总应该就是几句话的事，多等一会儿倒也无碍，您说呢？"

朱骏安握着书页的手捏得发白。半晌他才笑了笑："既然陈大人在和张大人议事，朕就先等等吧。"

冯程山让人端了碗红枣川贝银耳粥上来给朱骏安喝。

朱骏安端起碗，喝了一口就皱眉了："怎么这么甜？"

冯程山又道："这是庄嫔亲手为您熬好的，刚吩咐人送过来呢。这川贝只有珍珠大小，相当的好，皇上您前些日子有些咳嗽，喝这个正好。"

朱骏安今年已经要十五了。要是寻常的皇子，现在应该都有好些侍妾了，快些的说不定都有孩子了。

不过朱骏安自登基以来就选过一次秀女，他又不喜欢后宫这些事，所以后宫妃嫔寥寥无几。这庄嫔就是张居廉的侄女，选进来之后与母亲为他立的一妃一嫔地位相当，还隐隐有超然之态。这些小的不就是迫不及待地要讨好她吗？

朱骏安不喜欢庄嫔，不是因为庄嫔长得不好看，而是庄嫔总是想管他的事，但凡点滴都要过问。他心里很烦，却又不敢说出口。何况太后也告诫他，外戚专权是大忌，现在张居廉的势力已经太大了，要是再让他把后宫给把持了，他就真的是个傀儡了。

这个位置坐得真窝囊！朱骏安心里很屈辱。他连个臣子都召不过来！他实在受不了这个甜味，喝了一口就把银耳汤放在旁边，继续看书了。

不过一刻钟的工夫，陈彦允就过来了，张居廉竟然也跟着来了。

"微臣和张大人议事过晚，来得迟了一些，还请皇上见谅。"陈彦允拱手道。

朱骏安清秀的脸庞露出笑容："我的事是小事，迟些时候问也没有关系。倒是没想到张大人也跟着来了，张大人最近来得少，我也好久没有看到你了。"

张居廉站起来拱手："皇上要是想念微臣，随便叫人来唤一声就可以了。今天微臣也是想来看看，皇上的书读到哪里了，听说您前几天在读《吕氏春秋》？"

陈三爷也坐下来，喝着茶听张居廉指点朱骏安读书。

昨天他才和大理寺卿监审了谢思行那伙人，谢思行等几个主犯判了斩首，其他判了流放。今天张居廉找他就是问这件事，虽然有十多条人命在上头，但毕竟只是个小案，张居廉大可不必过问。他却和自己说了半个时辰，到朱骏安这里来可不就已经晚了。

张居廉站在朱骏安身侧，他鬓边发白，浓眉长入发鬓，不怒自威。

"'尝得学黄帝之所以诲颛顼矣，爰有大圜在上，大矩在下，汝能法之，为民父母。'盖闻古之清世，是法天地。皇上可知道是什么意思？"

朱骏安脸发红："我才刚开始看几日，哪里懂是什么意思。"

张居廉笑道："臣原来教皇上读书的时候，皇上就是这个性子。读书的时候不通其义，又怎么能把书读好呢，您说是不是？这句话是以黄帝教导颛顼为榜样来说的道理，上有天，下有地，只要按照天地的准则治国，就能国泰民安，风调雨顺。"

朱骏安只能点头。

张居廉收回手喝茶，笑着看向陈彦允："可见他没把你教好啊！"

陈三爷又站起来，淡笑着谦逊道："我和老师比自然是远远不如的。"

张居廉也淡淡道："你那是客气话，当年你中榜眼的时候，可是名动北直隶啊。"

他一低头，就看到朱骏安的书案上摆了碗银耳汤："我看这汤都冷了，皇上怎么不喝呢？可是不合胃口的缘故？"

朱骏安哪里敢说实话："这是庄嫔给朕做的，我自然喜欢喝。就是晌午多吃了半碗饭，现在没有胃口罢了。"

张居廉笑道："庄嫔虽然才貌不及别的嫔妃，但是性子温和，又做得一手好羹汤，能尽心伺候皇上最好。上次庄嫔还托话给她母亲，说和敬妃一见如故，就是宫殿不在同一处，两人说话都不方便。皇上要是看庄嫔能尽心伺候您，不妨让庄嫔和敬妃住到一处去……"

不同等级的妃自然各有各的住处。

他这是要为自己侄女求个妃位啊！

陈三爷低下头喝茶。

朱骏安却反应了片刻，然后脸色发白。他艰难地说："朕回去和母后商量一番吧！"

张居廉忙道："微臣也只是随口一说。皇上要是觉得她不够抬举，可千万别看了微臣的面子封她。微臣不该说这些后宫的事，也就是想起侄女一时间失了分寸，还望皇上饶恕！"

朱骏安点头:"朕知道,不怪爱卿。"他的语气却有了微妙的变化。

张居廉却好像没有发现一样,样子十分的恭从。

陈三爷看到朱骏安手背的筋都紧绷起来,知道他是忍不住了。他毕竟还小,耐性又能有多好呢?

陈彦允又想到顾锦朝说的话,他这两天忙着论谢思行的罪,还没来得及去处理陈四爷的事。不过他已经让手底下的人去查了。如果陈彦文真的和司礼监有勾结,那肯定是张居廉授意的。

他不喜欢被别人掌控,不论这个人是谁。要是张居廉真的做到这个地步,他就不用留情面了。

张居廉已经老了,这些年的作风越发的昏庸,他手底下的势力倾轧越来越严重。只是张居廉毕竟做过他的老师,正所谓一日为师终身为父,张居廉对他有恩,他不可能立刻就狠得下心。陈彦允心里也有重重的顾虑。

顾锦朝在看着陈玄越写字。他的馆阁体写得很不好看,歪歪斜斜的,好像被风吹过站不稳一样。

顾锦朝看了半天,无奈地摇头:"我原以为你的字写得不好看是装出来的,倒没想还真不是。等三爷回来,我让他找几本字帖给你描红吧!"

陈玄越也很无奈:"婶娘,我没办法了,说不定我就不是这块料呢!"

"你想躲懒?"顾锦朝揭穿他,把他练字的东西都收起来,"熟能生巧,苦练之下就能写好了。"

陈玄越痛苦地"唔"了声,往后仰躺在罗汉床上。

长锁在罗汉床上翻来翻去和自己玩,他学会翻身之后经常这么玩。还一定要别人看着他玩。

看到陈玄越突然倒下来,他好像挺好奇的,翻过身瞅他,还用小手揪陈玄越的头发。

陈玄越抓住长锁的手,把他抱进怀里笑眯眯地道:"小长锁,九哥带你玩飞飞好不好?"

飞飞就是抱着长锁转圈圈,他最喜欢别人和他玩这个。

长锁好像听懂了,对着陈玄越直笑。

顾锦朝阻止他:"你才多大的力气,别和他玩这个!"

陈玄越说:"婶娘,我这都练了这么久了,没事。我也不把他抱得多高。"

说得也是,他跟着鹤延楼的师傅学,这大半年个头蹿高了很多,已经和陈玄新差不多高了。

陈玄越就盘坐着抱起长锁,和他玩了一会儿。长锁高兴得咯咯直笑,反正他是一点都不怕，反而觉得很好玩。玩累了就赖在陈玄越怀里，搂着他的脖子到处看。

陈玄越额头都出汗了，朝她笑笑："您看，您要相信我不是！"

顾锦朝懒得说话了，让丫头打热水来给他擦脸。

这时陈曦过来了。

她也长高了不少，穿了件粉樱花的短褙子，十二幅浅色湘裙，粉雕玉琢的小脸，娇娇俏俏得像花一样。

她一来就拉住顾锦朝的手，可怜兮兮地说："您这些天没回来，我都不知道去哪里玩好！"

顾锦朝问她琴练得怎么样了，她又跟着新来的绣娘学绣艺，不知道有没有长进。

等陈曦和顾锦朝说完了话，她才坐到罗汉床上。看到陈玄越抱着长锁玩笔，小声地问他："九哥，你在玩什么？"

陈玄越抬头看她，挑眉笑道："怎么了？"

陈曦却莫名有点不好意思，她红着脸喃喃地说："就是问问……"

陈玄越转过头不理她，淡淡地说："问来干什么？"

陈曦愣住了，她觉得九哥有什么不一样的地方，但是那种感觉好奇怪，她也不知道为什么。

长锁却向陈曦挥着小胖手，呀呀地说话。

顾锦朝去找了本书进来，喊了陈曦过去："和你九哥说什么呢？"

陈曦摇摇头不说话，顾锦朝觉得她的表情有点奇怪，难道发现陈玄越的事了？

陈玄越这么一直装傻也不好，顾锦朝想寻个机会，把陈玄越的事说出来。就是不知道什么时机合适，而且又关乎陈彦文，她想等陈三爷把陈四爷的事解决了再说。

冯隽和江严在宁辉堂前接了三爷。

陈三爷从马车上下来，边解开披风边往书房里走。

冯隽和江严跟在他身后，等他在书案前坐下来，两人才垂手站在陈三爷身前。

陈三爷静静地沉思了片刻。他在想很多事，张居廉、朱骏安、叶限……迟早会有冲突的。

冯隽上前一步，低声说："三爷，您吩咐让我们查四爷的事，已经有结果了。"

"嗯，你说。"陈三爷点点头，闭眸细听。

"四爷……的确和司礼监有勾结。他在扬州的丝厂其实只挂了个名字，永昌商号的纻丝、罗、绢都来自扬州、苏州等地的织造局。四爷的收成有三成是分给织造太监的，又有三成在陈家明面的账面上。其余四成四爷都秘密转到别的地方了。四爷还利用过二夫人的商铺来转移这些账面，做得神不知鬼不觉。"

江严接着说："按照您说的，我们查过四爷和张大人有没有接触。四爷倒是没有直接见过张大人，不过他和张大人的三舅子吴子擎来往密切，两人常约了一同去喝酒，一般是在聚仙酒楼。问过聚仙酒楼的伙计，两人喝酒从不叫人作陪，也从不请客，一向都要关在房里好几个时辰。"

"永昌商号勾结织造局，贪污相当的严重。四爷和织造太监胡广、冯安合作已有一年余，吞下的银子不下十五万两。而胡广、冯安也利用四爷做过别的事，在北直隶为其大行方便，藏污纳垢已让人惊心了。"江严拿出一本账，轻轻地放在书案上，"人情账都在上面，三爷过目。"

陈三爷拿起来翻了几页，他的表情变得很冷。把账本扔回书案，他淡淡地道："把陈彦文叫过来吧！"

江严应诺下去了。

陈四爷被江严请过去的时候，正在尤姨娘的房里。

尤姨娘要拉着他喝酒，他就着尤姨娘的手喝了一口。尤姨娘又从床上翻起身，软软地趴在他身上，附在他耳边嘻嘻地笑："要不要妾身把那两个丫头一起叫进来……"

陈彦文兴致并不好，他觉得陈三爷最近太古怪了。他拿过酒杯一饮而尽，说："你倒是不吃醋了。"

尤姨娘笑道："妾身不是夫人，就是吃醋，心里也是以老爷为重，老爷高兴妾身就高兴了。"

陈彦文最喜欢她说这样的话。果然他的脸色松缓了许多，复搂住她的腰："行了，不用别人伺候……"

两人正低声说着荤话，就有小丫头通传说喊陈四爷去。

尤姨娘满心的不乐意，拉着陈彦文的衣带："肯定是夫人喊您过去了，妾身不要您走……"

陈四爷很平静地摸着她的背脊："才说你不吃醋，眼下就开始了。"

冰冷的手指让尤姨娘的背脊发寒。

她娇笑着搂陈四爷的胳膊："您难道想走吗？"外面的人又说了一声，陈四爷才听清楚是江严过来了。

他一把挥开尤姨娘，皱眉道："胡闹，外头的是江先生！"尤姨娘也才听清楚，连忙拉上滑到腰间的肚兜，伺候陈四爷穿衣裳。这一通下来，时间已经过了一刻钟。

江严看到陈彦文出来，笑着拱手："四爷让我好等！三爷在宁辉堂等您，有要事相商。"

如果不是要事，也不会晚上来喊人了。

陈彦文觉得奇怪的是，为什么是在宁辉堂。平日陈三爷找他，都是直接在木樨堂里说话的。今天却是在宁辉堂……恐怕是有大事发生了，他心里已经沉下来了。

陈彦文到宁辉堂的时候，陈三爷在练字。

陈三爷惯用左手，笔仿佛游龙走凤，手腕上的佛珠串纳在袖中，隐约可见。

陈彦文看到这串佛珠，不由得问："已经有段时间不见三哥戴佛珠了，怎么又用起来了？"

陈三爷练字的时候不说话，因此也没有回答他。

陈彦文低声说："我记得我曾送过三哥一串佛珠，虽然是常见的样式，却是高僧开光的。为了求那串珠子，我还亲自去了五台山……"

陈三爷搁下笔，抬起头看着陈彦文："你知不知道，我为何叫你过来？"

陈彦文还没来得及说话，陈三爷一本账本就扔了过来。

陈彦文下意识接下来，有些疑惑地翻开。他一页页地看下去，脸色越来越差，嘴唇也紧抿起来。

"张居廉许你什么好处？"陈三爷淡淡地问。

陈彦文拿着账本，沉默不语。

"我再问一次，许了你什么好处？"他的语气很轻。

陈彦文笑了笑："既然你都知道了，还有什么好问的。你发现这些账目，那就肯定知道我和司礼监的事了。是啊，这些都是我做的。你能干什么呢？你都断了我的官途了，还想送我去坐牢吗？就算是送我去坐牢丢的也是陈家的脸，不过你倒是能落个大义灭亲的好名声啊。"

这个只小他一岁的弟弟，说话向来都狠毒。

陈三爷却平静地看着他："你知道我为什么断你前途吗？因为就算给你前途你也要不起，你心思太狭隘了，也太薄情了。我大概也猜得到张居廉给你什么好处了。那好，现在我问你，你就恨我恨到想我死吗？"

"死倒是不至于啊。"陈彦文阴柔的脸上神情很平和，"三哥你是君子，你有谋略。我和你不一样，况且你也太小看我了，我要是真的像你说的那样，早就被你弄得毫无还手之力了吧！张居廉只是想用这事要挟你，以后要你为他做一些污秽的事时，你不好脱手。我心里明白得很，但是我不仅没有阻止，我反而还纵容了。陈家就我和你是嫡出的，嫡出前途的相差能有这么大。你知道外人说我什么吗？"

陈彦文轻轻地说："我为你们做牛做马的，偏偏士农工商里头我还是最低的那个。我明明也是两榜进士，偏偏要沾得满身铜臭，我就喜欢了？"

陈三爷笑道："你不愿意做？我倒是看不出来！永昌商行多少内账到你私库里，我就不说了。你私底下用我的人脉做过多少事，我可曾问过你一句？你真的当我不知道吗？

"我若是想把你弄得毫无还手之力，你还能好好地站在这儿和我说话！你觉得你能干吗？要是没有陈家，没有我，你能做起一个永昌商行？你刚开始经营陈家产业的时候，有多少亏空？又是谁来堵的。陈彦文，你问过自己没有！"

陈彦文脸色发白。其实他一直都觉得，自己是有能力的，只不过是因为陈家，因为陈彦允，他没得前途罢了！谁想到陈三爷竟然能说出这些话来，他冷冷地看着陈彦允，一言不发。

"你不服气？"陈三爷觉得好笑，"那行，我不和你说这些。"

他走到陈彦文身前，站定看着他。

"如果你不是我的胞弟，不是娘的儿子。你知道我会怎么对你吗？"陈三爷手背在身后，语气很平静，"你当年害五弟的时候，我就觉得你心狠。偏偏我还是信你了。你知道做这些事会让我落入张居廉的手中，一辈子为虎作伥，甚至可能会害陈家，你还是没有停手。我现在就问你，你还当不当自己是陈家的人？"

三哥知道自己害了陈五，害了那个明明是庶出，却比自己还受宠的孩子，他竟然一直都没有说。这份心智果然是常人不能及的。

陈彦文依旧不说话。多年积攒的恨，他根本就不可能一时忘了。良久之后他才叹道："血浓于水，我虽然……但是我自然当自己是陈家的人。张居廉说过，要是你不行了，就让我去做官。我到时候照样能保住陈家的富贵繁荣，我还不至于这么狠心，想要害陈家。"

这些话他竟然都信以为真？陈三爷听得想笑，他这个弟弟，说他心狠是真的狠，说他天真愚蠢他也是真的蠢！

陈彦文却不觉得自己可笑，沉默了好久才问陈三爷："反正事我已经做了，你想怎么办？"

"这就不需要你关心了。"陈三爷淡淡道，"从今日开始，你还可以照看陈家的生意，不过我会派人来接手，不会让你再负责了。我知道你不甘心，你回去后给我好好想想。血浓于水是你说的，再怎么样你还是陈家的陈四爷。我最后问你，除了这些，你还有没有隐瞒我的？"

陈彦文目光一闪，笑了笑："你还肯信我吗？"

陈三爷沉默，缓缓地问："你应该问问自己，你值得信吗。"

陈彦文说："三哥，你说我心狠，其实你自己不也是多疑得很吗？咱们谁都别说谁，就先这样吧！"

他站起身，拍了拍直裰的下摆，好像上面沾了什么脏东西一样，然后慢慢走出了宁辉堂。

外头有人通禀，采芙过来了。

陈三爷这么久都没有回去，顾锦朝让她过来问问。

陈三爷说："我这里还有点事，吩咐完就过去了，你让夫人先睡吧，别忘了给她多加床被褥。"

采芙笑着应诺回去了。

陈三爷看着隔扇外黑沉沉的天，心思沉重。

陈四爷回来后闷声去了书房，摔了好几个花盆花瓠。他最喜欢的那扇嵌紫玉的大理石围屏，都让他摔得开裂了。王氏被声音吵醒，披了外衣去看他。

他仰躺在东坡椅上，闭着眼直喘气。

王氏不敢问他的话，只能轻声招了婆子进来，让她们把东西收拾了。

他却突然厉声道："谁让你们碰的，都滚出去！"

王氏吓了一跳，连忙带着婆子先退出去。她一个人坐在西梢间里，越想越觉得不对，他不是去尤姨娘那里过夜了吗，怎么回来就发这么大的火？

王氏叹了口气，还是把贴身丫头石榴叫了进来，让她去尤姨娘那里问问。蒋妈妈给她端了碗热汤进来，王氏喝了口汤，就忍不住掉眼泪。

蒋妈妈轻轻地说："这么多年都过来了，您掉眼泪又做什么呢，不值得啊。"

王氏叹道："就是这么多年都过来了，才觉得苦。"

蒋妈妈说："等少爷长大就好了吧！"

王氏默默地不说话，她也只能这么劝自己了。

石榴回来了，说是陈三爷找四爷去说过话了，而且跟着陈四爷回来的还有两个护卫，是陈三爷身边的人。现在就在院子外面，寸步不离地守着。

和尤姨娘没有关系……王氏算是松了口气。不过她又疑惑起来："三爷和四老爷说什么了，让他发这么大火？"

那边却有小厮过来传话，说陈四爷找王氏过去。

王氏和蒋妈妈对视了一眼，才站起身朝陈四爷的书房走去。

陈四爷看到她进来，指了指椅子："坐下来，听我说。"

王氏看到他前所未有的严肃脸色，心里更加忐忑，小声地问："四爷，是不是妾身有什么做得不好的地方？"

陈四爷不耐烦地蹙眉："你听不听？"

"你听着就是了，别说话。"陈四爷接着说，"我被三哥剥夺管家的权力了，以后陈家的一切事宜我都只能参与，不能决定了。我在做商行的时候，转了很多暗账到四房里，你把这些东西看管好。以后在娘面前，你就低调些，别太显露了。"

王氏听后一怔，下意识就想问，陈三爷怎么会夺了陈四爷管家的权力，这是为了什么？难道是有什么矛盾在里头？她看到陈四爷阴沉的脸色，才把话都咽了回去。

"是，妾身知道。"她站起身屈身行礼。

陈四爷闭上眼，挥了挥手："行了，你也帮不上什么忙，去睡吧！"

王氏打开隔扇后，又回头看他，看到他躺在东坡椅上休息，才轻轻出了房门。

第二天醒来，顾锦朝看到陈三爷靠着床看书。她眨了眨眼睛，才想起来今日十五休沐。

"醒了？"他依旧看着书问她。

天气渐渐地冷了，被褥里倒是很暖和，他靠着床还没有起来，只披了一件外衣。

顾锦朝"嗯"了一声："您倒是醒得早，昨晚不是睡得很迟吗？昨晚您干什么去了？"

他垂下眼睛看她，顾锦朝的脸映衬着大红色的挑金丝鸳鸯迎枕，显得十分白皙。

陈三爷说："昨晚处理老四的事，他倒也没有狡辩，都承认了下来。我派了护卫贴身监视他，以免他再有异动。只是他留下了的扬州丝厂的事很麻烦，昨晚和江严谈到很晚才定下来。"

顾锦朝支起身，拉住他的衣袖："那张大人知道后，您不就彻底和他撕破脸了吗？"

陈三爷淡笑："早在我去救你的时候，就和他撕破脸了，现在只是时机问题。他就算是发现了，也不会在明面上做什么，要只是更忌惮的话，那就随他去吧。"

顾锦朝犹豫了一下，才问："您决定要和张大人为敌了？"

张居廉做了他数年的老师，顾锦朝很清楚。要真的说起来，张居廉还是有恩于陈三爷的。

"当断不断反受其乱。"陈三爷笑着说，"官场无父子，何况是师生呢。"

他终于还是决定了。

顾锦朝握紧他的手，轻声问："那您打算怎么做？其实我倒是可以帮忙。"

他合上书卷："老师的门生满天下，党羽无数，如今又把持内阁，寻常的方法根本撼动不了他。"陈三爷看着顾锦朝，"你要是有法子，你就说一说。"

他这样问起来，顾锦朝又不知道说什么了。她虽然知道一些事，但和这些擅长政斗的人比起来，她又算什么呢！

顾锦朝想了一会儿才说："您说过，张大人本人虽然不贪墨，但是他的亲信却仗着张家的势力横行，卖官鬻爵，不如就从他的亲信入手，先逐个击破。等张大人手底下无可用之人的时候，再动他也就容易了。张大人手里没有兵权，靠的也是人脉和权势，要是撼动了大树，恐怕他也支撑不住。"

顾锦朝说完也觉得太理想了，她脸一红，又补充道："我之愚见而已。"

陈三爷听后思考了一下，笑着跟她说："倒也可行。只是细说起来问题也不少，抓其党羽受到张大人阻挠怎么办？要是党羽没抓到，反倒引起朝堂动荡怎么办？老师手里虽然没有兵权，却和五军都督府的都督交好，不然他哪能仅凭权势就如此作为。等到真的要动兵权的时候，无论是常海还是叶限，恐怕都阻拦不住他。就算这些都不说，我要想一步步把老师的党羽除掉，没有五年是不行的。到时候我也死无数次了。"

顾锦朝觉得自己还是不应该说。"我就是随便说说的……"她语气低了些，"您何必当真呢！"

陈三爷抱歉地笑笑："好好，我不当真！"

他俯下身抱住她，叹道："所以要动他，必须要直掐咽喉，一击致命。要是没能杀得死让他有还手的余地，谁都别想活。"

顾锦朝听得很认真，问道："难道您要派人暗杀张大人吗？"

陈三爷摇摇头说："暗杀他？老师比谁都惜命。他府中豢养死士不下五百人，随行都是高手，而且日常饮食极其注意。原来不是没有人想暗杀他，但从来没有人成功过。他精通此道，才能活到现在。"

顾锦朝皱眉："那该怎么办？"

"等着看吧。"陈三爷亲了亲她的脸，低声说，"我需要时机，如果要是等不到，我就要自己制造。锦朝，你知道兵之大忌是什么吗？"

顾锦朝看着他等他说。

"急躁。"陈三爷说得很轻柔，嘴角却浮出一丝笑，"谁先急躁了，谁就输了。"

顾锦朝半躺在他怀里，感觉到他胸膛里的心跳。这是一个玩弄权术的世界，而这时候的陈三爷离她很远。谈笑间就能决定生死，能有能力玩的人并不多。

等到了中午，顾锦朝才和陈三爷一起去陈老夫人那里。

陈老夫人抱了长锁逗他玩，长锁咯咯地笑，露出刚长出一点的乳牙。

孩子长牙的时候喜欢咬东西，长锁就是，拿着什么都要往嘴里送。

王氏和葛氏坐在锦杌上，葛氏笑着看陈老夫人逗弄长锁，王氏却笑容淡淡的。其他几个孙媳妇围着说话，两个哥儿正是闹腾的年纪，在檀山院里到处跑。

陈老夫人笑着拿了瓣苹果给长锁，他咬得满手都是口水，陈老夫人给他擦都来不及。要把苹果从他嘴里拿走了，他还不同意，拖着陈老夫人的手指就要哭。

顾锦朝把长锁抱回来。

陈老夫人才笑着说："他眼看着又重了些，钰姐儿都要满一岁了，个头还小小的。"

孙氏正抱着钰姐儿，钰姐儿坐在她怀里乖乖的，玩着一个手摇铃。

孙氏笑了笑："是麟哥儿长得快！以后肯定又高又壮的。"

长锁可怜兮兮地看着母亲的手，抱着她的胳膊呀呀地说话，好像在问她什么一样。

他那颗小小的乳牙特别可爱。

顾锦朝把汗巾包着的苹果块递给旁边的乳娘，才笑着道："他吃得多！"

"娘，我有几句话跟您说，您请大家先去堂屋坐吧。"陈三爷突然道。

陈老夫人有些疑惑。陈三爷来这么久都没说话，她还以为他没有什么事呢。

她让别的媳妇都先去了堂屋坐。

王氏的脸紧绷，她自然猜到陈三爷要跟陈老夫人说什么。肯定是要说夺了陈四爷管家权的事！她看了看顾锦朝，她倒是神色自如地抱着孩子，她肯定是知道的。

为什么陈三爷要夺陈四爷的管家权？王氏完全想不明白，陈三爷如今身在内阁，更加没空管家里的事。陈四爷是他的胞弟，除了陈四爷，难道还有更好的人选吗？究竟发生了什么事。

她已经走出次间了，还想往里头看，却被顾锦朝拉住手，笑盈盈地和她说："四弟妹替我抱着长锁吧，他现在倒真是长重了，抱得我手酸。"

难道乳娘不能搭手吗？王氏又不能问，只好帮着抱住长锁。

等她们到了堂屋坐下，丫头又端了瓜子、盐水花生等吃食上来，王氏就更不好去隔扇外面看了。顾锦朝又跟她说着长锁的事，她也只能笑着应和，却显得心不在焉，抓了把瓜子慢慢地吃着。

"你要夺了老四的管家权？"陈老夫人听后一脸凝重，"难道是他做了什么错事？"

陈三爷边喝茶边说："他那个商行不太干净，以后查起来很麻烦。"

陈老夫人想了很久，嘴唇微动："那……不让他做这些，又让他干什么去？这管家权你要交到谁手上，难不成是老六？老六可是万万担当不起的！"

陈三爷说："您放心就是，我自然会派人管。"

陈老夫人听着还是不放心，站起来慢慢地来回走动。过了会儿停下来跟陈三爷说："彦允，你也知道你四弟的性子，狭隘又喜欢记恨。当年你没有让他继续做官，他心里已经不高兴了，现在再这样，他肯定更不愿意。你们是同胞的亲兄弟，要比老二和老六更亲，你知不知道？"

陈三爷已经知道陈老夫人要说什么话，只是默默地听着。

陈老夫人虽然宽容大度，对庶子和嫡子一样的好。其实只有她心里才清楚，这两种好是不一样的，她对庶子是宠，对嫡子是管。旁人看来自然都没有区别，甚至觉得她是待庶子好，但陈老夫人知道根本不是，做母亲的哪里有不自私的！

陈彦文肯定还做了别的事，不然老三不会这么对他！陈老夫人面容严肃地问："彦允，你认真告诉我，老四究竟做什么了，是不是害到你了？"

陈三爷本来不想告诉陈老夫人，她听到肯定会伤心的。但是她问起来，陈三爷也不会刻意隐瞒。

他叹了口气："老四勾结司礼监的人，捏造我的把柄。如果这些东西被人利用，后果不堪设想。"

陈老夫人脸色苍白，喃喃道："这如何可能，他怎么做这样的事！"

朝堂上的事弯弯道道，她是搞不清楚的。但是她也知道这事情的严重性。

"那你要怎么办？"陈老夫人问他，"你有没有问过他为什么这么做？"

"没有什么可问的。"陈彦允只是说。

陈老夫人坐下来："他也实在是糊涂啊，再怎么说也不能勾结外人。"

陈老夫人说了这句话，看到自己的儿子没有说话，她心里有些担忧。

陈彦允在这些事上是毫不留情的，自己儿子的性格，陈老夫人最清楚。但是兄弟倾轧是她最不愿意看到的场景，她拉着陈三爷的手叹道："你想怎么对他？老三，彦文再怎么说也是你亲弟弟。他就是性子太狭隘了，你惩戒他几句，好好地讲讲他，他总是会听的。彦文也是而立之年了，早该明事理了。"

陈三爷表情平静，声音淡淡的："娘，您放心吧。我就算不顾虑他是我兄弟，总还要顾虑他是您的儿子。只是夺了他管家的权，以后随时派人贴身监视他而已。我还不会对他做什么。"

陈老夫人又补充道："娘不是不明白你的苦衷，只是兄弟相残不是好事。我来训导他几句，母亲的话他总是会听的。他这些事做得也确实过分，你夺了他管家的权力也好！"

陈三爷只是喝茶。

陈老夫人的脸色很疲惫："我这一生，为数不多值得称赞的事，就是把你们哥几个拉扯大。你们也是争气，特别是你和老二，从来不让我操心。可惜我做人失败，老四成这个样子也是我的错。"

陈彦允叹气："娘，我心里明白。所以我也给老四留了情面，料想他也没有到不可救药的地步。"

陈老夫人紧紧地握住陈彦允的手，心里也觉得难受。

陈四爷不再管家的事很快阖府就知道了。大家连待王氏的态度都微妙了很多。

陈四爷常被陈老夫人叫去说话，回来就是练字赏花，倒真是赋闲了一段时间。

眼看着就是入冬，年关也近了。

因为陈四爷不再管理生意上的事，内院里杂事也多了，顾锦朝都更忙了些。她抱着长锁在院子里赏新开的蜡梅，长锁穿着件嵌狐毛领的小袄，像个毛茸茸的球一样。

顾锦朝抱了一会儿就抱不住他了，要把他交给乳娘，他却转身就朝外扑。

是陈三爷回来了。

陈三爷把儿子接在怀里，听着他呀呀地说话，不由笑着问他："你要说什么？"

长锁又愣愣地看着父亲，既听不懂父亲说什么，又被吸引了注意，要伸手去抓他六梁冠上的珠子。

顾锦朝笑着往屋里去，西次间烧了地龙，很是暖和。她给他解了斗篷递给了旁边的丫头。

"周泮生最后还是没事吗？"

陈彦允任孩子抓他的珠子，最后干脆把六梁冠给他玩。"他没事。"他和顾锦朝说起这件事处理的过程，"老师也是越来越糊涂了，亲自叫了大理寺卿和都察院的人去说话，把这事压下来了。那小厮当场翻供，周泮生也就被开脱了。"

"那您都收集好证据了？"

陈彦允说："自然的，这事的确太颠倒黑白，朝廷之上为之震惊的人不少。"

顾锦朝听后松了口气。

周泮生的案子，是她记得的相当重要的一件事。因为当初包庇纵容这个人，

陈三爷的行事作风一度为人诟病。

顾锦朝清楚地记得，万历三年，张居廉的外甥周浒生强占了刘新云的次女为妾，并打死了刘小姐的乳母和贴身丫头。刘新云递了折子上去，还没到内阁，就被都察院网罗了贪墨的罪名查办。

陈三爷力压所有为刘新云上书的折子，更把几个牵扯较深的大臣降职贬谪，再也没有人敢为刘新云喊冤，后其全家流放。而周浒生不过是被张居廉罚了一个月的禁足。

顾锦朝现在才想明白，当初陈三爷做的一些事，应该是被张居廉所胁迫的。他那时候有和织造太监勾结的证据在张居廉手里，不得不帮他做这些事。甚至他给张居廉做这些事，本就是张居廉想彻底地染黑他。现在这些事都威胁不到陈彦允了，自然这桩冤案也就不会牵扯到陈三爷了。

"他还真是活泼，性子像你。我小时候可从来不会这么调皮。"陈三爷笑着抓住长锁的手指，"要是你给父亲玩坏了，也够麻烦的！"要把东西从他手里拿走。

长锁却咯咯地笑，露出两颗门牙。

顾锦朝笑着说："从我肚子里出来的，自然也像我！"

"像你挺好的。"陈三爷突然凝视着她，轻轻地说。

顾锦朝正把袜子从笸箩里拿出来，这是给长锁做的冬袜。听后她愣了愣，抬起头看向陈三爷。

陈三爷却把长锁抱起来玩。父亲的手臂有力，举得又高又稳，长锁很喜欢。

顾锦朝看着窗扇外细碎的小雪，嘴角也露出笑容。她希望这样安宁又温馨的日子能够一直长久下去，一直都不改变。

后天就是顾漪出阁的日子，顾锦朝要提前一天就回顾家去。

她跟陈三爷说了，陈三爷想了想，就叫了管家过来，拿了好些东西让锦朝拿回去，说要给她的妹妹做添箱。

永昌商号被查封后，陈家的事陈三爷都交给这几个管家在管，顾锦朝也常见到这些人，他们管生意都是一等一的好手，有时候还帮着顾锦朝管她的铺子，今年的收益都多了几成。只是大事难免还要陈三爷决断，他也比原来更忙了，眼看着人都清瘦了些。

顾锦朝现在又在管外院，帮不上他的忙。

一会儿回事处的管事还要来回话。顾锦朝吃过了午膳，等着在书房见人。

回事处的管事来的时候，陈三爷在廊庑下看书。管事看到陈三爷也在，忙十分恭敬地拱手请安。

陈三爷摆手示意他不要多礼，慢慢合上书跟他说话："老家是芜湖的？"

管事笑着应"是"。

陈三爷点头："那地方不错，太平府的知府我还认识……你现在在回事处做事，是谁提拔的？"

"原先是二夫人提拔我来帮刘管事的，刘管事走后太夫人才赐了我管事的身份。"管事回答得很恭敬，小心地说，"现在受三夫人重用，小的很尽心尽力。"

"那便好。"陈三爷微微一笑，"三夫人还年轻，她要是压不住你们，那我就要出面帮她说几句了。"

"这是万万不会的！"

这管事听着胆都要吓破了，忙道："三夫人虽然年轻，但是做事熟练……"

等他到了顾锦朝的书房里，满头都是冷汗。

顾锦朝还不知道这茬，只感觉这管事比平时还恭敬，半点不敢造次。

她接管外院也是前不久的事，秦氏虽然不甘心，却也无可奈何，她自己铺子上的事也忙不过来。

只要没人暗中给她下绊子，顾锦朝管起来还是相当顺手的。

顾锦朝有点纳闷地看了管事一眼，总觉得他有点不对劲。

明日就要出发去大兴了，等和管事说完话，她就去向陈老夫人辞别了。

陈老夫人还拉着她说了好久的话，最后又让人开了箱笼，找了一对赤金嵌镂雕白玉的镯子给锦朝，要她给顾漪当添箱。

"你的姊妹我不能亏待了，等你回来的时候给我带包喜糖就好了！"

顾锦朝笑着应下来："这是当然的，肯定不少您的。"

还不知道顾漪出嫁是个什么场景。

第十八章 软禁

大雪棉絮般不断地下，皇城之上灰霾的天压得很低。金笼雀替，琉璃飞檐，越发衬得周围的灰暗。

"三爷。"

陈彦允身后传来一声呼喊，他回过头，看到梁大人拾阶而来。

梁大人几步走上汉白玉台阶，笑着向陈彦允拱了拱手，道："这雪越下越大，一会儿下朝后恐怕还回不去了。"

"每年这个时候都下得大。"陈彦允拢了斗篷的衣带，慢了几步等梁大人跟上来，两人一起朝皇极殿偏门走去。内里设有歇息的地方，有火炉有热茶。供大人们暂时休息。

叶限远远就看到陈彦允入了偏门，他也抬头看了看不断飘落的大雪。车夫戴了一顶毡帽，正在用小笤帚扫青帷车盖上的雪，和叶限说话："世子爷！看着天这么沉，恐怕还要下好几个时辰呢……"

叶限收回目光，没有说话。也不知道他想到了什么，抱着手炉慢慢朝皇极殿偏门走去。

皇极殿内陈设长案、香炉、蒲团，上面挂着镏金匾额，两侧依次放着太师椅。

张居廉坐在太师椅上喝茶，知道陈彦允进来了，头都没有抬。陈彦允先拱手请安，喊了声"老师"。梁大人则喊了"首辅大人"。张居廉只是笑了笑。

两人分开坐下，陈彦允也没有什么话说，安静地喝茶。

偏门里坐的人却都沉寂下来。

谁都知道，这几个月来陈大人和张大人关系僵硬，特别是周浒生的案子发生后。传闻说张大人暗示陈彦允帮忙，他却笑着推辞了。张居廉这两天基本没和陈彦允说过话，倒是陈彦允每天给他请安喊老师，似乎并无两样。眼下两人如此生疏，可见传闻不假。

陈三爷能有今天的地位，在内阁中虽还不是真的次辅，实权却与次辅无异。其中肯定是有张居廉的帮助的。难道从此后陈三爷就要被冷落了？众人心里不由暗自揣摩。

等到要开朝的时候，张居廉站起来，梁大人伸手想要虚扶他，却被张居廉淡淡地拂开手。

"梁大人不必多礼，我还是能站起来的。"

梁临面色一红，心想张居廉莫不是不满意他和陈三爷同行？可是他平日和陈三爷关系好，两人还时常品茗聊话，也没有什么忌讳的。他有点担忧地看了陈彦允一眼。

陈彦允鬓发光整，戴六梁冠，依旧是绯红色朝服，显得人高大整齐，气质儒雅。他倒是宠辱不惊的。

张居廉那边的人看到张居廉这样对梁临，更不敢和陈彦允搭话了。三三两两走到他前面去，有些和陈三爷交好的，或者是做过他部下的，都朝他拱手笑笑。户部侍郎李英慢慢停在他身边。这李英是陈三爷亲手提拔的，原在湖南常德做知府。他轻声说："下官这话虽然多余，却也想说。您也不必在意张大人，下官无论如何愿为您效犬马之劳，咱们这些人知道您的好。"

陈彦允听后看了看他。

其实陈彦允心里很清楚，他和张居廉关系不佳，肯定会影响到他在张居廉派系中的地位，所以他也不在意这些事。倒是想不到竟然还有人是倾向于他的，除了他自身的原因，肯定还有张居廉的原因在里面。估计很多人也看不惯张居廉现在的行事风格了。

他低声说："现在不是说话的时候，李大人先往前走吧。"

李英应了"是"，往前走去了。

陈三爷就落在了最后面，他走得很慢，只是身旁无人，显得背影有些孤独。

叶限看到陈彦允落在后面，就慢慢跟了上去。"陈大人似乎瘦了些啊，没有吃好吗？"

陈彦允回头看叶限，笑着说："我倒是觉得世子爷好像长胖了些。"

叶限说："我吃得好睡得香，没什么忧愁的。不过陈大人恐怕有点发愁了吧！前几天还和你亲亲热热，参加你儿子的洗三礼，现在就横眉冷对了。别人看了也依葫芦画瓢，视你陈三爷如洪水猛兽了。要是昔日风光不再了，你陈三爷该怎么办呢？"

"世子费心了。陈某更艰难的时候都有过，风光不再也不算什么。"陈彦允淡笑看向前方。

"陈大人去看过周浒生没有？"叶限突然说。

他也不是真的要陈三爷回答，微微一笑继续说："还好有张大人这么个舅舅，不然周浒生从大理寺出来，肯定要脱层皮了，哪里还能像现在这样呢。就是可怜刘新云了，难得的一个清官……"

"世子爷想说什么？"陈彦允轻声问。

"只是和陈大人闲聊而已。"叶限答道。

陈彦允只是笑笑："陈某的权贵不用世子爷担心，多谢世子爷的好意了。"他拱手先走一步，朝前方去了。

叶限皱了皱眉。陈三好像真的不在意张居廉一样，难道是他猜错了？这其实是陈三的谋划？那他究竟要谋划什么？

朝会按例没有什么大事。

陈三爷站在文官的第二列，张大人正在说河西走廊屯田一事："微臣前几年推行开垦荒地政策，以解决河西军粮不足的问题。如今土地清丈之后，河西屯田多余一万余顷，征税多出十万石粮食，已足够满足甘肃镇守军之需。北方蒙古各部和西番又正在交战，不扰边疆，国泰民安。"

朱骏安坐在龙椅上，清秀的脸上出现几分笑意："那还是张大人的功劳在里头，如此，主持开垦的工部司庾、户部司庾皆进官一等，奖励黄金五百两吧。"

文华殿大学士兼任礼部侍郎姚平出列，道："微臣有奏。"

朱骏安看殿头官一眼，殿头官就高声道："奏。"随即引奏官接了奏折，先递给朱骏安过目。

姚平继续道："微臣请为张大人加太师衔。张大人劳苦功高，鞠躬尽瘁，多年来辅佐皇上，掌邦治，良政为民。而今天下安康，百姓富足，张大人辛勤功劳也足见成效。且张大人曾为帝师，盖有太宰之贤。太师之名名副其实，故微臣为张大人请太师之衔。"

陈彦允抬起头，只能看到张居廉官服上的仙鹤纹，也不知道他现在是什么表情。

又有几位官出列附议了姚平的提议。

朱骏安也抬头看了看群臣。张居廉原来就加封的是从一品的太子太师衔，那还是先帝在时加封的。如今他功高至德，要请加太师衔了，虽然只是虚衔，但是这地位的尊贵又不一般了……

朱骏安看向张居廉正要说话，张居廉却跪下道："臣有异见，臣为皇上操心乃是臣子本分，着实不用这些虚名。还请皇上三思。"

朱骏安觉得手里的奏折都发烫了。

"爱卿请起，姚大人所言有理，我应该要慰劳张大人的。"朱骏安说，"请司礼监冯程山来拟旨，加封张大人为太师衔，赐黄金三千两，俸禄加番。"

大殿回荡着他稚嫩又端正的声音，掷地有声。

等朝会完了，皇上起驾，诸臣退班。

众人均纷纷向张居廉道贺，张居廉也露出笑容，拱手还礼。

陈彦允身边跟着詹事府詹事，笑着迈过门槛，与他低语，又远远落了一截。

张居廉却停下来等陈彦允，微微一笑："九衡，你不向老师道贺吗？"

陈彦允说："自然要的，只是想等老师有空的时候再说。"

张居廉笑了笑："不用等。你也明白，如果不是老师在你也没有今天，老师能让你生，也能让你死。"他这句话说得很慢，远远走在陈彦允身后的詹事都听到了，脸色微变。

"学生知道。"陈彦允平静地说。

"浒生的事就算了，以后老师的话，你还是听听比较好。"张居廉手背在身后，"你还不够老，要懂得顺从谦逊。其实想顺从的人是很多的。"

陈彦允微笑："老师教训得是。"

张居廉虚手一指："走吧，松蓬下还有集会，你也敬我几杯酒。"

众人又拥着张居廉要往文渊阁去。

有一个人正拾级而上，先是詹事眼尖看到了，有些惊异："那……那不是刘大人吗！"

只看到一个着青色右衽圆领官服的身影，戴二梁冠，清瘦而虚弱。

他走得很慢却很稳，一步步登上白玉台阶，年过五旬，只比张居廉入了一岁，如今却是满头的灰白，人也好像苍老了不少。大雪不断地落在他身上，好像压得人都站不住了。

有人又小声说："不是正在查他贪墨一事吗，怎么还来朝会了……"

守在皇极殿门口的侍卫上前几步："朝会已过了，这位大人请回吧！"

刘新云颤抖嘴唇道："有人在午门阻拦我，不然我是赶得上的。我要见皇上，烦请通传一声……"

侍卫应该已经认出他了，语气也不再客气："刘大人，皇上已经回乾清宫了。您现在是戴罪之身，还是回去待着吧！再说朝会时间都过了，您也见不着皇上。"

"有人阻拦我——"刘新云低声说，"你……你帮我传一声话……"

他还没说话，侍卫就笑了："刘大人，您年老体衰，听不明白了？朝会都散了，您回吧！"

"我女儿要死了，我恐怕两天后也要下狱了，你就不能让我见皇上吗？"

侍卫却不耐烦起来，推了他一把："您有什么话我也不懂，别和我说！"

刘新云一个站不稳，摔倒在地上。

侍卫没想到他身子这么弱，有点愣住了。

刘新云双腿一屈跪了下去，慢慢摘下二梁冠，朝着皇极殿的大门磕起头来。

"皇上——"他怕皇上走远了听不见，高声喊道，"皇上，微臣有冤啊！微臣有冤啊！"

嘶喊的声音颤抖着，下一句他已经抑制不住哭起来。

"张居廉是个狗东西啊！他包庇侄儿行凶，害了微臣的女儿啊——奸臣当道啊——皇上——"

刘新云的额头很快就红肿了，他好像要发泄什么一样，重重地一磕，顿时头破血流。

皇极殿外太安静，这嘶哑的哭喊声空荡荡地回响着。

天上依旧大雪飘扬。

张居廉淡淡地叹气："我看刘大人是痛失女儿，精神失常了。"有人要去拉刘新云，张居廉示意他不要过去，"让他喊吧，累了自己就回去了。"也不再理会刘新云，朝文渊阁走去。

陈彦允看着那片刺目的血红，闭了闭眼。

他想了很多东西，但最后什么都没有说，也什么都没有做，握紧的手拢在袖子里，继续向前走。

所有人都把这绝望的嘶喊声抛在了身后。

朱骏安让抬轿辇的内侍停下来："朕好像听到什么声音了。"

冯程山过来笑着说："皇上，您还要去给太后娘娘请安呢！要不老奴让人去看看？"

朱骏安摇摇头："是喊冤的声音，回去看看！"

冯程山只得叫内侍掉头。

等到了皇极殿，朱骏安下了轿辇。他只看到地上有一摊血。他问守门的侍卫，却说是刚才有人闹事，已经拖下去了。朱骏安紧紧地抿着嘴唇，一言不发。

这年轻的小皇帝站在原地，冷风灌满了他的衣袖，久久地没有动作。

顾锦朝下午回到大兴的时候，顾家已经是张灯结彩了。

徐氏忙得团团转，搭棚试灶、布置嫁妆的，都来不及来接顾锦朝。

顾德昭知道了，就亲自到月门来接长女，兴致勃勃地要看外孙："麟哥儿跟着你来了吗？"

外孙出生后顾德昭只见过一次，上次见还是个襁褓里头的奶娃。

顾锦朝难得看到父亲这么高兴。他穿着一件很精神的褐红色直裰，头发梳得很整齐。她笑着说："跟着来了，乳娘抱着呢。"正好乳娘抱着长锁下车，长锁不认识外祖父，睁着眼睛好奇地看他。

顾德昭一把就把孩子抱过来："咱们麟哥儿长得敦实！"抱着他拍了两下，长锁又不怕生，搂住顾德昭的脖子笑嘻嘻的。顾德昭更加喜欢他了，抱着外孙招呼女儿往里面走。

顾锦朝跟在他身后进了垂花门，还没有反应过来，就看到一个人影大步朝她走来，抱了她一下，满脸的笑容。

"长姐！"是顾锦荣的声音。

顾锦朝把他拉开一些，端看他的脸。顾锦荣越长大就越像父亲，已经比她高了大半个头，现在他要和自己说话，还要低下头。看上去还真是个大人了。

顾锦朝拍了拍他的肩："你怎么回来了？"

顾锦荣笑着答道："我现在跟着几个先生在远游，已经不在国子监里面了。夏天还去了山东济南府，又去曲阜拜了孔子庙。"他看到了父亲怀里的长锁，长锁穿着小袄，戴着帽子，赖在祖父怀里看舅舅。顾锦荣看了好一会儿，跟顾锦朝说："长姐，麟哥儿像你小时候啊。"

顾锦朝笑他："你还知道我小时候什么样子？"

顾锦荣认真地说："我当然记得。长姐十岁的时候在斜霄院的小花园里荡秋千，把母亲种的那株粉色的芍药花踩死了。你戴了个嵌南海珠子的金项圈，那珠子有拇指指甲大。"

这些事顾锦朝自己都记得不太清楚了。

她踩死过母亲的芍药花？

顾德昭想起顾锦朝小时候的事，露出怀念的神情，笑着说："那时候你才到我的腰高。小小年纪，凶狠得很。还不要你母亲的嬷嬷给你梳头。"她那个时候就像离开窝的小狗，拼命龇牙咧嘴做出凶狠的样子，可能是因为太害怕，也可能是因为那时候的顾家太陌生了。

顾锦朝还记得那个梳头的嬷嬷，她身上有股很浓的胡味，她那个时候很不喜欢这个嬷嬷。

想到小时候的事，她只是笑了笑。

长锁看到母亲笑，也咯咯地笑，伸着手要母亲抱他。

顾德昭难得抱到外孙，才不会放到顾锦朝手上。"麟哥儿，跟着外祖父去吃枣糕好不好呀？"他跟顾锦荣说，"你带你长姐去拜见祖母吧，我带麟哥儿去吃东西。"

顾锦朝让长锁的乳娘跟着父亲。难得看到父亲这么高兴，就随他吧！

顾锦荣路上跟她说顾家的事："二伯父回来了。"

顾锦朝皱了皱眉问："他不是做了东安县县令吗？"

顾锦荣点点头："是啊，做了半年就不行了。二伯父自己身子不好，好像又得罪了东安江家的大爷，辞官回家了。现在在家里整日和二伯母吵，要不就是去姨娘那里过夜。把祖母气得不行！二伯母原来闹着分家，现在也不敢分了。"

由俭入奢易，由奢入俭难。

顾锦朝听后一怔："祖母的意思呢？以后要分家的话，你们岂不是要吃亏？"

顾锦荣笑笑："你别担心！吃亏不了，母亲都把放在祖母那里的账本拿回来了，现在家中是她和二伯母一起主中馈，二伯母还要操心二伯父和怜姐儿的事，没空管公中。不然这次漪姐儿成亲，哪里能办得这么大？祖母又一向不在乎庶女……"

徐静宜是个相当有本事的人，顾锦朝早就知道了。

等到了冯氏那里，五夫人在伺候冯氏梳头。棠姐儿坐在炕头玩七巧板。

冯氏看到顾锦朝来了，表情很奇怪，像是激动，又像是悲伤。

冯氏拉着顾锦朝的手，过了好久才叹气："算了，算了！我也什么都别说了。漪姐儿要成亲了，你们姐妹向来亲热，你去和她多说说话吧！"

既然她没什么说的，顾锦朝也就不问了。她站起身向冯氏告退了，才带着顾锦荣去顾漪那里。

第二天就是亲迎。

顾锦朝陪着顾漪梳了头，在正堂看到了来迎亲的杜淮。相比几年前，杜淮已经长得高高大大的。他穿着件红色团花纹圆领袍子，身姿俊秀，给顾德昭、徐静宜敬了茶。

顾锦荣活动了手脚，笑着跟顾锦朝说："你出嫁的时候，我还不能背你上轿！现在就能背漪姐儿了。"

顾锦朝把他肩上的雪拂去："雪天路滑，小心别绊到了。"

顾锦荣高声应了，把顾漪背上了花轿，又放了一次炮仗，几个婆子领着丫头去门口撒桂圆花生了。

"你出嫁的那天，父亲看着你的轿子出门，心里难受极了……站在中堂外面好久都没走。"顾德昭突然跟她说，"我还以为嫁女儿都是这样的。现在漪姐儿出嫁了，我心里却很高兴，我也想不明白了。"

顾锦朝听得鼻子一酸。

徐静宜看着他们父女，笑着说："大好的日子，快别说这些了！一会儿东跨院还有席面要吃，朝姐儿，你和我一起去吧。"

顾德昭看着徐静宜，露出淡淡的笑容，跟顾锦朝说："你跟着她去吧。"

徐静宜和顾锦朝刚出来，却看到有几个人进了月门。

这几人穿着程子衣，看上去孔武有力，正是陈家的护卫。而且神情很严肃，在宾客中相当显眼。

顾锦朝一眼就把这些人认出来了，带头的好像是陈三爷身边的一个幕僚，似乎叫冯隽。他们怎么到顾家来了？

管家已经把人领了进来，正好看到顾锦朝在，带着冯隽上前来给顾锦朝请安。

冯隽头戴纶巾，看上去还很年轻。在陈三爷的幕僚团中，他显然是相当年轻的那一种。就是因为年轻，所以能力才更出众，不然也不能混到这个位置了。他拱手道："夫人，府上有急事。烦请夫人找个合适处，属下跟您说清楚。另外，三爷说让属下立刻送您回去。"

那陈家肯定是出大事了！

顾锦朝神色不变，问道："三爷可说是什么事了？"

冯隽只是道："事出紧急，还请夫人上马车再说。"

顾锦朝向父亲和冯氏辞别了。

顾锦荣有点失望，他还没有和长姐说几句话，又约好等过了年，还要顾锦朝回来看看。顾锦朝笑着应下了，看到徐静宜站在父亲身侧淡笑着看她。她拉了徐静宜去旁边说话。

"您的身子……就没有动静？"

徐静宜愣了愣，她没想到顾锦朝会问她这样的问题。

顾锦朝只是说："您不要在意我，也不用在意我的母亲。我知道父亲一辈子都忘不了母亲，但是活着的人才是最重要的。那时候您嫁给我父亲，我知道您是喜欢他的。"

徐静宜听着顾锦朝的话，眼眶渐渐发红。她握紧了顾锦朝的手笑笑："我知道。"

"那父亲现在对您……"锦朝说到这里停顿了一下，但是徐静宜已经领会了其中的意思，脸色微红，目光如水："他现在待我极好，其实……其实现在都没动静是因为我还没有准备好，你父亲已经问过我，要孩子就停了汤药，我最近也想着这个事了。"

顾德昭原来待她好，是带着客气和责任的，但是现在渐渐地，已经变成了夫妻之间那种会生气、又会快乐的感觉。

这样就好，他们二人能够和睦恩爱，锦朝也就放心了。

锦朝看着面前容光焕发、皮肤嫩得能掐出水的徐静宜，想起她以前早早憔悴苍白的样子，轻轻握了一下她的手，不再说话了。

日子如人饮水，冷暖自知，没有人有资格插手别人的事。

她向大家道别了，才抱着长锁上了马车。

陈家的护卫立刻护送顾锦朝出了顾家的门。

顾德昭别过脸去，他年纪渐渐大了，总是见不得离别。何况又是长女，他对长女总有种依赖的感觉。

冯隽在路上把事情给顾锦朝说了。

是陈老夫人病倒了，非常突然。昨晚上郑嬷嬷扶着她在廊庑下走路，突然就站不住了，等醒过来又开始呕吐腹泻，而且头疼欲裂。

仆人立刻去告知了陈三爷，他很快就带着人过去，大夫查出的结果却让人大吃一惊。陈老夫人不是生病了，而是中毒了。

"三爷已经让人把老夫人日常用的东西都收起来细辨了。这毒也不知道是谁下的，竟然神不知鬼不觉的。现在陈家的人都看过了，虽然只有老夫人有病症，但以防万一，三爷还是要您也回去看看……"冯隽解释道。

顾锦朝想了想说："那太夫人究竟中的是什么毒？"

冯隽道："属下不擅长药理，也不是很清楚。不过季大夫说，老夫人这症状颇像那些江湖上丹药服用过多的术士，初只是脸色苍白，食欲不振，盗汗失眠。然后就是腹绞痛，呕吐腹泻，严重了就会要人命的。"

顾锦朝前些日子也失眠，总是提不起精力，还以为是睡得不好的缘故。她脸色一白，低声问："三爷是不是怀疑……"

冯隽却拱了拱手："夫人莫要担心，三爷只是担心，还是让大夫看了才知道。"

顾锦朝"嗯"了一声，把怀里熟睡的孩子抱紧了些。

人一旦开始怀疑自己有病，好像什么都不正常起来。无端的敏感，哪里有个痒，哪里有个痛都要被放大。

顾锦朝原来是不怕死的，但是现在却很怕。她不由得想笑自己，还真是越活越回去了。

但刚开始的敏感过去了，倒也没有什么好怕的。左右不过是个慢毒，就算真的中了毒，也不至于立刻就要死了。倒是陈老夫人中毒这事让顾锦朝开始深思起来。在她的记忆中，是根本不记得陈老夫人中过毒的。如果她记得，肯定要提醒陈老夫人注意。那也就是说，这些事情已经渐渐地开始改变了。

究竟会是谁给陈老夫人下毒？如果是人为，必定得是她身边的人才做得到……

马车走得很快，但是再快也要半天才能到。顾锦朝想得累了就靠着迎枕休息，等再被长锁的哭声吵醒的时候，才发现已经到宛平了。顾锦朝叫了乳娘进来给孩子喂奶。

马车拐弯进了榕香胡同。

陈三爷在一字影壁等着她，看到她下来立刻迎了上来。

他可能一夜没有休息，下巴冒出了胡楂。顾锦朝被他抱进怀里，她闻到他身上温和的檀木香味，心都平缓下来，忍不住问："娘还好吗？"

"嗯，喝下一碗牛乳粥，没有再吐了。"陈彦允都没有让她回木樨堂，而是带着她立刻往宁辉堂去。

"怎么不回木樨堂？"顾锦朝立刻想到，木樨堂可能已经被陈彦允封了，现在正在彻查。

"三爷，是不是我也……"顾锦朝有点担忧。

陈彦允打断她的话："会没事的。"他亲了亲她的发，"听话，让大夫检查一下，不会有什么事的。"他紧绷的神情却没有放松下来。

顾锦朝由他牵着进了宁辉堂，季大夫已经等着了，还有另一个长相白净、年约四旬的男子。男子拱手给顾锦朝请安后，陈彦允才给她介绍说这是他们这边擅长用药的人，姓宋。

先是这个姓宋的问了顾锦朝几个问题，顾锦朝如实回答了，他听后若有所思。

陈三爷在旁边陪着她，看到这人表情犹豫，他心下一沉："是不是夫人也……"

"像又不像的，我拿不准。"宋先生说，"没准头的话，我不敢乱说。"

季大夫搭了锦帕给顾锦朝听脉，过了会儿却松了口气："没事没事！"

"那究竟是怎么了？"顾锦朝连忙问。

季大夫笑起来："尊夫人这是喜脉，病状倒是相重了！"

是喜脉……竟然是喜脉！

顾锦朝一时间愣住了，都不知道该不该高兴。

陈三爷还不敢放松，又让季大夫再听了一次，季大夫这次更肯定了："就是喜脉，已经有两个月了！老夫行医多年，这事不会弄错的。"

宋先生也笑了笑："是喜脉就好，既然是喜脉，夫人应该没有中毒之虞！"

陈三爷这才放松下来，让两人先出去了。

顾锦朝看到他眉心微蹙，忍不住去抚了抚。陈彦允抬头看她，拿下她的手亲了亲："怎么了？"

"这些天是不是太忙了？"顾锦朝说，"您看上去挺累的。"她挨着他坐下来。

陈彦允只是道："你不要担心我。现在老师忌惮我，朝堂上也多有辖制。做事比平时累是应该的。娘现在又中毒了，我是真怕你有事，才把你叫回来的。我耽搁你喝喜酒没有？"

顾锦朝却抱住他，把头埋进他怀里。

他一手环住顾锦朝的腰，一手轻拍她的背，低声跟她说："夫为天，我总要为你撑着天的。是不是？"

顾锦朝"嗯"了声，难道是因为怀孕了，她觉得自己情绪又丰富起来，忍不住因为他的话眼眶发红。她说："又是喜脉……长锁还没有一岁大，就要给他添弟妹了吗？"

"要生下来，两个孩子可以一起长大。"陈三爷很温柔地摸着她平坦的小腹，"一会儿你去看娘，也给她说说，她肯定会高兴的。"

顾锦朝没事，他也就放下心了。只是现在多事之秋，这孩子选择在这时候来，却也是麻烦。但孩子的到来总是让人高兴的。

顾锦朝去见了陈老夫人，秦氏和葛氏正在伺候她。王氏自己这几天不方便，就没来照顾老夫人。

陈老夫人前几个月起就一直身体不好，但请大夫来看，也看不出什么大病。人老了这样那样的毛病就多，所以本来也没当回事，结果中毒至深才发现。现在余毒很难清除，幸好那姓宋的非常厉害，说慢慢调养，还是能好转的，不到要人命的地步。

顾锦朝看到陈老夫人的手背，瘦得连青筋都看得到，一阵心惊，却也不敢告诉陈老夫人，只是笑着陪她说话，服侍她喝药。

等到了晚上，陈三爷才说木樨堂没有问题，她可以回去了。

俞晚雪来给她请安，也关切地问她有没有事。顾锦朝和她说了会儿话，等陈三爷回来的时候又是深夜，顾锦朝连忙问他事情的进展。

"伺候娘的下人都一一盘问过了，吃食、日常用物也都仔细检查了，并没有什么不对的地方。"陈三爷告诉她，"既然找不到，只能先把娘挪个位置，暂时到半竹畔去住。"

顾锦朝又问："那些枕头、被褥、香囊什么的呢？"

陈三爷笑了笑："放心吧，说到怎么下毒，他们比你精通。"

他手下那群人也是训练有素的，这些日常接触的东西自然会考虑在内。

顾锦朝就服侍陈三爷睡下了。

他把她抱着怀里，摸她的小腹："现在有点乱，我怕没有精力照顾你和我的孩子。"

顾锦朝笑笑说："我和您的孩子自己活得好好的，不要您照顾。"

他在她耳边叹息："你真的不要我照顾？"

她想到他的所谓照顾，脸也薄红，别过身往被褥里钻去，要睡觉了。

他把锦朝连被褥带人整个抱在怀里，微笑着说："好吧！你现在有身孕，我暂时放过你。等你什么时候要我照顾了，再来和我说吧！"

顾锦朝已经不搭话了，不一会儿却听到他均匀的呼吸声。就这样也睡着了，果真是累了。她回转身为他盖上被褥，看着他的脸相对而眠。

第二天陈三爷把搜查范围扩大到整个檀山院，护卫差点把檀山院翻个底

朝天。

锦朝再去照顾陈老夫人,她气色已经好些了。

因为陈老夫人的病来得急,陈三爷也请了几日假,过来陪她。

陈老夫人拥着被褥,半躺在温暖的炕床上和两人说话。

陈三爷为她削梨,又一块块地喂她。陈老夫人叹道:"这么多年了,你也就这时候喂我吃东西!"

陈三爷笑笑说:"您要是喜欢,我以后常来就是。"

陈老夫人伸手要接过他削剩下的半个梨:"内阁的事这么忙,我拖你几天已经不好了,你可不要常来……"

陈三爷却突然捉住母亲的手,看到她袖子里露出一串檀木的佛珠,质地应该很老了,颜色发黑。

顾锦朝注意到陈三爷脸色有变。

陈三爷把这串佛珠解下来,拿在手里把玩。

陈老夫人有些疑惑地问:"怎么了?这珠子,不是你送给我的吗?"

"是我送给你的,那个时候,颜色还没这么黑。"陈三爷缓缓地说,"这东西,是有人转送的。"他站起身说,"锦朝,你先陪娘说话吧,我有点事要解决。"

顾锦朝点点头,他拿着那串佛珠出去了。

难道是那串佛珠有什么古怪的地方?顾锦朝心里一阵疑惑。

再过一会儿,秦氏就带着几个儿媳妇过来了。

半竹畔风景虽然好,但是地方毕竟是偏远了些,屋内的陈设也很奢侈,老夫人住不习惯。秦氏还指挥着几个婆子把屋子里的围屏、象牙拣花、杭绸织金的垫子给换了。摆了老夫人常摆的那尊檀木佛。

等人坐定了,秦氏和顾锦朝说话:"三弟妹,眼看着年关来了,等二老爷他们回来了,府里面又该忙碌起来。现在娘生病了,倒不如我照顾娘,外院的事就由你单独打理,你觉得如何?"

顾锦朝点头:"二嫂照顾娘,我自然是放心的。只怕我有管得不好的地方,还要你提出来才是。"

陈老夫人笑眯眯地道:"我倒觉得你管得很好。我人老了,就喜欢热闹,还盼着他们回来呢。"她慢慢叹了一句,"要是我这身子骨有什么不适,恐怕他们连最后一面都见不到。"

沈氏连忙说:"祖母有佛祖保佑,自然是福人天相!"

陈老夫人只是摇头笑笑:"而且老四这几个月也沉闷得很,我病成这样,他也没有来看我……"

沈氏笑着说:"四叔许是太忙了。"陈四爷究竟出什么事大家都知道,但没有人敢说。

顾锦朝觉得陈彦文也的确过分了，陈老夫人怎么说也是生养了他，竟然连看都没来看。

陈老夫人又问沈氏："献哥儿没跟着你来吗？"

"献哥儿昨日去找他八叔玩，今天非要吵着跟他八叔一起去陶峰馆读书。我想着让他去听听也好，就让嬷嬷领着他去了。"沈氏答道。

等过了年，献哥儿也要跟着去陶峰馆了。

陈老夫人点头："没来也好，我还怕过了病气给他们。"

秦氏听着陈老夫人的话，笑容有些勉强。

顾锦朝喂了陈老夫人喝药，想到自己那里还有事，这里有秦氏伺候，就不着她操心，先向陈老夫人告退离开了。

等顾锦朝回到木樨堂，正好看到那个擅长用药的宋先生过来，这人笑着给她拱手请安，进了前一进的书房里。顾锦朝想了想，先让婆子嬷嬷回去了，只带着采芙往书房里去。

书房外面守着陈三爷的护卫，为首的客气拦下她，说是陈三爷正在里面和人商量事情。

顾锦朝只能在外面等了一会儿，看着正堂那块"春和景明"的匾额喝茶。

那宋先生出来之后，却脸色凝重，脚步飞快地离开了书房。

护卫才过来请她进去。

顾锦朝看到陈三爷坐在书案前面，面前摊开着本像账本一样的东西。他闭目仰靠在太师椅上，手里把玩着那串颜色微黑的佛珠。

顾锦朝轻轻地走到他身边，拿下他手里的佛珠串看了看："这质地像是老山檀的……"

陈三爷却把东西从她手里拿走："你不要碰这个。"

"您怎么……"顾锦朝略一停顿，立刻反应过来，"难道是？"

这串佛珠有问题？

"您刚才说，这佛珠是您送给娘的。可是这佛珠有问题？"顾锦朝有点疑惑。既然是陈三爷经手，那必定不会有什么问题才是。

陈三爷笑着叹气："这东西是别人送给我的，你猜是谁？"

他把玩佛珠串的手慢慢停下来，目光冰冷。

顾锦朝觉得自己可能猜到了。别人送给陈三爷的东西，他自然要防备的，但是陈三爷同时也是个很重视家族的人，他不会防备自己的亲人。难道这佛珠串是陈四爷送的？

"两年前陈彦文去山西五台山，就给我带了这串珠子，说是请灵岩寺觉悟法师开光的，那就是相当珍贵的佛器了。"陈彦允慢慢说，"但那时候……我正好刚遇到你，后来又娶了你。这东西我就没有用了，转送给母亲了……"

她抬头看着陈三爷，他脸上明明带着笑容，眼神却十分暗沉，手微微颤抖起来。

她的心也冰凉冰凉的，不知道该说什么好。谁被自己一母同胞的兄弟陷害，都不会好过的。便是运筹帷幄如他，又怎么敌得过亲兄弟这背后的一刀？

"也是我连累了母亲！"陈三爷叹了一句，"我本来还以为，他虽然心有不甘，但总不至于到手足相残的地步。现在想想，还真是我小看他了。"

顾锦朝沉默了好久，才问："是因为我……您才没有用它的？"

陈三爷颔首："我本来也不是真的修士。"

只是陈老夫人觉得佛经让人宁静，他耳濡目染的，也跟着信佛罢了。

这东西是慢毒，不会真的要人性命，但是能让人的身体越来越差。顾锦朝觉得自己可能想明白很多事情了。为什么陈三爷后来身体越来越差，为什么梦里他会湮没于西蜀之行。

他最后离扑的时候，顾锦朝没有去送他。但是他经过自己住的院子外，顾锦朝看到了他清瘦的背影。那时候好像真是很单薄。幸好他骨架大，还撑得起那件斗篷……

顾锦朝一时有点失神。

陈彦允低垂着眼看着这串佛珠，镂刻佛祖金身的那颗珠子上面还印着佛号，他缓缓地用手指摩挲着。

其实在他身边就是这么可怕。就连亲兄弟都能抱有杀心，更何况是师生呢？对着你笑的人，转手就能再给你一刀。今天还能把酒言欢，明天就是刀剑相向。残忍得一点余地都没有。

"锦朝，你先回去歇着吧。"陈三爷把佛珠收起来，"我去找陈四有点事。"

顾锦朝"嗯"了声，她什么都没有说，只是拿过衣架上的灰鼠皮斗篷给他系上。

陈三爷出了书房，外面陈义带着人等他。

她站在堂屋外面，看着他带着人消失在暮色中，四周林立的护卫如此肃穆。木樨堂里半点声音都没有。

最后一丝亮光湮没天边，屋檐上只留余晖。

王氏已经在床上躺了半天了，躺得头都晕了。

月信这几天她总是虚软无力，就不好动弹。尤姨娘倒是过来服侍她，陪着在旁边做一些针线活。

王氏由小丫头服侍着喝了一碗红糖水，叫了蒋妈妈问："四爷呢？"

蒋妈妈答道："好像是在书房里，您要是有事，奴婢去通传一声？"

王氏只是摇摇头，她就是随便问问。她靠着潞绸面掺金丝的迎枕，看到灯光下尤姨娘的侧脸，娇嫩又美艳。

王氏模模糊糊地想起顾锦朝的样子，竟然觉得这两张脸略有重合。她闭了闭眼睛，觉得自己再这么躺下去精神就要不好了，伸了手对尤姨娘说："你扶我起来走走。"

尤姨娘忙放下针线，有些惊讶，仍然伸手去扶起王氏。

陈四爷有四个姨娘，最受宠的就是尤姨娘，而且她也生了个儿子。但就算如此，她敢在陈四爷面前邀宠撒娇，也不敢在主母面前造次。

王氏一直都不怎么待见她，她来伺候王氏也就是做个样子而已。没想到王氏还真的要她伺候。

她细声问王氏："夫人想去哪里走？"

王氏指了指外头的回廊，沿着回廊过了夹道，就是陈四爷的书房了。

尤姨娘就虚扶着王氏出门了，身后跟着端杌子、拿汗巾的丫头。回廊两旁种了好些棕竹，王氏驻足看了一会儿，突然听到书房那头有动静。

蒋妈妈探身看了一眼："好像是鹤延楼的护卫……"

王氏皱了皱眉，让尤姨娘扶着自己再往书房那头走了几步，却正好看到一个高大的身影走进了书房里。正是陈彦允！平日跟着他的幕僚江严也进去了……护卫就把守在门外了。

发生什么事了？

王氏心里觉得瘆得慌，陈彦允亲自来找陈四爷就算了，还带这么多人过来。前不久说要剥夺陈四爷的管家权，现在陈三爷还想干什么？陈四爷做什么事惹到他了？

她推开尤姨娘的手，自己往前走了几步，突然听到书房里有重物摔落的声音。然后是一声怒喝："你究竟要干什么？"好像是陈三爷的声音。

王氏吓得手脚发软，连忙扶着廊柱，不敢再靠近一步。

蒋妈妈过来扶她，她喘了口气说："赶紧和我去老夫人那里！"这事得要陈老夫人来说，不然就凭陈四爷，他能斗得过陈彦允吗？

蒋妈妈连忙扶着她去了半竹畔。

案桌上的东西全部拂落到地上了，青釉冰裂纹的笔筒摔得粉碎。

陈四爷怔了怔，这才抬起头看陈三爷："我能干什么？我这都被你软禁了，你还想怎么样？"他的嘴角扬起一丝冷笑，"我知道你现在朝堂不顺，难道你想把怒气发泄到我身上不成？"

他从来没见三哥对他发过这么大的火。他脸上半点笑容都没有，面无表情地看着他。陈彦文心里有些惧怕，却握紧了颤抖的手，继续笑道："这该我问你才是！"

陈三爷却什么都没说，"啪"的一声，那串珠子扔到了案桌上。

陈四爷一看这串佛珠，脸色都变了。

"虽然没什么意思了，我还是想问你，这东西究竟是谁的主意。你还是张居廉？"陈三爷淡淡地问。

陈四爷默默地不说话。

陈彦允背着手走到他身前，刚才陈四爷对他的话置若罔闻，他一时发怒拂落了他书案上的东西，手被笔山的缺口划破了皮，那口子割得还挺深的，血慢慢地渗出来。

江严看到后也不敢说出来，更不敢拿东西去堵。

他只看到陈三爷手上的血滴在地上。

"你知道这东西是怎么被发现的吗？"陈彦允说，"母亲病了，你就不想去看看她？"

"我已经这样，看不看又何妨。"陈四爷不耐烦地抬起头，"你又想说什么？"

陈彦允笑了："老四，当年你送我这串佛珠，我还念你是兄弟情深，又想既然是觉悟法师开光的，就转送给了母亲。"他叹息道，"却没想到差点要了母亲的性命！你这东西既然是为我准备的，恐怕也是算计好了的。母亲身子太弱，受不起这毒性侵蚀。要是我的话，顶个五六年还不成问题，是不是？"

陈四爷怔住了。

"你……转送给了母亲？"他闭了闭眼睛，"我说母亲这病怎么如此蹊跷……还是你陈三爷有福分啊，连母亲都能代你受过。"

陈彦允静默良久，轻轻地问他："你就是这么想的？"

陈四爷淡淡地说："我没有想害她，我再怎么说也是她的孩子。养儿方知父母恩，我虽然对她有不满，却没动过这个心思。这不是也有你的错？你要是不把佛珠送给母亲……"

他话还没有说完，就被陈三爷扬手一巴掌打得偏过脸。这巴掌打得无比响亮，打得他半个脸都木了。

陈四爷尝到嘴巴里的腥甜，目光冰冷阴狠地看着陈彦允，心里的屈辱、愤怒、不甘心不断翻腾。

"你凭什么打我！"他压低声音，不断地喘气，"你当我是你手下还是儿子？这家里你是爷，我难道就不是？用得着你教训我？"

"长兄如父，我代父亲教训你。"陈彦允冷冷地说，"更何况你简直畜生不如——"

陈四爷站起来，慢慢笑起来。他摸了摸脸，竟然摸到了血。

"你不是想知道谁提的主意？那我告诉你好了，就是张大人的主意。其实三哥你不必如此，你常年习武，这慢毒是杀不死你的。张大人还不想害死你，我也不忍心真的看着你死。你看，张大人是不是什么都想到了？其实在你刚入内阁的时候，张大人就想压制你了。张居廉首辅的地位是从曾安桧那里夺来的，他最忌惮这样的事了！他许诺过我的位置……我当然知道张居廉是利用我，他说的那些未必会应允。但就算是利用吧！我也不太在意了。"陈四爷反问他，"三哥，你断我前程的时候，想没想到有今天？你看不起的弟弟也有可以害死你的时候？"

"我确实没有想到，"陈彦允也笑了，"就算你赢了吧。那你知道赢了的后果是什么吗？"

"我知道你发现后我肯定没有好下场。三哥，你要杀我就杀吧。"陈四爷反而坦诚了，成王败寇，他一点都不惜命，"杀了我一了百了，以后你弑亲的名声传出去，你说谁还敢惹你呢？"

"我不会杀你的。"陈彦允抬头看着陈四爷，"不过你这辈子都别想出这屋子一步了！"

他不会杀他，也不打算杀他。比死还痛苦的事实在是太多了，陈彦文什么都没有尝过，他就敢说想死了？他辛苦了半辈子护着这大家子的人，看看他面前的弟弟是什么样子？

他觉得什么事都简单，对什么都不满。殊不知没有他护着，他陈彦文算个屁！那就让他尝尝这种日子好了。

陈彦允接过江严递过来的汗巾擦手上的血，吩咐说："以后陈四爷身边不准人伺候，一日三餐你们送过来。就给我关在这里，不准出一步。也不准别人来看他——除非经由我同意了。"

那就相当于是软禁了。

陈四爷瞪大了眼睛，陈三爷却不想再理他了，连看他一眼都觉得多余。他走出了书房，立刻就有护卫进来了，把陈四爷书房里的瓷器、铁器，但凡能造成伤害的东西都搬出去了，几个多宝阁也没剩下。书房变得空落落的，唯余下炕床和一张长几。

江严亲自搬着一尊紫檀木的佛像进来，放在了长几上，笑着拱手说："三爷说了，您以后要是没事，就多多念经拜佛，好打发时间！"

陈四爷只是冷冷地看着他。

江严说完就出去了，门"吱呀"一声合上了。

陈四爷住的院子和王氏的院子是通过夹道相连的，寻常时候仆人往来都很频繁。

院子里的仆人很快就被清理出去，夹道也有人把守。很快就有人发现了不对劲，但这时候已经过都过不去了。

王氏去和陈老夫人说了，陈老夫人却没有在意，她是知道两兄弟有矛盾的。让王氏好好看着陈四爷，寻常的小事就不要再管了。王氏回来看到情况不对，这把守严得连她都过不去！她心里火急火燎的，绞着帕子站了一会儿，觉得事情太严重了，又朝陈老夫人那里跑去。

这下陈老夫人听了才知道事情严重了，刚开始还只是闹矛盾，怎么现在又软禁起来了？让秦氏扶她坐起来，伸手直道："快，找老三过来！"她说得太急，还引起了一连串的咳嗽。

陈三爷刚去前院片刻，还没来得及把陈四爷的事吩咐下去，陈老夫人就派人来喊他了。

他用汗巾扎了手上的伤口，来不及处理，就匆匆赶往陈老夫人那里。

如果陈老夫人知道是儿子害了她，恐怕还会伤心。她本来就身子弱了，要是再气得有个好歹该怎么办！陈三爷想等她缓缓再跟她说，知道陈老夫人找他过去，恐怕是有人去说了。他先跟娘说几句，她也应该能理解的。

陈三爷到半竹畔的时候，陈老夫人正半躺着，丫头喂她喝冰糖炖梨汤。他坐在她身边，顺手就接了小丫头手里的碗，让她退下去。

陈老夫人一勺勺喝下，这冰糖的滋味实在太甜了。等剩下半碗的时候，她摇摇头示意她不喝了。

陈三爷站起身替她理了被褥："要是困了您就先睡吧，我在这儿陪着您。"

陈老夫人点头后却不肯休息，扯住了陈三爷的衣袖说："老三，你老实告诉我，你想怎么对彦文？"

陈三爷沉默了一下，只是说："等您养好了身子我再跟您说吧。眼下他的事不要紧。"

陈老夫人旋即苦笑："老三，从小到大我就觉得你有主意，想要什么、想怎么做，你自己心里有自己的章法，原则性很强，从不会因为别人劝阻你而改变。我觉得你这样很好，从来没有管过你。"

她闭上眼睛，重重地叹气："但你又为什么……要把这套用在自己兄弟身上！彦文他便是有错，也就是勾结司礼监贪墨罢了，剥了他的管家权已经够了，又何必再把他软禁起来呢！"

陈三爷脸上的笑意渐渐消失。

“我是有点对不起老四的……”陈老夫人觉得刚吃下去的汤泛起浓浓的苦味，“你和你二哥都是好的。这孩子却从小性格偏激，是我教导无方……但他终归是你的弟弟啊！就算他有对不住你的地方，你就没有也对不住他的地方？我就没有对不住他的地方？咱们陈家是一大家人，世家若是想要繁荣昌盛，那必得要齐心协力啊。母亲本来没有说你的资格，却也不得不提两句了。”

陈彦允站得笔直，低头看着陈老夫人那张苍白得惊人的脸，他没有出声，也没有否认。

陈老夫人却揪着他，声音低哑：“你还是放过他吧！彦文是你弟弟啊……”

陈彦允觉得自己站得有点僵硬了。他压低了声音：“母亲觉得，我是那种冷血无情，对亲人也不留情的人？或者是反复无常，想放过别人就放了，但等到心血来潮，又要再折磨别人的人？”他笑了笑，“我在您心中就是这样的？”

陈老夫人没有听明白。她是听到刚才王氏来说了，才想到陈四爷的事，也没想到陈三爷对他还有后手。听这话的意思，难道其中还有隐情吗？“我怎么……老三，你究竟要说什么？”

陈三爷却不再说下去。

“老四那边，我肯定是不会再放他出来了。”陈三爷说，“我明天会来看您的，等您身子好了也可以去看老四。老四就算被软禁着，也没有少吃少喝的。您不要担心他，也不用劝我了，现在陈家既然是我当家，那自然什么都要听我的。”

陈老夫人眼睁睁看着儿子离开了。她刚才想说的话都不敢再说了，心里隐约明白过来，陈彦文应该还做了什么事，才让老三愤怒了。老三不让她知道，应该有他的道理才是。那老四究竟做了什么？

陈老夫人有些后悔，她不该没弄清楚事情，就跟老三说那些话。要是真误会了他，这该有多伤人？

第十九章

对立

顾锦朝正陪着长锁玩，教他说话。长锁坐在她怀里，掰着小手指头牙牙学语，学一会儿就累了。顾锦朝喂他喝了半碗羊乳，拍着他的背哄他睡了。她亲了亲他红润的小脸蛋，把他抱回了暖阁。婆子已经把火炉子点好了，乳娘守着他睡觉。

顾锦朝出来的时候，就看到陈三爷已经回来了。

他看上去有点累，正靠着迎枕闭着眼睛休息。解开的斗篷放在旁侧，屋子里的丫头都让他屏退了下去，空无一人，只有炉子的炭火烧得红彤彤的。

顾锦朝也听说了四房那边的动静，走到他身边，还没有说话就看到他手上缠着汗巾，浸出一团暗红的血迹。

"您的手怎么受伤了？"顾锦朝连忙并了步坐到他身边，捧起他的手解开汗巾，好深的一道口子！怎么都没有包扎！眼看着皮肉都泛白了。

顾锦朝高声喊了采芙，要找纱布疮药给他包扎。

他静静地看着她，顾锦朝有点焦急又责备地说："您真当自己身子骨好，就不在意这点血了。就这样任它流，要是伤口化脓了怎么办？"

"不要叫人进来。"陈三爷低声说，另一只没有受伤的手捧住她的脸，让她看着自己。

顾锦朝觉得他的目光太深，撞进去就出不来了。他好像有点不对？总觉得这寻常的平静里，好像有点悲伤。但目光却平静又温柔。

他亲了亲她的眉心："我想这样和你待着。顾锦朝……"他连名带姓地喊她，很慢，又相当的郑重。

顾锦朝不知道他为什么突然这么喊他，想到陈四爷的事，她只是笑了笑，正想安慰他什么，却被他吻住嘴唇。这一切都很慢，但他的手臂用力得不容她挣脱，她反手也抱住他。

她不知道为什么这么觉得，但是陈三爷心里肯定很难受。

她明白他的。

顾锦朝什么都没有问他。

既然他没有说，那就是不想她知道，她不会问的。

好一会儿后她才让丫头找了纱布进来，给陈三爷的伤口敷药。

"您原来中箭伤的时候，也是我敷药。"顾锦朝笑了笑，"倒是熟能生巧了。"

"今天小厨房做的水晶糕长锁喜欢吃，他多吃了两块，肚皮都吃得鼓起来。我怕他不能消食，说不要他吃，他好像听懂了一样，没有吵着要。他的新布鞋是俞氏给他做的，做了个老虎头。他总是把布鞋扯下来玩，本来是给他做来穿的，他却把鞋子当成玩具了。"顾锦朝笑着说。

伤口很快就包好了，她想要收回手，却被陈三爷紧紧地握住。

他的伤口就不疼吗？

顾锦朝看着陈三爷，陈三爷也笑着说："你多说些吧，我愿意听。"絮絮叨叨的，却一点都不烦，他听着很舒服。

顾锦朝却没有那么多好玩的事跟他说，她想了想，提起了张居廉的事："这佛珠用心良苦，单凭陈四爷肯定不能做到。眼下您和张大人又剑拔弩张的，您打算怎么做？"

她一定要知道这事，虽然现在事情的发展已经超过了她的预料，但她知道的一些事还是能派上用场的。

陈三爷收回了受伤的手，试着动了动，并没有伤到筋骨。

"张居廉之势根深蒂固，仅仅是贪墨包庇这种小罪，是动不了他的根基的。你知道古往今来的历朝历代，最能损益权臣名声、使其党羽倒戈的是什么吗？"

顾锦朝突然想到了长兴侯的事。

长兴侯不也是权势极大，而且手中握有铁骑营私兵、中军都督府的调兵权。张居廉和睿王联合起来诬陷他谋反，等他被杀后也是树倒猢狲散，哪里还有一代名将的影子！

"您是说谋反？"

陈三爷淡笑："确实是谋反。只有张居廉谋反了，才能名正言顺地除了他。"

张居廉把持朝纲多年，一直到他去世后朱骏安才有喘息的余地。张居廉是个相当聪明的人，说聪明实在是侮辱他，他是个相当有政治智慧的人。到了他那个位极人臣的地步，谁不会看着最上面的那把龙椅呢？但是张居廉从来没有谋逆过。

他没有皇家的血统，除非天降乱世，不然称帝也是相当艰难的。皇家正统的思想深入人心，谁要除了皇家的血统自己取而代之，那便是逆天而行。

其实最好的就是携天子令诸侯，当摄政大臣。虽然那身龙袍没在身上，但其实已经是无冕之王了。何况朱骏安也算是听话，如果能一直忍到张居廉死后发作，张居廉也没有必要谋反。

这些东西她能想到，陈三爷也一定能想到。

顾锦朝问道："但是我看张居廉没有要谋反的样子，这又该怎么办？"

"他不反，那就逼他反。"陈三爷还笑着，语气却冷下来。

他也算是仁至义尽了。张居廉对他如此，他要是不还手也太对不起他了。

既然到了时候，那就看谁胜得过谁了。他还从没有被人逼到这地步过，也许张居廉还觉得他温和听话。他不知道把人逼到极限的时候，事情会变得相当可怕。

没过几天，陈二爷就从陕西回来了。国子监也下了学。

听说母亲生病了，陈二爷也很担忧，回来之后连衣裳都没有换一身，直接去看了陈老夫人。他是陈老夫人养大的，自然最惦念陈老夫人的恩情。

他听说了陈四爷的事后大为吃惊，等陈三爷下朝回来，直接找了他过去商量事情。

顾锦朝不知道两人说了什么。

她把年关祭灶的事情打点好了，忙了大半天才去看陈老夫人。陈老夫人那里倒也不孤单，几个曾孙辈、孙媳妇整日地陪着她说话、打络子玩。她只看了一眼，外院回事处又来人喊她，又不得不先离开。

陈老夫人让丫头给她抓了一把冬瓜糖，让她拿着路上吃。

顾锦朝用手帕包着一把糖，有点哭笑不得。她又不喜欢吃甜的，何况冬瓜糖的味道又甜得发腻。

顾锦朝拿着糖从半竹畔里出来，远远地就看到一道高瘦的身影。她一时以为自己看错了，陈玄青怎么回来了？

她身边的丫头婆子却俱停下来给他请安。等走近了顾锦朝才看清楚，他穿了一件青色右衽圆领官服，人比原来黑了些，好像也成熟了的样子。他看着顾锦朝良久才低下头，拱手向她请安："一年不见了，母亲人可好？"他顿了顿，"晚雪来信说，母亲给我添了个幼弟，弟弟可好？"

顾锦朝见他态度坦然，自然就没有什么，回答道："都还好。怎么你回来也没有提前说一声？"

陈玄青淡笑。他本来就长得极其俊秀好看，如今更显得沉稳了些。

"提前说了还劳神伤财的，就不用麻烦了。"

顾锦朝不由笑笑，她都不知道跟他说什么好，只能闲谈问他："你在肃宁县任知县，做得可还好？"

陈玄青淡淡地说："算不上好。肃宁多发涝灾旱灾。今年夏天去的时候正好赶上涝灾，就是看多了百姓流离失所，觉得自己也是无能罢了。原来觉得文章天下第一好，现在才知道自己浅薄得很。"

他说完了又没有离去的打算，就这么静静地站着，好像还要等她问话一样。

顾锦朝更是不知道说什么好，半晌才说："天灾不能免，你尽力就很好了。原来我小的时候宝坻也有过涝灾，那时候纪家还开仓济民，在城外搭了一个多月的粥棚。虽说不能救多少人，但也算是积德了。"

陈玄青却是苦笑："尽力没尽力我也不知道，那两个月倒真是没睡好过。"他这才侧过身，"母亲应该有事要忙吧？那您赶紧去吧，我也要去看望祖母了。"

顾锦朝才松了口气，又道："晚雪也在里面，你好生和她说说话吧。她看到你回来肯定很高兴。"

陈玄青早就没有一年前那种不顾一切的情绪了，真是看了太多，自己就不重要了。他只是说道："我知道。"脸上虽然什么情绪都看不出来，语气却冷淡了。

顾锦朝心里知道，忘记一个人哪有这么容易呢？她用了小半辈子才把陈玄青忘了。如果不是最后那些荒唐事，说不定她还醒悟不过来。这些事还是要等他自己去想明白。

她不再停留，提步往外院走去，丫头婆子也跟了上来。

听说陈玄青回来了，最高兴的自然就是陈老夫人。她拉着陈玄青的手左看右看，生怕他在外面受苦。知道自己嫡长孙这一年过得不容易，她叫了俞晚雪过来吩咐："饮食上面多补补，鱼肉不能少。瞧他瘦得这样子，出去的时候还是探花郎呢，回来就快成花子了。"

屋子里的众人都笑了。

陈二爷和陈三爷正好说完了事情过来。

陈二爷说："您可别把玄青惯坏了。"

"哪里惯得坏？你看他瘦得下巴都尖了些。"陈老夫人还是很心疼。

陈玄青看到父亲过来了，自然要请安。

陈三爷看了看他，脸色平静地点头："回来了。"

陈玄青道："我倒还有些事想要请教父亲，不知道父亲什么时候有空？"

陈三爷沉吟片刻，问道："是关于什么的？"

"河流疏浚、河堤整修的。我看了好几本书都没明白。"

陈三爷想了想说："肃宁今年是有涝灾。你不用在书里找，也不用问我。县志里应该有记载，你看看往年是怎么修浚的。再找些老匠人来帮你找位置下桩，就没有什么大问题了。"

陈玄青听后若有所思，慢慢点头允了。

陈老夫人却笑着摇头："难得回来一次，你还要请教你父亲这些事！今晚就在这里摆席，女眷就在次间里进膳。老二媳妇，你下去吩咐一声吧。"她难得这么高兴。

可惜陈四不在这里……陈老夫人看到王氏郁郁寡欢的，心里还是有点放不下。她不愿意去想这些，又和陈玄青说："你母亲给你添了个弟弟，一会儿就抱过来给你看看。长得白白胖胖的，可爱得很。"

陈玄青下意识看了父亲一眼。父亲正在低声和二伯说话，偶尔还笑笑，好像没有听到一样。他点头应允了。

俞晚雪和沈氏坐在一起，远远地看着陈玄青。她心里有点迷茫，觉得这个人像不听话的风筝一样，或者飞不起来，或者抓不住。

顾锦朝果然抱着长锁过来了。

长锁伸长身子要陈三爷抱，后来抱着陈三爷的脖子就不肯撒手，口齿不清地说："爹爹、爹爹。"陈三爷也纵容幼子，抱着孩子喂他吃冬瓜糖。

陈玄青想起自己小的时候，刚开口学叫人的时候就是"父亲"，从来没喊过这么亲昵的称呼。

长锁吃了糖就不黏着父亲了，他又讨人喜欢，别人抱着他亲他的脸他也高兴。换了好几个人抱，最后陈老夫人问陈玄青要不要抱抱，他犹豫了一下才伸出手。

弟弟到了他怀里笑嘻嘻的，一点都不紧张。他却没抱过孩子，手脚都僵硬了。

顾锦朝看到他抱着长锁不适应，就说："他重得很，不然你还是给我吧！"

她伸手要抱长锁，长锁却以为母亲要和他玩躲猫，咯咯地笑着把头藏到陈玄青身后。

陈玄青只能生涩地用手托着他的身子，怕他摔了。

"你要少抱孩子。"陈老夫人叮嘱顾锦朝道，"又有身子了，可要慎重些才好。"

陈玄青不由得紧抿了嘴唇。

这事除了顾锦朝和陈三爷，别人都还不知道，一时间众人纷纷向锦朝道喜。顾锦朝却觉得孩子来得太快了，她伺候一个都累得慌，再来个可怎么办。

吃过了晚膳，陈二爷留了下来，要和陈老夫人说话。

陈三爷抱着熟睡的孩子先走一步，顾锦朝跟在他身后。等回了木樨堂，乳娘给长锁脱了小袄，抱去了暖阁睡觉。陈三爷坐在罗汉床上看书。

顾锦朝由丫头服侍着，热水绞帕子洗了脸和手，换了件衣裳出来。

出来后陈三爷指了对侧让她坐下，合上了书道："有些内宅的事我不好插手，只能借你的名义说话。我的意思，是想让俞晚雪跟着陈玄青去任上。你明日去给娘请安的时候跟她说一声，让她来安排，就说是我的意思。"

怎么想起让俞晚雪跟着陈玄青去任上了？

从前俞晚雪就一直在内宅里，毕竟她是世家小姐出身。陈玄青去肃宁任知县也是个苦差事，跟着去没有享福的。要说是伺候陈玄青，他身边伺候的人也少不了，还用不着俞晚雪来伺候。

陈三爷的主意，顾锦朝不好说什么，就点了点头道："也好，七少爷身边能有人跟着伺候。"

他是想让陈玄青和俞晚雪多相处吧，不是说有日久生情这一回事吗。

顾锦朝突然心有所感，难道是因为她的关系。她欲言又止，想了想说："七少爷现在做了一年县令，人也胸襟开阔了些。这样多历练几年是好的，倒是比原来精气神好。原来那些事都是年少轻狂的缘故，等到他想明白就好了。"

陈三爷听了便笑着问："你说这些，是怕我误会了？"

顾锦朝摇头："不是怕您误会。"她就是想说明白而已，他们就应该坦坦荡荡的，没有隐瞒。

陈三爷却是淡淡地道："锦朝，你想听真话吗？"

什么真话？

陈三爷抬起手捧了她的脸，手指摩挲着她的侧脸说："我心里是不喜你和他说话，但并不是不信任你。"他沉默了片刻，"有时候我并不像自己表现的那样。我不喜欢别的男子多看你，我也会嫉妒。"

他表现得很宽容大度，其实只有他自己知道心里的想法。

"所以我不可能不忌惮你和陈玄青，你知道吗？"陈彦允看着顾锦朝的眼睛，神情有些无奈。

顾锦朝却被他的眼神触动了，她当然很明白，人都有私心。陈三爷又不是神仙，而且从某些方面来说，聪明的人总要更敏感些。顾锦朝拿下他的手，伸手环住陈三爷的脖颈。她像是躺进他怀里，能够听到他胸膛的跳动。

"陈彦允……"顾锦朝喃喃地唤了句。

"嗯？"怕她坐得不稳，陈彦允也伸手环住她的背，腕上佛珠滑到衣袖里去。他只是把手放在锦朝的背上，温柔地顺着她。她这样连名带姓地喊他，总让他觉得很舒服。

她穿的是一件杭绸面的缎袄，面上的菱纹很光滑，有点薄，能够摸到一些她的背脊骨。

"我可能比你想的要喜欢你。"顾锦朝犹豫了很久才说出来，"我想不到，要是以后没有你在身边了，我会是什么样子。"

她一向看不起那些依附男子活的女子。其实自己的母亲就有点像，后宅里生活得孤寂了，一个男人抢来抢去的，渐渐地就依附人家而活了。以人家的喜好来左右自己，一点样子都没有。

顾锦朝小的时候，就看到过大舅舅的几个姨娘争来斗去。当时她很不屑地想，自己就算真的嫁给了一个男子也不会这样。她自私透顶，只想自己活得好就够了。等到真的全心全意地依赖他了，才觉得事情没有这么容易。

"我也想过你原来和江氏一起生活是什么样子的。"顾锦朝露出一丝微笑，"你看，你也曾经这样抱着她和她说话，或者关心她少穿了件衣裳，或者为她夹她喜欢的菜。母亲说女子不能善妒，这是犯七出之罪的。但是谁能真的控制自己呢？"

顾锦朝不是没有想过这些事。陈彦允这样的一个人，谁不喜欢他呢？她不相信江氏对他不是真心，那几个小妾对他不是真心。越和他生活她就越觉得，这个人实在是太容易让人喜欢他、依赖他了。

陈彦允没想到顾锦朝会说这些，他听得一怔。

"锦朝……"

"我还没有说完呢。"顾锦朝笑了笑，"这些不守妇德的话我下次就不会说了，所以你听我说完。有时候我倒是希望自己早生个十年，一开始就喜欢你。我想知道你年轻的时候是什么样子，你意气风发是什么样子。你看，这些都是江姐姐的，她陪了你十多年呢，其实你年轻的时候都是属于她的。你说我会不会嫉妒她？"

她紧紧地抱住他，陈三爷有点惊讶，但更多的是喜悦。他凑到顾锦朝的耳边，声音低低地说："锦朝，你以前从来不说这些话。"

那是因为她早就过了能激烈表达自己感情的时候了，习惯把自己所有的情绪都藏起来，换一种柔和的方式表达。并不是因为压抑，只是一种习惯而已。

他亲了亲她的耳垂，声音里却透着愉悦："我从来不知道这些，其实你要是问我，我可以和你说我以前的事，只是我以前还没有现在这么沉稳。要说意气风发的话，当年刚中榜眼的时候还算是，我也做过蠢事，拉着二哥一起去酒寮里喝酒，还被父亲看到了。"

顾锦朝觉得被他亲的地方又麻又痒，酥酥的感觉一直烫到她心里。

他的身子越来越紧绷，她是坐在陈彦允怀里的，他握着她腰的手难免用力了些，逼得她更贴着自己的。

顾锦朝不由得有些身子发软，使不上劲儿，正好由他扣住手，翻身把她压在迎枕上。

"后来父亲把我们叫去训话，我还被罚抄了十遍的《道德经》。"

得意须在少年时，等到人都成熟了，再大的成就都没这么高兴。他确实应该高兴，那么年轻的榜眼，只屈居在早已成名许久的袁仲儒之下。

好像真能看到他跨在骏马上在皇城里游街的场景，人人都来目睹他的风采。

顾锦朝"嗯"了声。等到他的动作越来越暧昧了，才想到因着这些日子的事情多，两人也没有什么亲昵的时候，大半都是他抱着她入睡。虽然他也时常有亢奋的时候，却体谅她的辛苦没有碰过她。男子这个年纪本来就如狼似虎的，她的身子却还年轻，还是有点儿不能应付他。

顾锦朝也没有推诿，陈三爷心里有主意，不会不顾及她的身孕的。

陈三爷却还有心思跟她说话，一边耐心地让她动情，一边慢慢说自己原来的事。做过什么事受罚了，被人耻笑了，但凡不好的都跟顾锦朝说，逗得她哭笑不得。她觉得，往后还是不要轻易说什么嫉妒的话比较好。

两人倒是好一会儿的温存。

第二天俞晚雪携着陈玄青来请安。

顾锦朝那时候刚起来，陈三爷已经走了半个时辰了。

他吩咐小厨房给她做了鱼肉粥，两碟新嫩鲜脆的拌菜，一碟皮薄汤馅儿的包子。

顾锦朝觉得是他荒唐耽误了时间，才不感激他。听说陈玄青也跟着过来了，自然就吩咐："让他们先在堂屋等一会儿。"又想到陈玄青可能是过来看陈曦的，叫了孙妈妈过来，"去请四小姐过来。"

她这儿还没有梳好头发，出去见他们不方便。想着赶时间，她就让丫头梳了个简单的圆髻。

陈曦昨晚就看到过陈玄青了，却没有能说上几句话。所以今天一看到七哥，她就乐得直往他怀里扑，被伺候她的嬷嬷拉住："四小姐，四小姐！要请安的。"这却是在提醒她，陈曦现在年龄大了，要注意自己的言行，不能再往哥哥的怀里扑了。

陈曦有点失望，委委屈屈地行了个礼。

陈玄青过来给顾锦朝请安，让丫头捧了个锦盒上来。说是给顾锦朝的礼，顾锦朝打开看是块没有打磨过的紫玉石头，半个手掌大。紫玉是不值什么钱的，就是祥瑞辟邪的寓意好，顾锦朝也就接下了。

陈玄青说："想了许久应该送您什么礼，却觉得什么都不合适。干脆送了玉原石，您自己喜欢什么样子，照着雕一个就是了。"

他送给陈曦的是个精致的手钏，镂刻莲花纹，陈曦很喜欢。

俞晚雪坐在一旁，含笑看着陈曦和陈玄青说话。她穿戴得很齐整，玫瑰红织金缠枝纹缎面，戴了嵌红宝石的金耳坠，衬得粉腮如雪。

顾锦朝却想到陈三爷说的去任上一事。

.

她趁着留俞晚雪进午膳的机会，先给她说了这个意思。

俞晚雪一点都没有要离开这种荣华富贵生活的不舍，反而很高兴，兴奋得眼睛都亮了。她一个人住在束雅阁里孤零零的，要是能跟着陈玄青，自然再好不过了。她没有出过远门，最远的地方就是去自己外家良乡了。她语气有些忐忑地问顾锦朝道："母亲，我去任上是他的意思吗？"

顾锦朝笑着摇头："是你父亲的意思。"

俞晚雪又问："那河间府是什么样子的？我从来没有去过，七少爷在肃宁住的是几进的院子？"

他既然是知县，应该是住在县衙里的吧！一般县衙的第三进就是知县和家眷的住处。

顾锦朝就微微地笑："等一会儿七少爷过来，你亲自问他就是了！"

两人正说着，陪陈曦去看花的陈玄青就进来了。

俞晚雪笑着跟他说了。

陈玄青看了顾锦朝一眼，漠然地点点头。

俞晚雪敏感地觉得，他可能不像自己这么高兴。但等到她问他问题的时候，他也耐心地给自己解释，并没有不耐烦的意思。

陈玄青在肃宁是住在县衙里，他去的时候只带了几个婆子小厮。要是俞晚雪跟着去的话，势必行李会有很多，服侍的丫头也不能少。

陈玄青本来打算过完年就走了，现在看来还没这么容易，总要等俞晚雪把东西收拾好。

两人吃过午饭就告辞回去了。

顾锦朝陪着陈曦练了会儿她新学的曲子，陈老夫人身边的丫头就过来传话了，说陈老夫人找她过去，有事情要商量。

顾锦朝换了件嵌白狐皮的缎袄，去了陈老夫人那里。

半竹畔位置偏僻，夹道旁又植了许多丛青竹。郑嬷嬷正领着小丫头收集竹叶上的雪，瓦罐里已经装了大半罐。看到她过来，郑嬷嬷屈身请安，领着她进了暖房。

屋子里地龙烧得暖暖的，却只有两个贴身丫头在伺候，没见着秦氏等人。陈老夫人脸上少见地没有笑意，指了杌子让她坐下，又把伺候的丫头婆子屏退了。

看样子还真是有事！

"找你过来是为了老二的事。"陈老夫人说道。

顾锦朝有点不解，陈二爷的事找她干什么，不应该和秦氏说吗？她这既是

隔房又是弟妹的，哪里好说呢？不过很快她又想到，这可能是一件不能告诉秦氏的事。

"老二实在有点不像话了！"陈老夫人先低声说了句，陈彦章昨晚跟她说这件事的时候，含含糊糊，闪烁其词。她听得恼怒又不好骂他，都是四十多岁的人了，如今又是正二品的大员，哪里还由得她来骂呢。最后也只能训斥了他几句让他先回去，回头还要帮他擦屁股。这些话自然不会跟顾锦朝说，毕竟也是老二的脸面。

陈老夫人握着手炉暖手，慢慢地说："老二跟我说，他带了个女人回来。这人原先养在陕西，本来是不打算带回来的，就是有了孩子后，他才想把人家送回来。毕竟再过几个月，他就要调任去湖广了。现在在陈家宛平县的一处宅子里。老二媳妇的脾气，你也是知道的。这人和孩子回来她肯定看不舒服。他是怕出什么差错，所以才没有送回来。"

陈二爷在外面养女人？顾锦朝有点惊讶。想了想后觉得这也是正常的，陈二爷在陕西任职，身边总不会连个伺候床笫的都没有。

她不太关注陈二爷这些事，反正秦氏手段多得是，不会闹到明面上来。

顾锦朝道："那是个男孩还是女孩？"

陈老夫人说："是个男孩，三个月大了，现在都没有取名字。"

这可就麻烦了，如果是个女孩儿倒无所谓，但男孩却不能一直养在外面。这是陈二爷的正经血脉，肯定要认祖归宗的，况且再等他长几年就要入学了。

"那您的意思呢？"顾锦朝问她，"二嫂的事，我也不好插手。若是以后这事被二嫂察觉了，恐怕还要和我有嫌隙……"再说又是陈二爷的私生子。

"我也知道。"陈老夫人点点头，"但是这孩子一直养在外面也不是个办法！我现在身子不好，不能料理这些事。这孩子是不能跟着他再去任上的。你现在管外院也方便，支一笔银子每月送去他们那里。我这儿再派两个合适的婆子过去，先照看着些。"

说着陈老夫人叹气："我还以为这样的事只有老六会摊上……老二和我说的时候，我也是气得不得了。他即便是想要个服侍的，那尽管要就是了，怎么还让那东西生下孩子！"

顾锦朝敏感地察觉到这孩子的生母很不正常。如果是平常人家的女孩子，陈老夫人怎么会说这样的话呢。

顾锦朝问："娘，那女子究竟是什么来历？"

陈老夫人却觉得不好说，犹豫了会儿才轻轻地道："扬州瘦马。"

原来是扬州瘦马！顾锦朝顿时就明白了过来。当成瘦马养大的女孩儿都有十八般服侍人的功夫，乖巧温顺，就是地位都太低了，比那自幼卖身的丫头还不如。就算是陈二爷再喜欢，那女子都是上不了台面的。更遑论是让这些瘦马生下孩子了，这样的生母，会连带着孩子的地位都不高。

陈老夫人见顾锦朝不说话，以为她听不得这些腌臜的事，就不再说瘦马的事。

"这女子怎么样的也就算了，总不能让孩子一直在外头。我还是想把这孩子接回来的，大不了还是养在我这儿，反正玄新也搬去外院了。便是你二嫂不喜欢也没办法。你也就照看这两母子一两个月，等我病好后就由我来管。"

顾锦朝不好拒绝，就先答应了下来。反正就是送送银子送送吃食的事。

说了陈二爷的事，她又跟陈老夫人商量俞晚雪去陈玄青任上的事。

陈老夫人听到说是陈三爷的主意，点头答应："那就按照他的意思来吧，他总不会有错的。"

她前头这么多媳妇孙媳的，也不用晚雪尽孝，倒是她应该好好和玄青相处，两人丝毫没有人家小别胜新婚的亲昵。

"老三这些天……"陈老夫人欲言又止。

那次陈三爷从她这儿离开后，就变得有点冷漠了。倒也会来看她，却不像以前言笑晏晏的。陈老夫人几次想私底下跟他说话，都被绕开了。她又不敢提起陈四爷的事，怕陈三爷更生气。

"他有没有说过和老四有关的话？或者有没有心情不好的地方？"陈老夫人问，"从他把老四软禁起来后，我看他总是不高兴的样子。"

陈四爷的事，陈三爷是瞒得很紧的。大家只知道陈四爷被软禁在自己书房了，却不知道是因为什么。当然这样兄弟间暗害的事根本不能传出去。

陈三爷估计也瞒了陈老夫人，应该是看她身子不好，怕她伤心吧。毕竟是一母同胞，都是从她肚子里出来的。陈三爷总不会说，老四想害我没害成，反而害了您吧？

顾锦朝想了想，就只是说："三爷重情义，原先对四爷也很好，现在软禁四爷也许是不得不这么做了，毕竟他也不想别人说他冷漠无情。您还是放心吧，三爷心里有计量的。"

听顾锦朝说完，陈老夫人脸上露出一丝苦笑。

"枉我生他养他，这都和他一起三十多年了，却还没有你懂他得多，难怪他会怪我了。"

那天晚上的事陈三爷没和她说，顾锦朝也不明白陈老夫人是什么个意思。

陈老夫人却不打算多说了，挥手让顾锦朝退下了。

顾锦朝晚上把陈老夫人说的事告诉陈三爷了。

陈三爷刚从内阁回来，才把官服换了，坐在罗汉床上喝茶听锦朝说话。

"瘦马的事我知道，也不是什么大事，随他去吧。"陈三爷并不在意这样的事。

实际上好此道的人很多，偷偷在外面纳妾买妓的官员也不是没有。虽然名声上不好听，却算不上什么。昨天陈二爷就跟他说过，陈三爷虽然觉得他做事不谨慎，但陈彦章毕竟是他的哥哥，他不太好多说。

顾锦朝想他也不在乎，而且这事也不好管。他能管到陈六爷那里，总不会去管陈二爷吧……

她靠着炕桌，一边在烛火下收袜子的边脚线，一边问："那您昨天就和陈二爷说这个？"

陈三爷摇了摇头："我和他说张居廉的事。他在陕西那边和赵怀有联系，以后要是真的和张居廉兵戎相见……我手里没有兵权，须得先谋划好才是。"

"您已经有办法了？"顾锦朝有点好奇。

陈三爷则笑了："如果我说，其实我从一年前就在想这件事了，你信吗？"

她有什么不信的。顾锦朝心想，说不定从进入内阁的那天起，陈三爷就已经想到今天的场景了。

陈三爷则看到了她手里的针线，伸手拿了过来："晚上做这些费眼睛，我不是早和你说过了？"

顾锦朝白日里都忙得很，也只有晚上有空做点针线。给孩子贴身穿的衣物，她自然要自己动手做。顾锦朝伸手去抓，陈三爷却举到了身后，她再往他身后抓，又举到了另一边。陈三爷轻松地看着她调侃道："你还要抢吗？"

他比她高，身手比她灵活，力气又比她大，她怎么抢得过呢？

顾锦朝很无奈，觉得他像在逗她一样。

"您再不给我，今晚就做不完了……"顾锦朝说，"我明天还要见管事。"

陈三爷就说："你平时本来就累，晚上还要做这些怎么行。我看你陪嫁的采芙、绣渠几个丫头的针线活也不错，给孩子做几双鞋袜总是可以的。你别太累着了。"反正就一个意思，今天这袜子她休想拿回去了。

顾锦朝心想他哪里懂，这自己做的和别人做的能一样吗。

她趁他不注意，伸手就要抢过来，却一时不稳扑到他身上。为了护着她陈三爷都不敢躲开，被她压到床上生生给她当了肉垫子，他疼得闷哼一声。顾锦朝有点不好意思，问他："是不是压到什么了？"

陈三爷直叹："你还真是……"看她脸都红了，才缓缓地说，"没事，你先起来我再看看。"

是长锁玩的鲁班锁，许是刚才他玩过了，婆子没收拾干净留下的。

顾锦朝也有点不好意思，看到他没事，就说："那个……我也是无意的……"

陈三爷揉着硌到的背说："你要是有意的，我也不会怪你。"他很平静地补充道，"好歹也算投怀送抱了吧。"

顾锦朝更不好意思，这是什么投怀送抱……她把袜子拿过来放到笸箩里，被他看了一眼，连忙说："我留到明天下午再做的。"

陈三爷才点头，坐直了身子说："下次若是再这样，我可不会就这么放过你了。"

那他还要干什么？

顾锦朝看他低头专注看书，心里如暖风吹过，满心的柔和。

隔日陈三爷就去找了陈二爷。

陈二爷刚从秦氏那里吃了早膳出来，到了宁辉堂后小厮捧了碗热茶上来。

他尝了一口，就缓缓地皱眉："老三，你这儿也不备些好茶！"

陈三爷笑了笑："菊花泡茶清火明目，你多喝些为好。"

陈二爷觉得自己三弟意有所指，不自在地咳嗽了两声："算了，不说这个。你真要让赵怀调入中军都督府。现在中军都督府都督可是张居廉的人，要想调回来不容易。我也得和赵怀商量一下。"

"他在陕西领兵多年，资历是肯定够的。何况他也早就想回来了。"陈三爷叹了一声，"他们这样的武将现在本就地位不高，兵权又被兵部制衡，要想晋升还要有靠山。不然凭他的战功，中军都督府都督的位置早就不在话下了。"

陈二爷点点头，若有所思了一会儿。

"老三，我这就要调任湖广了，就是想帮你也帮不了，你自己要谨慎些。我手底下的人全留给你使唤，明日就让纪元到你那里去。你要是需要我的人脉，让纪元写信给我。"

他和陈三爷的利益关系是一体的，没有陈三爷在内阁，他在外的仕途也不会这么顺利。陈家本来就是靠他们两人支撑着，这个时候他自然要用尽全力帮陈三爷。虽然知道此法凶险，但逼到不得不反抗的时候，也只有孤注一掷了。

纪元是陈二爷最器重的幕僚，这些年也帮了陈二爷不少。

陈三爷点头道："这个时候你一定要谨慎，千万别被人抓着把柄。一旦我明面上和张居廉不和了，你做过什么就会被揪着不放，没什么错也要给你逼出来。"

"我知道，你放心吧！"陈二爷应道。

他为官多年，知道这是相当敏感的时候，他不能给老三添堵。老三现在就是走在悬崖边上，谨慎得很，随时都怕掉下去。毕竟现在朝堂上，能只手遮天的是张居廉。

等陈二爷离开后，陈三爷站在书房里想了很久。他安排了这么久，现在也应该是开始的时候了。

要说有什么担心的，还是这一大家子人。母亲、锦朝、长锁，还有锦朝肚子里尚未谋面的孩子。真要是失败了，他连这孩子的面都见不着，那就是人家所说的遗腹子了。

他闭了闭眼睛，喊了江严进来，准备安排后面的事。如果他真的有意外，一定要给锦朝他们留下退路，他说过要护着她的。夫为天，他得给锦朝撑着一片天，不然她以后该怎么办。

这些锦朝却不知道，给孩子的鞋袜做好了，她又开始做肚兜儿。

孙妈妈看她的肚儿圆圆，说这胎肯定是个女孩。锦朝准备了件黄色绣红莲的肚兜、红色绣合欢花的肚兜，都是潞绸的料子。她也希望肚子里的是个女孩，给长锁添个妹妹。

有人来看锦朝，就笑着指着锦朝的肚子对长锁说，里头有个妹妹。

长锁好奇地睁大眼睛，信以为真，晚上要睡的时候就趴在母亲身上找妹妹。

顾锦朝把他抱到一边去，他就把自己翻过来，手脚张开跟自己玩。一会儿可能又把妹妹给忘了，笑嘻嘻地又要锦朝抱他。

顾锦朝瞧着陈三爷还没有回来，让小厨房先端了薏仁猪蹄汤来喂长锁喝。

过了年没多久就开春了，天气渐渐暖起来了。

下了最后一场小雪后，皇城夹道两边的柳树枝丫上堆着毛茸茸的雪，被初升的太阳一照，不出一刻钟就化了。

陈三爷打开车帘看了看，外头阳光正好，枝丫上发了新芽。

驾车的胡荣笑着说："三爷，您看今年这春来得多早，恐怕没几日就要减衣裳了。"

他就穿了件薄棉衣，还热得出了汗。

陈三爷望着天眯了眯眼睛，今年的春天确实来得很早。

进了皇极门之后他下了马车，外面虽然有太阳，风还是又干又冷的。胡荣拿了斗篷来给他披上。等到了内阁后等了片刻，张居廉才带着随从来了，众人齐齐站起来称了首辅。

众阁老分了位置坐下，张居廉旁边的随侍先端了一叠奏折上来。

先说的是春耕的事，再就是雪灾，然后说到官员罢黜。

"福建沿海风患甚重，漳州府沿海围垦春耕无力，今年恐怕有些艰难。"张居廉说，"诸位先议，看能不能派几个懂水利的官员去看看。"

"漳州府原是陈大人提议兴起的，说是其地势好。当初沿海围垦的时候，还从户部拨了不少银子下去。现在有风患，陈大人一定会想办法的，陈大人总比咱们熟悉漳州府。"姚平笑着说道。

陈彦允抬头淡淡地看了他一眼。

漳州府是他提议助修的，这几年漳州府的粮食产量多了不少。前几年论功的时候他没有承下来，心想自己不过是大略提了个意思，具体做法还是漳州知府和他手下的户部郎中在办，便也没有应下来。现在出事要算到他头上来了。

"漳州府那地儿确实是风患频发。"他收回目光，轻声说，"我当时看过漳州府的县志，却也不是没有治理的办法。要是及早解决了，也不会耽误春耕。"

张居廉看向陈彦允："你做这事确实有些大意了，当时没考虑到漳州府风患频发？"

陈彦允只是道："当时并不觉得严重。"

"你这些年确实干了不少事，说起来还是年轻不够稳重的缘故。"张居廉说，"漳州府要是春耕无成，你也要担责任的。下次做事情要多思量。至于这治理风患的事，还是交给工部来做吧。"说着喝了口茶，让侍读拿了一本奏折上来。

众人的目光落在陈彦允身上，什么猜测和意味都在里头。

陈彦允却面色不改："是，学生知道了。"

内阁议事这样的场合，张居廉怎么也要给陈彦允几分薄面才是。现在他的这番不留情面，不过是想明里暗里打压他罢了。张居廉想让他听话，想掌控他，自然不能给他太大的面子。

漳州府风患损失算在陈彦允头上，补救的却是别人，他这几年在漳州府上的功绩倒什么都不算了。梁临看他的目光难免就有些动容。等议事完了之后，梁临过来找他说话："首辅原是最信任你的，想来是上次刘新云的事让他真的恼了你。不过你是首辅一手提拔上来的，他也最多是气恼你……"

差点都要他的命了，还只是气恼吗？陈彦允从内阁里出来，不由得想笑。

内侍过来说，皇上请他过去。

陈彦允不再想这件事了，跟着内侍朝乾清宫走去。朱骏安正在乾清宫后面的荷池边钓鱼，周围宫人簇拥着。他显得很不高兴，脸一直绷得紧紧的。看到陈彦允过来才放松了些，招手让他过去："陈大人过来这里坐！"

他又对周围的宫人说："你们都退下吧，朕要和陈大人说话。"

他身边站着司礼监秉笔太监冯程山，闻言看了陈彦允一眼，然后笑了笑："皇上，您在这池子边没有人服侍怎么行。不然让别人退下，老奴就在旁边看着您如何？"

张居廉吩咐过冯程山，不要让朱骏安单独和大臣们说话。

朱骏安原本都会应下来，这次却沉了脸："朕的话你不听吗？那朕就告诉母后去，要母后来说！"

听这话的语气，还是个小孩呢。

冯程山有些挂不住脸："这……要是太后怪罪，恐怕老奴更是不好说啊！"

朱骏安哼了声："你要守着那便守着吧。陈大人，你跟朕到书房去说话。"他起身拉了陈彦允，又回头说了句，"都不准跟上来。"

等走过了回廊，朱骏安回头一看没有人跟上来，才停了下来。

"陈大人，这样如何？"

小皇帝虽然做事不周全，但毕竟是因为他还年幼的缘故。

陈彦允微笑着称赞他："皇上做得不错。"

朱骏安松了口气，清秀的脸上却露出几分苦涩："朕也就能做些这种事了。上次看到刘大人那么受辱，朕却一点办法都没有。后宫里庄嫔封了淑妃后，便连敬妃都不放在眼里……朕着实不喜欢！陈大人，上次您说让朕容忍，这可要到什么时候？"

他略一停顿，柔声说："皇上贵为天子，不想忍那就不忍了。"

朱骏安眼睛一亮："陈大人的意思是……"

"可以开始了。"他说，"您身边的内侍江夏是臣的人，臣和您说人多话别人会起疑。以后臣要您做什么，就由江夏转达给您。金吾卫您不能信任，锦衣卫倒还可以一用。您下次召锦衣卫指挥使的时候，就按照江夏所说的话吩咐他。"

这代锦衣卫指挥使是先皇亲自提拔的，对皇家忠心耿耿。只是皇帝年幼，尚不能驱使罢了。

锦衣卫虽然凶名在外，但用得好就是一把利器。

朱骏安点点头，脸上又是忐忑又是激动。陈彦允却看到冯程山从回廊上过来，转移话题说起来钓鱼的事。朱骏安疑惑了一下，立刻反应过来，笑着应了两句，把冯程山应付过去了。

孙妈妈正指挥着丫头把屋子里的幔帐换了，换成了天青色斜织福纹，这样看上去就清爽了许多。顾锦朝看了看，又让人把高几上的文竹换成了刚开的四季海棠。

乳娘在给长锁穿衣，小袄子套在他身上，长锁乖乖让乳娘抓他的小手穿袖子。

陈玄越过来看他了。

他高兴地要往陈玄越那儿爬，笑嘻嘻地喊着："九哥、九哥。"

陈玄越把他抱在怀里，笑着说："长锁，你吃过早膳了吗？"

长锁没有听懂。顾锦朝就说："他吃了两个糖包子。"

长锁拍着手说："包子！包子！"

陈玄越抱着长锁玩了会儿，顾锦朝才用热水绞帕子抹了手过来坐下。

"等你再吃几服药，这药就可以停下来了。可惜还是耽搁了你……"顾锦朝有点遗憾。

陈玄越十岁才真的开始进学，他天资出众，又能过目不忘，只要教导得好，中个进士肯定是没问题的。

陈四爷被软禁后，顾锦朝就在考虑陈玄越的事。她让罗永平从江南给他请了个"神医"过来，医治他的"痴呆之症"。现在阍府都知道九少爷渐渐恢复清明了。

陈玄越却不在意地笑笑，抬头道："婶娘，这世上的路有的是。陈家是书香传世，所以子孙都做文官。但我志不在此，我也不想谋划十多年。要是运气好还好说，就能像三叔，而立之年进入内阁。运气不好的那些翰林，熬了一辈子都只是小官。况且我也不愿意学八股……"

他一向都有自己的想法，以前就走了军功这条路，后来的确是年纪轻轻就当上了都督兼甘肃总兵。

顾锦朝笑了笑："那我就不管你了。你要是想学那些簪缨之家，在沙场建功立业也好。"

陈玄越把满床乱爬的长锁抱到自己怀里，想了想说："我倒还真有这个打算……"

一会儿针线房的婆子过来了。

陈玄越正是长个头的时候，他又长得快。即便从前过得苦，他的个子都不输几个兄弟，现在更隐约有要超过的势头。给他做的直裰、袍子，半年就不能穿了。

陈玄越站起来让婆子给他量尺寸，有些不好意思地道："婶娘何必麻烦。我这衣服还穿得！"

"袖子都短了一截了，你也不怕别人笑你。"顾锦朝摇摇头，"你手臂抬高点，不然量得不准。"

陈玄越看着她，欲言又止，最后别过脸低声说了句什么。

顾锦朝问他："你嘀咕什么呢？"

陈玄越却笑了笑不说话。

俞晚雪过来请安，带了些给孩子做的小衣物。

"以后我去肃宁了，肯定赶不上母亲肚子里的孩子出生，这个月就做了些衣裳。孩子出生的时候正好能穿……"她让丫头把包裹打开给锦朝看。

锦朝接下了看了看，针脚都做得十分好。

陈玄青跟在俞晚雪身后进来，给她请了安。

顾锦朝问他打算什么时候出发。

陈玄青道："应该就是近几天的事，我到时候再来给您辞别。"

顾锦朝点点头："你早点走也好，毕竟是一方父母官，管一方黎民百姓的。"他本来就不应该回来的。像二房的陈玄风，就是三年才回来一次。

陈玄青抬头看了看她，她梳了堕马髻，但是发髻松松的，插了只羊脂玉镂雕的簪子，越发显得气质温婉。明艳的五官都柔和了不少，袖口露出一截雪白的手腕，却戴了手指宽的金镯子。

为什么总是搭得不好看呢？应该戴翠玉的，或者是碧玺石的才好。他暗暗地叹气，越发觉得她在某些方面还真是不太擅长。

送顾锦朝的那枚紫玉原石，他一眼就看中了，花了他三个月的俸禄。后来他有段时间生活都拮据了。

但顾锦朝应该不会做成首饰戴出来的，这不像她的个性。

明明不应该买的，还是想送给她，心想她就是不戴也没有关系，不过是块玉石而已。但等到她真的不屑一顾了，他却又觉得钝痛起来，一种心意不被重视的感觉。

长锁玩累了就要母亲抱他。顾锦朝抱了他起来，伸手一摸他的背，发现有点出汗了，又把他的小袄子解开，拿了熟水来喂他喝。

陈玄青站起来告别，顾锦朝点头应了，两人一前一后地出了木樨堂。

陈玄越也要离开了："先生还吩咐了要练十篇字，我明天再来看您吧！"

都不等顾锦朝说话他就离开了。陈玄越远远看到陈玄青走在俞晚雪身后，他走得很慢，到了一株刚长出嫩叶的榆树边停下来。

"九弟跟着我干什么？"他淡淡地问。

好歹是陈三爷的儿子，不会太笨。

陈玄越跟上去，笑着说："就是想问问七哥，你这次去任上不会再回来了吧？"

陈玄青看着这个隔房的弟弟，他教过陈玄越两个月，当时觉得九弟虽然愚笨，却也是心思恪纯。听说顾锦朝找了人来给他医治痴傻之症，几服药下去还真的见好了。不过陈玄越好后，他却没有和这个弟弟说过什么话。

陈玄越今年也要十二岁了，不见痴傻之态后他自然有种相当贵气的感觉。五官隽秀，在他面前站定，正看着他微笑。

不过说的话实在是算不上友好。

陈玄青也笑："九弟究竟想说什么？"

"七哥心里也明白得很吧。"陈玄越仍然是笑，"别人看不出来就罢了，七哥肯定是很明白的。"

陈玄青不想跟他耗下去，皱了皱眉："我还有事，就不陪九弟说话了。九弟请回吧。"

他走出好几步，才听到陈玄越淡淡地说："你会害了她的。"

他的脚步顿了顿。

"你再这么下去总会害了她的，所以最好是不要回来。"

陈玄青差点没站稳，深深地吸了口气。陈玄越是怎么看出来的？他不知道，他脑海里一片混乱。但是陈玄越说得很对，他本来就不应该回来的。

他继续往前走，好像根本没听到陈玄越的话一样。

陈玄越静静地看着他，又说："七哥，你要是害了她，我不会放过你的。"

陈玄青终于停下来，却也没有回头："我都知道——但这和你有什么关系，我的事还用不着你来说。"

"确实和我无关，你们这些人和我有什么关系。"陈玄越毫不在意地笑着说，"这家里除了婶娘，有谁真的对我好呢？你觉得我想说这些吗？"

陈玄青紧抿嘴唇，这个弟弟着实太牙尖嘴利了。

"九弟想必是神志还未完全清醒才说出这些话，下次可记得管着自己的嘴。"

陈玄青不再理会他，径直朝前走去。

陈玄越看了他的背影好一会儿，才回外院去了。

二月里夜凉如水，屋子里却忙碌得很。几个桐木箱子打开了，炕床上摆了好些东西，丫头正帮着拾掇。

"您觉得带哪个枕面好？"俞晚雪手里拿了两个枕面，有点犹豫不定，递给陈玄青看，"这个鸭绿绒面靠着舒服，这个杭绸面的竹叶绣得好看，拿来放在您的书房里也相称……"

陈玄青正靠着床栏看书，其实他也没有看进去，他心里还想着陈玄越说的话。陈玄越不过是一个不受重视的庶子，而他是嫡房长子，这样的人本来他不用在意的。但是陈玄越的话说得很对，说得也相当尖锐。他的确不能这么下去，这样真的会连累顾锦朝。

他抬起头看了一眼，就说："都挺好的。"又低下头看书。

俞晚雪脸上的笑容一滞，觉得自己就是剃头挑子一头热。看他太冷淡，拉了拉他的衣裳，微笑着问："这书里写了什么，就有这么好看，您都不理我……"

陈玄青淡淡地道："我没有不理你。"

俞晚雪默默地低下头，慢慢收拾着手里那些东西，却一下子没有了高兴的感觉。也许陈玄青根本不愿意自己跟着他去任上。也是啊，他去做县令还要带着她，肯定也是嫌弃她麻烦。毕竟是女人家家的，她有什么地方惹得他不高兴了，自己都不知道。

"母亲说，让我跟您去任上是父亲的意思。其实若是您不愿意，我可以和母亲说了不去。"俞晚雪轻轻地说，"免得麻烦。"

陈玄青听后沉默好久："这是父亲的意思？"

俞晚雪颔首。

陈玄青不再说话，握着书页的手指骨节都泛白了，片刻后才道："我也没有不愿意你去，你不要去母亲面前说这些。我看你柜子里那些衣裳都没有收拾，你不带去吗？"

俞晚雪笑着摇头："那些料子太贵重，我跟着您去肃宁，穿着也不合适。"

陈玄青就道："带着也没有关系，要是不出门就可以穿，你穿着也好看。"

俞晚雪心中一动，抬起头看着他。

他靠着床栏，侧脸十分清俊，而且沉稳。好像喜怒都不明显，对什么都很平淡，她也捉摸不透。

他就是这样的人，她总不能强求人家笑颜以对吧！俞晚雪心里又说自己。

婆子拿了一匣子的首饰过来，问她是全部带走还是挑一些带去。

俞晚雪就不再和陈玄青说话，忙着收拾东西了。

等晚上沐浴了，她看到他已经躺在床内侧，心里却不知道为什么有点犹豫……大红的罗帐她没有拆下来，拔步床雕着鸟兽繁花，十分的精致。那床被褥上绣的是戏水鸳鸯，一只偏着头，啄另一只的脖子。

陈玄青可能已经睡着了，闭着眼睛没有半点动静。

俞晚雪轻轻揭了被褥躺到床上，丫头就在外面放了幔帐，吹了蜡烛，隔扇也被关上了。

突然有人翻身抱住她。俞晚雪惊得低呼一声，背抵着一个温热的胸膛，她很快就意识到什么，脸都热起来。

"东西都收拾好了？"他却只是抱着她问，并没有多余的动作。

俞晚雪浑身僵硬，轻轻地说："不知道您书房里那些书要不要带去……"

"我要用的书都拿过去了，不用带。"陈玄青回答。

俞晚雪本来就是随便找了话跟他说，但又觉得自己找的话不好。她不是不聪明，就是在他面前总是显得愚笨……这么被他抱着，浑身都在发热。两人睡觉一向是分了被褥的，他又规矩得不越雷池一步，从来不会这么亲昵。现在却不知道为什么这么做。

隔了好久，俞晚雪才说："我带了些银票过去，不知道钱够不够使……"

"有我在，总不会饿着你。"陈玄青闭上了眼睛，说，"睡吧。"

就这么睡着了，明天起来她肯定要腰酸背痛，俞晚雪心里想，却什么都没有说。

就算是要腰酸背痛，她都舍不得说。虽然觉得不舒服，她嘴角却露出了一丝笑容。

陈玄青走之前，陈三爷连夜和他说了话，一直谈到了凌晨。没有人知道他们说了什么，但是陈玄青早上出来的时候，脸色却有些苍白。

陈三爷只是跟他说了几句话，唯余的是他的震惊和思考。

"其实你也知道我为什么让俞氏跟你去，你现在都这么大了，凡事自己要学会思量。不过有些时候，面上看到的东西未必是真的，你还太年轻了，需要安静下来想。

"你四叔被软禁的事你知道，很多人都在猜为什么我要这么做，我可以告诉你为什么软禁他。他背叛了陈家……而因为某些原因，不只是因为你四叔，现在陈家有一场很大的危机。你们离开北直隶是好事，就算是我有事，你也有反应的余地。不用问我究竟有什么事，你不能插手。你以后好好为官，要是我真的会出事，你最好还是致仕，不然以后你的前程会相当艰难。但你要坚持为官我也不会管你，路是你自己选的。"

陈三爷静静地看着他："我虽然怒其不争，却始终是你的父亲，能为你打算的已经打算了。"

陈玄青听得十分混乱，其实他已经察觉到家里有问题。宁辉堂增多的护卫，父亲手底下的人频繁地来往，远在陕西的赵怀被调回来。

肯定有大事要发生了。

他抿了抿嘴唇，突然觉得肩上也沉重了。

陈家将有大难，他却还在想些儿女私情的事，着实是浅薄了。半晌后他才说："我知道了，父亲。"

他插不上手的事，只能听从父亲的话。在他的心里，父亲还是那个无所不能的父亲。

陈彦允默默地看着眼前的儿子，他也是真的成人了。面对突如其来的变故，他一定要学会处事不惊，不然谁都帮不了他。

陈彦允一直都这么觉得，他这个儿子不缺才学，但是经历太少了。也许这下才能真的让他成长。想了一会儿，他又取了个东西给他。

陈玄青把那东西紧紧握在手里。

陈玄青和俞晚雪后天就去了任上，俞晚雪就带了两个丫头两个婆子，箱子却装了两个马车。

顾锦朝只送他们出了垂花门。陈曦舍不得哥哥，哭哭啼啼送到了影壁。

陈三爷却没有去送，等顾锦朝回来就看到他在书房里和谁在说话。等走近了才发现是个很年轻的男子，长得也算是俊朗，却穿了件宝蓝色吉纹的直裰，看上去十分的贵气。

陈三爷没料到她回来得这么快，只能指了指跟他说话的男子："这位是郑国公常海。"

早闻其名却不见其人，没想到竟然这么年轻，而且器宇轩昂。

顾锦朝屈身行礼，常海笑眯眯地说："夫人不用客气，我和陈三是从穿开裆裤就有交情的，他小时候做什么坏事不想承认，都是我帮他兜着的。"

陈三爷笑着道："你是说反了吧？"

常海能进里面来，必定是有要事和陈三爷说。顾锦朝不好多打扰，就只是笑了笑："妾身还有事，就先告退了。"她走进了抄手游廊里，陈彦允却叫住了跟在后面的采芙："夫人的药我已经让小厨房熬好了，就在炉子上温着。你记得端给夫人喝。"

采芙屈身应"诺"。

常海在一旁看着，啧了一声："难怪要藏着不给我看啊！你这也管得太紧了，人家喝药都要说。"

陈彦允只是笑了笑，又说："行了，找你来是说正事的。进来再说吧！"

常海脸上也严肃起来："陈三，你没有足够的把握可不要做这事，实在是太冒险了。"

"不冒险又能怎么办。"陈彦允端了茶杯给常海沏茶，"寻常的办法奈何不了张居廉，而且朝堂上的根基他肯定比我深厚得多，也就是险中求胜而已。"

常海接了茶也没有喝："张居廉也知道兵权为重，这些年里虽然他自己没有掌控兵部，实际上他在兵部的权力很大。五军都督府分裂几派，我这派也就算了，左军都督府更是他势力最集中的地方。"

看到陈彦允的手指轻扣着桌面，常海就停下来了。陈彦允心里都知道，不用他说这些。

"好吧，反正我跟着你做事就行了，我也看那老贼不舒服。虽然谋略我不行，但是带兵是可以的。"常海又一脸无所谓，"那个老匹夫，沙场上还敌得过我不成？"

陈彦允只是笑了笑："用不着你带兵，你是常家的独苗，你要是有个意外，让老夫人怎么办？"

常海有点意外："陈三，你这是什么意思，我说了跟着你出生入死的。我常海说话什么时候反悔过——"陈彦允抬了手，示意他先停下来。

"我知道你要说什么，"陈彦允说，"我只嘱咐你一件事。要是事情败露了，我有闪失，我想你护陈家一个安宁，或者是迁出京城，远离北直隶都可以。要是其他几房不想离开就算了。我已经让人在杭州置了宅子，你暗中送想出去的人出去。"

覆巢之下无完卵，陈彦允已经在算计自己失败后的事了。

常海一时说不出话来。他喉咙哽了团气，上不来下不去的，很不舒服。

陈三不让他跟着做事，其实是为了他好。他也是真的信任他，才把家人交到他手上，这份嘱托重如山。

他回来的时候锦朝哄长锁睡着了，她自己也靠着小床合了眼，应该已经梳洗过了，青丝只是松松绾了髻，什么珠翠都没有戴。她平时觉得自己年轻压不住场，总是戴一些显老的首饰。这样脂粉未施的样子显得有些稚气，脸颊粉嘟嘟的，好像有层绒光一样。

他没有喊她，静静地坐下来。想她这样靠着睡会不舒服，就轻轻地把她抱进了怀里，让她枕着自己睡。她脸上压出了几条红痕，睡得很深。陈彦允沉默地看着她好久。

顾锦朝醒来的时候，感觉到自己被放到了床上。身子先放稳了，抱着自己的手才抽了回去。应该是陈三爷回来了……她迷迷糊糊地睁开眼，就想到自己刚哄儿子睡觉，忙拉住了要抽回去的手："长锁……"

"他睡得好好的，没事。"陈三爷柔声说。

顾锦朝才清醒了过来，拉着陈三爷要他坐下："您今天和郑国公说话，是不是因为张居廉？"

陈三爷"嗯"了声。顾锦朝正想再问什么，他却站起身说："我先去洗漱再过来。"

顾锦朝只能把话咽回去，叫了婆子打热水。

等陈三爷收拾好准备要睡了，看到她还半坐着等他。明明就很困了，还强撑着精神在看书，眼睛都一眯一眯地打盹，看到他过来才合上书。陈三爷躺到她身边准备要睡了，才被她拉住手臂。

"我还要问您事情呢……您要对付张居廉，成的把握大不大？"

婆子蹑手蹑脚吹了灯出去了，顾锦朝看不太清楚，只看到他侧脸的轮廓。

他明明闭着眼，伸手却很准地按下她的头："好了，你这么困该睡了。"

顾锦朝额头碰到他胸膛，有点羞恼，抓住他的大手用力掐了掐，觉得陈三爷又开始像以前一样，有话在瞒着她。对她这点力道，他却没什么反应，依旧闭着眼一副我在睡觉随你闹的样子。

顾锦朝干脆整个人都靠到了他怀里。"陈彦允，我不问清楚是不会睡的。"

他睁开眼叹了一声，顾锦朝只有在这种时候才叫他的名字，他只能侧过身把她搂进怀里。

"行吧，你问，我不一定回答。"

"您都设计好了，要郑国公帮您吗？难道最后要兵刃相见？"

郑国公在左军都督府任要职，他手里也有私兵。顾锦朝猜测陈三爷找郑国公来，就是因为料到最后会动用到兵权。那可不是小事！要是稍不注意就有性命之虞。

陈三爷在黑夜里看着她，伸出手缓缓摸着她的头发，他不想骗她："必要的时候会动干戈的。"

"一定会动吗，能不能避免？"

顾锦朝很清楚，一旦牵涉兵权了，那肯定是你死我活的事。

陈三爷只是轻轻地说："这我不能决定。"

她心想这也的确是，自己也不该这么问，明知道这种事一旦失手就会粉身碎骨的，绝对不能有妇人之仁。顾锦朝拉住他的手，犹豫了一下："要是太凶险的话，其实您可以求自保的。"

陈三爷摇头笑笑："锦朝，若是你猎了一只老虎，老虎跟你说，你将它放归山林它就既往不咎，不会伤害你了，你相信吗？"

她当然不相信，张居廉也不会信，而且陈三爷不会退缩的。

顾锦朝心里只是还隐隐有这样的期待。

他让她好好躺下来，夜里静静的，顾锦朝只听到他柔和又低沉的声音："锦朝，你说过你预料到我死的情景，你现在告诉我是什么场景吧。"

顾锦朝跟他解释过去帮助叶限宫变的事，提到了他可能会死。但那件事已经被改了，现在她帮不了他了。说起来也是可笑，当年她能帮叶限，现在真的想帮陈三爷，却又帮不了他。

顾锦朝就勉强地笑了笑："您也怕死吗？"

"当然怕死。"他却也笑了，"你说谁不怕死呢？不过我是不会死的，我还要等你生个小锦朝出来，还要教小锦朝的哥哥读书识字，你原来求过我的事，我要是做不到，你心里还不怨我啊。"

他这么一说，顾锦朝反倒有些放心了。还能说笑，应该也没有她想的那么可怕吧。

陈三爷收紧了搂着她腰的手，叹道："行了，就是你不睡我也要睡了，我明天还有朝会。"

顾锦朝有点不好意思,确实打扰了他休息:"你睡就是了。"她靠着他也不再动了。

等她入睡了,陈三爷却睁开眼静静地看着她。怕自己还想看,以后却看不到了。

他周密布置好的计划马上就要开始了。要是其中有关节出错,挫骨扬灰都是轻的。这些都要等着看了。

朱骏安穿了件略薄的褙子,外面才套了朝服。天气热得很早,就这样穿也不冷。

他坐得高,文武官的神情能尽收眼底。锦衣卫的指挥使曾经教过他:"您看那抬头看您的,肯定是升官不满三年的,那低着头的都是任满五年的。官大的人却都是平视前方,不卑不亢的。"

他这么一看还觉得真对。像刚入职的侍郎、少卿,就端正地抬着头。而群辅何文信、掌院学士高赞这些人就垂着眼看金砖铺的地面,不知道那地面有什么好看的。地面光亮得照得见人的影子,难道就是在看自己的影子?那怎么不回家照镜子呢,来上朝干什么呢。而像张居廉、陈彦允这些人,就平视着前方。无论是身后谁站出来上奏本,都不会回头看。

站在最末的叶限也是,他更过分些,站着都能打盹起来。太妃曾经说过他不讲规矩,那是说真的。

朱骏安知道他为什么打盹,朝堂上的事这么无聊,大家都看着金砖的影子打发时间,怎么不打盹呢。

最后没有人上奏本了,殿头官才带头唱礼。

户部侍郎李英最后却出列了:"臣有本奏。"

声音空荡荡地在殿内回响。张居廉和陈彦允依旧没有动静。

朱骏安让殿头官传话示意他继续说。

李英慢慢地说:"臣参河间盐运使强抢民女,谋害他人性命。后又怕事情败露,反诬刘大人清誉。其劣迹斑斑,罄竹难书!若是放其逍遥法外,着实情理难容!"李英的声音很坚定,殿内又空旷,声音听着有些振聋发聩。

那些低头看金砖的都抬起了头,满朝文武都露出相当惊讶的神色。这个李英难不成是不要命了,事情都过去几个月了,提出来做什么?他难道不怕张居廉恼羞成怒,痛下杀手不成?若只是冲动,这也太冲动了些。

张居廉却浑身僵硬,紧紧抿了下嘴唇,侧头看了陈彦允一眼。李英可是他手底下的人。

陈彦允好像也没明白发生什么事了,皱了皱眉,又用眼神示意他,自己也

是不知情的。

朱骏安就有些好奇地道："李爱卿，你既不在刑部供职，也非是大理寺、都察院的人，怎么你户部侍郎也要管这些事吗？"

李英平静地道："之所以是臣来说，是因为这些人尸位素餐，没人敢说个明白，也没有人敢管！今天臣偏要说，臣不仅要参周浒生，还要参刑部尚书何文信、大理寺卿贺应亭、都察院左右都御史等人各一本，知情不报、包庇纵容，形同从犯！臣还要参当今的内阁首辅张居廉张大人一本，他连同大理寺卿贺应亭捏造刘新云贪墨一事，就是为了替周浒生开脱罪责，让刘大人去无可去之处！

"张大人这么多年辅佐皇上，本该是功劳不浅，如今却功高震主，玩弄权术，结党营私！这样劣迹斑斑，如何能再辅佐圣上！"

到了最后他更是激愤。

张居廉刚开始很生气，听到最后却垂下了眼，平静了下来。以前不是没有人参过他，只是还没有捅到皇上这里就被拦下了。朝堂里总有些迂腐的老学究忧国忧民，要跳出来说话，而这些人一般死得最快！

朱骏安还没有说话，被李英点名的几个人出列了，都是有本要奏。

这变故实在太突然，李英说的话又是大家想了很久却不敢说的，胆子小的现在已经在浑身冒冷汗了，整个皇极殿内静得掉根针都听得到，却看到朱骏安摆摆手："你们先别说话，等我问清楚再说。"

他转向李英，问道："你说刘新云是冤枉的，周浒生确实有罪，你可有什么证据？"

张居廉眉毛一跳。

"微臣自然有。"李英果断地道，"张大人和贺大人密谈此事，有人亲耳听到，事情说得一清二楚。"

朱骏安点点头，却没有提他参别人的事："既然你手里有证据，那周浒生又是真的有罪——你带着人去抓他就是了。要是什么大理寺、都察院的人你都喊不动，那朕的金吾卫和神机营就借你使唤吧！"

他叫了内侍的名字："把两营的指挥使给我找过来！"

大理寺、都察院的人听到这里，已经吓得说不出话来，连忙跪到了地上。

张居廉有些错愕，上前一步跪下："皇上，微臣有话要说。"

朱骏安点头："爱卿讲就是了。"

"周浒生虽是我外甥，我却不会包庇纵容他。这件事是经过了大理寺、都察院经审的，证词、物证明明白白，并不是微臣包庇外甥。皇上若是想抓人，那也该先查清楚才是……"

"爱卿说的也是。"朱骏安笑了起来,"但是朕现在就想抓他,难道就不行了?"

他是天子,普天之下莫非王土。谁能阻止他的旨意?就算他张居廉执掌九卿,贵为首辅,也不能堂而皇之地反对天子的意思。

张居廉好久才说:"自然是皇上说了算。"

他身居高位,好久没人敢对他这么不敬了,心里就隐隐不痛快起来。

周浒生是他妹妹的独子,他妹妹嫁人后就生了这么个嫡子,那是捧在手心里长大的,等到长大后考了功名,又是他帮着坐上了盐运使的位子。谁知这厮却不争气,要是想纳妾,哪里没有女人,非要去抢刘新云的女儿。出事之后他把人领回来,本来是想打几鞭子教训一下的,家里的老母亲却拉着他不让他动手。虽然再怎么不争气,毕竟也是自己的外甥,张居廉只能把他保下来。

当时本来是想让陈彦允出面运作,却不想陈彦允笑着拒绝了。他手里头原本握着的陈四也不能用了,这下就没有能控制陈彦允的棋子了。他就有些不安起来,陈彦允这样的人一旦握不住,很有可能会反咬。

今天这事要是说和陈彦允没关系,他是肯定不会信的。别人不了解他,他却是陈彦允的老师,这些年看着陈彦允走到今天,还能不明白他的手段吗?要真不是他安排,他张居廉三个字可以倒着写了!

金吾卫指挥使很快就来了。

朱骏安吩咐他:"你跟着李大人去捉拿周浒生归案,重审的事不用交给都察院和大理寺的人负责。我记得李大人原来在湖北做知府的时候,也是破过奇案的,这事就交给李大人主审。"他转向李英继续说,"我再派翰林院掌院学士高大人辅佐你,免得你品阶不高,有人不看重你。"

李英跪下谢恩。

"那诸位爱卿现在没什么事了吧?"朱骏安又问道。

以往他问这句话都是轻轻的,不过是走过场而已。今天却不知怎么的,问得人背脊发寒。

朱骏安自顾自地点点头:"既然都没有说话了,那肯定没什么事了。退朝吧。"

群臣跪下等皇上离开。张居廉下意识地抬起头看,第一次发现这个小皇帝有了少年的背脊和肩膀。

凶兽长大了总会咬人的。

如果他是贤臣,看到年幼的君王长大了,就应该放权才是。但这些东西是他苦心经营的,拱手让给他人?这肯定是不行的。

张居廉带着人率先出了门，回头深深地看了陈彦允一眼："彦允，你跟我过来。"

陈彦允略整了衣襟，平静地跟在张居廉身后往文渊阁走去。

姚平、何文信等人紧随其后。范晖却不敢走得太近，远远落后了一段路。

张居廉让陈彦允进了房门，自己亲自关了门，又让人端了热茶上来。

屋子里静静的，张居廉虚手一请："彦允，你我师生多年，也不用见外了。"

"老师心里怀疑我是应该的。"陈彦允低低地叹气，"但我承蒙老师恩情多年，怎么会害您呢。何况要是我想害您，也不会让李大人出来说话。李大人是我手底下的，我要是让他谏言，肯定会让您怀疑我。"

张居廉递了茶给他："我明白，前段时间对你太过严厉，你心里有不甘是应该的……"

陈彦允却立刻站起来："老师这话折杀我了，我绝对不会不甘心的。"

张居廉笑了笑，眼神却冰冷下来。他说道："我知道你心里尊敬我，你坐下来我们再说。"

等陈彦允坐下来，他才继续说，"这事便不是你做的，那也是有人在背后插手。不然就凭李英那个胆子，是肯定不敢站出来说那些话的。你回去好好查查，究竟是谁胆子这么大！"

陈彦允这才拱手应下："定不负老师嘱托，学生回去一定好好查。"

等陈彦允走后，张居廉靠着圈椅慢慢喝茶。

香炉里面的烟徐徐地飘出来。

冯程山很快就过来了，来了就坐下来，自己捧了茶。

"今儿朝上这么大的事张大人竟然也不急，还坐在这儿喝茶。您倒是沉得住气啊！"

他幼时家穷，才被送进宫里净了身。他说话的声音有种独特的轻柔。冯程山面皮白净，只是脸绷不住皮，隐隐有点凶相，他笑起来则要慈眉善目得多："要是咱家，肯定已经心慌了！"

"只是让冯秉笔看着皇上，你竟然也做不好。"张居廉放下茶杯，"这些天皇上没有什么异动？"

"今天之前，咱家什么都没看到过。"冯程山说，"跟往常一样喜欢去敬妃那里，然后给太后娘娘请安，和长兴侯世子爷逗鸟玩、喂鱼，要说有什么不一样的，咱家真没看出来！"

"陈彦允没有单独找过他？"张居廉慢慢地问。

冯程山眼中精光一闪："张太师，您连陈三爷都怀疑起来了？"

"不是怀疑。"张居廉露出冷笑，"我很肯定是他。"

"这怎么说的？陈彦允不是一向对您忠心耿耿吗？刚才我过来，路上还跟他说话来着……"

张居廉淡淡地道："发现了陈四下毒的事，他肯定已经恼怒了。陈四果然不中用，我原先还想拿他来制衡陈彦允——他简直就是愚蠢！"

冯程山笑眯眯地道："陈三爷要是威胁您了，您杀了就是，就是死个人，多大个事呢！"

"我不说破，暗中看看他干什么吧。"张居廉语气冷厉，"倒是皇上那边，他要是真有心对付我才是最麻烦的。你一定要注意着，免得到时候猝不及防。"

冯程山转念一想就笑起来："张大人要是真忌惮那小祖宗，还不如自己取而代之，不然迟早有这一天，那小祖宗真的掌权了，还能容得下您不成？"

张居廉听后皱眉。他用了这么多年才到了这个位置，如今朝堂各处都是他的党羽和眼线，他也喜欢这种一切掌握在手的感觉。但是谋反这种事却最好不要做，要是睿王还在，倒是可以借了他的名头。但如果是以他张居廉的名头，又怎么能服众呢？那个位置虽然很好，但也要有命享受才是。

他摆了摆手："行了，你好好注意皇上就是，这些事我自有主意。"

冯程山也没有劝他，站起来道："张大人记得咱家的话就是，咱们皇上心有大志，那总有不甘心的一天。"他拿了自己的扳指，慢悠悠地出了房门。

张居廉让内侍进来，去请金吾卫指挥使过来。

"三爷，今天李大人这么一闹，张大人肯定是怀疑您的。李大人那边，要不要派人保护？"

马车里烧着炉子，江严正在看火。陈彦允靠着车壁在休息。

"我已经让陈义带着人去了。金吾卫指挥使是张居廉的人，肯定是要从中阻挠的。"陈彦允手里盘着佛珠，慢慢细数，"现在是赌运气的时候，就看能不能成了。"

江严点点头，将烧好的热水递给陈彦允。

陈彦允接过刚喝了一口，马车突然停下来。

胡荣撩了车帘子进来，喘了口气才说："三爷，外头有人想见您。"

陈彦允皱了皱眉。

他和拦马车那人找了九春坊的茶寮子喝茶。他微笑着道："世子爷，下次你要是想见我，麻烦递个拜帖，或者派个侍从来通传一声。实在是不用拦陈某的马车，你倒是把我的车夫吓着了。"

叶限不置可否，让店家上了两碟干落花生、炒胡豆，又吩咐说："拿一坛秋露白过来。"

店家笑着求饶:"世子爷,我这是小本生意,哪里给您找秋露白去。不然您给小的银子,小的去那头的酒楼给您买来?"

叶限眉一挑:"那你有什么?"

"汾酒、黄酒,还有枸杞泡酒……"

"随便拿吧。"叶限不是很在意,这是给陈彦允点的酒,反正他也不喝酒。他好像这才想起来,转头问陈彦允:"陈大人,你喜欢什么酒?"

"陈某不喝酒,谢过世子爷好意了。"陈彦允道。

原来都是不喝酒的,他还在这儿问半天!叶限挥了挥手:"那就算了,刚好我也省些银子,你下去吧。"

店家关了门,李先槐和江严立刻守在了门外。

陈彦允没有说话,也没有问叶限找他干什么。他慢慢把玩着茶杯,等叶限自己说话。

叶限喝了口茶,想了好久才道:"陈彦允,你还真是胆子大!"

陈彦允笑着问道:"世子爷想说什么?"

叶限看着他。陈彦允显得相当平静,实际上这个人很少有情绪外露的时候。包括今天在朝上,他也是这样泰山崩于眼前神色不动的样子。他肯定在谋划着什么,只有他心里在算计着什么,才会如此镇定。

第二十章

结盟

叶限笑道："我也不知道我是什么意思，不过陈大人心里肯定清楚。

"陈大人不满张居廉很久了吧？那老东西什么都把持得太紧了，别人攥在他手里，被捏得半点生气都没有。也许等到他死后才能真的换代，到时候朝堂上腥风血雨，肯定是三年都杀不尽其党羽。我跟皇上也算是能略说几句话，这些天声势突变，我大概也能猜到你们的意图。其实皇上是不怕输的，反正他也没什么可以输。怕的应该是你陈三爷，这手里荣华富贵转眼没了不说，连家人都要受到牵连。"

陈彦允静静地看着他。

窗扇外护城河早春风光，一派的繁荣昌盛。

叶限停顿了一下问："陈大人知不知道自己在做什么？"

"陈某的事，世子爷费心太多了。"陈彦允只是淡淡道，"世子爷天资卓绝，自然是对情形洞若观火。只是以世子如今的情况，在下劝你还是藏拙为好。"

叶限笑了笑，叹息："陈彦允，你不相信我，觉得我找你说这些话，只是心中不轨？"

"难不成世子爷是因为黎庶苍生，才想插手这件事的？我和张居廉斗得个你死我活，才更符合长兴侯府的利益。"陈彦允也是笑，"世子爷若是没有目的，陈某断然不敢信。"

"我的确有目的。"叶限点头笑道，"那我想问问，陈大人不希望我插手，是怕我螳螂捕蝉，黄雀在后呢，还只是因为莫名的嫉妒呢？"

陈彦允没有说话。

叶限继续说："我认识顾锦朝比你早，那时候她比现在过得艰难。我帮过她，不过还是她帮我比较多。我当时说过一定会答应她一个要求的。陈彦允，我会帮你的，也对，就是因为顾锦朝。

"我原来挺希望你死的。你死之后顾锦朝没有人庇护，我再继续护着她好了，反正我不在乎。但是那天她被掳后，你来找她。我突然觉得要是你真的死了，顾锦朝肯定会很难过的。无论我做什么，都不能再给她一个陈彦允。"

说完这些，他好像轻松了些，又有些自嘲。即便是他心高气傲，从来不对别人屈服，他也不得不承认，陈彦允这个人是真的不能替代。

"我话说到这里，要不要同意你看着办吧。"叶限说，"你没有兵权，如果真的和张居廉正面冲突，难免会落下乘。郑国公的私兵兵力不如我铁骑营的一半。兵部里，他的势力又不如长兴侯家深厚，他应该帮不了你太多的。"

陈彦允低头喝茶，轻声问："世子爷想不想让长兴侯府光复？"

叶限皱了皱眉，一时不明白陈彦允的意思。这应该是他在劝陈彦允吧！陈彦允就算因为别的考量不想与他为盟，总该因为他手里的兵权相让几分。叶限自己没有什么能帮顾锦朝的了，帮她保陈彦允的命，他还是可以的。

"我很愿意与世子爷结盟。"陈彦允却说，"但不是以顾锦朝的名义——倒不是因为嫉妒。世子爷说因为顾锦朝才来帮我，但是顾锦朝是你什么人呢？她是我的妻子，所以我拼了性命也会保护她，帮她。但你却没有立场，如果你感恩之情不在了，反咬我一口怎么办呢？一个随时可能变卦翻脸的盟友，我恐怕是信不过的。如果世子爷没有别的缘由，就请麻烦看在内人的面上不要插手吧。"

叶限被他这么一堵，差点说不出话来。他语气有些不快："陈彦允，你还想怎么样？"

"世子爷觉得到了这个关头，我还想做什么？"陈彦允笑了笑，"陈某没这么运筹帷幄，我也怕失败，我甚至在给家人安排退路。所以世子爷现在说的什么嫉妒、狭隘，我已经没空考虑了。并不是我不在意，而是在生死存亡的关头，说这些没有意思。

"如果世子爷是为了长兴侯府复兴，为了给你父亲报仇，我恭候大驾。当年萧游设计你长兴侯府，你真的认为只是他和睿王的手笔？世子爷有鸿鹄之志，忍辱负重也是为了以后有手刃仇敌的时候。世子爷好好想吧，陈某就在这儿等着。"

叶限想了一会儿，脸色才变得凝重起来。

父亲中箭的画面，萧游在他弩弓下倒下的画面，这些都历历在目。他不是不记得仇恨，他总觉得一切都有时间。而他还年轻，有筹谋的机会。还真是眼界太小了。

他脸上不见了原先漫不经心的神态，而是淡淡地说："陈大人倒是聪明得很，我从来没说过这句话，却也不得不说一句，我心里服了。你先走吧，我一个人想想。"

陈彦允并没有多停留，实际上他也没有时间了。赵怀今日从陕西回来，两人要谋划事情。不过他心里知道，叶限是不会反悔了。

他跟叶限道别，从茶寮里出来。外头杨柳树上已经长满新叶了，满街的青色。

顾锦朝知道这件事却不是从陈三爷那里，因为周浒生被抓后几天，整个北直隶就传遍了，连她们这种内宅妇人都听到了风声。张居廉包庇纵容侄子行凶一事，更是传得绘声绘色。

传的速度如此之快，背后没有人在暗中做推手，肯定是不可能的。

顾锦朝立刻反应过来，这就是陈三爷开始动作的征兆。她细想了一下，觉得这件事做得相当聪明。三爷当时就应该留下张居廉的把柄了，虽然这样的事不会对张居廉造成实质伤害，却能够破坏他的声誉。他是当朝首辅，没有声誉自然是不行的。

等陈三爷回来，她还特地问了他。

陈三爷在书房里练字，听了锦朝的话停下笔，点点头："自然是我，不过李大人也够倒霉的，这些天明里谏他的暗里杀他的多得很，我派去保护他的人寸步不敢离身的。"

顾锦朝知道李英，原来的户部侍郎，父亲的上司。

她挽了袖子帮他研墨："那李大人处境危险吗，要是出意外怎么办？"

陈三爷道："他本来就抱着必死的心，能躲过一劫最好，要真是出意外，残害忠良的名声张居廉是逃不过了。"

顾锦朝心里暗叹，这局其实相当缜密。

这是个两头难的事。如果任由李英继续，张居廉怕他会挖出更多内幕，拖自己下水；但他要是害了李英，又怕朝堂、民间的舆论压力过大，自己落个陷害忠良的下场。左也不是右也不是，杀不杀都头痛。

陈三爷把毛笔搁下，跟她解释说："所以也只有上谏李英了，不过李英这个人一向清正廉明，家里也处处符合规制，他们揪不到错处。"

顾锦朝听着点头："那这岂不是很好？"

陈彦允摇摇头："也好也不好。"

张居廉已经找他说过好几次话了，旁敲侧击地打探这件事。看来他也有点着急，如果再这么下去，恐怕他就要动用强硬手腕了，所以还不能继续查下去。

他说了一句就没有继续说下去，顾锦朝也不问了。她看了看陈彦允练好的字，是一篇静心的佛经，笔锋遒劲，浸透纸背。看来其实他心里是不平静的。

顾锦朝把纸收入箱中，陈三爷又由丫头服侍着洗了手，准备吃晚膳。

这时有护卫过来传话，说陈老夫人今天去看陈四爷了，他们不知该不该阻拦，但是老夫人大病初愈，却又不好拦。两人在屋子里说了好一会儿话。陈老夫人出来的时候，眼眶红肿，人也不太精神。

"四爷还说了，想见您一面，他有话要跟您说。"

陈三爷只是淡淡"嗯"了声，继续喝着丝瓜汤："以后老夫人去看四爷，不用拦着。至于四爷说过什么话，一律不用转述给我听。"

护卫应声退下了。

难怪今天傍晚去定省的时候，半竹畔里没有人。顾锦朝暗想着，又给陈三爷盛了碗汤："这几天母亲总是问起您的起居，说您好几日没去看她了。您要是有空不妨也去一次，毕竟要是有什么误会，当面说清楚也好。"

"有空再说吧。"他这些天忙得早出晚归的，也无暇顾及母亲那边。

母亲想去看老四就看吧，毕竟陈彦文也是她亲生的孩子。他再怎么残忍，也不能切断人家母子的情分。

锦朝也心疼他的忙碌，而且又是这个时候，还是别让家里的事烦心他了。她就不再说陈老夫人的事了。

第二天去请安的时候，陈老夫人正在问陈玄新几人的功课。她每几天都会问问，要是有谁没跟上先生讲的功课，她会额外叮嘱几句。秦氏正笑着看献哥儿答话。

陈玄越站在几个兄弟的最后面，止白无聊赖地看着黑漆的地板。

顾锦朝投去疑问的一眼，他朝她无奈地笑笑。

等陈老夫人问到他的时候，陈玄越答得吞吞吐吐，很不熟练。谁都知道他傻了十多年，这才恢复清醒不久，自然不能一下子什么都懂了。

陈老夫人对这个孙子始终没什么感觉，就是看他病才好，便要多关照几分，拉着他叮嘱了很久。顾锦朝才知道陈玄越为什么那副表情。他不喜欢听别人多说话。

太聪明的人好像都是这样，叶限也是。

秦氏对这个突然恢复神智的庶子的态度却相当微妙。她原来也找过大夫来给陈玄越诊治，却没有人把陈玄越的病治好。但是这不明不白的，怎么突然就好了？

她还特地找给陈玄越授课的先生问过话，先生说是九少爷根底浅，能跟上教学已经不容易了，更别说读得出色。她心里才放松了几分，要是陈玄越当真心智超群，她恐怕还要费心了。

陈玄越答完了话后很自然地坐到了顾锦朝身边。乳娘怀里的长锁笑着喊九哥，伸着身子要扑过来，陈玄越把他接了过来，长锁就亲昵地用小胳膊搂着他的脖子，再也不撒手了。

陈曦站在锦朝身后，也看了陈玄越一眼。

她现在长大了，越发懂事，也就没有原来容易害羞了。陈玄越正在逗长锁说话，长锁稚气地跟着他念。他听得很高兴，笑容也十分的潇洒，她看着还是有些发怔。

要说长相好看，陈曦看到过最好看的应该是自己七哥，不过陈家玄字辈的堂兄都长得不差。但是陈玄越却有种很不一般的气质，十分的从容，他的长相也有种淡淡的贵气。

顾锦朝并没有注意到，她瞧着秦氏看了陈玄越好几眼，心里想秦氏心里不慌才怪。只要陈玄越不装痴傻了，他周身的气质就相当出众，一看就非池中物。

陈老夫人招了众人一起吃刚出锅的香椿饼。

刚发出的香椿嫩叶，吃起来有股淡淡的清香。陈老夫人这儿有个婆子手艺好，会做各种糕点。香椿饼做得一点也不油腻，顾锦朝都吃了好些。

等众人吃完了，丫头快手快脚把碗碟收下去，陈老夫人才说："老三媳妇留下陪我说话，别人都先回去吧。"

怎么单独留她说话？顾锦朝有些错愕，还以为陈老夫人会说陈四爷的事。

等到人都退下去了，陈老夫人才跟顾锦朝说了。她这是身子骨好了，打算把陈二爷养在外面的那对母子接回来。

"那孩子都过半岁了，总不能一直是他母亲带在身边。"陈老夫人还是不喜欢孩子生母的出身，低声跟顾锦朝说，"孩子要被教养歪了可不好。你明日安排人去接她们回来。"

顾锦朝正为陈老夫人按摩小腿，闻言点点头，问道："二嫂那边怎么说？"

陈老夫人摆摆手："这你不用管，我来说就是了。"

"二嫂要知道二老爷养了外室，也不知道会怎么的生气，您可得好好安抚她才是。"顾锦朝叹道。

陈老夫人笑了笑："她又不傻，这男人哪里能一直守着一个女人呢，总是能想开的。"说到这儿又觉得顾锦朝听着不好，继续说，"倒是老三情深，他从小就这样，认定什么就是什么。可惜老四的事……"提到陈四爷，陈老夫人心里就不好受。

她想到自己对陈三爷说过的那些话。

老三过得不容易啊，外头忙着支撑陈家的繁荣富贵，家里头的人还让他不省心，任是个铁打的人也撑不住。她还要怀疑陈三爷所做的事，以为他心思狠毒，容不下兄弟。

她跟陈彦文说话的时候，忍不住眼泪一直掉，一句句地告诉他："你以为我不知道老五的死有你的责任吗？你自己傻，还让别人看不穿。你早就跟老五看不对眼，那日又恰恰只有你们两人不在。你回来的时候我看到你衣摆下沾着草籽，就知道你去了池子边。老五死的时候，你父亲发了多大的脾气。我为了帮你隐瞒，还把伺候老五的几个人全部发配了，你难道就不明白？"

陈四爷被囚禁几个月，什么人都接触不了，备受折磨。他闻言也忍不住一怔，想了好久之后嘴唇发抖，握住母亲的手哑声说："我……是我差点害了你……是我的错……"

他瘦得手背骨头支棱，皮肤苍白，精神也不太好了，喃喃地说着这几句话，又哭又笑的。

陈老夫人看得痛心，忍不住抱着儿子痛哭。回来后想起三儿子的冷淡疏远，更是心如刀割。

顾锦朝不知道陈老夫人和陈三爷有什么事。她猜这其中应该有个误会，因为陈老夫人显得十分愧疚。一个母亲，做了什么事情才会觉得愧对儿子呢？

她握住陈老夫人的手，说："娘，三爷并非是要疏远您。他这些天也是忙得很，不如等明晚我和他一起来给您请安。您看好不好？"

"我知道他忙。"陈老夫人点头，"现在朝廷这么动荡，我还是不去打扰他了。就是老四想见见他。老四跟我说过，老三是不会答应见他的，让我帮着说一声，你帮我转达吧。"

顾锦朝点头应下来了。

等陈三爷回来后，她跟他说了陈四爷想见他的事。

陈三爷凝神思考。"我本来是不打算见他的。"提到陈四爷，陈三爷脸上有种疲倦感。

顾锦朝忙道："是母亲让我转达的，我想陈四爷应该有重要的事要告诉你，不然也不会让母亲转达了。您还是见见他吧，也耽搁不了什么。"

"好。"陈三爷很快答应下来。

顾锦朝有些错愕，陈三爷看着她笑笑："你都这么说了，我去见见他也无妨。"

顾锦朝想笑，拿了斗篷来给他："就算是开春了，夜风也冷得很，您早去早回。"

陈三爷"嗯"了声，很快就出门了。

顾锦朝陪着长锁在罗汉床上认东西，他胖胖的小手抓了块栗子糕，吃得满床都是。等到自己吃不下了就递给顾锦朝，往她嘴边递："娘亲吃。"

顾锦朝笑着揉揉他的小脸，长锁一脸迷茫地看着自己娘亲。

顾锦朝让乳娘抱了长锁下去洗手洗脸，又亲自哄了他睡觉。

她让采芙点了几盏烛台，便坐在罗汉床上做夏袜，刚绣了几针，陈三爷就回来了。

顾锦朝把笸箩放在了小几底下迎上去，陈三爷却是沉默。

"怎么了？"顾锦朝轻声问。难道是陈四爷又做什么事了？这不可能吧，他都已经这样了。

"老四给了我一些东西。"陈三爷跟顾锦朝说，"是关于司礼监的。"

司礼监的东西？顾锦朝问道："是张居廉勾结司礼监的证据？"当初要不是有司礼监帮助，张居廉又怎么能仅凭自己就手握大权呢？冯程山管小皇帝御笔朱批，所以自然是张居廉说什么就是什么了。

陈三爷揉了揉她的发："也算是吧，只是他手里头的东西太少，不能有大作用。"

那他这样是为什么呢？顾锦朝有点不明白。

陈三爷让她坐下来，跟她说："他想去宝相寺里修行，削发为僧。"

顾锦朝听后有些惊讶，陈四爷竟然起了这个念头，难怪陈三爷要沉默了。

"那您怎么打算的，真要让陈四爷去宝相寺？"

其实陈四爷做过的那些事，也够他死好几次了。现在被软禁也算是咎由自取，若是他有意想去寺庙里修行，也算是积些功德。只是陈老夫人那里怎么说，王氏又该怎么办，这些却是问题……

陈三爷又是沉默。

经这几个月的软禁生活后，陈四爷的性情都有点变了，看起来也比原来明白了不少。刚才和他说的那些话也显得理智许多，如果让他去宝相寺里一生礼佛，倒是比困在陈家好。

陈三爷说："我同意了，等这件事过了就让他过去。"

顾锦朝并不惊讶，如果是她，也会答应陈四爷的。她抱住陈三爷的胳膊，笑着说："也好，比起软禁一辈子，总算是有个他想要的去处。等您不和张居廉斗了，我肚子里这孩子也该出世了，玄麟的名字就是您取的，这孩子的名字我来取可好？我看'玄静'就不错，取个'岁月静好'的意头。而且男孩女孩都可以拿来用。"

她是渴望宁静的生活吧！

陈三爷任由她抱着自己，微微一笑："听你的就是了。"他的手轻轻地摸着她微凸的肚子，这也快要六个月了，孩子正是活泼的时候。有时候孩子在她肚子里突然轻轻地踢脚，他很容易感觉得到。锦朝靠着他，任他摸自己的肚子，说："和玄麟一样活泼，有时候还会翻身呢。"

陈三爷搂着她躺在自己身上，笑着没有答话。也不知道他能不能看到孩子出世。

第二天一早陈三爷就离开了，顾锦朝安排了人去接那对母子回来。

那瘦马下马车之后她看了一眼，典型的江南女子，身姿纤弱，腰上系着翡翠禁步，显得身段十分的好，也不像是生过孩子的人。孩子穿着件团花的缂丝小袄，坐在乳娘的怀里，张着黑葡萄一样的眼睛到处看。

陈老夫人抱了孩子过来看，孩子乖乖地不哭。陈老夫人看着孩子稚嫩的小脸，就忍不住心软。

"这孩子长得好！"

她早和秦氏说了这件事，秦氏还有些恍惚，现在看到真人了才反应过来。

秦氏先把周围的人都打量了一遍。顾锦朝是把人接回来的那个，肯定是早知道这对母子的存在了。葛氏低着头看地，王氏却出神地看着那名女子。

秦氏心里有种被羞辱的感觉，又像是觉得可悲，胸口发凉。她挺直了背脊，坐得很端正。她是秦家出来的嫡女，任何时候都不会让人看笑话的。可藏在袖子里的手却把汗巾掐得死紧。

陈老夫人看过了孩子，就叫了那女子上前来说话。这女子自称映元，声音娇娇弱弱的，答什么都要犹豫半天，偶尔还要拂耳边的落发，手上那嵌绿宝石的赤金镯子很耀眼。虽然穿金戴银，气质却和秦氏是天壤之别。

秦氏一直不知道丈夫喜欢这样水一样的人儿，他的几个姨室是她选的，温顺听话，从不造次。她心里一直都看不起这样的女子，觉得她们娇娇气气的，手指一掐就能留个印一样，也上不得台面。丈夫却喜欢这么个她看不上眼的东西，怎么会不难受呢。

顾锦朝看着秦氏的样子，就知道她在想什么，心里竟不由有些同情，不管秦氏做过什么，她也确实有些可怜。

陈老夫人只问了映元几句话，就喝着茶淡淡道："以后孩子就留在我身边养着，我看你在二爷身边伺候也不方便。"

映元本来是笑着，闻言笑容也收起来了，一双眼睛水波幽幽地闪着，很是犹豫。

孩子坐在乳娘怀里，又还不会说话，怔怔地看着自己的生母。

秦氏也开口道："孩子你带着不方便，既然回了陈家，以后就要好好伺候二爷，等二爷回来就给你抬个姨娘，现下你就先在二房里住着吧。赵姨娘住的芙蕖馆还少个同住的。"

映元脸色一白，对着秦氏屈身盈盈一拜："二夫人安好，妾身柳氏，还未得向您请安。"

她地位太低，要不是因为生了个儿子，陈老夫人都未必要见她，自然也没必要跟她介绍在场的人。

听这话的语气，她自然知道这就是二爷的正室夫人。

她在外头跟二爷情深义重，他也愿意宠着她。有时候还真是忘了，他远在北直隶还有这么个家。秦氏虽然年纪大了，并不显得十分好看，但是周身端重又华贵的气质是她不能比的。

原来在外头的时候，她觉得只要两人情深义重就好了。等到了陈家，才知道处处都不是她能想的。她的孩子要给别人养，二爷没回来之前，她在陈家的地位不明不白的。就算以后抬了姨娘又能怎么样呢？二爷的姨娘又不止她一个，总不能只顾着她一个人。

秦氏的目光落在映元脸上，她头都不敢抬起来。

秦氏却不再刁难她，收回目光"嗯"了一声。

映元跟着嬷嬷下去了。孩子看到母亲要走了，开始哇哇大哭起来。

乳娘也被孩子的哭声吓到了，连忙抱着就哄，生怕惹了陈老夫人的嫌弃。陈老夫人就让她抱去了碧纱橱里喂奶，哭声渐渐小了，传来孩子咽奶的声音。

秦氏却再也没有看过这孩子一眼。

等陈老夫人歇息下了，顾锦朝才出了半竹畔。天气渐渐热起来，这不过才四月份，阳光就有些毒辣了。绣渠拿了纸伞过来给锦朝遮阳，笑着跟她说："再过一个月，您冬天储下的那些冰就能用了，回去做个红豆浇糖雪，吃起来也爽口。加些山楂更开胃……"

顾锦朝怕太凉了伤身，笑着摇头说："我可不敢吃，倒是可以做些给玄越送过去。他喜欢吃冰的，我冬天存的那些冻梨让他吃了大半。"

"九少爷也是奇怪，冬天的时候拿了羊乳和冰做甜食，还分给咱们这些下人尝，倒是好吃得很。"

顾锦朝还记得这事，陈玄越用半桶羊乳熬了小半碗酪出来，全搅在了冰碴子里头。

他也不知道那羊乳有多贵……

顾锦朝摇摇头："他也是想一出是一出的。"

身后突然有人喊住她，是秦氏的声音。

顾锦朝转过身，果然是秦氏被众人围拥着向她走过来。

难道是要问她这瘦马的事？顾锦朝心里暗自猜测，脸上就先露出笑容。秦氏叫住了她，指了不远处的湖心亭让她一起去坐。二层的亭子，雕梁画栋十分的精致。随后又屏退了左右。

秦氏从顾锦朝随身的攒盒捡了个杏儿果脯吃，慢慢问她："三弟妹，这柳氏是扬州瘦马吧。你知道这事多久了？"

果然是要问柳氏的事。顾锦朝还以为秦氏要兜几个圈子呢。

秦氏本来就和她有争斗，这下恐怕更看她不顺眼了。顾锦朝也没有瞒她：

"三月余了，娘让我帮衬着她们些。所以我没有和二嫂说，何况这事也确实不好说。二嫂要是怪我，我也不会说什么。"

秦氏却笑了："怪你干什么？"

她继续道："真要是怪谁的话，我应该怪二爷，怪我自己，我怎么都不会怪你的。我就是还想问你，让你照顾她，是不是二爷的意思？"还没有等顾锦朝回答，她又笑着摇摇头，"算了，是我傻。没有二爷开口，这女人连陈家门朝哪里开都不知道。娘一向维护二爷，我又不是不知道。"

顾锦朝叹了口气："二嫂不必妄自菲薄，你育有三子，又是正室，背后还有秦家相助，管这么个人做什么呢。"

秦氏听得一怔。

顾锦朝很明白秦氏这样的女人，她再怎么能干精明，丈夫也是她的天，能随意决定她的心情。

"管那些姨娘通房的做什么，二嫂只管过自己的日子就是了。任她花开花败的，你可听过人无千日好，花无百日红？"顾锦朝笑了笑，"能永远留在二爷身边的，也只有二嫂而已。"

秦氏抬头看着顾锦朝，好像第一次把这个女子看得通透了。道理她也明白，只是到了自己身上，却像被糊了眼睛一样想不开。想不到顾锦朝还愿意跟她说这些。

顾锦朝又道："随口之言，二嫂听听就是了。"

秦氏没有说话，顾锦朝准备要走了，叫了绣渠过来拾掇攒盒。

等到她站起来了，才听到秦氏在背后低声说："谢谢了……"

顾锦朝笑着摇摇头："谢我做什么，愚笨的人别人再怎么说都不明白。二嫂自己是明白的，我只是帮着二嫂想明白而已。况且别人也就是站着说话不腰疼，等到了自己身上，还不知道要怎么样呢。"

秦氏也笑了起来："三弟妹，你应该管家的，娘选你才是对的。"

两人倒是难得和气一次。

顾锦朝才不相信秦氏的话，也没有当一回事，笑笑就过去了。

等回了木樨堂，顾锦朝才看到罗永平来见她，还带了自己两个儿子给她请安。

现在罗永平的长子、次子都在香河的铺子里当掌柜，两个人都很能干。

要是没有重要的事，罗永平是不会来见她的。他现在是她的大掌柜，凡事也是忙不开身。顾锦朝想到后就让孙妈妈带着罗永平的长子、次子先去厨房吃点东西。

等带着罗永平到了花厅坐下，罗永平立刻拿了本账簿出来。

"夫人，这是陈大管事让给我经营绸庄的账簿。我觉得这里头有些异常，就拿来给您看看，而且这些异常的账目数目很大。"

他指了好几处地方："三月初五的时候，京城清平坊的杭绸铺子平白多一千两银子，记的账是卖一批杭绸来的钱。但是原丝进量并没有增多，这多出来的绸缎是怎么回事？而且一千两也着实太多了，就算是卖得最好的杭绸，一月能有几百两就已经够了。"

顾锦朝听后拿了过来看，账目的确不太对。但这怎么可能呢？就算是有人要做假账，也没有这样把银子往人家口袋里装的傻子！

罗永平继续说："不止这一个铺子有这个情况，还有别的地方。我找陈大管事问过，陈大管事说是三爷吩咐的，他给您的嫁妆贴钱。我就更加疑惑了，哪里有这么给别人贴钱的。"

顾锦朝刚开始还不明白，听了罗永平的话不禁浑身发冷。如果是陈三爷的吩咐，那她大概明白是什么意思了。

"去叫曹子衡过来。"顾锦朝跟他说，"现在就叫他过来，我有要紧事要问他。"

罗永平被顾锦朝的样子吓到了，也不敢耽搁，连忙就让下人套了马车去曹子衡管账的铺子。

曹子衡正好在宛平办事，他连身衣裳都来不及换，就连忙朝陈家赶来。

顾锦朝和他谈了许久，又叫了孙妈妈和赵管事过来，问近日三房和公中的安排。

她才终于能判定，陈三爷是在给他们铺后路。他把他私库的银子转到她名下，三房突然变卖的一些财产也转了过来。鹤延楼护卫突然增多，却不是在保护陈三爷，而是在保护她。她不知道陈彦允有没有安排别的东西。明知道陈彦允做的应该是最好的选择，她还是忍不住觉得心里不好受。护卫都来保护她了，那他自己呢？银子转到她这里了，他岂不是什么都没有了。

他信誓旦旦跟她说，成事的把握很大，不会有问题的。都安排到这个地步上了，真的不会有问题？

顾锦朝深吸了一口气，让孙妈妈去外院守着，等陈三爷一回来就来告诉她。

她在屋子里等他回来。

陈三爷刚去见了李英回来，接到了婆子的传信，以为顾锦朝有什么大事找他，径直到了木樨堂。

屋子里点着蜡烛，顾锦朝正在看书。

他放下梁冠走过去："究竟怎么了？你火急火燎的要找我。"

担心她有什么事，他一路回来都走得急促。

顾锦朝不知道该从何说起，淡淡地问："您把您私库的银子，都转到我这里了？"

陈彦允坐到她身边："是啊，那是我早年管公中的时候有的银子，你拿去做个本还是可以的。这些银子毕竟原来是公中的，我不好直接给你，所以就做了个伪账。怎么，你就是要问我这个？"

顾锦朝忍不住眼眶一红，揪住了他的朝服衣袖："陈彦允，你给我说明白些，你是不是在打算你出意外死后的事？你原来说过的，你说成事的把握很大。"

陈彦允有些无奈，他没想到顾锦朝已经发现了，那时候为了定她的心，自然要这么说。

"是。"

"为何不告诉我？"她还是要继续问，"你总是这样，屡说不改。"

陈彦允把她的手拿下来，轻声道："你让我怎么跟你说？这事本来就艰险，你又怀着身孕，我不告诉你才是最好的。这人是张居廉，翻手为云覆手为雨，我不能完全保住。"

他的语气还是很平和，也没有太大的波动，好像是一件再寻常不过的事。

顾锦朝直直地看着他，陈彦允是什么样的人她又不是不知道。

"那现在究竟如何了？"顾锦朝问道，又补充了一句，"你必须要和我说。"

陈三爷叹气："周浒生的事是个突破口，但是如果张居廉想的话，压下去还是很容易的。所以这事不能撼动他，我们后面还有计划，你不用担心。"

"张居廉总不会坐以待毙的，他会怎么反击……您是不是有危险？"

陈三爷只是笑笑："知道是我动的手，他自然是要打压我了。接下来我这方派系会有大量损失……朝堂上的事还是他说了算的。如果他想暗中动手脚，最方便的就是从我和我身边的人下手。我一死对他来说就什么都解决了，但是我身边也有高手，想弄死我不容易。"

顾锦朝听到他平静的语气，觉得心里发紧。什么叫想弄死他不容易！

顾锦朝握住他的手："张居廉身边，应该也有高手吧？"

陈三爷点点头，又说："他和我不同，家人对他来说虽然重要，但不至于会牵绊他的计划。我就不一样了，如果真是威胁到你或者母亲，还有孩子的时候，我肯定会犹豫的。所以我是有弱点的。"

他一双深潭般的眼睛看着顾锦朝。

"所以我派人保护你，我给你安排后路，也是在弥补自己的弱点。"陈三爷说，"只有后顾无忧了，我才放心得下。你现在还怪我不告诉你吗？"

说来说去倒是她的不是了。

顾锦朝沉默了一会儿，轻轻地说："我只怕您有意外而已。"

从前他是否会死不会对顾锦朝造成什么影响，一个和她不相关的人死了，她能有什么感觉呢？

只是如今，想到以后再也看不到陈彦允这个人，看不到他坐在罗汉床上安静地看书，听不到他柔和地说话，看不到他睡在身边的侧影，顾锦朝就觉得胸口发堵，一刻都忍不下去。

"人总是会死的。"陈三爷却安慰她道，"你看，就算我这次没事。我比你大这么多，总会死在你前头的。"

顾锦朝看着他不说话。如果人没有这么多劫难就好了，平平淡淡地过一世，一切都很好。

她伸手抱住他，有些泄气，也不想说话，把头埋进他胸膛里。

陈三爷也搂住她，虽然在安慰她，脸上的笑容却消失了，表情渐渐深沉起来。

虽然他们保护严密，李英还是遇刺了。

陈彦允请了御药房的人过来给李英医治，却不知道能不能保住性命。他们还是低估张居廉了，不知道他竟然已经到这个地步，不在意舆论对他的压制了。

张居廉带了他这么多年，他先前是相当钦佩这个人的。可能是人的年纪大了，心胸竟然越来越狭隘起来，手段也越来越毒辣了。这样也许正好，对付起来没有这么麻烦，但是他的手段却会更难预料。

顾锦朝的担心很对，因为他自己也有这样的担忧。

陈彦允闭上了眼睛。

第二日是休沐的时候，陈三爷没有去内阁。但是他也很忙，去给陈老夫人请了安后，就在书房里一直跟江严他们商量事情，一会儿常海也过来了。

顾锦朝就抱着长锁避去了葛氏那里。

陈六爷正吃了早膳从葛氏房里出来，笑着喊了她三嫂，又要抱长锁玩。

顾锦朝教长锁喊六叔，长锁乖乖地喊了。陈六爷听得很高兴："还是麟哥儿聪明，来，六叔抱你去吃糕糕。"他很喜欢小孩子，性格也像个大孩子一样。

葛氏从堂屋里出来迎她，笑着说："您不会抱孩子，伤着麟哥儿怎么办！"

陈六爷不耐烦起来："我自己的侄儿，我知道分寸。"

顾锦朝也没有阻止，长锁喜欢别人带他到处玩，她让伺候长锁的婆子和乳娘跟着陈六爷去了。

葛氏陪她进了西次间，让丫头拿了果脯的攒盒过来吃。里面都是些梅子、杏儿的，照顾锦朝的口味。

陈六爷自从在寺庙里待了一年回来，人就老实了不少，葛氏现在气色都好多了。说起要过端午的事，柔声细气的。顾锦朝问起她妹妹的事："上次你说要来北直隶，不知道她还来不来了？"

葛氏摇了摇头："本来说是让她来北直隶，我给她寻一门好夫家的。前段时间娘身子不好，我又要伺候她，就不太方便，所以没有让她过来。家里的父亲已经把妹妹的亲事定下来了。"

顾锦朝笑了笑："那也挺好的。"

葛氏听着有些不明白，顾锦朝说什么好？

总算葛氏也是因祸得福，如果她那妹妹到北直隶来了，还有得热闹。

顾锦朝只是说："各自有各自的缘分，强求不得。"

葛氏也点点头，脸上露出笑容："我这最小的嫡妹，从小娇生惯养的。嫁的人家虽然家产不多，丈夫却是个少年举人！这样也好，到北直隶找世家大族的，未必就能有这个才气。"

顾锦朝含笑点头，拿了茶杯喝水。刚啜了一口，雨竹就隔着帘子在外面通传了。

丫头打了帘子让她进来，雨竹走得很快，说是找顾锦朝有要事。

顾锦朝刚出了堂屋的门，雨竹就在她耳边轻声说："世子爷过来了。"

顾锦朝有点震惊地问她："没有看错？"

雨竹点点头，额头都是细汗："奴婢看到他进了木樨堂，进了三老爷的书房。也不知道是来干什么的，这总不是来找您的吧。"

顾锦朝也不太清楚，这个人做事别人怎么摸得着门路。

她向葛氏告辞，带着丫头婆子往回赶，正好看到叶限在前一进的院子里和陈三爷说话。

两人站在水杉树下的大缸边，那缸子里养着几尾鲈鱼。

叶限背对着她，顾锦朝只看到陈三爷嘴边带着淡笑，凝神细听叶限说话。陈三爷穿了件细葛布的直裰，身材修长。叶限穿了淡青色圆领右衽袍，两人倒是显得很平和。

站在旁边的江严先看到顾锦朝，拱手跟她请安。

陈三爷才笑着看向她："回来得这么早？我还以为你会和六弟妹多说会儿话呢。"

顾锦朝扯了扯嘴角，还不知道该说什么好，叶限就转过身看她，笑着道："原来是陈三夫人，倒是我失礼了。"说着也拱了拱手。

陈三爷脸上仍带着笑，拿了旁边端茶的小厮手里的茶杯，低头喝茶。

叶限脸上的神情十分的平静，顾锦朝反倒是觉得没什么了，屈身喊了一句世子爷。

"我还是打消三夫人的顾虑吧，陈三夫人不要担心。"叶限点点头，笑眯眯地说，"我是来找陈三爷的，只是此事要保密，所以才在内院相见，还望三夫人也不要说出去比较好。"

"她不会的。"陈三爷看她一眼，"锦朝，你还是先进去吧。"

叶限来找陈三爷做什么，顾锦朝突然有种预感，他们两个总不会是要结盟吧。她被自己的猜测震惊了一下。不然为什么要避到内院来说话，这是不让别人查探到风声。她"嗯"了一声，就要快步走过月门。

叶限又喊了她一声："陈三夫人，在下还有事情想问。"

他指了指那口大缸："怎么这里面养的是鲈鱼？放几尾锦鲤岂不是更好看。若是没有锦鲤，养一缸子睡莲也好。到夏天的时候簇簇拥拥地开一缸的花。"

顾锦朝说："都是三爷在喂，他没事就看看，养了半大放进池子里。"

陈三爷微微一笑继续补充："原来也是养了花的，我家夫人喜欢吃鲈鱼，就改养了鱼。"

叶限听后抿了抿嘴淡笑，就不再问顾锦朝话了。顾锦朝待下去也不好，就先从抄手游廊进去了。

陈三爷竟然和叶限有私交了！

顾锦朝觉得这样很好，两个人同仇敌忾，自然应该站在同一条阵线。就是不知道他们谁先找了谁。这两个人的个性，好像都不是那种会主动找对方的人。两人这样站在一起闲适地说话，她总觉得有什么不对的。好像他们还是冷面以对更适合些。

只是顾锦朝想到叶限，心里还是放松了许多。叶限有多擅长这些东西，她再清楚不过了。有叶限的帮忙，三爷的把握应该更大才是！

等顾锦朝离开了，叶限伸手拨了两下水，那些小鱼都被他吓到了，连忙窜到了缸底，不敢再浮起来讨食。叶限看着这些鱼不说话。

陈三爷知道长兴侯世子这个人相当的古怪，也没有理会他这些举动。

叶限抬起头淡淡说："李英现在没死吧？"

这件事还在保密中，叶限竟然知道得这么快。陈三爷面上不动声色："李大人只是在查案而已。"

"我已经和你结盟了，"叶限却说，"你不用防备我。"

"倒不是防备你，只是他这个人至关重要，我须得小心些。"陈彦允说道，"明日朝堂上我会说这件事，同时我手底下应该会有几个人被弹劾，我也会遭受斥责。如果世子爷这个时候动手，应该是最合适的。"

他的手比了个下刀的姿势。

叶限心领神会，嘴角微弯："放心吧，我让他三更死，他肯定活不过五更天。"这个他还是有相当的自信的。

第二日的朝会上，陈彦允说了李英遇刺一事。

朱骏安毕竟年纪还小，压不住心里的愤怒，手紧握成了拳。

张居廉站在群臣的最前面，似乎并不惊讶，也不想装出惊讶的样子，平淡地直视前方。他知道很多人都把目光放在他身上，但是没有人敢出声说他什么。小皇帝看上去很激动，嘴唇微微有些发抖。那倒不是因为怕他，是因为恨他。

他给朱骏安当了几年老师，知道这个人绝不软弱可欺。实际上他胸有韬略，疾恶如仇，相当关心民间疾苦。他本来是没有打算针对朱骏安的，毕竟他是正统皇家血脉。如果有一天自己死了，这权力还是要交回到朱骏安手上的，只要他打下的根基能保证张家世代兴荣，倒也无所谓。不然他能杀死朱骏安的机会这么多，怎么会没有动手呢？朱骏安千不该万不该的就是不该不甘心。爪牙都还没有长全，就想跟他斗了。以为有个陈彦允帮他，他就能成事了吗？陈彦允以为他不敢对李英动手，他不也是动手了。他倒要看看，这朝廷上谁还敢直谏他。谁不想活命了，尽管来就是。

"究竟是谁下此重手，一定要给朕严查出来。陈爱卿就负责此事，朕让顺天府协助你。"朱骏安低声道，"可还有人愿意协助陈大人？"

没有人站出来，他又问了一遍。

众臣默默地看着高坐在龙椅上身影还有些孱弱的小皇帝，竟然觉得有些同情。

许多老臣低下头看着金砖铺的地，或者有人也看向张居廉。上头的那个是皇帝，下头的那个才是无冕之王，手头握着绝对的权势。孰轻孰重，甚至都不用判断，他们自己就知道该怎么选了。

张居廉站出一步，跪下拱手道："皇上，既然没有人愿意主动站出来，那臣来指定几个人就是。虽然此事和臣有关，但臣自认心胸坦荡，也知道皇上不会忠奸不分，错杀了好人。如果皇上信得过微臣，微臣想请都察院都督来继续查办此事。"

朱骏安闻言不由得心里紧绷起来，他没料到张居廉会说这种话。而且陈彦允事先也没有告诉过他。

他侧脸看向陈彦允。

陈彦允心里叹了声，也上前一步跪下道："一切全凭皇上做主，李大人的冤屈不可不申，但求皇上也别冤枉了贤德之臣。"

朱骏安听着有些紧张起来，陈彦允这话是什么意思，那究竟是同意还是不同意？由他做主吗，他肯定是不愿意给张居廉管的，但如果是不冤枉张居廉，应该做何决断呢？

朱骏安稳住了心神，道："那就让顺天府和都察院一起办案吧。陈大人内阁事务繁忙，就由都督查办之后告知陈大人，陈大人再来转述给朕。"

被点到的几个人都跪下应是。

朱骏安这才安心了一些。看张居廉和陈彦允都不再说话了，心想应该是没有说错话。

下朝之后，陈彦允独身一人往文渊阁去。

张居廉慢慢走了上来，身后还贴身跟着两个侍卫。他也没有看陈彦允，温声问他："九衡，李英出事得蹊跷，你怎么也不事先告诉我一声？倒是让我慌乱了一番。"

陈彦允也笑道："老师既然早就知道了，我何必告知呢。"

张居廉眉一挑，慢慢地道："你这可是怀疑我的意思？咱们师生一场，想不到终究还是生分了。"

"老师这话怎么说，学生怎么会怀疑您呢。"陈彦允轻声道，"老师从未和我亲近过，有什么生分可说呢。老师让陈四拿佛珠给我的时候，也应该先告诉我一声才是。您当时要是说了，我今天肯定也什么都如实告诉您。"

张居廉笑起来："哦，我怎么没说过。当初你刚开始信佛我就告诉你了，信佛使人心性软弱，会害了你的，但当时你并没有听我的。佛珠的事是陈四告诉你的？他这人也是实诚，我让他做什么，二话不说转身就干，就是陷害亲兄弟也不犹豫，比狗还听话，你们俩也不亏是兄弟。"

论起杀人不见血的说话功夫，还是张居廉略胜一筹。

陈彦允依旧笑得儒雅："我这点功夫，也是老师教出来的，实在不敢夸耀。"

"青出于蓝而胜于蓝，我也是老了。"张居廉叹息了一声，"九衡，我以前说过，你这个人的确很好，但却有个相当致命的缺点，你还记得吗？"

"老师这些年提点我颇多，不知道指的是什么。"

张居廉顿了顿："你还是太优柔寡断了。"

陈彦允只是笑着听，并没有反对，也不像是赞同。

"老师就算是再不中用，也在朝野上花了十多年的功夫。你和咱们小皇帝那点动作，我心里很清楚。"两人已经走到了文渊阁的台阶前，张居廉停了下来，眺望着远处已然看不清的皇极殿。

天际高旷，皇城显得很低，匍匐得好像是臣服于他一样。

他喜欢远眺，那就是一切尽在他的手里。万里江山，千万众臣民，都在他的脚下，蝼蚁一样卑微。

权力的感觉相当的让人入迷，恐怕没有几个人愿意松手。

"陈彦允，你手里能有什么呢？"张居廉淡淡地说，"我想杀李英就能杀，我杀了他，整个朝廷没有一个人敢站出来帮你。你又能干什么呢？我要是你，那就只有孤注一掷，拼了性命来和对手鱼死网破。偏偏你舍不得命，你说，你是不是优柔寡断？"

陈彦允听后却不喜不怒，轻声问他："老师，你站得这么高，你能看到什么？"

张居廉皱了皱眉。能看到什么呢，自然是江山了。

"很多东西你都看不到了，"陈彦允笑了笑，"可能也没有机会看到了。"

他说完就告退走了。

风吹得他的衣袍猎猎。

张居廉竟然觉得有点心下不安，陈彦允到底在说什么，他这句话又是什么意思。

文渊阁议事完了，冯程山过来找他。

"我听说李英死了。"冯程山先开口说，"张大人下手挺快啊。"

"你找我什么事？"婢女在给他揉腿，张居廉仰躺在东坡椅上，闭着眼休息。

冯程山轻声笑："张大人若是不待见咱家，咱家以后不来就是了。"

张居廉冷冷地看了他一眼。

这做太监的就是这样，阴里阴气，上不了台面就算了，私底下心思也太多了。

"我知道张大人在烦什么，"冯程山坦言说，"还不就是陈三爷那点事。你发落了他这么多党羽，他二话不说，连争辩都没有帮那群人争辩。这么无情的人，那帮因为他被你打杀的人竟然也个个嘴巴死紧，撬不出半点东西。你奈何不了陈彦允，私底下派出去的人也没有回来过，肯定有点忍不住了。"

冯程山笑眯眯地道："这还不够，我知道个相当好玩的事。"

张居廉听后凝眉，坐起身，挥手让婢女退下去，又叫了幕僚进来："去请诸先生过来。"

然后他才问："什么事？"

"叶限可能和陈彦允勾结了。"冯程山也没有卖关子，"皇上身边有个宫女是叶限的人，我看到她偷偷给江夏的徒弟递信了。"

张居廉眉头一皱："江夏是陈彦允的人，你怎么从来没说过？"

冯程山说："原先不确定，就是那宫女动作异常，不然我还不敢确定。"

叶限怎么可能跟陈彦允勾结？

张居廉有点怀疑这事的真实性，看到他们内斗，最得益的应该就是长兴侯家。再说叶限和陈彦允之间一向有成见，二人不和不是一两天了。

"倒也不是什么大事。"冯程山弹了弹指甲，"铁骑营虽然厉害，还不到能和京卫营抗衡的地步。都督府兵权又在你手底下的人手里。我只是来说一声，太师要当断即断。"

"太师也知道，最快解决问题的方法是什么。"

张居廉自然知道，这事他不是不敢做，而是做了之后他就很难有立场了。但凡是篡位的，有几个能有好下场？

"只要那小祖宗一死，不就什么都解决了吗？"

冯程山笑着说："您就算是不想龙袍加身，那也可以再找个人嘛。睿王的长孙不是还流落民间，捡回来当个皇帝还是可以的。"

张居廉却摇了摇头："你不要给我乱来，好好做你的秉笔太监，这事我自有算计。"

这些没根的人心思阴毒，做事没有远见，要是任着他们的意思胡来，恐怕才真的不行。

冯程山有点不高兴，他大老远跑过来劝张居廉，想不到他还是油盐不进的。

"反正咱家的话都摆出来了，张大人自己看着办吧。"

冯程山站起来准备要走了，张居廉末了还要叮嘱他："凡事三思后行。"

冯程山冷笑道："若是我不三思后行，早就拿根绳子亲自下手了。"

张居廉看到冯程山走了，复又躺下闭目养神。过一会儿诸先生过来了，他才让下人端了茶水上来，跟诸先生说："陈彦允那里下不了手，就从能动手的地方下手。他倒是极看重他那个夫人，当年暗地里为她做了不少事，你总得给我找到拿捏他的东西。"

顾锦朝明显能察觉到，今日有些不同寻常。

采芙告诉她，昨晚前院潜入几个大汉，黑衣蒙面，皆不知为何而来。被值夜的护卫发现，缠斗了一会儿终究还是把他们拿下来了。陈义一整天都在审这些人，听说个个都是死士，受尽酷刑也没有开口。

陈三爷听后皱眉想了会儿，立刻就增加了内外院巡护的人数。

顾锦朝边喂长锁吃蛋羹，边听陈玄越讲这些事。

"可能是来刺探情况的，"陈玄越说，"或者找三叔的把柄。反正有三叔在呢，您不用急。"他拨开花生壳，把花生仁扔到嘴里，嚼得很香。

长锁看到也想吃花生，把母亲递过来的蛋羹都推开了。

"那头连死士都派出来了，情形肯定很严重了。"顾锦朝就把蛋羹碗放在黑漆四方托盘上，让乳娘抱着长锁出去玩，他可吃不得花生。长锁却扯着母亲的衣襟不肯松手："吃花生，娘亲，长锁吃。"

顾锦朝笑着点点他的额头："你也是个能吃的，看到什么都想吃。好好坐着，不准闹我了。"

长锁委委屈屈地坐在顾锦朝旁边，用期盼的眼神看着他九哥，又怕母亲不高兴，不敢开口明着要。

陈玄越被他的小眼神逗得大笑。

等到父亲回来了，长锁扭着小身子就往父亲身上扑，小胳膊搂住父亲的脖子告顾锦朝的状："爹爹，娘亲坏坏！"

陈三爷抱着儿子坐下来，笑着问他："她怎么坏了？"

长锁咬着手指头说："不给我吃香香。"

陈三爷有点疑惑地看着儿子，听不懂他的童言童语，道："什么香香？"

顾锦朝笑得爬不起来，这孩子还记仇，懒得理他。

她去给陈三爷端了碗参汤进来，问那几个死士的事："张居廉也是被你逼得没办法了，再逼急下去就不得了了。他会不会真的谋反？我看他老谋深算的，估计可能性不大。"

陈三爷只是笑笑，模棱两可地说："看吧！"

哄长锁睡下了，两人才睡下。

半夜顾锦朝听到外面有人喊陈三爷，他很快就披了件衣裳起来了。顾锦朝顿时没有了睡意，半夜过来叫人，想必是很要紧的事吧！

她起身用折子点了蜡烛，听到次间里有个男人的声音，非常陌生。

"世子爷说事成了，现在宫闱里乱作一团，世子爷的人趁乱混进了锦衣卫里。再过一个时辰，消息就会传遍了……"

顾锦朝又听到陈三爷的声音："金吾卫指挥使已经被我们控制住了，你回去跟世子说一声，叫他在锦衣卫那边先不要轻举妄动。"

说话的声音窸窸窣窣的，很快又没有动静了。

陈三爷进门来，看到顾锦朝正站在隔扇外偷听，白玉镶嵌的精致隔扇，烛火映衬得她侧脸暖融融的。她也笑得有点不好意思，轻声说："哦，我就是看到您起来了才来看看的……"

陈三爷拉着她往回走，就穿了中衣，她也不怕着凉！

顾锦朝上了床盖好了被褥，陈三爷才躺进来，告诉她："冯程山死了。"

顾锦朝有点吃惊："他……他不是司礼监秉笔太监吗？怎么死的？"

陈三爷闭上眼睛休息，慢慢说："谋逆。"

冯程山是张居廉的人，准确来说他的地位与张居廉不相上下，但是做事情需要听从张居廉的指挥。张居廉都没有准备好谋逆，他怎么会去谋逆呢？

顾锦朝怀疑地看着他："真的？"

陈三爷笑了笑："我骗你做什么？有宫人看到了，他拿了匕首潜入皇上的寝殿欲行刺皇上，却被锦衣卫的人按下了。怀里还有张字条，是张居廉的笔迹，写的是'丑末取人头，西山苑接应'。"

顾锦朝翻起身，揪着他的衣襟说："还说没有骗我呢，张居廉要是吩咐他这么重要的事，还会给自己留下个罪证？"她心中念头一转，立刻反应过来，"你想陷害他？"

"谁说是我想陷害他了。"陈三爷伸手按下她，"你好好睡着，不要乱动。"

"难不成这是叶限的计策？"顾锦朝想想也觉得有可能。

叶限很可能想以彼之道还治彼身。

陈三爷说："是我的计策。"

他顿了顿说："不过陷害他只是顺便，主要是想除去冯程山。有冯程山把持着司礼监，皇上就没有能做主之日。古往今来太监把持朝纲，都是要灭国之兆。冯程山一死，张居廉在内阁的权益就不稳固了，他心慌意乱起来，那我说他谋逆，就不是在冤枉他了。"

顾锦朝"哦"了一声，躺在他身边静了一会儿，然后又抬起头问他："那些死士是不是想刺杀您？"

陈三爷简短地道："嗯。"

顾锦朝把他的腰抱得更紧了些，感觉到他身体的温暖。

"我现在每天都在帮您念经。"顾锦朝说，"我难产的时候，您跟佛祖说只要保我平安，就为他手抄佛经。现在我每日去小佛堂里上香，也是这么跟他说的。不如我也跟着母亲信佛好了，祈祷的时候，应该就能显得虔诚一些。"

陈三爷听后心有所动，终究还是睁开眼，侧过身看着怀里的她。

"你信佛吗？"

顾锦朝其实是不太信佛的，她说："我觉得，敬畏自己不知道的东西，是最好的。"

陈三爷笑着顺她的头发："你别勉强自己了。"

顾锦朝又看他："真的不要？我看咱们家就娘一个人信佛，您又是个半吊子。"

陈三爷只管搂着她笑，佯装认真地说："真的不要了。"

顾锦朝看他的脸离自己这么近，深褐色的眼瞳，因为总是笑，所以就是不笑的时候，他嘴边都有淡淡的笑痕。但抿着唇又不见了，就像现在，他嘴边就有淡淡的笑痕。

她凑上去，轻轻地亲了他的嘴角一下："那好吧，睡了。"

陈三爷一怔，她主动亲他，就好像没有亲一样，轻轻一点水就走了，水面上却满是涟漪。

她却把脸埋进他怀里，真的睡了。

陈彦允只能闭上眼，嘴角的笑容好久都没有消失。

紫禁城内城却是全城戒严。

叶限一整晚都不敢睡，坐在书房里听那些人来回话。大晚上的，老侯爷也拄着拐杖过来找他。他那些新旧部下都让叶限给喊去了，不惊动他才怪。老侯爷坐在太师椅上问叶限："你这是干什么？"

叶限摆弄着茶盅。

"爷爷，长兴侯府现在我当家。"

老侯爷气得发笑："所以你就真当自己做主了？别以为我真不知你在干什么。"

叶限摆摆手，笑："反正我又不会害了咱们家，您说是不是？"

老侯爷不知道说什么好，梗了半天："你……行！反正我告诉你吧，你想和陈彦允合作，可以。但是咱们家能用的兵力再加上陈彦允能用的，都比不过五军都督府。"

叶限说："要是比得过的话，我早就弄死他了。就是因为比不过，才跟他玩儿这些阴谋阳谋的。"

又有人进来汇报，说是左都督傅骏带着人去张居廉那里了。

老侯爷坐着喝了会儿茶，看到自己孙儿已经把事情吩咐完了，他过来拿了披风跟老侯爷说："我要进宫里一趟，您先回去吧。"

老侯爷眉头一皱："这时候去做什么？"

叶限淡淡道："我怕张居廉假戏真做。"

他带着人很快就出门了。老侯爷看着自己孙子离开半天，挥手让人去找侯爷过来。

张居廉只是和傅骏谈了一夜。

从知道冯程山死的那刻起，张居廉就知道大事不好了。冯程山究竟有没有做，没有人比他更清楚了。那么谁嫁祸冯程山的，就相当明显了。不会是陈彦允，陈彦允在锦衣卫和金吾卫势力很弱，那肯定是叶限。

冯程山说这两个人结盟了，也并不是在诳他。他也有人在金吾卫里，那张字条上的内容，他也很快就知道了。

傅骏道："冯秉笔这一死倒是不要紧，却把您给拖下水了。等明日消息传开了，恐怕非议您的人更多。以后在内阁里，没有了冯秉笔，凡事就要皇上过目了，到时候恐怕才不好办。"

张居廉垂眸思考，找了幕僚过来问："司礼监可还有有用之人？"

幕僚们点来点去的，也算是推出了几个，却没一个能压得住皇上的。

张居廉摆摆手让他们下去了。

他脸色阴沉如水。还是小看了陈彦允啊，没料到这时候他会除掉冯程山。其实他早就应该料到的，就算他这边布置得再严密，冯程山却是他管不了的。冯程山每天要贴身伺候皇上，难不成派人去保护他？

傅骏小声问："那您打算怎么办？"

"怎么办？"张居廉笑了。

"陈彦允把路给我铺好了，苦心费尽，就是希望我去谋反。"张居廉心里有股怒意，声音却越发冷静，"那我就谋反给他看看。"

以为能用谋反的罪名来压制他吗？那陈彦允大可来试试，最后到底是谁撑不住！

陈彦允到宫里的时候，宫里还正戒备森严。穿程子衣的金吾卫侍卫在乾清宫前巡视，已经有大理寺和都察院的官员在交谈了。朱骏安站在乾清宫宫门外，披着一件很厚的斗篷，脸色苍白。

叶限站在他身边守着他，身姿笔挺，神情淡然。

看到陈彦允过来了，官员纷纷向他拱手喊阁老。陈彦允颔首，几步上了台阶。

"尸体已经搬去值房了。"叶限带着他走在乾清宫寝殿里，"他衣襟里的字条在这儿。"叶限把手里的字条给他。

陈彦允展开看了，道："手迹倒是真的像。"又随手收进了袖子里。

叶限说："张居廉一会儿该过来了，我先去值房那里看着那些仵作，你小心些，这老东西该发难了。"

陈彦允一笑："你做你的事就是了。"

等他从乾清宫里出来，朱骏安才走到他身边，脸色还是很苍白："陈大人，没有问题吧。"

"皇上放心，一切都还好。"

陈彦允说话总是这样，就算真的有什么事，他也听不出来。

朱骏安语气低下去，轻轻地说："是我勒死他的。"

他晚上说自己口渴，让冯程山过来服侍他喝水，趁机就从袖子里扯了根麻绳出来，勒住了冯程山的脖子。他没有想到冯程山的力气这么大，他根本就控制不住。朱骏安怕冯程山挣脱了，用手肘压住他的口鼻，好久之后冯程山终于不动弹了，他两手力气都没有了，过了好久才拿了把匕首塞到冯程山手里，装成他刺杀自己失败的样子。

陈彦允本来以为，冯程山是锦衣卫杀的，来回话的人并没有说得很清楚。他心里一瞬间转过很多念头，却只是笑了笑："您做得很好。"

"是吗？"朱骏安喃喃着，"但是，杀了他之后我又后悔了，他伺候我这么多年。"

他话还没有说完，就看到张居廉带着人过来了，正沿着乾清宫的台阶上来。

朱骏安小声说："陈大人，跟在张大人身后的可是傅大人？"

陈彦允眼睛一眯。

果然是傅池回来了，傅池作战如神，领兵打仗往往能出奇制胜，是个相当危险的人物。

"一会儿您不要主动和傅大人说话，"陈彦允道，"就说您精神不好，回去休息便是。"

朱骏安点点头，张居廉已经上来了。

他先向朱骏安解释字条一事："臣是绝不会有此反心的！一定是有小人陷害微臣，皇上可一定要听微臣一言，别中了小人的下怀。"说的是卑恭谦逊的话，张居廉却连个拱手礼都没有，站得笔直，语气淡淡的，"臣已经派人去值房里看了，冯秉笔谋逆固然可恨，但一切还得查清楚为好，免得诬陷忠良。"

朱骏安只是沉默，按照陈彦允的吩咐，他一句话都没说。

陈彦允就笑道："皇上经了此事没缓过来，恐怕还需要休养才是，张大人倒不如先让皇上去偏殿里歇息。这冯程山谋逆一事，张大人一口之言却也不算，不如等明日早朝的时候再说。"

张居廉抬头看了陈彦允一眼，满是冰冷，随后又笑了笑："微臣自然等得，皇上好好歇息便是。"

等晚上回到家里之后，他立刻就找了人过来，开口便说："不用等了。"

幕僚却是有些惊疑："张大人，如今恐怕还不是时机。"

"什么不是时机？"张居廉浓眉紧皱，手一拍桌子就是一声巨响，"你还不懂他这是什么意思？若是现在不动，明日朝上我谋逆的罪名就脱不掉了。我张居廉一生正直，问心无愧，就算真是要谋逆，也不是他陈彦允能诬陷的。"

屋子里顿时噤声了，没人敢再说话。

张居廉却不知道怎么地想起了叶限。

当初诬陷长兴侯谋逆的主意就是他出的，给萧游谋划的时候，他一步步算计得相当稳当。所谓以彼之道还治彼身，叶限肯定在里面发挥了相当的作用。

还是傅池先反应过来，低声道："也好，如今京卫能调兵八千，再加上居庸关等地，三万兵力不成问题。他们要是负隅顽抗，各地卫所咱们的兵力更多，神机营也是咱们的人。要想攻进皇城却也是轻而易举，咱们出其不意攻其不备，长兴侯那边的兵力肯定还来不及反应，只是怕没有一个说法。"

张居廉知道被激怒相当的不妙。他闭了闭眼平息了情绪，才继续说："睿王的长孙可找到了？"

有人回道："找到了，如今正养着呢。"

"那就有说法了。"张居廉继续说，"找钦天监的人过来，就说这几年灾祸不断，是因为龙脉逆乱，继位不正的缘故。我等拨乱反正，扶真龙天子上座，那是大功一件。"

幕僚听后应"诺"，按张居廉的吩咐去做了。

张居廉又问诸先生："陈彦允那边如何？"

诸先生摇头："陈彦允早有防备，陈家固若金汤。"

"不用潜进去。"张居廉却说，"到时候我让人带了神机营的人，去把陈家给我团团围住。看到穿着好的便射杀，我倒要看看他是不是要自乱阵脚。"

陈三爷忙到下午才回来，但是刚坐了一刻，喝了盅茶，叶限就脸色阴沉地上门了。

"居庸关有动静。"叶限先说，"老东西坐不住了，我没想到他这么沉不住气，现在再召铁骑营肯定来不及了。"

陈三爷听后也皱了眉。

顾锦朝端了点心过来，在门外停了会儿，听到这几句话。

她才知道冯程山死了，却不想这边张居廉就立刻乱了阵脚。这样好也不好，好的自然是能打得个措手不及，但张居廉本身准备的时间却不多，布置难免会不妥当。不论如何，这还是对他自己有利的。

护卫才把她放进门，顾锦朝就看到陈三爷准备离开了。

她把食盒放下，忙去拉陈三爷的手："三爷……这……"

陈彦允先看了叶限一眼。

叶限没有什么直觉，打开食盒就要拿豌豆黄出来吃。

他抬头看顾锦朝和陈彦允都看着自己，"哦"了声："你们别在意我，有什

么说什么吧。"

顾锦朝心里叹气，手摸到陈三爷左手上的佛珠，心里却又平静下来。该来的总是会来的，有什么好怕的。

她就只是笑了笑："您去就是了，家里有我看着呢。"

陈彦允轻声道："事出突然，我都没来得及跟你说什么。"他又笑笑，"算了，能说的早就说了，你等我回来就是了。"

叶限吃了两块豌豆黄，慢慢擦了擦手指："做得太甜了，下次少放糖。"

顾锦朝听着有点哭笑不得，她看着两人出了门。

顾锦朝一个人靠着隔扇，阳光又好，她恍惚得有点站不住。

采芙连忙扶着她："夫人！"

她摆摆手："扶我回去躺会儿就好，没事。"

眼看着天就要黑了，宫门不一会儿就落钥了，要是陈三爷他们拦不住张居廉，那是不是就是篡位成功了？顾锦朝克制着自己不想这些事，拿了针线出来做。

睡了午觉的长锁醒了，这孩子醒了就哭，满世界地找母亲。

听着他的哭声，顾锦朝更是觉得有点心烦意乱，拍了拍他的后背，才意识到他是出汗了。

顾锦朝把他的小褂子解开，拧了热水的帕子给他擦汗。长锁这才不哭闹了，依偎着母亲玩，指着纸上红格子里画的东西问母亲问题。

如今正是初夏的时候，可能是要下雨了，屋子里闷得很。

顾锦朝抱着长锁出去透气。

陈老夫人那边来了丫头喊她过去，说是有要紧事，郑国公府的常老夫人过来拜访她了，要顾锦朝一起作陪，并把长锁也一并抱过去，让常老夫人好好看看。顾锦朝回房换了件衣裳，才抱着长锁过去。

陈老夫人屋外都是常老夫人带来的人，而且是腰间戴着绣春刀的侍卫。

常老夫人拉着她坐下，笑着把长锁抱过去："我是好久没有看过麟哥儿了，怎么又长重了，常祖母都快要抱不动你了。"说完亲昵地亲了亲他，长锁觉得很痒，咯咯地笑。

顾锦朝想到外面那些人，再看常老夫人气定神闲的表情，心里立刻就明白过来，常老夫人到陈家来肯定是常海示意的。

陈三爷早就安排好了，如果那边有不对的，常老夫人立刻就能带她们离开。

那常老夫人又能带多少人离开？事出紧急，必然不能兼顾所有人，又有哪些人是走不了的呢，顾锦朝不知道。

她抬起头看陈老夫人，她显然是并不知情的，不知道正在发生的变故，还笑着逗弄常老夫人怀里的孙子，听他叫自己祖母。

她也什么都没有说，等着就好了。

夜幕已经低垂了，陈老夫人留了她吃晚膳，并让人把陈曦也叫了过来。

没过多久，绣渠急匆匆地过来找顾锦朝了，说是陈义有要紧事找她商量，但是半竹畔在内院深处，他是万万不能过来的。

顾锦朝听着就知道有事情发生了，但这个时候，究竟能有什么事？

她把孩子留在了陈老夫人那里，立刻回了木樨堂。

门外狂风大作，大树摇曳，空气沉闷，一股草木的泥腥味。

绣渠喃喃地说："这雨下过去，夏天就要来了。"

她去打开了隔扇透气，次间里头夫人正在和陈义说话。她走到厢房檐下的炉边，药罐里还熬着给夫人喝的安胎药，有个刚留头的小丫头正在看火，拿着蒲扇不住地扇。

绣渠把她的蒲扇夺了过来，轻声斥她："文火煎药，你怎么能扇得这么用力？给夫人熬药的许婆子呢？"

小丫头被吓到了，磕磕巴巴地回答："许婆子，去外院厨房里拿燕窝了，让奴婢帮着她看火。"

小丫头不懂事，绣渠也不想多训斥她，让她先下去，她亲自拿了蒲扇给夫人熬药。

绣渠抬头往次间看去，也不知道他们在说什么，怎么说了这么久。

风声又大，有种山雨欲来风满楼的感觉。不是什么好兆头。

很快陈义就出来了，随后夫人也出来了，夫人的脸色相当的不好看。

绣渠也顾不得煎药了，忙放下蒲扇迎上来。

她正要开口问话，顾锦朝却摆摆手，道："你带人去通知各房的人，今晚没事就待在屋内，千万不要到处走动。"她又想了想说，"一会儿护卫会进内院，让大家不要惊慌。"

绣渠有些惊讶，但还是应诺去传话了。

顾锦朝掌心却因出汗而濡湿。她又问陈义："外面究竟有多少人？"

陈义说："看不太清楚，但要是能把陈家团团围住，那一个卫所的兵力还是有的。除此之外还有神机营的人在，这才是最让卑职忌惮的。如今咱们被围困其中，的确是很不妙。"

一个卫所的兵力，那也有近千人了。张居廉派了近千人的兵来围困他们，他倒也真是看重陈家了。

"要是他们强攻的话，你们抵挡得住吗？"

陈义苦笑："三爷只带了十多个护卫出去，剩下的都留在府中。但咱们也只有三百余人，再加上护院的话算是五百人。要是防守不力，很可能会被攻破。不过卑职尽力抵挡，一两个时辰还是没有问题的。"

顾锦朝深吸了口气："陈彦允究竟在干什么，他只带了十多个人走？"

陈义点头："卑职也不知道。"

他还是陈三爷身边最得力的人，也被留在陈家了。

看来陈三爷是早就料到张居廉会有那么一出，却不想张居廉比他们想的还狠，直接派了个卫所的兵力来。他在京能调配的兵力本来就不够多，的确也是果决。

顾锦朝不喜欢这种感觉，心里发堵。

"死也没什么可惧的。"她淡淡地道，"现在咱们的人还能潜出去吗？"

"几个功夫好点的，倒还是可以。"要是想带人出去，那是绝对不可能的。

"这就够了。"顾锦朝说，"你带一队人潜出去，埋伏在胡同转角的街檐下，要是他们有人想去京城里传信，直接射杀便是。"

陈义听着一惊："夫人，您这是……"

"既然回天乏术，那就别拖累了三爷那边。咱们这里没有消息出去，对于三爷来说就是最好的消息。"顾锦朝的语气依旧很平静。

陈义却突然觉得有种说不出话的感觉。

他们都很尊敬顾锦朝，但这种尊敬是因为她的身份，是因为陈三爷的身份。但是谁又料到，顾锦朝年纪轻轻，竟然能如此视死如归，顾全大局。

"卑职立刻就去。"陈义哑声道。

顾锦朝回了次间坐下，采芙给她端了盏茶上来。

她望着远处被风吹得摇曳的大树，低声说："采芙，你也早过了放出府的年纪吧？"

采芙笑了笑："奴婢伺候夫人挺好的，却也不想嫁人生子。"

顾锦朝说："那不也是可惜了，等今天过了，我在陈家给你寻摸个好人吧。"

采芙摇了摇头："奴婢没有喜欢的人，夫人不用麻烦了。"

采芙正是大好的年华，要是陪她葬在陈家了，岂不是太可惜了。

顾锦朝闭上了眼，久久没有说话。

"快要下雨了吧。"陈彦允站在皇极殿的台阶上，眺看着远处的午门。

"陈彦允，"叶限说，"我们今天可能活不成了。"

"怎么了？"

叶限指了指那涌动如潮水的军队："你看他们破城用得了多久？"

"约莫半个时辰吧。"陈彦允说，"要是快的话，一刻钟也可以。"

"咱们只有六千人，他们却有一万三千人。更别说神机营火器精良，要是动用火器攻城，咱们再有个六千人也不够死。"叶限说，"他张居廉什么时候把京卫的人都收买了，一个个脑袋别裤腰带上，敢跟着他谋反？我跟你说，我生平最讨厌的人除了张居廉，那就是你了。要是真的要死，你别和我死在一起。"

这是他算计失误的地方。想来以谋逆的大罪压下来，应该没有多少人会跟着张居廉才是，他竟然还能召到这么多兵力。

陈彦允笑了："世子爷，不和我死在一起，你想怎么死？"

他倒是还笑得出来。

叶限感觉到豆大的雨点打在脸上，冷冰冰的："我出来的时候，我母亲哭得惊天动地的，差点把我绑起来不要我出来。我祖父就送了我这个东西。"他把那冷冰冰的铜牌放到陈彦允手上。

陈彦允一看就怔住了，长兴侯家竟然有兵符。

"可惜调兵也来不及了，看铁骑营能挡多久吧。"

雨越来越大，攻城的钝声也越来越响，沉闷，震动，好像随时都能破入。

叶限把东西拿回来，他站到陈彦允前方，冷声道："盾手、弩箭手站到前面，其他人给我后退。"

陈彦允后退了一步，暗处埋伏的锦衣卫也都对准了城门。

"三爷，"江严过来了，"皇上已经出城了。"

他们这是要跟张居廉唱空城计，但就算如此，也只能保朱骏安一条性命了。

陈彦允"嗯"了声："陈家有消息吗？"

江严摇摇头："一切都好。"

那些人的包围在不断地缩小，连陈老夫人都感觉到了异常。

她过来找顾锦朝说话，语气显得很严厉："这究竟是怎么了，老三人呢？老三媳妇，你可不能搪塞我，是不是出什么大事了？"

顾锦朝有点头疼，绣渠忙说："太夫人一定要过来，奴婢也拦不住。"

常老夫人却是明白的，拉了陈老夫人一把，叹气："来，你坐下，我和你好好说。"

"却也不是刻意隐瞒的。"顾锦朝说，"娘你且坐着就是，媳妇还要去外面看看。"

陈老夫人有点生气。

顾锦朝这时候却无心解释，她跨出房门，看到外面果然开始大雨瓢泼了。

黑森森的夜晚，她似乎也能听到外面窸窸窣窣的声音，埋伏在木樨堂周围的护卫已经戒备起来。

有两个人影在雨夜里行走。

顾锦朝皱了皱眉，旁边的护卫立刻就要动手。她忙按下他："别急，是九少爷。"

陈玄越带着宋妈妈过来了。他披着斗篷，宋妈妈给他撑着伞，走得很快。

看清了真的是他，顾锦朝两步上前拧住他的手："你这时候过来干什么？外头危险得很。"一个个怎么都不省心！

陈玄越解了斗篷："外头动静太明显了，应该是有军队围住咱们了。陈家护卫人手好像不够吧？"他看了看这暴雨的天气，啧了声，"可惜天公不作美啊。"

顾锦朝依旧瞪着他。

陈玄越就笑了笑："婶娘，我真是过来帮您的，您放心吧，我会护着您。"

他说着就往里面走，斗篷随手递给了宋妈妈："经常跟在三爷身边那个陈义呢？我怎么没有看到他。"

顾锦朝忍了又忍，说："我把他派出去了。"

陈玄越眉心微皱："派出去了？"

顾锦朝就把事情说了一遍，陈玄越忍不住叹气："算我晚了一步，您把他派出去干什么，就算是有人真跑去给那边报信了又能如何？陈三爷难不成还能赶回来？"他是不介意陈三爷担心不担心的，说不定知道顾锦朝这边出事，他对付张居廉会更狠呢。

"那好吧，您随便给我找个能说话的过来。"陈玄越在堂屋找了个太师椅坐下。

顾锦朝想了想，还是准备听陈玄越的，叫人去找了护卫队长过来。

陈玄越沉思了一会儿，问："我看鹤延楼有弩箭，一共有多少？"

护卫队长答道："不多，多的还是弓箭，长刀一类的。"

"火油呢？"

护卫队长听着一愣，要火油来干什么？

陈玄越冷冷地看了他一眼，他立刻回："寻常人家不会大量存用的，最多就是三桶。"

陈玄越忍了好久，才把要脱口而出的话咽下去："算了，没有火油，松油总有吧？"

护卫队长点头："这是有的，不知道九少爷要干什么？"

顾锦朝也很疑惑，陈玄越这是要干什么？

陈玄越也没空解释了："婶娘，我能让大家多守一会儿，至少外面的人攻不进来。但要是东西用尽了，我就没有办法了，能多坚持就坚持吧。"

他立刻缜密地布置起来，听得护卫队长都吸了口气，当即就不敢说什么，立刻带着人去照做了。

"你原来打过仗吗？"叶限突然问陈彦允。

陈彦允头都不回地道："我是文官，怎么可能呢。"

叶限说："我的探子说你会武功。"

陈彦允却避而不谈："那你打过仗吗？"

叶限也摇头说："我从小体弱，连武都没习过。其实我现在身体也不太好，不过当年我父亲打蒙古的时候，我在后面出策过。"

陈彦允眼睛一眯，雨太大了，看不清下面的景象。

"蒙古札剌亦儿部落作乱的时候，你才十三岁吧？"

"是啊，"叶限答道，"陈大人十三的时候，应该还在国子监里吧。"

"我没读过国子监，是伯父带我读书的。"陈彦允说，"你跟我胡扯什么？"

"随便聊聊。"叶限说完不再说话了。

他们的人已经挡不住了。

城门还是被撞开，潮水般汹涌的人，锃亮的兵器。行兵的声音，整齐划一的脚步，浩大得连雨声都盖不住。箭矢从四面八方射过去，皇城上埋伏了相当多的弩箭手。

但是打头进来的是重甲兵，虽然行动迟缓，但是防御力极强。

叶限看后皱眉，手一挥。这些人立刻就无声无息地退下了，换上了另一批弩箭手，弩箭都是特制的，威力非凡。箭矢雨一般地射下去，铺天盖地。

这次箭雨的威力大了很多，射杀者众，但还是阻挡不住他们前进的步伐。

"你的弩箭挺厉害的。"陈彦允夸了句。

叶限自嘲道："那还是要死。"

"我会死，但你不会。"陈彦允笑着说，"你是长兴侯府的独苗，你要是死了。长兴侯府突然发难，到时候张居廉会承受不住的。你会被当成傀儡捉起来，张居廉再拿你去和老侯爷谈条件。"

"那我还是死吧。"叶限淡淡地说。

旁边跟着的叶限副将正指挥着盾手，连忙说了句："世子爷，您可不能出事，您要是有事，末将怎和老侯爷交代。"这名副将跟着长兴侯南征北战数年，兵法娴熟。但是再娴熟也挡不住对战两方的差距。

叶限瞟了他一眼，然后说："陈彦允，这也算是你失算吧。你就没想到张居廉会被逼得狗急跳墙？"

陈彦允不说话。

城门大开，已经有骑兵进来了，为首的就是骑在马上的傅池。他一出现，箭矢几乎都朝着他射过去了。

傅池只是停在了城门口，这已经超出弓箭能射到的范围了。

叶限示意他们停下来，别浪费了弓箭。

522

他停下来之后，张居廉也慢慢骑着马上前。看着皇极殿前的两人，他笑了笑："九衡啊，谋略你可以，行兵打仗你恐怕不行吧？你要是这时候投降，把朱骏安交出来，我可以留你条性命。"

"老师，咱们也相处这么多年了，彼此的秉性都是了解的。"陈彦允说，"你肯定会杀了我的，不用再保证了。"

张居廉大笑："果然这么多年了，还是你陈彦允最了解我，不枉我们师生一场。"

他们的人已经被控制住了。

叶限看到城墙上偷偷潜入的黑影，人数之多，密密麻麻的箭矢对准了他们，倒吸了一口凉气。

"真是要和你死在一起了。"叶限轻声说。

傅池指挥着军队进来，他们已经没有威胁了。

他们的人分了两侧散开，张居廉一行人骑在马上慢慢地往前走。

雨已经停了，空气冰凉，此刻倒是显得格外寂静，甚至是肃穆。

每次朝会，张居廉都会走在这条路上，那时候他从来不觉得这条路有什么不同。但是今天他感觉到了，他正一步步往最高处走去。这所有的一切，只要他想要，那就肯定能得到。

"陈大人不用担心。"他笑着说，"我已经派了一个卫所的兵力去陈家，让他们围杀陈家的人。你要是死了，很快就能和你的家人团聚了。"

陈彦允冷冷地看着他："张居廉，虽然我了解你，但是每次这个时候，我都觉得其实我还是不认识你。你的冷血程度的确是无人能及。"

傅池一挥手，很快就有几十人蜂拥上前，把他们几人团团围住。

叶限突然上前一步，站到了陈彦允前面。

"你干什么？"陈彦允低声问。

叶限笑着说："我曾经跟顾锦朝说过，答应她一件事。但是顾锦朝从来没有向我提过任何要求。如果我把你救下来，这也算是我帮她做的事了。到时候副将护着你，你会武功，应该能突出重围吧？"

陈彦允眉头一皱，正要说什么，叶限却已经对张居廉说话了："张大人，我有个主意，你想听吗？"

张居廉依旧微笑着："哦，世子一向足智多谋，我可不敢听你的主意。既然世子想护着陈大人，那我送你们两人一起上路不就好了吗？反正我清理一个也是清理，两个也是清理。你们结个伴，路上也好有个说话的。"

叶限又想说话，肩上却搭了一只手。

"你退后，我来说。"是陈彦允的声音。

没等他回答，陈彦允就不容拒绝地按住他的肩，自己站到了前面。

包围他的人顿时紧张，后退一步，绣春刀对准了他。

"张大人没觉得有什么不对吗？"他轻柔又缓慢地说。

张居廉眼睛微眯，陈彦允这话是什么意思？

"陈大人死到临头，就不要再虚晃一招了。"张居廉只是笑了笑。

"嗯，张大人不相信，还是情有可原的。"陈彦允仿佛闲庭信步，快要抵住他胸膛的刀尖都没当回事，又上前走了一步，刀尖才真的抵到了他身上。

傅池语气一冷："陈彦允，你要是再有动作，那就别怪我们了！你知道这暗中有多少我们的弩箭手吗？"

"我不知道，但你可以试试看。"陈彦允微微地笑。

张居廉心里顿时一紧，陈彦允这绝对不像是在诈他，一定是真的有什么不对。

"你不试，那就我来吧。"陈彦允点点头，手微微一指。

城墙上埋伏的弩箭手立刻转了方向，密密麻麻的箭对准了张居廉和傅池。

张居廉头皮发麻，怎么可能呢？弩箭手明明就是他们的人，怎么变成陈彦允的人了。

接着，原本把刀指着陈彦允胸膛的人，也立刻收回了刀，站到了陈彦允身边。那几十个人都站到了陈彦允和叶限身后，十分的恭敬。

反转实在是太快了，叶限惊讶地看着陈彦允。

他就说，看着这老狐狸一点动静都没有，肯定有古怪，但他是什么时候把张居廉的人策反了的？刚才他还演得这么悲壮，敢情都是在耍他啊。

张居廉说不出话来。他脸色惨白，而身边一名副将，已经用刀指住了张居廉的脖子，笑着对傅池说："麻烦左都督，带着您的人退后些，不然我这伤到首辅就不好了，您说呢？"

"你……你是什么时候……"张居廉哑声问陈彦允，随后他换了个说法，"究竟有多少人？"

"很多。"陈彦允说，"但是你永远看不到这些，所以你肯定会输。张大人，你知道你手底下多少人不敢信你吗，又有多少人怨怼你吗？我是真的数不清了。"

张居廉却笑了，久久说不出话来。

傅池退后了几步，满是不甘心："陈彦允，就算弩箭手被你换了，你还能打得过我带的这些兵？"反正都是死，那他还不如不管张居廉了，自己带着人杀出重围。

城门外却又响起了军队的声音，声音十分雄壮。傅池脸色一变，不由回头看去，还真是千军万马停在了外面，看人数恐怕是只多不少。军队停下来，有一个人骑着马慢慢进来了，正是陕西总兵赵怀。他百无聊赖地对陈彦允说："我都在午门外面等你半天了，怎么都没个动静？"

他看到了傅池，笑了笑："哟，这不是左都督吗，您也凑这个热闹？"

陈彦允微微一笑："你性子也太急了，多等一会儿不行吗？"

张居廉看到这里，还有什么不明白的。他这是被陈彦允瓮中捉鳖了。

他闭上了眼睛，整个人都绝望起来。其实萧游跟他说过，他说若是不铲除陈彦允，迟早有一天，他张居廉会死在陈彦允手上。当时他并没有当一回事，没想到，萧游的话有一天还是成真了。也许这真的是命啊。无论他怎么防备陈彦允，还是防不胜防。

陈彦允却无心在这里待下去，他对赵怀说："既然你都来了，接下来的事你来做吧！我还有点事。"

他带着人骑了马，很快就出城门了。

赵怀在他身后大喊："陈三，你这是要去哪儿啊？这老匹夫究竟是杀还是关啊——喂！"

叶限的声音在他背后淡淡响起："让他回去吧。"

他心里有种很奇怪的感觉，没有死亡的威胁了，却又很失落，同时又觉得解脱，相当的复杂。

这样才是最好的吧，叶限在心里想。这肯定才是最好的。

而远隔百里的陈家，顾锦朝看着陈玄越，表情十分的古怪。

不仅是她，陈老夫人、常老夫人看着他的表情也很古怪。刚醒过来的陈曦抱着弟弟，更是眨也不眨地看着他九哥，而鹤延楼的护卫都满脸是汗地站在门外。

陈玄越很奇怪："你们都看着我干什么？"

顾锦朝抬眼看去，垂花门外面还是狼藉一片，烧焦的木头，倒塌的梁柱……穿铠甲的尸体。

下雨之前还好，半夜雨停后陈玄越就让人把松油泼出去，油随着雨水往外流。他这边再派人用点了火的箭头射中，火光一片大起。外面那些人多穿了兵甲，根本就禁不住烧。他又立刻让人拿了弩箭，趴到墙上点射，那箭头都淬有毒，人死伤大半，剩下的也都筋疲力尽，被鹤延楼的人生擒了。

只是陈家前院也被烧了大半，以后重建起来恐怕是麻烦得很。

陈玄越看到那些废墟，好像想到了什么："婶娘，保命要紧啊，钱财毕竟都是身外物。"他们该不会是怪他把前院给烧了吧。

顾锦朝摆摆手："没事，你做得很好。"

果然是以后要当大将军的人。

陈老夫人第一次正视自己这个孙儿，叫他过去："玄越，过来，祖母问你两句话。"

语气倒是非常的慈祥。陈玄越只能乖乖过去听陈老夫人说话了。

顾锦朝看到天都要亮了，心里却还有些担心。他们这里闹了一夜没睡，也不知道陈三爷那里怎么样了，有没有什么意外。

她正想着，就看到陈义从远处快步跑来，虽然脸上到处是灰，狼狈得很，却满是笑容。

他边跑边喊："夫人，夫人！三爷回来了，已经到胡同口了！"

顾锦朝也站起来，脸上也不由得带上了笑容。她好像已经看到了那个高大的身影了，嘴角止不住地上扬。自己都觉得自己傻，却半点克制不住。

她朝那个人快步走去。走着走着都要跑起来了，急得不得了的样子。

陈彦允还没有为陈家那些烧毁的东西惊讶，就看到了她孩子气地朝自己飞奔过来，他脸上也出现了笑容，怕她摔着了，张开了手来接她。

别的事，什么又有她重要呢。

万历三年五月二十日，张居廉、傅池谋逆不成，中箭身亡。同年六月二十八日，其党羽清除，朝廷腥风血雨，下狱大小官员达两百零三人。同年七月初三，何文信任内阁首辅，陈彦允任次辅。

万历五年四月二日，何文信病逝，同年五月初一，陈彦允任首辅，梁临任次辅，叶限为大理寺卿。

万历五年五月初二。

又是初夏的时候，皇城里柳树长得越发的好。

叶限下了朝，从皇极门里走出来。他看到陈彦允走在他前面，身边几个官员围拥着，身上穿的也已经是仙鹤纹的一品绯红官服了。

他快步走上去，淡笑着道："首辅大人，下官可要恭喜你了。"

"世子客气。"

叶限左看右看，也没看到陈彦允的轿子，他的轿子是可以进午门的。

"首辅大人今日是体察民情吗？怎的连轿子都没有。"

"内人也在轿中，故不好进来。"陈彦允说。

叶限"哦"了一声："陈大人怎么把自己夫人带出来了？"

"她没有来过京城，我说过带她来看看的，今日正好。"陈彦允笑得很温柔。

前面就是午门，果然他的轿子停在午门边，有护卫正在守着。

叶限停了下来，喊他："首辅大人。"

陈彦允回头看他。

"咱们以后可还是敌人？"叶限笑着问。

陈彦允点头，也笑道："自然的。"

他进了轿子，眼看着轿子要起来了，轿帘却被挑了起来，里头有个穿着丁香色褙子的女子对他笑笑："世子爷，我们这就走了。"

叶限又不想笑了，淡淡地"嗯"了声："你好好看看京城吧。"

那女子点点头，轿帘放下，轿子就起来了，慢慢地走远了。

叶限定定地看着好久。

李先槐匆匆地过来了，在他耳边低声说："世子爷，您快回去看看吧，世子夫人……"

叶限皱眉："她又干什么了？"

"她把您书库里的书搬出来了，说是快发霉了，要晒晒。"

叶限听后脸一沉："我说过多少次了，让她不要动我的东西。她不是怀孕了吗，怎么还是闲不住，母亲怎么也不看着她？"

说着就跟着李先槐快步往回走，赶紧去救他的书了。

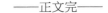

——正文完——

番外一

日常

日　常

陈三爷是个作息非常规律的人，要是当日需要上朝，肯定是寅末就起床；要是不上朝，那也是卯正就起床，再去前院见管事，处理一些他们平日里处理不了的事，或者和门客一起商议政事。

上朝的时候就罢了，小厨房寅正就开始给陈三爷做早饭，下人们也轻手轻脚地准备好衣物行装。锦朝则一觉睡到天亮，连三爷是什么时候走的都不知道。但不上朝的时候，锦朝觉得自己还是有必要起床服侍他。

她再三地和陈三爷提起这个问题，他终于放下了手中的书，笑着看了看她："人家都是巴不得睡懒觉，你却是巴不得不睡。"手指轻叩在黄花梨小几上，他又继续看他的书。

锦朝觉得跟他一个男子很难说明白这个问题，说他私底下被称为"纵溺幼妻"，或者被说成"家中毫无纲纪"，估计陈三爷也并不在意。她自己暗自下定决心，要一早就起来服侍他，叮嘱了雨竹，一定要在三爷醒之前就叫醒她。

第二天烛影微晃她就醒了，雨竹举着烛台低声告诉她："夫人，卯时了。"

外面还寂静，三爷的确也还没醒。

她悄然起身，用冷水洗脸醒神，然后洗手做羹汤。

等陈三爷这天起来时，屋内已经烛火明亮，早膳摆了一桌，锦朝微笑着站在一旁，挽了袖子准备要伺候他。

陈三爷嘴角一弯，她居然是认真的。锦朝一贯爱赖床，睡得又沉，必定是早早让丫头叫她起床。他也不说什么，坐下之后拿起筷子，细品她做的早膳。早膳肯定是她做的，毕竟小厨房可不敢在他的粥里加糖。

他抬头就迎上锦朝希冀的目光。

"味道不错。"他道。

锦朝一笑："您喜欢我每天给您做好了。"

那可算了吧……三爷向她招手，让她坐在自己身侧："怎么不坐下一起吃？"

"妾身伺候您吃了再吃。"锦朝拿起筷子给他布菜，又一笑，"规矩就是规矩，以后都如此。"

啧，还以后都是如此。

陈彦允也只是笑了笑，这种事还不足以让他面部产生任何波动。

"但你站着我吃不下。"他拍了拍身侧，"过来，必须坐下。"

三爷一旦用这种语气说话，那就是不容忤逆的，锦朝只能坐下。三爷一边吃一边问："母亲让你做什么事了，我看你最近这么忙碌。"

其实也没什么，太夫人最近钟情于牌九，时常拉着她跟世家夫人切磋。锦朝精于算术，牌术极高，太夫人就更常揪着锦朝一起打，还要跟她一起琢磨棋术。熬了好几个夜，锦朝虽然觉得累，但是太夫人老当益壮，精神得很，她又不好不作陪。

锦朝跟他说打牌的趣事，三爷边听边吃。

不一会儿她就觉得累了。她睡得晚起得早，才起几个时辰精神就不好了。

日光透过隔扇照进来，暖光盈室。她靠着三爷的肩膀，打了个哈欠。陈彦允知道她，睡不够四个时辰肯定是没精神的，也不打扰，稍侧了身，让她靠得更舒服。

屋内的丫头们手脚也轻慢了。

稍过片刻后，锦朝的眼睛已经合上了，雪白的面颊微红，呼吸中带着淡淡的热气。有个护卫挑帘而入，行了礼正要说话，三爷顺势将锦朝揽入怀中，做了个噤声的手势。

护卫一愣，声音极轻："三爷，河北巡抚前来拜会。"

"让他先在茶厅等吧。"陈彦允道。

护卫退下，陈彦允将锦朝打横抱起，朝内室走去。

丫头放下帘子遮住光，但锦朝刚被放下就睁开了眼睛，茫然地抓住他的衣袖："三爷……"

"嗯。"他俯下身，声音低柔，"再睡会儿吧。"

她惺忪未醒，仍旧抓着他的衣袖。陈三爷顺势躺下："我在这里，睡吧。"

锦朝又闭上眼。陈彦允在旁看着她，本想放下她就起身，但她压住了他的袖子，起身又要惊醒她。若他要学汉哀帝断己之袖，只是身上这衣裳也是她所制的，舍不得毁坏。

罢了，河北巡抚见他不过是想求他擢升之事，等一会儿也无妨。

陈彦允复躺下，拿起小几上的书一边看一边等。

室内温软宁静。

只是可怜的河北巡抚，等到日上三竿，三爷才起床见他。要见三爷的管事们，还得往后等。

锦朝醒后见三爷神色如常，也以为他只是陪自己多睡了会儿。直到次日听下人提及，才知道耽误了他见河北巡抚的工夫。

自此后锦朝觉得，她还是睡到自然醒比较好。陈彦允纵溺幼妻的名头，还是继续保持吧。

孩 子

锦朝虽然对外严厉，看起来不大好说话，但其实内在温软，尤其是对孩子，几乎可以说得上是纵容了。

但三爷则恰好相反，对外人他儒雅温和，言笑晏晏，但对孩子却是异常严苛。他是正统世家教导长大的，觉得男孩不立则家族不立。官宦之家的子弟没有举业，那祖宗荫蔽也只是混口饭吃而已。所以家中孩子们都非常怕三爷。

陈玄青便是自幼受着父亲这种教育长大的，深以为是。虽然已经是做官的人了，但每次回家面对父亲的问话，总还是笔直站着，句句斟酌，如临大敌。从书房出来总是大汗淋漓，宛如遭过一场酷刑。

而玄麟最怕的也是父亲。

六岁大的孩子，小脸还是白嫩软和的包子模样，已经需要站在书房里，抑扬顿挫地背《劝学》了。陈三爷平日公务繁忙，只有休沐的时候才能抽出时间检查儿子功课。

他一边批阅公文，还能一边听儿子背书。

"骐骥一跃，不能十步；驽马……驽马……"玄麟太过紧张，背到一半忘词了。来之前，乳母还特地抽他背了一次，怎么还是忘了。他越是紧张，脑海里越是一片空白，小手揪着衣袖，拼命地想。

三爷将笔放在砚台上，抬起头："下句是什么？"

玄麟非常努力地想："驽马十驾，功在……功在……"

陈三爷拿起桌边戒尺："手。"

孩子泫然欲泣，与锦朝相似的大眼睛已经蓄满泪光，小心地伸出白嫩的小手。

"啪"！

小手顿时一道红印，玄麟眼里的泪立刻就流了出来。

陈彦允放下戒尺，淡淡问："昨天干什么去了？"

玄麟支吾不肯言，陈彦允也不理，喝了口茶："跟你九哥去骑马了是吧。"

"爹爹，我再来一次，一定背好！"玄麟不敢接父亲的话，只能申请再考。

"行了，你娘一会儿要叫你吃饭了，你先回去。"

陈三爷还要见幕僚，挥手让他先走。

午饭的时候，锦朝捧着孩子的手，心疼得不得了。更何况孩子还靠着她，平日活蹦乱跳的小人，躲在她怀里如幼兽舔伤，她怎么能不心疼。

于是陈三爷刚一回来吃饭，就被兴师问罪。

"麟儿还这么小，《劝学》这样的文章，一时背不好也是可以理解的。"锦朝接了他的外衣，犹是不满，"也许这孩子天资本就不如他七哥、九哥，你苛责他做什么。"

"他天资不高？"陈彦允哼笑，玄麟这小子精着呢，知道他不好蒙混，便来蒙混锦朝。"他就是因为天资太高，所以才背不好。"三爷说，"他必定是学的时候就会背了，就是仗着自己会了，所以不勤学苦练，临场一紧张反倒忘了。"

像他这样的性子，若不管教好了，只怕将来反倒是祸。陈彦允不盼他和其他几个哥哥一样出色，但也绝不能惹是生非。

两人说着话出来，玄麟就坐在外面的小几边吃饭，小包子腮帮一鼓一鼓，吃得很香。看到娘出来，他立刻唤了声娘亲，自动黏到锦朝身边来，躺在她怀里。

这孩子从小便喜欢赖着锦朝，也不知道是什么原因，就连小他两岁的弟弟玄静都没这么黏锦朝。太夫人怕锦朝忙不过来两个孩子，时常把玄静抱过去带，玄静反而更喜欢自己的祖母一些。

但玄麟打小就爱黏着锦朝，晚上还必须和锦朝一起睡。陈彦允为此不大高兴，晚上即便他想干点什么，锦朝也会以怕吵着孩子为由阻止。他试过把这小子抱去偏房睡，但这小子却非常警觉，离开母亲身边超过一刻钟，就会莫名其妙地醒过来，然后抱着小枕头去找锦朝。

看到这小子躺进锦朝怀中，三爷顿时是新仇旧恨一起涌上心头。

"你也大了，不要整天黏着你母亲。"三爷往锦朝碗里夹了块鱼肉，说，"从今晚起，就搬到偏房睡。"

玄麟这才怕了，霍地起身，看着他说："爹爹，我一定好生背书，您不要把我跟娘分开！"

"你也这么大了，不该跟着你娘睡了。"三爷不为所动。

三爷决定的事岂能更改，任是玄麟要赖哭泣也没用。嬷嬷收拾好了他的东西，下午就搬去了偏房。锦朝劝也不管用。

本来三爷说得也在理，他这么大了，早该自己睡了，一直跟着她睡，不过是因为她疼爱纵容他，才拖到了现在而已。

晚上就寝，锦朝梳洗沐浴后上了罗汉床。原本看书的男人立刻放下了书，从背后抱住她。她靠在他坚硬的胸膛上，他微烫的吻落在她后颈上，声音低沉："锦朝……"

锦朝本有些走神，那人便越吻越重，呼吸带着滚烫。她还没回神，就被身后的人顺势按在床榻上。

"等等！"锦朝突然出声，陈彦允稍停看她，她才开口，"麟儿今天初离了我，还不知道他习不习惯，我想去看看……"

陈彦允低声一笑："锦朝，你可知道有句话叫慈母多败儿？"

"但你这个严父这么严，你我相抵而已。"锦朝立刻回他，"你今儿把他手都打肿了，还是让我去看看他吧。"

她正想起身，却被男人的大手按得不得动弹："不准去。"边说边吻住她的嘴唇，将她拒绝的话堵在嘴中。

两人正是情难自禁的时候，突然响起了叩门声，门外人试探性地喊："三爷，三爷！"

室内无人回答，那人又叩，斗胆地喊："夫人！夫人！您在里头吗？麟少爷做了噩梦，哭着找您……奴婢们实在是劝不住……"

陈三爷自然听到了，但这紧要的时候，如何能理会。更何况就是做了噩梦罢了，男子汉大丈夫，这样也要哭着找娘？他小时候挨家罚，被打得皮开肉绽，也没掉过一滴眼泪。这小子也太娇气了。

门外之人急得要哭出来，明知道此时打扰，三爷必定不会痛快，但不得不敲啊。

"夫人！您听到回个声啊！"

锦朝这时候听见了，从两人的交缠中分开，微喘着说："三爷，门外似乎有人在喊……似乎在说麟儿。"

"他大了，自己知道料理自己。"三爷并不想理会。

"丫头既然叫，那必然是有些严重了。"锦朝推开他，"我去看过就回来。"

锦朝起身穿衣。三爷无可奈何，一边穿衣一边想，儿子真是讨债鬼，家里几个儿子，无不都是讨债鬼。

锦朝穿衣起身，丫头们却已经把玄麟领了过来，哭得可怜兮兮的小人儿，一看到娘亲就扑进她怀里，紧紧抱着不肯放手。

锦朝一边摸他背可有被汗濡湿，一边问他："怎么了？"

"我梦到爹爹死了，"孩子的语气尤带惊恐，"娘亲不见了，我哪里都找不到娘亲……"

玄麟自小就会做这个梦，老夫人甚至找道士、和尚给玄麟看过。得道高人说："孩子未完全阻断阴阳，故能窥得常人不能所见之物。等长大一些，自然阳气愈盛，便不会再做这样的梦了。"

其实要不是这小子自小如此，陈三爷都觉得他是装来博锦朝怜爱的。

"好了，只是梦而已，娘不是在这儿吗。"锦朝将孩子软软的身体抱在怀里，细声安慰。

孩子抱着她的脖颈不放，犹自啜泣，任谁来抱他都不肯。

"罢了。"陈三爷道，"将他抱来一起睡吧。"

锦朝看他。

"等他什么时候不做梦了，再单独睡。"三爷招手让丫头们退出去，见锦朝看他，才叹说，"不是舍不得吗——"

玄麟被三爷抱起，还以为要扔他出去，手脚并用抱着父亲的手，哭得撕心裂肺。

三爷只是把他放在了床榻上。

锦朝笑了笑，也跟着上了床，捏了捏玄麟的鼻尖："你这爱哭鬼！"

玄麟眼角带泪，但看父亲的神情，就知道自己今晚不用搬离了，很快就缩进锦朝怀里，蹭了蹭她，细声说："谢谢爹爹。"

锦朝拍他的背哄他快睡，三爷看书等着。

锦朝才发现三爷的书很久都没有翻过一页，她笑问："在想什么呢？"

三爷抬头看她一眼，淡淡道："在想去哪里找个生女儿的秘方。"

儿子都是讨债鬼，要来没用，女儿才是父母的小棉袄，还是生女儿好。但玄麟成天赖着锦朝，生女儿也没指望。三爷合上书，不想想了。

见玄麟已经睡着，他吹熄了烛火。将妻儿一同揽入怀中，轻声说："睡吧。"

玄麟小朋友，其实自那晚之后，再也没有做过这样的噩梦。

但每当父亲稍微表现得想赶他去偏房睡，他的"噩梦"就会如约发作。终于在他满七岁那年，被忍无可忍的三爷扔去了外院，干脆跟他九哥同住，别想再回来了。

叶限

帝登基后八年，国泰民安，四海升平。

当初那个怯弱的少年皇帝也成人了，励精图治，统治作风凌厉。

叶限站在书房里，听他批阅奏折说："这人蠢笨无比，还不如叶爱卿的鹦鹉哥聪明。"说完扔了本奏折给他。

叶限接在手里，打开一看名字，已经清楚皇上的意思，缓缓合上。

"御史台赵大人弹劾陈大人的门生遍布朝野，如当日之张居廉。"叶限缓缓地说，"臣倒是不这么觉得。"

朱骏安抬头看他，眉峰微挑。

随后他侧头问旁边的太监："首辅在哪里？"

太监答道："回皇上，首辅在内阁议事呢。"

朱骏安点点头说："传旨，让他议事完过来一趟。"接着继续批阅奏折。

叶限静了一会儿才退下。

门外已是星稀的时候，暮色四合。

身边的护卫拿了斗篷过来给他披上，低声地问："侯爷，您说皇上这是疑心陈大人呢，还是护着陈大人呢？"

既然护着陈彦允，又何必给叶限看这本奏折。既然是疑心，又何必找陈彦允过来。

叶限只是叹了口气："皇上本事大着呢，这等心智都要越过我去了。"

"那您呢，要和陈大人说吗？"

叶限摇头："陈彦允还用不着你我操心。"

他如今把持朝纲，难怪皇上忌惮。虽说有张居廉的先例在，但是人走到那一步了，很多事情是身不由己的，陈彦允身为内阁首辅，岂能不执掌大权。

但是只要有他在，朱骏安就不至于真的疑心陈彦允。

叶限远远地看到陈彦允走过来，他被众人簇拥着。看到叶限，陈彦允低声问："侯爷这么晚了还进京，可有要事？"

叶限道："却也没什么要紧事，不过是皇上给我看些折子而已。"

陈彦允略一思索，点头："侯爷夜归，小心些吧。"也没有多说什么，越过他朝正殿走去了。

皇城外一片孤柳，眼看着府学胡同就在前方了，叶限心里才放松了些。

长兴侯夫人的房内传来孩子稚嫩的读书声。

见到他回来了，三岁大的小世子就朝父亲伸出手："爹爹，谊哥儿要抱抱……"

罗氏连忙站起来，脸色微红。

叶限挑眉："怎么了？"

他把孩子抱到怀里，孩子笑嘻嘻地扭来扭去，抓叶限的头发。

瞧着叶侯爷那张玉淬般的脸，罗氏绞着手帕小声说："妾身，在教谊哥儿背书。"

"我听到了，背什么呢？"

谊哥儿立刻炫耀地开口："遥想公瑾当年，小乔出嫁了，雄姿英发，羽扇纶巾，谈笑间，樯橹灰飞烟灭。故国神游，多情应笑我，早生华发，人生如梦，一樽还酹江月。"

谊哥儿小小年纪，却非常的聪明，这些别人教几遍他就会了。

叶限一听脸就沉下来："怎么教他背这个？"

罗氏瞧他好像不高兴，更忐忑了："妾身就会得几首诗，还是妾身的父亲喜欢的。您要是不高兴，妾身以后就不教他了……"

叶限忍了忍，还是叹了口气："没有说你什么，只是背错了。"

罗氏一脸茫然地看着他。

叶限坐下来，向她招手："过来坐下。"

罗氏有些犹豫。

叶限的语气更冷了些："你还怕我吃你不成？"

罗氏只得坐在他身边，闻到丈夫身上淡淡的皂香，便朝他靠近了些。

叶限指着书，一句句地教她，直到她的读音完全正确为止，倒还挺有耐心的。谊哥儿在一边看看母亲又看看父亲，然后撅着屁股往父亲怀里爬去。

叶限很不喜欢小孩，但他对谊哥儿从来没有不耐烦过。

这时，他对奶妈说："先把谊哥儿抱下去，我今天好好教夫人读诗。"又讥讽地和罗氏说，"你跟着你那大老粗的父亲能学什么，他认得几个大字，还敢读东坡了？"

罗氏知道他嫌弃自己没学问，忙道："侯爷要是嫌弃妾身，那妾身……妾身就不教了。"

叶限拧眉："你这说的是什么，我惹到你了？"

罗氏抿着嘴不说话，怕又惹了他不痛快，身子坐得直直的，比站着还紧张。她又瘦，纤细的脖颈显得非常纤弱。

叶限语气缓和了一些："算了，你还要学吗？"

罗氏点了点头。她这么喜欢他，自然是希望能和他越近越好。

学完诗之后进过晚膳，叶限要去向老侯爷请安，罗氏陪他一起去。老侯爷近日病了，叶限在他床榻伺候了很久才回来，回来之后他也实在太累，靠着罗汉床睡着了。

罗元叫了他几声，却没有把他叫醒。

叶限靠着迎枕，平日平冷的眉宇倒是温和了不少，俊秀的侧脸，映着垂着长睫的影子。

他很少与自己亲近，只有这个时候最不设防。

罗元放下手中的针线活，让丫头把谊哥儿抱去暖房睡觉。只是这个大的睡着的，她却没有办法移动他。他虽然看上去瘦，但也比她沉了太多。

罗元也在罗汉床上躺下来，牵着他的衣袖，轻轻地把头靠着他的手臂，不敢压着他，她小心地维持了一个侧身的姿势。就好像他把自己搂在怀里一样。

罗元满足地闭上眼睛，就这么睡着了。醒来的时候，她发现自己竟然真的在叶限怀里。他搂着她，还能闻到他身上好闻的味道。她吓了一跳，抬起头就发现夫君那张冷淡的脸，正看着她："这么睡着，你也不嫌累得慌？"

罗元连忙起来，背撞到了小几，又摔到他怀里。

叶限在她头顶说："慌什么呢，冒冒失失的，撞着没？"

他搂着她坐起来，罗元摇了摇头说："撞得不厉害。"却不敢看他的眼睛。

叶限点头，没撞着就不关他的事了。他起身，罗元伺候他穿了朝服，送他出了门之后她才回来。

早上抱着谊哥儿去见高氏，罗元却一直都笑着。

高氏知道自己这个媳妇的，但凡叶限对她稍微好些，她就高兴得跟什么似的。但是叶限这人着实冷淡，便是对别人好，那也是最细微、最不明显的好。要是不了解他的人，说不定还会以为他对人有敌意呢。

她笑着问罗元："怎么这么高兴？"

罗元抿了抿嘴，只是摇头："母亲，我给您熬了盅补汤，您尝尝吧。"

高氏就不再问了，而是跟她商量她回门的事。

罗元是武定侯嫡长女，下面还有两个妹妹，却是继室所出的。这两年都陆续出嫁了，后天是武定侯的寿辰，都要回去给父亲祝寿。

罗元其实不太愿意回去，她嫁过来的时候是无限风光，被人羡慕。但是这些年，她和侯爷不和的事谁都知道，甚至有传言，侯爷都不会留在她那里过夜。她在母家的地位有些尴尬，倒是让继母的两个女儿更得意了。

高氏说："我让叶限陪你一起回去。"

罗元摇摇头："还是算了吧，他忙得很。"

高氏嗤笑说："他有什么忙的，我说定了。反正他也好些年没陪你回去过了。"

第二天，高氏果然让叶限陪她回去。

罗元收拾东西的时候，他就百无聊赖地在旁边等她。

听说叶限陪她回来了，武定侯都亲自出来迎接他们。叶限如今身为兵部侍郎，在朝廷地位超然。罗元知道他的脾气，怕他和武定侯无话可说，就道："您要不要先休息？"

叶限冷淡地摇头："不用了，你也别管我。"也没有看她，跟武定侯笑着往前走了。

罗家的仆人眼睛都瞧着，这侯夫人分明就是不受宠的，罗元心里叹了口气，去拜见继母了。

两个妹妹正在武定侯夫人那里说话，二妹妹见她过来了，笑着说："咱们长兴侯夫人回来了，长姐，快过来说会儿话吧。"

罗元给继母请安，继母不冷不淡地道："坐吧。"

倒是三妹妹热情一些："长姐，上次问你那事如何了？"

罗元淡淡地道："尚未问过，五城兵马司职位的提升，也不归侯爷管。"她怎么可能用这些人情上的事去为难叶限，何况即使她说了，叶限也不会帮她。

三妹妹摇摇头："眼看着长姐攀上高枝，这就把我们扔在脑后了？"她抬头一笑，"听说长姐在长兴侯家过得不顺？侯爷不宠你，你倒不如提你身边那两个侍女，我看都还是不错的。"

惯常是这些嘲讽的话，罗元闭嘴不语。争辩一向是没有结果的，她也不喜欢对别人解释。她都习惯了。

二妹妹一边剥着五香花生吃，一边道："长姐，你在侯府说不上话，要是有什么缺的。可以回来找妹妹要，妹妹别的没有，置办些衣裳的钱还是可以给长姐的。"

罗元穿得素净，那是因为叶限喜欢素净。

罗元皱了皱眉："这不用二妹操心。"

叶限和武定侯说话，正过来找罗元，听到门内的对话，脸色顿时阴沉下来。他挥手让阻挡他的丫头下去，提步往厅堂里面走："你们说什么呢，倒是热闹。"

看到是叶限过来了，罗元忐忑地站起来。

叶限却握着她的手，让她坐下来。

叶限笑着看向罗二娘、罗三娘，眼神冷冰冰的："接着说啊。"

武定侯夫人坐正了，嗫嚅着开口："侯爷怎么过来了，丫头都不通传一声……"

叶限脸上的笑容却消失了，语气一冷："都给我说！"

罗二娘和罗三娘吓得站起来。武定侯夫人连忙打圆场："侯爷莫生气，我们和侯夫人，不过是说着玩笑罢了。你看在我这个长辈的面子上……"

叶限却冷道："你算哪门子长辈，我还要看你的面子？我长兴侯家虽然和善，但没有侯夫人被人欺负到头上的道理。让她们道歉。"

罗元抓了抓他的手，想让他算了，何必和她们计较。

叶限却只是看了看她。

结果，他非逼着二妹和三妹给她道歉。

武定侯夫人吓得不敢再说话。

第二天他就带着她回了长兴侯府，然后质问她："为什么不跟我说？"

罗元小声地说："妾身也不想和她们计较。何况，您、您也不在意这些事。"她母亲在世的时候常说，以和为贵，凡事能忍则忍。

叶限冷冷地看着她，有些忍不住："你这个性子……真是让我想……"

罗元心里满是失望，他又不满意她了？为什么无论她做什么，叶限都不满意。

"我欺负你倒也罢了，别人欺负你，我怎么会不管呢？"

她正沮丧着，听到叶限这句话又抬起头，有些惊讶地看着他。叶限却别过头不看她，说道："算了，睡吧。"语气比往常更柔和些。

罗元拉住他的手，小声说："侯爷，谢谢。"

叶限沉默了一会儿说："你的性子和她真是完全不一样。要是有谁敢欺负到她头上，她必定千百倍地还回去。就算当日不还，日后也要算计着还。"

罗元怔了怔，世子爷说的是谁啊？他从来没有和她说过。

"但你毕竟有人护着，所以万事不用忍让。"叶限看向她，"记住了吗？"

罗元点了点头，心里暖融融的。是啊，有人护着她呢。就算他什么也不说，也不做，但是他是明白的。

谊哥儿被抱过来，叶限抱着孩子教他读书。她从背后抱住叶限的腰。他浑身一僵，却也没有再推开她。

罗元微微地笑起来，他终于，也有点喜欢自己了吧。

番外二

不离

陈 三 爷

父亲死时正好是夏天，尸首放不住。家里请道士算日子，要送回保定安葬了。正好保定要修路了，陈家和纪家商量了一番，不仅要重新修路，还要把两家的祠堂翻修新。

陈彦允就去了纪家，跟纪家大爷商量。

纪家大爷很爽快地同意了，又安慰他："九衡，咱们也算是一起长大的，这情谊不用说。老爷子丧葬之事有什么需要纪家帮忙的，你尽管说就是了。"

那时候陈彦允还只是詹事府少詹事。虽然仕途坦荡，却还没有到让纪家大爷生畏的地步，两人相谈他还不至于拘束。

陈彦允点头应允了。纪家大爷留他喝茶："我看你最近精神疲乏得很，倒不如趁此时机多歇息几年。你家也不会几年就吃穷了吧。"

陈彦允的父亲一死，他应该回家守制三年的。

陈彦允默默地喝茶，说："当初老师父亲死的时候，正是他忙的时候，当时朝廷上多少人上谏他不守孝道，还不是被皇上斥责回去了。我正入詹事府，什么都还没有弄清楚，这时候就回家守孝，难免会让老师心生不快。这事还要慎重些才行。"

纪家大爷说："我倒是没想到张大人那里。你现在倒是越来越谨慎了。"

陈彦允苦笑着摆手："算不上什么夸奖，不说这个了。"

正好管家来找纪家大爷说话，纪家大爷就让陈彦允到院子里转转，晚上再留个饭，这时候他们已经赶不回宛平了。

陈彦允倒也没有推辞，夏天的晚上的确闷热，他又心中郁积，能去透透气也好。他沿着宴息处外面的小径慢慢往前走，绕过一片蜡梅树，前方是个荷池。

他听到女孩儿说话的声音，中气十足，又还有些稚嫩，笑嘻嘻地说什么采莲蓬的话。他面无表情地听着。这样天真的年纪，不食人间愁苦，也不知道等她长大的时候，还会不会这么天真。

等到他再往前走一步，才看到两个小丫头。那个衣着像小姐的比丫头还大，十来岁的样子，伸着手够细细的荷花枝，手腕上的金镯子晃荡着。她手腕太细，金镯好像立刻就要滑落掉进水里一样，看得人心里发紧。

小丫头吓得要哭了，那小姑娘却不怕，还威胁要把人卖到山沟里去。最后她没踩稳，跌落到水里的时候，还一脸呆若木鸡的样子。小丫头又忙着去拉她起来，她要忙着起来，忙着骂小丫头，场景混乱得很。他脸上也出现一丝淡笑，觉得女孩这样也好，有生气。

他正要走的时候听到有呼救声。陈彦允的脚步顿了一下。他真正的个性其实相当冷漠，而且不想多管闲事，但是不知道为什么，最后他还是回去了，也许是想到了自己早逝的五弟，他是掉进水里因为没人救而死的。

在那个水坑里，他看到一张苍白的小脸淹没在水中，慢慢往水里沉去。她刚才还那么有生气，但也许转瞬就没了，就像朵花一样，一掐就死，都用不着费力。

女孩半昏迷的时候，揪着他的衣袖喃喃着不要他走，倒有些可怜可笑。他要是不走，恐怕这女孩醒后会后悔一辈子吧。他是有正妻的人，这要为人家女孩负责，岂不是占尽便宜了。为了不连累女孩的名声，他连夜离开了大兴。

几天后纪家大爷修书过来，还问他那天晚上怎么不告而别了。陈彦允看完了信，让书童把烛台拿过来点了烧。他淡淡地问："夫人说了是什么事没有？"

"夫人没说，好像是江家那边的事。"书童小声说，"您也知道舅爷犯事了。"

陈彦允眼皮都没抬，一边写字一边说："让夫人过来找我吧。"

江氏其实有点不好意思。陈彦允对她很尊敬，她有事要找他，让丫头传一句话，陈彦允就会过去她那里。这次偏偏不一样，是让她去书房找他。江氏带着婆子站在他门外，站了好久才等到他说进去。

没办法，自己的嫡亲哥哥，难道她能不救吗？江氏从来都不是那种只在乎感情的人。她心里清楚得很，不仅是娘家靠她，她也要靠娘家。虽然这件事对于陈彦允来说有点为难，但也总不会太难的。

江氏微笑着伺候陈彦允进膳，途中把事情说明白了。陈彦允却神情淡淡的，他觉得有点累了："你兄长放印子钱的事我早提醒过了，想不到他连东厂的人都敢惹。你让我找谁保他去？"

江氏柔声说："那……总会有办法的。"她在他身边坐下来，叹了口气，"要是真没有办法，算了，您……您还是不管吧！妾身总不能让哥哥连累了您。妾身跟母亲说一声，她总是会理解的。"

陈彦允依旧看着她："你心里真是这么想的吗？"

江氏不知道怎么回答才好，好像钻入了自己给自己挖的陷阱。她绞紧帕子，咬着唇不说话。其实她也不容易，陈三爷也应该体谅她啊。

父亲母亲都指望她救哥哥，要是她救不了，那他们该去找谁呢？那毕竟是她的亲哥哥啊。江氏眼眶微红，坐直了身子说："妾身嫁过来这么多年，没求过您什么事。要说妾身的真心，三爷心里明白。"

陈彦允叹了口气，挥了挥手让她下去。

几天之后，陈彦允出面说话，江氏的哥哥从东厂里放出来了，江氏的哥哥提了两篓子大螃蟹上门来道谢，却连陈三爷的面都没见着。他提了螃蟹又不高兴地离开了，回头江家就和陈家有些疏远了。

江氏为此痛心，她的哥哥的确不成器，陈三爷却并没有说什么。其实她哥哥是什么样的人，陈三爷心里明白得很吧！

江氏知道陈三爷帮了她这一把，要付出的代价着实不小。看着他在忙，她有时候心里都会胡乱的猜测，因此落下心病，渐渐的身体更不好了。陈三爷有时候晚上来不及来看她，或是睡在了书房里，或是歇在薛姨娘那里，她越发觉得孤寂。幸好还有女儿陪着她，不然日子更加难熬。

江氏知道自己要死了。那天她不怎么说得出话来，才五岁的小女儿趴在她床前一直哭。江氏勉强抬起头，看到周围都是人。怎么这么多人，她不想看到这些人，这些人都好陌生。江氏闭上了眼睛，眼泪不停地流着。她感觉到小女儿握着她的手，孩子的小手嫩嫩的，这么弱小。她死了之后谁能保护她照顾她呢？

她终于听到有人说了一声："三爷来了。"

众人纷纷让开，有人在床边坐下，紧握着她的手。

他其实不好受吧！江氏心里浑浑噩噩地想，陈三爷其实是个很长情的人。他对她没有多余的爱情，但是夫妻之间毕竟有十多年的感情，她陪着他走到今天的。他对她肯定是有一些感情的。

江氏听到他好像说了句对不起，她想笑，怎么会是他说对不起呢？她好像说了很多，但是人要死的时候，根本不知道自己要说什么了。江氏不舍地看向小女儿，小女儿什么都不懂，只是被大家吓得不停地哭。她意识不清，慢慢瞪大了眼睛，好像又什么都看不到了。

陈彦允感觉到手里那只瘦弱的手的温度一点点冷下来。他的手搭上了江氏的眼睛。他慢慢放开了江氏的手，低声问："七少爷呢？还在路上吗？"

"快回来了。也不知道夫人这么快就……"有人小声地答。

室内一时沉寂，只听得到外面丫头婆子在哭。陈彦允说："等他回来后，让他过来找我。"

他回了自己前院的书房，一个人待了很久。其实江氏的死对他来说除了悲伤，更多的是感慨。江氏比他小一岁，还这么年轻。

他跟陈老夫人说要为江氏守孝两年，陈老夫人叹了口气，以为他是舍不得江氏，也就同意了。陈彦允这时候对于情爱的心思就更淡了，这些年行事越发的险峻，他不是没听到过别人私底下说的话，多刻薄的都有。上次有个文书和同僚窃窃私语："也是报应，昧良心的事干的还少吗。"

陈彦允虽然不在意这些话，但他不得不防别人的口。一来二去的，他觉得信佛也不错，还能修身养性。要是真的有什么罪孽，佛祖看在他潜心向佛的分上，也会宽待几分吧。于是当了修士，开始吃斋念佛，连姨娘都不碰了，脾气看上去越发的温和。既然没有了别的顾忌，他就成了张居廉手里一柄锐利的刀。

两年之后，他将要坐上东阁大学士的位置，成为最年轻的阁老，只差最后一步部署。张居廉那天和他共乘一轿，走在九春坊外头，看着护城河的河水。

"九衡，你记不记得你刚入詹事府的时候，我跟你说的什么？"张居廉问他。

陈彦允笑了笑："您但说无妨。"

"握在手里的才是最好的。"张居廉说。

陈彦允看着滔滔河水东尽而去，心想也的确如此，握在自己手里的才是好的。哪管别的什么呢。

要开春的时候，下了一场大雪。正好陈三爷去了宝坻纪家，他要纪家大爷帮他一件事。

那时候纪家三少爷刚中举不久，家里正在庆贺。纪家大爷接待陈彦允，让下人沏了壶上好的霍山黄芽上来。"你来得巧，正好家里是喜庆的时候。"纪家大爷笑着为他倒茶，说，"我听说这次七少爷得了北直隶的经魁，颇有你当年的风范啊。"跟他说话都客气了很多。

陈三爷倒是不在意，这些年怕他敬他的人越来越多了。他放下茶杯说："他的文章我也看过，经魁是有些抬举的。"

少年的时候他还是北直隶的解元郎，对于名利的感受比陈玄青深刻多了，倒是不觉得一个经魁有什么不得了的。陈玄青是在陈家的庇佑下长大的，他怕陈玄青会被虚名冲昏头脑。

过了会儿，纪昀在纪尧的陪伴下过来拜见陈三爷。纪家大爷请陈彦允指点纪昀，陈彦允推辞不过，就指点了几句纪昀的股文制艺。纪昀倒是如获至宝。

等人都退下了，纪家大爷才跟陈三爷说："你说的事情我知道，你也不用和我客气，有事情就说，我一定办妥。"陈彦允这几年仕途顺畅，在张居廉面前地位超然，他要办的事纪家大爷自然不敢懈怠。

陈三爷起身道谢，纪家大爷连忙称不用，让他留下来吃宴席。

纪家的宴席流水般地上海参、鱼翅，十分的奢华。能和陈三爷同桌而坐的也就是纪家大爷、通州的几个官员。陈三爷看他们在自己面前都有点拘束，也不敢喝酒，就先告辞出了厅堂。

出来的时候雪正好停了，太阳照着雪地白茫茫一片，有些刺眼。上次他来的时候还是满园青翠茂盛，现在枯枝残雪的，荷塘也结冰了，倒是有些萧瑟。

陈三爷吸了一口清冷空气，眯了眯眼睛说："去准备马车吧，下午去大兴见郑蕴。"

陈义应是退下，陪着他们出来的管家就在前面领路。荷池的前面是一片开阔的花圃，这个时候看不到什么东西，就是满院子的雪。这个地方倒是有些荒芜了，一扇月门掩映着，再往前是夹道，能看到通向朱漆画梁的精致院落。

那应该是女眷的住处吧。

陈三爷看了一会儿就乏味了，外头又冷，他想先回宴息处去，身后却有杂乱的脚步声传来。他心里立刻谨慎起来，刚回过头就看到夹道那边有个女孩提着综裙，好像后面有人在追她一样，边跑边回头，跑得很快，都要撞到他身上了。他皱眉往旁侧一躲开，那女孩回过头突然看到他，猛地睁大眼睛，一不小心就被枯枝绊倒，摔进了雪地里。

她摔得很狼狈，身上全是雪，雪地上的雪已经化开了，青色综裙膝处洇开深色的水渍。

她一张小脸冻得通红，一边喘气一边问："你是哪房的？怎么跑到这里来了，还害我摔了一跤！"

陈彦允觉得好笑，这姑娘看上去十五六岁的样子，年纪虽然不大，五官却长得十分美艳，就是稍显稚气，而且有点狼狈。不过这种说话的语气，颐指气使的，倒让他觉得有些熟悉。

"你难道没看到有人在前面吗？"陈彦允笑着反问她。

这女孩五官有种熟悉感，当年那件事给陈彦允留下很深的印象，以至于他觉得这女孩脸上的表情是如此生动。尽管长相变化很大，他还是凭借细微认出，这就是当年他救过的那个孩子。那个威胁要把人卖到山里的小姑娘，竟然一转眼长这么大了。

顾锦朝眼睛通红，她用手揉眼睛："我不知道，我眼睛好疼，好像进沙子了一样，有点看不太清楚东西了。"

陈彦允叹了口气，慢慢走到她身前问："那你站得起来吗，要不要我找人过来帮你。"

"你扶我就是了。"她有点生气地说，"我看都看不见，怎么能站得起来呢。"

男女授受不亲，哪能让他来扶呢。陈彦允只能把手伸出去，让她拉着自己的衣袖站起来，顾锦朝却突然攥紧他的衣袖。"我刚才还好好的，怎么突然就看不清楚了。我眼睛好疼，是不是要瞎了？"她有点害怕。

陈彦允只是问她："你是不是刚才一直在看雪？"

"嗯。"她有点不安地应了一声，"我是瞒着嬷嬷跑出来的，她让我休息。"

他任她拉着自己的袖子，引着她到抄手游廊旁边："来，这里坐下，你先把眼睛闭上不要睁开。"

"我究竟怎么了？"她还是很紧张，生怕自己就成瞎子了。

"雪盲而已。"陈彦允声音里有一丝笑意，"没有大碍，一会儿就能看得见了。你出门怎么不带个嬷嬷照顾着，你连雪盲都不知道。要真是看不见了你该怎么办？"

顾锦朝没有说话，绞着袖子挪了一下坐的位置。

栏杆就这么点宽，她这么一挪就没坐稳，身子一晃。陈彦允都不知道该不该扶她一把，但是他没反应过来的时候她就已经摔下去了。顾锦朝自己扶着柱子爬起来，气得手都在发抖。

这就要哭了？陈彦允皱了皱眉，她眼里的泪珠已经滚下来了，手上脏兮兮的，雪水化了，脸冻得通红。但是她咬着嘴唇，止不住地喘气，却半声都没有哭出声来。

这个小姑娘有点高傲，也很骄纵，估计真是委屈极了。

"你摔了两次就要哭了？"他觉得好笑，"脸都哭花了，你再休息一下就能看见了，自己也就能回去了，不会成瞎子的，不要害怕。"

顾锦朝却哭得上气不接下气，以前不敢哭的现在统统哭出来了。反正她不知道这个人是谁，反正他也不认识她。

陈彦允有种被缠上了的感觉，有点无奈。陈义一会儿该过来了，这场景还真不好解释。但这小姑娘哭个不停，也是很可怜。

"你再哭下去，可能就真的看不见了。"他说，"快别哭了，你的手帕呢？擦一擦脸吧。"

"你们都和我作对，"她边哭边说，"你们都不喜欢我。母亲也不在了，我也不要你们喜欢我，我……"她哽气，"我才不要你们喜欢我。"

陈三爷才看到她的胸口缀着一块巴掌大的麻布，颜色和衣裳相近，他竟然没看出来。她母亲不在了吗？

顾锦朝用袖子抹了抹眼泪，过了一会儿就不哭了，自己蜷缩着脚坐在地上，抿着嘴不说话。

陈彦允叹了口气，慢慢地蹲下来问她："谁不喜欢你了？"

顾锦朝却沉默了起来，她好像瘦得厉害，小小的一团，就像只没人要的小猫一样。

可能是看到她没有母亲了，他突然动了恻隐之心，觉得她很可怜。这种感觉只是在他心里存在了一刻，但是很不舒服，让他觉得很想做点什么来帮她，不然实在是心里不舒服。

"总是有人喜欢你的。"陈彦允安慰她说，"你现在还小，以后就有人喜欢你了。一辈子有这么长呢，你说是不是？"他想不到自己还能这么有耐心，竟然浪费时间哄个小姑娘开心。

她还是没有说话，却抬头看了看他。还是什么都看不到，只有一个高大模糊的影子。顾锦朝眨了眨眼睛，小声说："我眼睛好疼……"又问他，"你不是下人吧，你是谁？"

陈三爷站起身，他已经看到陈义朝这边来了，他要立刻动身去大兴了。

"好好休息，不要看雪地。"陈彦允说完，转身沿着抄手游廊走了。

陈义果然在不远处等着她。

走在路上的时候，陈三爷问管事："我看到贵府还有人在服丧，可是有什么不幸之事？"

管事回答说："咱们表小姐的母亲逝了，服丧的应该是伺候表小姐的人吧！"

陈三爷听着没有说话。回去后不久，他就有意无意地打探过，知道了顾锦朝的身份。适安顾家顾郎中的嫡长女，从小在她外祖母家纪家长大，刚及笄后不久母亲就去世了。难怪那天她这么委屈。明明就是天不怕地不怕的性子，竟然哭得这么难看。

陈三爷凝神想了一会儿。

陈玄青过来请安了。

他让陈玄青坐下，跟他说："前几日你祖母说，想让你和俞家小姐定亲。至于成亲的事，你要是愿意就几个月后。要是不愿意这么早成亲，就等明年会试过了再娶。你看你怎么打算的。"

陈玄青只是犹豫了一下，立刻就说："父亲，我想早点成亲。"

陈三爷本还以为凭着陈玄青的性子，会等到会试后才成亲的。既然他想早点成亲，那自然好。

从定亲、下聘到娶进门，也就是三个月的工夫。而这三个月，正好是朝廷风云变幻之时。皇上驾崩，新皇登基。范川党被全面肃清，牵涉户部官员达二十多人。右侍郎沧州许炳坤也被牵连下台，那晚他亲自带人抓捕，主审许炳坤三天，后判他流放伊犁。他也从詹事府詹事升任为户部尚书，东阁大学士，最年轻的内阁阁老。

陈玄青的婚事他是没怎么管，等到他手上沾满鲜血，却也是功成名就的时候。天下大概也是平静下来了，他平稳地坐在高堂上，接了儿媳捧上的热茶。

陈三爷温和地对陈玄青说："以后你可要好好待人家。"

陈玄青点点头，看着父亲很久。父亲好像已经不是那个父亲了，喝茶，放下茶杯，举手投足之间，都隐隐有压迫感，这可能真的是权势带来的。谁说不是呢，出了个阁老，陈家才是真的要进入鼎盛的时候了。

陈玄青成亲后，陈老夫人找他过去说话。

"都这些年了……"她一开头就很感慨，"从江氏死到现在，你一直没有娶。寻常人家丈夫为妻子服丧，最多就是一年，还多的是一年都不到就偷偷娶的。你身边没有人照顾，我实在是不放心啊。"

陈彦允听了只是笑笑："我也不想再娶，身边多的是伺候的，您别担心。"

陈老夫人却不肯罢休，私底下替儿子相看了很多姑娘家，也找了许多做媒的人，无奈儿子不同意。陈彦允也不能阻止母亲做这些，让她随意去做吧。他也有忙不完的事，实在应付不来她老人家。如今进入内阁后，要做的事就更多了，例如长兴侯那边的事。

萧游是个人才，陈彦允在张居廉的府邸里见过这个人。那时候他要去找张居廉商量事情，萧游背对隔扇坐着，语气淡淡地问："没有人知道吧？"

张居廉说："九衡是知道的，不过他无碍。正好他今天过来，你们也相互见见吧。"

张居廉引两人见面。

萧游站起来笑着说："我读过陈大人的诗词，很欣赏您。"

陈彦允不动声色，也拱了拱手笑着说："萧先生太客气了，我早年间就听说过你，当年的蓟州之战实在是太惊才绝艳，你的才情我是远远不及的。"

张居廉摆摆手："你们都坐下来，都不用客气。萧游现在在长兴侯府那边来往不易，九衡，这设计一事还要你们相互商量。"他语气微沉，"最好是一次就让长兴侯府没有还击的余力。"

陈彦允笑了笑："学生知道，老师有什么想法不妨说来看看。"

他们在这里悠闲地谈话，几句就决定了人家的生死。

不过萧游这个人的心思还真是敏锐极了。先皇尸骨未寒，他以睿亲王要谋逆的说法去引导长兴侯，长兴侯果然中计，当场就被射杀而死。长兴侯府一夕之间就倒塌了，倒是那个身体羸弱的世子聪明，当朝用父亲的军功翻案，又说动了兵部尚书、刑部尚书、大理寺的人为他说情，最后竟然勉强把长兴侯府保下来了。

"不成气候，随他去吧。"张居廉只是淡淡地说。

陈彦允看着叶限远去的单薄身影，叶限显得十分沉默，从头到尾都没有露出过多余的表情。只是脸孔不正常地苍白，脚步缓慢，背脊笔直。

陈彦允眯了眯眼。叶限这个人并不简单，能够撑下来都不简单。只是确实如张居廉所说，长兴侯一派已经不成气候了。

长兴侯党余孽也尽数被清除，首当其冲的就是和他们交好又有利害关系的家族。这事是陈彦允在管，牵连下狱的人很多，陈彦允接连奔波于三司之中，等回到家中稍稍休憩，江严又送了一些案卷上来："三爷，这是大兴那边送来的，长兴侯家与大兴关系较深，还有些有利害往来的。"

陈彦允接过，随手翻了几页。

"顾家……"他的手顿了顿，"是都察院佥都御使顾德元所在的顾家？"

江严应是："顾德元的弟弟娶了长兴侯府的嫡女，算是姻亲关系。"

陈彦允把案卷扔在桌上，闭目躺在太师椅上休息。"抓吧。"顾德元也帮了长兴侯府不少忙。

江严点点头："他的弟弟顾德昭是户部的。两家也有来往，属下看倒也可以一锅连端了，顾德元是原来范川党的人。"

陈彦允突然睁开眼，又像是想起什么："是适安顾家？"

"正是适安人士。"

陈彦允坐起身想了想，又把案卷拿过来，提笔圈了几个人给他："那就先抓吧，别的先暂时不动。"

江严拿了东西退下了，陈彦允又闭目躺了会儿，却有点睡不着了。其实他总是想起那个女孩，雪盲的时候看不见，抱成一团哭，说没有人喜欢她。背脊骨瘦得跟小猫一样嶙峋，又可怜又有种生人勿近的感觉。只是这种念想就是偶尔闪过，虽然印象深刻，但毕竟没有什么。他还可怜过她，现在竟然要亲手害她家破人亡了。

要是她的父亲被削官流放，甚至是下狱砍头，她那个小小的顾家又能撑得住吗？本来就没有母亲了，这下连父亲都没有了，还不知道以后要怎么办呢。陈彦允突然觉得有点心烦，说不清楚究竟是哪种心烦。他从书房出来，沿着夹道走到内院里，暮色四合，他竟然不知道该往哪里去，停下来看着不远处黑黢黢的屋檐。

陪着他的小厮小声问："三爷，是要去姨娘那里坐吗？"

陈三爷抬头一看，竟然不知不觉走到了羡鱼阁来。刚刚夜起，羡鱼阁的烛光正亮着。他这两年修身养性，几个姨娘的面都没见着过，也没什么好见的。

陈三爷一言不发，立刻又回了书房，叫了护卫："让江严过来。"

江严刚让下人套了马，还没来得及出门，匆匆忙忙地朝宁辉堂赶来，头上全是汗："三爷，您有什么吩咐？"

陈彦允却过了会儿才说："顾德昭那边你先别管，户部的人员调动我有安排。"

江严有点发愣，这话三爷大可让下人传给他，怎么急匆匆地召他过来亲自说，又说得没头没尾的。但要让他质疑陈三爷的话，他又不敢，只得拱手应是。

江严的迟疑已经能说明他的失误了。可能真的是近日太累了。

陈彦允闭上眼，他觉得有点不对了。可怜一个人，这种感觉其实很危险，和好奇一样。但要是任由顾锦朝流离失所，他想起来好像更不舒服，他好像挺希望自己能护着她的。

陈彦允让人去查顾德昭，顺便也查了顾锦朝。

回来禀报的人说："顾家大小姐就是个寻常的闺阁小姐。听说是名声的问题，现在都没有定亲。他们家现在在风口浪尖上，也没有人敢轻易和顾家交好。"不知道陈三爷为什么问起顾锦朝，回话的人只能尽量说得仔细一些，"顾德昭现在知道不妙，也在找人保命。"

陈彦允听后默然。也罢，既然人已经被他保下来了，那就这么算了吧。

几日之后他在午门外面遇到顾德昭。

他正在和另一个户部的官员说话，交谈的声音细不可闻。看到陈彦允的轿子过来了，两人都连忙站到路旁喊"陈大人"。

陈彦允看了看顾德昭，顾德昭却心虚得不得了，诚惶诚恐地躬着身子。平常看到陈彦允这一类的官员，他们都是恭敬地喊一声等人家过去，毕竟地位悬殊太大，怎么今天有点不寻常？顾德昭不得不联想到顾德元被削官发落的事。

"两位在说什么，竟也聊得如此高兴？"陈三爷突然问。

顾德昭听到这话一愣，被旁边的官员用手肘撞了撞，才连忙说："哦，是下官的家事。"

"我听说你兄长因为贪墨入狱了。"陈三爷说。

"劳烦陈大人牵挂，家兄的确是有言行不当之处。"顾德昭心里一跳，陈三爷为什么问他这句话？

陈三爷淡笑道："那顾大人更要注意自己的言行才是，为人处世谨慎些总是好的。毕竟现在时局动荡，顾大人说是不是？"

顾德元硬着头皮答道："下官明白。"

陈三爷点了点头，上了轿子。

顾德昭目送陈三爷的轿子远去，才叹了口气。

同行的官员问他："顾大人，你何时认识陈三爷的？"

"哪里认识，我以前都没和他说过话！"顾德昭摇头，他哪能认识陈彦允啊。

"也不知道他说这话究竟是什么意思。唉！长兴侯在的时候，我半点没有沾光。现在他死了，却要我也跟着倒霉，这事真不知道该怎么说。"

那人就笑了："说你笨你倒是不信了！现在陈大人关心你，你不趁机跟他处好关系，还在这儿抱怨没人能保你。难道你还要人家送到你门前不成。"

顾德昭半信半疑："可是……我怎么去和陈大人处关系……"

那人摇摇头："算了，懒得理你。就你这个样子，一辈子就当个郎中了！"

顾德昭听后回去想了很久，最终还是决定请陈三爷去六合酒楼喝酒。

结果他在户部衙门外面等了很久，陈三爷都没有出来见他。

江严去见陈三爷的时候还好奇地看了顾德昭好久，等到了陈三爷面前，就提起顾德昭："顾郎中说要请您去喝酒，您要不要见他？"

陈三爷说："我和他喝什么酒，他是病急乱投医而已。"

江严心想也是啊，陈三爷怎么会答应去和顾德昭喝酒呢，他也是多问了。

"那顾郎中还真是病急乱投医。"江严笑着说，"听说他要把自己的长女嫁给鄂西的一个宣抚使，宣抚使刚好来京城一次，正好把人带回去。川黔那地方穷山恶水，朝避猛虎，夕避长蛇的，指不定路上还有什么意外呢。"

陈三爷放下手中的笔问："哪个宣抚使？"

"施州卫所的覃家的承袭宣抚使。"江严说，"您前几天也见过这个人，和金吾卫指挥使比手劲赢了，却连自己名字都不认得的那个。"

那个宣抚使陈彦允只见过一次，还是在都督府的宴席上见到的。

施州卫所的宣抚使职位一向都是祖上传下来的，不管那人德行如何，只要有一身正统覃家的血脉，就能得到宣抚使这个职位。这一代的宣抚使不学无术不说，长相也是粗鄙丑陋，空有一身蛮力。顾锦朝真是嫁过去了，这辈子就差不多只能困在那小地方终老了。

陈彦允轻吐了口气，觉得自己管得太多了。这和他有什么关系，要嫁就凭她嫁去，他帮了她父亲一次，也已经算是手下留情了。

晚上回宛平之后，陈三爷去给陈老夫人请安。

陈老夫人靠着迎枕休息，郑嬷嬷端着一碗消暑的绿豆汤喂她喝。

他请了安之后站到罗汉床旁边，小丫头给他抬了杌子过来坐。陈老夫人推开郑嬷嬷的手示意不想喝了："味道怪甜的。"

郑嬷嬷含笑道："您一会儿嫌淡一会儿嫌甜的，奴婢还不知道该怎么好了。"

陈老夫笑了："就是不想喝了。总是要找个理由推辞的是不是？"

陈彦允看着母亲，总觉得她这是话里有话。

陈老夫人慢慢地躺下来，问道："老三，上次我说的保定刘家的二小姐，你觉得人怎么样？"

陈彦允说："儿子也没有见过刘家二小姐，母亲怎么让我说出个子丑寅卯来？"

陈老夫人哼了一声："我还不知道你吗，你是我生养的。整天用公事推脱说自己有多忙，你就是不想去看而已！下次我让刘老夫人带她孙女过来看戏，你看看觉得合不合适……"

陈彦允正要说什么。

陈老夫人摆摆手："你再推辞，我就亲自去给你下聘了。"又训斥他，"不是母亲逼你，而是你看看你这两年过的，也没有个人关心伺候你。等你老了，是不是青灯古佛地过啊？你要让为娘的心里不痛快是不是？"

陈彦允苦笑道："娘，我没有这个意思。"他顿了顿说，"那您让我想想吧。"

陈老夫人听到儿子言语之间有妥协之意，才满意了："行，你要是同意了，我就请人家姑娘来看戏！"

陈彦允知道陈老夫人的性格，要是不留点余地肯定是不行的。那么他需要续弦吗？和江氏在一起过了十多年，夫妻之间非常的淡薄。不过终归还是相处了这么多年，他对江氏也不是全无感觉，只是被消磨光了而已。要是真的再娶一个人，他还要照顾另一个的日常。陈彦允其实是不太想的。

第二天顾德昭又过来请他喝酒。

陈彦允有点不耐烦了："下次他再过来，就给我拿笤帚赶出去！"

来报的人吓了一跳，再也不敢给顾德昭通传了。

顾德昭吃了闭门羹，失魂落魄地往户部衙门走，路上还遇到同僚和他打招呼。

"陈大人还是不见你？"

顾德昭叹了口气："别说了，碰了一鼻子的灰。"

那人好奇地问："那你真要把女儿嫁给覃蒙吗？"

顾德昭说："她能嫁得远一些，以后要是东窗事发也不至于牵扯到她。"

天上下起细雨来，顾德昭和同僚站到墙檐下躲雨，看到有个人撑着伞匆匆地从雨里走出来，走近了才看到是陈彦允身边服侍的人，那人忙对顾德昭说："顾郎中，总算是追到您了，陈大人请你过去！"

陈三爷又请他过去干什么？顾德昭不敢耽搁，跟着这个人往回走。

陈三爷望着窗外的细雨沉思。

院子里有一口种了睡莲的大缸，雨下得淅淅沥沥的，有几分阴冷的感觉。

顾德昭站在门口，就看到陈三爷坐在窗扇旁边的东坡椅上，旁边还摆着他的案牍，正对一架博古阁，花瓶里插了几个旧的卷轴。

"陈大人，"顾德昭拱手，"您找下官何事？"

陈彦允看了他一眼，手中的折子扔到他面前，"你自己看看吧。"

顾德昭拿过来打开略读，面色就立刻苍白了："三爷，这绝对是无中生有的事！下官不会糊涂到这种地步，您可要明察啊！"

"我还没有说什么，你不用惊慌。"陈彦允道，"你坐下来说话。"

顾德昭忐忑不安地坐下来。

"我问你，司庾主事是否是你亲任的？"

顾德昭点头，又忙说："但是下官绝没有让他管粮。"

陈三爷笑了："我问你这个了吗？"

顾德昭连连摇头，衣裳都要被汗打湿了。

陈三爷叹了口气："你身边有人要害你，你自己不知道？"

顾德昭茫然地看着陈三爷，实在不明白他在说什么。他一个小小郎中，又没有挡着谁的路，怎么会有人想要害他呢？

"算了，你以后注意点吧。"陈三爷看他这样子，就知道自己说了也没用，"以后注意自己手下的人，这次是我先看到，下次要是御史报到都察院去了，可就没这么轻松了。"

顾德昭连声应是，陈彦允挥手让他离开了，突然又问："顾郎中，听说你要和覃家结亲了？"

顾德昭才明白陈彦允说的是宣抚使覃家。只有无能的人，才会把女儿嫁到那些偏远的地方去。这些土司管的地方可是没有王法的。

顾德昭苦笑："下官倒是有这个打算，就是怕女儿不同意。她性子一向偏得很，肯定不愿意。"想了想又不知道说什么好，拱了拱手，"那下官告辞了。"

陈彦允沉默了一会儿，突然让陈义进来。

"备马车，我们去一趟适安。"他要去适安见一个人。等商量了事情出来，天色已经很晚了。

"三爷，要不要找个客栈歇息？"胡荣说，"小的记得前面还有个员外家，咱们也可以借宿。"

陈彦允已经有点累了，闭着眼睛说："去顾家。"

顾德昭不是想请他喝酒吗，那就去借宿一晚吧。

胡荣没有多问，问了路之后赶着马车朝顾家去了，倒是把顾德昭吓了一跳。

他连忙让灶上布置酒菜，自己换了衣裳在影壁等着。看到陈三爷从车上下来是穿着常服的，方才松了口气。陈彦允笑着问他："我这不算是打扰吧？"

"哪里哪里，陈大人这边请。"顾德昭笑着说，"下官还盼着您打扰呢！"

菜陆续地端上来，顾德昭吩咐厨房上的都是好东西，他也不敢吃。帮着陈三爷布菜，局促得很。

陈彦允慢慢嚼着鱼肉，突然有点后悔。他还是不应该到顾家来吧。

外面突然有说话的声音传来，好像是个女孩儿。

顾德昭赔笑道："大人见笑了，是我家小女。现在正别扭着呢！"

"怎么别扭了？"

"听说自己要嫁到远处去。"顾德昭顿了顿，"她继母正在劝她呢，一会儿就没事了。"

陈彦允已经隐约听到了她说话的声音。

"告诉他，休想让我嫁！反正你们不喜欢我，我去跟着外祖母都好……"

顾德昭终于听不下去了，放下筷子说："大人稍等，她也太不像话了，我去说她几句就过来！"说着就站起来，仆人挑了帘子让他走出去。

陈彦允的筷子也放下了，仔细听着外面的动静。

顾德昭压低声音训斥，她的声音猛地提高了："反正我要去外祖母家，您找谁来劝我都一样，我就不答应！"

顾德昭也忍不住怒斥她："你像什么样子，你不知道有客人在吗？让人家看笑话！"

她不甘示弱地道："我像什么样子？我就是这个样子，您把我养这么大，不知道我是什么样子吗？我看到过那个宣抚使，我才不要嫁给他呢！您有什么客人在，我说话都说不得了吗？"

顾德昭气急了："你闭嘴！你们快送她回去，给我好好地关着，等到她知道错了再放出来。"

她哼了一声："我才要看看，究竟是什么客人在！"

说着就往这边跑过来了，又有几个人连声喊着大小姐追上来。

陈彦允一怔，却忍不住笑起来。她还是这么的有生气。他还没想好要不要见她，就看到有个人在门口探了探。

"你就是我爹的客人吗？"她突然问。

陈彦允笑着点头："嗯，怎么了？"

她穿着一件茜红色的短褙子，青色的综裙，显得很活泼。"我就是想看看……"她还没说完，就被仆人按住了手，顾德昭快步从后面追上来，脸色暗沉如水，让仆人把顾锦朝压下去。

顾锦朝眼眶通红湿润，却毫不服气地大声说："反正我不！我就不！"

顾德昭气得手发抖："快把她给我弄下去！"

她终于被仆人拖下去了，顾德昭才对陈彦允抱歉地笑笑："大人见笑，小女顽劣不听话。"

陈彦允说："不碍事，她也是单纯而已。"

顾德昭听得一愣。

陈彦允却转移了话题："顾大人，你这套茶杯看起来不错，可是汝窑出的？"

顾德昭才把话放到他的茶杯上面了。

陈彦允却有些遗憾，她好像不认得自己啊。说着也是，她两次见他都没有把他看清楚过，肯定是记不得的。陈彦允心情却挺好，等几天后陈老夫人再问起他刘二小姐的事，他下意识地拒绝了："娘，我自己有主意，您先不要着急。"

陈老夫人反问他："怎么，你有看得上的姑娘了？"老婆子心里一高兴，忙拉陈彦允坐下来，"和娘说说，是哪家的姑娘？多大年纪了？"

陈彦允正想说没有，心里却突然想起了顾锦朝的脸。她这么有趣又可怜，如果真的要续弦的话，何不娶她呢？

陈彦允被自己的想法吓到了，但是很快他又觉得这是个好主意，而且很妙。

如果他以后要护着的人，要担负责任的人是顾锦朝，他好像并不觉得她麻烦，反而挺想护着她的。他不愿意看到顾锦朝嫁给什么宣抚使，那嫁给他不就好了。哪个靠山能有他能靠得住呢？顾锦朝嫁给他，他敢保证整个顾家都无人敢再动了。陈彦允想到这里，就微微笑了："我也不好说，总之她不是什么温恭守礼的人，您可能要担待着……到时候您就知道了。"

陈老夫人一听真的有戏，老三不是随口搪塞她的，高兴得忙从床上坐起来："你说清楚一点，你是真的想续弦了？"

陈彦允说："这还会有假吗？"

陈老夫人喜不自胜，忙让郑嬷嬷进来："给我准备仪程，我明天就去找常老夫人商量商量，再把人请来相看相看。"她又语气严肃地说，"这事说定了，你可就不能诳为娘了。你要是敢反悔，我到时候才要找你算账！"

陈彦允无奈地笑笑。

陈彦允要是真的下定了一件事的决心，那他就会立刻去做好。

顾锦朝三个月后就嫁进来了。正好是秋天，院子里的菊花一簇簇开得特别好，府里张灯结彩，热闹非凡。

他在前院招待宾客，有人要敬他喝酒。他笑着接过来，还是一口饮下了。等人都散了，他才往她的院子去。她还坐在拔步床上，大妆华重。她的陪嫁丫头守在门口打瞌睡。屋子里冷冷清清的，只有红烛在烧。

刚才已经挑过盖头了，此时她面色略有倦意，冷冰冰地垂着眼眸。陈彦允看着不觉心里一冷，她似乎看上去并不高兴，他心里的热度也渐渐地冷了。

陈彦允的确没有猜错，她根本不喜欢这桩婚事，而且还有些厌恶。几天下来都是如此，陈彦允即便是体贴她，她也默不作声地受着，话也很少跟他说。除了问他要吃什么、做什么，多半的时候她就看自己的书，去给老夫人请安也不走心，奉茶的时候还失手打了茶杯。

陈彦允是下朝回来才知道这件事的。她被陈老夫人训斥了一顿，坐在罗汉床上生闷气。他走到她面前坐下，淡淡地问她："你做错什么了？"

她眼眶发红地瞪着他，又有点可怜又有点倔强："不关我的事，是茶太烫了！"

他又问："所以你觉得你有理，娘问你的时候你就是这么回答的？"

顾锦朝说："我就是这么说的，而且本来就是这样的！"她紧紧握着被烫红的手指，低声说，"你要是也来训斥我的话，大可不必了，反正我没有错。"

陈彦允也看到了她的手，伸手想牵过来看看："烫得严重吗？"

她却避开了他，摇摇头没有说话。

陈彦允站起身叹了口气，去了母亲那里。

陈老夫人也不高兴，让他坐下来说话："虽然是年纪还小，但也太不懂事了些。你大嫂，还有江氏，刚嫁进来的时候也和她差不多大，我还没见过能冲成这样的。说她几句天都要顶破了。"

陈彦允只能帮她说话："她还小，您用心教教她吧。我回去说了她，她也是知道错了，就是性子不服软而已。"

自己的阁老儿子帮着说话，陈老夫人怎么好说什么。她叹气："算了算了，我年纪一大把了，也不是和她计较。我就是心疼你，这样的人能伺候好你吗？"

陈彦允笑着跟母亲说："我有手有脚的，何必要别人伺候呢。"他是想包容她，顾锦朝还是太小了不懂事而已。只是顾锦朝不喜欢，他也不想过去惹人烦，渐渐就很少去她那里了。

冬天来得很快，北直隶开始大雪纷飞了。

他刚看完了折子，靠着东坡椅休息，炉子里炭火烧得很暖，陈彦允突然想去她那里看看。他自己披了斗篷，慢慢沿着抄手游廊往内院去。

顾锦朝一个人站在廊庑下看雪。陈彦允看到就远远地站定了，她披着红狐皮的斗篷，发髻梳得很整齐，却只戴了一支连花骨朵金簪。应该是梳洗过出来的。目光直直地看着前方。陈玄青带着俞晚雪在折梅花，两个人折了一大捧的蜡梅枝子，牵着手走远了。她却好像没有力气了，靠着廊庑的廊柱，不知道是不是在哭。

陈彦允静静地看了好久，直到她慢慢站起身往回走了，他才转身回去。他一个人站在书房里沉默了好久，最后却笑了。

陈彦允叫了陈义进来，让他去查顾锦朝过去的事。最后结果送到他这里，果然如他所料。他看了看就扔在一边，不再理会了。

过年总是热热闹闹的。

陈彦允去顾锦朝那里坐了会儿，看到她罗汉床的边角都有些坏了。几个姨娘在陪顾锦朝做针线，她的针线做得很不好，她自己好像没什么感觉，姨娘看到又不敢说，个个表情都很古怪。他看了一会儿书就自己回去了，连话都没有跟顾锦朝说一句。只听到身后婆子小声地说话："爷又没有留下来。"

他回去后找了回事处的人来，让他们重新换置了一张罗汉床。

第二天顾锦朝来他的书房找他。她送了他一双自己做的冬袜。

"妾身做得不好，"她有点犹豫地说，"娘说您没有冬袜。"

陈彦允拿着看了看她做的袜子，边角缝得不太整齐，的确做得很不好。"你倒是没有自谦。"他轻声说。

面对陈彦允不经意的嘲讽，顾锦朝有点不好意思。"反正东西我送到了，"她脸色微红，语气很镇定，"要是嫌丑了您不穿就是了。"

陈彦允拿着东西笑了笑，抬头看着她很久。然后他说："谢谢。"

顾锦朝"嗯"了一声，她在陈三爷的书房里站不住，说："那我回去了。"

陈彦允点点头，看到她快步走出宁辉堂，还是像个小孩子。也许他能让她改变呢？如果两人一直这么下去，似乎也挺好的，和她相处起来一点都不累。她看上去总是不高兴，他应该做点什么让她高兴吧。

陈彦允想了想，让陈家的总管进来听吩咐。宛平的灯会陈家会出大头，这里办得热闹些吧，干脆全部由陈家来办好了。小孩子总是喜欢热热闹闹的。

到了元宵灯会那一天，整个榕香胡同、陈家的前院都满是花灯。小的一些的有蟾蜍灯、芙蓉灯、绣球灯。再大一些的，还有师婆灯摔羽扇降邪神、刘海灯背金蟾戏吞至宝、青狮灯驮无价奇珍。满园灯火辉煌。

他特地让婆子去告诉她，灯会办得很好。顾锦朝跟着二嫂出来了。

她来的时候还抱着个手炉，她好像挺怕冷的，走哪儿都穿得厚厚的，斗篷的镶边是兔儿毛的，雪白雪白，脸就显得很红润。陈彦允就朝她走过去。周围的人看到陈三爷过来，都纷纷向他行礼。顾锦朝却愣了一下，才屈身喊三爷。陈彦允挥手，让众人都先退下去。又问她："灯会好看吗？"

顾锦朝点点头，正要说什么，却听到前面有一阵惊呼，人也围拢到一处。她有点想过去看热闹，就渴望地看着他。陈彦允笑着说："去看看吧。"

她抿嘴笑了笑，带着丫头过去了。

陈彦允站了一会儿，才让小厮过来问话："前面怎么了？"

小厮答道："是七少爷做了一池子的莲花灯，从后院的湖里漂进来的，可好看了！咱们七少夫人高兴得不得了呢！三老爷您不去看看？"

陈彦允淡淡道："我就不了。"年轻人喜欢凑热闹，他却是喜静的，就不过去了。

几天后他去顾锦朝那里，她却已经去陈老夫人那里了。他闲来无事，进了她的书房，想看看她平时都看些什么书。

她的书房布置得很清简，就挂了一幅字，摆了一盆文竹。已经旧了的瓷缸里插着很多书画的卷轴。案台上放着一盏莲花灯。边缘都浸水晕染开了，颜色不好看了，被她放在案桌上，还用笔细细地添了一遍。

陈彦允默默地拿起这个莲花灯，想到那天的灯会，陈玄青送给俞晚雪那一池的莲花灯。其实只要他手微一用力，这小玩意儿就是一堆废纸。但是那又能怎么样呢，对于顾锦朝来说，满院繁华都比不过一盏莲花灯。他自嘲地笑，把灯放回了原处。从此以后他几乎不再去见她了。

陈彦允并没有喜欢讨好别人的习惯，一两次也就差不多了。并不是他不想帮她，而是他也无能为力，他能做很多事，却不能扭转一个人的心。

来年春闱，陈玄青中了探花。

她看着陈玄青的眼神有种与有荣焉的感觉，好像急迫得不得了，都不知道收敛了。还要丫头端醒酒汤给陈玄青。她以为她是谁呢？

陈彦允在她那里等了很久，等到她回来后，他只告诫了她一句话："记住你的身份。"她应该没有听懂，淡淡地看着他。

陈彦允站起身离开，再也没有回头。

再后来于巴蜀，他率军剿匪数十万，可最后，却被近处的箭矢刺穿胸膛。

当所有人惊慌失措向他围来的时候，他看着灰白的大地，却想着水千重，山万重之外，她可能正栖在灯下，她也许正在写字，也许她正拢着手，呵着气，不知道，会不会有一丝一毫地想到他。

血蔓延出来，雪地里开出花。

他的脸色渐渐淡去，雪落在了他的眼睛里。

疼痛只让他痉挛，喉咙作响，却发不出声音，手还紧紧抓着什么。

可是永远也回不去了，再也回不去了。

最后唯余苦笑。

他渐渐闭上了眼睛。

头 七

头七那天，家里一切照旧，没有人给她烧纸。

毕竟本来也没有人在乎她的死。

陈玄麟按照自己往常的习惯，先去给七哥请安，七哥正和他的小妾吃饭。

小妾挽着袖子为他布菜，纤细的手腕上戴着一只碧绿的翡翠镯子，更宛若凝脂般白皙。

"坐吧。"陈玄青说。

陈玄麟坐下来，下人在他面前放了碗箸。

他抬头看着陈玄青。

这些年七哥越发沉稳，喜怒不形于色。

见陈玄麟看他，陈玄青挑了挑眉："你有事？"

陈玄麟摇摇头，笑着说："只是觉得七哥今日穿的这件直裰好看而已。"

"几年前的旧衣裳了，你没见过？"陈玄青端过小妾手里的粥碗。

陈玄麟轻轻道："今天格外好看。"宝蓝色杭绸直裰，腰上挂了玉坠儿，身材纤长笔挺，他七哥又是这样清俊的好容貌，修眉淡眼，清贵逼人，可不是好看吗。

陈玄麟已经这么大了，他隐隐约约，听下人偶然提起过顾锦朝和七哥的事。

……难怪七哥这么恨她。

只是人死之后他也这般无所谓，未免太过冷漠了。

是啊，陈家这个地方，除了他，谁还在想着顾锦朝呢。

陈玄麟默默地吃饭，再也不说话了。

晚上，陈玄麟躺在床上一直睡不着，翻来覆去的不安稳。后来听到外面有人敲门，他腾地坐起来，他的妻子被惊醒了，拉住他的手："爷，怎么了。"

"今儿是头七了。"陈玄麟说，"你有没有听到敲门声？"

"您说什么呢，怪瘆人的……"

有丫头进来禀报："爷，外面有人敲门，披着斗篷看不清脸，说有要事要见您。奴婢见她是原来夫人身边的人……"

"我知道了，我马上起来。"陈玄麟立刻穿鞋，"把人请到花厅来。"

等他披好衣裳起来，看到一道身影坐在他的花厅里，是母亲身边伺候的人，叫宛素。

他知道，因为他曾经见过宛素。

"给少爷请安。"宛素屈身行礼。

"我知道你，你是……她身边服侍的人。"陈玄麟见她一身麻衣，请她坐下来。

"少爷还记得奴婢。"宛素笑了笑，"奴婢这次来，是给少爷一点东西——夫人原先吩咐过的，本来想亲手给您的，只是没想到……"

她从斗篷下拿出一个红漆桐木的盒子，嵌金丝掐花，非常精致。

"她……她还留了东西给我。"陈玄麟的表情又是悲伤又是激动，他一直以为顾锦朝根本不想认他这个儿子，否则怎么从来没见过他。

他颤抖地从宛素手里接过那个盒子，慢慢地打开。

里面不是什么金银珠宝，也不是书信信物，只是一块长命锁。

"这是夫人给未出世的孙子的。"宛素轻声说，"夫人说了，也不是什么贵重的东西，您要是嫌弃它太粗糙的话，不用就是了，她也只打得起这个锁。"

陈玄麟将那把长命锁握在手里一会儿，缓缓松开。有些犹豫地问宛素："就……没有给我的东西吗？"

宛素摇摇头。

"我知道了……"陈玄麟点头，让丫头拿了一袋银子过来，想给宛素回乡养老，宛素摇摇头示意她不要，屈身告退了。

陈玄麟久久坐在花厅里，不知道为什么悲伤得忍不住了，握着那块长命锁痛哭起来。

这时候他才似乎感觉到了一丝母亲的温情。

透过他，这份温情安放住了他的孩子身上。

他怎么会嫌弃呢，这锁他以后必定日日佩戴着。他没有享受过母亲的温情，这一点东西，就让他自己留着吧。他的孩子以后会有很多人疼爱，也不缺母亲，但他却没有。

这一点微不足道的东西，算不得什么吧。

逝 后

顾锦朝死后不久，原来住的院子就很快被收拾干净了。

管事来回禀陈玄青："七爷，原夫人日常用的那些东西，我都让人抬出去烧了。夫人让我问您，宅子既留着无用，能否给她的几个嬷嬷住？"

陈玄青正在看书。听到管事的话，他抬起头，久久地看着窗外。

窗外正是大雪纷飞，屋檐上、路上都是白茫茫的。院子的门外，几个穿着臃肿棉袄的丫头在扫雪。

他的神情非常平静，片刻后垂下头，淡淡地说："夫人要用就拿去吧。"

管事应了"是"，犹豫了一下，又问："原夫人生前最喜欢那棵梅树，往年这个时候梅花都开得好好的。今年倒是怪了，好似知道人死了一样，本就没长几个骨朵儿，这下全都枯了，一朵也没开。"

他抬起头，面无表情地道："那你想说什么？"

　　管事突然意识到自己说错话了，立刻抬手打了自己嘴巴："小的误说，是小的误说！"谁不知道七爷和他继母之间那些事，他哪壶不开提哪壶。

　　管事退下之后，陈玄青放下了书，喊了小厮进来。他一边披斗篷，一边说："今天去夫人那里看看，你去跟夫人说一声。"

　　小厮应声而去，陈玄青跨出了书房门。

　　守在旁边的陈义一言不发地跟上来，为陈玄青撑起伞，走进了大雪里。

　　陈玄青注意到陈义的鬓角又多了些白发，他也老了。

　　原来他只为父亲撑伞，现在陈家是他的，他站在父亲的位置上，取代了父亲的一切。而他也不再是当年那个陈玄青了，现在他像陈三爷了。

　　陈玄青轻声说："陈义，你在我身边多少年了？"

　　"回禀七爷，十年了。"

　　"十年了……"陈玄青看着雪天叹了一声，"十年你都收不了心吗？"

　　陈义表情一变，突然跪到地上："七爷，无论您听别人说了什么，我……"

　　陈玄青摆摆手，示意他不用多说。

　　"我没有听别人说什么，只是陈义你可知道，如今的世道变了。"他嘴角浮现一丝冷笑，"如今的世道，人心不古——你当我不知道你干的那些事吗？"

　　陈义低着头不说话。

　　"别跟着我了，在这儿跪着吧。等我回来再说。"陈玄青冷冰冰地说道。然后他便带着护卫沿着路往外走去，又有人上前帮他撑伞。

　　陈义跪在雪地上一动不敢动。

　　陈玄青到了俞晚雪那里，她正在和陈玄麟刚过门的妻子说话。

　　陈玄麟坐在妻子身边，看到陈玄青进来了，连忙站起来："七哥，你来了。"

　　俞晚雪很高兴，她好久没有看到过陈玄青了，让丫头赶紧端她下午炖好的汤过来，又亲自伺候陈玄青换下外穿的斗篷。

　　吃过了晚饭，陈玄麟拉住了陈玄青的手："七哥，我听说……她死了？"

　　陈玄青从来都不让陈玄麟叫顾锦朝母亲。陈玄麟小时候跟所有孩子一样，哭着吵着要母亲，但是陈玄青可以给他他想要的一切，除了母亲。

　　陈玄麟还记得自己很小的时候，可能只有三四岁的样子，母亲还抱过他，柔和的怀抱，明艳的金灿灿的簪子，他想伸手去抓，却立刻被下人抱走了。

　　陈玄麟再大一点的时候，经常偷偷溜到那院子外面，想看看这个把自己生下来的人。但是不知道是不是他运气不好，从来没有看到过她出来，他又只敢推开门的缝隙往里瞧。有一次倒是看到个背影，不知道是不是，但是陈玄麟的心怦怦直跳，觉得应该就是！但从此后再也没有看到过了。

　　"是死了。"陈玄青正在喝茶。

"那她的那些东西呢？"陈玄麟接着问，"东西还在吗？"

"死人的东西不吉利，我已经让人烧了。"陈玄青语气依旧平淡。

陈玄麟很失望，失魂落魄地"嗯"了一声，眼睛盯着燃烧的烛台，却不知道在看哪里。

他的生母死了，他应该戴孝的，可是他不敢。因为仆人们都说，母亲是被原来的老夫人亲自赶去偏院的，她不是他的母亲，也没有资格做他的母亲。

陈玄青什么都没有再说，吃完饭也没有留下来，他还要回宁辉堂处理事情。

路上风雪太大，挑着灯笼都看不清楚。陈玄青看到有个人跪在抄手游廊上，他的护卫立刻挡在他身前，拔出刀冷冷地问："谁在那里？抬起头来！"

那人身姿瘦弱，明显是个女子。她抬起头，看到被护在护卫中间的男子，连忙跪着往前走几步："七爷，奴婢是夫人身边伺候的拾叶……不，是原夫人身边伺候的拾叶。奴婢求你，把夫人的尸首还给奴婢吧！"

她看到陈玄青远远站着，护卫保护着他。他那张冷淡的脸，一丝一毫的表情都没有。

"尸首已经埋了。"

"不，奴婢去看过了，坟是空的。"拾叶满脸都是眼泪，"奴婢知道您恨夫人，但是夫人已经死了，您再怎么恨她，也给她留个全尸吧！奴婢求您了！"说着砰砰地磕起头来。

陈玄青平淡地说："拉开她。"

拾叶一个弱女子，自然敌不过护卫的力气，很快就被拉开了。陈玄青毫不留情地走了，拾叶只能在他背后大喊："陈七，你知道夫人有多恨你吗！你就算不喜欢她，也不该这么作践她！你就是个冷酷无情的畜生！连全尸都不给夫人！夫人做鬼都不会放过你的，下辈子你肯定要遭报应的……"

她的嘴被堵住了，呜呜地哭。

陈玄青似乎一点没有被拾叶影响，带着人走进宁辉堂。

"七爷，陈义已经去领罚了。"护卫过来说，"您要过去看看吗？"

"不用。"陈玄青说，"你们先退下吧。"

屋子里的人很快就走了，陈玄青坐在太师椅上不说话。

良久，他把书从多宝阁上挪开，捧出一个青瓷的小坛子。

他对着这个坛子笑了笑："你恨我？我倒觉得你不恨我，你甚至也不喜欢我了。你就这样死了，多轻松。什么都不用再想了，什么都不用承受了。凭什么我要放过你？放你去地下安眠？"他的声音突然变得尖利，"你想都不要想！"

他抱住小坛子，慢慢地说："你折磨了我一辈子——我还没有还给你。"他的手指摩挲着坛盖，靠在小坛子上闭上眼睛，轻轻地说，"想都不要想。"

知道顾锦朝死的时候，他不可置信。这个人怎么会这么轻易地死，他还以为顾锦朝会一直活着。他要让顾锦朝看看，这些好的东西都是他的，她顾锦朝什么都没有了，因为她不配。他要一直折磨她，让她眼睁睁看着自己的弟弟死，看着自己的亲儿子不认她。

到底为什么这么恨，连他自己都忘了。也许他恨的不是顾锦朝，而是他自己。越是喜欢，就越恨自己，恨自己竟然对这么个人于心不忍，将她从偏院移出来好好地养着。

陈玄青将小坛子端正地放在台上，慢慢地烛火暗了下来。他好像看见了少年时候的他，一身的清然正气，端正平和。

他看到顾锦朝和婆子说话，顾锦朝问那婆子："这满园都是红梅，怎的这里种了一株蜡梅？红红火火的多热闹啊，要不还是砍了换红梅吧！"

婆子笑道："夫人您不知道，这株蜡梅是早年七少爷亲手植的。三爷颇为爱护，就一直没动。"

"哦，"她的表情突然不自然起来，脸色微红，嘟囔说，"原来是他种的，那便留着吧！"

他在旁看着没说话，转身走了。

后来果然见她对那株蜡梅关怀备至，时常培土浇水。

再后来他把她从偏院移出来，就让她住在这个院子里。她又经常望着这株蜡梅树出神，却再也没有用那种眼神看过他。

陈玄青躺在太师椅上，闭目不语，书房里太静了，让他觉得孤独。

幸好还有她的骨灰在，她不能被埋入土里，也永不得超生。这样真好，等他也死的时候，就抓着她的魂魄去轮回。

他这样想着，渐渐地睡着了。

——全文完——

图书在版编目（CIP）数据

良陈美锦·终章：全2册/沉香灰烬著.——南京：
江苏凤凰文艺出版社,2022.10
ISBN 978-7-5594-6901-4

Ⅰ.①良… Ⅱ.①沉… Ⅲ.①长篇小说－中国－当代
Ⅳ.① I247.5

中国版本图书馆 CIP 数据核字 (2022) 第 095254 号

良陈美锦·终章：全 2 册

沉香灰烬 著

责任编辑	周颖若	
特约编辑	代琳琳	
营销统筹	刘雪华	
装帧设计	吴思龙	
责任印制	刘 巍	
出版发行	江苏凤凰文艺出版社	
	南京市中央路 165 号，邮编：210009	
网　址	http://www.jswenyi.com	
印　刷	北京市松源印刷有限公司	
开　本	680 毫米 ×970 毫米 1/16	
印　张	36	
字　数	685 千字	
版　次	2022 年 10 月第 1 版	
印　次	2022 年 10 月第 1 次印刷	
书　号	ISBN 978-7-5594-6901-4	
定　价	69.80 元（全 2 册）	

江苏凤凰文艺版图书凡印刷、装订错误，可向出版社调换，联系电话 025-83280257